DIRK TROST
Granat für Greetsiel

Die Erstausgabe erschien 2014 unter dem Titel
»Granat für Greetsiel« im Selbstverlag.

Veröffentlicht bei
Edition M, Amazon EU S.à.r.l.
5 Rue Plaetis, L-2338, Luxemburg
November 2014

Copyright © der Originalausgabe 2014
by Dirk Trost
All rights reserved.

Umschlaggestaltung: bürosüd⁰ München, www.buerosued.de
Umschlagmotiv: © Angus Cameron Photography
gettyimages / 187680143

Lektorat: Hilke Bemm, Stephan Schirm
Satz: Monika Daimer, www.buch-macher.de

Gedruckt durch:
Amazon Distribution GmbH
Amazonstraße 1
04347 Leipzig, Deutschland

ISBN: 978-1-47782180-0

www.amazon.de/editionm

*Nichts ist gewisser als der Tod –
nichts ist ungewisser als seine Stunde.*

**Anselm von Canterbury (1033–1109),
englischer Kirchenlehrer, Erzbischof von Canterbury**

1

Abwartend standen wir da. Uz drosselte die Dieselmotoren langsam. Die *Sirius* verlor weiter an Fahrt. Der Kutter lief jetzt fast nur noch im Schritttempo. Uz betätigte die elektrisch betriebenen Ausleger, die eine Handbreit über der Wasseroberfläche schwebten und sich langsam emporhoben. Die Oberkante der Netze mit ihren Treibkorken wurde sichtbar. In großen Sturzbächen lief das Seewasser aus den Fangnetzen ab, die nun backbords und steuerbords aus dem Wasser auftauchten.

Der Moment, in dem die Netze eingeholt werden und das Seewasser abläuft, ist für jeden Krabbenfischer ein wichtiger Augenblick. Denn jetzt entscheidet es sich, ob sich die harte und gefährliche Arbeit bei Regen, Schnee und Eis gelohnt hat. Oder ob die Stunden der Plackerei nur mit ein paar traurigen Krabben und ein paar kärglichen Büscheln Seetang entlohnt werden.

In unserem Fall waren beide Netze prall gefüllt!

Das Seewasser lief noch immer kaskadenartig aus den Netzen ab, als die Ausleger ins Boot schwenkten und sich eine Sturzflut eisigen Seewassers über das Deck ergoss.

Das kalte Wasser störte niemanden. Wir trugen alle die typische Arbeitskleidung der Fischer: wetterfestes Ölzeug, dessen wasserdichte Hosen uns bis zur Brust reichten, und hüfthohe Gummistiefel.

Kleintiere rutschten durch die Maschen der Fangnetze, fielen auf die Planken und versuchten, sich in Sicherheit zu bringen. Es war schon jetzt zu sehen, dass unsere ersten Netze reiche Beute brachten.

Dieser Meinung waren auch die unzähligen Möwen, die uns seit Auslaufen aus dem Greetsieler Hafen unbeirrbar gefolgt waren und die seither kreischend die Fangnetze umkreisten, um sich im Sturzflug Leckerbissen zu schnappen, die aus den Netzen fielen.

An diesem Morgen waren beide Fangnetze prall gefüllt mit Granat, wie Ostfriesen die Nordseekrabbe nennen.

Beide Netze, die von den Auslegern gerade über die Reling gehievt worden waren, hingen schwer über dem Deck. Noch immer lief Wasser in breiten Strömen auf die dunklen Eichenplanken der *Sirius*.

Uz löste per Fernbedienung die Verriegelung der Netze, die sich automatisch öffneten. Der Inhalt aus zappelnden, kriechenden und vom Wasser glänzenden Meeresbewohnern ergoss sich über die Planken. Obwohl beim Krabbenfang die Netze den Grund der Nordsee abfischen, sind in jedem Netz Heringe, Sprotten, Schollen und Makrelen zu finden, der sogenannte Beifang.

»Moin!«, begrüßte Onno, der dritte Mann an Bord, höflich unser Frühstück und grinste breit. »Um euch kümmere ich mich später!«

In der Hoffnung auf einen weiteren erfolgreichen Fang bauten Onno und ich uns wieder auf dem Vorderdeck auf und warteten gespannt.

Nochmals gedrosselt blubberte der Motor nur noch dumpf vor sich hin. Während die *Sirius* an Fahrt verlor, war kaum mehr noch als das Kreischen der Möwen und das leichte Rauschen des Kielwassers zu hören.

Ein schleppender Groove wälzte sich träge aus den Bordlautsprechern.

Uz hatte seinen Lieblingssänger Johnny Cash eingelegt.

Ain't no Grave, der Song, der gerade lief, entstand zu dem Zeitpunkt, als Johnny Cashs große Liebe June Carter starb, nur wenige Monate vor seinem eigenen Tod.

Es geht einem heftig unter die Haut, zu hören, wie ein vom Tode gezeichneter Mann mühsam um jeden Atemzug ringt und trotz starker Schmerzen seine letzte noch vorhandene Kraft in diesen Song legt und mit brüchiger Stimme singt, dass kein Grab seinen Körper auf ewig festhalten kann.

> *There ain't no grave*
> *Can hold my body down*

Das Gekreische der Möwen wurde immer lauter und aufgeregter.

In Zeitlupe holten die beiden Ausleger erneut die zentnerschweren Netze vom Grund der Nordsee ein. Gurgelnd lief das Wasser ab.

Der ewig hungrige Möwenschwarm kreiste aufgeregt über uns.

Auch diesmal hatte sich der Fang gelohnt. Zwischen dem Berg von Krabben zappelte wieder eine Unzahl der unterschiedlichsten Fischarten – und etwas, bei dem mir der Atem stockte!

Ich starrte entgeistert auf einen mit grauschwarzem Schlick überzogenen menschlichen Körper, der leblos zwischen den zappelnden Fischleibern im Fangnetz hing. Mit der rechten Hand wischte ich mir reflexartig über die Augen. Das Bild der grotesk verrenkten Wasserleiche, die im Fangnetz der *Sirius* schaukelte, verschwand nicht.

Wir standen wie versteinert an der Reling und starrten mit weit aufgerissenen Augen auf das Fischernetz und seinen schrecklichen Inhalt. Neben mir gab Onno einen unartikulierten Laut von sich. Ein nackter, wachsbleicher Arm ragte in unnatürlich abgewinkelter Stellung aus den Maschen des Netzes hervor und winkte uns in Zeitlupe zu.

Ich konnte die Überreste einer Hand erkennen, die zum überwiegenden Teil von Schlick überzogen waren. Zwei der fünf Finger der Hand waren noch relativ unversehrt. Die übrigen waren von Aasfressern bis auf kleine Stümpfe abgefressen worden. An den noch vorhandenen Fingern konnte ich durch den Schlamm hindurch lange, rot lackierte Fingernägel erkennen.

Auf der Hand, die so bleich war wie ein Fischbauch, leuchteten sie grotesk.

There ain't no grave
Can hold my body down

Mein Magen zog sich auf Haselnussgröße zusammen und mir lief ein eiskalter Schauer den Rücken hinunter. »Mensch, das ist ja eine Frau«, sagte Onno mit zitternder Stimme.

Ich erwachte aus meiner Erstarrung und drehte mich zum Ruderhaus um.

»Uz, he Uz …«, glaubte ich zu rufen, doch nur ein Krächzen kam aus meinem Mund, der plötzlich wie ausgedörrt war.

Ich machte einen zweiten Anlauf. »Uz, stopp mal. Nicht die Netze öffnen!«, brachte ich schließlich mühsam und kaum hörbar hervor.

Anscheinend hatte Uz mein rabengleiches Krächzen gehört, denn er steckte seinen Kopf zum Ruderhaus hinaus und schaute fragend zu uns rüber. »Was ist denn los?«

Als wir nicht reagierten und weiter wie zwei Salzsäulen dastanden, drehte er mit gerunzelter Stirn seinen Kopf in Richtung Fangnetze. Wie vom Blitz getroffen, zuckte Uz zusammen, als er den Arm erblickte, der uns aus dem Fischernetz zuwinkte.

Trotz des unverhofften, grausigen Anblicks reagierte Uz im Gegenteil zu uns sofort. Mit einem Handgriff stoppte er die Ausleger, sodass die Netze nun im rollenden Rhythmus der Wellen vor unserer Nase hin und her baumelten. »Verdammt noch mal!«, fluchte Uz und kam mit harten, schnellen Schritten auf uns zu gestiefelt.

»Da, Käpt'n!«, Onno zeigte mit seinem ausgestreckten Arm, der wie Espenlaub zitterte, auf das triefende Netz. Seine Gesichtsfarbe ähnelte zunehmend der des leblosen Arms. »Ne' tote Leiche.«

»Was soll denn eine Leiche sonst sein?«, knurrte Uz seinen Matrosen ungehalten an und trat näher an das Netz heran. »Verdammt noch mal«, wiederholte er, diesmal aber sehr viel leiser.

Jedem Fischer graust davor, mit seinen Netzen eine Wasserleiche aufzufischen. Ein schrecklicher Albtraum wird wahr, wenn die See beschließt, eine ihrer Tragödien auf diese schauerliche Weise preiszugeben. Dieser Albtraum an jenem Morgen war Wirklichkeit.

»Geht mal zur Seite!«, befahl Uz knapp. Er ließ einen armdicken Wasserstrahl aus dem Wasserschlauch herausschießen, mit dem Onno für gewöhnlich das Deck abspritzte, und spülte Schlamm und Seetang von der Leiche ab. Nachdem der gröbste Schlick abgespült war und Uz das Wasser abgestellt hatte, konnten wir den bleichen Körper einer jungen Frau erkennen.

Ich trat an das Fangnetz heran und zog mit den Fingerspitzen die Maschen leicht auseinander. Der Kopf der Toten lag unnatürlich verdreht im Fangnetz. Das lange blonde Haar, in dem sich Büschel von Seetang verfangen hatten, klebte nass und wirr an Kopf und Oberkörper der Unbekannten und verdeckte Schultern und Gesicht. Ich griff durch die Maschen des Netzes hindurch und schob die Haare zur Seite, entsetzt zuckte ich zusammen und machte einen Satz rückwärts.

Ein lippenloser Mund grinste mich an.

Mir stellten sich alle Nackenhaare gleichzeitig auf. Ein eisiger Schauer kroch mir den Rücken hoch. Seewasser lief der Toten in kleinen Rinnsalen aus dem Mundwinkel. Ich konnte ebenmäßige und ehemals weiße Zähne erkennen, die jetzt allerdings mit einem gräulich-milchigen Belag überzogen waren. Ich starrte in leere, dunkle Augenhöhlen, aus denen ebenfalls Wasser ablief. Deutlich waren noch ein paar abgeknabberte Faserstränge in den Augenhöhlen zu erkennen.

Fische und kleine Meeresräuber beginnen ihre Mahlzeit bei Wasserleichen immer zuerst bei den weichen Körperteilen und wenden sich dann den leicht zugänglichen Körperöffnungen zu. Von innen her fressen sie sich durch die Weichteile und Innereien des Körpers, bis der Leichnam vollkommen ausgeweidet ist.

Ich trat wieder näher an die Leiche heran und strich der Toten auch den restlichen Vorhang aus Haaren und Seetang noch vorsichtig aus dem Gesicht, um im gleichen Moment gleich wieder angewidert zurückzuweichen. Ein mittelgroßer, graublauer Aal wand sich gemächlich aus dem geöffneten, lippenlosen Mund der toten Frau und klatschte mit einem ekeligen Geräusch auf das nasse Deck.

»Käpt'n, mir wird schlecht ...«

Aus den Augenwinkeln sah ich, wie Onno auf dem Absatz seiner Gummistiefel herumschnellte, sich hastig über die Reling beugte und sein Frühstück, das er noch vor wenigen Minuten genossen hatte, schwallartig erbrach.

Den meisten Zeitgenossen sind Aale nicht als Aasfresser bekannt – uns von der Küste schon. Aber wenn man den Kreislauf des Lebens so unverhofft und brutal vor Augen geführt bekommt, wird einem doch ganz anders zumute. Mein Magen fühlte sich an wie mit Eiswürfeln gefüllt, deren Kälte mir in alle Knochen gekrochen zu sein schien.

»Ekelig!« Uz kickte den Aal angewidert über Deck.

»Was machen wir denn jetzt?« Ich schaute ihn fragend an.

»Tja«, Uz fuhr sich nachdenklich durch den Bart. »Ich denke mal, wir fassen nichts an und lassen das Netz so, wie es ist. Wir bleiben auf unserer Position und funken die Polizeiinspektion Aurich an, die sind für den Landkreis zuständig. Man wird uns schon sagen, was zu tun ist.«

»Ja, das ist wohl das einzig Richtige, was wir machen können«, stimmte ich ihm zu.

Uz drehte sich um und ging zu Onno hinüber. Er legte ihm die Hand auf den Rücken. »Na, Junge, wie geht es dir?«

»Geht so, Käpt'n«, stöhnte Onno und umklammerte die Reling so fest, dass seine Fingerknöchel weiß hervortraten. Schweißperlen standen ihm auf der Stirn. »Käpt'n, mach bitte diese Musik aus! Ich scheiß mir sonst in die Hosen!«, quetschte Onno zwischen den Zähnen hervor. »Die soll gefälligst in ihrem Grab bleiben!«

»Hast Recht, ist ziemlich makaber«, sagte Uz und klopfte Onno aufmunternd auf den Rücken. »Ich setz dann mal den

Funkspruch ab.« Uz drehte sich auf dem Absatz um und verschwand im Ruderhaus. Sekunden später verstummte Johnny Cash abrupt und wir hörten nur noch das Gekreische der Möwen.

Ich ging zu Onno und lehnte mich schweigend neben ihm an die Reling und sah aufs Wasser.

»Warum passiert denn so was?«, brach es aus Onno hervor und er schluchzte laut auf. Tränen liefen ihm über das Gesicht und tropften auf seine Regenjacke. Ich wusste, was er meinte.

Onnos Schwester Stephanie war gerade mal 17 Jahre alt gewesen, als sie mit ihrem Freund Martin bei einer Wanderung im niedersächsischen Watt ertrunken war. Obwohl Onnos Schwester an der Küste aufgewachsen war, machte sie mit ihrer ersten großen Liebe an einem klaren Herbsttag eine spontane Wattwanderung, die sie ohne einen erfahrenen Wattführer nicht hätte machen dürfen.

Stephanie hatte Martin bei einer Klassenfahrt in der Lüneburger Heide kennengelernt und sich gleich in den jungen Mann verliebt. Als Martin sie dann in Ostfriesland besuchte, wollte er natürlich wie jeder Tourist, der zum ersten Mal an der Küste ist, eine Wattwanderung machen. Obwohl Stephanie es eigentlich hätte besser wissen und mit auflaufendem Wasser rechnen müssen, zog sie frühmorgens mit Martin los ins Pilsumer Watt.

Ihre Familie und Freunde, die ihr nahe standen, führten ihren Leichtsinn auf die Verliebtheit zurück, denn sie kannten sie sonst als besonnene und umsichtige Frau, Liebe macht ja bekanntlich blind.

Das junge Paar spazierte noch in Sichtweite zum Festland, als von einem Augenblick auf den anderen das Wetter umschlug und starker Nebel aufzog. Der Nebel an der Nordsee kann tückisch und schnell sein. Die beiden verloren schnell die Orientierung und wussten nicht mehr, in welcher Richtung sie an Land zurückkommen konnten, Martin zog sein Handy heraus und wählte den Notruf der Polizei.

Die Polizeiinspektion Aurich stellte das verzweifelte Paar direkt zur Seenotrettungsstelle der DGzRS auf Helgoland durch und die schickte sofort die *SRB Neuharlingersiel* los, einen Seenotrettungskreuzer der 9,50-m-Klasse, die ihrem Namen entsprechend ihren Liegeplatz in Neuharlingersiel hat.

Zeitgleich wurde ein SAR-Rettungshubschrauber alarmiert. Zudem startete ein Marinerettungsflieger der Flugbereitschaft der Bundeswehr in Kiel, der mit einer Wärmebildkamera ausgestattet war und recht gute Chancen hatte, die beiden jungen Menschen trotz des dichten Nebels zu finden.

Da die Verirrten sich aufgrund des auflaufenden Wassers in akuter Lebensgefahr befanden, wurde kurz darauf ein zweites Rettungsboot, die *SK Alfried Krupp*, von ihrem Standort auf Borkum ebenfalls in das Suchgebiet entsandt. Allerdings hatte dieser Seenotkreuzer der 27-m-Klasse aufgrund des niedrigen Wasserstands nur eine beschränkte Reichweite im Watt. Während der gesamten Suchaktion bestand per Handy Kontakt zwischen Rettungsleitstelle, Hubschrauber, Marineflieger, den Rettungskreuzern und dem in Not geratenen Liebespaar.

Der Nebel wurde immer dichter und die Flut lief unbarmherzig weiter auf. Die Chancen, die beiden jungen Leute noch rechtzeitig vor dem immer schneller steigenden Wasser zu retten, wurden immer geringer. Die Rettungskräfte verstärkten fieberhaft ihre Suche und ließen in ihren Bemühungen auch nicht nach, als der Handykontakt abbrach. Vielleicht war das Handy nass geworden oder der Akku hatte seinen Geist aufgegeben. An das Schlimmste wollte niemand glauben.

Zwei Tage später fischte eine Streife der Wasserschutzpolizei aus Norddeich Stephanie und Martin südlich von Borkum nebeneinander treibend tot aus dem Wasser. Den beiden Verliebten schien klar gewesen zu sein, dass sie sich vor der aufkommenden Flut selber nicht mehr in Sicherheit bringen konnten. Da auch der Hubschrauber, den sie zwar immer wieder hörten, jedoch nicht sehen konnten, sie aufgrund des Nebels nicht würde retten können, gaben sie die Hoffnung auf. Das Liebespaar verknotete die Gurte ihrer Rucksäcke miteinander, um im Tod nicht voneinander getrennt zu werden.

An einem nebligen Herbstmorgen wurden Stephanie und Martin gemeinsam auf dem Greetsieler Friedhof bestattet.

Obwohl dieses Unglück bereits drei Jahre zurücklag, hatte Onno den Tod seiner Schwester bis heute noch immer nicht verwunden, geschweige denn akzeptiert.

Ich fühlte mich hilflos und wusste nicht, was ich Tröstendes hätte sagen können. Wahrscheinlich hätte ich sowieso das Falsche gesagt. Im Trösten war ich noch nie wirklich gut gewesen. Also klopfte ich Onno nur unbeholfen auf die Schulter. Schweigend standen wir nebeneinander und schauten auf die See, die sich ruhig und unbeeindruckt von den Geschehnissen vor uns ausbreitete.

»Ich habe die Polizei in Aurich erreicht«, rief Uz uns zu, als er seinen Kopf aus dem Ruderhaus steckte. »Sie schicken uns ein Streifenboot. Die bringen auch gleich die Kripo mit. Wir sollen nichts anfassen, es soll alles so bleiben, wie es jetzt ist!«

»Ich packe hier heute sowieso nichts mehr an«, sagte Onno und wischte sich mit seinem Jackenärmel die Augen trocken.

»Wie lange braucht die Polizei hier raus?«, rief ich.

»Die werden so in einer knappen Stunde da sein, denke ich, wahrscheinlich aber noch schneller.« Uz Kopf verschwand wieder und ich hörte, wie er den Motor abstellte.

Nun war es vollkommen still, sogar das Kreischen der Möwen schien leiser geworden zu sein. Onno und ich fuhren zusammen, als der Anker unter metallischem Rasseln in der Nordsee verschwand. Die *Sirius* trieb noch langsam ein kleines Stück, legte sich dann in den Anker und begann, sanft in der Dünung zu schaukeln. Jetzt hieß es warten.

Es dauerte dann doch fast zwei Stunden, bis wir am Horizont eine Silhouette wahrnahmen, die direkt und rasch näher kam. Es ließ sich bald als ein Schnellboot erkennen, das über die Wellenkämme flitzte und dabei eine mächtige Bugwelle vor sich her schob.

Ich erkannte die *W3*, das größte und schnellste Küstenboot der niedersächsischen Wasserschutzpolizei, die ihren Liegeplatz in Emden hat.

Uz und ich verließen unsere umgedrehten Blecheimer, auf denen wir die ganze Zeit trübsinnig gehockt hatten, und stiefelten zum Bug der *Sirius*, um die Küstenwache in Empfang zu nehmen. Onno saß noch immer ungewöhnlich schweigsam auf der Ankertrosse und umklammerte seinen Becher mit Tee, der mittlerweile kalt geworden war.

Die Zeit, bis die W3 endlich auftauchte, hatte sich wie Kaugummi gezogen. Zweimal hatten wir kläglich versucht, ein Gespräch in Gang zu bringen, aber keiner von uns hatte so richtig Lust zum Reden gehabt. Was hätten wir auch sagen sollen? Wir waren viel zu sehr damit beschäftigt, nicht zu der Toten im Fangnetz hinüber zu schauen, deren leblose Hand uns noch immer unermüdlich zu sich heran zu winken schien.

»Das ist Hinrich«, sagte Uz und starrte durch sein Fernglas, das er an seine Augen presste. »Hat wohl heute Dienst.«

Ich kannte Hinrich Jakobsen auch. Ein sympathischer, vierschrötiger Kapitän der Wasserschutzpolizei, der sich durch seine typische friesische Wortkargheit auszeichnete.

Inzwischen konnte ich die Besatzung auch ohne Fernglas erkennen. Ich sah, wie Hinrich zur Begrüßung zwei Finger an seine Mütze legte. Neben Hinrich konnte ich einen untersetzten Mann in Zivil ausmachen, den ich nicht kannte.

»Siehst du den Dicken dort neben Hinrich?«, fragte Uz.

»Ja, kenn ich aber nicht.«

»Das ist Oberkommissar Hahn von der Kripo in Emden.«

Uz kennt wahrscheinlich nicht nur die gesamte Bevölkerung der Krummhörn, sondern auch die meisten Beamten sämtlicher Behörden in Ostfriesland persönlich.

»Ach nee ...«, Uz deutete vielsagend auf eine zweite Gestalt, die in diesem Moment neben Kommissar Hahn auftauchte und ebenfalls Zivil trug. »Und das ist Hein Blöd!«

»Wer?« Ich schaute Uz fragend an.

»Der lange Dürre, da neben Hahn«, Uz ließ das Fernglas sinken. »Das ist Folkert Mackensen, aber ich nenne ihn einfach nur Hein Blöd. Obwohl – Macke kommt auch hin.«

»Woher kennst du denn die beiden?«, fragte ich.

»Ich hatte mal beruflich mit den beiden Landeiern zu tun«, sagte Uz knapp, ging jedoch nicht auf weitere Einzelheiten ein. Da ich Uz gut genug kannte, wusste ich aus Erfahrung, dass er sich in den seltensten Fällen über berufliche Dinge äußerte, und sparte mir weitere Fragen.

Wir hörten, wie die beiden Motoren des Küstenbootes gedrosselt wurden. Langsam glitt das Boot heran und Onno fing geschickt den Tampen auf, den ein Beamter uns zuwarf. Ich half Onno und gemeinsam zogen wir das Polizeiboot ächzend das letzte Stück an die *Sirius* heran. Dann lagen beide Boote längsseits nebeneinander und wir vertäuten die Schiffe miteinander.

»Moin, zusammen.« Hinrich Jakobsen legte grüßend die Hand an seine Schirmmütze, bevor er zu uns rübergeklettert kam. Seine kräftige Statur setzte zu einem kleinen Bauch an. Die Dienstmütze saß wie stets schief auf seinem mächtigen Schädel und verdeckte nur teilweise das stoppelkurze graue Haar.

»Moin«, grüßten wir im Chor zurück.

»Wir wären ja schon eher gekommen, aber wir mussten noch auf die Kripo aus Emden warten«, sagte Hinrich und schaute uns verschmitzt grinsend unter dem Rand seiner Schirmmütze hervor an.

»Die beiden hättet ihr auch an Land lassen können«, knurrte Uz so leise, dass die beiden Kripobeamten ihn nicht hören konnten.

»Ihr wisst doch, wat mutt, dat mutt«, entgegnete Hinrich ebenso leise. Dann straffte er die Brust und sagte laut: »Na, was ist euch denn ins Netz gegangen?«

»Ich glaube, die Fragen hier stellen besser wir!« Schwungvoll sprang Folkert Mackensen auf das Deck der *Sirius* und schob sich grußlos an Hinrich Jakobsen vorbei.

Trotz der noch frühen Morgenstunde trug Mackensen eine Top Gun Sonnenbrille mit verspiegelten Gläsern. Den blasierten Gesichtsausdruck schien er zu jeder Tageszeit zu tragen.

»Ich hoffe in Ihrem eigenen Interesse, dass niemand etwas angepackt oder verändert hat!« Mackensen schwang sich mit eleganter und wahrscheinlich oft geübter Drehung zu uns herum. Wir starrten wortlos in unsere eigenen Gesichter, die sich in seinen Brillengläsern widerspiegelten.

»Siehst du, Jan, jetzt weißt du, was ich gemeint habe.«

Ich warf Uz, der spöttisch grinste, einen Seitenblick zu.

»Was haben Sie wie gemeint?«, fragte Mackensen argwöhnisch und zog die Augenbrauen hoch.

»Ihnen auch einen guten Morgen«, entgegnete Uz spöttisch.

In diesem Moment kletterte Oberkommissar Bodo Hahn mühsam und ungeschickt über die Reling.

»Guten Morgen, die Herrschaften.« Hahn klopfte sich die fleischigen Hände an seiner Hose ab. »Mein Name ist Oberkommissar Hahn von der Kripo in Emden, und dies ist Kommissar Mackensen«, stellte er sich vor.

Die beiden Kripobeamten konnten unterschiedlicher nicht aussehen. Oberkommissar Bodo Hahn war Mitte fünfzig, ziemlich klein und ziemlich übergewichtig. Seine Hamsterbacken ließen ihn gutmütig aussehen und sein Gesicht zeigte eine leichte Rotfärbung, die auf einen ständig hohen Blutdruck schließen ließ. Wie erstaunlich viele Männer seines Alters, die den Verlust ihrer Haarpracht kaschieren wollen, hatte Hahn sich das spärliche Haar quer über seine Glatze gekämmt und mit einer glitschigen Pomade an den Schädel geklatscht. Der Oberkommissar trug ausgebeulte, braune Cordhosen und einen ebenfalls braunen Rollkragenpullover. Er schaute etwas mürrisch drein, als ob ihm die frühe Bootsfahrt überhaupt nicht in den Kram passte. Wahrscheinlich fror er auch noch jämmerlich in seiner viel zu dünnen Windjacke.

Folkert Mackensen war einen halben Kopf größer als ich, ein schlaksiger, leptosomer Typ mit überlangen Gliedmaßen.

Er hatte genau die Figur, mit der er wahrscheinlich auch als Männermodel jederzeit einen Job gefunden hätte. Sein leicht gebräunter Teint konnte vom letzten Skiurlaub stammen oder aber von der heimischen Sonnenbank. Das ließ sich nicht beurteilen.

Mackensen hatte ebenfalls Gel im Haar. Er trug sein schwarzes Haar, was eindeutig gefärbt oder zumindest nachgetönt war, ganz im Stil der wichtigen Jungs. Er trug einen hellgrauen Anzug, dazu ein fliederfarbenes Hemd mit Button-down-Kragen, eine farblich passende Paisley-Krawatte und glänzende schwarze Halbschuhe mit Lochmuster, sogenannte Budapester oder Wing Tips. Sorgsam ausrasierte Koteletten, die ihm bis an die angewachsenen Ohrläppchen reichten, rundeten das Gesamtkunstwerk Mackensen ab.

In unserem morgendlichen Szenario wirkte Mackensen genauso deplatziert wie eine Nonne beim Men-Strip. Trotz der noch kühlen Temperatur und der frischen Brise hatte er auf eine zusätzliche Jacke verzichtet. Obwohl er seine Augen hinter der affigen Spiegelbrille verbarg, war anhand der Bewegungen seiner Augenbrauen erkennbar, dass sein Blick die ganze Zeit unruhig zwischen uns hin und her wieselte. Sein ganzes Auftreten hatte definitiv etwas Schleimiges an sich.

Mackensen wandte sich dienststeifrig an Hahn. »Soll ich die Personalien der Zeugen aufnehmen?«

Hahn winkte ab. »Es reicht, wenn wir uns erst mal vorstellen.«

»Wir brauchen uns ja wohl nicht mehr vorzustellen«, sagte Uz zu Hahn gewandt. »Wir kennen uns bereits.«

»Stimmt«, Hahn nickte bestätigend. »Guten Morgen, Herr Jansen.«

Uz sah ihn schweigend und grußlos an. Der Hauptkommissar tat so, als sei es vollkommen normal, dass sein Gegenüber seinen Gruß nicht erwiderte, sondern ihn stattdessen anschwieg. Er richtete seine Aufmerksamkeit auf mich und sah mich auffordernd an. »Wir kennen uns aber noch nicht!«

Ich nickte zustimmend. »Richtig, mein Name ist Jan de Fries. Ich begleite Herrn Jansen auf seiner heutigen Fahrt.«

»Und wer sind Sie?« Mackensen wandte sich an Onno.

»Ich?« Onno riss erschrocken die Augen auf.

»Natürlich Sie!«, blaffte Mackensen. »Oder schiele ich vielleicht?«

»Keine Ahnung«, Onno zuckte mit den Schultern. »Kann ich nicht erkennen, Sie haben ja 'ne Sonnenbrille auf.«

Bevor Mackensen auffahren konnte, mischte Hahn sich ein. »Sie kenne ich auch! Fahren Sie nicht immer mit diesem Kutter mit raus?«

»Genau«, bestätigte Onno. »Ich bin Onno Clasen, Matrose bei Käpt'n Jansen.«

»Sie meinen sicherlich beim Schiffsführer Jansen«, korrigierte Mackensen Onno oberlehrerhaft.

»Nee, ich meine bei Käpt'n Jansen!«, entgegnete Onno trotzig.

Hahn unterbrach zum zweiten Mal den Dialog. Er machte jetzt einen ungeduldigen Eindruck. »Jetzt schauen wir uns erst einmal Ihren Fund an«, befahl er und wandte sich der Toten im Fischernetz zu.

Mackensens Sonnenbrille fixierte Onno noch einige Augenblicke, dann folgte er seinem Chef. Gemeinsam tapsten beide Kommissare vorsichtig über das schlüpfrige Deck Richtung Fangnetz, in dem die Tote lag.

Hinrich, der den Auftritt der Kommissare amüsiert verfolgt hatte, schob sich seine Schirmmütze in den Nacken. »Tja, dies hier ist erst einmal Sache der Kripo. Aber ich denke, wir sind hier schnell fertig. Das Umfeld des Leichenfundortes abzusuchen entfällt ja in diesem Fall und die Kommissare wollen sowieso schnell wieder an Land.«

»Kann ich mir gut vorstellen«, brummte Uz. »Die machen sich doch sonst auch nicht gerne die Hände schmutzig – und Mackensen seinen Maßanzug erst recht nicht.«

»Aber das ist mir auch ganz recht«, Hinrich überhörte Uz' Sticheleien. »Wenn die Kripo den Fall übernimmt, war's das auch schon für mich.« Hinrich war eher der Mann für die praktischen Dinge. Stundenlanges Berichtetippen war ihm verhasst.

»Sieht nach einem Badeunfall aus.« Hinrich schaute zu den Kommissaren hinüber. Die beiden standen breitbeinig vor dem Netz und hatten die Hände in den Hosentaschen vergraben. Sie sahen nicht aus, als seien sie bereit, auch nur einen Handgriff zu machen.

»Ich denke eher nicht.« Uz schüttelte den Kopf.

»Wieso?«

»Na, ich frage mich, wenn die Frau bei einem Badeunfall ums Leben gekommen sein soll, warum sie dann vollkommen bekleidet ist?«

»Habt ihr sie euch näher angeschaut?«

»Das ließ sich ja nicht vermeiden«, antwortete ich mit tonloser Stimme. »Ich habe ihr die Haare aus dem Gesicht gestrichen, wir haben dann sofort gesehen, dass sie tot ist.«

»Ich mochte überhaupt nicht hinschauen«, sagte Onno leise.

»Vielleicht ist sie ja von einer Yacht gefallen?«, überlegte Hinrich laut.

»Nee, nee!« Wieder schüttelte Uz den Kopf. »Dann hätte sie ja wohl Segelkleidung an!«

»Da hast du auch wieder Recht!«

»Man kann zwar nicht allzu viel erkennen, aber sie wirkt wie eine Geschäftsfrau. Der Ärmel, das sieht doch nach einem Kostüm aus. Edler Stoff, keine praktische Segelkleidung«, sagte ich nachdenklich.

»Könnte gut möglich sein. Vielleicht hatte sie ja geschäftlich hier zu tun?« Hinrich zog fragend die buschigen Augenbrauen hoch.

»Und wie kommt sie dann in den Teich?«, entgegnete Uz.

»Gute Frage. Aber dafür haben wir doch unsere beiden Spezis. Die werden auf alle Fragen sicherlich die passende Antwort haben.« Hinrich grinste.

»Aber irgendwie ist die ganze Sache schon komisch«, gab ich zu bedenken. »Wenn sie tatsächlich ein geschäftliches Treffen gehabt hätte, wäre ihre Aufmachung naheliegend. Auch bei uns in Ostfriesland finden Geschäftstreffen üblicherweise nicht am Strand oder an Bord eines Schiffes statt. Aber – wie kommt sie dann in dieser Aufmachung ins Wasser?«

»Vielleicht ist sie ja von einer Fähre gefallen«, sagte Uz ohne große Überzeugung.

Unsere fruchtlosen Überlegungen wurden von Hahn und Mackensen unterbrochen, die offenbar mit ihrer ersten Inaugenscheinnahme fertig waren, sich dabei jedoch keinen Millimeter von der Stelle gerührt hatten.

»Ja, die Frau ist tot«, stellte Hahn überflüssigerweise fest.

»Wären wir von alleine nicht draufgekommen«, entgegnete Uz trocken.

»Würde mal jemand das Netz runterlassen?«, schnarrte Mackensen lautstark. »Aber ein bisschen zackig!«

Uz starrte den Kommissar wortlos an, drehte sich ebenso wortlos um und trottete gemächlich in Richtung Ruderhaus.

Hahn und Mackensen standen seitlich vom Netzausleger und schauten abwartend auf das im Wellengang schaukelnde Fangnetz. Laut klappernd klinkte sich die Bugseite des Netzes aus und ergoss dessen Inhalt über das gesamte Vordeck. Die beiden Kommissare machten erschrocken einen ungeschickten Satz zur Seite und versuchten vergeblich, Hosenbeine und Schuhe in Sicherheit zu bringen. Voller Schadenfreude betrachteten wir das Schauspiel, wie Mackensen innerhalb weniger Sekunden knietief im Granat versank. Seine auf Hochglanz gewienerten Budapester konnte er nach seiner Rückkehr an Land getrost im Mülleimer entsorgen.

»Die werden heute Abend gut riechen.« Auf Onnos Gesicht machte sich ein schadenfrohes Grinsen breit.

Während Hahn eher dümmlich aus der Wäsche schaute, fauchte Mackensen Onno wütend an: »Ihre unqualifizierten Kommentare können Sie sich sparen, Matrose!«

Wir standen mit den Händen in den Taschen und feixten still und kommentarlos vor uns hin. Seit wir den schrecklichen Fund gemacht hatten, war geraume Zeit vergangen und die Krabben, Krebse und Fische waren genauso tot wie die unbekannte Frau, die jetzt aus dem Netz gefallen war. Die Kommissare beugten sich widerwillig zu der Toten hinunter, die in dem kniehohen Haufen toter Krabben und Fische lag. Auch wir näherten uns einige Schritte unserem makabren Fang.

Die Tote lag auf dem Rücken und bot einen traurigen Anblick. Beide Arme waren ausgestreckt. Die Handflächen zeigten nach oben. An den Fingerkuppen, zumindest an den noch vorhandenen, war die Haut faltiger als am übrigen Körper. Das rechte Bein war leicht angewinkelt, das linke Bein fast vollkommen von toten Fischen und Krabben begraben. Das lange, nasse Haar bedeckte wie ein hingeworfener Fransenmopp gnädigerweise einen Teil ihres entstellten Gesichts. Doch der restliche Anblick reichte bereits aus, dass sich mein Magen wieder zusammenzog. In der leeren Augenhöhle, die nicht von ihren Haaren verdeckt wurde und die anklagend zum blauen Himmel gerichtet war, stand eine kleine Pfütze Seewasser.

Eine tiefe Traurigkeit überkam mich, als ich die Tote betrachtete. Sie war noch jung. Ich schätzte sie auf Anfang dreißig. Obwohl ihr Gesicht so grausig entstellt war, sah ich, dass sie zu Lebzeiten eine Schönheit gewesen sein musste. Seewasser und Aasfresser hatten ihr übel zugesetzt. Trotzdem war noch immer ihre elegante Erscheinung zu erkennen. Dafür sprachen die teilweise noch vorhandenen, exakt gefeilten und lackierten Fingernägel ebenso wie die schlichten und dennoch geschmackvollen Ringe an den noch vorhandenen Fingern. Auch die dezente Perlenkette, die ich für echt hielt, sprach für ihren guten Geschmack.

Bekleidet war die unbekannte Tote mit einem dunklen, klassischen Kostüm und einer ehemals weißen Bluse mit dezentem Ausschnitt. Die Farbe des Kostüms konnte ich aufgrund des nassen und schmutzigen Zustands nicht genau bestimmen. Ich tippte auf Blau oder Anthrazit.

Die Kleidung der Toten war an vielen Stellen eingerissen. Von der Bluse fehlte ein Teil des Kragens. Der Zustand ihrer

Kleidung war wahrscheinlich darauf zurückzuführen, dass unser Schleppnetz sie einige Zeit über den Meeresboden geschleift hatte. Sand und scharfe Muscheln hatten wie Sandpapier gewirkt und Kleidung und Haut wie ein höllisches Ganzkörperpeeling abgeschält. An einem Knie waren Haut, Gewebe und Muskulatur bis auf den Knochen abgeschabt. Die Kniescheibe schimmerte gelblichweiß durch die Hautfetzen hindurch und wurde nur noch von einigen Muskelsträngen an ihrem Platz gehalten. Diese Verletzung war wahrscheinlich postmortal entstanden.

Jacke und Bluse waren ein Stück hochgerutscht und gaben einen bleichen Streifen ihres Unterbauches frei. Der Rock hatte sich völlig verdreht und hing nur noch in Fetzen um ihre Hüften. Man konnte trotzdem erkennen, dass ihr Rock knapp über dem Knie geendet haben musste. Die Tote trug keine Schuhe mehr und von der Strumpfhose waren auch nur noch Fetzen übrig.

Die Kleidung der Toten und ihre gesamte Erscheinung ließen in der Tat darauf schließen, dass sie sich auf einer Geschäftsreise befunden haben musste. Nach einem Segelunfall sah das Ganze auf keinen Fall aus.

»Nun!«, Oberkommissar Hahn unterbrach die Stille, indem er sich geräuschvoll räusperte. »Das sieht eindeutig nach einem Segelunfall aus.«

Drei Köpfe ruckten hoch und drei Augenpaare sahen Hahn entgeistert an.

»Ist das Ihr Ernst?«, fragte ich ungläubig.

»Ja, sicherlich!«, sagte er und blies seine Hamsterbacken zur Bestätigung seiner absurden Behauptung auf.

»Sehe ich genauso«, bestätigte Mackensen, ohne die Miene zu verziehen. »Keine sichtbaren äußeren Verletzungen, Würgemale oder sonstigen Gewalteinwirkungen erkennbar. Nichts, was auf einen gewaltsamen Tod schließen lässt. Sie wird wohl ertrunken sein. Da wurde wahrscheinlich auf einer Yacht ein bisschen zu viel gefeiert. Irgendwie ist sie über Bord gefallen und ertrunken.«

Ich konnte nicht fassen, was diese Geistesriesen zum Besten gaben. »Glauben Sie tatsächlich, dass die Frau in dieser Aufmachung zum Segeln rausgefahren ist?«, fragte ich schärfer als beabsichtigt.

»Ja, warum denn nicht?« Mackensen schaute mich blasiert an.

»Weil ich noch nie jemanden in einem 500-Euro-Kostüm habe segeln sehen!«, langsam, aber sicher stieg mein Blutdruck in den roten Bereich.

»Ach, dann sind Sie wohl Damenmodeverkäufer, wenn Sie sich so gut auskennen, oder?« Mackensen musterte mich spöttisch. »Wenn Sie wüssten, was diesen Touristen so alles einfällt, wenn sie am Wochenende die Sau rauslassen. Wenn Sie auch nur einen Teil von dem gesehen hätten, was wir so in der Urlaubssaison alles zu sehen bekommen, würden Sie sich nicht so wundern. Vielleicht kennen Sie nur nicht die richtigen Leute: Die, die sich auch zum Segeln stilvoll anziehen.« Mackensen verzog geringschätzig das Gesicht.

»Was denkt denn die Wasserschutzpolizei?«, unterbrach Hahn uns.

Während seine wässerigen Augen Hinrich Jakobsen, den Kapitän der Wasserschutzpolizei, fixierten, zog der Hauptkommissar seine ausgebeulten Cordhosen so weit hoch, bis ihm sein Hängebauch in den Weg kam und die Hose sich postwendend zurück auf ihre ursprüngliche Ausgangsstellung begab.

Hinrich hatte einen stoischen Gesichtsausdruck aufgesetzt, als er lakonisch antwortete: »Die Wasserschutzpolizei denkt erst einmal gar nichts, wartet die Obduktion ab und macht sich dann erst Gedanken. In der Zwischenzeit chauffiert sie die Kripo über die Nordsee.«

Erfahrene Seeleute wie Hinrich Jakobsen haben einen großen Respekt vor den armen Seelen, die sich das Meer geholt hat. Und obwohl der Kapitän der Wasserschutzpolizei ein ausdrucksloses Gesicht aufgesetzt hatte, konnte ich seine Verärgerung über die oberflächliche und arrogante Einschätzung der Todesursache durch die beiden Kripobeamten spüren. Ich hatte eine ziemliche Wut im Bauch und musste mich zusammenreißen, um nicht pampig zu werden. Außerdem hatte ich das dumpfe Gefühl, dass Uz mit den beiden Beamten schon einmal zusammengerasselt war. Ich befürchtete, dass Hahn und Mackensen jede sich bietende Gelegenheit nutzen würden, um meinem Freund das Leben schwerzumachen. Und das könnten sie alleine dadurch, dass sie die *Sirius* auf unbestimmte Zeit zwecks gerichtsmedizinischer Untersuchungen beschlagnahmten. Diesen Ärger wollte ich Uz nicht antun, bloß weil ich mich mit den beiden Vollidioten anzulegen gedachte. Also entschied ich mich lieber dafür, die Klappe zu halten.

»Ich wollte ja nur Ihre Meinung hören, Herr Kapitän«, Hahn hob beschwichtigend beide Hände.

»So, und wie geht es denn nun weiter?«, mischte Uz sich ungeduldig ein.

»Ganz einfach! Hier an Deck bleibt alles so, wie es ist.« Mackensen ergriff wieder das Wort, schaute Uz jedoch nicht an, als er sagte: »Wir decken die Leiche jetzt zu, verständigen über Funk die Leute von der Spurensicherung und fahren dann nach Norddeich. Dort wird die Spurensicherung an Bord kommen und sichern, was an Spuren noch vorhanden ist. Das geht schnell, und wir haben vielleicht eine etwas größere Chance, möglicherweise doch noch Spuren zu sichern, die den Unfall bestätigen.«

»Was noch zu beweisen wäre«, konnte ich mir nicht verkneifen zu sagen.

»Wenn die Leiche zur Gerichtsmedizin nach Emden gebracht wird, werden wir uns Ihren Kahn noch mal genau anschauen und dann entscheiden, ob und wann wir ihn wieder zur Nutzung freigeben«, fuhr Mackensen fort und ignorierte meine Bemerkung.

Ein gefährliches Funkeln glomm in Uz Augen auf. Mackensen begab sich auf sehr dünnes Eis, wenn er die *Sirius* als Kahn bezeichnete. Doch noch bevor Uz etwas Unbedachtes erwidern konnte, kam Hinrich mit einer Plastiktüte angestiefelt. Er riss die Folie auf und entnahm ein weißes Leichentuch aus Kunststoff.

Ich griff unaufgefordert nach der Plane. Gemeinsam deckten wir den Leichnam damit ab. An den Ecken verzurrten wir die Plane mit durchsichtigen Nylonschnüren. Wir begutachteten kurz unser Werk und vergewisserten uns, dass die Plane nicht von einer Windbö weggeweht werden konnte.

»Wenn so weit alles klar ist, brechen wir am besten gleich auf«, sagte Hinrich zu den Kommissaren gewandt. »Wir sehen uns dann in Norddeich.« Er nickte uns zum Abschied förmlich zu und begab sich zur Reling, die er schwungvoll überstieg, um zurück auf seine *W3* zu klettern.

Oberkommissar Hahn bedachte uns ebenfalls mit einem Kopfnicken und folgte Hinrich, wobei er sich wesentlich ungelenkiger als der Fregattenkapitän anstellte. Mackensen warf uns einen geringschätzigen Blick zu und folgte seinem Chef ebenso grußlos, wie er gekommen war.

Der Steuermann der *W3* startete die Motoren der Fregatte, die dumpf zu dröhnen begannen. Onno löste die Leinen, die das Schnellboot der Wasserschutzpolizei mit der *Sirius* verbanden, und ließ sie ins Wasser fallen. Ein Beamter des Schnellbootes holte sie flink ein. Mit dröhnenden Motoren und aufschäumender Bugwelle hob sich der Bugspriet der Fregatte aus dem Wasser.

»Und nichts anfassen!«, rief Mackensen uns über den Motorenlärm hinweg zum Abschied zu, während er sich hastig an der Reling festhielt, um das Gleichgewicht nicht zu verlieren.

»Du blödes Arschloch!«, rief ich in den Motorenlärm hinein und lächelte ihm freundlich zu.

Uz startete den Dieselmotor der *Sirius*. Langsam nahmen wir Fahrt auf. Der Bug des Kutters drehte sich Richtung Festland. Die Möwen stoben wie wild durcheinander und kreischten aufgebracht. Sie fühlten sich um ihr Frühstück betrogen, weil die Fahrt der *Sirius* ein solch abruptes Ende genommen hatte.

Nach knapp eineinhalb Stunden Fahrt erreichten wir den Hafen von Norddeich. Uz steuerte den westlichen Hafenbereich an, der schräg gegenüber der Fähranleger nach Juist und Norderney liegt und in dem die Hafenmeisterei ihr technisches

Gerät untergebracht hat. Schon von Weitem sah ich drei Autos am Kai auf uns warten. Ein ziviler dunkler BMW mit aufgesetztem Blaulicht, vermutlich der Dienstwagen von Hahn und Mackensen. Links daneben standen ein grauer Kastenwagen der Spurensicherung sowie ein schwarzer Leichenwagen.

Uz steuerte die *Sirius* durch das Hafenbecken auf den abgesperrten Teil der Mole zu. Ein rot-weißes Absperrband der Polizei flatterte im Wind und markierte die für uns vorgesehene Anlegestelle. Obwohl wir den abgelegenen Teil des Fischereihafens ansteuerten und uns abseits der Anlegekais der Frisia Reederei hielten, um den Fähren nicht ins Gehege zu kommen, hatte sich bereits eine Menschentraube rund um den abgesperrten Teil der Mole gebildet. Zwar werden einlaufende Fischkutter für gewöhnlich immer von einer Schar Urlauber erwartet, die ihre Krabben direkt fangfrisch vom Kutter kaufen wollen; heute jedoch war die Menschenmenge um einiges größer, was wahrscheinlich auf die Einsatzwagen der Polizei zurückzuführen war.

Die *Sirius* ging langsam längsseits der Anlegestelle. Uz stellte den Motor ab und Onno kletterte geschickt an Land, um das Boot zu vertäuen.

Mackensen wartete bereits auf uns. Er tat sich wichtig, indem er den Uniformierten Anweisungen erteilte. Augenscheinlich genoss er die Aufmerksamkeit der neugierigen Touristen, die mit ihren Fotohandys und Digitalkameras herumfummelten. Besonders schien er die Aufmerksamkeit einiger Damen zu genießen, die ihn ungeniert beäugten. Mackensen sah wie ein Obergockel aus, der mit gespreizten Federn durch seinen Hühnerhof lief, um seine Hennen zu beeindrucken.

Ich kletterte ebenfalls an Land, dicht gefolgt von Uz. Wir stellten uns abseits, damit die Spurensicherung ungestört ihre Arbeit machen konnte. Onno gesellte sich zu uns und wir beobachteten gemeinsam, wie zwei Polizeibeamte eine Sichtschutzplane zwischen der sensationsgierigen Touristenmeute und der *Sirius* hochhielten. Die Kriminaltechniker kletterten in ihren weißen Overalls an Bord und öffneten dort ihre Koffer. Ein junger Arzt nahm eine oberflächliche Untersuchung der Toten vor. Bei der Feststellung des Todes der Frau handelte es sich um eine reine Formsache. Wir sahen, wie die Experten über Hände, Füße und Kopf der Toten durchsichtige Plastiktüten stülpten, um eventuelle Spuren nicht zu zerstören. Viel zu sichern gab es ja ohnehin nicht, außer einem Haufen toter und mittlerweile verdorbener Krabben und Fische.

Als die Spurensicherung ihre Arbeit beendet hatte, traten zwei in schwarze Anzüge gekleidete Bestatter in Aktion, die neben dem Leichenwagen gewartet hatten. Sie legten den Leichnam vorsichtig in einen Transportsarg aus Aluminium und schlossen den Deckel.

»So, Herr Jansen«, Hauptkommissar Hahn war neben uns aufgetaucht. »Das war's dann wohl, Sie können jetzt wieder an Bord. Den Fang werden Sie ja wohl entsorgen müssen.«

Wir schwiegen.

Nachdem er vergeblich auf eine Reaktion von uns gewartet hatte, blies er wieder seine Hamsterbacken auf. »Kommen Sie bitte morgen früh alle zur Dienststelle der Kripo nach Emden, wir müssen noch das Protokoll aufnehmen.«

»Machen wir«, antwortete Uz knapp. Onno und ich nickten zustimmend.

»Denn mal, Moin«, verabschiedete Hahn sich.

Er drehte sich um und zog sich im Davongehen seine Hose, die offenbar ein Eigenleben führte, wieder hoch bis unter den Bauch. Gemächlichen Schrittes trottete er zu seinem Dienstwagen, in dem Mackensen bereits auf dem Fahrersitz lümmelte und geschäftig mit dem Funkgerät herumhantierte.

Wir sahen zu, wie sich die Wagenkolonne in Bewegung setzte.

Onno machte sich auf, um zusätzliche geeignete Behälter zur Entsorgung der Krabben zu organisieren. Uz und ich kletterten an Bord der *Sirius* und begannen, die traurigen Überreste unseres Fangs in die schon vorhandenen Abfalltonnen zu schaufeln.

Nachdem wir auch die von Onno besorgten Behälter mit den restlichen toten Fischen und Krabben gefüllt hatten, machten wir gemeinsam klar Schiff. Onno spritzte das Deck ab, während Uz und ich die Holzplanken sauber schrubbten, bis sie wieder frisch glänzten. Da uns nicht nach Reden zumute war, schwiegen wir während der gesamten Arbeit.

Eine Stunde später legten wir in gedrückter Stimmung in Norddeich ab und nahmen Kurs auf unseren Heimathafen Greetsiel. Die Aussicht auf ein frisch gezapftes Bier in Gretas Rettungsschuppen war im Moment der einzige Lichtblick.

Der Motor der *Sirius* tuckerte gemächlich. Wir schauten zurück zum immer kleiner werdenden Norddeicher Hafen.

Ich dachte an die unbekannte Tote, die sicherlich schon auf einem der kalten Tische der Gerichtsmedizin in Emden lag und auf ihre Obduktion wartete.

2

Während Uz die *Sirius* in flottem Tempo auf dem kürzesten Weg durch das Norddeicher Wattfahrwasser nach Hause steuerte, hing ich meinen Gedanken nach.

Ich hatte Uz in einer stürmischen und regnerischen Novembernacht kennengelernt, als wir beide in Gretas Rettungsschuppen über Bier und Köm hingen und mit unserem Schicksal haderten.

Heftige Sturmböen jagten durch den Hafen und der Regen trommelte lautstark auf das Dach des ehemaligen Rettungsschuppens, der von Greta zu einem urgemütlichen Lokal mit viel Holz und glänzendem Tresen umgebaut worden war.

Da hingen wir nun am Tresen – zwei Mannsbilder, die ihr Leben lang mit beiden Beinen in Beruf und Karriere gestanden hatten und plötzlich irgendwie nicht mehr so genau wussten, wie es nun weitergehen sollte. Aber Grönemeyer meint ja auch, dass das Leben nicht fair sei, und genauso fühlten wir uns in dieser Nacht – vom Leben und den Frauen unfair behandelt.

Uz hatte nach über vierzig Jahren seine Landarztpraxis an seine Tochter Claudia übergeben. Ohne Patienten konnte und wollte er sich eine Zukunft nicht vorstellen.

Meine Frau und ich hatten uns nach fünfzehn Jahren getrennt. Ohne sie konnte und wollte ich mir ein Leben nicht vorstellen.

Wir taten das, was alle Männer tun, wenn sie sich vom Schicksal und den Frauen unverstanden fühlen und Gefahr laufen, die Bodenhaftung zu verlieren – wir bemitleideten uns gegenseitig und tranken zu viel.

Als wir uns endlich unter den Tresen gesoffen hatten, erbarmte Greta sich unser und ließ uns auf einer Eckbank im Rettungsschuppen unseren mordsmäßigen Rausch ausschlafen.

So beginnen Männerfreundschaften.

Einige Tage nach unserem Besäufnis schlug Uz seine ungewohnte Freizeit als frischgebackener Pensionär tot, indem er durch den Norddeicher Hafen stromerte. Unverhofft stolperte er in einem muffigen und nach Fisch stinkenden Trockendock über seinen neuen Lebenssinn – *Sirius*. Der alte, abgetakelte und verrostete Kutter hatte seinem Aussehen nach zu Störtebekers Zeiten schon seine Patina aus Rost und Muscheln angesetzt. Unzählige Generationen von Möwen hatten den Kutter zusätzlich mit einer zentimeterdicken Schicht Möwenschitt zugekleistert.

Die *Sirius* war in den 1960er-Jahren in der Ditzumer Holzbootwerft Bültjer vom Stapel gelaufen und hatte somit über fünfzig Jahre als Krabbenkutter auf dem Buckel und zwei Generationen von Krabbenfischern ihren Lebensunterhalt gesichert. Unter anderem hatte sie die berüchtigten Sturmfluten von 1962 und 1974 fast schadlos überstanden. Als der ursprüngliche Eigner Otto Hansen verstarb, lagerte sein Sohn Ludolf, der die Tradition des Krabbenfischens nicht fortsetzen wollte, den Kutter auf dem alten Trockendock ein und vergaß ihn.

Uz spürte den Traditionsverweigerer Ludolf auf Mallorca auf. Hansen jun. konnte sich kaum noch an den alten Krabbenkutter erinnern. Er wurde schnell mit Uz handelseinig und freute sich riesig über das unverhoffte Geschäft.

Uz blühte indessen auf, als er sich an die Restaurierung des Kutters machte. Nachdem er Rost und Möwenschitt entfernt hatte, kam eine zwar in die Jahre gekommene, jedoch durchaus attraktive und rüstige Lady zum Vorschein.

Wochenlang kroch Uz ölverschmiert durch den Motorenraum, schweißte, flexte, schreinerte und fluchte. Trotz der teilweise derben Flüche, in denen Uz seinen Kutter mindestens zweimal täglich auf den Grund der Nordsee wünschte, liebte er dieses Boot heiß und innig.

Nach der Komplettsanierung, die ihn nicht nur Nerven, sondern auch einen nicht unerheblichen Teil seiner Ersparnisse gekostet hatte, lief die *Sirius* endlich an einem sonnigen Morgen im August vom Stapel.

Aufgeregt wie ein kleiner Junge, der am Heiligabend auf den Weihnachtsmann wartet, stand Uz mit strahlenden Augen am Ruder und geleitete die *Sirius* zurück in ihr angestammtes Element – die Nordsee.

Stolz tauchte die *Sirius* in die Fluten des Greetsieler Hafenbeckens ein. Der Rumpf leuchtete in dem für die Greetsieler Krabbenkutter typischen Karmesinrot mit weiß abgesetztem Ruderhaus und Achterreling. Eine zwanzig Zentimeter hohe, weiße Wasserlinie umlief den gesamten Bootskörper. Auch die Aufbauten und Netzausleger waren schneeweiß gestrichen. Der Name *Sirius* leuchtete in großen weißen Lettern auf beiden Seiten des Bugs.

Wenn die Ferienzeit anbricht und die Nordseeküste von erholungshungrigen Urlaubern bevölkert wird, steht so mancher Freizeitkapitän mit großen, glänzenden Augen im romantischen Greetsieler Hafen und träumt davon, seinen Nadelstreifenanzug gegen einen Blaumann einzutauschen und mit der *Sirius* in See zu stechen. Mancher Banker oder Börsianer aus Düsseldorf oder Frankfurt stand schon am Kai und versuchte ernsthaft, Uz seinen Kutter abzuhandeln. Der hört sich dann geduldig schmunzelnd die Offerten an. Obwohl ihm in der Vergangenheit schon Kaufpreise in sechsstelliger Höhe für seinen Kutter angeboten wurden, käme es meinem Freund niemals in den Sinn, das Boot zu verkaufen.

Uz bezieht eine gute Pension und betreibt das Krabbenfischen als reine Liebhaberei. Die Erlöse aus seinen Fangfahrten reichen aus, um die Kosten der *Sirius* zu decken. Es bleibt sogar ein kleines finanzielles Polster für den Winter übrig, wenn der Kutter im Trockendock liegt und überholt wird. Die regelmäßige Wartung und Generalüberholung der *Sirius* sind zwingend notwendig, um die Technik in einwandfreiem Zustand zu halten und den Wert des historischen Kutters zu bewahren. Schließlich ist die *Sirius* Ende der 1990er-Jahre von der Niedersächsischen Denkmalschutzbehörde als *Bewegliches Denkmal* anerkannt worden.

Während ich meinen Gedanken nachhing, schaute ich aufs Wasser. Norderney und Juist lagen friedlich im warmen Sonnenlicht auf der Steuerbordseite. Langsam glitten die Dörfer Osterwarf, Westerhörn und Utlandshörn, der ehemalige Betriebsstandort des Küstenfunksenders Radio Norddeich, vorbei. Kurz darauf passierten wir den Schweinsrücken, wie die Mitte der Leybucht bezeichnet wird. Dann erreichten wir das Greetsieler Auffangbecken, das den Booten auch bei Ebbe den Zugang zum Wattfahrwasser ermöglicht.

Leise tuckernd lief die *Sirius* in Greetsiels historischen Kutterhafen ein, der im Jahr 1388 zum ersten Mal in den Chroniken Ostfrieslands erwähnt wurde. Der Hafen war in den Jahren 1474 bis 1744 Stammsitz des in Ostfriesland prominenten Cirksena-Clans mit seinen verschiedenen Häuptlingen.

Obwohl der Himmel strahlend blau geworden war und die Sonne sich von ihrer besten Seite zeigte, waren noch nicht allzu viele Touristen zu sehen. Wir hatten ja noch keine Hauptsaison. Doch wenn die Temperaturen noch um zwei, drei Grad weiter anstiegen, wie es der Wetterbericht seit Tagen ankündigte, würde es bereits am kommenden Wochenende in Greetsiel sehr viel lebhafter zugehen. Die kleinen Gassen würden vor Menschen nur so wimmeln. Denn die Greetsieler Altstadt mit ihrer historischen Häuserzeile aus dem 17. Jahrhundert und Ostfrieslands größter Krabbenkutterflotte ist die Hauptattraktion in der Krummhörn und beliebtes Ausflugsziel für Touristen.

Mit einem leichten Ruck legte die *Sirius* an ihrem angestammten Liegeplatz an. Der Diesel verstummte. In der plötzlich eintretenden Stille kam mir das aufgeregte Gekreische der Möwen sehr viel lauter als gewöhnlich vor. Doch vielleicht war ich auch nur empfindlicher.

Uz' Stimme riss mich aus meinen Gedanken. »Kommst du noch mit auf ein Bier zu Greta?«

»Nichts lieber als das«, nickte ich. Wenn ich jetzt etwas vertragen konnte, dann war das ein kühles Bier!

Während Uz das Ruderhaus verschloss, half ich Onno beim Vertäuen des Kutters. Wir erledigten die letzten Handgriffe und stiefelten schweigend zu Gretas Rettungsschuppen hinüber.

Das gemütliche Bistro liegt direkt am Deich des Greetsieler Hafens. Bis zum Ende der 1980er-Jahre beherbergte der Schuppen ein betagtes hölzernes Rettungsboot, mit dem die Dorfbewohner schiffbrüchige Seeleute, die vor den Inseln gestrandet waren, aus Seenot retteten: Eine Tugend, die erst Anfang des 19. Jahrhunderts in Friesland gesellschaftsfähig wurde. Vorher waren die Küstenbewohner aufgrund ihrer armseligen Lebensverhältnisse notgedrungen als Seeräuber tätig gewesen. Regelmäßig hatten die Insulaner Schiffbrüchige erst einmal ausgeplündert, bevor sie sich an die Rettung der Gestrandeten machten – falls sie dies überhaupt in Erwägung zogen.

Im November 1854 strandete das Auswandererschiff *Johanne* in einem schweren Herbststurm vor Spiekeroog. Achtzig Menschen ertranken in der tosenden See. Die Insulaner kamen den Ertrinkenden und Gestrandeten nicht zur Hilfe, sondern schleppten stattdessen das angeschwemmte Strandgut in Sicherheit. Eine Welle der Empörung ging durch die Bevölkerung. Die aufgebrachte Öffentlichkeit und Presse forderten Maßnahmen. Doch erst nachdem sich vier Jahre später eine weitere Katastrophe ereignete und die Brigg *Alliance* auf das gefürchtete Borkum-Riff auflief und sank, forderten im November 1860 der Navigationslehrer Adolph Bermpohl und der Advokat Carl Kuhlmay in einem Appell an die Bevölkerung erstmals die Gründung eines deutschen Seenotrettungswerks.

Die ersten Rettungsstationen wurden auf Juist und Langeoog gebaut. Jahre später erhielt auch Greetsiel ein eigenes Seenotrettungsboot, das in einem geräumigen Backsteinhaus, dem sogenannten Rettungsschuppen, untergebracht war.

Nachdem die Gesellschaft zur Rettung Schiffbrüchiger zu Beginn der 1990er-Jahre einen modernen Seenotkreuzer in

Norddeich in Dienst nahm, stand der alte Schuppen in Greetsiel leer, bis Greta Martens das alte Backsteingebäude vor einigen Jahren erstand und zu einem gemütlichen Bistro umbauen ließ. Die pfundige Wirtin verwandelte das heruntergekommene Gebäude in ein echtes Schmuckstück. Innerhalb kürzester Zeit wurde der Rettungsschuppen aufgrund seiner gemütlichen Ausstattung und der guten Küche, jedoch in erster Linie wegen Gretas herzlicher Art und donnerndem Lachen, mit dem sie jeden Gast empfängt, zum beliebten Ausflugslokal für Touristen. Aber auch für die von ihren Fahrten heimkehrenden Krabbenfischer ist Gretas Rettungsschuppen sehr zum Leidwesen ihrer Frauen die erste Anlaufstelle, nachdem sie ihren Fang ausgeladen haben.

Greta war in Greetsiel geboren worden und aufgewachsen. Ein Leben an einem anderen Ort kam für sie nicht in Frage. Greta ist eine stets gut gelaunte Frau Mitte vierzig, deren rundes Gesicht von unzähligen Sommersprossen gesprenkelt ist. Erste Lachfältchen in den Augenwinkeln zeugen von ihrem heiteren und einnehmenden Wesen. An Greta ist alles rund und üppig. Die ausladenden Hüften und der wogende Busen, an dem sich schon so mancher Seemann ausgeweint hat, erinnern ebenso an eine Walküre wie ihr wallendes, sturmzerzaustes Blondhaar und ihr dröhnendes Lachen. Aber auch wenn Greta rund und gemütlich aussieht, bewegt sie sich doch mit einer für ihre Körperfülle unglaublichen Schnelligkeit und Leichtigkeit.

Gretas Rettungsschuppen war glücklicherweise ziemlich leer. Nur ein Tisch direkt neben dem Eingang war von einem älteren Ehepaar in Radlerhosen besetzt, das in unverwechselbarem kölschem Dialekt über die schnellste Fahrradroute nach Upleward diskutierte. Wir setzten uns gleich an den Tresen.

»Moin, Seeleute!«, begrüßte uns die Wirtin mit einem herzhaften Lachen, während ihre Augen uns besorgt musterten.

Greta verfügt über einen unerschöpflichen Fundus an berüschten Kittelschürzen, diesmal blütenweiß und gestärkt. An Frau Holle erinnerte sie mich.

»Bier?«, fragte sie uns ohne Umschweife. »Oder lieber etwas Härteres?« Greta war nicht nur mit einem hellen Köpfchen, sondern mit einer ebenso großen Portion Menschenkenntnis gesegnet.

»Ein Bier käme genau richtig«, sagte ich.

»Und ne' Lütje Lage«, ergänzte Uz.

»War es schlimm?«, fragte Greta geradeheraus. Bei uns in Ostfriesland sprechen sich Neuigkeiten immer mit rasender Geschwindigkeit herum.

»Noch schlimmer!«, antwortete Onno mit leiser Stimme und steckte sich umständlich eine Zigarette an, während seine Augen unruhig hin und her flackerten.

»Ihr seht wirklich aus, als könntet ihr einen ordentlichen Schluck vertragen.« Greta stellte drei eisgekühlte Aquavite vor uns auf den Tresen. Die schlanken Gläser waren von einer dünnen Eisschicht überzogen. Sie verzichtete auf weitere Fragen und machte sich daran, unser Bier zu zapfen. Wir prosteten einander schweigend zu und kippten den Aquavit in einem Zug. Ebenso schweigend stellten wir die leeren Gläser auf den hölzernen Tresen, wo sie feuchte Ringe hinterließen.

Der scharfe Schnaps zog in meiner Speiseröhre einen brennenden Schweif hinter sich her, bis er meinen Magen erreichte, der zunächst wohlerzogen protestierte, sich dann aber doch langsam zu entknoten begann.

Wir saßen wortlos da und brüteten dumpf vor uns hin, bis Greta drei gefüllte Biergläser mit perfekten Schaumkronen vor uns auf den Tresen stellte. Besorgt sah sie uns der Reihe nach an.

Wir schwiegen noch immer.

Ohne Aufforderung goss Greta unsere Schnapsgläser erneut voll.

Wer in Ostfriesland sein leeres Schnapsglas stehen lässt, bekommt es unaufgefordert so lange weiter nachgeschenkt, bis er genug hat oder aufgibt. Pech haben Touristen, die mit den hiesigen Gebräuchen nicht vertraut sind und aus lauter Höflichkeit irgendwann sang- und klanglos vom Hocker kippen.

»Wollt ihr darüber reden?«, fragte Greta.

»Hm«, brummte ich einsilbig.

»Ist schon recht«, antwortete Uz und griff nach seinem Bierglas. Wir taten es ihm nach.

Nachdem wir alle mehr oder weniger große Schlucke genommen hatten – Onno leerte sein Glas in einem Zug –, meinte Uz: »Ist ja wohl kein Geheimnis mehr, was uns heute Morgen passiert ist, oder?«

»Nö«, bestätigte Greta. »Ihr wisst doch, wie gut der Wattfunk bei uns funktioniert.«

»Und, was funkt er so?«, fragte Uz argwöhnisch und legte die Stirn in Falten.

»Dass euch heute Morgen eine Wasserleiche ins Netz gegangen ist.« Wir nickten stumm.

»Stimmt es denn, dass es eine Seglerin war, die nach einer Bootsparty betrunken in den Teich gefallen ist?«

»Da war der Wattfunk dann aber doch etwas voreilig«, jetzt war es an mir, die Stirn zu runzeln.

»Wieso, stimmt das denn nicht?«

»Genaues weiß ja noch keiner«, antwortete Uz. »Es stimmt zwar, dass wir heute Morgen eine tote Frau aufgefischt haben. Allerdings spricht – unserer bescheidenen Meinung nach – ihre Kleidung dagegen, dass sie von einem Segelboot gefallen ist.«

»Und ob sie betrunken war, muss sich ja erst noch herausstellen. Die Kripo hat es sich verdammt einfach gemacht und voreilige Schlüsse gezogen«, ergänzte ich.

»War die Kripo aus Emden da?«, wollte Greta wissen.

»Ja, zwei ganz besondere Exemplare – Hahn und Hein Blöd«, sagte Uz mit spöttischem Grinsen. »Das sind zwei absolute Vollprofis, die können auf den ersten Blick und ohne Lesebrille erkennen, wofür andere Leute eine labortechnische Untersuchung brauchen.«

»Die beiden meinen, dass die Frau während einer Feier betrunken von Bord einer Yacht gefallen ist«, fügte ich säuerlich hinzu und nahm einen großen Schluck von meinem Bier.

»Hat denn überhaupt jemand beim Seenotrettungsdienst Mann über Bord gemeldet?«

Irgendwie muss es in den Genen von Wirten verankert sein, dass sie meinen, mit einem feuchten Tuch den Tresen polieren zu müssen, wenn sie mit ihren Gästen reden. Auch Greta machte da keine Ausnahme.

»Nicht, dass wir wüssten. Zumindest nicht, während wir auf See waren. Aber das heißt ja nichts. Wird mit Sicherheit nicht in der letzten Nacht passiert sein.« Uz griff nach seinem zweiten Aquavit, legte den Kopf in den Nacken und leerte das Glas in einem Zug.

»Man weiß ja auch noch überhaupt nicht, wie lange die Frau im Wasser lag«, gab ich zu bedenken.

»Kann aber nicht so lange gewesen sein«, sagte Uz und reichte Greta sein leeres Glas. Dankend winkte er ab, als sie mit dem Kinn Richtung Eisfach deutete, wo sie ihren Aquavit tiefgekühlt lagerte.

»Die Wassertemperatur liegt seit Anfang des Monats bei vier Grad. Die Totenflecke, die an Rumpf, Händen und Füßen zu sehen waren, treten bei Wasserleichen in dieser Form auf, weil sie mit dem Gesicht nach unten und mit herabhängenden Armen und Beinen im Wasser treiben. Bei der toten Frau waren die Totenflecken nicht sonderlich stark ausgeprägt. Ihr habt die Haut gesehen. Sie war von den Fingerbeeren beginnend von innen heraus stark durchweicht und faltig. Man nennt diesen Hautzustand bei Wasserleichen *Waschhaut*. Diese Waschhaut hatte sie nur an den Fingern und in den Handinnenflächen, nicht aber auf dem Handrücken. Die Bildung einer solchen Waschhaut an den Fingern und der Hohlhand dauert maximal eine Woche. Die auf dem Handrücken ein bis zwei Wochen. Und nach drei bis vier Wochen lässt sich die Haut von der ganzen Hand wie ein Handschuh abstreifen. Das war ja hier nicht der Fall, also lag sie maximal eine Woche im Wasser, wobei ich auf vier, fünf Tage tippe. Und dann dürft ihr nicht vergessen, dass Aale zwar Aasfresser sind, aber nicht an totes Fleisch gehen, wenn es zu alt ist, und der Aal, den wir gesehen haben ...«

»Ich glaub', ich muss jetzt gehen!« Onno stand mit einem Ruck auf und unterbrach abrupt Uz medizinischen Vortrag. Er schob mit wachsbleichem Gesicht das volle Schnapsglas zur Seite, was für Onno so ungewöhnlich war wie für einen Politiker ein gehaltenes Wahlversprechen. Nervös fingerte er nach seiner Geldbörse.

»Was denn für ein Aal?« Greta sah uns angesichts Onnos heftiger Reaktion irritiert an. Ich sah sie umgekehrt solange sehr scharf an, bis es ihr endlich dämmerte, welche unangenehme Begegnung wir offensichtlich gemacht hatten.

Greta warf einen verstohlenen Seitenblick zur Küchentür, an der die große, handbeschriebene Schiefertafel mit den Tagesangeboten hing. »Aal grün« prangte in liebevoll geschwungener Schrift. Na, Mahlzeit!

»Lass mal gut sein, Onno, das geht heute auf mich«, sagte Uz in diesem Moment und sah ziemlich schuldbewusst aus. Offenbar war ihm erst durch Onnos überstürztes Aufstehen bewusst geworden, dass Nichtmediziner ärztlicher Fachsimpelei nichts abgewinnen können, wenn es sich um pathologische Details aus dem realen Leben und nicht die rhetorischen Fernsehstudien eines Dr. House handelt.

»Du bekommst auch noch deine Heuer für heute.«

»Ehrlich?«, fragte Onno tonlos und sah seltsam desinteressiert aus, während seine Augen hin und her irrlichterten, ohne uns anzusehen.

»Na klar! Du kannst ja nichts dafür, dass wir fast den ganzen Fang vernichten mussten. Aber lass uns das mal morgen in Ruhe machen. Jetzt hau dich erst mal aufs Ohr.«

»Danke Käpt'n, denn mal bis morgen.« Onno verabschiedete sich mit einem hastigen Kopfnicken von uns und verschwand Richtung Hafen.

Während Uz und ich uns anschwiegen, kassierte Greta bei dem Kölner Ehepaar ab, das sich nach langem Hin und Her für eine Besichtigung des Mühlenmuseums in Pewsum entschieden hatte.

Greta räumte die leeren Kaffeetassen ab.

»Ich will dann auch mal los.« Ich legte den Kopf in den Nacken und ließ meinen zweiten Aquavit seinem Vorgänger folgen.

»Ich komme mit«, sagte Uz.

Wir standen schwerfällig auf und verabschiedeten uns ebenfalls mit einem Kopfnicken von Greta, die uns besorgt nachschaute, jedoch unseren zeitigen Aufbruch kommentarlos akzeptierte. Normalerweise hielten wir uns länger bei Greta auf.

Die Sonne stach mir schmerzhaft in die Augen, als wir ins Freie traten. Ich schaute zum Himmel hinauf, der vollkommen wolkenlos und tiefblau war. Es war ein echter Bilderbuchtag, wie geschaffen als Motiv für eine der zahlreichen Ansichtskarten, die so gerne von den Touris gekauft werden.

Der Tag war einfach zu schön, um als Wasserleiche in einem Fischernetz quer über den Boden der Nordsee geschleift, von zwei Volldeppen der Kripo als besoffene Partyleiche klassifiziert zu werden, und schließlich auf einem der kalten Edelstahltische der Emdener Gerichtsmedizin zu landen. Doch andererseits – welcher Tag wäre denn gut für so etwas?

Weder Uz noch ich waren zum Reden aufgelegt. Und so verabschiedeten wir uns nur mit einem kurzen Gruß voneinander. Uz hatte es nicht weit bis zu seinem Haus. Er bewohnte gemeinsam mit seiner Tochter Claudia das ehemalige Haus des Hafenmeisters direkt *Am alten Deich* und musste nur knapp hundert Meter die Mole entlang laufen. Vom Frühstückstisch aus konnte Uz direkt auf den Liegeplatz der *Sirius* hinunterschauen.

Da der Greetsieler Ortskern für Autos gesperrt ist, hatte ich meinen Käfer in der Nacht auf dem öffentlichen Parkplatz an der Hauener Hooge abgestellt.

Ich schloss mein steingraues Karmann-Cabrio Baujahr 1957 auf, entriegelte die beiden verchromten Verdeckverschlüsse und klappte das Dach mit beiden Händen nach hinten. Dann kurbelte ich alle vier Seitenscheiben herunter. Obwohl es die Straßenverkehrsordnung eigentlich fordert, verzichtete ich aus Bequemlichkeit darauf, die Persenning über das Klappverdeck zu ziehen. Ich klemmte mich hinter das für heutige Verhältnisse riesige Lenkrad, löste die mechanische Seilzugbremse, und startete den Grauen, der als echter Käfer sofort ansprang.

Mir steckten die entsetzlichen Geschehnisse des Tages in den Knochen. Die Bilder der toten Frau spukten mir unablässig durch den Kopf. Ich benötigte dringend musikalischen Zuspruch, stöpselte meinen MP3-Player ein und überließ dem Zufallsgenerator die Auswahl. Die Wahl fiel auf Zucchero, der gemeinsam mit Eric Clapton *A Wonderful World* besang.

So ist halt das Leben – während der eine in der Leichenhalle liegt, singt der andere von der wundervollen Welt.

Ich gab mehr Gas als nötig, schaltete in den dritten Gang hoch und bog in die Kleinbahnstraße ein, der ich bis zur nächsten Kreuzung folgte. Nachdem ich links abgebogen war, knatterte ich in gemächlichem Tempo in Richtung Hamswehrum. Kurz vor der Ortseinfahrt führt ein schmaler Weg zu meinem alten Kapitänshaus, in dem ich gemeinsam mit meinem dicken Hund Motte lebe.

Als es vor einigen Jahren, die mir im Nachhinein wie Jahrzehnte vorkommen, mit meiner Ehe nicht gerade zum Besten gestanden hatte, war ich mit Maria, meiner Exfrau, zu einem Wochenendausflug an die Nordsee gekommen. Wir wollten die Ruhe und Einsamkeit Frieslands nutzen, um entspannt über unsere kränkelnde Beziehung zu sprechen. Gemeinsam wollten wir überlegen, wie es mit unserer Ehe weitergehen könnte.

Bereits während der Fahrt durch Niedersachsens Flachebene hat mich damals die Natürlichkeit und Echtheit dieser urtümlichen Landschaft gefangen genommen. Wir waren auf dem Weg nach Norddeich, um mit der Fähre zu einer der Inseln überzusetzen. Zuvor wollten wir noch einen kleinen Abstecher nach Greetsiel machen, weil es dort angeblich die besten Krabbenbrötchen Ostfrieslands geben sollte: Eine Behauptung, die ich auch heute noch jederzeit unterschreibe und besiegle.

Als ich aus dem Wagen ausstieg und das Fischerdörfchen Greetsiel mit seinem mittelalterlichen Ortskern und seinem romantischen Hafen zum ersten Mal sah, hatte ich das Gefühl, heimgekommen zu sein.

Wir fuhren nicht mehr nach Norddeich weiter, sondern verbrachten das Wochenende in Greetsiel. Maria und ich beschlossen am letzten Abend gemeinsam, unsere Ehe in aller Freundschaft zu beenden und in Zukunft getrennte Wege zu gehen.

Ich bin Anwalt – beziehungsweise ich war Anwalt gewesen. Maria und ich hatten uns während unseres gemeinsamen Studiums in Berlin kennengelernt. Sie war eine schlanke brünette Schönheit, blitzgescheit und mindestens genauso ehrgeizig wie ich. Die Zeit während unseres Studiums war unsere glücklichste Zeit. Wir waren wahnsinnig verliebt. In Hörsaal und Mensa saßen wir stets nebeneinander. Nächtelang diskutierten wir die langweiligsten und trockensten Rechtsthemen und verbrachten ganze Wochenenden ausschließlich im Bett.

Nach Ende unseres Studiums nahm Maria eine Stelle als Assistentin einer renommierten Charlottenburger Anwaltskanzlei für Wirtschaftsrecht an. Ich entschied mich für eine Assistentenstelle bei einer alteingesessenen Sozietät, die sich mit Strafrecht befasste.

In den darauffolgenden Jahren sammelte ich wertvolle Erfahrungen im Führen von Strafprozessen. Abends schrieb ich an meiner Doktorarbeit. Schnellstmöglich machte ich mich mit einer kleinen Kanzlei selbstständig, die nur aus einer Re-No-Gehilfin und mir bestand. Meine Kanzlei, mit der ich eine winzige Wohnung am Mehringdamm bezog, verfügte nur über zwei Räume, ein Klo auf dem Flur sowie eine winzige Teeküche, die in dem sogenannten *Mädchenzimmer* untergebracht war. In dem winzigen Raum konnte man die gegenüberliegenden Wände mit ausgestreckten Armen berühren – egal, wo man in dem Zimmer stand. Mädchenzimmer hieß das Kämmerchen deshalb, weil zur Jahrhundertwende die Berliner Herrschaften ihre Dienstmädchen in solch winzigen Kammern unterzubringen pflegten.

An einem sommerlichen Tag im Mai hatten Maria und ich dann geheiratet. »Fast so schön wie heute.« Seufzte es durch meinen Kopf und entführte meinen Blick von der Straße in den Himmel und in Zeiten, von denen ich nicht mehr wusste, ob sie wahr gewesen waren. Wir bezogen dann eine erschwingliche Altbauwohnung in Berlin Mitte. Maria machte Karriere als Fachanwältin für Wirtschaftsrecht. Ich machte mir mit einigen spektakulären Strafprozessen einen guten Namen. Die Anzahl meiner Mandanten wuchs beständig. Es dauerte nicht lange und ich konnte weitere Mitarbeiter einstellen. Stolz mietete ich weitere Büroräume im selben Haus an.

Nach einigen Jahren hatte ich es geschafft. Ich zog mit meiner Kanzlei in die 9. Etage eines Bürogebäudes auf den Ku'damm. Von meinem Schreibtisch aus blickte ich in den Himmel über Berlin. Ein kleines, dynamisches Team junger, ambitionierter Anwälte, die sich auf verschiedene Fachgebiete des Strafrechts spezialisiert hatten, arbeitete für mich. Den überwiegenden Teil unserer Fälle vor Gericht gewannen wir.

Beruflich gesehen ging es Maria und mir gut. Unsere Ehe jedoch hatten wir beim Karrieremachen in den Sand gesetzt. Wie es geschehen konnte, dass unsere Ehe gerade in diesen beruflich so erfolgreichen Jahren zu etwas Selbstverständlichem verkommen konnte, verstehe ich noch heute nicht. Aber wir lebten damit, als bedürfe so etwas keiner Pflege, als funktionierte es selbstverständlich ... wie ein VW. Eine fatale Fehleinschätzung, wie sich herausstellte.

Wir bewohnten nun eine schicke und teure Penthouse-Wohnung im Prenzlauer Berg. Jeder von uns ging in seinem Beruf auf. Wir pflegten unsere Beziehung nicht und sprachen, außer über unsere aktuellen Fälle, kaum noch miteinander. Für sexuelle Aktivitäten waren wir meist zu müde.

Es gab Wochen, in denen wir uns nur morgens in der Küche sahen. Mürrisch und zerknittert frühstückten wir, meist im Stehen und schweigend: in der einen Hand einen Pott mit schwarzem Kaffee und in der anderen eine Zigarette. Wir verabschiedeten uns mit einem gegenseitigen Kuss auf die Wange. Dann jagte wieder jeder alleine seiner Karriere nach.

Das Scheitern unserer Ehe nahmen weder Maria noch ich bewusst wahr. Wir bemerkten gar nicht, wie unsere Beziehung langsam und leise starb. Als wir dann endlich kapierten, dass wir ein totes Pferd fütterten, war es bereits zu spät. Erst im Nachhinein wurde uns klar, wie viele vermeidbare Fehler wir beide gemacht hatten, die dann in der Gesamtsumme zum Scheitern unserer Beziehung führten.

Tolle Leistung! Wir waren zwei Profis, die zwar die Probleme ihrer Mandanten brillant zu lösen vermochten, jedoch vollkommen naiv und dilettantisch an den eigenen Problemen scheiterten, die – schlimmer noch! – nicht einmal fähig waren, ihre Probleme überhaupt zu erkennen.

Warum bringt einem eigentlich niemand in der Schule, beim Studium oder am besten schon in der eigenen Familie bei, wie man eine Beziehung führt, miteinander redet, Rücksicht nimmt und die richtigen Prioritäten setzt? Jeden Mist kann man an der Volkshochschule lernen. Für jedes noch so überflüssige Fachgebiet einen Lehrgang absolvieren, eine Prüfung ablegen oder ein Examen machen. Aber für das wichtigste Thema in unserem Leben, unser oberstes und erstes Ziel nach dem wir alle in unserem Innersten streben – in einer glücklichen und stabilen Beziehung zu leben – dafür gibt es weder Lehrpläne noch Studienfächer. Erst wenn die Kiste an die Wand gefahren ist, kommen Eheberater, Psychotherapeuten und obskure Lebensberater in bunten Illustrierten zum Zuge. Eine ganze Branche lebt von gescheiterten Beziehungen und uns Ehekrüppeln.

Erst als unsere Ehe in Scherben am Boden lag, hatten auch wir diese bittere Ironie endlich kapiert. Doch da war es bereits zu spät. Da hatte auch ein Wochenende in Greetsiel nichts mehr retten können.

Nach meiner Scheidung tat ich das Naheliegende – ich stürzte mich noch tiefer in meine Arbeit. Ich wurde zum Hardcore-Workaholic. Magenprobleme, Herzrasen und Schlafstörungen ignorierte ich, zunehmende Gereiztheit im Umgang mit Mandanten und mangelnde Lust, einen Gerichtssaal zu betreten, schob ich auf den täglichen Stress.

Eines Morgens auf der Fahrt zum Gericht sorgte ich für einen mehrstündigen Stau auf dem Berliner Stadtring. Auf der Rudolf-Wissell-Brücke bekam ich plötzlich keine Luft mehr. Ich hielt im strömenden Regen mitten auf der Fahrbahn an, riss die Fahrertür auf und stolperte mit angstverzerrtem Gesicht über die dreispurige Autobahn. Binnen weniger Sekunden kam der stadteinwärts führende Verkehr zum Erliegen.

Mein Blutdruck stieg auf über zweihundert. Das Herz wollte mir zum Hals rausspringen. Die Panikattacke, die mich wie ein tollwütiger Fuchs angesprungen hatte, zwang mich in die Knie. Die jahrelange Arbeitsbelastung, mein Raubbau an Körper und Seele und der stechende Schmerz über den Verlust meiner Frau überfluteten mich wie die Wassermassen eines geborstenen Staudamms – ich konnte nicht mehr! Der Zusammenbruch hatte mich erreicht.

Kalter Regen klatschte mir ins Gesicht, als ich langsam am Kotflügel meines Wagens zu Boden rutschte. Regungslos und unfähig, mich zu bewegen, kauerte ich im strömenden Regen an der Chromfelge meines Statussymbols.

Zwei junge türkische Gemüsehändler auf dem Rückweg vom Großmarkt sprangen aus ihrem Lieferwagen. Wütend gestikulierten sie auf mich ein. Als sie merkten, dass ich wie gelähmt ins Leere starrte, holte der Beifahrer eine Abdeckplane aus seinem Wagen, während der Fahrer mit seinem Handy die Feuerwehr rief.

In der Klinik bekam ich Spritzen und Infusionen. Ein gestresster Assistenzarzt erklärte mir, dass meine Panikattacke eines der klassischen Symptome eines Burn-outs sei. Jetzt war es an der Zeit, etwas Grundlegendes zu ändern! Ich hatte meine bisherige Existenz und diese verdammte Karriere einfach nur satt, wenn ich sah, wo sie mich hingeführt hatten – jetzt ging es um mein Leben!

Ich machte einen drastischen Schritt. Meine laufenden Prozesse und die Verantwortung für meine Kanzlei übergab ich wie ein glühendes Eisen an einen vertrauenswürdigen und erfahrenen

Mitarbeiter, der schon einige Jahre als Juniorpartner bei mir tätig war. Dann nahm ich Urlaub auf unbestimmte Zeit.

Ich fuhr zurück nach Ostfriesland.

Planlos gondelte ich von Oldenburg über Emden und Aurich nach Wilhelmshaven. Mehrere Wochen verbrachte ich auf den ostfriesischen Inseln und nahm innerlich Abschied von Maria und meiner langjährigen Ehe.

Ich bemitleidete mich ausgiebig und trank zu viel. Stundenlang lag ich mit ausgestreckten Armen wie eine fleischgewordene Bierreklame in den Dünen von Juist, Norderney, Borkum und Baltrum. Auf dem Rücken liegend, schaute ich in den Himmel und malte Sandengel in die Dünen – die ostfriesische Variante des Schneeengels.

Wind, Wellen und das raue Klima Ostfrieslands halfen mir, neben gefühlten drei Millionen Sandengeln, meinen psychischen Zusammenbruch fürs Erste zu überwinden. Langsam kam ich zur Ruhe.

Erst da merkte ich, wie weit ich mich durch Job und gescheiterte Ehe von mir selber entfernt hatte – wie fremd ich mir selbst geworden war. Ich hatte meine eigenen Bedürfnisse vergessen und mich jahrelang ausschließlich über meine Arbeit definiert. Wie man lebt, geschweige denn entspannt oder genießt, wusste ich nicht mehr.

Ich ließ Land und Leute auf mich wirken, lernte den trockenen und wortkargen friesischen Humor während langer Abende in den Dorfkneipen der Krummhörn kennen. Schnell gewöhnte ich mich an die friesische Einsilbigkeit.

Mit einem geliehenen Fahrrad durchradelte ich die Krummhörn mit ihren achtzehn Warftendörfern. Ohne festes Ziel fuhr ich übers platte Land. Termine und Zeitdruck, die ich jahrelang nicht nur als unvermeidlich, sondern als so selbstverständlich wie meine Magen- und Verdauungsprobleme hingenommen hatte, ließ ich hinter mir.

Wenn ich Lust hatte, stieg ich einfach von meinem Drahtesel und setzte mich zu den allgegenwärtigen Schafen auf den Deich.

Je nach Stand der Tide, schaute ich aufs Wasser oder aufs Watt. Eines Morgens stand mein Entschluss fest! Kurz entschlossen packte ich meinen Rucksack. Ich fuhr zurück nach Berlin und übergab meine Anwaltskanzlei an meinen Juniorpartner.

In den letzten Wochen davor hatte ich mich nicht rasiert und durch die körperliche Bewegung einiges an Gewicht verloren. Deshalb zweifelte mein Juniorpartner zunächst an meiner physischen und, als er meinen Entschluss hörte, zudem an meiner psychischen Gesundheit.

Wir einigten uns dann jedoch ziemlich schnell auf einen Vertrag, der mir eine stille Teilhaberschaft in Form einer prozentualen Gewinnbeteiligung an der Kanzlei und damit ein reelles und regelmäßiges Einkommen garantierte. Meine Zulassung als niedergelassener Anwalt zog ich allerdings nicht zurück, sondern ließ sie nur ruhen. So konnte ich mich als Jurist jederzeit wieder reaktivieren – man weiß ja nie.

Ich überließ es Maria, die Kriterien festzulegen, nach denen wir unseren Hausstand aufteilten. Wir verkauften unsere Penthouse-Wohnung im Prenzlauer Berg ebenso wie einen Teil unseres Aktiendepots. Wir benötigten beide Startkapital für unseren Neubeginn.

Bei der Auswahl des ehemals gemeinsamen Hausstands packte ich einige wenige persönliche Sachen in eine überschaubare Anzahl brauner Umzugskartons und zog in die Krummhörn. Etwa zwölf Kilometer südlich von Greetsiel zwischen Upleward und Hamswehrum fand ich ein kleines Haus, das ich mir finanziell leisten konnte.

Um meinen Burn-out in den Griff zu bekommen, reichte dieser Schritt aber bei Weitem nicht aus. Ich suchte mir zusätzliche professionelle Hilfe und begann eine Therapie. Um durch das abrupte Ende meiner täglichen Arbeit nicht in einen luftleeren Raum zu stürzen, besann ich mich auf die Dinge, die mir Spaß machten und die mir ein gutes Gefühl gaben, wenn ich mein vollendetes Werk betrachtete.

Ich begann, in den langen, dunklen Wintermonaten, die sich in Ostfriesland immer ein wenig länger anfühlen als anderswo, wieder zu zeichnen und zu tuschen. Das Entwerfen von Engeln, Dämonen, Drachen und Zähne bleckenden Totenschädeln war eine alte Leidenschaft von mir. Bereits während meiner Studienzeit hatte ich als Ausgleich zu den trockenen, juristischen Texten Tattoos entworfen und mich beim Zeichnen entspannt.

Meine Tattoos kann man der Rubrik Old School zuordnen. Die Motive bewegen sich zwischen Gothic und Fantasy mit einem Schuss Heavy Metal, wobei ich auch immer wieder gerne Pin-ups mit wildromantischen Rosenmotiven kombiniere.

Meine Spezialität sind kleine, filigrane Kunstwerke, die ich als Unikate an ausgesuchte, renommierte Tattoo-Studios verkaufe. Mittlerweile verdiene ich richtig gutes Geld damit – ja, man könnte sogar von einer zweiten Karriere sprechen.

Meinem Zusammenbruch auf der Rudolf-Wissell-Brücke hatte ich mein neues Leben zu verdanken.

Die Abzweigung hinter Groothusen riss mich aus meinen Gedanken. Ich bog in die Van-Wingene-Straße ab. Nach ein paar hundert Metern fuhr ich über einen holperigen Feldweg, bis ich am Hamswehrumer Altendeich abbog, um in die Zufahrt einzubiegen, die zu meinem Haus führt.

Mein Domizil ist ein altes, aus roten Backsteinziegeln gemauertes Kapitänshaus direkt am Deich. Das Reetdach sitzt wie eine warme Mütze auf dem eingeschossigen Haus. Das Haus ist nach drei Seiten von altem Baumbestand eingefriedet. Ans Grundstück grenzen Äcker und Wiesen. Zufällig vorbeikommende Spaziergänger sehen nur ein kleines Wäldchen, in dem sie kein Haus vermuten würden.

Hinter dem Reetdachhaus wuchert ein üppiger Naturgarten, in dem ich mit großer Begeisterung historische Wildrosen züchte und kultiviere.

Das ehemalige Kapitänshaus war vor seinem Verkauf grundsolide renoviert worden. Mit seinen vier Zimmern, zwei Bädern und der geräumigen Veranda, in der ich mein Arbeitszimmer untergebracht habe, bietet das Haus meinem Hund Motte und mir reichlich Platz.

Alle Räume sind mit alten Eichenholzdielen, Butzenscheiben und hölzernen Deckenbalken ausgestattet. Ein Zimmer, das ich als Gästezimmer eingerichtet habe, verfügt sogar noch über einen alten, eingebauten Alkoven.

Wenn in der dunklen Jahreszeit die Herbststürme über das platte Land fegen, sorgt ein offener Kamin im Wohnzimmer für gemütliche Wärme. Die übrigen Räume kann ich bei Bedarf mit den eingebauten Kachelöfen beheizen, was ich jedoch aus Faulheit meist nicht tue.

Meine Stauballergie bietet mir einen vortrefflichen Grund, auf Gardinen, Blumen und sonstigen Tüddelkram zu verzichten. Mein Mobiliar beschränkt sich auf zwei schwere, englische Chesterfield-Sofas, einen alten Bauernschrank nebst passender Kommode und einen tabakbraunen ledernen Clubsessel. Die Sofas habe ich so vor den Kamin geschoben, dass sie einander gegenüberstehen.

Der angrenzende Wintergarten wird von alten Bücherschränken bis unter die Decke beherrscht. Weil ich es nie übers Herz bringe, gelesene Bücher wegzuwerfen, platzen die Schränke fast aus allen Nähten.

Meinen Schreibtisch, den ich mit dem Haus übernommen habe, habe ich so vor die Fenster gestellt, dass ich während der Arbeit in den Garten hinausschauen kann. Der Makler wollte mir weismachen, dass angeblich schon der ehemalige Hausherr, ein Überseekapitän, an dem alten Möbel seine Routen geplant haben soll.

Ein durchgesessener, aber tierisch gemütlicher Ohrensessel und der übliche Kram, von dem Männer sich im Allgemeinen und ich mich im Besonderen nicht trennen können, vervollständigen mein Arbeitszimmer.

Die übrigen Zimmer habe ich zweckmäßig und ohne jeglichen Schnickschnack ausgestattet. Ich liebe dieses Haus, seit ich es zum ersten Mal gesehen habe. Trotz der abgeschiedenen Lage fühle ich mich nicht einsam. Nein, ich genieße diese Abgeschiedenheit geradezu. Na ja, sagen wir mal – meistens. Manchmal gibt es schon Momente, in denen mich das unbestimmte Gefühl beschleicht, das Haus könnte mit einer Frau noch gemütlicher sein. Ein bisweilen verlockender, doch für einen eingefleischten Junggesellen, wie ich es mittlerweile bin, auch beängstigender Gedanke. Derzeit fühle ich mich jedoch mit meinem Leben so wohl, dass sich die Frage nach einer Zweisamkeit für mich nicht stellt. Außerdem habe ich ja Motte – meinen dicken Hund.

Ich stellte den Motor ab und öffnete die Wagentür. Obwohl ich davon ausgehe, dass Motte das Motorengeräusch des Käfers kennen dürfte und auch nicht schwerhörig ist, wie mir ein Tierarzt bestätigte, war weit und breit von dem Dicken nichts zu sehen. Das konnte eigentlich nur heißen, dass der Faulpelz immer noch oder schon wieder auf seinem Lieblingsplatz auf der Veranda neben meinem Schreibtisch lag.

Ein Paket Werbebroschüren diverser Bau- und Technikmärkte schaute zur Hälfte aus meinem Briefkasten. Während ich die Haustür aufschloss, angelte ich mit der freien Hand nach der Post. Freddy, mein Postbote, war wohl wie üblich in Eile gewesen und hatte meine Post mal wieder hastig in den Briefkasten gestopft. In Gedanken notierte ich mir, endlich einen neuen Briefkasten mit extrabreitem Einwurfschlitz zu kaufen. Vielleicht sollte ich mir einen Gewerbebriefkasten anschaffen. Darin kann Freddy sogar meine Päckchen versenken und ich muss die Post nicht mehr auf dem Deich zusammensuchen, wenn der Wind sie wieder einmal dorthin verweht hat.

Mit dem linken Fuß drückte ich die Eingangstür hinter mir ins Schloss. Die Post warf ich achtlos auf die Holztruhe in der Diele. Während ich mich aus meiner Fischerkluft pellte und die Gummistiefel in die Ecke feuerte, horchte ich in die Stille hinein.

Weder das Klimpern meines Schlüsselbundes noch mein Rumoren löste eine hundeübliche Reaktion bei Motte aus. Das Fehlen hundetypischer Begrüßungsriten wie freudiges Bellen, Schwanzwedeln oder neugieriges Beschnüffeln beunruhigte mich nicht. Dafür kannte ich Motte gut genug. Ich wusste, dass er nicht tot war und mich liebt – auch wenn er es mir nicht direkt zeigt. Da sind wir wie ein altes Ehepaar. Allerdings darf ich nicht daran denken, dass ich vielleicht mal mit einem Herzinfarkt im Garten liegen und auf die Hilfe meines Hundes angewiesen sein könnte. An diesem Tag würde ich sterben!

Ein Blick ins Arbeitszimmer bestätigte meine Vermutung: Da lag er, mein treuer Gefährte. Ein laut schnarchendes, braun-weißes Fellbündel mit rund 120 Pfund Lebendgewicht. Selbst für einen ausgewachsenen Berner Sennenhund ein nicht ganz übliches Gewicht.

Ich gab dem Dicken einen aufmunternden Tritt ins Hinterteil, was ihn allerdings überhaupt nicht störte. Ich trat etwas kräftiger zu. Langsam öffnete Motte sein linkes Auge, sah mich ausdruckslos an und schnarchte dabei weiter.

»Ich freue mich auch, dich zu sehen«, begrüßte ich ihn und ging in die Hocke. Mit beiden Händen kraulte ich ihn hinter seinen großen Ohren, die er nicht einmal aufstellte, wie es sich für einen normalen Hund gehört hätte. Er grunzte stattdessen nur kurz und klappte sein Auge wieder zu; eine durchaus angemessene Reaktion meines Hundes, seine Freude über mein Nachhausekommen auszudrücken.

Nachdem ich eine heiße Dusche genommen hatte, zog ich mir Jeans und ein pinkfarbiges Polohemd über. Dann setzte ich Teewasser auf. Während das Wasser langsam zu kochen begann, öffnete ich die Terrassentür und drehte eine Runde durch den Garten. Obwohl ich meinen Garten liebe, hasse ich Gartenarbeit! Demzufolge lasse ich der Natur ihren Lauf, nenne den Wildwuchs Naturgarten und mähe nur einmal im Monat den Rasen. Vielleicht sollte ich mir einfach ein paar Schafe anschaffen.

Ich ließ mich in meinen Strandkorb fallen, der neben einer dichten Hecke aus Wein- und Bibernellrosen stand. Ein paar Vögel flatterten aufgeschreckt hoch. Meine Gedanken schweiften ab.

Wieder sah ich die tote Frau im Fischernetz, deren bleiche Hand mir mit den abgeknabberten Fingerstummeln zuwinkte. Mir gingen die Bilder einfach nicht aus dem Kopf. Ich sah das zerstörte wächserne Gesicht, die zerzausten nassen Haare und die leeren dunklen Augenhöhlen. Und wieder verspürte ich diese tiefe Traurigkeit. Welche Farbe hatten die Augen der Toten wohl zu Lebzeiten gehabt?

In diesem Moment pfiff der Teekessel laut und riss mich aus meinen trüben Gedanken.

»Ja«, dachte ich, legte den Kopf in den Nacken und schaute zum blauen Himmel hoch. »Das Leben ist nicht fair – und manchmal kann es verdammt grausam sein ...«

3

Obwohl ich mich bemühte, das Ereignis zu vergessen oder zumindest zu verdrängen, schossen mir die grausigen Bilder ständig neu ins Hirn.

In den folgenden beiden Nächten schlief ich unruhig.

Als ich Mittwoch früh aufstand, war es noch dunkel. Ich brühte mir eine große Kanne Tee auf und setzte mich an meinen Schreibtisch. Für die nächsten Stunden vergaß ich die Welt um mich herum. Während Stacey Kent leise ihre charmanten, französischen Chansons ihres Albums *Raconte-moi* aus den Lautsprecherboxen perlen ließ, kolorierte ich zwei Tattoo-Entwürfe mit Gothicmotiven.

Ein dunkler, mystischer Engel in schwarzer Lederkorsage, mit strahlendem Heiligenschein – was keinen Widerspruch bedeuten muss.

Bei dem zweiten Entwurf handelte es sich um meine eigene Interpretation eines der elementaren Bestandteile uralter keltischer Mythologie – dem Baum des Lebens. Dieser Baum steht für die Balance zwischen den Welten. Er gilt als zeitloses Symbol der Erneuerung, Wiedergeburt und der unzerstörbaren Kraft des Lebens.

Gegen zehn Uhr legte ich die Tuschfeder zur Seite und begutachtete kritisch mein Werk. Zufrieden mit dem Ergebnis meiner Arbeit stand ich ächzend auf und streckte meine steifen Knochen. Jetzt brauchte ich erst mal etwas Bewegung.

Ich stieg in meine Laufklamotten und zog die Tür hinter mir ins Schloss. Dann lief ich hinauf zum Deich. In gemächlichem

Tempo joggte ich den Uferweg entlang, der sich kilometerlang am Rand des Vordeiches hinzieht. An diesem Morgen war der Blick über die endlos wirkende Ebene grandios. Kein Haus, kein Baum, kein Strauch lenkte meinen Blick von der Weite der Landschaft ab. In tiefen Atemzügen tankte ich frischen Sauerstoff.

Langsam zog ich das Lauftempo etwas an. Nach fünf Kilometern ließ ich es gut sein, drehte um und trabte gemächlich heimwärts. Zuhause angekommen sprang ich unter die Dusche und zog mir Jeans und Sweatshirt über.

In der Küche stellte ich Motte eine große Portion Trockenfutter und frisches Wasser hin. Dann hackte ich ein paar Kapern und häutete eine mittelgroße Zwiebel, um sie anschließend in kleine Würfel zu schneiden. Von der Fensterbank pflückte ich ein paar Stiele Schnittlauch und zerschnippelte sie mit der Schere.

Unterdessen hatte die Pfanne, die ich auf die heiße Herdplatte gestellt hatte, genau die richtige Temperatur angenommen. Ich gab einen Teelöffel Öl hinein. Während das Öl heiß wurde, säbelte ich mir in der Speisekammer eine daumendicke Scheibe von dem geräucherten Hinterschinken ab, der unter der Decke baumelnd sein herrliches Aroma verbreitete. Mit einem Kochmesser würfelte ich die Schinkenscheibe und schmorte den Speck mit den Zwiebeln kurz im heißen Öl an. Dann gab ich die Kapern und eine große Portion Nordseekrabben hinzu, von denen ich immer einen Vorrat im Kühlschrank aufbewahre.

Während die Krabben in dem heißen Öl verführerisch zu duften begannen, verrührte ich vier Eier in einer Schüssel. Dann gab ich Salz und Pfeffer hinzu und goss die Mischung in die heiße Pfanne. Und die ganze Zeit über musste ich wieder an die Tote aus dem Fischernetz denken.

In den vergangenen beiden Tagen war mir ständig die Frage durch den Kopf gegangen, wie die Frau wohl in der Nordsee gelandet war. Hatten Hahn und Mackensen am Ende doch Recht und die Frau war während einer Party auf einer Privatyacht über

Bord gegangen? Vielleicht hatte auch jemand seiner Geliebten auf drastische Weise mitgeteilt, dass die Beziehung beendet ist.

Ich schüttelte unwirsch den Kopf, gab den Schnittlauch über die Rühreier und schob den Gedanken an die Tote zur Seite. Es war nicht meine Aufgabe, mir den Kopf über fremde tote Frauen zu zerbrechen. Dafür gab es schließlich die Polizei. Obwohl davon auszugehen war, dass die beiden Deppen Hahn und Mackensen bei ihrer Blitzermittlung bleiben würden, sofern sich bei der Obduktion nicht herausstellte, dass die Tote mindestens drei Messer im Rücken stecken hatte.

Ich beendete meine Überlegungen, indem ich mir eine große Portion Krabbenrührei auf den Teller schaufelte und mich am Küchentisch über mein Frühstück hermachte.

Während ich mir genussvoll eine große Portion Krabben in den Mund schob, kam Motte in die Küche geschlurft. Er warf mir einen kurzen Blick zu und inspizierte seinen Futternapf. Als der Pascha alles zu seiner Zufriedenheit vorfand, legte sich der faule Sack quer vor seinen Napf. Im Liegen begann er, sein Frühstück zu vertilgen. Bloß nicht unnötig Kraft vergeuden! In diesem Moment klingelte das Telefon. Motte und ich sahen uns fragend an. Da mein Hund keine Anstalten machte, ans Telefon zu gehen, stand ich kauend auf und angelte nach dem Hörer.

»De Fries«, brummte ich ohne große Begeisterung.

»Moin, Jan«, begrüßte Greta mich. »Du hörst dich ja nicht besonders freundlich an.«

»...in bei ...rühstück«, brachte ich undeutlich hervor. Schnell kaute ich die Portion, die ich im Mund hatte, zu Ende.

»'Tschuldige, wollte dich nicht stören, aber ...«, Greta hörte sich ungewöhnlich ernst an. »... ich habe Besuch – bei mir sitzt Eva Ehrlich.«

»Hm«, brummte ich erneut. Mir war keine Frau mit diesem Namen bekannt.

»Eva Ehrlich ist die Schwester von Regina Ehrlich«, Greta machte eine bedeutungsvolle Pause. »So hieß die tote Frau, die ihr aus der Nordsee gefischt habt.«

Sofort tauchte das grausige Bild der Wasserleiche wieder vor mir auf. Mein Magen erinnerte sich ebenfalls und erklärte spontan das Frühstück für beendet.

»Bist du noch dran?«, hörte ich Greta fragen.

»Ja, klar.« Ich legte die Gabel zur Seite. Mit der Hand fuhr ich mir über die Augen, so als könnte ich das schreckliche Bild wegwischen, das mich seit Tagen ständig begleitete.

»Die Kripo hat die Leiche identifiziert«, brachte Greta mich auf den neuesten Stand. »Der Parkplatzverwaltung ist der Wagen aufgefallen, weil das Ticket abgelaufen war. Da niemand Anstalten machte, den Wagen abzuholen, hat die Verwaltung das Kennzeichen an die Polizei durchgegeben. Die haben dann den Halter ausfindig gemacht und auch gleich die nächsten Angehörigen verständigt. Das ist Eva – die Schwester. Sonst gibt es nur noch die Großmutter der beiden.«

»Eva?«, echote ich.

»Ja, Eva. Eva Ehrlich«, in ihrer mütterlichen Art duzt Greta ihre Gäste meist. »Mir tut die Frau sehr leid. Die einzige Schwester auf diese Art und Weise zu verlieren, ist grausam. Eva ist nach dem Anruf der Polizei gleich von Hamburg nach Emden zur Gerichtsmedizin gefahren und hat ihre Schwester identifiziert. Das heißt, die Polizei hat einen Gentest machen lassen. Der Gerichtsmediziner hat nämlich aufgrund des Zustands der Toten von einer persönlichen Identifizierung abgeraten.«

Ich zog einen imaginären Hut vor der rücksichtsvollen Empfehlung des Gerichtsmediziners, was er der Frau erspart hatte, verfolgte mich schließlich seit Tagen.

»Die Kripo hat Eva auch gesagt, dass ihre Schwester von Fischern aus Greetsiel gefunden wurde. Deshalb ist sie heute Morgen hier aufgetaucht und hat sich nach euch erkundigt. Namen hat die Kripo ihr zwar nicht genannt, aber sie hat ein bisschen herumgefragt und landete natürlich zwangsläufig bei mir. Uz konnte ich nicht erreichen. Da dachte ich, ich ruf dich einfach mal an.«

»Was will sie denn?«, fragte ich.

»Sie will ...«, ich hörte Greta leicht seufzen. »Sie will wissen, wie ihr sie gefunden habt. Wie ihre Schwester aussah, und ... na ja, sie will eben darüber reden.«

»Kann sie ja meinetwegen. Aber nicht mit mir«, sagte ich abweisend. »Ich glaube nicht, dass Uz oder ich die geeigneten Gesprächspartner sind, um die trauernde Schwester zu trösten.«

»Du sollst sie ja auch nicht trösten, sondern einfach nur erzählen, wie ihr die tote Frau gefunden habt. Die schrecklichen Details brauchst du natürlich nicht zu erwähnen.« Gretas Stimme bekam einen schmeichelnden Tonfall. »Sag einfach, dass sie friedlich im Netz gelegen hat und dass ihr für sie getan habt, was ihr konntet. Außerdem bin ich der Meinung, dass Eva ein Recht darauf hat, die näheren Umstände zu erfahren, wie ihre Schwester gefunden wurde.«

»Aha«, dachte ich.

Nein, nein, trösten sollte ich die Schwester nicht. Nur ein bisschen schönreden und mit vielen Worten nichts sagen, getreu dem Motto: Wasch mich, aber mach mich nicht nass! Angesichts dieser weiblichen Logik – man möge mir meinen Chauvinismus verzeihen – konnte ich Gretas Anliegen nur rigoros ablehnen.

»Ist in Ordnung«, sagte ich stattdessen und seufzte lautlos. »Ich rede mit ihr. Aber nur kurz, und versuch bitte noch mal, Uz zu erreichen. Ich bin in einer halben Stunde da.«

So viel zur weiblichen Logik und männlichen Inkonsequenz.

Ich beauftragte Motte, in meiner Abwesenheit auf Haus und Hof aufzupassen. Draußen klappte ich das Verdeck meines Käfers nach hinten und knatterte vom Hof. Dem blauen Himmel schenkte ich keine Beachtung mehr.

Leise fluchte ich vor mich hin. Mit einer solchen Aufgabe hatte ich ja nun überhaupt nicht gerechnet. Klar lag es nahe, dass die Tote auch Angehörige gehabt hatte. Aber dass die Schwester hier auftauchen würde und ich die ganze schreckliche Sache noch einmal durchsprechen musste, passte mir überhaupt nicht in den Kram.

»Verdammt!«

4

Missmutig stellte ich den Käfer auf dem Parkplatz der Apotheke in der An't Hellinghus ab. Durch die Schaufensterscheibe winkte ich Sabine, der Apothekenhelferin, freundlich zu und stiefelte umso missmutiger die Diekstreet entlang, den kürzesten Weg zu Gretas Rettungsschuppen.

Die Hauptsaison hatte noch nicht begonnen und der Rettungsschuppen war demzufolge nur spärlich besucht. Im hinteren Teil des Bistros sah ich Greta mit einer blonden Frau, die mir den Rücken zuwandte, an einem Ecktisch sitzen. Ich durchquerte den Raum und trat an den Tisch heran.

»Moin.«

Die beiden Frauen, die sich leise unterhielten, sahen von ihren Kaffeetassen hoch.

»Moin«, erwiderte Greta meinen Gruß, stand auf und presste mich mütterlich an ihren wogenden Busen. »Schön, dass du kommen konntest, Jan.«

Ich lächelte säuerlich.

»Das ist Jan de Fries. Er war mit an Bord, als deine Schwester gefunden wurde«, stellte Greta mich vor.

»Guten Morgen, Herr de Fries.« Eva Ehrlich war ebenfalls aufgestanden und sah mich an. Sie reichte mir ihre schlanke Hand. Der Händedruck war warm und fest.

»*Mein Gott, was für eine Wahnsinnsfrau!*«, schoss es mir durch den Kopf, als ich in ihre strahlendblauen Augen schaute, die vom Weinen leicht gerötet waren.

Eva Ehrlich war eine klassische Schönheit mit feinen Gesichtszügen, vollen Lippen und eben diesen faszinierenden blauen Augen. Sie war schlank, hochgewachsen und wirkte durchtrainiert, wie eine Marathonläuferin. Das glatte, hellblonde Haar trug Eva Ehrlich als modischen Bob, typischerweise hinten kurz und vorne kinnlang. Ich hatte mal gelesen, dass man einer guten Frisur nicht ansieht, wenn sie frisch vom Friseur kommt – hier vermutete ich einen sehr guten Friseur. Make-up und Lippenstift waren dezent gehalten.

Eva Ehrlich war sportlich, und dennoch elegant gekleidet. Sie trug einen sandfarbenen Hosenanzug, ein schwarzes Polohemd und flache, ebenfalls schwarze Loafer aus weichem Wildleder – klassisch und teuer.

Als Schmuck trug sie nur eine einreihige Perlenkette, die sich an ihren Hals schmiegte, und eine flache, sehr teuer wirkende Armbanduhr am rechten Handgelenk. Ringe trug sie keine – auch keinen Ehering, wie ich erfreut feststellte. Ich schätzte sie auf Mitte vierzig.

»Guten Morgen«, wiederholte ich meine Begrüßung auf Hochdeutsch und lächelte charmant, während ich mich auf einen freien Stuhl setzte.

»Möchtest du Tee, oder lieber Kaffee?« Greta sah mich mit hochgezogenen Augenbrauen an. Offenbar waren meine interessierten Blicke, mit denen ich Eva Ehrlich gemustert hatte, so offensichtlich gewesen, dass Greta sie bemerkt hatte.

»Tee hatte ich schon, danke, lieber einen Cappuccino.«

Ich fühlte mich von Greta ertappt und schlug verlegen die Beine übereinander. Dies war mit Abstand der ungeeignetste Moment für eine männliche Charmeoffensive. Schließlich saß mir eine trauernde Angehörige gegenüber – auch wenn es sich um eine ausgesprochen attraktive trauernde Angehörige handelte.

»Schon in Arbeit«, Greta war bereits auf dem Weg zu ihrer chromblitzenden Kaffeemaschine.

Ich wusste nicht so recht, wie ich das Gespräch beginnen sollte. Im Umgang mit Hinterbliebenen, die gerade vom Tod ihres

Angehörigen erfahren hatten, fehlt mir die Übung. Zwar hatte ich in meinem früheren Berufsleben oftmals mit Angehörigen von Gewaltopfern zu tun gehabt, aber das war gefühlte hundert Jahre her.

»Es tut mir leid, dass ich Sie so einfach überfalle«, sagte Eva Ehrlich und sah mich mit ihren blauen Augen an. »Ich kann mir vorstellen, dass Sie nicht so richtig wissen, was Sie sagen sollen.«

»Ach, das geht schon in Ordnung«, winkte ich ab und bemühte mich um einen neutralen Gesichtsausdruck. Offenbar konnten heute Vormittag alle Menschen in meinem Gesicht wie in einem offenen Buch lesen.

»Es ist nur ... ich kann auch jetzt noch immer nicht fassen, was passiert ist ...«

Eva Ehrlich machte zwar einen gefassten Eindruck. Am Zittern ihrer Hände ließ sich indessen ihr aufgewühlter Gemütszustand ablesen.

»Als die Kripo mich gestern Abend anrief und sagte, dass sie eine tote Frau gefunden haben und davon ausgehen, dass es sich um meine Schwester handelt, habe ich mich sofort ins Auto gesetzt und bin von Hamburg aus losgerast – linke Spur und Vollgas. Gott sei Dank war die Autobahn um die Zeit frei. Ich bin dann direkt zur Kripo nach Emden gefahren ...« Sie verstummte abrupt und starrte auf die Tischplatte. Ein paar Minuten sagte sie nichts. Dann begann sie, mit ihrem rot lackierten Fingernagel imaginäre Kringel auf den Tisch zu malen.

»Die Kripo hat mich als Angehörige gebeten, Regina zu identifizieren. Aber ich konnte nicht – verstehen Sie das?« Mit einem Ruck hob sie den Kopf und sah mich gequält an.

Verzweiflung spiegelte sich in ihrem Gesicht. Am liebsten hätte ich ihre Hand genommen. Aber ich ließ es doch besser. Eine solche Geste konnte leicht falsch verstanden werden.

»Ich meine ... wir setzen uns nicht mit dem Tod auseinander, wenn wir es nicht unbedingt müssen. Aber wenn man dann plötzlich damit konfrontiert wird, ist das ein Schock!« Ihre Augen glänzten feucht. »So ein schlaksiger Typ mit Spiegelsonnenbrille von der Kripo sagte, ich solle mal ins Leichenschauhaus gehen und einen Blick drauf werfen – so als wäre Regina ein Ding oder so was!«

»*Mackensen, du Arsch!*« Wütend zerknüllte ich eine Serviette, die auf dem Tisch lag.

»Aber der Pathologe sagte mir dann, dass Regina nicht so gut aussehen würde. Ich sollte sie doch besser so in Erinnerung behalten, wie ich sie kannte. Sie würden meine Schwester mithilfe eines Gentests zweifelsfrei identifizieren können. Sie müssten nur eine Haarprobe von mir entnehmen, sodass ich mich nicht quälen muss.«

»Machen Sie sich bitte keine Vorwürfe«, sagte ich und dachte an meinen eigenen Schock, als ich der Toten die nassen Haare aus dem Gesicht gestreift hatte. Voller Entsetzen war ich vor dem lippenlosen Mund und den leeren Augenhöhlen zurückgeschreckt. Das war Eva erspart geblieben.

Sie sah mich hilflos und unsicher an. Wahrscheinlich befand sie sich in einem quälenden Zwiespalt. Einerseits wollte sie ihre tote Schwester sehen, um sich von ihr verabschieden zu können. Andererseits war ihr klar, dass die Empfehlung des Pathologen einen guten Grund hatte.

»Glauben Sie mir«, ich sah sie beschwörend an, »es war die richtige Empfehlung vom Doktor und … ja, behalten Sie Ihre Schwester so in Erinnerung, wie Sie sie kannten!«

»Vielleicht hätte ich doch …?« Eva schaute ins Leere. »Man sagt doch immer, dass man den Tod eines geliebten Menschen erst verarbeiten und um ihn trauern kann, wenn man von ihm Abschied genommen hat.«

»Ja, das stimmt zwar«, pflichtete ich ihr bei, »trotzdem muss man es sich nicht antun und einen Verstorbenen anschauen, der …«, ungeschickt suchte ich nach Worten. Ich konnte ihr ja schlecht sagen, dass Augen und Gesicht der Toten so stark vom Fischfraß betroffen waren, dass das Bild vom zerstörten Gesicht ihrer toten Schwester sie ein Leben lang unbarmherzig bis in den Schlaf hinein verfolgen und quälen würde. »… sich durch die tragischen Todesumstände stark verändert hat. So sehr, dass man den Betreffenden für einen Fremden halten würde und sich dieses Bild wie ein grauer Schleier über die Erinnerung an den geliebten Menschen legen würde«, knödelte ich eine Erklärung zusammen.

Eva ließ das Gesagte auf sich wirken. Dann nickte sie langsam mit dem Kopf. »Hoffentlich haben Sie Recht. Der Tod meiner Schwester ist ohnehin schon schrecklich genug!« Eva sah wie ein verstörtes Kind aus, als sie fortfuhr: »Wir haben erst vor zwei Wochen, nach langer Zeit wieder, das ganze Wochenende zusammen in Hamburg verbracht. Da war sie noch quietschfidel. Beruflich war Regina immer im Dauerstress. Sie schien zurzeit einige größere Probleme in der Firma zu haben. Das habe ich ihr angemerkt und versucht, mit ihr darüber zu sprechen. Aber meine Schwester redete nicht gerne über ihre Probleme. Da konnte sie ziemlich stur sein und versuchte immer, erst mal alles allein zu klären, bevor sie es einem anderen erzählte. Und wenn sie etwas nicht wollte, biss man bei ihr auf Granit. Aber abgesehen davon, dass sie sich gerade mit beruflichen Problemen herumzuschlagen schien, war sie wie immer voller Lebensfreude. Wir haben fast das ganze Wochenende herumgealbert und jetzt ...«, Eva Ehrlich verstummte. Mit gesenktem Kopf rührte sie so heftig in ihrer Kaffeetasse herum, dass der Inhalt überschwappte.

»Sie wohnen in Hamburg?«, fragte ich nach einer kurzen Pause, da ich ihr Zeit geben wollte, etwas ruhiger zu werden.

»Ja«, nickte sie mit gesenktem Kopf. »Regina auch. Wir kommen beide gebürtig aus Hamburg. Dort sind wir auch gemeinsam zur Schule gegangen und haben anschließend studiert. Während unseres Studiums haben wir auch zusammengewohnt. Wir haben unsere Eltern sehr früh verloren. Ich war erst achtzehn und hatte gerade mein Abitur gemacht, als unsere Eltern starben. Eine Woche vor Reginas sechzehntem Geburtstag sind Mama und Papa am Wochenende zu einer Flugschau gefahren. Mein Vater war begeisterter Segelflieger. Auf dieser Flugschau ist ein Kampfjet mit drei anderen Flugzeugen in der Luft zusammengestoßen. Ein Flugzeug ist brennend in die Zuschauer gerast und dort explodiert. Unsere Eltern müssen in unmittelbarer Nähe gestanden haben. Man hat nichts mehr von ihnen gefunden. Regina und ich haben bei der Beerdigung vor zwei leeren Särgen gesessen. Wir konnten in den ersten Monaten überhaupt nicht begreifen, dass unsere Eltern nicht mehr heimkehrten. Es war so, als wären sie nur mal eben weggefahren und müssten jeden Moment wiederkommen. Regina war nicht nur meine Schwester und beste Freundin, sie war meine Familie. Wir hatten ja nur uns.«

»Und Großeltern oder ...?« Ich ließ meine Frage halb ausgesprochen im Raum stehen.

»Auch schon lange tot, nur eine demente Oma, die in einem Heim lebt. Keine Geschwister, Onkel, Tanten oder sonstige Verwandten – wir waren unsere komplette Familie.«

Ich schwieg betroffen. Der tragische Verlust der Eltern musste für die beiden jungen Frauen schrecklich gewesen sein. Verständlich, dass die Schwestern eine besonders enge Bindung zueinander hatten. Ich mochte mir gar nicht vorstellen, wie sehr Regina Ehrlichs Tod ihre Schwester Eva getroffen haben musste. Aber gab es denn keine Männer im Leben der beiden Frauen? Zwei alleinstehende, attraktive Frauen – und keine Ehemänner? Das konnte ich mir gar nicht vorstellen.

Als hätte sie wieder meine Gedanken gelesen, fuhr Eva fort: »Regina und ich hatten natürlich auch Freunde«, sie hob den Kopf und sah mich an. »Ich meine, männliche Freunde.«

»Verstehe«, brummte ich in neutralem Tonfall.

»Ich war auch einige Jahre verheiratet. Meine Ehe hat leider nicht lange gehalten. Regina war nicht verheiratet. Sie hatte ein paar mehr oder weniger ernsthafte Beziehungen, bis sie dann ihre große Liebe traf. Aber wie das immer so mit großen Lieben ist – auch die sind irgendwann zu Ende ...« Eva griff nach ihrer Kaffeetasse und nahm einen Schluck. Dann setzte sie die Tasse ab und schüttelte entschieden den Kopf. »Nun ist aber genug von dem Familienkram. Ich weiß auch gar nicht, wieso ich Ihnen das alles erzähle. Normalerweise ...«

»... erzählen Sie solch persönliche Dinge nicht irgendwelchen fremden Männern«, ergänzte ich. Manchmal kann ich auch Gedanken lesen.

»Genau.« Sie nickte, und ein Lächeln huschte über ihr Gesicht. Wir schauten uns schweigend an.

In diesem Moment kam Greta mit einem Tablett auf uns zu, auf dem sie meinen Cappuccino und für Eva eine frische Tasse Milchkaffee balancierte.

»Danke.« Ich griff nach der Tasse und nahm einen Schluck.

Greta setzte sich zu uns und musterte uns schweigend, während sie ein paar imaginäre Krümel vom Tisch wischte. »Und ..?« Sie sah uns nacheinander an.

»Ich kann es immer noch nicht fassen.« Impulsiv schlug Eva die Hände vors Gesicht.

Greta legte mitfühlend ihre Hand auf Evas Arm. »Es muss ganz schrecklich für dich sein. Ich glaube, wer so einen Verlust nicht selber erlebt, kann gar nicht verstehen, wie du dich fühlen musst«, sagte sie leise.

Ich rührte unbehaglich in meinem Cappuccino herum.

Es dauerte einen Moment, bis Eva sich wieder gefangen hatte. Sie hob den Kopf, in ihren Wimpern glitzerten Tränen.

»Erzählen Sie mir bitte, wie Sie meine Schwester gefunden haben. Was hatte Regina an, wie sah sie aus?« Mit einem weißen Taschentuch trocknete Eva sich die Augen, während sie mich verzweifelt ansah.

Ich wählte meine Worte vorsichtig, als ich zu schildern begann, wie wir ihre Schwester gefunden hatten. Dabei umschiffte ich mühsam das Thema, in welchem Zustand sich der Körper der Toten bereits befunden hatte. Umso ausführlicher berichtete ich ihr, welche Kleidung uns an der Leiche aufgefallen war. Eva hörte mir sehr aufmerksam zu.

»Das macht doch alles keinen Sinn.« Eva griff aufgebracht nach ihrer Handtasche und begann, nach einem frischen Taschentuch zu kramen. »Die Kripo behauptet allen Ernstes, dass Regina einen Unfall hatte. Man sagte mir, das Untersuchungsergebnis stehe fest.«

Eva unterbrach die Suche nach ihrem Taschentuch. Ihre Augen hatten angefangen, wütend zu funkeln. Das Taschentuch war vergessen. »Unfall!«, aufgebracht spuckte sie das Wort aus. Sie gefiel mir wütend eindeutig besser als verzweifelt. »Wissen Sie, was die auch noch gesagt haben?« Ohne eine Antwort auf ihre rhetorische Frage abzuwarten, fuhr sie fort: »Regina hätte auf einem Boot eine Party gefeiert und sei dann über Bord gefallen. Diese Vollidioten!«

»Na ja«, sagte ich lahm. Dem war nichts hinzuzufügen.

»Regina war Geschäftsfrau – ein Profi. Sie arbeitete als Pressesprecherin bei einem Konzern. Wenn sie geschäftlich unterwegs war, kleidete sie sich natürlich immer entsprechend. Sie hat jeden Tag verdammt lange und hart gearbeitet. Wenn sie mal Freizeit hatte, lief sie mit Sicherheit nicht in ihrer Arbeitskleidung herum. Privat kleidete sie sich nie mondän, sondern sportlich. Wenn sie sich privat auf einem Boot aufgehalten hätte, hätte sie mit Sicherheit andere Kleidung angehabt. Schließlich sind Regina und ich jahrelang zusammen gesegelt. Meine Schwester war in den Jahren 2001 und 2003 unter den ersten fünf der Hanseatic-Regatta. Regina konnte segeln. Sie war geübt im Umgang mit unterschiedlichen Bootsklassen, und was man an Bord anzieht, brauchte ihr wirklich niemand zu erklären. Ich kann mir ja bei meiner Schwester so einiges vorstellen. Aber nicht, dass sie in einem Kostüm und vielleicht noch mit hochhackigen Pumps segeln geht, sich einen antrinkt und anschließend über Bord fällt.« Mit einer Handbewegung schob Eva wütend die unberührte Tasse Milchkaffee von sich weg.

»Die Kleidung kam mir auch nicht gerade passend vor«, stimmte ich zu.

»Unternimmt die Kripo denn noch irgendetwas?« Greta sah mich fragend an.

»Kann ich mir nicht vorstellen«, antwortete ich. »Für die ist die Sache klar. Aber die können noch dreimal behaupten, es wäre ein Segelunfall gewesen – ich glaube es auch nicht. Wenn es tatsächlich einen Wochenendausflug mit einem Boot gegeben hat, dürfte es ja wohl auch eine Mannschaft, einen Eigentümer oder Mitfeiernde gegeben haben. Und die hätten doch sicherlich Alarm geschlagen, wenn ihnen ein Gast abhandengekommen ist.«

Ich sah, wie Evas Augen sich wieder mit Tränen füllten. »Ich glaube auch nicht daran. Und ich werde diese Feststellung der Polizei nicht akzeptieren!« Die erste Träne suchte sich ihren Weg und hinterließ eine feuchte Spur auf ihrer Wange. »Ich weiß nur nicht, was ich machen kann, ich fühle mich so hilflos.«

Jetzt liefen ihr die Tränen in Rinnsalen über ihr blasses Gesicht. Anscheinend bemerkte sie es nicht, denn sie machte keine Anstalten, die Tränen abzuwischen.

»Sie müssen das Ermittlungsergebnis der Kripo ja auch gar nicht akzeptieren«, sagte ich. »Sie können bei der Staatsanwaltschaft begründeten Widerspruch einlegen und auf eine Obduktion bestehen. Und wenn bei der Obduktion nur ansatzweise etwas nicht in Ordnung ist, können Sie auf Wiederaufnahme der Ermittlungen bestehen und der Kripo richtig Feuer unterm Hintern machen.«

»Sind Sie sicher?« Mit tränennassen Augen sah Eva mich an.

»Natürlich bin ich sicher.«

»Natürlich ist er sicher«, mischte sich jetzt Greta ins Gespräch ein. Erstaunlich lange hatte sie nichts gesagt und uns nur aufmerksam zugehört. »Wenn einer das weiß, dann Jan. Er ist ja schließlich Anwalt.«

Trotz unserer langjährigen Freundschaft hätte ich Greta in diesem Moment den Hals umdrehen können.

Evas Kopf ruckte hoch. Sie sah mich aufmerksam an. Tränen glitzerten auf ihrem Gesicht. Noch bevor sie den Mund aufmachte, wusste ich, was nun kam.

»Helfen Sie mir?«

Ich entgegnete nichts. Schweigend versuchte ich, mit meinem Blick Löcher in die Tischplatte zu bohren. Ich grübelte eine Weile über eine passende Absage nach, dann setzte ich zu einer lahmen Antwort an: »Ich arbeite nicht mehr als Anwalt. Schon seit Jahren nicht mehr. Ich kann Ihnen nicht helfen.«

Eva sah mich ausdruckslos an.

»Es tut mir wirklich leid.« Ich wich ihrem Blick aus und starrte stattdessen wieder auf die Tischplatte. Es war mir sehr unangenehm, Evas Bitte abzuschlagen. Und natürlich kam ich mir dabei egoistisch und kaltherzig vor.

»Schade.« Eva stand auf. Sie öffnete ihre Handtasche und holte ihre Geldbörse hervor. Wortlos zog sie einen Schein heraus und ließ ihn auf den Tisch fallen. Ebenso wortlos drehte sie sich um und ging mit langsamen Schritten zur Tür. Ich schaute ihr betroffen hinterher.

Greta schürzte ihre Lippen und sah stirnrunzelnd zwischen der Tür und meinem dummen Gesicht hin und her. Dann stand sie ebenfalls wortlos auf. Mit geübten Handgriffen räumte sie das Geschirr zusammen – inklusive meiner noch halb vollen Cappuccinotasse. Sie war schon auf dem Weg zum Tresen, überlegte es sich dann wieder und machte auf dem Absatz kehrt. Mit dem vollen Tablett in den Händen beugte sie sich zu mir herunter. »Idiot!«, zischte sie mich mit blitzenden Augen an.

Nach dieser Sympathiekundgebung, die an Deutlichkeit nichts zu wünschen übrig ließ, rauschte Greta mit kurzen, schnellen Schritten Richtung Küche davon. Lautstark hörte ich sie herumhantieren, was ebenfalls deutliche Rückschlüsse auf ihre momentane Meinung über mich zuließ.

Ich starrte in Richtung klapperndes Geschirr und wusste irgendwie nicht mehr, was los war. Wahrscheinlich war es für Eva und Greta schon beschlossene Sache gewesen, dass ich mich sofort auf mein weißes Pferd schwingen und den Damen meine Hilfe anbieten würde. Offenbar brauchen Frauen sich über ihre Erwartungen an ihre männlichen Mitmenschen nicht zu unterhalten, sondern verständigen sich untereinander mit Radar oder dem legendären siebten Sinn.

Langsam wurde ich auch sauer. Sind wir Kerle denn wirklich so berechenbar? Natürlich berührte mich Evas Schicksalsschlag auch. Es ist eine Tragödie, einen geliebten Menschen auf so tragische Art und Weise zu verlieren. Zumal, wenn sich beide Frauen so nahe gestanden hatten, wie die beiden Schwestern. Und ja – natürlich verspürte ich ebenfalls das Bedürfnis, Eva zu trösten und ihr zu helfen, als ich ihre Trauer und Verzweiflung sah. Wenn mir eine Frau gegenübersitzt und mich mit Tränen in den Augen anschaut, werde ich weich wie Speiseeis in der Fritteuse. Entweder bin ich zu sehr Kerl oder habe einfach einen zu weichen Keks.

Ich fluchte halblaut vor mich hin.

Greta hatte Recht – ich war wirklich ein Idiot!

In diesem Moment öffnete sich die Tür. Uz kam herein. Er sah mich am Tisch sitzen und steuerte auf mich zu. »Moin, Jan«, begrüßte mein Freund mich. Er ließ sich auf den Platz nieder, wo vor wenigen Minuten noch Eva gesessen hatte.

»Idiot …«, echote ich.

»Wie bitte?« Irritiert sah Uz mich an. »Was hab ich dir denn getan?«

Erst jetzt nahm ich meinen Freund bewusst wahr.

»Nichts, gar nichts«, beeilte ich mich zu sagen. »Entschuldige, ich meinte dich gar nicht. Ich meinte mich. Ich meinte – Greta …«, ungeschickt brach ich ab.

»Verstehe.« Uz sah zwar nicht so aus, als ob er mein Gestammel richtig deuten konnte, nickte mir aber trotzdem freundlich zu. »Habe ich irgendetwas verpasst?«

»Komm«, sagte ich. »Lass uns gehen. Ich brauche dringend frische Luft.« Ohne weiter auf seine Frage einzugehen, stand ich auf und legte ebenso achtlos, wie Eva zuvor, einen Geldschein auf den Tisch. Gemeinsam verließen wir Gretas Rettungsschuppen und gingen den alten Deich entlang.

Uz musterte mich von der Seite. »Hat Greta gesagt, du bist ein Idiot?«

»So könnte man es sagen.« Ich zuckte mit den Schultern.

»Hat das mit der Schwester der toten Frau zu tun?« Uz kam wie gewohnt direkt zur Sache.

»Woher weißt du?«

»Mensch, Jan, wir wohnen hier auf dem Land! Du weißt doch selber am besten, wie hier getratscht wird.«

»Hast Recht, war eine blöde Frage.« Ich nickte wieder. »Ja, es ging um die beiden Schwestern. Eva und Regina Ehrlich, zwei Schwestern aus Hamburg. Die Frau, die wir vorgestern aufgefischt haben, hieß Regina, und ihre Schwester heißt Eva Ehrlich. Eva war gestern bei der Kripo in Emden und hat ihre Schwester identifiziert. Sie hat so ziemlich genau das bestätigt, was wir auch schon vermutet hatten. Ihre Schwester war Geschäftsfrau und wäre nie in Geschäftskleidung zum Segeln gegangen. Sie war selber Seglerin und wusste nicht nur, wie man sich auf See kleidet, sondern auch, wie man sich an Bord verhält. Womit sich sowohl Party als auch Volltrunkenheit erledigt haben dürften.«

»Und warum bist du ein Idiot?«, hakte Uz nach.

»Weil Eva Ehrlich den Tod ihrer Schwester nicht als Unfall akzeptieren will. Und weil ich ihr gesagt habe, dass sie bei begründeten Zweifeln Widerspruch einlegen könne und die Inkompetenz der Kripo nicht zwangsläufig dulden muss.«

»Du redest wie ein Anwalt.«

»Ich bin Anwalt.«

»Und dann hat Eva dich gefragt, ob du ihr hilfst?« Offenbar kannte Uz die weibliche Denkweise sehr genau.

»Ja. Aber erst, nachdem Greta ihr unbedingt sagen musste, dass ich Anwalt bin.«

»Und?«

»Was, und?«

»Hilfst du?«

»Ich habe ihr gesagt, dass ich schon seit Jahren nicht mehr als Anwalt arbeite und ihr nicht helfen kann.«

»Idiot!«

»Wie jetzt?« Ich blieb abrupt stehen und sah Uz empört an.

»Kannst du ihr helfen?« Uz ignorierte meine Frage und blieb ebenfalls stehen.

»Ich könnte schon«, antwortete ich zögernd. »Ich bin ja immer noch als Anwalt zugelassen. Um aktiv zu werden, bräuchte ich nur eine Handlungsvollmacht von ihr.«

»Und?«

»Was, und?« Manchmal konnte Uz richtig penetrant sein.

»Und warum hilfst du ihr nicht?«

»Weil ...« Ich fuchtelte ziellos mit meinen Armen in der Luft herum, »...weil – weil ich schon seit Jahren nicht mehr als Anwalt arbeite.«

»Und?«

»Jetzt hör aber mal langsam mit deinem ständigen Und auf!«, fuhr ich meinen Freund gereizt an.

Uz sah mich schweigend an.

Ich schwieg ebenfalls.

Warum sträubte ich mich eigentlich so dagegen, Eva Ehrlich zu helfen? Es war ein Leichtes, beim Staatsanwalt Widerspruch einzulegen und den Pappnasen von der Mordkommission Beine zu machen. Vielleicht ging mir das Bild von Regina Ehrlich endlich wieder aus dem Kopf, wenn ich aktiv werden würde.

»Okay«, gab ich entnervt auf. »Es gibt keinen Grund, weshalb ich Eva nicht helfen sollte.«

»Dann hilf ihr!«

»Und – ich meine – warum?«, entgegnete ich lahm. Die Frage stellte sich in diesem Moment nur noch rein rhetorisch.

»Weil du es kannst.« Uz tippte mir mit dem Zeigefinger gegen die Brust. »Weil diese Regina Ehrlich bestimmt nicht in dieser Aufmachung von Bord einer Jacht gefallen ist, zumindest nicht freiwillig. Weil Hahn und Hein Blöd Idioten sind. Weil du ständig an die Tote denken musst. Und weil du nicht aus deiner Haut herauskannst.« Uz hielt mir seine Hände unter die Nase und zählte die Gründe anhand seiner ausgestreckten Finger auf. »Außerdem willst du ihr sowieso helfen. Dir stinkt doch nur, dass Greta und Eva sich einig waren und du eigentlich nur noch zustimmen musstest. Es wäre dir lieber gewesen, wenn du deine Hilfe hättest anbieten können.«

»Ist ja gut, ist ja gut«, wehrte ich genervt ab. »Ich mach's ja. Aber verschon mich bitte mit deiner Hausfrauenpsychologie!«

»Sie wohnt im Hohen Haus in der Hohe Straße«, sagte Uz. »Ich an deiner Stelle würde mich gleich auf den Weg machen, bevor sie weg ist.«

Ich sah ihn erstaunt an. »Woher weißt du, wo sie wohnt?«

»Du weißt doch, Greetsiel ist ein Dorf.« Uz lachte und klopfte mir auf die Schulter. Ich grinste säuerlich und machte mich auf den Weg zum Hohen Haus.

»Einen Grund habe ich noch vergessen«, rief Uz mir hinterher. »Weil diese Eva Ehrlich eine tolle Frau ist. Der muss man einfach helfen.« Ich hob meine rechte Hand zum Zeichen, dass ich ihn gehört hatte.

»Woher weiß der Kerl ...«, sagte ich halblaut und konnte mir ein Grinsen nicht verkneifen. Aber wo er Recht hat, hat er Recht.

Wenige Minuten später hatte ich das rote Klinkergebäude mit seinen blauen Fensterläden erreicht.

5

Das Hohe Haus ist ein ehemaliges Rentmeisterhaus aus dem 17. Jahrhundert, dem Vorläufer des heutigen Finanzamts. Es dient bereits seit rund einhundertfünfzig Jahren als Gasthof. Vor ein paar Jahren wurde das historische Gebäude nach umfangreichen Restaurationsarbeiten als Hotel wiedereröffnet. Seitdem bietet es in seinem Restaurant eine hervorragende Fischküche an.

Ich benutzte den Seiteneingang des Anwesens und durchquerte den Innenhof. Als ich das Foyer betrat, wurde ich von einer jungen Angestellten freundlich begrüßt, die sich nach meinen Wünschen erkundigte. Ich erfuhr, dass Eva Ehrlich ein Zimmer in der alten Pastorei bewohnte, welches dem Hohen Haus als Dependance dient und sich auf der gegenüberliegenden Seite des Innenhofes befindet.

Erneut überquerte ich den Innenhof. Nachdem ich die Treppe zum ersten Stock hinaufgestiegen war, stand ich vor Evas Zimmer. Ich hob die Hand, um anzuklopfen, als sich im gleichen Moment die Tür öffnete.

»Hallo«, sagte ich überrascht und ließ meine Hand langsam sinken.

»Oh! Hallo.« Überrascht sah Eva mich mit großen Augen an. »Mit Ihnen hätte ich ja nun überhaupt nicht gerechnet.«

»Ich habe es mir überlegt«, sagte ich ohne Umschweife. »Ich möchte Ihnen gerne helfen. Falls Sie meine Hilfe noch annehmen möchten.«

Eva Ehrlich musterte mich schweigend.

»Darf ich Sie zum Mittagessen einladen?«, sagte sie nach einer Weile und erwiderte mein Lächeln. »Hier soll es eine ganz vorzügliche Fischplatte geben.«

»Sehr gerne«, antwortete ich erleichtert. Erfreulicherweise gehörte Eva offenbar zu dem Typ Frau, der keinen Wert auf Grundsatzdiskussionen legt.

Sie verschloss ihre Zimmertür. Gemeinsam machten wir uns auf den Weg ins Restaurant Upkammer. Wir setzten uns an einen gemütlichen Tisch direkt am Fenster. Eva bestellte für uns beide die legendäre Fischplatte des Hohen Hauses. Für den Wein zeigte ich mich verantwortlich. Ich wählte einen trockenen, ehrlichen Riesling aus, der hervorragend zum Fisch passte.

»Ich kann Sie gut verstehen«, nahm Eva unser Gespräch wieder auf. »Sie arbeiten schon seit Jahren nicht mehr als Anwalt und sind sicherlich mit anderen Dingen beschäftigt. Und da komme ich einfach hereingeschneit und belästige Sie mit meinen Sorgen.«

»Nein, nein, das ist schon in Ordnung«, wehrte ich halbherzig ab. »Im ersten Moment war ich einfach nur etwas überrumpelt. Ich möchte Ihnen ja gerne helfen. Außerdem habe ich das Gefühl, dass man Ihrer Schwester etwas schuldig ist.«

Einen Moment herrschte unbehagliches Schweigen. Glücklicherweise wurde in diesem Moment der Wein serviert. Unsere Gläser gaben einen leise klingenden Ton von sich, als wir anstießen. Der Riesling war gut gekühlt und schmeckte vorzüglich.

»Erzählen Sie mir etwas mehr über Ihre Schwester«, bat ich Eva und stellte mein Glas ab.

Sie überlegte einen Moment, öffnete dann ihre Handtasche und nahm einen Stapel Fotos heraus. »Das ist Regina.« Sie schob mir ein Foto über den Tisch zu.

Der Schnappschuss zeigte eine fröhlich lachende Regina Ehrlich. Die attraktive Frau hatte sich eine sportliche Sonnenbrille ins Haar gesteckt und eine Hand lässig auf das Lederlenkrad ihres Sportflitzers gelegt. Der Fahrtwind ließ ihr langes blondes

Haar wild flattern. Regina Ehrlich strahlte pure Lebensfreude aus, wie sie lässig in ihrem kleinen Cabrio saß.

»Ich habe Regina im Auto fotografiert. Das Foto ist vom letzten Sommer. Wir haben einen Ausflug ins Alte Land gemacht«, sagte Eva leise. »Es war so ein herrlicher Tag. Wir sind einfach nur so über die Landstraße gebraust. Später haben wir dann stundenlang in einem kleinen Café gesessen und nur gelacht und miteinander gequatscht.«

Ich betrachtete das Foto. Nun wusste ich auch, welche Augenfarbe Regina Ehrlich zu Lebzeiten gehabt hatte – strahlend blaue Augen. Die gleiche Augenfarbe wie ihre Schwester.

Gewaltsam verdrängte ich das Bild der toten Augenhöhlen, in die ich vor zwei Tagen geschaut hatte und die sich wieder in mein Bewusstsein schoben.

»Darf ich das Foto behalten? Es kann sein, dass ich im Verlauf meiner Recherchen Fragen stellen muss. Da ist es von Vorteil, wenn ich ein Foto zeigen kann.«

»Ja natürlich.« Sie blätterte in dem Fotostapel, den sie in der Hand hielt, und legte ein paar weitere Bilder auf den Tisch. Regina lachend in einem Straßencafé. Ein Foto der Schwestern, wie sie sich unter einem Weihnachtsbaum umarmten. Wieder Regina, die an einem Rednerpult stand und eine Präsentation vorführte. Auf dem Foto trug sie ein dunkelblaues Kostüm. Das gleiche Outfit, mit dem wir sie aus dem Wasser gefischt hatten. Möglicherweise handelte es sich sogar um dasselbe Kleidungsstück.

»Sie sagten, Ihre Schwester war Pressesprecherin?«, fragte ich und schaute beklommen auf die Fotos, die vor mir auf der Tischplatte lagen.

»Ja, Regina hat Betriebswirtschaft und Medienwissenschaften studiert. Sie hat zunächst in verschiedenen Unternehmen als Betriebswirtin gearbeitet und bekam dann einen attraktiven Job von der BIO NOUN AG angeboten. Das ist ein Konzern, der bundesweit eine Kette von Bio-Läden betreibt. Der Konzern expandiert zurzeit sehr stark. Das Ziel ist die Marktführung. Regina war zunächst für den Bereich Öffentlichkeitsarbeit tätig und schnell ziemlich erfolgreich. So erfolgreich, dass man ihr Anfang letzten Jahres die Stelle der Pressesprecherin für den Konzern anbot. Dieser Job war eine echte Herausforderung. Regina lebte nur noch für ihre Arbeit. Ich weiß nicht, wann sie das letzte Mal richtig Urlaub gemacht hat.«

Eva wurde von der Kellnerin unterbrochen, die uns unser Essen brachte. Für die nächsten Minuten widmeten wir uns schweigend der ausgezeichneten Fischplatte, die aus gebratenem Zander, Rotauge und Scholle bestand.

Ich legte eine Portion knuspriger Bratkartoffeln auf Evas Teller. Aus den Augenwinkeln bemerkte ich, wie sie mich von der Seite her musterte. Ich konzentrierte mich auf mein Essen und begann eifrig, ein Rotauge zu bearbeiten. Die momentane Situation löste widersprüchliche Gefühle in mir aus. Evas Gegenwart wirkte auf mich elektrisierend. Aber – dies war kein Date! Eva saß nicht aus Spaß mit mir zusammen, sondern weil sie die Umstände des Todes ihrer Schwester aufgeklärt haben wollte. Diszipliniert rief ich mich zur Ordnung und legte meine Hormone auf Eis – zumindest für den Moment.

Ich konnte mir sehr gut vorstellen, dass unser Gespräch für Eva sehr schmerzvoll sein musste, wenn wir über ihre Schwester redeten. Deshalb bemühte ich mich während des Essens um neutrale Themen. Bemüht locker plauderte ich über die kulinarischen Spezialitäten der Krummhörn. Eva machte zwar weiterhin einen ernsten und bedrückten Eindruck, entspannte sich beim Essen jedoch etwas.

Nachdem wir unsere Mahlzeit beendet hatten, bestellte ich uns zwei Espresso als Muntermacher. Wir schwiegen, bis die Bedienung uns zwei kleine Tassen auf den Tisch gestellt hatte. Ich bot Eva Zucker an. Sie lehnte dankend ab. Dafür kippte ich mir eine dreifache Portion Zucker in meinen Espresso. Es half alles nichts – wenn ich Eva helfen wollte, musste ich das Gespräch fortsetzen. Auch wenn es für sie schmerzhaft war.

»Ihre Schwester war schon lange bei der BIO NOUN AG?«, fragte ich in neutralem Ton.

»Oh ja. Das waren schon ein paar Jahre.« Der bittere Unterton in ihrer Stimme war nicht zu überhören. »Wie schon gesagt – Regina hat ihre Karriere dort im Bereich Öffentlichkeitsarbeit gestartet. Zu dem Zeitpunkt war die Firma noch keine Aktiengesellschaft. Meine Schwester hatte seinerzeit den Börsengang mit begleitet, und die Chefetage wurde recht schnell aufmerksam auf Regina. Sie bekam immer öfter wichtige Projekte übertragen, bis man ihr die Stelle der Pressereferentin anbot.«

»BIO NOUN«, sagte ich. »Bekannter Name. Ich kaufe selber gelegentlich Fleisch von denen. Nicht ganz billig, aber die Steaks sind absolute Spitzenqualität. Ich weiß nur nicht, was ich von dem aktuellen Skandal halten soll. Da wurden ja Tonnen von billigem Pferdefleisch zu hochwertigem Rindfleisch umetikettiert und verarbeitet.«

»Ja, das ist richtig. Regina hatte mir davon erzählt. Es wurde Fleisch aus Rumänien importiert. Weil es so billig eingekauft werden konnte, hat das verantwortliche Qualitätsmanagement nicht genau hingeschaut. Ob aus Kalkül oder Schlamperei, kann ich nicht sagen.« Eva zuckte mit den Schultern, während sie mich ansah.

»Wie auch immer«, warf ich ein. »Für eine Firma, die mit Transparenz und Nachvollziehbarkeit ihrer Produkte und insbesondere von Fleisch wirbt und eigene Qualitätsstandards zur Lebensmittelsicherheit entwickelt hat, kann so ein Skandal tödlich sein!«

»Ja, stimmt. Da haben Sie Recht, aber grundsätzlich haben die eine sehr gute Qualität«, bestätigte Eva. »Die BIO NOUN AG ist ein Konzern, der bundesweit hochwertige Bio-Produkte und -Lebensmittel produziert und vertreibt. Der Konzern wurde Anfang der Neunzigerjahre von einer Investorengruppe gegründet und hat eine ganze Reihe von Tochterunternehmen. Es gibt neben den Bio-Supermärkten eine Tochterfirma, die für die eigenen Immobilien zuständig ist. Außerdem betreibt das Unternehmen eine Hotelkette mit Luxusherbergen. Den Anstoß zur Firmengründung gaben die ständigen Lebensmittelskandale.

Die Leute waren es leid, dauernd zu hören und zu lesen, wie Lebensmittel gepanscht, Tiere gequält und ihnen reine Chemie vorgesetzt wurde.« Eva zog die Schultern hoch. »Ein gigantischer Markt tat sich auf. Und BIO NOUN waren die Ersten, die diesen Markt erkannten und zugriffen.«

Ich konnte mich noch sehr gut an die ekeligen Lebensmittelskandale der 1980er-Jahre erinnern. Österreichische Winzer panschten ihren Wein mit Diethylenglykol. Diese Substanz findet man normalerweise an Tankstellen und in Autowerkstätten in Form von Frostschutzmitteln und nicht in preisgekrönten Weinen bekannter Winzer.

In falscher Sicherheit wiegten sich die Weinliebhaber, die auf Weine aus südlichen Gefilden auswichen. Denn Jahre später hatte Italien seinen eigenen Lebensmittelskandal. Nachdem Dioxin im Mozzarella entdeckt und die Fälschung mehrerer Hunderttausend edler Toskana-Weine aufgedeckt wurde, fand man in italienischen Billigweinen Düngemittel und Salzsäure.

In den Jahren zwischen den Weinskandalen konnten die Verbraucher auswählen, ob sie sich ihr Hirn durch die Rinderseuche BSE zerbröseln oder sich lieber durch Hormone im Schweinefleisch Brüste wachsen lassen wollten. Alternativ standen auch noch Immunisierungen gegen Antibiotika durch Schweinefleisch, Pestizide in türkischen Birnen oder spanischer Paprika sowie diverse Varianten von Gammelfleisch zur Auswahl.

Wobei ich mir nicht sicher war, ob ich dem verfaulten Lammfleisch mit Knoblauchsoße, den ich als Döner beim Türken an der Ecke oder dem umetikettierten Abfallfleisch als Hühnchen süßsauer beim Chinesen den Vorzug geben sollte.

Zu beiden Menüs passte der genmanipulierte Reis aus China ebenso hervorragend wie das synthetische, krebserregende Färbemittel Sudanrot aus türkischem und osteuropäischem Chili- und Paprikapulver.

Aber auch auf die deutsche Schweinshaxe mit Kraut hätte ich keine Wetten angenommen. Kein Wunder also, dass seither Bioläden wie Freilandpilze aus dem Boden schossen und sich ein

Unternehmen wie die BIO NOUN AG innerhalb weniger Jahre zu einem riesigen Konzern entwickeln konnte.

Denn auch in der Neuzeit wechseln die Lebensmittelskandale zwar ihre Themen und Produkte, behalten aber ihre gesundheitsschädliche Wirkung und ihren Ekelfaktor bei. Auch wenn Dioxin in Eiern, gepanschtes Olivenöl, das durch Umetikettieren zu teurem Edelstoff wird, oder Mäusekot und Kakerlaken im Discounterbrot niemals lange im Gedächtnis der Öffentlichkeit haften bleiben – der Bio-Boom bleibt ungebrochen.

Evas Stimme riss mich aus meinen Gedanken. »Bei der Produktion und Vermarktung von Bioprodukten, gab es keine gemeinsamen Qualitätsstandards von Erzeugern und Händlern, geschweige denn organisatorische Strukturen. Am Anfang waren es meist Alternative und Ökoromantiker, die Bioläden eröffneten. Meist verschwanden diese Läden nach ein paar Monaten wieder von der Bildfläche.«

Eva redete überzeugend und war offenbar voll im Thema. Aber ich muss gestehen, dass sie mir auch einen Vortrag über Kumuluswolken und Thermik hätte halten können – ich hätte ihr stundenlang zuhören können.

»Aber im Laufe der Jahre entwickelten sich Markt und Bioläden ebenfalls«, fuhr sie ohne Unterbrechung fort. »Die Branche agierte professionell, und die Kunden wurden erwachsen. Die ehemals Alternativen tauschten Latzhosen gegen Designerkleidung und wurden bürgerlich. Die Studenten von damals verdienten plötzlich gutes Geld, gründeten Familien und ernährten ihre Kinder vorbildlich und gesund. Aufgrund der Marktentwicklung sprangen immer mehr Erzeuger und sogar Discounter auf den Zug mit Bioprodukten auf. Heute boomt die Nachfrage nach regionalen und authentischen Lebensmitteln aus kontrolliertem Anbau. Die Leute geben gerne mehr Geld aus, wenn sie dafür sicher sein können, dass ihre Nahrung nicht mit der chemischen Keule bearbeitet wurde.«

»Sie kennen sich gut aus«, warf ich ein und versuchte, den Monolog in einen Dialog zu verwandeln. Gleichzeitig war ich sehr beeindruckt, dass Eva so gut über die Bio-Branche Bescheid wusste.

»Regina hat mir viel von ihrer Arbeit erzählt.« Eva lächelte versonnen in sich hinein. »Wenn sie Vorträge halten musste, war ich meist ihr Probezuhörer. Meine Schwester übte so lange ihre Vorträge, bis sie ihren Text ohne Manuskript referieren konnte. Ich hörte sie immer ab.«

Schweigend sah ich sie an.

Eva hing noch einen Moment lächelnd der Erinnerung an ihre Schwester nach. Dann hob sie den Kopf, um mit fester Stimme fortzufahren: »Die Umsatzentwicklung bei Bio-Lebensmitteln lag im vergangenen Jahr bei 5,9 Milliarden Euro. Tendenz weiterhin steigend, wie in den Jahren zuvor.«

»Und BIO NOUN bedient diesen Markt?«, fragte ich.

»BIO NOUN ist der Markt.«

Interessiert sah ich Eva dabei zu, wie sie sich in eine bequemere Sitzposition brachte und dabei ihre langen Beine übereinanderschlug.

»In fast jeder großen Stadt gibt es einen Bio-Supermarkt von BIO NOUN. Die Hauptverwaltung hat ihren Sitz in Hamburg. Von dort aus werden die Bio-Läden, die sich in ganz Deutschland befinden, zentral verwaltet und gesteuert. Übrigens vertritt der Konzern die Philosophie, dass ihnen das Wohl der Gesellschaft und insbesondere das der Kinder am Herzen liegt. Es gibt bereits zahlreiche Öko-Familienbauernhöfe, auf denen mittellose Familien ihre Urlaube verbringen können.«

»Und Ihre Schwester war die offizielle Pressesprecherin des Gesamtkonzerns?«, fragte ich.

Eva nickte bestätigend. »Ja. Regina war der Geschäftsleitung des Mutterunternehmens direkt unterstellt. Ihre Hauptaufgabe war es, die Aktivitäten des Konzerns der Öffentlichkeit und den Medien vorzustellen. Sie repräsentierte den Konzern auf Aktionärsversammlungen und nahm an Grundsteinlegungen sowie Einweihungen neuer Standorte teil. Außerdem stellte sie potenziellen Investoren Geschäftsberichte und Bilanzen der entsprechenden Tochterunternehmen des Konzerns vor.«

»Hatte sie Feinde oder Konkurrenten im Unternehmen?« Eine klassische Frage, wie sie auch Colombo oder Derrick gestellt hätten. Zwar hielt ich berufliche Konkurrenten für kein überzeugendes Motiv, jemanden in der Nordsee zu ertränken. Aber man konnte ja nie wissen.

»Feinde?« Eva schüttelte ganz entschieden den Kopf. »Nein, ganz im Gegenteil. Regina war zwar eine ausgesprochen attraktive Frau und wurde von anderen Frauen natürlich immer genau beäugt. Man vermutet ja hinter einer erfolgreichen Frau unisono den breitbeinigen Karriereweg. Aber bei Regina war das nicht der Fall. Meine Schwester war ein natürlicher Mensch. Sie hatte eine solch sprühende Lebensfreude, dass sie immer alle direkt für sich einnahm. Sie war sehr beliebt, manchmal habe ich sie damit aufgezogen und sie Everybody's Darling genannt.«

»Sie sagten gerade, dass Regina viel mit Investoren zu tun hatte. Es könnte also durchaus sein, dass Regina hier in der Gegend geschäftlich zu tun hatte.«

Eva zog die Schultern hoch und machte ein skeptisches Gesicht. »Könnte sein. Ich wüsste zwar nicht, wo und was, aber ja, denkbar wäre es«, antwortete sie. »Zumal BIO NOUN ein neues Eisen im Feuer hat.«

Interessiert beugte ich mich vor.

»Der Konzern will mit einer neuen Strategie den Fast-Food-Markt in Deutschland aufmischen. Die Geschäftsleitung hat ein Team von Marketingexperten, Beratern und Lebensmitteltechnikern zusammengestellt. Diese Fachleute konzeptionieren und planen derzeit ein bundesweites Netz von Bio-Fast-Food-Läden mit hundertprozentigen Bio-Produkten.«

»So was wie Mac Bio oder bio King – Sojaburger und Mate to go?«, fragte ich ungläubig und musste unvermittelt lachen. Eva sah mich nachsichtig an.

»Als Regina mir das erste Mal von diesem neuen Geschäftsmodell erzählte, habe ich auch gelacht. Aber wenn man die Strategie des Konzerns richtig verstanden hat, hören sich die Ziele nicht mehr wie Science-Fiction an.« Jetzt war es an mir, ein skeptisches Gesicht zu machen.

Aber na ja, ganz so abwegig war der Gedanke nicht. Im Grunde recht simpel. Allerdings waren vor BIO NOUN schon andere Leute auf den gleichen Gedanken gekommen. Nicht wenige Geschäftsleute und Unternehmer hatten versucht, mit Bio-Restaurants ihr Geld zu verdienen. Die meisten waren wirtschaftlich gescheitert. Wenn jedoch ein Großkonzern, der bereits den Handel mit Bio-Produkten als Marktführer beherrscht, in den Fast-Food-Bereich einsteigt – das könnte funktionieren.

»Die meinen das ernst?«, vergewisserte ich mich.

Eva nickte bedeutsam. »Und das ist erst der Anfang!«

»Was heißt das?«

»Think Big!«

Ich ließ das Gesagte einen Moment auf mich wirken. »Sie meinen, der Konzern hat vor, ins Ausland zu expandieren?«

»Erst Deutschland, dann exponierte Standorte in europäischen Großstädten wie London, Paris, Rom, Mailand und so weiter. Danach Multiplikation des deutschen Marktnetzes auf Europa.«

»Zeitfenster?«, fragte ich knapp.

»Zehn bis zwölf Jahre.«

Ich nickte bedächtig. Sicherlich eine ambitionierte Zeitschiene und insbesondere für Investoren außerordentlich interessant. Schließlich wollte man ja die Rendite noch auf dem Golfplatz oder dem eigenen Anwesen unter südlicher Sonne ausgiebig genießen.

Nachdem ich die Informationen über Regina Ehrlichs beruflichen Hintergrund gedanklich abgespeichert hatte, kam ich wieder auf den eigentlichen Grund unseres Gesprächs zurück.

»Okay, gehen wir trotz der internationalen Thematik mal davon aus, dass Ihre Schwester geschäftlich in Ostfriesland zu tun hatte. Das würde zwar ihre Anwesenheit in der Krummhörn erklären, doch natürlich noch immer nicht, wie und vor allem warum Ihre Schwester unter diesen tragischen Umständen gestorben ist.«

Das Gesicht von Eva Ehrlich wurde ausdruckslos. »Richtig. Dafür gibt es keine plausible Erklärung. Jedenfalls nicht die, die mir die Kripo aufgetischt hat.«

»Die Todesursache Ihrer Schwester als Segelunfall zu deklarieren, ist von der Kripo natürlich vorschnell und subjektiv in den Raum gestellt worden«, stimmte ich ihr zu. »Aber aus Sicht der Kripo insoweit nachvollziehbar.«

Evas Augenbrauen schnellten in die Höhe. »Wie bitte?«

»Wenn die Kripo will, kann sie die Welt so schwarz-weiß sehen. Denn mit der Version vom Segelunfall müssen Beamte und Staatsanwaltschaft keine weiteren Ermittlungen anstellen.«

Ich wollte sie nicht unnötig aufregen. Aber ich musste ihr die möglichen Gründe aufzeigen, weshalb Hahn und Mackensen möglicherweise so schnell bei der Feststellung der Todesursache gewesen waren.

»Wenn die Kripo allerdings davon ausgehen würde, dass sich Ihre Schwester aus beruflichen Gründen hier aufhielt, sähe das anders aus. Es würde sich automatisch die Frage nach dem Anlass ihres Aufenthalts stellen«, erklärte ich. »Und natürlich, mit wem sie Kontakt hatte, wen sie wann und wieso getroffen hat. Und schlussendlich die entscheidende Frage, wieso sie ertrunken ist.«

Evas Gesichtszüge sahen mittlerweile aus, als seien sie aus weißem Marmor gemeißelt.

»Falls es sich um ein Tötungsdelikt handeln sollte, ist der überwiegende Anteil der Täter im unmittelbaren Umfeld des Opfers zu finden«, erläuterte ich gerade, als Eva unvermittelt mit der flachen Hand auf die Tischplatte schlug. Die Espressotassen beschwerten sich mit lautem Klirren und machten einen Luftsprung.

»Tötungsdelikt?«, fauchte sie und knallte nochmals mit voller Wucht ihre Handfläche auf die Tischplatte.

Ich zuckte vor Schreck zusammen und warf einen schnellen Blick in die Runde. Die übrigen Gäste waren ebenfalls erschrocken zusammengefahren und schauten uns entweder überrascht oder pikiert an.

Eva war in Sekundenbruchteilen das Blut ins Gesicht geschossen. Im Moment sah sie mehr nach Rosenrot als nach Schneeweißchen aus. »Nennen Sie den Tod meiner Schwester beim Namen – sagen Sie Mord!«

Ihre schneidende Stimme war im gesamten Lokal zu hören. Diesmal sahen uns die Gäste einheitlich ängstlich und erschrocken an. Aus den Augenwinkeln sah ich, wie eine ältere Dame gestikulierend auf uns zeigte und ihren Mann am Jackenärmel zog.

»Regina hat nicht einfach nur ihr Leben verloren. Sie wurde kaltblütig umgebracht. Irgendjemand hat meine Schwester eiskalt in der Nordsee ertränkt. Was man ihr sonst noch angetan hat ... daran möchte ich erst gar nicht denken. Tötungsdelikt! Sie reden wie ein Anwalt!«, brauste Eva auf.

»Ich bin Anwalt«, entgegnete ich trocken. Dieser Teil des Gesprächs kam mir bekannt vor.

Eva starrte mich sekundenlang an, ohne ein Wort zu sagen. Dann ließ sie die Schultern nach vorn fallen und sackte langsam in sich zusammen. Fast so, als hätte man aus einer aufblasbaren Puppe die Luft abgelassen. Sie hockte vor mir wie ein Häufchen Elend.

Ich schob meine Espressotasse zur Seite und starrte hilflos auf den angetrockneten Kaffeerand am Boden der Tasse. Aber auch vom Kaffeesatz war keine Hilfe, geschweige denn ein Ratschlag zu erwarten, wie man eine am Boden zerstörte Frau trösten konnte.

»Entschuldigung, ich wollte Sie nicht so anfahren.« Eva hob den Kopf und sah mich aus todtraurigen Augen an. »Es ist nur ... ich bin so verzweifelt ...«

Ich hätte sie liebend gern getröstet. Doch ich hatte Angst, ihr zu nahe zu treten.

»Ich werde heute noch zur Staatsanwaltschaft nach Emden fahren und eine schriftliche Beschwerde gegen das Ermittlungsergebnis der Kripo einlegen«, erklärte ich stattdessen. »Dadurch baue ich Druck auf. Gleichzeitig werde ich weitere Ermittlungen der Staatsanwaltschaft fordern. Dann werden wir weitersehen.«

Ich warf einen prüfenden Blick auf meine Uhr und fragte mich, ob ich gerade zu viel versprach. Es könnte zwar zeitlich etwas knapp werden. Wenn ich mich jedoch sputen würde, könnte ich es noch rechtzeitig zum Amtsgericht schaffen.

»Ich muss heute noch zurück nach Hamburg«, sagte Eva leise. »Am Freitag werde ich wieder hier sein. Es sind ja noch einige Formalitäten zu erledigen. Wann genau, weiß ich allerdings noch nicht.«

Natürlich musste sie zurück nach Hause. Sie hatte sicherlich noch jede Menge Dinge zu erledigen, die mit dem Tod ihrer Schwester zusammenhingen. Außerdem würden auch die normalen Verpflichtungen des täglichen Lebens auf sie warten. Und natürlich hatte Eva Ehrlich auch ein Privatleben – von dem ich bedauerlicherweise rein gar nichts wusste.

»Ich verstehe«, sagte ich deshalb nur. Erleichtert sah ich, dass ihre Wangen langsam wieder Normalfarbe annahmen.

»Ich bin Ihnen sehr dankbar für Ihre Unterstützung. Vielleicht haben Sie ja bei meinem nächsten Besuch in Greetsiel schon Neuigkeiten für mich.« Zaghaft versuchte sie zu lächeln, was ihr jedoch nicht so richtig gelang.

»Wie machen wir das mit Reginas Auto?«

Den Wagen der Toten hatte ich total vergessen. »Wo steht denn der Wagen eigentlich?«, fragte ich.

»Noch immer dort, wo die Kripo ihn gefunden hat. In Norddeich auf dem Parkplatz, gegenüber vom Bahnhof. Ich war selber noch nicht dort. Ich glaube ... ich kann das im Moment auch gar nicht.«

Eva wirkte verloren und hilflos, als sie das sagte. Ihre Augen schimmerten wieder feucht.

»Und was ist mit den Schlüsseln?« Fragend sah ich sie an. »Es sind doch keine Schlüssel gefunden worden, oder irre ich mich?«

»Stimmt«, sie nickte. »Ich habe Reginas Zweitschlüssel mitgebracht.« Es war Eva deutlich anzusehen, dass es ihr schwerfiel, über die Dinge, die nun geregelt werden mussten, zu sprechen.

»Dann ist es am besten, wenn Sie mir die Schlüssel geben. Ich hole gleich morgen den Wagen aus Norddeich ab und stelle ihn bei mir zu Hause unter. Sie können ja in Ruhe überlegen, was Sie damit machen wollen«, schlug ich vor.

Wir verabredeten, dass ich im Anschluss an unser Gespräch nach Hause fahren und die notwendige Handlungsvollmacht aufsetzen würde. In der Zwischenzeit würde Eva ihren Koffer packen und auf der Terrasse des Hohen Hauses auf mich warten.

Ich bedankte mich für ihre Einladung zum Essen und wir verabschiedeten uns voneinander. Dann machte ich mich auf den Weg nach Hamswehrum.

Daheim angekommen, füllte ich schnell Mottes Trinkwasser auf und legte ihm eine Kaustange als Snack dazu. Dann klappte ich mein Notebook auf. Ich rief einen der alten Arbeitsordner aus meiner Zeit als Rechtsanwalt auf und druckte mir eine Handlungsvollmacht aus. Schnell füllte ich das Formular mit den notwendigen Angaben. Dann tippte ich noch den Widerspruch, den ich für die Staatsanwaltschaft benötigte. Ich druckte ihn ebenfalls aus und legte ihn zur Vollmacht auf meinen Schreibtisch.

Aus Erfahrung wusste ich, dass ich mit Sweatshirt und alten Jeans beim Staatsanwalt keine Punkte machen würde. Sogar in Ostfriesland wird von einem Anwalt erwartet, dass er wie ein Anwalt aussieht. Ich öffnete den Kleiderschrank und holte einen staubsicheren Kleidersack aus der hintersten Ecke hervor. Der Reißverschluss gab ein zirpendes Geräusch von sich, als ich die durchsichtige Schutzhülle öffnete, die eine Batterie seriöser dunkler Anzüge und weißer Hemden vor Staub schützte.

Mit gemischten Gefühlen musterte ich meine ehemalige Berufskleidung. Ich wählte einen dunkelgrauen Anzug, ein weißes Hemd mit Haifischkragen und eine rote Krawatte mit goldenen Streifen aus. Eilig zog ich mich um.

Ich schaute im Schlafzimmer in den mannshohen Spiegel und schnitt meinem Spiegelbild eine Grimasse. Mir gegenüber stand ein Mann Mitte fünfzig und machte ein verdrießliches Gesicht. Durchschnittliche Größe, normales Gewicht mit leichter Tendenz zum Bauchansatz. Die noch verbliebenen Haare so raspelkurz gestutzt, dass man zu Recht von einer Glatze sprechen konnte.

Ich fuhr mir probehalber übers Kinn und entschied mich gegen eine Rasur. Man muss ja nicht gleich übertreiben. In den Augenwinkeln bemerkte ich ein paar neue Falten, die sich offenbar dort festgekrallt hatten, um sich dauerhaft häuslich niederzulassen.

Mein Vier-Tage-Bart war schon wieder grauer geworden, was ich jedoch geflissentlich übersah. Abgesehen davon, dass meine Hose in der Taille etwas mehr spannte als gewohnt, hatte ich mich noch recht gut gehalten. Ich zog den Bauch ein, rückte meine schwarze, rechteckige Hornbrille zurecht und verabschiedete mich mit einer weiteren Grimasse von meinem Spiegelbild.

Im Arbeitszimmer schnappte ich mir im Vorbeigehen vom Schreibtisch die Vollmacht, den Widerspruch sowie den großen braunen Umschlag mit meinen letzten Tattoo-Entwürfen. Ich verstaute alles in meiner ledernen Aktentasche, nachdem ich sie eigens hierzu wieder aus dem Schrank gekramt hatte. Ich hätte nicht gedacht, dass die nochmal zum Einsatz kommt!

Motte hatte mittlerweile auch mitbekommen, dass etwas im Gange war. Er saß in der Diele und sah mich regungslos und unergründlich an wie eine Sphinx.

»Sorry, Dicker«, ich tätschelte ihm den Kopf. »Ich muss noch mal los.« Für den Abend versprach ich ihm einen besonders ausgiebigen Spaziergang. Offenbar verstand mein Hund die Aussicht auf Frischluft als Drohung. Denn er legte sich so demonstrativ vor die Haustür, als sei er keineswegs bereit, sich an diesem Tag noch einmal zu erheben. Die Aktentasche unter den Arm geklemmt, quetschte ich mich an Motte vorbei zur Haustür hinaus und sprang in meinen Käfer.

Eva Ehrlich wartete schon mit ihrem Koffer zu ihren Füßen unter einem der großen Landhausschirme auf der Terrasse des Hohen Hauses auf mich. Vor ihr auf dem Tisch stand ein unberührter Cappuccino. Als sie mich auf sich zukommen sah, lächelte sie mich an. Mein Herz machte einen kleinen Luftsprung.

Ein kniekurzes weißes Etuikleid, den Glanz der Sonne in ihrem blonden Haar. Sie sah atemberaubend aus! Ich musste mich gewaltsam von ihrem Anblick losreißen. Hierzu nutzte ich die Handlungsvollmacht, die ich umständlich hervorkramte um sie ihr zur Unterschrift vorzulegen.

»Sie sehen ja wie ein richtiger Anwalt aus«, begrüßte sie mich und musterte mich ausgiebig.

»Man tut, was man kann«, brummelte ich verlegen und setzte mich ihr gegenüber. Umständlich kramte ich einen Stift hervor und legte ihn neben die Vollmacht.

»Sie brauchen nur noch zu unterschreiben, dann geht alles seinen Gang«, sagte ich.

Eva warf nur einen flüchtigen Blick auf das Dokument, seufzte kurz und setzte dann eine zierliche Unterschrift unter das Papier. Sie schob mir Vollmacht und Wagenschlüssel über den Tisch.

»Wie kann ich Sie in Hamburg erreichen?«, fragte ich, während ich Stift und Dokument einsteckte.

Eva zog eine Visitenkarte aus ihrer Handtasche hervor und reichte sie mir mit einer eleganten Handbewegung über den Tisch herüber. »Sie können mich jederzeit anrufen.«

Ich klappte die Doppelkarte aus mattem Karton auf. Auf der linken Seite standen Name, Adresse und Telefonnummer. Rechts waren der Schriftzug *Naturkundemuseum der Universität Hamburg* sowie ihre Berufsbezeichnung *Leitende Kuratorin* eingeprägt.

»Interessante Tätigkeit« sagte ich, während ich die Karte aufgeklappt in den Händen hielt.

»Na ja, als ich damals Biologie studierte, träumte ich davon, durch Afrika und Südamerika zu reisen und wilde Tiere zu beobachten«, antwortete Eva. »Und nun sitze ich den ganzen Tag in einem winzigen Büro und organisiere Ausstellungen für gelangweilte Schüler, die mit Kopfhörern auf den Ohren von ihren Lehrern durch das Museum getrieben werden.«

»Das hört sich frustrierend an.«

»Ich habe ein wenig übertrieben«, gab sie lächelnd zu. »So frustrierend ist es dann doch nicht. Es gibt auch sehr interessante Projekte. In letzter Zeit nimmt zum Beispiel das Interesse an der Imkerei enorm zu. In vielen Großstädten wird auf Dachgärten geimkert. Wir hatten dazu gerade eine stark besuchte Ausstellung, die in den nächsten Tagen zu Ende geht. Doch momentan bereiten wir schon eine neue außergewöhnliche Ausstellung vor. Auch sie wird voraussichtlich ein Besuchermagnet werden.«

»Das hört sich sehr interessant an.« Mutig wagte ich mich einen Schritt vor. »Wenn Sie die Ausstellung eröffnen, würde ich Sie gerne in Hamburg besuchen und mir Ihre Arbeit anschauen. Was halten Sie davon?« Ich gab mich zwar professionell gelangweilt, war tatsächlich aber zum Zerreißen gespannt auf ihre Antwort.

Nach einem Moment bangen Wartens griff Eva nach der Visitenkarte, die ich auf den Tisch neben die Kaffeetasse gelegt hatte. Ihre Finger streiften wie zufällig meine Hand. Im ersten Moment befürchtete ich, dass sie die Karte kommentarlos wieder einstecken würde. Doch sie drehte die Karte um und schrieb mit zierlicher Schrift etwas auf die Rückseite.

Sie schob die Karte wieder zu mir hin. »Dies ist meine private Adresse und Handynummer.« In ihrer Stimme schwang ein Ton mit, bei dem sich mein Herzschlag beschleunigte. »Ich weiß nicht, ob ich mich auf Ihren Anruf freuen oder mich davor fürchten soll.«

Vorsichtshalber entgegnete ich nichts.

Sie griff nach ihrer Handtasche und wir erhoben uns. Mit einem Händedruck verabschiedeten wir uns förmlich voneinander und brachen auf.

6

Ich machte einen kurzen Abstecher zum Postamt, um meinen Umschlag mit den Kolorierungen aufzugeben. Auch im Zeitalter von Facebook, digitaler Datenübertragung und E-Mail halten sich viele Tattoo-Studios lieber an die Originalvorlagen des Zeichners. Deshalb versende ich meine Entwürfe meist mit der guten alten Post.

Da natürlich keiner der beiden Parkplätze vorm Postamt frei war, parkte ich kurz entschlossen im Halteverbot. Mit einem prüfenden Blick vergewisserte ich mich, dass Margot, Greetsiels einzige Politesse, nicht in der Nähe war, und eilte ins Postamt.

Als ich wenige Minuten später das Gebäude wieder verließ und meinen Käfer ansteuerte, machte ich Stielaugen. Direkt hinter meinem Grauen stand – ebenfalls im Halteverbot – ein zweiter Käfer.

Neugierig trat ich an das Pendant zu meinem Wagen heran. Obwohl ich eigentlich in Eile war, musste ich mir dieses Schmuckstück doch aus der Nähe anschauen. Denn ein solches Prachtexemplar sieht man nicht alle Tage.

Seit ich denken kann, bin ich vernarrt in Käfer. Im Verlauf meines Lebens habe ich schon diverse Wolfsburger gefahren. In jungen Jahren aus Geldmangel, später dann aus reiner Liebhaberei. Vor einigen Jahren hatte ich meinen grauen Käfer einem befreundeten 80-jährigen, pensionierten Rechtsanwalt abgekauft. Der alte Herr zeigte sich zuerst etwas spröde, war aber dann doch hocherfreut, in mir einen Liebhaber gefunden zu haben. Nach vielen Gesprächen traute er mir endlich zu, seinen Käfer in Ehren zu halten und ihn mit der gleichen Leidenschaft zu hegen und zu pflegen, wie er es selber jahrzehntelang getan hatte.

Ich ließ den Wagen von der Oldie-Manufaktur in Nordrhein-Westfalen, einem winzigen, aber hochprofessionell arbeitenden Zweimannbetrieb, komplett restaurieren, und nach knapp zwei Jahren umfangreicher Restaurationsarbeiten erstrahlte das 57er-Karmann-Cabrio wieder in seinem alten Glanz. Der steingraue Käfer ist ein echter Blickfang mit verchromten Türgriffen, Radkappen, Zierleisten und Hörnerstoßstangen, die es in den Fünfzigern eigentlich nur für Exportfahrzeuge gab. Das Gesamtbild wird durch elfenbeinfarbene Bedienungsgriffe und Schalttafeleinsätze ergänzt. Prunkstück des Oldtimers ist das original erhaltene Zweispeichenlenkrad.

Einziges Zugeständnis an die Neuzeit ist ein modernes Radio mit MP3-Anschluss, das hinter der original erhaltenen Radioabdeckung aus den Fünfzigerjahren versteckt ist.

Kein Wunder also, dass ich wie angewurzelt stehen blieb, als ich den hellblauen Käfer hinter meinem Wagen stehen sah. Es handelte sich wirklich um einen 5 Ovali, die aufgrund ihrer kleinen, ovalen Heckscheibe so genannt werden. Ich sah auf den ersten Blick, dass sich der Oldtimer in einem exzellenten Zustand befand. Das Baujahr schätzte ich auf Mitte der 1950er-Jahre.

Mit der Hand strich ich vorsichtig über den hellblauen Lack, als hinter mir eine Stimme fauchte »Ich habe es nicht so gerne, wenn jemand meinen Käfer anfasst.«

Ich zuckte zusammen, als hätte man mich beim Ladendiebstahl ertappt.

»Natürlich, kann ich verstehen, geht mir genauso. Entschuldigen Sie bitte«, sagte ich schuldbewusst, während ich mich gleichzeitig zu der Stimme umdrehte.

Mir gegenüber stand eine junge Frau, schätzungsweise halb so alt wie ihr Käfer. Die Besitzerin des Ovali hatte ein schmales

Gesicht mit hohen Wangenknochen und einem Grübchen am Kinn, wie ich es selber auch habe. Ihre vollen Lippen, die von einem pastellfarbenen Lippenstift dezent betont wurden, kniff sie gerade zu einem schmalen Strich zusammen.

Ihr kurzes weißblondes Haar stand in alle Himmelsrichtungen ab und unterstrich ihr jungenhaftes und keckes Auftreten. Ihre seegrünen Augen blickten mich ohne den geringsten Wimpernschlag so durchdringend an, wie man es nur bei Katzen erlebt – kurz bevor sie ihre Krallen ausfahren. Solche Augen hatte ich bislang nur einmal bei einem Menschen gesehen – und das war Urzeiten her.

»Keine Sorge, ich tu Ihrem Auto ja nichts«, beteuerte ich.

»Das würde ich Ihnen auch nicht raten.«

»Ganz schön kess, die Kleine«, dachte ich bei mir und entschuldigte mich zum zweiten Mal: »Das war nur ein Reflex. Ich habe nur Ihren tollen Ovali bewundert.«

»Tatschen Sie immer alles an, wenn Sie Reflexe haben?«, fauchte sie mich verärgert an. »Was glauben Sie, wie mein Lack aussehen würde, wenn alle Leute, die meinen Käfer toll finden, ihre Reflexe kriegen und ihn betatschen würden?«

Obwohl sie ja Recht hatte, mit dem was sie sagte, fand ich, dass sie nun etwas übertrieb. »Sie haben Recht und dafür habe ich mich bereits entschuldigt«, antwortete ich. »Aber ich habe Ihrem Wagen kein Leid zugefügt und ich habe ihn auch nicht betatscht.«

»Das sollten Sie auch besser sein lassen!«, schnappte sie.

»Das hatten wir schon«, entgegnete ich nun deutlich kühler.

Ich habe vollstes Verständnis für Oldtimerbesitzer, doch man kann es mit dem Gezicke ja auch etwas übertreiben.

»Da steht auch ein toller Käfer«, sie wies mit ihrem ausgestreckten Arm auf meinen Grauen. »Warum machen Sie dem nicht auch ein paar Macken in den Lack?«

Nun war es aber gut! Langsam wurde ich sauer. Ich konnte sie gut verstehen. Schließlich mag ich es auch nicht, wenn Väter sich an meinen Käfer lehnen und ihren Kindern erklären, dass sie früher auch mal so ein Auto gefahren haben, und versuchen, Hupe oder Blinker zu betätigen. Doch ich hatte ihren Wagen ja nur einmal kurz angefasst. Kein Grund also, mich gleich so zur Schnecke zu machen.

»Ich habe Ihnen doch überhaupt keine Macke in den Lack gemacht«, verteidigte ich mich.

»Das wäre ja auch noch schöner. Ich bin ja gerade noch rechtzeitig gekommen.« Ihre seegrünen Augen funkelten mich wütend an.

»Jetzt reicht es mir aber! Finden Sie nicht auch, dass Sie jetzt etwas übertreiben?«, unbewusst trat ich einen Schritt auf die kleine Zicke zu.

»Kommen Sie mir nicht zu nahe! Ich trete Ihnen sonst in die Eier!«

Zum zweiten Mal an diesem Tag blieb ich wie angewurzelt stehen. Sprachlos starrte ich die Giftspritze an.

»Erst fremde Autos demolieren und dann auch noch aggressiv werden!«, giftete sie mich an.

Wutentbrannt schob sie sich an mir vorbei. Sie rammte ihren Autoschlüssel in das Schloss ihres Käfers und sprang in den Wagen. Ich machte einen schnellen Satz zur Seite, um meine edlen Teile vor der Fahrertür in Sicherheit zu bringen.

»Ganz schön kess, die Kleine«, wiederholte ich mich, nur diesmal laut.

»Ich bin nicht Ihre Kleine, Sie alter Chauvi!«, fuhr sie mich an. »Wenn Sie mein Vater wären, würde ich mich freiwillig zur Adoption freigeben.«

Lautstark knallte sie zum Abschied ihre Wagentür zu. Der Ovali sprang knatternd an. Sie gab kräftig Gas und ich musste erneut einen Satz zur Seite machen, weil sie mir ansonsten einfach über die Füße gefahren wäre. Ohne auf den Gegenverkehr zu achten, schoss sie so dicht an mir vorbei, dass kein Blatt Papier mehr zwischen ihren Kotflügel und meine Kniescheibe passte. Ich blieb mit offenem Mund auf der Straße stehen und starrte ihr hinterher, als hätte ich eine Begegnung der dritten Art gehabt.

»Meine Güte«, seufzte ich. »Was für eine gemeingefährliche Irre!« Ich vergewisserte mich, dass alle Kniescheiben noch an ihrem angestammten Platz waren. Ein Blick auf meine Uhr mahnte mich zur Eile. Schließlich hatte ich im Moment Wichtigeres zu tun, als mich über hysterische Zicken aufzuregen.

Obwohl – eigentlich war sie erfrischend sympathisch gewesen. Frech wie eine Rotznase zwar, aber sympathisch!

»*Tatscher*...«, dachte ich schmunzelnd, während ich Richtung Hamswehrum fuhr.

7

In Groothusen war mein Ärger bereits verflogen und ich bog auf die L3 ab, die über Pewsum und Freepsum nach Emden führte. An der Anschlussstelle Emden Nord hielt ich mich rechts und bog nach hundert Metern links in die Auricher Straße ein. Bis zum Gerichtsgebäude in der Cirksenastraße, in dem sich auch das Büro des Staatsanwalts befand, war es nur noch ein Katzensprung.

Ich fand auf Anhieb einen freien Parkplatz direkt vor dem Portal des Gerichtsgebäudes. Den Käfer sperrte ich zwar ab, aber das Dach ließ ich offen, denn der Himmel war strahlendblau und wolkenlos.

Im Gerichtsgebäude orientierte ich mich an dem Wegweiser im Foyer. Demzufolge befanden sich die Büros der Staatsanwaltschaft in der zweiten Etage.

Ich verzichtete auf eine Fahrt mit dem Paternoster und benutzte die Treppe. Leicht außer Atem klopfte ich an die dunkle Eichentür und betrat das Vorzimmer des Staatsanwalts, ohne eine Aufforderung hierzu abzuwarten. Eine kleine, pummelige, rothaarige Angestellte bearbeitete mit grimmigem Gesichtsausdruck die Tastatur ihres Computers. Offenbar handelte es sich um eine persönliche Auseinandersetzung zwischen ihr und dem Rechner.

»Moin«, grüßte ich freundlich.

Die Rothaarige hatte mein Klopfen anscheinend nicht gehört. Auf meinen Gruß hin zuckte sie erschrocken zusammen und schaute mich mit großen Kulleraugen an. Da sie keine Anstalten machte, den Mund zu öffnen, wiederholte ich meinen Gruß.

»Moin, mein Name ist de Fries und ich hätte gerne den Staatsanwalt gesprochen.«

»Moin.« Sie sah mich irritiert an. »Haben Sie denn einen Termin?«

»Nein.«

»Ja, dann weiß ich nicht ...« Sie griff nach einem Terminkalender und fing hektisch zu blättern an.

»Mit einem Termin ist mir nicht geholfen«, erklärte ich. »Ich muss den Staatsanwalt sofort sprechen. Es ist wirklich dringend!«

»Hm ...« Sie zögerte und musterte mich. Auf ihrer Stirn war zu lesen, dass sie überlegte, wie sie mich am schnellsten wieder loswerden könnte.

»Sind Sie Anwalt?«

»Ja.« Ich nickte. »Es handelt sich bei meinem Anliegen um einen aktuellen Fall – ein Mensch ist ums Leben gekommen.«

»Hm ...«, machte sie erneut. »Wenn es also wirklich so dringend ist, dann setzen Sie sich doch bitte dorthin, der Staatsanwalt müsste eigentlich jeden Moment kommen.« Die Rothaarige wies mit ihren kurzen Stummelfingern auf einen unbequem aussehenden Holzstuhl.

»Gern. Vielen Dank für Ihr Verständnis.« Ich lächelte freundlich.

Sie war es offenbar nicht gewohnt, angelächelt zu werden. Mit großen Augen starrte sie mich an. Nach ein paar Sekunden erwiderte sie zaghaft mein Lächeln, wandte sich aber dann sofort wieder ihrer Tastatur zu. Ich bemerkte, dass sich ihre Wangen leicht röteten.

Ich brauchte nur wenige Minuten zu warten, bis sich die Tür öffnete und eine hochgewachsene Frau den Raum betrat. Sie trug einen Stapel Gerichtsakten unter dem linken Arm. In der rechten Hand hielt sie einen bordeauxfarbenen, ledernen Aktenkoffer. Mit dem Absatz ihres ebenfalls bordeauxfarbenen Wildlederpumps drückte sie die Tür hinter sich ins Schloss.

Offensichtlich kannte sie sich in diesen Räumen aus. Freundlich nickte sie mir zu, während sie der gegenüberliegenden Tür zustrebte. Dahinter vermutete ich das Büro des Staatsanwaltes.

»Hallo, Frau Doktor Lenzen«, grüßte die Rothaarige die brünette Frau mit den schulterlangen Haaren, die einen schwarzen Hosenanzug mit weißer Bluse trug.

Der Staatsanwalt war offenbar eine Staatsanwältin, schloss ich aus der Begrüßung der Rothaarigen.

»Hallo, Rosi«, erwiderte die Angesprochene.

»Warten Sie, ich helfe Ihnen«, rief ich und sprang von meinem Stuhl auf. Schnell griff ich nach den Akten, die der Staatsanwältin unter dem Arm hervorgerutscht waren und zu Boden zu fallen drohten. Allerdings griff ich daneben und rempelte Frau Doktor Lenzen stattdessen ungeschickt an. Der Aktenstapel kam dank meiner Hilfe erst recht ins Rutschen. Die einzelnen Akten verteilten sich flächendeckend auf dem Fußboden.

»Entschuldigen Sie bitte«, seufzte ich, während ich mich bückte. »Das war ungeschickt von mir.«

»Stimmt, das war ungeschickt.« Die Staatsanwältin musterte mich aufmerksam. »Aber auch nicht weiter schlimm. Sie wollten mir schließlich helfen. Das wiederum war nett, danke.«

Auch sie ging in die Hocke und half mir beim Einsammeln der Unterlagen. Mein Blick streifte ihre gut gewachsenen Beine, die sich unter dem Stoff ihrer eng anliegenden Hose abzeichneten. Als alle Akten wieder aufeinandergestapelt waren, erhoben wir uns gleichzeitig.

»Wenn Sie so freundlich wären und mir die Akten auf meinen Schreibtisch legen könnten«, sagte sie und öffnete die Tür zu ihrem Büro.

»Natürlich, gerne.«

»Das ist Herr de Fries. Er möchte Sie in einer dringenden Angelegenheit sprechen«, piepste Rosi von ihrem Schreibtisch aus. »Es geht um einen Todesfall«, ergänzte sie mit hochgezogenen Augenbrauen.

»Oh! Das hört sich wirklich dringend an. Dann kommen Sie doch bitte gleich mit mir mit«, die Staatsanwältin schob sich so dicht an mir vorbei, dass ich ihr Parfüm riechen konnte. *Mademoiselle* von Coco Chanel, vermeldete meine Nase. Das Lieblingsparfüm meiner Exfrau.

Sie stellte ihren Aktenkoffer neben ihren Schreibtisch und deutete auf einen schon bedenklich hohen Aktenberg.

»Legen Sie die Akten einfach dazu.«

Ich tat, wie mir geheißen. Mit einer Handbewegung bot die Staatsanwältin mir einen Platz an und machte es sich selber hinter ihrem Schreibtisch bequem.

»Mein Name ist Traute Lenzen und ich bin die zuständige Staatsanwältin. Was kann ich für Sie tun?«

»Mein Name ist Jan de Fries. Ich bin Rechtsanwalt und vertrete die Interessen meiner Mandantin Eva Ehrlich. Es geht um die Schwester von Frau Ehrlich – Regina Ehrlich«, stellte ich mich und den Grund meines Besuches vor.

»Die junge Frau, die vor zwei Tagen tot aus der Nordsee geborgen wurde?« Traute Lenzen sah mich fragend an.

»Ja«, bestätigte ich.

»Ein tragischer Unfall«, die Staatsanwältin lehnte sich in ihrem Sessel zurück und begann, mit dem Deckel des Aktenordners zu spielen, der vor ihr lag. »Die Kriminalpolizei hat gestern die Ermittlung offiziell abgeschlossen. Bei der Todesursache von Regina Ehrlich handelt es sich nach den Erkenntnissen der Beamten um einen Segelunfall«, fuhr sie fort. »Zwar ein überaus tragischer Unfall, aber letztlich ein Unfall mit tödlichem Ausgang, wie er bedauerlicherweise an unserer Küste immer wieder vorkommt.«

Während die Staatsanwältin mir ihre Sicht der Dinge schilderte, malte sie mit ihrem Zeigefinger unsichtbare Zeichen auf die vor ihr liegende Akte.

»Ich stimme Ihnen zu, wenn Sie sagen, dass der Tod von Regina Ehrlich tragisch ist, Frau Staatsanwältin«, erwiderte ich steif. »Aber dem Terminus Segelunfall muss ich widersprechen.

Denn bei dem Tod von Regina Ehrlich handelt es sich mit Sicherheit nicht um einen Segelunfall!«

»Wie bitte?« Frau Doktor Lenzen sah mich mit hochgezogenen Augenbrauen an, die mit einem Mal vor Entrüstung streichholzschmal zu sein schienen.

»Ich widerspreche Ihnen nur ungern. Aber ich bin nicht der Meinung, dass es sich bei dem Tod von Regina Ehrlich um einen tragischen Unfall handelt. Das Ergebnis der polizeilichen Ermittlungen stand nicht erst mit Beendigung, sondern bereits zu Beginn der Ermittlungen fest!«

Diese Aussage war eine unmissverständliche Kampfansage an die zuständige Kriminalpolizei und Staatsanwaltschaft.

»Das ist starker Tobak – Herr Anwalt! Wie kommen Sie denn zu einer solch gewagten Behauptung?«

»Hat eine gerichtsmedizinische Untersuchung stattgefunden – eine Obduktion?« fragte ich zurück und ignorierte darin zugleich ihre Frage.

»Nein. Die war nach dem vorliegenden Ermittlungsergebnis auch nicht zwingend notwendig.« Das Begrüßungslächeln der Staatsanwältin war verschwunden und ihre Stimme hatte einen eisigen Ton angenommen. »Der Amtsarzt hat die vorgeschriebene Leichenschau durchgeführt, um die Todesursache als natürlich oder nicht natürlich zu bestimmen. Naturgemäß ist das Ertrinken in der Nordsee oder ein Tod durch Unterkühlung keine natürliche Todesursache. Jedoch aufgrund der Umstände des Auffindens und des Zustands des Leichnams reichte die reguläre Leichenschau zur Klärung der Todesursache aus. Anhand der vorliegenden Ergebnisse ist eine Fremdeinwirkung als Todesursache auszuschließen. Eine weiterführende Obduktion war nicht notwendig«, referierte die Staatsanwältin, ohne Luft zu holen, wobei sie mich kühl und ohne eine Miene zu verziehen ansah.

»In diesem Punkt muss ich Ihnen leider auch widersprechen«, entgegnete ich, ebenfalls mit ausdruckslosem Gesicht. »Es sind genau diese Umstände, unter denen die Tote aufgefunden wurde, weshalb es sich um keinen Segelunfall handeln kann!« Mein

Tonfall lag ebenfalls nur knapp über Raumtemperatur. »Ich war dabei, als die Tote gefunden wurde!«

»Sie?«, überrascht sah Traute Lenzen mich an. Ihre Augen umwölkten sich. »Verstehe – Sie waren Mitglied der Besatzung des Kutters, welche die Tote aufgefischt hat. Aber mit welchem Argument stellen Sie die Behauptung auf, dass das Ermittlungsergebnis der Kriminalpolizei bereits beim Auffinden der Toten feststand?«

»Entschuldigen Sie bitte, Frau Staatsanwältin«, entgegnete ich. »Ich habe nicht gesagt, dass das Ermittlungsergebnis bereits beim Auffinden der Toten feststand. Sondern ich habe gesagt, dass das Ermittlungsergebnis bereits mit Beginn der Ermittlungen durch die Kriminalpolizei feststand. Gefunden haben die Tote Kapitän Uz Jansen, Matrose Onno Clasen und ich. Und wir haben mit Sicherheit kein Ermittlungsergebnis vorgelegt.« Ich verzog keine Miene. Manchmal kann ich ein richtiger Korinthenkacker sein.

»Vielen Dank für die Belehrung, Herr Anwalt«, entgegnete Frau Doktor Lenzen pikiert. »Würden Sie mir nun freundlicherweise Ihre Behauptung begründen?«

»Aber gerne.« Ich lächelte die Staatsanwältin freundlich an. Schließlich wollte ich sie mit meiner Spitzfindigkeit nicht mehr als nötig verärgern oder brüskieren. Allerdings wollte ich bereits beim ersten Gespräch mit der Staatsanwaltschaft die Fronten klären. Denn es war wichtig, der Staatsanwältin vom ersten Moment an deutlich zu machen, dass ich mich von den Ermittlungsergebnissen der Kripo auf keinen Fall beeindrucken ließ. Gleichzeitig wollte ich deutlich machen, dass ich alle Hebel in Bewegung setzen würde, um die Todesursache von Regina Ehrlich zweifelsfrei aufzuklären.

»Am Montagmorgen begleitete ich meinen Freund, Kapitän Uz Jansen, beim Krabbenfischen«, begann ich meine Ausführungen. »Bei dieser Fahrt verfing sich eine tote Frau, von der wir nun wissen, dass es sich um Regina Ehrlich handelt, in unserem Fangnetz. Wir verständigten über Funk die Polizeiinspektion

Aurich. Die informierte ihrerseits die Emder Mordkommission und schickte diese zum Leichenfundort. Die ermittelnden Beamten, die Kommissare Hahn und Mackensen, waren sich bereits im Moment der ersten Inaugenscheinnahme der Toten über die Todesursache einig. Demzufolge handelte es sich bei der Todesursache von Regina Ehrlich um einen Segelunfall in Verbindung mit einem Alkoholabusus. Den beiden Beamten reichte bereits eine oberflächliche Begutachtung, um die angebliche Todesursache festzustellen. Meiner Meinung nach haben es sich die ermittelnden Beamten zu einfach gemacht. Ihre Beurteilung war vorschnell und ihre Untersuchung oberflächlich. Die Inkompetenz der beiden Beamten spiegelt sich im abschließenden polizeilichen Ermittlungsergebnis eindeutig wider.«

Noch bevor ich Luft holen konnte, konterte Frau Doktor Lenzen: »Oder die ermittelnden Kriminalbeamten haben einfach nur eine schnelle, präzise und fundierte Einschätzung vorgenommen, die sich nun in dem abschließenden Ermittlungsergebnis widerspiegelt. Es handelt sich bei den ermittelnden Beamten schließlich um erfahrene Kriminalbeamte.«

»Ich wiederhole mich gerne noch einmal«, sagte ich schärfer als beabsichtigt. »Die ermittelnden Beamten waren bereits in dem Moment, als sie die Leiche zum ersten Mal sahen, der Meinung, dass es sich um einen Segelunfall handelt. Ein paar flüchtige Blicke reichten den Beamten aus, um die scheinbare Todesursache festzustellen. Zur beruflichen Erfahrung Ihrer Beamten kann ich mich natürlich nicht äußern. Aber mich haben die beiden Kommissare nicht durch Kompetenz und Sachverstand überzeugt. Eine unvoreingenommene Ermittlung sieht für mich anders aus!«

Die Staatsanwältin durchbohrte mich mit ihren Blicken.

»Hiermit lege ich im Todesfall Regina Ehrlich offiziell Beschwerde gegen das Ergebnis der staatsanwaltschaftlichen Ermittlungen ein«, sagte ich im offiziellen Juristenjargon und legte gleich die entsprechenden Paragrafen nach. »Gleichzeitig beantrage ich eine gerichtsmedizinische Obduktion der Verstorbenen gemäß § 87 StPO in Verbindung mit § 159 StPO. Meine Mandantin, Eva Ehrlich, und ich sind der Meinung, dass es sich bei der Todesursache von Regina Ehrlich nicht um einen Segelunfall handelt. Es gibt zum Tod von Frau Ehrlich einfach zu viele Ungereimtheiten und zu viele offene Fragen. Die Mordkommission hat eine Vielzahl ungeklärter Sachverhalte nicht beachtet und nicht einmal im Ansatz befriedigende Erklärungen gefunden.«

Die Augen der Staatsanwältin hatten sich zu schmalen Sehschlitzen zusammengezogen.

»Ich habe die Tote persönlich gesehen und mir fiel auf, dass sie wie für einen geschäftlichen Anlass gekleidet war«, fuhr ich unbeirrt in meinen Ausführungen fort. »Die Schwester der Toten und ich als ihr Anwalt sind der Meinung, dass Regina Ehrlich sich aus geschäftlichen Gründen in unserer Region aufhielt. Es gibt keine stichhaltige Erklärung dafür, wie die Tote in ihrer üblichen Geschäftskleidung in einem Fischernetz in der Nordsee landen konnte.« Ich legte die Fingerspitzen aneinander und musterte meine Gesprächspartnerin abwartend.

»Dafür hat die Kripo eine logische und nachvollziehbare Erklärung.« Frau Doktor Lenzen richtete sich stockstief auf ihrem Stuhl auf. »Eine nette Verabredung für eine kleine Auszeit – vielleicht hatte Frau Ehrlich es auch eilig und kam deshalb nicht mehr zum Umziehen. Vielleicht stand sie, wie es Pendler täglich tun, im Hamburger Elbtunnel im Stau. Dann, zack, zack – ab zu ihrer Verabredung und rauf aufs Boot. Ein paar freie Tage locken. Der berufliche Stress und die Hektik des Alltags lassen nach. Die Stimmung ist gut und ausgelassen. Ein paar Drinks zur Entspannung. Möglicherweise ein plötzlicher Wellengang – dann der Sturz über Bord. Wie gesagt, ein bedauerlicher Unfall – tragisch zwar, aber für unsere Küste durchaus nicht ungewöhnlich. Angehörige haben meist Schwierigkeiten, zu akzeptieren, dass kein spektakuläres Todesereignis vorliegt, sondern dass etwas ganz Alltägliches zum Tod ihres Angehörigen geführt hat. Ein einfacher Fehler, eine lapidare Unaufmerksamkeit oder die Unterschätzung einer Gefahrensituation.«

»Und hier ist genau der Punkt, Frau Doktor Lenzen«, entgegnete ich mit Nachdruck. »In Ihrer Argumentationskette sind mir genau zwei *Vielleicht* und ein *Möglicherweise* zu viel enthalten. Deshalb kann ich Ihren Argumenten auch nicht zustimmen. Für die Kripo und auch für die Staatsanwaltschaft mag ein Segelunfall als Todesursache ausreichend erscheinen. Für die Schwester der Toten allerdings nicht!«

Die Staatsanwältin trommelte gereizt mit ihren Fingerspitzen auf den Aktendeckel. »Ich habe bereits ausgeführt, dass es für die Angehörigen sehr schwer ist, die Alltäglichkeit des Todes zu akzeptieren.«

»Bedauerlicherweise ist dies der einzige Punkt, dem ich zustimmen kann«, erwiderte ich. »Die Alltäglichkeit des Todes ist in der Tat für Angehörige schwer zu verstehen. Ich sehe allerdings keinen einzigen Anhaltspunkt, der mir im Fall von Regina Ehrlich einen Segelunfall als eine plausible Todesursache erscheinen lässt. Eva Ehrlich hat mir ihre Schwester als verantwortungsbewusste Seglerin mit jahrelanger Erfahrung im Umgang mit Booten der unterschiedlichsten Kategorien geschildert. Außerdem war die Verstorbene mit den regionalen Gewässern vertraut. Regina Ehrlich war 2001 und 2003 bei der Hanseatic-Regatta unter den Top Five. Die Tote war zu Lebzeiten Topmanagerin, was ihre Kleidung erklärt. Eva Ehrlich beschreibt ihre Schwester als disziplinierte Frau, die sehr überlegt und professionell ihren Sport ausübte. Es ist auszuschließen, dass Regina Ehrlich ohne adäquate Segelkleidung, geschweige denn ohne Schwimmweste, auf ein Boot gestiegen sein soll.«

»Das sagt die Schwester der Toten?«, unterbrach mich die Staatsanwältin knapp.

»Ja«, antwortete ich und fuhr mit der Begründung meines Widerspruchs fort. »Von der Tatsache, dass die Kommissare Hahn und Mackensen über eine langjährige Berufserfahrung verfügen, lässt sich nicht automatisch eine fachliche Kompetenz ableiten. Hierfür spricht sowohl die Oberflächlichkeit der ersten Inaugenscheinnahme der Toten, von der ich mich persönlich überzeugen konnte, als auch die unqualifizierten Äußerungen, denen ich ebenfalls als Zeuge beigewohnt habe«, beendete ich meine Ausführungen.

Meine Argumentationskette war klar und sachlich. Aufgrund der vorliegenden Fakten würde die Staatsanwältin meinem Antrag auf eine gerichtsmedizinische Untersuchung der Toten zustimmen müssen. Ich ging davon aus, dass der Obduktionsbefund Ungereimtheiten aufweisen würde. Die kleinste Widersprüchlichkeit würde mir ausreichen, um eine Wiederaufnahme der polizeilichen Ermittlungen zu erwirken. Dann würde man weitersehen. Zufrieden mit meiner Argumentation lehnte ich mich entspannt zurück.

Die Staatsanwältin setzte mit einer knappen Handbewegung ihre Lesebrille auf und griff nach dem Aktenberg zu ihrer Rechten. Sie ergriff den obenaufliegenden, grauen Schnellhefter. Den Aktendeckel legte sie vor sich auf ihren Schreibtisch und sah mich mit scharfem Blick an.

»Sind Sie legitimiert?«, fragte sie mich knapp.

»Selbstverständlich«, erwiderte ich ebenso knapp. Ich öffnete meine Aktentasche und zog Eva Ehrlichs Handlungsvollmacht hervor. Schweigend reichte ich der Staatsanwältin das Dokument.

Frau Doktor Lenzen nahm das Papier mit spitzen Fingern und warf einen kurzen Blick darauf. Mit einer schnellen Handbewegung legte sie es dann zur Seite und schlug den vor ihr liegenden Schnellhefter auf.

»Das haben wir ja alles bereits besprochen«, sagte sie mehr zu sich selbst als zu mir, während sie den schmalen Hefter durchblätterte. Mit einer Schnelligkeit, die auf lange Übung im Hantieren mit Aktendeckeln schließen ließ, überflog sie die einzelnen Seiten. Das graue Ökopapier raschelte laut beim Umblättern. Ihr Blick blieb an einer Seite hängen. »Ach, ja – hier ...«, sagte sie gedehnt.

Langsam hob sie den Kopf und schaute mich nachdrücklich über den Rand ihrer Lesebrille hinweg an.

»Und was sagt Ihre Mandantin dazu, dass ein Alkoholgehalt von über drei Promille im Blut ihrer Schwester nachgewiesen wurde?«, schoss sie ihre Frage auf mich ab.

Dieser neuen Sachlage stand ich vollkommen unvorbereitet gegenüber.

»Wie bitte?«, stieß ich perplex hervor und fuhr auf meinem Stuhl senkrecht in die Höhe.

»Sie hören richtig! Die Tote hatte 3,6 Promille Alkohol im Blut«, die Staatsanwältin tippte mit ihrem Stift auf die vor ihr liegende Akte. »Mit diesem exorbitant hohen Alkoholblutspiegel wäre Frau Ehrlich mit Sicherheit eine Kandidatin für jede Notaufnahme Niedersachsens gewesen. Sie wissen sicherlich, dass die letale Dosis der Blutalkoholkonzentration eines Menschen in der Fachliteratur mit einem Wert zwischen drei und vier Promille beschrieben wird?«

Ich war wie vor den Kopf geschlagen.

»Hat Ihre Mandantin Ihnen das nicht mitgeteilt, Herr Anwalt?«, die Staatsanwältin sah mich spöttisch an.

Ich räusperte mich umständlich. »Nein, hat sie nicht.«

Der neue Sachverhalt ließ im Moment meine schöne Argumentationskette wie das sprichwörtliche Kartenhaus in sich zusammenstürzen. Jetzt musste ich erst einmal versuchen, aus dieser Nummer herauszukommen, ohne mein Gesicht vollständig zu verlieren.

»Ich führe diese Informationslücke auf den Schockzustand zurück, in dem sich meine Mandantin seit dem Tod ihrer Schwester befindet«, versuchte ich argumentativ halbwegs trockenen Boden unter die rhetorischen Füße zu bekommen.

»Schauen Sie, Herr de Fries, die Sachlage ist doch nun wirklich eindeutig.« Frau Doktor Lenzens Stimme nahm den Klang einer nachsichtigen Lehrerin an, die ihrem begriffsstutzigen Schüler zum x-ten Mal das kleine Einmaleins erklären musste. »Wie ich bereits ausführte – das Wochenende ist kurz, die Stimmung ist gut. Da muss sich auch eine Topmanagerin mit dem Relaxen beeilen.«

Jetzt war es an der Staatsanwältin, sich selbstzufrieden zurückzulehnen – was sie auch entspannt tat. Ihrem Gesichtsausdruck war die Genugtuung anzusehen, mich ausgezählt zu haben. Selbstgefällig setzte sie nach. »Ach ja, eins noch – ich denke, die beiden *Vielleicht* und das *Möglicherweise* haben sich damit ja auch relativiert, oder?«

Mit zusammengepressten Lippen schaute ich auf meine Schuhspitzen. Angestrengt versuchte ich, mir meinen Ärger nicht stärker als unbedingt notwendig anmerken zu lassen. Wahrscheinlich ein nutzloses Unterfangen, denn ich merkte, dass ich vor Wut mit den Zähnen knirschte.

In erster Linie war ich wütend auf mich selber. Meine Nachlässigkeit, mit der ich mich auf meine Antragsbegründung bei der Staatsanwaltschaft vorbereitet hatte, konnte man in zwei Worten ausdrücken – Arroganz und Testosteron.

Arroganz deshalb, weil ich mich noch immer für einen Topanwalt hielt, der nur in seinen Anzug zu steigen brauchte, um die leitende Staatsanwältin im Sturm von seinen Argumenten zu überzeugen, sodass die, ungeachtet der entstehenden Kosten und des Gesichtsverlustes ihrer Abteilung, das ihr vorliegende Ermittlungsergebnis verwirft und sofort eine gerichtsmedizinische Untersuchung anordnet.

Testosteron deshalb, weil ich mich von Eva Ehrlichs blauen Augen und weiblichen Reizen derart in den Bann hatte ziehen lassen, dass mein rationales Denken offenbar stark in Mitleidenschaft gezogen wurde. Ich hatte mich ausschließlich auf das Offensichtliche und Oberflächliche verlassen, das sie mir erzählt hatte – ich selbstgefälliger Schwachkopf!

Na ja, nicht ganz. Ich hatte ja schließlich den Auftritt von Hahn und Mackensen miterlebt. Das allein rechtfertigte ja schon eine Wiederaufnahme der Untersuchung, dachte ich ironisch bei mir.

Aber gut! Ich hatte mir die Suppe eingebrockt und musste sie folglich auch auslöffeln. Außerdem war der Promillespiegel nicht unbedingt ein Hindernisgrund für eine Obduktion. Ich war deshalb zuversichtlich, dass ich bei intensiver Hintergrundrecherche der Todesursache von Regina Ehrlich stichhaltige Argumente für die Wiederaufnahme der Ermittlungen und die Durchführung einer Obduktion finden könnte. Dann würde ich der Frau Staatsanwältin einen erneuten Besuch abstatten. Doch jetzt hieß es erst einmal, einen guten Abgang hinzubekommen.

»Offensichtlich liegt hier ein Kommunikationsproblem vor«, erklärte ich lahm. »Was allerdings nichts an der Tatsache ändert, dass meine Mandantin das Ermittlungsergebnis der Kriminalpolizei nicht akzeptiert!«

»Nun reicht es aber!«, fuhr mich die Staatsanwältin wütend und mit blitzenden Augen an. »Ich habe Ihnen doch gerade mitgeteilt, dass Mordkommission, Amtsarzt und Staatsanwaltschaft gleichermaßen zu dem Ergebnis gekommen sind, dass es sich bei dem Tod von Regina Ehrlich um einen Unfall mit Todesfolge unter erheblichem Alkoholeinfluss handelt.« Wütend klappte Frau Doktor Lenzen den Aktendeckel zu und ließ einen Trommelwirbel unter ihren rot lackierten Fingernägeln hervorpreschen.

»Ich beantrage hiermit Akteneinsicht in die Ermittlungsunterlagen, die Wiederaufnahme der polizeilichen Ermittlungen aufgrund ungeklärter Todesursache sowie die Durchführung einer gerichtsmedizinischen Untersuchung zur abschließenden Klärung der Todesursache von Regina Ehrlich«, erklärte ich unbeeindruckt. Mit ausdrucksloser Miene zog ich die schriftliche Version meines Widerspruchs aus meiner Aktentasche und legte die Papiere vor Frau Doktor Lenzen auf den Schreibtisch.

»Herr de Fries: noch einmal zum Mitschreiben«, die Staatsanwältin sah mich mit nachsichtigem Blick an, als hätte sie es mit einem besonders begriffsstutzigen Schüler zu tun. »Ich sehe keinerlei Anhaltspunkte, die mich dazu bewegen könnten, Ihrem Antrag nachzukommen! Akteneinsicht können Sie gerne nehmen – die steht Ihnen als Mandatsanwalt ohnehin zu. Aber ansonsten lautet meine Antwort – nein!«

»Ihr letztes Wort?«

»Mein letztes Wort!«

»In diesem Fall wende ich mich an Ihre übergeordnete Behörde«, entgegnete ich störrisch und griff nach dem auf der Tischplatte liegenden Formular. »Ich werde meine Eingabe an die zuständige Generalstaatsanwaltschaft richten!«

»Tun Sie, was Sie nicht lassen können, Herr Anwalt. Solange Sie mir keine neuen Erkenntnisse vorlegen, die mich davon überzeugen, dass Regina Ehrlich ihren Tod nicht aufgrund ihres hohen Alkoholkonsums selbst verschuldet und zu verantworten hat, lautet meine Antwort – nein!«

Es hätte mich nicht gewundert, wenn Frau Doktor Lenzen mich hochkant hinausgeworfen hätte. Ich hätte ihr das nicht einmal verübeln können.

»Ja, dann.« Ich stand auf und klemmte mir meine Aktentasche souveräner unter den Arm, als ich mich fühlte. »Ich danke Ihnen trotzdem für die Zeit, die Sie sich für mich genommen haben.«

»Gern geschehen«, antwortete die Staatsanwältin. Ihr Gesichtsausdruck sagte allerdings etwas ganz anderes. Wir verabschiedeten uns steif voneinander.

Ich war froh, das Büro der Staatsanwältin verlassen zu können. Und die Staatsanwältin war mit Sicherheit ebenfalls erleichtert, mich von hinten zu sehen.

Beim Hinausgehen verabschiedete ich mich mit einem kurzen Gruß von Rosi. Die pummelige Rothaarige sah mir mit leicht verhuschtem Gesichtsausdruck nach, während sie sich verlegen eine Haarsträhne aus dem Gesicht strich.

Leise vor mich hin fluchend lief ich die Treppen hinunter und steuerte eine Etage tiefer die Geschäftsstelle des Amtsgerichts an. Frustriert und kommentarlos knallte ich dem verdutzten Sachbearbeiter meinen schriftlichen Widerspruch auf den Schreibtisch.

Auf dem Weg zum Parkplatz fluchte ich weiter vor mich hin. Ich schimpfte mich einen Stümper und Anfänger. Wäre ich doch nur bei meiner ersten Reaktion im Rettungsschuppen sowie bei meinem ersten Nein geblieben und hätte mich nicht breitschlagen lassen.

»Hätte, wenn und aber – verdammt«, fluchte ich. Mich interessierte jetzt brennend, wieso mir Eva Ehrlich verschwiegen hatte, dass man bei ihrer Schwester über drei Promille Blutalkohol festgestellt hatte. Sie hatte lediglich davon gesprochen, dass die Tote angetrunken gewesen sein sollte. Ein exorbitanter Unterschied zum vorliegenden Ergebnis und – eine exorbitante Vorenthaltung von Informationen!

Den Anruf bei Eva sparte ich mir lieber für den nächsten Tag auf. In meiner jetzigen Stimmung hätte ich ihr bestimmt ein paar Dinge gesagt, die lieber ungesagt blieben.

Wieder daheim warf ich meinen Anzug achtlos über einen Stuhl und zog mir Jeans und T-Shirt über. Ich zündete Feuer im Kamin an und holte mir aus der Küche ein Glas Rotwein. Dann flegelte ich mich aufs Sofa, Motte zu meinen Füßen.

Zum Zeichnen hatte ich keine Lust.

Mit dem Rotwein in der Hand starrte ich ins Feuer.

8

Es wurde draußen gerade hell, als ich am nächsten Morgen erwachte. Ich duschte ausgiebig und wechselte die Temperatur des Wassers mehrmals zwischen brühheiß und eiskalt. Krebsrot und hellwach bahnte ich mir einen Weg durch die Nebelschwaden meines Badezimmers. Mit einem harten Handtuch rubbelte ich mich trocken und schlüpfte in ein paar bequeme Jeans und ein schwarzes Polohemd.

Einer alten Angewohnheit folgend trank ich meinen Tee im Stehen. Durch das Küchenfenster beobachtete ich dabei, wie Motte seine morgendliche Inspektionsrunde absolvierte und die Alleebäume entlang der Deichstraße bewässerte. Ich stellte ihm gerade Frühstück und frisches Wasser hin, als er zur Terrassentür hereingetrottet kam und mich mit einem kurzen Schnüffeln begrüßte. Während mein dicker Hund sich über sein Frühstück hermachte, rief ich Uz an.

Ich staune immer wieder, wie Uz es jedes Mal schafft, den Telefonhörer noch vor dem zweiten Klingeln abzuheben. Er hört sich zu jeder Tages- oder Nachtzeit gut gelaunt und munter an. Wahrscheinlich hat ihn jahrzehntelanges Training als Landarzt geprägt.

Nachdem ich meinen Freund begrüßt hatte, kam ich auch gleich zum Grund meines frühmorgendlichen Anrufs. »Hast du heute Morgen Zeit, mit mir rüber nach Emden zu fahren?«

»Klar«, antwortete Uz spontan. »Gibt es einen besonderen Grund?«

»Den gibt es«, bestätigte ich. »Die Polizei hat den Wagen von Regina Ehrlich auf dem Parkplatz in Norddeich gefunden. Ich habe ihrer Schwester versprochen, ihn abzuholen. Ich möchte den Wagen bei mir abstellen. Die Schwester kommt dann bei mir vorbei, um ihn sich abzuholen.«

»Wieso denn Emden, wenn der Wagen in Norddeich steht?«, fragte Uz.

»Weil ich mich erst bei der Polizei melden und legitimieren muss. Außerdem müssen wir noch unsere Protokolle unterschreiben. Oder hast du schon?«

»I wo«, hörte ich Uz laut lachen. »Da hatte ich Besseres zu tun. Aber Recht hast du, lass uns den Kram erledigen. Ich bin in einer halben Stunde bei dir. Du kannst mir ja dann auf der Fahrt erzählen, wie es gestern bei der Staatsanwaltschaft gelaufen ist.«

»Frag mich lieber nicht.«

»Schlimm?«

»Schlimmer!« Uz fragte dankenswerterweise nicht weiter nach. Wir verabschiedeten uns und zwanzig Minuten später hörte ich seinen alten Mercedes vorfahren.

So sehr mein Freund seine *Sirius* hegt und pflegt, so sehr ist der alte, rostige Mercedes aus den siebziger Jahren sein Stiefkind. In der ramponierten Rostlaube, die aber immer noch zuverlässig läuft, transportiert Uz alles Mögliche und Unmögliche: angefangen von öligen Motorenteilen für seinen Kutter bis hin zum nassen Ölzeug, das er in den Wagen wirft, wenn das Wetter auf See schlecht gewesen ist.

Vor einiger Zeit hat Uz nach einem Unwetter einen jungen Heuler am Deich gefunden, den die Brandung angespült hatte. Auch der kleine Seehund wurde auf dem Rücksitz seines Benz in die Seehundstation nach Norddeich transportiert.

Ich zog die Haustür hinter mir zu und stieg zu Uz in den alten Mercedes. Wir begrüßten einander mit Handschlag. Während wir loszockelten, berichtete ich meinem Freund von meiner vortägigen Schmach bei der Staatsanwältin.

»Auch wenn du momentan sauer auf diese Frau bist – ich kann diese Eva Ehrlich gut verstehen«, sagte Uz, nachdem ich ihm die Geschehnisse des vorherigen Tages in Kurzform berichtet hatte.

»Nach dem, was du erzählt hast, standen die beiden Schwestern einander sehr nahe. Der Tod ihrer Schwester hat diese Eva schwer getroffen. Nicht nur, dass ihre Schwester ertrunken ist – nein, jetzt soll sie auch noch sturztrunken beim Partymachen über Bord gefallen sein! Vielleicht war es ihr peinlich. Oder sie hat diese Alkoholgeschichte verdrängt, weil nicht sein kann, was nicht sein darf.«

»Oder sie hat mir die Informationen verschwiegen, weil sie sich ausrechnen konnte, dass ich ihr unter diesen Umständen nicht helfen würde«, ergänzte ich.

»Oder so ...«, entgegnete Uz trocken. »Es ist verständlich, dass sie versucht, alle Hebel in Bewegung zu setzen, um eine adäquate Erklärung für den Tod ihrer Schwester zu finden. Eine Erklärung, die zu dem Bild passt, das sie zeitlebens von ihrer Schwester hatte und über deren Tod hinaus bewahren möchte.«

Wahrscheinlich hatte Uz Recht. Doch eigentlich war es auch egal, weshalb Eva mir gegenüber nicht alle Karten auf den Tisch gelegt hatte. Auch ich war mittlerweile der Meinung, dass Eva sich aufgrund des Todes ihrer Schwester in einem emotionalen Ausnahmezustand befand. Wahrscheinlich waren nicht alle ihre Reaktionen rational zu erklären. Außerdem war mein Ärger bereits verraucht. Für den Rest der Fahrt hingen wir schweigend unseren Gedanken nach.

Nach knapp zwanzig Minuten hatten wir Emden erreicht. Uz stellte seinen Wagen auf dem Besucherparkplatz des Polizeipräsidiums ab. Wir stiegen aus, Uz ließ seinen Wagen unverschlossen. Wer klaut auch schon einen vorsintflutlichen Benz direkt vor der Polizeiwache?

Ein dunkles Kameraauge beobachtete uns leidenschaftslos, während ich klingelte. Es dauerte eine Weile, bis der Türöffner summte. Wir betraten den Vorraum, der als Sicherheitsschleuse diente und taghell erleuchtet war. Hinter uns fiel die Eingangstür automatisch ins Schloss, wir standen zwischen zwei dicken Glastüren.

Der Diensthabende, ein schwergewichtiger Endfünfziger mit rosiger Gesichtsfarbe, saß ebenfalls hinter einer dicken Glasscheibe und war mit einem Sudoku beschäftigt. Er sah von seinem Rätsel hoch und schaltete die Gegensprechanlage ein.

»Moin zusammen. Was kann ich für Sie tun?«, klang es blechern aus dem unsichtbaren Lautsprecher.

»Moin, wir hätten gerne Hauptkommissar Hahn gesprochen.«

»In welcher Angelegenheit?«

»Es geht um den Todesfall Regina Ehrlich. Mein Name ist de Fries und das ist Kapitän Uz Jansen«, stellte ich uns vor. »Wir haben die Leiche aufgefischt und sollen ein Protokoll unterschreiben. Außerdem bin ich der Anwalt der Schwester der Verstorbenen und möchte den Wagen der Toten aus Norddeich abholen.«

Kommentarlos schnarrte der Türsummer und gab den Weg in die Wachstube frei. Der Wachhabende erhob sich ächzend. Während er sich mühsam seinen Hosenbund hochzog, kam er zu uns an den Tresen getrottet.

Er musterte mich interessiert. »Sie sind Anwalt? Haben Sie eine Vollmacht?«

Ich nickte und zog die von Eva Ehrlich unterschriebene Vollmacht aus meiner Dokumentenmappe, die ich mir unter den Arm geklemmt hatte.

»Kann ich mir davon eine Fotokopie machen«, er hob das Papier und sah mich fragend an.

»Ja, natürlich.« Ich nickte zustimmend.

Er ging zu einem Kopierer, der an der gegenüberliegenden Wand auf einem grau lackierten Aktenschrank stand.

»Schreckliche Sache, nicht?«, fragte der Wachhabende quer durch den Raum, während sich der Kopierer summend in Bewegung setzte.

Uz und ich nickten synchron und hüllten uns in Schweigen.

Der Wachhabende nahm seine Kopie und trottete gemächlich zurück zu uns. Er schob mir das Original über den Tresen zu. Ich bedankte mich mit einem kommentarlosen Nicken.

»Der Wagen der Toten steht in Norddeich auf dem Kurzzeitparkplatz, gleich gegenüber vom Bahnhof«, sagte der Beamte.

Ich erklärte ihm, dass mich Eva Ehrlich bereits über den Standort des Wagens ihrer Schwester informiert und mir die Zweitschlüssel ausgehändigt hatte. Er nickte ohne großes Interesse und schob mir ein Formular über den Tresen. Ich überflog das Blatt und bestätigte mit meiner Unterschrift die Verfügungsberechtigung für den Wagen der Toten.

Unterdessen hatte der Wachhabende aus einer Ablage ein paar Blätter hervorgekramt, die sich als unsere Protokolle erwiesen. Hahn und Mackensen hatten sich bei der Erstellung unserer Protokolle knapp gehalten. Die Form war schwammig und erfüllte gerade so eben die Mindestanforderungen ans Protokollwesen.

Nachdem wir uns dem Wachhabenden gegenüber offiziell ausgewiesen hatten, unterschrieben wir die Vernehmungsprotokolle. Dabei ließen wir es uns nicht nehmen, den Vermerk *Unter Vorbehalt* neben unsere Unterschriften zu setzen. Der Vermerk hatte in diesem Fall zwar keine rechtliche Relevanz, drückte aber unser Missfallen an der Vorgehensweise der Kripobeamten aus. Der Wachhabende sah uns mit kritischem Blick zu, verzichtete aber auf einen Kommentar.

»Ich glaube, Hauptkommissar Mackensen wollte Sie noch sprechen«, sagte er zu mir gewandt, als er die von uns unterschriebenen Protokolle entgegennahm.

»Weshalb?«

»Keine Ahnung. Müssen Sie ihn selber fragen.«

»Wo ist er denn?«

»Er ist mit Oberkommissar Hahn in Norddeich. Es wurde schon wieder eine Leiche aufgefischt. Wahrscheinlich wieder ein Tourist, der von der Fähre gefallen ist.«

»Diese Todesursache scheint ja hier richtig in Mode zu kommen«, ließ Uz sich vernehmen.

»Wir sind ja sowieso auf dem Weg nach Norddeich«, bemerkte ich und steckte die Empfangsbestätigung in meine Brusttasche.

»Vielleicht treffen wir ihn ja dort. Ansonsten kann er mich auch anrufen. Die Nummer müsste ja bekannt sein.«

»In Ordnung«, sagte der Beamte. »Richte ich ihm aus.«

Wir verabschiedeten uns. In der Tür drehte Uz sich noch einmal zu dem Wachhabenden um. »Hauptkommissar Mackensen, sagten Sie?«

»Ja«, der Beamte nickte. »Herr Mackensen ist vorgestern befördert worden.«

»Da hat er sich ja sicher gefreut?« Ich konnte mir ein Grinsen nicht verkneifen.

»Hm ...«, meinte der Beamte und versuchte, ein neutrales Gesicht zu machen. »Er sah schon recht zufrieden aus ...«

»Hat er denn wenigstens einen ausgegeben?«, fragte Uz.

»Der? Nee, der doch nicht!«, rutschte es dem Beamten heraus. »Ich meine – vielleicht holt der Hauptkommissar das ja noch nach.«

»Würde ich nicht drauf wetten«, murmelte Uz, während wir die Wache verließen.

Sonderlich beliebt schien Mackensen bei seinen Kollegen nicht gerade zu sein.

9

Unser Glaube an das Gute im Menschen wurde nicht enttäuscht: der Mercedes stand noch immer auf dem Parkplatz. Wir stiegen ein und fuhren die Auricher Straße entlang, um dann auf die B 210 abzubiegen. Nach ungefähr vierzehn Kilometern bogen wir auf die B 72. Die Landstraße war frei und nach einer knappen halben Stunde erreichten wir Norddeich.

Wir fuhren zum Hafen, in dem auch der Bahnhof mit Kurzzeitparkplätzen und der Parkplatzservice der Frisia Garagen lagen. Urlauber können dort bequem parken und ihr Gepäck auf der anderen Straßenseite direkt in Gepäckwagen verstauen. Die Schlange mit den Gepäckwagen wird dann von einem Elektrowagen auf die jeweilige Fähre gezogen. Die Autos werden auf Wunsch bis zum Urlaubsende in den Frisia Garagen oberhalb des Hafens geparkt: Ein bequemer Service!

Den hatte die tote Regina Ehrlich allerdings nicht genutzt; hatte also einen längeren Aufenthalt auf einer der Inseln offensichtlich nicht geplant. Uz fuhr direkt zum Bahnhof mit den Kurzzeitparkplätzen.

»Hier hat sie geparkt?« Uz runzelte die Stirn, während sein Blick über die Reihen der parkenden Autos glitt. »Ist ja irgendwie komisch!«

»Wegen der Kurzzeitparkplätze?« Ich sah Uz fragend von der Seite an.

»Ja genau. Wenn man auf die Inseln will, parkt man doch nicht hier!«

»Keine Ahnung. Habe ich mir noch keine Gedanken drüber gemacht.« Ich zuckte die Schultern. »Aber du hast Recht. Auf dem Kurzzeitparkplatz hätte sie mit mehr als einem Ticket für Parkzeitüberschreitung rechnen müssen.«

Bevor wir uns weitere Gedanken über Regina Ehrlichs Parkgewohnheiten machen konnten, bemerkten wir bei den Fähren eine Ansammlung von Polizeiwagen.

»Da scheint ja richtig was los zu sein!« Uz deutete zum Anleger hinüber. Der Fähranleger nach Juist war von der Polizei weiträumig mit rot-weißem Band abgesperrt worden. Es hatte sich bereits eine Traube schaulustiger Touristen versammelt. Die Gaffer versuchten eifrig, einen Blick auf das Geschehen hinter der Absperrung zu erhaschen. Ein paar besonders Hartgesottene hielten ihre Digitalkameras hoch über ihre Köpfe und filmten die Arbeit der Polizei. So konnte man der Welt per Facebook und Twitter live gleich mitteilen, dass man bei einer Sensation dabei gewesen war und welchen Thrill man gerade im Urlaub erlebte.

Ich will nicht verheimlichen, dass ich kein großer Freund der exhibitionistischen Online-Community bin.

Uz steuerte eine freie Parkbucht an und stellte den Motor ab. Wir stiegen aus und kümmerten uns nicht weiter um die Menschenansammlung, sondern machten uns auf die Suche nach Regina Ehrlichs kleinem Sportflitzer. Der Kurzzeitparkplatz war gut belegt, so dass wir den schwarzen Roadster erst nach einigem Suchen fanden, da er von einem japanischen Van und einem Wohnmobil verdeckt war. Der schwarze Audi TT sah unberührt aus. Nur ein paar Möwen hatten das Auto zur persönlichen Zielscheibe gemacht und den schwarzen Metalliclack mit ihrer Hinterlassenschaft weiß gesprenkelt.

Ich fischte die Wagenschlüssel, die Eva Ehrlich mir gegeben hatte, aus der Tasche. Vorsichtig öffnete ich die Fahrertür. In der abgestandenen Luft, die aus dem Wageninneren kam, lag der Hauch eines angenehmen Parfüms.

»Das ist ja wohl der Wagen«, sagte Uz hinter mir.

»Hm«, brummte ich.

Ich beugte mich in den kleinen Flitzer hinein und ließ meinen Blick durch den Innenraum wandern. Ein beklemmendes Gefühl beschlich mich. Ich gab mir einen Ruck und setzte mich auf den Fahrersitz. Uz inspizierte unterdessen den Wagen von außen. Mein Blick fiel auf den silbernen Christophorus links am Armaturenbrett. Er hatte Regina Ehrlich auch nicht beschützen können.

»Hübsches Auto, nicht?«, sagte unvermittelt eine Stimme.

Ich sah hoch. In der Fahrertür stand ein uniformierter Polizist. Mit seiner Glatze und seinem langen, dürren Hals, der aus seinem Hemdkragen herausragte, erinnerte er stark an einen Gänsegeier.

»Na, der Wagen gefällt uns wohl, was?«, säuselte er zuckersüß und beugte sich zu mir hinunter.

»Ich weiß ja nicht, ob er Ihnen gefällt«, sagte ich trocken. »Mir schon!«

»Ah, einer von der witzigen Sorte – unser Automarder«, sagte er süffisant und wiegte seinen Geierschädel hin und her. »Hat man auch nicht alle Tage. Und dann diese Dreistigkeit. Hier im Hafen wimmelt es von Polizei, und du knackst hier in aller Seelenruhe ein Auto. Da hast du dir aber den falschen Zeitpunkt ausgesucht!«

»Wie bitte?« Im ersten Moment kapierte ich gar nicht, was der Komiker in Uniform eigentlich von mir wollte.

»Stell dich nicht dümmer an, als du bist! Du hältst mich wohl für blöd, was?«

»Keine Suggestivfragen, bitte«, entgegnete ich ironisch. Langsam dämmerte mir, dass der Gänsegeier mich offenbar für einen Autodieb hielt.

»So, jetzt aber Schluss!«, pfiff er mich in scharfen Ton an. »Steig aus, aber ein bisschen plötzlich!« Zur Bekräftigung seiner Aufforderung legte er die Hand auf seine Pistolentasche und trat einen Schritt vom Wagen zurück.

Ich atmete zweimal tief durch und rief mich innerlich zur Ruhe. Langsam stieg ich aus und schaute genervt in das Auge des

Gesetzes. In diesem Fall waren es zwei wässrig trübe Beamtenaugen undefinierbarer Farbe, zu denen ich runterschauen musste, da mir dessen Besitzer gerade bis zum Kinn reichte. Sowohl sein schmallippiger Mund als auch seine bleiche Gesichtsfarbe deuteten auf chronische Magenbeschwerden hin. Schade für ihn, dass ich ihm sein heutiges Erfolgserlebnis verleiden musste.

Ich hatte keine Lust auf weitere Diskussionen und sagte kurz angebunden. »Ich bin Anwalt ...«

Man konnte förmlich sehen, wie sich diese Information durch Gänsegeiers Hirnwindungen quälte, um dann als Witz klassifiziert und eingeordnet zu werden.

»Ach nee!«, prustete er los. »Den Spruch habe ich auch noch nie gehört.«

»... und habe eine Verfügungsgenehmigung, den Wagen abzuholen – die Besitzerin ist verstorben«, beendete ich meinen Satz.

Er stutzte nun doch. Seine Stirn legte sich nachdenklich in Falten. »Woher weißt du denn, dass die Halterin des Wagens verstorben ist?«

»Weil ich der Anwalt der Schwester der Verstorbenen bin! Und wenn Sie mich noch einmal duzen, würge ich Ihnen eine Dienstaufsichtsbeschwerde rein, an der Sie lange zu kauen haben! Schließlich haben wir nicht zusammen Schweine gehütet«, langsam wurde ich sauer.

Gänsegeier machte große Augen und sein Mund klappte auf.

»Und diese Schlüssel ...«, ich schwenkte die Wagenschlüssel vor seiner Hakennase hin und her. »... sowie die dazugehörige Vollmacht hat mir die Schwester der Verstorbenen gegeben.« Mit der anderen Hand zog ich das von Eva Ehrlich unterschriebene Dokument aus der Brusttasche meiner Lederjacke, das ich in weiser Voraussicht eingesteckt hatte. Am ausgestreckten Arm hielt ich ihm das Papier unter die rot geäderte Nase.

Gänsegeiers Augen wurden noch größer. Aber ganz kampflos wollte er seine sicher geglaubte Beute nicht aus seinen Klauen lassen.

»Hm, mag ja sein, was du ...«, er korrigierte sich vorsichtshalber, »ich meine, was Sie mir da erzählen. Aber wir wollen doch mal lieber zusammen zum Hauptkommissar Mackensen rübergehen. Der Herr Hauptkommissar wird Sie ja dann auch sicher kennen.«

Ich bezweifelte, ob Mackensen große Lust auf ein Wiedersehen hatte. Meine Lust jedenfalls auf ein Gespräch mit dem geschniegelten Hauptkommissar belief sich auf null. Aber ich konnte dieser Aufforderung schlecht widersprechen. Zum einen wollte Mackensen sowieso noch etwas von mir. Zum anderen wäre es ja gar nicht so schlecht, einen Blick auf den Toten im Hafenbecken werfen zu können. Zwei Wasserleichen innerhalb kürzester Zeit in unserer beschaulichen Krummhörn waren mehr als ungewöhnlich. Vielleicht gab es einen Zusammenhang zwischen den Todesfällen?

»Moin, Kleinschmidt«, unterbrach Uz' sonore Stimme meinen Gedankengang.

Gänsegeier schrak zusammen und drehte sich hastig um. »Oh, guten Morgen, Herr Doktor«, stammelte er überrascht. »Ich hatte Sie gar nicht gesehen.«

»Wie denn auch? Es sei denn, Sie hätten sich ein paar zusätzliche Augen auf den Rücken operieren lassen«, grinste Uz. »Und – was macht der Magen? Immer noch Probleme?«

»Äh, nein, ich meine ... na ja, manchmal. Bei Stress und Aufregung«, unbehaglich warf er mir einen Seitenblick zu.

»Tja ... den Stress macht man sich manchmal auch selber.« Uz nickte vor sich hin.

»Dann wollen wir mal den Herrn Hauptkommissar besuchen, gell?«, imitierte ich Kleinschmidts näselnden Tonfall.

»Ja, äh. Na, dann kommen Sie ...« Er ließ den Satz unvollendet in der Luft hängen.

Mithilfe der Fernbedienung verschloss ich Regina Ehrlichs Audi. Uz und ich wechselten einen wortlosen Blick und stiefelten gemeinsam los in Richtung Absperrung.

Kleinschmidt trottete uns lustlos hinterher. Dann ging ihm aber auf, dass er wohl besser aussehen würde, wenn er die Initiative ergriff. Er drängelte sich mit schnellen Schritten vor und bahnte uns energisch den Weg durch die Menge der Schaulustigen. Nachdem der Intercity aus Hannover gerade eingefahren war und einen Schwung Inseltouristen in Richtung Fährterminal losgelassen hatte, war die Traube am Kai wesentlich größer geworden.

Eifrig hob Kleinschmidt das rot-weiße Absperrband für uns hoch und wir schlüpften darunter hindurch, ohne uns zu bedanken. Am Kai warteten ein Rudel blau uniformierter Polizisten und drei Spezialisten der Spurensicherung in ihren weißen Overalls. Im elegant taillierten anthrazitfarbenen Anzug, zu dem er ein weißes Hemd mit rotgemusterter Krawatte trug, gockelte Mackensen inmitten dieser seiner Hühnerherde einher und trotzte dem grauen Himmel mit seiner unvermeidlichen Sonnenbrille.

Ein arroganter Lackaffe, zweifellos! Aber Geschmack hatte er. Er sah gut und professionell aus, wie er breitbeinig im Zentrum des Geschehens stand und den Beamten Anweisungen zubellte. Dazwischen telefonierte er wild gestikulierend. Seinem aufgesetzten Grinsen und eilfertigen Nicken nach schien er sich mit seinem Vorgesetzten zu unterhalten.

Kleinschmidt blieb in gebührlichem Abstand stehen und nahm stramme Haltung an.

Uz deutete mit dem Kopf Richtung Kai. »Da muss der arme Tropf wohl noch schwimmen, der von der Fähre gefallen ist.«

Ich trat einen Schritt näher an den Fähranleger heran und schaute auf die schwarze Wasseroberfläche hinunter. Trübes Wasser schwappte im Hafenbecken hin und her.

Bei dem Fähranleger handelt es sich um ein tonnenschweres Stahlgerüst, das fest im Hafenbecken verankert ist. Zwischen den grauen Stahlpfeilern und der Kaimauer klaffte ein Spalt von ungefähr einem Meter.

In diesem Spalt trieb der Tote.

Zwei Beamte der Wasserschutzpolizei bemühten sich mit Leibeskräften, den leblosen Körper zu sich ins Boot zu ziehen.

Die Beine und den Unterkörper der Leiche hatten sie bereits ins Schlauchboot gehievt, Kopf und Torso des Unglücklichen hingen jedoch noch immer unter der trüben Wasseroberfläche.

Dann endlich schafften sie es, den Toten ganz in ihr Schlauchboot zu ziehen. Der Körper platschte auf den Boden des Bootes und drehte sich dabei halb um die eigene Achse. Bei dem Toten handelte es sich um einen Mann. Leblose Augen blickten glanzlos in den Himmel. Aus dem Mund, der wie zu einem stummen Schrei weit geöffnet war, lief Brackwasser in breiten Rinnsalen heraus.

Ich starrte auf den weit aufgerissenen Mund und erinnerte mich überdeutlich daran, wie der toten Regina Ehrlich dieser ekelige Aal seitlich aus dem Mund gerutscht war. Mein Magen machte sich spontan bemerkbar. Ich wandte mich ab, drehte dem Toten den Rücken zu.

»Man gewöhnt sich nie an diesen Anblick«, versuchte Uz, mich zu trösten.

»Ich will mich auch gar nicht an den Anblick gewöhnen!«, ächzte ich. »Mensch, Uz – zwei Wasserleichen innerhalb von ein paar Tagen. Das hält der stärkste Magen nicht aus!«

»Der sieht aber auch aus, als käme er gerade von einer Konferenz«, murmelte Uz gedankenverloren in seinen Bart.

»Wie?«, widerwillig drehte ich mich herum und schaute wieder auf den Toten hinunter, den die Beamten im Schlauchboot mittlerweile ganz auf den Rücken gedreht hatten: Uz hatte Recht. Die Leiche des Mannes steckte in den traurigen, aber unverkennbaren Überresten eines dreiteiligen Geschäftsanzuges.

Das ehedem weiße Hemd hatte die schwarzgraue Farbe des Wassers im Hafenbecken angenommen. Die Krawatte war nur noch ein schmales und ausgefranstes Etwas. An den Füßen trug der Tote noch immer seine schwarzen Halbschuhe. Das Hemd war ihm aus der Hose und die Anzugjacke bis hoch unter die Achseln gerutscht.

»Verdammt gut gekleidet, unsere Wasserleiche«, sagte Uz.

»Stimmt.« Ich nickte zustimmend. »Genau wie Regina Ehrlich! Und das hier war auch kein Segelunfall«, setzte ich grimmig hinzu.

Die meisten Wasserleichen, die aus der Nordsee gefischt oder am Strand angetrieben werden, tragen Bade- oder Freizeitkleidung. Meist handelt es sich bei den Toten um leichtsinnige Touristen. Seeleute oder sonstige Berufsgruppen, die sich aus beruflichen Gründen auf oder an der See aufhalten, tragen noch ihre seemännische Berufskleidung, wenn sie angetrieben werden. Wasserleichen, die wie Banker aussehen, sind da eher die Ausnahme. Dieser Tote war bereits die zweite Wasserleiche innerhalb von vier Tagen, die aussah, als käme sie gerade von einer Vorstandssitzung.

Das konnte Zufall sein – musste es aber nicht!

Ich misstraue von Haus aus allzu offensichtlichen Zufällen.

»Der hier sieht allerdings nicht so aus, als wäre er über den Meeresgrund geschleift worden. Nichts zerrissen, kein Hautabrieb und auch weitestgehend vom Fischfraß verschont«, referierte Uz mit leiser Stimme. »Was sich unschwer von alleine erklärt. Vom Hafenbecken halten sich die meisten Fische fern. Zu laut und zu unruhig wegen der ständigen Fähren. Dieser Unglücksrabe ist wahrscheinlich bewusstlos ins Wasser gefallen und gleich untergegangen wie ein Stein. Dann lag er auf Grund, und als sich Körpergase gebildet haben, trieb er eine Zeit lang unter der Wasseroberfläche ...«

»Ja, schon gut«, unterbrach ich meinen Freund. »Ich kann mich noch sehr gut an deinen letzten Vortrag erinnern.«

»... und ist nun aufgetaucht«, beendete Uz seinen Satz.

Bevor wir dieses Thema weiter vertiefen konnten, sprach uns Mackensen von hinten an. Wir drehten uns um. Offenbar hatte Mackensen seinem Vorgesetzten erfolgreich Honig um den Bart geschmiert, denn er sah sehr zufrieden mit sich selber aus.

»Ah, da schau her! Der gute Doktor Jansen«, tönte Mackensen gut gelaunt und sah Uz an. »Was führt Sie denn hierher – die Neugierde oder was?«

»Die Neugierde mit Sicherheit nicht. Nach vierzig Berufsjahren als Arzt kann ich sehr gut auf Begegnungen mit dem Tod verzichten – auf Begegnungen mit der Mordkommission im Übrigen auch!«, erwiderte Uz spöttisch.

»Schau an, schau an – der Herr Doktor wird auf seine alten Tage noch zum Philosophen.« Mackensen verzog die schmalen Lippen zu einem anzüglichen Grinsen. In Uz Augen glomm es gefährlich auf.

Ich mischte mich vorsichtshalber ein, bevor es unangenehm werden konnte. »Mein Name ist Jan de Fries. Sie wollten etwas von mir.« Ich hatte keine Lust auf langes Geplänkel. Mein Magen hatte noch immer nicht zu seiner normalen Form zurückgefunden und grummelte vorwurfsvoll vor sich hin. Mackensen sah mich dümmlich an.

»Sie erinnern sich vielleicht an mich?«, fragte ich deshalb.

Mackensen legte den Kopf schief und sah mich stirnrunzelnd durch die verspiegelten Gläser seiner Top Gun Brille an.

»Waren Sie nicht mit an Bord von diesem Kahn, als wir diese Schickse aus der Nordsee gefischt haben?«

Mackensens arrogante Provokation verschlug mir für einen Moment die Sprache. Ich spürte, wie mein Blutdruck bedrohlich anstieg. Mühsam riss ich mich zusammen, um diesen Lackaffen nicht aus seinem Maßanzug zu schütteln. Stattdessen atmete ich zweimal tief durch und beschloss, nicht auf Mackensens Brüskierung einzugehen.

»Falls Sie die verstorbene Regina Ehrlich meinen – ja! Ich bin Anwalt. Die Schwester der Verstorbenen, Eva Ehrlich, hat mich bevollmächtigt, den Wagen der Toten abzuholen. Und genau das tat ich, als dieser Beamte ...«, ich wies auf den geierköpfigen Uniformierten. »... darauf bestand, dass ich mich bei Ihnen melden soll.«

Ich verzichtete darauf, den Gänsegeier vorzuführen. Seinen Auftritt ließ ich kommentarlos unter den Tisch fallen.

»Eigentlich wollte ich nur wissen, wer den Wagen holt.«

Mackensen zuckte lapidar mit den Schultern. »Das geht in Ordnung, Kleinschmidt.« Er machte eine knappe Kopfbewegung.

Gänsegeier verschwand daraufhin wie ein geölter Kugelblitz aus unserem Blickfeld. Mackensen wandte sich wieder mir zu.

»Ja, ja, die liebe Frau Eva Ehrlich. Sie konnte gar nicht verstehen, was ihre Schwester am Wochenende hier so getrieben hat. Etwas spröde, die Gute«, er grinste schmierig.

»Ich denke, Ihre Fantasien sollten nicht Gegenstand unseres Gesprächs sein, Herr Mackensen!« Ich verzichtete absichtlich darauf, diesen Egomanen Hauptkommissar zu nennen. »Und ich finde auch, dass wir auf Ihre geschmacklosen Kommentare verzichten können. Anderenfalls sähe ich mich veranlasst, im Sinne des Persönlichkeitsschutzes meiner Mandantin gegen Sie eine Dienstaufsichtsbeschwerde einzulegen.«

Mackensens Sonnenbrille starrte mich regungslos an.

Ich erwiderte seinen Blick insoweit, als ich mal wieder mein eigenes Spiegelbild in seinen Brillengläsern anstarrte.

»Sie können den Wagen mitnehmen!«, zischte er unvermittelt. Abrupt drehte er sich auf dem Absatz herum und verschwand grußlos Richtung Einsatzwagen.

»Siehst du«, sagte Uz. »Jetzt weißt du auch, warum dieser Idiot nur Macke genannt wird: der hat nämlich eine absolute Vollmacke!«

»Was für ein arroganter Dummbeutel«, schimpfte ich.

»Tja, so kennt man ihn, so liebt man ihn«, spottete Uz.

»Ist der immer so bescheuert?«

»Och ...« Uz zuckte mit den Schultern. »Heute hält er sich sogar noch zurück.«

Ich schüttelte ungläubig den Kopf.

»Komm, reg dich nicht auf.« Uz klopfte mir freundschaftlich auf die Schulter. »Lass uns von hier verschwinden.«

Ich warf noch einen Blick auf die Beamten im Schlauchboot, die sich gerade ächzend abmühten, den leblosen Körper an Land zu schaffen.

Uz und ich marschierten Richtung Absperrung. Ich war noch immer wütend über Mackensens Auftreten. Wir überquerten den Parkplatz.

»Sehen wir uns heute Abend bei dir?«, fragte Uz.

Stimmt, es war ja Donnerstag! Zwischen uns hatte es sich so eingebürgert, dass ich mich donnerstagabends immer mit Uz und seiner Tochter Claudia zum Essen traf. Im Sommer saßen wir meist bis nach Mitternacht in meinem Garten und grillten. An den langen Winterabenden kochten wir gemeinsam in meiner gemütlichen Küche.

»Ja klar«, sagte ich. »Bis heute Abend.«

Wir verabschiedeten uns voneinander. Uz stieg in seinen alten Benz, der nur unter Protest ansprang. Von lautem Röhren begleitet, das auf ein Loch im Auspuff zurückzuführen war, rollte er vom Parkplatz. Ich hob kurz die Hand, als Uz an mir vorbeifuhr, und machte mich auf den Weg zu Regina Ehrlichs kleinem Sportflitzer.

10

Zum zweiten Mal an diesem Tag öffnete ich die Fahrertür des schwarzen Audis. Ich verharrte eine ganze Zeit lang in der Fahrertür. Dann ging ich neben dem Wagen in die Hocke. Vorsichtig schnuppernd steckte ich die Nase ins Wageninnere. Eine ganze Weile ließ ich Geruch und Atmosphäre des Wagens auf mich wirken, bevor ich einstieg.

Ich legte die Hände auf das Lenkrad, wo vor wenigen Tagen noch Regina Ehrlich ihre Hände liegen gehabt hatte. Obwohl die Besitzerin des Autos jetzt in einem Kühlfach der Gerichtsmedizin lag, war in dem Auto nach wie vor ihre Präsenz zu spüren. Verstärkt wurde dieses Gefühl durch das noch immer allgegenwärtige Parfüm der Toten. Ich hatte das Gefühl, den Duft zu kennen, konnte ihn jedoch trotz intensiven Schnupperns nicht identifizieren.

Da ich nicht davon ausging, ein zweites Mal gestört zu werden, inspizierte ich in aller Ruhe das Handschuhfach und die Seitenablagen, allerdings ohne Erfolg. Zwar wusste ich selber nicht, wonach ich suchte, hoffte aber sehr, irgendeinen Hinweis auf irgendetwas zu finden.

Ich stöberte weiter, fand jedoch lediglich die üblichen Utensilien wie Parkscheibe, Eiskratzer und Kleinkram, den man für gewöhnlich in jedem Auto findet. Einen Hinweis darauf, weshalb Regina Ehrlich sich in Norddeich aufgehalten hatte, fand ich nicht.

Nachdenklich legte ich eine CD mit Weihnachtsliedern vom letzten Jahr zur Seite. Ratlos ließ ich noch einmal meinen Blick durch das Wageninnere schweifen. Ganz in Gedanken griff ich unter den Fahrersitz. Meine Fingerspitzen stießen gegen einen flachen Gegenstand, der eindeutig nicht unter einen Fahrersitz gehörte! Ich ertastete eine Schlaufe und konnte meinen Fund unter dem Fahrersitz hervorziehen – eine Notebooktasche.

Volltreffer!

Seit Jahren weisen Versicherungen, Automobilklubs und Polizei unermüdlich darauf hin, dass Wertsachen nicht im Auto deponiert werden sollen, und schon gar nicht dort, wo ein Autoknacker als Erstes suchen würde – unterm Fahrersitz. Aber sinnvolle Ratschläge werden ohnehin meist nicht befolgt. In diesem speziellen Fall konnte sich die Unachtsamkeit möglicherweise als außerordentlich hilfreich herausstellen. Als ich den Reißverschluss öffnete, kam ein weißes Notebook zum Vorschein.

Der Theorie von Polizei und Staatsanwaltschaft zufolge hatte Regina Ehrlich eine feuchtfröhliche Party auf einer Yacht gefeiert. In deren Verlauf hatte sie sich dann 3,6 Promille angetrunken, um später über Bord zu fallen und zu ertrinken. Wenn aber die Tote wegen eines Bootstörns an die Küste gekommen war, weshalb hatte sie dann ihr Notebook dabei?

Wer jetzt meint, weil sie chatten und mailen wollte, müsste die Frage beantworten, weshalb sie dann ihr Notebook nicht auf das hypothetische Boot mitgenommen hatte. Außerdem kann das heutzutage jedes Smartphone. Auch wenn man bei der Toten kein Handy gefunden hatte, war davon auszugehen, dass sie eins dabeigehabt hatte. Wer geht schon ohne Handy aus dem Haus?

Weshalb hatte sie ihr Auto auf einem Kurzzeitparkplatz abgestellt, wenn sie einen Wochenendausflug machen wollte? Und wenn sie einen Wochenendausflug machen wollte, weshalb schleppte sie dann ihr Notebook mit, um es dann unter ihrem Fahrersitz aufzubewahren?

Für mich sah das Ganze eher nach einem Treffen oder Meeting mit eng begrenztem Zeitfenster denn nach einem Wochenendurlaub aus. Und dann war da natürlich noch die Gretchenfrage unbeantwortet: Wieso hatte sich bis heute niemand bei der Polizei gemeldet und den angeblichen Unfall von Regina Ehrlich gemeldet? Es war mir vollkommen unbegreiflich, weshalb Polizei und Staatsanwaltschaft diese Fakten einfach ignorierten und nicht weiterermittelten.

Ich klappte das Notebook auf und schaltete es ein. Der Akku war leer. Ich brummte unwillig und klappte mit einer Handbewegung das Notebook wieder zu. Behutsam verstaute ich den kleinen Rechner in seiner Tasche, zog den Reißverschluss zu und deponierte die Tasche wieder unter dem Sitz. Bei dem heutigen Polizeiaufgebot im Hafen, würde bestimmt kein Autoknacker auf die Idee kommen und den Audi aufbrechen.

Ich stieg aus, legte meine Unterarme auf das Wagendach und ließ meinen Blick durch den Hafen streifen. Als mein Blick auf die Fähre nach Juist fiel, vor dessen Eingang sich die Urlauber stauten, um an Bord zu gelangen, stutzte ich.

Ich schlug mir mit der flachen Hand vor den Kopf.

Ja, von wegen beim Feiern von einer Yacht gefallen – Quatsch!

Regina Ehrlich war von einer Fähre gefallen!

Das erklärte, warum niemand *Mann über Bord* oder in diesem Fall *Frau über Bord* gerufen hatte: Im allgemeinen Betrieb auf der Fähre hatte das niemand bemerkt und sie auch nicht um Hilfe rufen gehört. Folglich musste jemand dafür gesorgt haben, dass Regina Ehrlich unbemerkt über Bord ging. Und dieser Jemand musste auch dafür gesorgt haben, dass sie nicht um Hilfe rufen konnte.

Wenn ich mir das Heer der Urlauber ansah, das an Bord der Fähren strömte, konnte ich mir beim besten Willen nicht vorstellen, dass es jemandem von der Mannschaft auffallen würde, wenn ein Fahrgast verschwindet.

Falls meine Theorie stimmte, musste ich nur noch herausfinden, an Bord welcher Fähre Regina Ehrlich gegangen war. Das würde allerdings nicht ganz einfach sein. Denn mit den Frisia Fähren setzte der Großteil aller Urlauber auf die Ferieninseln über.

Die Fahrkarten für die Überfahrt zu den Inseln kauft man sich an den Ticketschaltern oder hat bereits online gebucht. Die Urlauber können ohne besondere Kontrollen an Bord der Fähren gehen. Erst beim Verlassen der Schiffe kommt jeder Fahrgast an einem Mitarbeiter der Reederei vorbei, wenn er eines der automatischen Drehkreuze am Ausgang passiert.

Der Norddeicher Hafen mit seinem Fährbetrieb bildet das Einlasstor zum Großteil der Ostfriesischen Inseln. Täglich nutzt eine Flut von Inselurlaubern Bahnhof und Fähranleger. Unwahrscheinlich, dass sich irgendjemand vom Servicepersonal an eine einzelne Reisende erinnern würde.

Während ich die Touristen beobachtete, die im Bauch der Fähren verschwanden, überlegte ich weiter. Wenn ich wie Regina Ehrlich aus Hamburg angereist wäre, um mit einer der Fähren zu einer Insel überzusetzen, hätte ich nach der Ankunft meinen Wagen erst einmal in den Frisia Garagen abgestellt. Dann hätte ich mir nach der Fahrt die Beine vertreten oder wäre etwas essen gegangen. Zumindest hätte ich einen Kaffee getrunken. Mit Sicherheit hätte ich mich auch irgendwo umgezogen und Anzug gegen Jeans getauscht.

Regina Ehrlich hingegen hatte sich weder umgezogen noch ihren Wagen auf einem Langzeitparkplatz abgestellt. Sie hatte auch nicht den Parkplatzservice in Anspruch genommen.

Mir schwirrten verschiedene Möglichkeiten durch den Kopf, die ich aber gleich alle wieder verwarf – bis auf eine: Regina Ehrlich hat eine geschäftliche Verabredung auf einer der Inseln. Sie reist mit ihrem Wagen von Hamburg an. Den Wagen stellt sie auf dem Kurzzeitparkplatz ab, weil sie am gleichen Tag wieder zurückfahren will. Sie verstaut ihr Notebook unterm Fahrersitz. Zwar riskiert sie ein Knöllchen, weil sie dort länger stehen wird als erlaubt, aber so erspart sie sich den Weg zu den Frisia Garagen.

Wieso?

Weil sie spät dran und in Eile ist? Oder vielleicht, weil ihr die Fähre vor der Nase wegzufahren droht?

Wie auch immer – sie fährt am Vormittag oder Nachmittag zu einem geschäftlichen Treffen mit der Fähre auf eine der Inseln. Nach Beendigung ihres Meetings fährt sie mit der Nachmittagsfähre wieder zurück.

Aber irgendetwas läuft bei dem Treffen schief. Und irgendjemand sorgt dafür, dass Regina Ehrlich über Bord der Fähre fällt. Dieser Jemand sorgt auch dafür, dass ihre Schreie von niemandem gehört werden, als sie über Bord der Inselfähre in die Nordsee fällt.

Ich nicke – passt!

Bei meinen Überlegungen gab es allerdings einen Haken.

Der Fahrplan der Fähren ist abhängig von der Jahreszeit, dem Wetter und der Tide, also von den Gezeiten. Ich glaubte, mich zu erinnern, dass im Mai die Fähre nach Juist nur einmal am Tag fuhr. Folglich konnte Regina Ehrlich auf keine zweite Fähre warten, wenn sie die erste verpasst hatte.

Gedankenverloren drückte ich die Autotür ins Schloss und verriegelte den Wagen mit dem Funkschlüssel. Langsam drehte ich mich einmal um die eigene Achse und überlegte, wo ich einen Kaffee trinken würde, wenn ich gerade aus Hamburg angereist wäre.

Da kam eigentlich nur das Hotel Fährhus infrage, das direkt an der Zufahrt zum Hafen liegt. Bei den Fähranlegern gab es zwar einen Kiosk mit Fish & Chips, dort konnte man auch einen schnellen Kaffee trinken. Doch Regina Ehrlich schien mir eher der Typ fürs Kaffeegedeck denn für einen Kaffee to go zu sein, sofern sie genügend Zeit hatte.

Das Hotel Fährhus kannte ich von früheren Besuchen her recht gut. Vor allem die kleine Hafenkneipe, die sich seitlich an das Souterraingeschoss des Hotels schmiegt und die man über eine steile Steintreppe erreicht. Leider war die gemütliche Kneipe schon seit geraumer Zeit geschlossen. Doch ich hatte die Hoffnung nicht aufgegeben, dass sich irgendwann wieder ein Pächter finden würde.

Ich betrat das Fährhus. Die Empfangshalle war menschenleer. Auf direktem Wege steuerte ich das Restaurant an, das, abgesehen von zwei älteren Paaren, die dort beim Kaffee saßen, ebenfalls leer war.

An einem der freien Fenstertische ließ ich mich nieder. Ich hatte gerade einen Blick in die Kuchenkarte geworfen, da stand auch schon eine junge Kellnerin vor mir. Ich schätzte sie auf Anfang zwanzig. Sie hatte ein nettes, offenes Gesicht und trug einen Pferdeschwanz, der bei jeder Kopfbewegung fröhlich auf und ab hüpfte.

»Moin, was darf ich Ihnen bringen?«, lächelte sie mich an.

»Moin, ich hätte gerne ein Kännchen Kaffee.«

»Sehr gerne.«

Während die Kellnerin in der Küche verschwand, zog ich das Foto von Regina Ehrlich aus der Jackentasche und betrachtete es abermals. Ich hatte immer noch ein Problem damit, das Foto dieser strahlend schönen Frau mit dem schrecklichen Anblick der Wasserleiche in Verbindung zu bringen.

Mit flotten Schritten näherte sich die Kellnerin mit meiner Bestellung. »Bitte sehr, der Herr, Ihr Kaffee.« Sie stellte das Kaffeegedeck vor mich hin. »Haben Sie sonst noch einen Wunsch?«

»Danke, nein«, sagte ich und legte das Foto von Regina Ehrlich auf den Tisch. »Keinen Wunsch, aber eine Frage. Kennen Sie diese Frau? Möglicherweise hat sie vor Kurzem bei Ihnen Kaffee getrunken oder etwas gegessen.«

»Noch eine Tote?« Die Kellnerin riss erschrocken die Augen auf.

»Woher wissen Sie denn, dass die Frau auf diesem Foto tot ist?«

»Weiß ich doch gar nicht!«

»Aber Sie haben doch gerade gesagt *Noch eine Tote?*«

»Ja, weil Ihre Kollegen vorhin schon da waren. Die haben mir ein Foto von dem Toten im Hafen gezeigt. Und wenn da einer unserer Gäste im Hafen ertrunken ist, dachte ich natürlich sofort ...«

Ich war erstaunt, dass die Polizei bereits die Hotels abgeklappert hatte, wo der Tote doch gerade erst aus dem Hafenbecken gefischt worden war. Offenbar konnten Mackensen und Hahn doch logisch kombinieren – wenn sie wollten. Aber andererseits gab es nicht so viele Möglichkeiten, hier im Hafen zu übernachten. Und wenn die Polizei wie ich beim Fährhus begann, hatten sie gleich einen Volltreffer gelandet – ebenso wie ich!

»Er war Hotelgast?«, unterbrach ich sie.

»Ja.« Sie nickte eifrig. »Ein Gast von uns, er hieß Martin Freese. Er hatte hier ein Doppelzimmer gebucht. Ich habe ihn sofort erkannt, als die Polizei mir vorhin das Foto gezeigt hat. Obwohl er ja gruselig aussah – so schrecklich bleich ...«

»Wann ist Herr Freese denn angereist?«

»Das haben mich Ihre Kollegen auch schon gefragt«, antwortete sie. »Er kam am Donnerstagvormittag hier an. Nach dem Einchecken hat er gleich wieder das Hotel verlassen. Er hat gesagt, dass seine Begleitung noch im Laufe des Tages nachkäme. Da habe ich ihn das letzte Mal gesehen und dann erst wieder, als mir Ihre Kollegen das Digitalfoto gezeigt haben.«

»Ich bin nicht von der Polizei«, stellte ich richtig.

»Nicht?« Die Kellnerin sah mich argwöhnisch an. »Aber wieso fragen Sie dann? Was ist mit der Frau?«

»Mein Name ist Jan de Fries. Ich bin Anwalt«, sagte ich beruhigend. »Ja, Sie haben Recht. Die Frau auf dem Foto ist tot. Sie ist möglicherweise von einem Boot gefallen und ertrunken. Ihre Leiche wurde von einem Fischerboot aufgefischt. Die Schwester der Toten möchte Klarheit über die Todesursache haben und hat mich beauftragt, einige Nachforschungen anzustellen.«

»Offenbar ist Nordsee ja doch Mordsee«, entgegnete die Kellnerin trocken.

»Haben Sie die Frau schon einmal gesehen?«, kam ich auf meine Eingangsfrage zurück. Es wäre jetzt der absolute Knaller gewesen, wenn sich herausstellen würde, dass Regina Ehrlich die Begleiterin war, die Martin Freese angekündigt hatte.

Die Kellnerin griff nach dem Foto und hielt es ins Licht.

»Eine schöne Frau. – Nein, ich habe sie noch nie gesehen. Tut mir leid«, sie legte das Foto wieder auf den Tisch.

»Schade«, sagte ich und steckte das Foto wieder in meine Jackentasche.

Meine Enttäuschung hielt sich in Grenzen. Es wäre ja auch zu schön gewesen, gleich mit der ersten Nachfrage über eine Verbindung zwischen den beiden Toten zu stolpern. Den Kaffee ließ ich zur Hälfte stehen und gab der Kellnerin einen großen Schein.

»Stimmt so. Und vielen Dank für Ihre Auskunft.«

»Oh, das ist zu viel«, die Kellnerin hielt mir den Schein mit spitzen Fingern am ausgestreckten Arm entgegen.

»Doch, doch«, wehrte ich ab. »Das stimmt schon, lassen Sie's gut sein! Sie haben mir ja weitergeholfen.«

»Hab ich gar nicht. Das ist nett von Ihnen gemeint, aber das kann ich nicht annehmen!« Sie zog ihre Kellnerbörse hervor und suchte das passende Wechselgeld zusammen. »Das ist jetzt nicht böse gemeint, aber ich kann das nicht. Geld annehmen, wo zwei Menschen zu Tode gekommen sind, und abkassieren, bloß weil ich einen der Toten kannte.« Sie schüttelte energisch den Kopf. Ihr Pferdeschwanz führte einen wilden Tanz auf. Eine erstaunliche junge Frau!

Ich nahm das Wechselgeld entgegen, fischte zwei Euro heraus und hielt sie ihr hin. »Das nehmen Sie jetzt aber, das ist nur Trinkgeld!«, sagte ich bestimmt.

Sie nickte zustimmend. »Ja, das geht in Ordnung. Vielen Dank.«

In der Empfangshalle, die jetzt von einer jungen Frau besetzt war, die eine Zwillingsschwester der Kellnerin hätte sein können, drehte ich mich noch einmal um und hob grüßend die Hand. Die Kellnerin stand noch immer am selben Platz. Sie sah aus dem Fenster Richtung Hafen hinaus und bemerkte mich nicht. Sie war sichtbar erschüttert.

Ich durchquerte das Hafengelände, passierte den Parkplatz und stiefelte zu den Fähranlegern hinüber. Das Gewusel rund um den Ticketschalter bestätigte mich in meiner Vermutung, dass sich bei diesen vielen Menschen niemand der Fahrkartenverkäufer an ein bestimmtes Gesicht erinnern würde. Auch der

Pommesverkäufer am Kiosk sah nicht so aus, als würde er sich am Abend noch an ein bestimmtes Gesicht vom Morgen erinnern können. Eine Nachfrage schenkte ich mir deshalb.

Ich machte einen Bogen um die Urlauberschlange. Mein Blick fiel auf einen Verkaufswagen, der sich *Kieck In* nannte und direkt am Bahnhof zwischen den Zugängen zu den beiden Gleisen stand.

»*Guter Standort*«, dachte ich bei mir. Nach einer langen Zugfahrt stärkten sich die Reisenden sicher gern an der Fischbude.

Der Blick auf die Preistafel drängte mich anzunehmen, dass der Fischhändler die Kurtaxe von Norderney gleich auf seine Preise draufgeschlagen hatte. Vielleicht war aber auch der Matjes über die Sauerlandlinie nach Norddeich eingeführt worden und deshalb so teuer. Ich bestellte mir trotzdem ein Fischbrötchen, denn bei Matjes kann ich einfach nicht Nein sagen.

»Moin, einmal Matjes bitte.«

»Moin, mit oder ohne Zwiebeln?«

»Ist der Papst katholisch?«, flachste ich.

»Also mit Zwiebeln«, sagte die blonde Fischverkäuferin lapidar, die ich auf Mitte fünfzig schätzte und deren Hüften beachtliche Ausmaße hatten. Sie klappte ihr Sudoku zu, in dem sie gerätselt hatte. Offenbar erfreute sich diese Rätselart immer größerer Beliebtheit.

»Ob Sie's glooben oder nich, det is heute erst mein drittes Fischbrötchen, det ich hier verkoofe.«

»Wieso denn das, sind Ihre Fischbrötchen so schlecht?«, rutschte es mir heraus.

»Also hören Se mal, junger Mann ...«

»Junger Mann?«, ich grinste breit. »Sie kommen wohl aus Berlin?« Wenn jemand zu einem Mittfünfziger *Junger Mann* sagt, kann dieser Jemand nur aus Berlin stammen.

»Wie kommen Se denn da druff? Ham Se dit jehört?«, erwiderte die Verkäuferin ebenfalls mit breitem Grinsen.

»Ich habe lange in Berlin gelebt und mich dort immer sehr wohlgefühlt«, gab ich ihr zur Antwort.

»Is ja wieda typisch! Da kannste inne äußerste Ecke vonne Welt sein, een Icke triffste imma«, erklärte sie mit typisch Berliner Schnauze. »Ick bin die Jeanette aus Neukölln«, stellte sie sich vor, während sie das Matjesbrötchen in den Plexiglasständer auf dem Glastresen legte. »Zwee fuffzich!«

Ich legte das Geld passend auf den Tresen, griff auf dem Rückweg mein Fischbrötchen und biss herzhaft hinein.

»Und – wie ist das Leben«, fragte ich zwischen zwei Bissen, »Ihr Laden muss doch brummen bei den vielen Urlaubern hier.«

»Ach, hören Se bloß uff«, winkte sie ab und stemmte die Arme in ihre ausladenden Hüften. »Det sieht nur so aus. Wenn ick Jlück hab, jeht det in een paar Wochen los, wenn Ferien sind. Jetzt sind ja nur Rentner und Kegelklubs unterwegs, und die ham keen Zaster. Die sollten mal die olle Merkeln hier inne Fischbude stellen. Da könnte die mal kieken, det die Leute noch nich ma mehr een Fischbrötchen koofen, weil alle Angst um ihre Euros ham. Wejen de Griechen und de Krise un so. Früher sind die Leute aus'em Zug jestiegen und dann hamse erstma hier zu Mittach jejessen. Ham sich denn mindestens zwee Fischbrötchen rinjeschoben und een Krabbenbrötchen gleich hintaher. Und heute? Wat is heute? Nix is heute! Wissen Se, wat die mitbringen?«, fragte sie mit in die Hüften gestemmten Armen. »Fressalien, die se zu Hause noch im Aldi jekooft ham, und Stullen vonne Muttern jeschmiert. Dann setzen die sich seelenruhig hier hin und machen erst'n ma Picknick. Noch nich ma den Kaffe koofen die bei mir. Auch den hat Muttern inne Thermosflasche mitjebracht. Und icke muss gucken, wie ick hier üba die Runden komme. Alle sind se am Sparen, aber den Griechen und Iren buttern se die Milliarden vorne und hinten jehörich rin!« Die redselige Fischverkäuferin holte tief Luft, so dass sich ihr gewaltiger Busen bedrohlich hob.

Ich nutzte die Atempause und bestellte mir ein zweites Matjesbrötchen und legte einen großen Schein auf den Glastresen. »Stimmt so!«

»Wat denn?«, irritiert sah die Fischverkäuferin mich an.

Das Trinkgeld hatte sie kurzfristig aus dem Konzept gebracht.

»Stimmt so, ich wollte Sie mal etwas fragen.«

»Sind Sie vonne Polente?«, fragte sie argwöhnisch. »Nee, kann ja nich, dann würden se mir bestimmt keen Zwanni uff'n Tisch lejen.«

»Nein, ich bin Anwalt und ...«

»Is ja noch schlimma.« Sie zog beide Augenbrauen demonstrativ in die Höhe. »Watt wolln Se denn ausklamüsern?«

»Wenn im Moment nicht so viel los ist, können Sie sich vielleicht an eine junge Frau erinnern, die vor ein paar Tagen möglicherweise bei Ihnen etwas gegessen hat?«, unterbrach ich ihren Redeschwall.

»Wieso, ist Ihnen Ihre abhanden jekommen?«

»Das nicht gerade, es geht um einen Unfall. Die Frau ist tot. Und ich will wissen, wieso!« Ich legte Regina Ehrlichs Foto auf den Tisch.

Die Fischverkäuferin verschluckte sich fast und sah mich mit offenem Mund an. »Tot?«

»Und?« Ich ignorierte ihre Frage und tippte auf das Foto. »Schauen Sie mal genau hin. Kennen Sie die Frau?«

Sie klappte den Unterkiefer deutlich hörbar zu. Gehorsam blickte sie auf das Foto, um im gleichen Moment die Augen wieder aufzureißen.

»Ja klar, die kenn ick. Die war mit Ihr'n Mann hier anne Bude. Die beeden ham ...«

»Ihrem Mann?«, fiel ich ihr perplex ins Wort und starrte sie an.

»Spreche ick Kisuaheli? Jaahaa, ihrem Menne!«, die Verkäuferin sah mich ungeduldig an. »Vielleicht war es auch ihr Freund oder Lebensabschnittsjefährte – wat weeß denn icke? Jedenfalls ham se jeknutscht und sich och anjefasst. Also wird's ja wohl nicht der Bruder jewesen sein, oda?«, antwortete sie mit typisch Berliner Charme.

Ich war wie elektrisiert. Schneller als erwartet hatte ich einen ersten Anhaltspunkt gefunden, dass Regina Ehrlich sich mit jemandem getroffen hatte.

»Haben Sie mitbekommen, was die beiden gesprochen haben oder wo sie hin wollten?«

»Ja, die waren inne Bredullje. Die beeden hatten die Fähre nach Juist vapasst und kiekten ziemlich dumm aus de Wäsche. Ick gloobe ...«, die Fischverkäuferin legte nachdenklich die Stirn in Falten, »... ick gloobe, die hatten nachmittachs eenen Termin im Kurhaus. Det is det jroße Hotel am Strand ...«

»Ja, kenne ich«, unterbrach ich sie ungeduldig. »Und weiter?«

»Jetzt drängeln se ma nich so. Ne alte Frau is ja keen D-Zuch«, sagte sie und sah mich vorwurfsvoll an. »Die beeden sprachen davon, dass se diesen Termin auf keenen Fall verpassen dürfen, weil son'ne Konferenz nicht alle Tage stattfindet. Ick hab den beeden dann jesacht, dat dit keen Problem is. Schließlich fliecht ja det Inseltaxi jede Stunde rüba nach Juist. Kostet zwar mehr als ne Fahrkarte mit de Fähre, aba die beeden sahen eh so aus, als hätten se Jeld.«

Mit meiner These von einem geschäftlichen Termin lag ich offenbar richtig. Ich kannte das Kurhaus, das als sogenanntes *Weißes Schloss am Meer* seit 100 Jahren das Gesicht von Juist prägt. Das Kurhaus gilt als herausragendes Beispiel deutscher Seebäder-Architektur: nicht ganz preisgünstig, doch sicherlich die erste Adresse auf Juist, wenn man eine geschäftliche Verabredung hat.

»Sah klasse aus, die Frau.« Jeanette zog ein trauriges Gesicht. »Sah richtich elejant aus, wie ne Chefin, aber nett dabei. Nich so übakandidelt. Nen echt proppa Mädel. Er war aba ooch schnieke ...«

»Haben Sie vielen Dank, Sie haben mir sehr geholfen«, sagte ich und wischte mir die Finger an der Papierserviette ab.

»Die hat mir anjekuckt und sojar anjelächelt. Hat man ooch nich jeden Tach. Hier kommen so viel Fatzkes vorbei, die sajen einem noch nich ma juten Tach ...«, sagte Jeanette mehr zu sich selber als zu mir.

»Ich möchte nicht unhöflich sein, aber ich muss jetzt wirklich los«, wieder unterbrach ich die redselige Jeanette aus Neukölln. »Und nochmals vielen Dank für Ihre Informationen. Sie haben mir wirklich sehr geholfen.«

»Na, wenn Se meenen«, sie sah mich abschätzend von der Seite an und nahm den Schein vom Tresen. »Vielen Dank, for det Trinkjeld.«

Ich winkte ihr freundlich zu und machte mich auf den Weg zum Parkplatz.

»Bingo!« Im Gehen fischte ich den Autoschlüssel aus meiner Jackentasche. Offenbar war Regina Ehrlich doch wegen einer geschäftlichen Verabredung nach Norddeich gekommen; genau, wie Uz und ich von Anfang an vermutet hatten.

Jetzt konnte ich beweisen, dass Regina Ehrlich sich mit einem Mann getroffen hatte, mit dem sie offenbar zu einem Geschäftstermin unterwegs gewesen war – und mit dem sie anscheinend eine private Beziehung gepflegt hatte.

Und ich war mir ziemlich sicher, dass es sich bei dem Mann um Martin Freese handelte, dem Toten aus dem Hafenbecken, in dessen aufgerissene Augen ich noch vor einer knappen Stunde geschaut hatte.

Ich korrigierte meine These von vorhin. Regina Ehrlich hatte die Fähre verpasst, genau wie ich angenommen hatte. Sie hatte keine zweite Fähre genommen, sondern den Inselflieger; und das nicht allein, sondern mit einem Begleiter – Martin Freese.

Mit dessen Wagen waren die beiden dann zum Flughafen nach Norddeich gefahren. Deshalb stand Regina Ehrlichs Wagen hier auf dem Kurzzeitparkplatz. Wahrscheinlich hatten die beiden vorgehabt, nach der Konferenz wieder mit dem Inselflieger zurückzukehren. Denn im Fährhus war ja ein Doppelzimmer gebucht!

Langsam ergab alles einen Sinn.

11

Regina Ehrlich hatte einen guten Musikgeschmack gehabt! Als ich den kleinen Audi TT startete, schaltete sich der CD-Player automatisch an der Stelle ein, an der er gestoppt hatte, als die Fahrerin den Motor zuletzt ausgeschaltet hatte. Sie hatte sich offenbar das Album *Dust Bowl* von Joe Bonamassa angehört. Der Player spielte den Song *No Love On the Street*. Eine Behauptung, die sich für Regina Ehrlich leider aufs Schmerzlichste bestätigt hatte.

Während Bonamassa seinen fetten Blues Rock spielte, bog ich auf die schmale Landstraße zum Flughafen ein. Es war nur ein Katzensprung bis zum Flughafen Norden-Norddeich. Schon von weitem konnte ich den Tower des Kleinflughafens sehen. Ich stoppte an der Parkschranke, zog eine Parkmünze und fuhr auf den mit grobem Split bestreuten Flughafenparkplatz.

Auf dem Parkplatz stand eine überschaubare Anzahl an Fahrzeugen von Fluggästen. Vorwiegend Wagen der gehobenen Mittelklasse, deren Kennzeichen überwiegend aus Nordrhein-Westfalen und dem Sauerland stammten.

Eine Ausnahme allerdings zog meine Aufmerksamkeit auf sich: ein schwarzer 5er BMW mit Berliner Kennzeichen. Mein Bauchgefühl sagte mir, dass ich den Wagen von Martin Freese gefunden hatte. Und es sagte mir, dass Martin Freese und Regina Ehrlich einander in Norddeich nicht getroffen hatten, um eine Auszeit zu nehmen.

Da steckte mehr dahinter!

Wenn es sich bei dem BMW tatsächlich um den Wagen von Martin Freese handelte, bestärkte das meine Annahme: sie waren mit verschiedenen Autos angereist, Regina aus Hamburg und Martin Freese aus Berlin. Treffpunkt war das Fährhus in Norddeich. Die beiden hatten etwas auf Juist zu tun gehabt: etwas, was beide nicht überlebten.

Ich parkte den Audi neben dem BMW, stieg aus und verriegelte den Wagen. Mit der linken Hand schirmte ich meine Augen gegen die Sonne ab und linste in den BMW. Viel zu sehen war nicht. Auf dem Rücksitz lagen ein paar Illustrierte und obenauf die Zeitschrift *Gastrotel* – eine Fachzeitschrift für Gastronomiebedarf und Küchenmanagement.

Ich richtete mich wieder auf und blickte zum Flughafen hinüber, auf dem nicht viel los war. Der kleine Tower ragte in den wolkenlosen Himmel, an dem nur ein paar vereinzelte Möwen kreisten. Auf dem eingezäunten Rollfeld standen mehrere Kleinflugzeuge. Ansonsten war niemand zu sehen.

Ich ging den schmalen Fußweg vom Kassenhäuschen des Parkplatzes aus entlang des Rollfelds zum Flughafengebäude. Die Eingangstür öffnete sich automatisch, als ich mich ihr näherte. Ich betrat die Eingangshalle.

Es gab nur einen Abfertigungsschalter, ein kleines Café sowie je eine Automatiktür für ankommende und abfliegende Fluggäste. Auf einer Bank saßen drei junge Männer und dösten vor sich hin. Ihrer Kleidung nach handelte es sich um Handwerker, die auf eine der Inseln flogen. Die Insulaner nutzen die Vorsaison, um die durch den Winter entstandenen notwendigen Reparaturen oder sonstige Baumaßnahmen durchführen zu lassen.

Ich schritt direkt auf den Abfertigungsschalter zu, hinter dem ein auffällig blasser, junger Mann in hellblauem Hemd und einem wie mit einem Lineal gezogenen Seitenscheitel am Computer hantierte.

»Moin«, grüßte ich ihn.

Das Bleichgesicht sah vom Bildschirm auf und schaute mich fragend an. »Moin, was kann ich für Sie tun?«

»Ich suche nach Hinweisen auf ein junges Pärchen, das vermutlich Ende letzter Woche bei Ihnen eingecheckt hat«, erklärte ich ihm ohne lange Umschweife mein Anliegen.

»Sind Sie von der Polizei?« Er musterte mich aufmerksam.

»Nein. Ich bin Anwalt und habe nur ein paar Fragen.«

»Wenn Sie Anwalt sind, werden Sie am besten wissen, dass ich Ihnen keine Auskunft über unsere Fluggäste geben darf.«

»Natürlich weiß ich das«, entgegnete ich und griff in meine Lederjacke, »ich will ja auch keine Auskünfte über Ihre Fluggäste. Mich interessiert lediglich, ob Sie diese Frau gesehen haben!«

Mein Gegenüber kniff die Lippen zu einem schmalen Strich zusammen. Demonstrativ starrte er an dem Foto vorbei, dass ich auf den Abfertigungstresen gelegt hatte.

Ich blieb hartnäckig. »Ein Freund von mir und ich haben diese Frau vor ein paar Tagen tot aus der Nordsee gefischt. Die Polizei meint, es handele sich um einen Unfall. Die Schwester der Toten ist anderer Ansicht und hat mich mit der Untersuchung der näheren Todesumstände beauftragt.«

»Es tut mir trotzdem leid«, sagte der junge Mann energischer, als sein Gesichtsausdruck vermuten ließ. Offenbar interessierte ihn nicht, was ich ihm gerade gesagt hatte. Er warf einen flüchtigen Seitenblick auf das Foto. »Ich kann Ihnen trotzdem keine Auskünfte geben. Wir sind zwar nur ein kleiner Flughafen, doch wir haben auch unsere Anweisungen, genau wie die großen Kollegen.«

In diesem Moment trat ein etwa vierzigjähriger Mann in dunkelblauer Hose und gleichfarbiger Windjacke von hinten an den Tresen heran. Er reckte den Hals und schaute gespannt auf das Foto auf dem Tresen. Die Schulterklappen mit vier goldenen Streifen wiesen ihn als Piloten aus.

»Die Dame ist mit mir geflogen«, sagte der Pilot mit sonorer Stimme, während er eingehend das Foto studierte.

»Manfred! Du kannst doch nicht ...« Das Bleichgesicht hinter dem Schalter wedelte mit einem Mal so aufgeregt mit seinen

Händen in der Luft herum, als wolle er gleich zu einem Inselrundflug abheben.

»Bendix, Manfred Bendix. Ich bin der Pilot«, stellte sich mein Gegenüber vor und schüttelte mir herzlich die Hand. Das Luftgeruder seines Kollegen hinter dem Tresen ignorierte er lässig. Der grauhaarige Pilot war ungefähr in meinem Alter, hatte ein offenes, freundliches Gesicht mit vielen Lachfalten und sah mich aus grauen Augen an.

»Der Pilot, mit dem die Dame geflogen ist«, fügte er hinzu.

»Mein Name ist Jan de Fries. Ich bin Anwalt und ...«

»Ja, habe ich mitbekommen«, unterbrach er mich und schaute noch immer auf das Foto. »Tot, sagten Sie?«

»Ja. Sie ist in der Nordsee ertrunken.«

»Ihrer Meinung nach wohl kein Badeunfall, schätze ich.«

»Badeunfall ist die offizielle Version der Kripo Emden. Die Schwester der Verstorbenen möchte wissen, was wirklich passiert ist. Ich übrigens auch!«

»Verstehe.« Bendix sah von dem Foto auf und wies mit dem Kopf in Richtung Haupttür, »Kommen Sie, gehen wir ein paar Schritte.«

Ich steckte das Foto von Regina Ehrlich wieder ein. Im Vorbeigehen nickte ich dem bleichgesichtigen Flughafenbediensteten kurz zu. Trotzig hatte er seine Windmühlenflügelarme in die Hüften gestemmt und sah uns finster hinterher, als wir losgingen.

»Sie müssen meinen Kollegen verstehen, er ist noch nicht lange bei uns. Er ist nur sehr korrekt. Wenn er Schwimmmeister wäre, würde er auch einem Glatzköpfigen eine Badekappe aufsetzen ...« Bendix grinste und warf einen Seitenblick auf meine Frisur.

Da ich meine mir noch verbliebenen Haare raspelkurz trage und mittlerweile aus dem Alter heraus bin, in dem ich mir Gedanken um die Anzahl meiner Haare mache, grinste ich ebenfalls nur.

»Also, was möchten Sie wissen?« Bendix zog seine Windjacke aus und warf sie sich über die Schulter.

»Ich hätte gerne gewusst, ob Regina Ehrlich alleine oder mit einem Begleiter mit Ihnen nach Juist geflogen ist. Und vor allem, wann.«

»Moment ...«, er kniff konzentriert die Augen zusammen und überlegte angestrengt, »Montagabend Junggesellenabend, Dienstagabend Stammtisch – oho, ging hoch her – und Mittwochmorgen Frühschoppen ... ja klar, und am Donnerstag sind die beiden mit mir rüber nach Juist geflogen.«

Ich schaute den Piloten mit großen Augen an.

»He«, lachte Bendix dröhnend und klopfte mir kameradschaftlich auf die Schulter. »War nur ein Scherz!«

»Na klar, ein Scherz. Was sonst?«, entgegnete ich lahm.

»Sie haben es mir aber im ersten Moment geglaubt, ne?«, Bendix grinste erwartungsvoll und gluckste in sich hinein. Die Antwort ersparte ich mir.

Vor lauter Schreck über Bendix offensichtliche Feierwütigkeit überhörte ich glatt, dass der Pilot gerade offiziell meine These bestätigt hatte, dass Regina Ehrlich gemeinsam mit Martin Freese nach Juist geflogen war.

»Jetzt aber mal im Ernst.« Bendix räusperte sich und sein Grinsen verschwand. »Ja, ich kann mich gut an beide Fluggäste erinnern. Das Pärchen hatte die Vormittagsfähre verpasst und ist von Norddeich aus direkt hierher zum Flughafen gefahren. Wir haben um diese Jahreszeit immer noch Plätze frei. Die beiden haben zwei Tickets für den Flug um 14.45 Uhr gekauft. Offenbar hatten sie wohl etwas Geschäftliches auf Juist zu erledigen.«

»Wie kommen Sie darauf?«

»Weil sie wie Geschäftsleute gekleidet waren. Er in Anzug und Krawatte, sie im Kostüm mit Aktenkoffer in der Hand – wie Businessleute eben. Ich bin lange genug wie ein Busfahrer Linie geflogen und erkenne Business auf den ersten Blick.« Bendix verzog spöttisch das Gesicht. »Außerdem schienen die beiden an dem besagten Nachmittag einen wichtigen Geschäftstermin zu haben. Deshalb sind sie auch so kurz entschlossen mit mir geflogen.«

»Haben die beiden irgendetwas gesagt?«, fragte ich gespannt.

»Nein, nur das Übliche. Der Flug nach Juist dauert ja auch nur zehn Minuten. Nach der Landung, als die beiden ausstiegen, bekam ich mit, wie der Mann zu der Frau sagte, dass Juist ja eigentlich eine romantische Insel für Flitterwochen sei.« Bendix sah betrübt aus, als er die Worte von Martin Freese wiedergab.

»Und was hat sie geantwortet?«, fragte ich gespannt.

»Nichts.«

»Nichts?«

»Nein, nichts. Sie ist ihm nur lachend um den Hals gefallen und hat den Glücklichen geküsst.«

»Als glücklich kann man den armen Kerl mit Sicherheit nicht mehr bezeichnen – er ist tot!«

Jetzt war es an Bendix, die Augen aufzureißen. »Tot? Er ist auch tot?«

»Ich kann im Moment nicht offiziell sagen, dass der Mann, von dem Sie mir gerade erzählen, mit dem Toten identisch ist, den die Kripo heute Morgen aus dem Hafenbecken in Norddeich gefischt hat. Aber es ist davon auszugehen.«

»Haben Sie einen Namen?«

»Ja, Martin Freese.«

»Kommen Sie mit«, sagte Bendix knapp und machte auf dem Absatz kehrt.

Ich folgte dem Piloten eilig, als er mit schnellen Schritten dem Flughafengebäude zustrebte.

Bendix vergeudete keine Zeit mit Erklärungen: er trat hinter den Abflugtresen und schob den bleichgesichtigen Bediensteten wortlos zur Seite. Er tippte den Namen von Martin Freese in den Computer ein.

»Was machst du denn da?«, entrüstete sich der junge Mann. »Du kannst doch nicht so einfach ...«

»Hier ist er«, sagte Bendix nach ein paar Mausklicks und ignorierte seinen Kollegen dabei schon wieder. »Martin Freese. Hat am vergangenen Donnerstag zwei Tickets nach Juist gekauft. Seine Begleiterin hieß Regina Ehrlich. Um 14.45 Uhr sind die beiden mit mir nach Juist geflogen, wie ich bereits gesagt habe. Der erste Flug nach der Mittagspause.«

Ich war hocherfreut. Bendix hatte mir gerade dankenswerterweise die Angaben der Fischverkäuferin bestätigt, dass Regina Ehrlich und Martin Freese ein Liebespaar gewesen waren. Mich wunderte nur, dass ihre Schwester Eva nichts von dem Mann gewusst haben sollte. Zumindest hatte sie ihn nicht erwähnt.

Manfred Bendix richtete sich wieder auf und grinste mich zufrieden an. Ich grinste ebenfalls, als ich ihm die Hand schüttelte und mich für seine Hilfe bedankte.

»Und du mein Freund«, sagte Bendix beiläufig über die Schulter zu seinem bleichgesichtigen Kollegen, »hältst jetzt einfach mal die Klappe und machst für den Herrn ein Ticket nach Juist fertig!«.

»Ich gehe doch wohl recht in der Annahme, dass Sie mit dem nächsten Flug nach Juist mitkommen werden?«, der Pilot wandte sich wieder mir zu.

Mein Grinsen verflog im Bruchteil einer Sekunde. Ich habe großen Respekt vorm Fliegen. Man könnte auch sagen – ich habe Riesenschiss!

Mit sorgenvoller Miene warf ich dem Bleichgesicht einen Blick zu, das mit hochrotem Kopf hinter seinen Bildschirm saß. Es schob mir das Ticket wortlos über den Tresen, nachdem der Drucker mein Flugticket unter leisem Surren ausgespuckt hatte. Ich reichte dem jungen Mann ebenso wortlos meine Kreditkarte.

Bendix tippte sich kurz an den Rand seiner Mütze. »Wir sehen uns dann am Flugzeug.«

Ich sah ihm nach, wie er durch eine Seitentür verschwand. Mit spitzen Fingern griff ich nach meinem Ticket und steckte es ein. Leicht nervös ging ich auf und ab und versuchte, mich mental auf den Flug nach Juist einzustimmen. Ich redete mir ein, dass Fliegen ja gar nicht so schlimm sei und Bendix der beste Pilot der Welt. Keine Frage also, ich würde heil auf Juist ankommen.

Schon nach ein paar Minuten, die sich wie Kaugummi dehnten, wurde unser Flug aufgerufen. Ich gesellte mich zu den gelangweilt aussehenden Handwerkern, die bereits an der gläsernen Schiebetür zum Rollfeld warteten. Einen Moment später öffnete sich die Tür lautlos. Die Fluggäste setzten sich in Bewegung.

Ich trottete der Gruppe hinterher, als ginge es zur Schlachtbank. Als ich mich der Maschine näherte, kamen mir erhebliche Zweifel an der Behauptung, dass spontane Einfälle immer die besten seien.

Die zweimotorige Britten-Norman-Islander hatte Platz für neun Passagiere. Ihre Triebwerke hingen links und rechts auf Augenhöhe der Passagiere unter den Tragflächen.

Ich linste in das Triebwerk direkt neben einem der Passagierfenster. Nicht auszudenken, wenn sich ein Propeller löste, weil Bendix mal wieder Junggesellenabend gehabt und beim morgendlichen Check eine lose Schraube übersehen hatte.

»*Wenn die Maschine überhaupt regelmäßig gewartet wird ...*«, schoss es mir durch den Kopf. Unwillig schüttelte ich den Kopf über meine eigenen hirnrissigen Fantasien. Aber was Flugreisen anbelangt, pflege ich meine Phobie. Beim Anblick eines Flugzeugs fallen mir alle Horrormeldungen gleichzeitig ein, die ich jemals über Flugzeugunglücke gelesen oder in den Nachrichten gesehen hatte.

Ich musste mich bücken, um mir nicht den Kopf an der Tragfläche zu stoßen, und kletterte in die kleine Maschine. Der Innenraum war wirklich winzig. Die mit blauem Kunstleder überzogenen Sitzbänke boten je zwei Passagieren Platz – sofern diese über eine normale Hüftbreite verfügen. Ich hatte das Pech, dass sich eine Dame älteren Semesters neben mich quetschte, die aufgrund des Umfanges ihres Hinterteils eigentlich eine Bank für sich alleine hätte beanspruchen können.

Manch einer mag beneiden, dass ich direkt hinter dem Piloten saß. Ich hingegen schwitzte Blut und Wasser, denn ich hatte komplizierte, technische Instrumententafeln erwartet und war von der Schlichtheit der Anzeigen mehr als beunruhigt.

»*Aber ...*«, beruhigte ich mich selber, »*je einfacher die Technik, umso geringer die Gefahr, dass etwas kaputt geht.*«

Ich habe mich noch nie mit Begeisterung in ein Flugzeug gesetzt. Misstrauisch beäugte ich jedes Detail. Und hier, direkt hinter Bendix, konnte ich wirklich jedes Detail erkennen. Ich starrte auf Bendix Nacken, um nicht mit ansehen zu müssen, wie er an den Hebeln und Schaltern herumhantierte. Es ist nicht gut, wenn man alles sehen kann!

»Unsere gute Britta ist ein ganz robustes Mädchen und verdammt gut gebaut«, rief Bendix seinen Fluggästen zu.

Ich fand es sehr beruhigend, dass Bendix seinem Flugzeug einen Namen gegeben hatte, sprach das doch für eine gute Beziehung der beiden.

»Sie ist schon die zwölfte Maschine, seit unsere Fluglinie in Betrieb gegangen ist. Ihr machen die vielen Starts und Landungen überhaupt nichts aus. Auch, dass wir nur Kurzstrecke fliegen, steckt das alte Mädchen ohne Probleme weg.«

»Wie alt ist denn das alte Mädchen?«, fragte ich argwöhnisch.

»Machen Sie sich mal keine Sorgen, Britta ist im besten Alter!« Bendix lachte wieder sein dröhnendes Lachen, setzte sich seine Kopfhörer auf und legte zwei Schalter um.

Ich hörte, wie sich die Drehzahl der Motoren erhöhte. Wie hypnotisiert starrte ich auf den weißen Propeller, der sich direkt vor meinem briefbogenbreiten Fenster drehte.

Die Maschine fing an zu beben und zitterte wie ein Sprinter kurz vor dem Startschuss. Bendix löste die Bremse und erhöhte die Schubkraft. Der kleine Inselflieger machte einen Satz nach vorn und rollte rasant los. Das kleine Flugzeug gewann rasant an Geschwindigkeit.

Ich verrenkte mir den Hals und starrte gespannt auf die Räder, die sich noch immer nicht vom Boden gelöst hatten. War doch klar! Wir waren viel zu langsam, und wir waren zu schwer! Und überhaupt – wieso fliegt so ein Flugzeug überhaupt?

Britta hob ihre Nase in die Luft. Mein Magen tat es ihr nach.

Bevor ich mich versah, tauchten unter mir Norddeichs Häuser in Spielzeuggröße auf. Die Maschine legte sich sanft auf die Seite und flog einen Halbkreis. Der Norddeicher Hafen schob sich 300 Meter unter mir in mein Blickfeld. Wir flogen nicht sonderlich hoch und ich konnte jedes Detail am Boden ausmachen.

Wir überflogen die Fahrrinnen der Fähren, die mir aus der Vogelperspektive erstaunlich schmal vorkamen. Wir überflogen einen Pulk von Möwen und zum ersten Mal in meinem Leben sah ich diesen Vögeln von oben auf Kopf und Rücken und nicht wie immer von unten gegen den Bauch.

Eine verkehrte Welt. Aber es war toll!

Bevor sich meine Euphorie darüber weiter steigern konnte, dass wir noch immer nicht abgestürzt waren, schob sich unter mir eine Sandbank ins Blickfeld.

»*Aha*«, dachte ich »*dann nehmen wir ja wohl gleich Kurs auf Juist.*«

In diesem Moment bemerkte ich, wie sich die Nase der Maschine senkte.

»Notlandung!«, schoss es mir durch den Kopf.

Plötzlich erschien direkt vor uns eine handtuchbreite Landebahn. Ich schaute verblüfft auf die Uhr. Wir waren doch erst vor fünf Minuten gestartet und bereits schon wieder im Landeanflug?

Die Räder der zweimotorigen Maschine setzten sanft auf.

Direkt neben der Rollbahn sah ich zahlreiche Fasane im Gras herumstolzieren. Ich mochte gar nicht daran denken, was mit dem kleinen Flugzeug passieren würde, wenn einer dieser Vögel versehentlich in einen der Propeller geraten würde. Doch offensichtlich waren die Tiere den Anblick von Flugzeugen gewohnt, denn sie pickten und scharrten vollkommen unbeirrt neben dem Rollfeld im Sand herum.

Bendix ließ die Maschine vor einem kleinen Flachdachgebäude ausrollen und stellte die Motoren ab.

»Herzlich willkommen auf Töwerland!«, rief er fröhlich und klappte seine Seitentür auf, stieg aus und öffnete uns von außen die Tür. Dann machte er sich daran, das Gepäck der Fluggäste auszuladen. Inselflieger sind Pilot, Steward und Bodenpersonal in einer Person.

»Wann geht der nächste Flug zurück nach Norddeich?«, fragte ich ihn zwischen einem Koffer und einer Reisetasche.

»Wir fliegen stündlich«, antwortete Bendix, »Nur zwischen zwölf und drei haben wir Mittagspause. Doch das betrifft Sie heute nicht mehr. Der letzte Flug geht um 19 Uhr. Schauen Sie sich ruhig ein bisschen auf Juist um. Sie sind ein bisschen blass um die Nase herum. Ist Ihnen der Flug nicht gut bekommen?« Bendix sah mich besorgt an.

»Doch, doch«, sagte ich mit gequältem Gesichtsausdruck. »Fliegen gehört nur nicht zu meinen großen Leidenschaften.«

»Kann ich gar nicht verstehen«, grinste er, »Sie müssen mal mit mir auf einen Rundflug kommen. Wir sind dann den halben Tag unterwegs und Sie können auch mal das Steuer halten. Dann kommen Sie erst richtig auf den Geschmack!«

»Ich überlege es mir«, antwortete ich spröde. »Danke für das Angebot.« Alleine schon der Gedanke daran, einen Steuerknüppel in der Hand halten zu müssen, ließ mich schaudern. Es hat halt jeder so seine Neurosen – meine ist die Flugangst!

Ich verabschiedete mich schnell von Bendix, bevor ihm noch andere Flugspezialitäten einfallen konnten, wie etwa ein Looping im offenen Doppeldecker. Mit raschen Schritten marschierte ich auf das Tor seitlich vom Rollfeld zu. Dort wartete bereits eine Pferdekutsche auf die Fluggäste.

Der Kutscher, schlank und schätzungsweise Anfang zwanzig, war offensichtlich ein Western-Fan, denn er thronte in Staubmantel, Stetson und waschechten Boots auf dem Kutschbock, wie die Revolverhelden aus den Spaghetti-Western der 70er-Jahre.

Im ersten Moment wirkte seine Aufmachung für eine Nordseeinsel befremdlich. Aber Pferde spielen auf Töwerland eine große Rolle im Leben der Inselbewohner.

Graf Enno III. von Ostfriesland besaß für damalige Verhältnisse ein riesiges Pferdegestüt mit bis zu hundert Tieren. Damit war der Graf der größte Pferdebesitzer Ostfrieslands. Den Überlieferungen nach stammten die Pferde von gesunkenen oder gestrandeten Kreuzfahrerkoggen. Unter den Tieren, die an Land gespült wurden, waren auch sehr edle und wertvolle Pferde, die als Reitpferde oder für Zuchtzwecke vorgesehen waren.

Um diese halbwilden und verstörten Pferde einfangen und zähmen zu können, beschäftigte Graf Enno Pferdeknechte und Cowboys. Es war also gut möglich, dass der junge Kutscher eine alte Inseltradition am Leben hielt und nicht nur Fan nordamerikanischer Westernfolklore war.

Auf der gesamten Insel Juist gibt es keine Autos, was aber nichts mit Graf Enno und seinen Cowboys zu tun hat; die Insel ist schlicht und einfach zu klein für Autoverkehr, sodass außer einem Krankenwagen und dem Auto des Inselarztes nur Kutschen erlaubt sind. Ein wesentlicher Grund dafür, weshalb auf Töwerland alles etwas ruhiger und beschaulicher abläuft als auf dem Festland. Die Menschen sind einfach gelassener und entspannter.

Was es auf der Insel hin und her zu transportieren gibt, wird mit den allgegenwärtigen Pferdekutschen erledigt: Lebensmittel, Werkzeug, Touristen und sogar der Müll. Insulaner und Feriengäste benutzen ihre Füße oder das Fahrrad.

12

Die Fahrt mit der Kutsche in den Ort dauerte erheblich länger als der Flug von Norddeich zur Insel. Auf den Straßen herrschte eine frühlingshafte Urlaubsatmosphäre. Die Feriengäste genossen die ersten warmen Sonnenstrahlen und schlenderten oder radelten über die autofreien Straßen.

Während die Kutsche die Flugplatzstraße entlangzockelte, überlegte ich, um was für einen wichtigen Termin es sich wohl gehandelt haben mochte, den Regina Ehrlich und Martin Freese auf keinen Fall verpassen wollten. Ich hoffte, im Strandhotel Näheres über die Hintergründe des Treffens zu erfahren. Vielleicht gelang es mir sogar, herauszufinden, mit wem die beiden sich getroffen hatten.

Der Kutscher hielt direkt vor dem Strandhotel Kurhaus Juist. Ich schaute an der weißen Fassade mit ihren Balkonen hoch, von denen aus man bestimmt einen fantastischen Blick aufs Meer hatte. Die Bauherren des 19. Jahrhunderts wollten mit dem prachtvollen Seehotel ihre Wertschätzung gegenüber ihren Gästen ausdrücken und ihnen gleichzeitig ein ihrem gesellschaftlichen Stand entsprechendes Domizil anbieten.

Als ich die säulenbewehrte Treppe hochstieg, fühlte ich mich in die Zeit knielanger Badeanzüge und Matrosenjacken zurückversetzt. Ich stellte mir vor, wie hier früher junge Damen in langen, hochgeschlossenen Sommerkleidern und mit Sonnenschirmen in der behandschuhten Hand die Strandpromenade entlang flanierten. Begleitet wurden sie von ernsten jungen Männern in weißen Sommeranzügen, die trotz sommerlicher Temperaturen ihren *Vatermörder* nicht ablegten.

Nach dem Eingang empfing mich eine elegante Halle. Die Rezeption befand sich links von mir. Eine junge brünette Frau in weißer langärmeliger Bluse stand hinter dem Tresen und sortierte Werbebroschüren. Ihr Namensschild wies sie als Martina Schiller aus. Ich trat an den Tresen heran.

Die Rezeptionistin sah von ihren Prospekten auf und schenkte mir zur Begrüßung ein strahlendes Lächeln. »Guten Tag, was darf ich für Sie tun?«

»Wenn es danach geht, würde ich gerne die nächsten drei Wochen hier bei Ihnen Urlaub machen. Aber leider bin ich aus einem anderen Grund hier. Ich möchte Sie um ein paar Auskünfte bitten.«

Ich zog das Foto von Regina Ehrlich aus der Brusttasche und legte es auf den Empfangstresen. »Kennen Sie diese Frau?«

Das Lächeln von Frau Schiller verschwand. »Sind Sie von der Polizei?«, kam die unvermeidliche Frage.

»Nein. Von der Polizei bin ich nicht. Ich bin auch kein wütender Ehemann, der den Seitensprüngen seiner Frau nachspioniert und Ihnen hier eine Szene machen will«, erklärte ich und tippte auf das Foto. »Diese Frau hier heißt Regina Ehrlich. Sie und ihr Begleiter sind auf tragische Weise in der Nordsee ertrunken.«

Mit dieser Aussage würde ich mir bei Staatsanwaltschaft und Kripo keine Freunde machen. Aber das war mir egal. Mir war Martin Freeses Identität und seine Beziehung zu Regina Ehrlich von zwei unabhängigen Zeugen bestätigt worden. Und dass die beiden ertrunken waren, stand für mich ebenso fest – auch ohne offizielles Obduktionsgutachten.

Die junge Frau war blass geworden.

Ich finde es fair, offen und ehrlich mit Menschen zu sprechen, von denen ich mir Informationen erhoffe. Deshalb setzte ich sie mit kurzen Worten über die Todesumstände von Regina Ehrlich ins Bild.

»Auf Ihr Seehotel bin ich gekommen, weil Zeugenaussagen darauf hindeuten, dass die Tote am vergangenen Donnerstag mit ihrem Begleiter hier im Hotel einen Termin wahrgenommen hat. Und nun stehe ich hier und hoffe, Sie helfen mir weiter.«

Ich sah sie abwartend an.

Es verging eine ganze Weile, bis Martina Schiller das Gehörte verdaut und sich ihr erster Schreck gelegt hatte. »Oh, mein Gott, wie schrecklich!«

Die Augen der Rezeptionistin klebten förmlich am Foto der Toten. In ihrem Gesicht spiegelte sich das Entsetzen darüber, so unerwartet mit dem Tod konfrontiert zu sein. Ich sah, dass sie mit sich kämpfte. Wahrscheinlich schwankte sie zwischen dem Wunsch, mir zu helfen, und ihrer beruflich bedingten Diskretion.

»Wenn ich Ihnen helfen kann, werde ich das gerne tun!« Entschlossen griff sie nach dem Foto von Regina Ehrlich.

»Ja natürlich, die Dame kenne ich.« Sie hielt das Foto ins Licht. »Sie kam am letzten Donnerstag zu uns ins Hotel. Das war am frühen Nachmittag, ich hatte gerade meinen Spätdienst angetreten. Sie reiste in Begleitung eines Herrn an. Beide nahmen gemeinsam an der Besprechung in der Kamin-Bar teil.«

»Welche Besprechung?«, hakte ich sofort nach.

»Wir hatten letzte Woche eine Gruppe Gäste aus Hamburg und Berlin im Haus. Für die Herrschaften waren unsere fünf Grand Suiten auf der Nordseite, zwei Suiten auf der Westseite und unsere Kamin-Bar als Veranstaltungsraum gebucht worden. Dort fanden mehrere Besprechungen statt.«

Eine Bar als Besprechungsraum fand ich persönlich zwar ungewöhnlich, doch wenn hochkarätige Geschäftsabschlüsse per Handschlag auf dem Golfplatz abgeschlossen werden, kann derlei genauso gut am Kamin eines Seehotels stattfinden.

»Fand am Donnerstagnachmittag auch eine solche Besprechung statt?«, wollte ich wissen.

»Ja. Am Donnerstag war die erste Besprechung für 15 Uhr terminiert. Sie hatte bereits angefangen, als diese Dame mit ihrem Begleiter eintraf.« Martina Schiller tippte gegen das Foto. »Für die beiden war keine Suite oder Appartement gebucht. Aber sie fragten konkret nach der Besprechung und kannten auch den Gastgeber namentlich, auf den die Buchung lief. Deshalb bin ich davon ausgegangen, dass beide geladene Gäste waren und erwartet wurden.«

»Und – wurden sie erwartet?«

»Das kann ich Ihnen leider nicht sagen. Ich habe mich nur gewundert, als das Paar nach einer knappen Stunde die Konferenz bereits wieder verließ. Sie sind dann auch schnurstracks zur Tür hinaus.« Martina Schiller deutete mit dem Kopf auf die große, zweiflügelige Eingangstür.

»Kamen sie noch einmal wieder?«

»Nein.«

»Ist Ihnen an den beiden etwas aufgefallen?«

»Ja«, sie nickte. »Es war deutlich zu sehen, dass die beiden ziemlich verärgert waren, als sie gingen. Sie wirkten sehr aufgebracht.«

»Haben die Frau und der Mann etwas gegessen oder getrunken, vielleicht ein paar Drinks?«

Ich glaubte zwar nicht daran, aber möglicherweise ließen sich die 3,6 Promille, die bei der Toten festgestellt worden waren, recht banal erklären.

»Das weiß ich nicht.« Martina Schiller zuckte bedauernd mit den Schultern. »Die Bar war allerdings während der Besprechung geschlossen. Und bestellt wurde bei mir nichts.«

»Hm ...«, machte ich nachdenklich.

Trotz der Bestätigung meiner Vermutung, dass die Tote an einer Besprechung teilgenommen und sich nicht auf einer Yacht hatte volllaufen lassen, war ich enttäuscht. Ich hatte ein paar Hintergrundinformationen mehr erwartet.

»Können Sie mir sagen, auf wen die Buchung lief?«, hakte ich nach.

»Wir unterliegen dem Datenschutz und sind unseren Gästen gegenüber dementsprechend zur Diskretion verpflichtet – also darf ich Ihnen keine Auskunft geben.« Martina Schiller sah sich verstohlen um. »Ich glaube, ich habe Ihnen bereits viel zu viel gesagt.«

»Machen Sie sich keine Sorgen«, beruhigte ich sie, »als Anwalt unterliege ich ebenfalls der Schweigepflicht und gebe keine Daten an Unbefugte weiter.«

Die Frau sah mich abwägend an. Das Foto hielt sie noch immer in der Hand. Ihr Blick wanderte zwischen mir und dem Foto der Toten hin und her. Dann traf sie wieder eine couragierte Entscheidung. Mit einer entschlossenen Handbewegung legte sie das Foto auf den Empfangstresen und beugte sich zu ihrem Computer hinunter.

»Dann werde ich Ihnen jetzt ganz mutig vertrauen.« Ihre Hände huschten flink über die Tastatur, als sie ein paar Befehle eintippte.

»Hier!« Martina Schiller wies mit ihrem perfekt manikürten Fingernagel auf den Bildschirm, den ich von meiner Seite des Empfangstresens leider nicht einsehen konnte. »Suiten und Bar wurden vom Sekretariat der Stolzenberg GmbH gebucht. Ein Teil der Gäste gehörte aber zu einer anderen Firma«, sagte sie halblaut und sah sich unauffällig um.

»Lassen Sie mich raten«, auch ich senkte meine Stimme. »Hieß die Firma zufällig BIO NOUN?«

Martina Schiller hob überrascht den Kopf. »Stimmt genau«, nickte sie und richtete sich wieder auf. »Ich hoffe, ich konnte Ihnen ein bisschen weiterhelfen.«

»Sie haben mir mehr als nur ein bisschen geholfen«, sagte ich. »Mithilfe Ihrer Aussage werde ich dafür sorgen, dass die Polizei ihre Ermittlungen wieder aufnimmt, diesmal in die richtige Richtung.«

»Wie gesagt ... eigentlich dürfte ich Ihnen ja keine Auskünfte geben und ...«, Martina Schiller sah mich schüchtern an.

»Ich fühle mich der Polizei gegenüber nicht verpflichtet, meine Informationsquelle zu nennen«, beruhigte ich sie. »Mittlerweile habe ich genug Zeugen gefunden, die bestätigen, dass

Regina Ehrlich kurz vor ihrem Tod hier auf Juist war. Die polizeilichen Ermittlungen werden ohnehin unweigerlich hier ins Hotel führen, so groß ist die Insel ja nicht. Und wenn Sie befragt werden, vergessen Sie mich einfach, wenn Sie nicht direkt gefragt werden. Sagen Sie einfach aus, was Sie mir schon erzählt haben. Dann haben Sie von deren Seite nichts zu befürchten.«

Sie nickte. »Werde ich machen. Vielen Dank!«

»Ich habe zu danken«, entgegnete ich. »Wenn die Polizei Sie vernimmt, wird man sicher wissen wollen, für wen die Zimmer gebucht waren ...«, orakelte ich unzweideutig.

Die Hotelangestellte sah mich kurz an. Dann griff sie zur Maus und gab ein paar Befehle ein. Der neben ihr stehende Drucker setzte sich leise surrend in Betrieb und spuckte einen Bogen Papier aus.

Martina Schiller warf einen prüfenden Blick in die Runde und schob mir den Ausdruck wortlos zu. Ich steckte das Blatt ebenso wortlos ein und bedankte mich mit einem Kopfnicken.

»Meinen nächsten Urlaub verbringe ich bei Ihnen«, sagte ich laut zum Abschied und machte mich auf den Weg zum Ausgang.

In der Tür blieb ich kurz stehen und hob zum Abschied grüßend die Hand. Martina Schiller nickte mir verschwörerisch zu und deutete mit den Fingerspitzen ein Winken an.

Ich lief zwischen den beiden mächtigen Eingangssäulen die breiten Stufen hinunter. Gemächlich schlenderte ich zu einer sonnenbeschienenen Sitzbank, die am Rand der Dünen stand.

Nachdem ich es mir auf dem warmen Holz bequem gemacht hatte, zog ich die Liste aus der Tasche, die mir die Angestellte heimlich zugesteckt hatte. Ich faltete das Blatt Papier auseinander. Fein säuberlich waren sieben Namen, Funktion und Firmenzugehörigkeit aufgeführt:

Paul Stolzenberg – Gesellschafter Stolzenberg GmbH
Gisela Winter – Geschäftsführerin Stolzenberg GmbH
Georg Pudel – Prokurist Stolzenberg GmbH
Klaus Sornau – Vorstandsvorsitzender BIO NOUN AG

Dietmar Protzek – Geschäftsführer BIO NOUN AG
Tatjana Heller – Geschäftsführerin Immobilien BIO
NOUN GmbH
Nicolai Poloch – Geschäftsführer Nicolai's Healths Care
& Catering GmbH

Ein Treffen von Gesellschaftern und Geschäftsführern zweier offensichtlich großer Unternehmen. Womit bewiesen wäre, dass Regina Ehrlich zwar aus beruflichen Gründen angereist, aber ganz offensichtlich nicht eingeladen gewesen war.

Wieso nicht?

Weil sie als Pressesprecherin nicht zur Geschäftsführerriege gehörte und nicht wichtig genug war? Oder weil es bei diesem Treffen um Themen gegangen war, von denen sie als Pressesprecherin nichts wissen sollte?

Und was war mit Martin Freese?

Wer war er?

Weshalb hatte er Regina Ehrlich zu dem Treffen nach Juist begleitet?

War er *nur* Partner der Toten gewesen und hatte sie als moralische Unterstützung begleitet?

Oder gab es eine berufliche Verbindung?

Sie war also unangemeldet und ohne Einladung auf einer offenbar wichtigen Konferenz ihres Arbeitgebers aufgekreuzt. Das macht man nicht mal eben so ohne einen wirklich triftigen Grund. Welche Rolle Martin Freese dabei spielte, würde ich über kurz oder lang ebenfalls herausfinden.

Ich faltete das Blatt Papier zusammen und steckte es zufrieden nickend ein. Uz und ich hatten von Anfang an den richtigen Riecher gehabt!

Ein Blick auf meine Uhr zeigte mir, dass ich noch ausreichend Zeit für einen Strandspaziergang hatte, bevor Bendix mich mit zurück aufs Festland nahm. Ich zog Schuhe und Socken aus und krempelte mir die Hose hoch. Die Schuhe band ich an den Schnürsenkeln zusammen und hängte sie mir um den

Hals. Langsam ging ich den Bohlenweg hinunter zum Strand.

Das Meer hatte sich schon zur Hälfte zurückgezogen. Links und rechts von mir breitete sich der kilometerlange weiße Sandstrand aus, der die nördliche Seite der Insel einnahm. Ich stapfte durch das ablaufende Wasser in westlicher Richtung. In der Ferne konnte ich die Silhouette des Leuchtturms ausmachen. Der Himmel war wolkenlos und blau. Es wehte eine milde Brise. Genüsslich streckte ich meine Nase in den Wind und vergrub die Hände in den Jackentaschen.

Zu dieser Jahreszeit war der Strand fast menschenleer. Nur vereinzelte Spaziergänger waren in der Ferne auszumachen. Ich schaute den Möwen zu, die geschäftig am Strand herumliefen und im Sand nach ihrem Essen pickten. Meine Gedanken kreisten um Regina Ehrlich und Martin Freese. War das Liebespaar auch hier am Strand spazieren gegangen?

Ich musste an das Foto von Regina Ehrlich denken, das in meiner Brusttasche steckte – ihre blauen Augen, ihr strahlendes Lachen. Unvermittelt schoben sich erneut die grausamen Bilder der Toten vor mein geistiges Auge. Ich stöhnte unterdrückt auf.

Ohne Rücksicht auf meine Hose lief ich dem ablaufenden Wasser hinterher, bis es mir eiskalt schmerzhaft in die Waden biss. Ich konzentrierte mich auf den beißenden Schmerz, weil er mir half, die Bilder der Toten aus meinem Kopf zu vertreiben.

13

Ich bog von der Zufahrtsstraße ab und holperte mit Regina Ehrlichs kleinem Flitzer die letzten hundert Meter Feldweg zu meinem Haus hinauf, der mit einer kleinen Biegung direkt vor meinem Haus endete. Ich musste scharf bremsen, um nicht auf den dort parkenden Wagen aufzufahren. Mit einem Fluch brachte ich den Audi TT zum Stehen und würgte dabei den Motor ab.

»Verdammter Mist!«, fluchte ich nochmal laut und stieg aus.

Erst jetzt erkannte ich das Objekt meines Zorns: Ein Käfer! Ein Ovali! Instinktiv streckte ich die Hand nach dem Prachtstück aus – und zog sie genauso instinktiv sofort wieder zurück. Verdammt, das war doch der Ovali von der blonden Rotznase! Gestern vor der Post.

»Hallo«, grüßte mich eine leise Stimme.

Ich fuhr herum.

Vor mir stand die Irre.

Schweigend und mit zusammengekniffenen Augen musterte ich sie. Ihre engen schwarzen Jeans und die abgewetzte Lederjacke brachten ihre schlanke und sehr weibliche Figur zur vollen Geltung. Kein Make-up, kein Lippenstift. Ihre seegrünen Augen irritierten mich furchtbar, aber ich konnte nicht sagen warum.

»Hallo«, sagte sie zum zweiten Mal mit kaum hörbarer Stimme.

Ich runzelte die Stirn. Wieso war diese gemeingefährliche Irre auf einmal so kleinlaut? Und was hatte sie hier zu suchen?

»Moin. Suchen Sie wieder jemanden zum Abreagieren? Oder ist Ihr Lack stumpf geworden, weil ich Ihren Käfer zu intensiv angesehen habe?«, sagte ich in spöttischem Tonfall.

»Ich komme nicht wegen meines Autos.«

»So, wieso denn dann?«

»Ich möchte mich entschuldigen! Der Vorfall von gestern tut mir leid«, entgegnete sie kleinlaut.

Mit allem hätte ich gerechnet. Doch auf die Idee, dass sie sich entschuldigen wollte, wäre ich in hundert Jahren nicht gekommen. Es musste einen anderen Grund für ihr Erscheinen bei mir geben – und das machte mich nervös.

»Deshalb tauchen Sie bei mir auf?«, fragte ich ungläubig. »Wie haben Sie mich überhaupt gefunden?«

Sie schwieg und überließ ihren Augen das Sprechen, die einen Sturm von Gefühlen in mir entfachten. Aber ich verstand nichts und erkannte keine Gründe. Was war bloß los mit mir? Meine Reaktion auf Augen schöner Frauen fiel für gewöhnlich verhaltener aus. Außerdem war mein Bedarf an irritierenden Frauen momentan mehr als gedeckt!

»Ich habe dich gesucht«, flüsterte sie.

»Ach! Duzen wir uns jetzt?«, entfuhr es mir spontan.

Ihre grünen Augen glitzerten verdächtig, allerdings nicht vor Wut. Es sammelten sich Tränen darin.

»Ich suche schon lange nach dir!«

»Ich verstehe nur Bahnhof.« Mein Gesicht war ein einziges Fragezeichen.

Mir erschien die momentane Situation mehr als verrückt und ich konnte das Auftauchen der jungen Frau überhaupt nicht einordnen.

Sie sah mich noch immer schweigend an.

Ich starrte ebenso schweigend zurück.

»Ich habe lange nach dir gesucht – Vater!«

Ihre Worte trafen mich unerwartet wie ein Keulenschlag. Ganz langsam begann die Welt, sich um mich zu drehen.

Erst ganz langsam, dann immer schneller.

Mir wurde so schwindelig, dass ich mich mit einer Hand an ihrem Käfer abstützen musste. In meinen Ohren rauschte das Blut und vor meinen Augen drehte sich noch immer alles. Ich merkte, wie meine Knie einknickten und mir ihre Dienste zu versagen drohten. Ich versuchte, tief durchzuatmen, es wollte mir aber nicht so richtig gelingen.

»Ist dir nicht gut? Willst du dich setzen?« Meine Tochter trat dicht an mich heran und ergriff meinen Arm. Mit weichen Knien lehnte ich mich an ihren Käfer.

»*Scheiße, der Lack*!«, fuhr es mir durch den Kopf.

Ich atmete tief ein, um meine Lungen mit Sauerstoff zu füllen. Meine Tochter sah mich besorgt an wie eine Krankenschwester, deren Patient nach der Blutentnahme aus den Pantoffeln zu kippen drohte.

»Alles gut ...«, krächzte ich noch. Dann gaben auch schon meine Beine unter mir nach, und ich saß mit dem Hintern im Dreck. Thyra setzte sich ebenfalls auf den staubigen Boden. Behutsam griff sie nach meiner Hand.

Da saßen wir nun gemeinsam mit dem Hintern im Staub meiner Hofzufahrt.

Vater und Tochter.

Auch wenn ich meine Tochter seit fast drei Jahrzehnten nicht gesehen hatte – ich hatte sie nie vergessen.

Niemals!

Seit neunundzwanzig Jahren hatte ich mir nichts mehr auf dieser Welt gewünscht, als sie sehen zu dürfen.

Ich hatte meine Tochter bislang nur ein Mal in meinem Leben gesehen. Am Tage ihrer Geburt – danach nie mehr.

Thyras Mutter hatte ich Anfang der 1980er-Jahre auf der Grillparty eines Freundes in Duisburg kennengelernt. Es war ein warmer Juniabend im Revier gewesen. Eine harte Woche als Schweißer im Ruhrorter Hafen lag hinter mir. Ich arbeitete bei den Mannesmann Röhrenwerken, die damals einen großen Teil ihrer Stahlröhren für den Pipelinebau in Übersee im Ruhrgebiet herstellten. Neben meinem Job als Schweißer hatte ich in diesem

Sommer auf dem zweiten Bildungsweg mein Abitur nachgeholt. Das hatten meine Kollegen im Hafen misstrauisch und mit bissigen Kommentaren hingenommen.

Wer in Duisburg-Hochfeld geboren wurde, der machte nicht einfach so sein Abitur. Mit einem solchen Schritt stellte man sich abseits der Familientradition und verließ den vorgezeichneten Weg, man folgte seinem Vater und Großvater entweder in den Pütt oder zu Mannesmann, oder man kochte Stahl bei Thyssen. Am Wochenende folgte man beiden auf Schalke.

Ein Freund feierte an diesem Samstag im Schrebergarten seiner Eltern seinen Geburtstag und hatte mich eingeladen. Wir Jungs standen mit Bierflaschen in der Hand um den Grill herum und schauten den Bratwürstchen beim Braunwerden zu. Ich angelte mir gerade ein frisches *Köpi* aus dem Kasten, als ich sie sah.

Sie unterhielt sich mit einer Freundin, als sich unsere Blicke trafen. Ich schaute in die schönsten Augen, die ich je gesehen hatte: seegrüne Augen. Sie hieß Susanne und war kurz vorher zweiundzwanzig Jahre alt geworden. Ich war drei Jahre älter.

Wir verliebten uns noch am gleichen Abend ineinander. Händchen haltend verließen wir den kleinen Schrebergarten in Duisburg Wanheimerort. Mit meinem klapperigen Käfer fuhren wir runter zum Rhein. Im Mondschein saßen wir eng umschlungen am Ufer und schauten den Lastkähnen der Binnenschiffer hinterher, bis deren rote Positionslichter im Dunkeln der Sommernacht verschwanden.

Unsere Liebe war etwas Besonderes.

Eine Liebe, die Ewigkeiten überdauert.

So empfanden wir damals jedenfalls. Wir ließen uns einige Wochen Zeit, bis wir zum ersten Mal miteinander schliefen. Denn in sexuellen Dingen hatten wir die Etappe *Jugend forscht* hinter uns gelassen und fühlten uns weder von Neugier noch von unseren Hormonschüben getrieben.

Wir schwebten im viel beschriebenen siebten Himmel – bis Susanne eines Tages Arno kennenlernte, sich in ihn verliebte und mich verließ.

Einfach so. Ohne Streit, ohne Drama.

Es gab keinen Streit oder dramatische Szenen. Sie war plötzlich einfach nicht mehr da, zumindest nicht für mich.

Ich saß nächtelang in meinem alten Käfer am dunklen Rheinufer und betrank mich mit billigem Rotwein aus dem Supermarkt, bis ich irgendwann mit dem Kopf auf dem Lenkrad einschlief. Morgens erwachte ich dann mit schlechtem Atem und dunklen Augenringen.

Eines Tages rief mich Susanne an und sagte mir, sie sei im dritten Monat schwanger. Von Arno könne das Kind nicht sein, sagte sie, dafür kenne sie ihn nicht lange genug. Ich flehte sie an, zu mir zurückzukommen, und beschwor ihre Schwangerschaft als Zeichen unserer Liebe. Vergeblich. Sie sagte mir, sie liebe Arno und wolle ihn heiraten. Für mich brach eine Welt zusammen. Ich hatte bis zuletzt gehofft, Susanne käme zu mir zurück.

Sie rief mich dann noch einmal an: an dem Tag, als sie unsere Tochter zur Welt brachte. Sie teilte mir mit, sie werde unsere Tochter Thyra nennen. Gleichzeitig nannte sie mir ihren Hochzeitstermin.

Ich wollte meine Tochter wenigstens einmal sehen und bettelte um ein Treffen. Irgendwann lenkte sie ein und sagte, ich solle am selben Abend zu ihr ins Krankenhaus kommen, dann sei Arno zur Nachtschicht. Wenige Stunden später stand ich an Susannes Bett. Sie hielt das winzige Wesen im Arm. Die Kleine schlief und Susanne reichte mir unsere Tochter. Unbeholfen und voller Angst, das Kind fallen zu lassen oder irgendetwas abzubrechen oder zu zerdrücken, nahm ich das kleine Bündel auf den Arm. Thyra wachte nicht auf. Sie hat ihren Vater nie gesehen – bis zu jenem Käfertreffen vor dem Greetsieler Postamt.

Susanne und ich verabschiedeten uns voneinander. Sie sagte mir beim Abschied, ich dürfe das Kind nicht besuchen. Arno habe es verboten. Sie wolle Thyra jedoch auf alle Fälle von meiner Existenz unterrichten. Thyra solle wissen, wer ihr Vater sei. Ich drehte mich noch einmal in der Tür um, wollte irgendetwas Bedeutendes sagen, aber mir fiel nichts ein.

Ich sah Susanne und Thyra nie mehr wieder.

Zwei Wochen später heiratete Susanne ihren Arno. Da ich nicht wusste, wie der Bursche mit Nachnamen hieß, wusste ich logischerweise auch nicht, wie Susanne mit Nachnamen hieß. Meine einzige Ansprechpartnerin war eine stocksteife Sozialarbeiterin, die in einem trostlosen Büro im Jugendamt öde Akten verwaltete. Obwohl ich meinen ganzen Charme spielen ließ, erhielt ich von der Frau mit dem Dutt jahrelang keine Informationen. Ich hatte keine Chance, Kontakt zu meinem Kind herzustellen. Damals habe ich die Sachbearbeiter des Jugendamtes inbrünstig gehasst.

Ich wurde zu einem Vaterschaftstest vorgeladen und saß stundenlang in kalten, grauen Behördengängen. Mir wurden zur Identifikation meine Fingerabdrücke abgenommen und ich wurde mit amtlichen Schreiben zugeschüttet. Die Vaterschaft erkannte ich an.

Der damaligen Rechtslage entsprechend hatte ich keinerlei Rechte als Vater, bis auf eins: ich durfte Alimente zahlen!

Ich vergrub mich in meine Arbeit. Tagsüber malochte ich im Hafen, abends saß ich über meinen Büchern und bereitete mich auf mein Jurastudium vor. Von Frauen hatte ich die Nase gestrichen voll. Irgendwann verließ ich Duisburg und begann mein Jurastudium in Berlin.

In den darauffolgenden Jahren lag ich den verschiedensten Sachbearbeitern des Jugendamtes permanent in den Ohren. Ich wollte meine Tochter sehen. Wortreich drohte, schimpfte und bettelte ich um nähere Informationen.

Vergeblich.

Man drohte mir mit Hausverbot.

Ich drohte zurück.

Vergeblich.

Irgendwann resignierte ich, jedoch die Hoffnung gab ich nie auf. An dem Tag, als meine Tochter volljährig wurde, lag bereits mein Antrag auf Erteilung einer Adressenauskunft beim zuständigen Einwohnermeldeamt.

Vergeblich.

Die letzte bekannte Adresse, die Susanne hinterlassen hatte – gab es in Deutschland nicht. Und so sah ich Thyra nie wieder.

Bis zum Staub in meiner Hofeinfahrt.

Dort nun saßen wir gemeinsam nebeneinander: im Staub meiner Hofeinfahrt. Meine Tochter – die schönste Frau der Welt! – hatte den Kopf an meine Schulter gelehnt.

Wie oft hatte ich mich in den vergangenen Jahren nach meiner Tochter gesehnt. Ich hatte meine Gefühle verdrängt. Hatte mich ständig bemüht, ihre Existenz zu vergessen, aber das gelang mir nicht. Zwar hatte ich mir in der Kunst des Verdrängens mittlerweile einen Magistergrad erworben. Vergessen hatte ich mein Kind nie.

»Woher hast du gewusst, dass es mich gibt?«, fragte ich mit belegter Stimme. Verstohlen wischte ich mir mit dem Jackenärmel übers Gesicht. Ohne dass ich es bemerkt hatte, waren mir auch Tränen übers Gesicht gelaufen.

»Mama hat mir schon als Kind gesagt, dass ich einen anderen Vater habe und dass Arno mein Stiefvater ist. Sie hat nie schlecht über dich geredet. Mama hat mir erzählt, wie sehr sie dich geliebt hat. Doch Arno war die große Liebe ihres Lebens«, erzählte Thyra.

»War?«

»Ja. Er hat Mama vor fünf Jahren verlassen. Wegen einer Jüngeren.«

Ich empfand keinerlei Genugtuung. Vor vielen Jahren wäre das vielleicht noch anders gewesen. Aber heute gönnte ich Susanne die glücklichen Jahre mit ihrem Mann.

»Wie hast du mich gefunden?«, fragte ich.

»Das ist heute kein großes Kunststück mehr. Es gibt ja das Internet«, antwortete Thyra.

»Kein großes Kunststück?«

Richtig! Wenn man den Nachnamen eines Menschen kennt, den man sucht, ist die Internetrecherche sicherlich kein Kunststück mehr. Diese Chance hatte ich leider nicht gehabt.

»Wenn es kein großes Kunststück ist, wieso kommst du dann erst heute? Das Internet ist ja nicht erst gestern erfunden worden«, sagte ich mit bitterer Stimme. Ich wusste, dass ich ungerecht war. Doch ich konnte nicht anders – zu intensiv war das Gefühlschaos in mir.

»Ich weiß. Es tut mir auch leid, dass ich erst heute auftauche. Aber ich hatte meine Gründe.«

»Verrätst du sie mir?«

Thyra schwieg eine Zeit lang, bevor sie mir antwortete. »Mama ist mit Arno nach Irland gegangen, als ich drei Jahre alt war. Ich habe den Großteil meines Lebens auf der Insel verbracht. Dort habe ich studiert und meine ersten Berufsjahre bei einem Radiosender verbracht. Dann habe ich Sean kennengelernt. Sean war Berufssoldat bei der irischen Armee. Er war auf einem Patrouillenschiff, der LÈ *Aisling,* auf Haulbowline Island, einem Teil des Hafens von Cork, stationiert. Wir wollten heiraten – dann hatte Sean einen Unfall und ist gestorben ...« Thyra sah mit ausdruckslosem Blick über meine Schulter, als sie mir von ihrer eigenen Tragödie erzählte.

Eine Zeit lang sagte keiner von uns beiden etwas.

»Das tut mir leid, Thyra«, unterbrach ich das Schweigen. »Was ist passiert?«

»Nichts Spektakuläres. Sein Schiff lag im Dock zu Wartungsarbeiten. Sean ist von einer herabfallenden Zange am Kopf getroffen worden. Er lag nach dem Unfall noch zwei Wochen im Wachkoma. Dann ist er gestorben. Er hat einfach aufgehört zu atmen. Ich musste weg von der Insel, sonst wäre ich durchgedreht. Am Tag nach Seans Beerdigung habe ich meine Sachen gepackt und bin nach Hamburg gegangen. Beim NDR habe ich eine Stelle als Volontärin bekommen und mich in meine Arbeit gestürzt ...« Thyra zog die Schultern hoch, als friere sie.

»Du bist Journalistin?«

»Nein, so würde ich mich nicht bezeichnen. Eher Autorin und Regisseurin.« Sie hob den Blick und sah mich wieder an. »Ich habe Publizistik und Theaterwissenschaften studiert. Das

Schreiben liegt mir nicht so sehr. Ich kann besser quatschen. Seitdem arbeite ich als Radiosprecherin.«

»Beim NDR?« Mich beschlich eine vage Ahnung.

»Ja, NDR 2. Ich mache die Nachtsendung bis morgens um fünf.« Thyra grinste. »Ich bin die Nachtmoderatorin mit der samtigen Stimme.«

Ich konnte es nicht fassen. Ungläubig schüttelte ich meinen Kopf. Als Frühaufsteher habe ich meine kreativste Zeit in den frühen Morgenstunden. Oft stehe ich nachts um drei Uhr auf und arbeite an meinen Tattoos oder entwerfe neue Motive. Im Hintergrund läuft leise das Radio – mein Stammsender – NDR 2. Jetzt erfahre ich aus heiterem Himmel, dass mich die Stimme meiner Tochter jahrelang nachts bei meiner Arbeit begleitet hatte! Und ich hatte nicht den geringsten Schimmer davon. Dabei hätte ich es vielleicht ahnen können. Klar war mir der Name der Moderatorin aufgefallen. Aber obwohl Thyras Name nicht häufig vorkommt, ging ich von einer Namensgleichheit aus. Nie im Leben hätte ich gedacht, dass ich meiner Tochter zuhörte. Die Vorstellung allein war mehr als grotesk!

»Ich habe oft an dich gedacht und mir vorgestellt, mein Vater sitzt da draußen und hört mir zu.«

»Ich habe dir zugehört!«, sagte ich mit spröder Stimme. »Nachts habe ich oft gearbeitet.«

»An deinen Tattoos?«, fragte Thyra.

»Ja. Du kennst sie?«

»Na klar. Ich habe dich doch im Internet über deine Website gefunden.«

Ich hatte ein paar Jahre zuvor eine eigene Website ins Internet eingestellt, auf der ich unterschiedliche Kollektionen und Stile der von mir entworfenen Tattoos präsentierte.

»Herrgott noch mal«, platzte es aus mir heraus. »Warum bist du denn nicht eher gekommen?«

»Schrei mich nicht an!«, schnappte Thyra.

»Ich schreie dich nicht an!«

»Doch, das tust du!«

»Tu ich nicht!«

»Und mach mir keine Vorwürfe!«

»Ich schreie dich nicht an und mache dir erst recht keine Vorwürfe«, polterte ich.

»Doch, du machst beides. Außerdem bist du egoistisch.« Thyra sah mich scharf an.

»Egoistisch? Ich?«, fragte ich erbost.

»Ja!«

»Wer hat sich denn die ganzen Jahre nicht gemeldet?«

»Ich glaube, es ist besser, wenn ich jetzt gehe.« Meine Tochter stand auf und klopfte sich mit beiden Handflächen ihre Hose sauber. »Ich komme morgen wieder, wenn du dich beruhigt hast.«

»Ich bin ruhig!«

»Merke ich«, sagte sie sarkastisch.

Wir starrten uns beide hilflos an und wussten nicht, was wir sagen sollten. So schnell wie wir aufgebraust waren, kamen wir auch wieder runter. Die Gefühle, die sich in neunundzwanzig Jahren bei uns angesammelt hatten, benötigten ein Ventil.

»Es bedeutet mir sehr viel, dass ich dich heute gesehen habe«, brach Thyra endlich das Schweigen. Sie beugte sich zu mir runter und gab mir einen Kuss auf die Wange.

»Ja«, sagte ich mit belegter Stimme. »Ich kann dir gar nicht sagen, wie glücklich ich bin, dass wir uns endlich gefunden haben.« Ich hatte einen Kloß im Hals und konnte kaum sprechen. »Ich bin dankbar, dass du zu mir gekommen bist!«

»War vielleicht ein bisschen viel Gefühl nach den ganzen Jahren. Mir ist ganz schummrig.« Thyras Augen schimmerten feucht. Langsam drehte sie sich um und ging zu ihrem Ovali. Sie startete den Motor, winkte mir noch einmal zu und rollte den Feldweg entlang.

Ich blieb auf meinem Hintern mitten auf dem Weg sitzen und sah wahrscheinlich ziemlich lächerlich aus. Das war mir allerdings völlig egal. Schließlich war ich gerade Vater geworden!

Ich starrte noch immer tief in Gedanken versunken auf meine Schuhspitzen, als Claudias Van die Auffahrt hochzuckelt kam. Uz saß auf dem Beifahrersitz. Ich konnte die verdutzten Gesichter meiner Freunde durch die Windschutzscheibe sehen. Claudia stoppte ihren Wagen und ließ die Seitenscheibe runter.

»Alles klar bei dir, Jan?«, rief sie mir aus dem geöffneten Fenster zu.

»Ja, alles bestens«, antwortete ich mit einem schiefen Grinsen.

Uz stieg aus und umrundete den Wagen. »Warum sitzt du vor deinem Haus im Dreck?«, fragte er besorgt und setzte sich zu mir auf den Boden.

So entstehen Trends.

»Fehlt dir etwas?«

»Kann man so nicht sagen ...«

»Wie kann man es denn sagen?«

»Ich bin gerade Vater geworden.«

»Herzlichen Glückwunsch«, sagte Uz trocken und sah mich an, als wäre ich geistig umnachtet.

»Ich bin gerade Vater der samtigen Mitternachtsstimme geworden.«

Zwischen Uz Augenbrauen entstand eine Sorgenfalte. Anscheinend zweifelte er jetzt ernsthaft an meinem Verstand.

Mittlerweile hatte Claudia den Van gegen ihren knallroten Sportrolli getauscht und kam herangerollt.

»Na, ihr zwei alten Männer. Tragen euch eure Füße nicht mehr?«, frotzelte sie und stellte die Bremsen an ihrem Rollstuhl fest.

Claudia war eine hübsche, brünette Frau Anfang vierzig mit dunklen Augen, schlank und von einnehmendem Wesen. Ihre glatten Haare trug sie schulterlang und meist zu einem Pferdeschwanz zusammengebunden.

Im Rollstuhl saß Claudia seit fast zwanzig Jahren. Sie war mit ihrer Mutter zusammen auf dem Heimweg gewesen, als ein Trecker, ohne auf den Verkehr zu achten, von einem Feldweg auf die Landstraße eingebogen war. Uz hatte an diesem Tag zusätzlich zu seiner Sprechstunde den Notarztdienst übernommen. Als er zu dem Unfall gerufen wurde, ahnte er nicht, dass es sich bei der toten Fahrerin und der lebensgefährlich verletzten Beifahrerin um seine kleine Familie handelte.

Uz hat den Verlust seiner Frau nicht verwunden. Er hat nie wieder geheiratet.

Nach Claudias langwieriger Genesung nahm sie trotz ihres Handicaps ihr Medizinstudium wieder auf. Sie schloss mit Auszeichnung ab und nahm eine Stelle als Assistenzärztin in Bremerhaven an. Als Uz sich dann vor ein paar Jahren zur Ruhe setzte, übernahm Claudia seine Praxis.

»Jan ist gerade Vater geworden«, sagte Uz und deutete mit einem Kopfnicken auf mich.

Irritiert sah Claudia zwischen uns hin und her. Dann begann sie glucksend zu lachen. »Hm, warum nicht? Charlie Chaplin ist mit über siebzig auch noch Vater geworden.«

»Kommt«, sagte ich und erhob mich ächzend. »Gehen wir rein. Ich erzähle euch alles in der Küche.«

»Na, da sind wir aber mal gespannt.« Uz stand ebenfalls auf. Gemeinsam trugen wir die Lebensmittel, die beide mitgebracht hatten, ins Haus und packten die Tüten auf den Küchentisch.

Motte kam in die Küche getrottet und beschnüffelte kurz die Anwesenden, um sich dann mit einem Seufzer neben den Kühlschrank plumpsen zu lassen.

»Was gibt's denn heute?«, fragte ich.

»Hausmannskost. Ein ehrliches Essen, einfach und schnell in der Zubereitung. Herzhaft und wahnsinnig lecker«, verkündete Claudia vergnügt. Sie stellte eine Papiertüte mit Kartoffeln auf den Küchentisch.

»Das sind blaue französische Trüffelkartoffeln namens Vitelotte. Diese hier ist eine ganz alte Sorte und schmeckt sehr würzig und erdig, mit leichtem Nussaroma.«

»Hört sich gut an.«

»Ist auch gut. Wir machen heute eine Suppe«, verkündete sie und ließ die Kartoffeln aus der Tüte kullern. Sie hielt eine blauviolette Kartoffel zwischen Daumen und Zeigefinger hoch.

»Und zwar eine blaue Kartoffellauchsuppe mit Schweinebauch und Mettenden. In der Haute Cuisine würde man unsere Kartoffelsuppe sicherlich eleganter bezeichnen, vielleicht als Truffe de Chine an Lauchschaum mit Mettenden nach Friesenart.«

Während Uz begann, das Gemüse zu putzen, machte Claudia sich daran, den Schweinebauch zu waschen und in kleine Würfel zu schneiden. Ich schnappte mir ein Messer, und während ich die kleinen blauen Kartoffeln schälte, erzählte ich den beiden die näheren Umstände meines plötzlichen Vaterglücks.

»Ich fasse es nicht«, rief Claudia laut und zielte mit dem Fleischmesser vorwurfsvoll auf meine Brust. »Da habt ihr beide euch neunundzwanzig Jahre lang nicht gesehen, und was macht ihr Sturköppe? Ihr habt nichts Besseres zu tun, als euch in die Haare zu kriegen?« Claudia schnaubte empört durch die Nase und ging erbost mit ihrem Messer auf den armen Schweinebauch los.

»Ich kann die beiden schon verstehen«, stand Uz mir bei. »Jan und Thyra haben sich über ein Vierteljahrhundert nicht gesehen. Das muss man sich mal vorstellen: Kindheit, Jugend, Einschulung, Schule, Pubertät, erster Freund. Das ist ja nicht nur die komplette Kindheit und Jugend, das ist ja fast ein halbes Leben, was den beiden genommen wurde.« Uz schüttelte den Kopf. »Da haben sich jede Menge Gefühle angesammelt. Das muss ja irgendwie raus und verarbeitet werden. Da kann es schon mal knallen. Und Thyra scheint den Sturkopf von ihrem alten Herrn geerbt zu haben.« Mein Freund grinste verständnisvoll.

»Na toll.« Claudia zielte schon wieder mit dem Filetiermesser auf mich. Diesmal richtete sie die Spitze auf meine Nase. »Thyra droht ihrem Vater zur Begrüßung nach neunundzwanzig Jahren erst einmal einen Tritt in die Eier an. Und unserem Jan fällt nichts Besseres ein, als ihr fünf Minuten später Vorwürfe zu machen, weshalb sie heute erst bei ihm auftaucht – feine Familie!«

Während die Diskussion in dieser Form noch eine Zeit lang weiterlief, schnippelten wir gemeinsam die Zutaten für unsere Suppe klein. Claudia prüfte, ob das Wasser schon kochte. Ich nahm eine kleine Kupferpfanne aus dem Schrank und ließ ein Stück Butter aus, um die Zwiebelwürfel anzuschmoren.

»Was gibt's zum Trinken?«, versuchte ich, das Gespräch auf eine weniger emotionale Ebene zu lenken.

»Du brauchst gar nicht abzulenken. Ich will auch gar nicht weiter meckern – ich freue mich doch für euch. Dass ihr euch nach den ganzen Jahren endlich gefunden habt, ist unglaublich schön und etwas ganz Wertvolles. Jetzt habt ihr endlich die Chance, Vater und Tochter zu sein. Ihr habt ja einiges nachzuholen.« Claudia sah mich mit einem warmen Lächeln an. Was gibt es Schöneres, als verständnisvolle Freunde zu haben?

»Wann kommt denn eigentlich diese Frau Ehrlich, um den Wagen ihrer Schwester abzuholen?«, wechselte Uz das Thema.

»An die hatte ich ja gar nicht mehr gedacht«, sagte ich erschrocken. »Sie wollte morgen vorbeikommen. Am Tod ihrer Schwester ist tatsächlich etwas faul.«

»Wieso denn das?« Claudia ließ das Messer sinken und sah mich aufmerksam an.

»Unsere erste Vermutung, als wir die Tote aus der Nordsee gefischt haben, hat sich bestätigt«, sagte ich und nickte Uz zu. »Wir können ausschließen, dass Regina Ehrlich bei einem Segelunfall ums Leben gekommen ist!«

Ich informierte Claudia und Uz ausführlich über die Ergebnisse meiner Recherchen und Gespräche, die ich den ganzen Tag über geführt hatte.

»Du bist echt geflogen?« Uz sah mich ungläubig an.

Ich nickte stolz. »Ja, gleich zweimal!«

»Respekt!«, grinste Uz. »Wo du doch solche Angst davor hast.«

Während ich in der Pfanne herumrührte, um die Zwiebeln am Anbrennen zu hindern, fuhr ich fort. Ich berichtete, dass die Tote aus dem Fischernetz den Toten aus dem Hafenbecken nicht nur gekannt, sondern ganz offensichtlich auch eine Liebesbeziehung mit ihm gehabt hatte.

»Bist du dir sicher?«, fragte Uz überrascht.

»Ja sicher bin ich mir sicher.«

»Das ist ja ein Ding. Weiß die Kripo davon?«

»Nein, noch nicht.« Ich schüttelte den Kopf. »Ich bin doch vorhin erst heimgekommen und dann gleich Vater geworden. Morgen früh werde ich als Erstes der Staatsanwaltschaft einen Besuch abstatten. Die Staatsanwältin wird eine Obduktion der Leiche anordnen müssen. Hahn und Mackensen werden fluchen, wenn sie wie die Deppen dastehen.«

»Macht nichts.« Uz grinste breit. »Ist nicht das erste Mal, dass die beiden sich zum Affen machen.«

»Geschieht den beiden recht«, pflichtete Claudia ihrem Vater bei. »Wie blöd oder ignorant muss man eigentlich sein, um keine Verbindung zwischen zwei Wasserleichen zu überprüfen, die kurz hintereinander bei uns im Landkreis aufgefunden wurden?«

Ich nahm die Pfanne mit den glasierten Zwiebeln vom Herd und nickte zustimmend. »Jetzt wissen wir zwar, dass zwischen den beiden Toten eine Verbindung bestand«, argumentierte ich mit juristischer Logik. »Es ist auch bewiesen, dass die Toten aus geschäftlichen Gründen auf Juist waren. Und offenbar hat es irgendwelchen Ärger auf der Konferenz gegeben. Aber – wir haben noch keinen Beweis dafür, dass die beiden nicht doch durch einen tragischen Unfall ums Leben gekommen sind.«

»Das wird die Obduktion ergeben«, warf Claudia ein.

»Auch wenn es zum jetzigen Zeitpunkt noch keinen Beweis für ein Verbrechen gibt, gehe ich jede Wette ein, dass die beiden nicht einfach nur ertrunken sind«, prophezeite Uz.

Eine Weile war es ruhig in der Küche. Claudia hatte natürlich Recht. Aufgrund der neuen Erkenntnisse würde die Staatsanwaltschaft gezwungen sein, entsprechende Obduktionen bei den beiden Toten anzuordnen. Dann würde sich herausstellen, ob wir es mit einem Doppelmord oder mit tragischen Unfällen zu tun hatten.

Die Kartoffelsuppe köchelte leise vor sich hin, während wir es uns am Küchentisch gemütlich machten. Ich öffnete den trockenen Riesling, den meine Freunde mitgebracht hatten, und wir stießen gemeinsam auf mein neues Vaterglück an.

»Wenn du Recht hast, Uz«, unterbrach ich die Stille und sprach meinen Gedankengang laut aus, »dann sprechen wir hier von Doppelmord.«

Da Uz und Claudia mir nur schweigend zunickten, war klar, dass wir alle gemeinsam zu dem gleichen Schluss gekommen waren.

Claudia schenkte gedankenverloren Wein nach. Sie stellte die Flasche achtlos beiseite und fixierte mich mit ihren Augen. »Du darfst nicht vergessen, dich zu fragen, wieso Eva Ehrlich, die doch angeblich ein solch bombiges Verhältnis zu ihrer Schwester gehabt hat, nichts von Martin Freese gewusst haben will«, stellte Claudia genau die Frage, die ich bislang verdrängt hatte.

Ich seufzte. Claudia hatte den Nagel auf den Kopf getroffen. Ich konnte mir schwerlich vorstellen, dass Regina ihrer Schwester die Beziehung zu Martin Freese verschwiegen haben könnte. Zumal beide Frauen kurz vorher ein ganzes Wochenende miteinander verbracht hatten. Schwestern sind in der Regel die engsten Vertrauten und erzählen einander meist alles – insbesondere dann, wenn sie mit einem neuen Lover im siebten Himmel schweben.

Ich konnte und wollte nicht glauben, dass Eva Ehrlich mir absichtlich Informationen verschwiegen haben könnte. Sie gefiel mir ausgesprochen gut und ich fand sie sehr anziehend.

Ich spürte förmlich, wie Claudias Blick mich abscannte.

»Ja, ich werde nicht vergessen, Eva danach zu fragen«, beeilte ich mich zu sagen, um keinen falschen Gedanken aufkommen zu lassen. »Spätestens, wenn sie kommt, um den Wagen abzuholen, werde ich sie fragen!«

Uz stellte den Suppentopf, aus dem es verführerisch duftete, auf den Tisch. Wir beendeten unser Gespräch über Mord, Wasserleichen und Obduktionen. Die herrlich duftende blaue Kartoffelsuppe hatte unsere uneingeschränkte Aufmerksamkeit verdient.

14

Am nächsten Morgen wachte ich noch vor dem Morgengrauen auf. Motte lag vor meinem Bett. Ab und zu zuckte der Dicke mit den Beinen und veränderte die Tonlage, in der er schnarchte. Ich blieb noch eine Weile liegen und starrte an die Zimmerdecke.

Nach dem Abend mit Claudia und Uz, bei dem es später als üblich geworden war, hätte ich gerne noch ein Stündchen länger geschlafen. Doch meine innere Unruhe trieb mich schon in aller Herrgottsfrühe aus dem Bett. Barfuß stieg ich über Motte hinweg.

Mein Besuch bei der Staatsanwaltschaft stand auf dem Programm. Frau Doktor Lenzen hätte aufgrund der neuen Fakten, mit denen ich sie konfrontieren würde, keine andere Wahl, als die unverzügliche Obduktion von Regina Ehrlich und Martin Freese anzuordnen. Denn sowohl die Beziehung, in der die beiden Toten zueinander gestanden hatten, als auch ihr Auftauchen auf der Konferenz im Strandhotel Juist ließen ihren Tod in einem vollkommen neuen Licht erscheinen. Hahn und Mackensen würden ihre Aktendeckel zähneknirschend wieder öffnen müssen.

Im Bad musterte ich mich kritisch im Spiegel. Angesichts der frühen Uhrzeit konnte ich mich zwar auf den morgendlichen Knitterbonus berufen. Doch die Falten rund um Augenpartie und auf meiner Denkerstirn dokumentierten bonusneutral meine gut fünfzig Lenze.

Ich zog den Bauch ein und spannte meinen Oberkörper an. Zufrieden nickte ich meinem Spiegelbild zu. Gar nicht mal so schlecht für mein Alter.

Aber egal!

Ich bin ohnehin nicht der Typ Mann, den Frauenzeitschriften als gut aussehend bezeichnen, sondern höchstens wohlwollend als interessant und charaktervoll. Männer in meinem Alter werden freundlicherweise nicht als alte Säcke, sondern als erfolgreiche und lebenserfahrene Männer in den besten Jahren beschrieben. Vielleicht stand Eva Ehrlich ja auf reifere, leicht zerfurchte Typen mit Bauchansatz und Glatze.

Ich putzte mir die Zähne und warf mir eine Handvoll kaltes Wasser ins Gesicht. Dann zog ich meine Laufsachen über und sah Motte fragend an. Mein Hund machte keinerlei Anstalten, sich von seinem Platz zu erheben. Stattdessen schmatzte der Dicke genüsslich und klappte das rechte Auge wieder zu, mit dem er meine morgendlichen Aktivitäten unbeteiligt beäugt hatte.

Nachdem ich die Haustür hinter mir zugezogen hatte, lief ich in der Morgendämmerung den Deich hinauf. Im leichten Trab wärmte ich mich auf und genoss die frische Brise, die übers Wasser wehte. So langsam wurde ich klar im Kopf.

Die Geschehnisse und Erkenntnisse des gestrigen Tages ließ ich in Gedanken noch einmal Revue passieren. Ich lächelte, als ich an meine Tochter dachte. Es war unglaublich, dass wir uns nach all den Jahren so unverhofft gegenübergestanden hatten. Natürlich konnten wir die vergangenen Jahre nicht nachholen. Dennoch hatten wir jetzt die Chance, etwas aus unserer Vater-Tochter-Beziehung zu machen. Es lag an uns.

Meine Gedanken schweiften zu Eva Ehrlich und den offenen Fragen ab, die auf Antworten warteten. Ich wollte wissen, ob Eva wirklich nichts von der Beziehung ihrer Schwester zu Martin Freese gewusst hatte.

Und falls sie von der Beziehung gewusst hatte: weshalb hatte sie sie mir verschwiegen?

Und wieso hatte sie mir nicht gesagt, dass bei ihrer Schwester 3,6 Promille Alkohol im Blut festgestellt worden waren?

Auch auf diese Fragen hätte ich gerne eine Antwort gehabt!

Und dann stand natürlich noch die Frage im Raum, wieso das Paar die Besprechung auf Juist so schnell und schlecht gelaunt wieder verlassen hatte. Was war auf der Konferenz geschehen?

Ich sah auf meine Uhr und machte mich auf den Heimweg. Es gab reichlich zu tun.

Zuhause angekommen, duschte ich ausgiebig. Erneut zog ich einen dunklen Anzug an und stellte Motte Essen und Trinken hin. Dann packte ich ein paar Papiere zusammen, steckte sie in meine alte Aktentasche und machte mich auf den Weg zur Staatsanwaltschaft.

15

Energisch klopfte ich an die dunkle Eichentür des Vorzimmers der Staatsanwaltschaft. Ohne auf eine Aufforderung zu warten, öffnete ich schwungvoll die schwere Tür und betrat das Vorzimmer.

Prompt prallte ich mit Traute Lenzen, der Staatsanwältin, zusammen, die durch die Wucht unseres Zusammenpralls ihre Aktentasche, zwei dicke Schnellhefter und eine Handvoll Briefe fallen ließ.

»Wird das zur Methode, Herr Anwalt?«, fuhr mich die Staatsanwältin unwirsch an. Sie ging in die Hocke, um die heruntergefallenen Papiere aufzusammeln. »Jedes Mal, wenn wir uns sehen, krauchen wir am Boden herum und suchen Akten zusammen.«

»Dann sollten wir vielleicht für unser nächstes Treffen eine aktenfreie Zone auswählen«, entgegnete ich grinsend, während mein Blick auf ihre langen Beine fiel, die der hochgerutschte Rock freigab.

Ich kniete mich ebenfalls hin und half ihr, die zu Boden gefallenen Unterlagen aufzusammeln. Gleichzeitig bemühte ich mich, der Staatsanwältin nicht auf die Oberschenkel zu stieren, die in dieser hockenden Stellung fast meine Knie berührten.

Wir standen gleichzeitig auf, und ich reichte ihr eine Handvoll Unterlagen. Frau Doktor Lenzen hielt kurz inne und musterte mich schweigend über den Rand ihrer Brille hinweg. Ich fühlte mich ertappt und kam gleich zum Grund meines Besuchs.

»Entschuldigen Sie bitte den Zusammenstoß. Ich hatte es ziemlich eilig, denn ich muss dringend mit Ihnen sprechen. Leider habe ich keinen Gesprächstermin.«

»Wie immer habe auch ich nicht viel Zeit«, sagte sie mit leicht gereiztem Unterton. »Aber Ihr Besuch trifft sich ganz gut, dann kann ich Ihnen das hier gleich persönlich zustellen.«

Die Staatsanwältin öffnete einen der Schnellhefter und begann, in einem Stapel Briefe zu blättern. Dann zog sie aus dem Stapel einen amtlich aussehenden Briefumschlag hervor und reichte ihn mir.

»Das ist der amtsrichterliche Beschluss zu Ihrem Widerspruch und Antrag auf Wiederaufnahme der polizeilichen Ermittlungen aufgrund ungeklärter Todesursache sowie die Durchführung einer gerichtsmedizinischen Untersuchung zur abschließenden Klärung der Todesursache von Regina Ehrlich«, zitierte Frau Doktor Lenzen mich wortgetreu und ohne Luft zu holen. Es waren exakt meine Worte, mit denen ich den Widerspruch bei unserem letzten Treffen formuliert hatte.

»Und?« Ich griff mit argwöhnischem Blick nach dem Brief.

»Abgelehnt«, sagte sie knapp.

Ich starrte erst den Brief und dann die Staatsanwältin an. Sie erwiderte meinen Blick, ohne mit der Wimper zu zucken. Dabei fiel mir auf, dass sie haselnussbraune Augen hatte.

»Es gibt neue Erkenntnisse«, sagte ich und wedelte leicht mit dem Brief, den sie mir gerade gegeben hatte.

»Wie bitte?«

»Neue Erkenntnisse, die nahelegen, dass es sich bei dem Tod von Regina Ehrlich nicht um einen tragischen Unfall gehandelt hat, den die Verstorbene aufgrund ihres hohen Alkoholkonsums selbst verschuldet haben soll«, zitierte nun ich, ebenfalls ohne Luft zu holen, annähernd ihren Wortlaut, mit dem sie meinen Widerspruch abgeschmettert hatte.

Bei dem eisigen Blick, mit dem die Staatsanwältin mich bedachte, würde sogar ein Schneemann frösteln. Sie drehte sich auf dem Absatz um und ging in ihr Büro.

Ich warf einen anerkennenden Blick auf ihre Beine, die ab dem Knie aufwärts von ihrem eng anliegenden Rock verdeckt wurden.

»Kommen Sie mit«, rief sie mir über die Schulter zu.

Ich riss mich vom Anblick ihrer Kehrseite los, trabte gehorsam hinter ihr her und ließ mich auf denselben Besucherstuhl fallen wie bei meinem vorherigen Besuch.

»Ich höre«, sagte sie, während sie sich so steif hinter ihrem Schreibtisch setzte, als habe sie den sprichwörtlichen Stock verschluckt.

Ich kam ohne Umschweife zur Sache. »Regina Ehrlich hat sich kurz vor ihrem Tod mit einem Mann getroffen, mit dem sie eine Liebesbeziehung hatte. Ein Zeuge gab an, dass sogar die Rede von Flitterwochen gewesen sei. Bei dem Mann handelt es sich mit an Sicherheit grenzender Wahrscheinlichkeit um Martin Freese – den Toten aus dem Hafenbecken. Regina Ehrlich ist gemeinsam mit Martin Freese zu einem geschäftlichen Treffen zweier großer Firmen nach Juist geflogen – der BIO NOUN AG und der Stolzenberg GmbH. Dieses Treffen fand im Seehotel Kurhaus statt. Offenbar kam es bei dieser Unterredung zu Differenzen, denn Regina Ehrlich und Martin Freese verließen verärgert das Hotel. Das war das letzte Mal, dass Regina Ehrlich und ihr Begleiter lebend gesehen wurden.« Ich machte eine kurze Kunstpause und fuhr dann fort. »Die Besprechung fand am vergangenen Donnerstagnachmittag statt. Am Montag fischt ein Krabbenkutter die Leiche von Regina Ehrlich aus der Nordsee. Drei Tage später treibt die Leiche ihres Partners und Begleiters, Martin Freese, tot im Hafenbecken und sorgt am Fähranleger nach Juist für einen Menschenauflauf.«

Bislang hatte die Staatsanwältin mir mit ausdruckslosem Gesicht zugehört. Nun aber umwölkten sich ihre Augen sichtbar. Abrupt stand sie auf. Schweigend stellte sie sich ans Fenster und sah auf die Straße hinunter.

Ich ließ ihr Zeit zum Überlegen und verzichtete auf überflüssige Kommentare zum vorliegenden Ergebnis der Ermittlungsarbeit der ihr unterstellten Beamten. Obwohl es mir auf der Zunge lag, verkniff ich mir ebenso die Frage, ob Hahn und Mackensen bei Martin Freese auch einen Segelunfall diagnostiziert hätten.

Nach einer Weile drehte sich Frau Doktor Lenzen mit vor der Brust verschränkten Armen zu mir herum. »Ich danke Ihnen, dass Sie zu mir gekommen sind und mich von Ihren Erkenntnissen unterrichtet haben, Herr de Fries.«

Ihrer Körpersprache nach hätte sie mich lieber hochkant rausgeworfen, als meinem Antrag zuzustimmen.

»Sie haben der Staatsanwaltschaft einen wichtigen Dienst erwiesen. Aufgrund der von Ihnen vorgetragenen neuen Erkenntnisse, bei denen ich davon ausgehe, dass Sie diese auch beweisen können, werde ich die von Ihnen beantragte Obduktion von Regina Ehrlich unverzüglich veranlassen. Die Obduktion von Martin Freese habe ich bereits veranlasst. Wenn Ihre Feststellungen stimmen, wovon ich im Moment ausgehe, liegt die Vermutung nahe, dass die beiden Todesfälle tatsächlich miteinander im Zusammenhang stehen. Dadurch ergeben sich vollkommen neue Sachverhalte«, sagte Frau Doktor Lenzen mit überraschender Offenheit.

Bei Ermittlungs- oder Gerichtsverfahren nehmen die beteiligten Parteien ihre Standpunkte aufgrund der ihnen vorliegenden Sachverhalte ein. Entsprechend argumentieren und agieren sie. Ergeben sich neue Erkenntnisse und somit neue Sachverhalte, ist es professionell, den eigenen Standpunkt zu überdenken und seine Strategie neu auszurichten. Leider geht diese Eigenschaft einigen Anwälten aus pekuniären Gründen vollkommen ab denn es lässt sich mit dem Beharren auf Standpunkten das meiste Geld an seinem Mandanten verdienen, da der sich ja ohnehin im Recht fühlt.

Beharren Staatsanwälte trotz neuer Erkenntnisse auf ihrem Standpunkt, kann das unterschiedliche Gründe haben. Da beeinflussen schon mal die eigene Befindlichkeit, der laut wiehernde Amtsschimmel oder auch politische Gründe Standpunkt und

Strategie. Manchmal haben Anwälte und Staatsanwälte auch einfach nur ein Brett vorm Kopf.

Nicht so Frau Doktor Lenzen.

Gerade noch im kühlen verbalen Schlagabtausch mit mir, erkannte sie die neue Sachlage sofort. Sie ordnete und bewertete die Fakten in Sekundenschnelle und richtete Standpunkt und Vorgehensweise ohne Vorbehalte und Angst vor Gesichtsverlust neu aus.

»Respekt«, dachte ich und sagte ohne Schadenfreude. »Beispielsweise die Frage, wie Regina Ehrlich an ihre 3,6 Promille kam.«

»Stimmt genau, Herr Anwalt«, nickte sie. »Nach der von Ihnen beschriebenen Sachlage kommt dieser Frage eine wesentliche Bedeutung zu.«

»Ebenso die Frage, wo Martin Freese und Regina Ehrlich nach ihrem Weggang aus dem Hotel abgeblieben sind«, ergänzte ich.

Die Staatsanwältin pflichtete mir abermals mit einem kurzen Nicken bei.

»Deshalb lasse ich die Ermittlungen im Fall von Frau Ehrlich wieder aufnehmen und beide Todesfälle in einen gemeinsamen Kontext stellen. Sollten Sie einen entsprechenden Antrag stellen, werde ich Ihrem Wunsch nach Akteneinsicht selbstverständlich in beiden Fällen zustimmen.«

»Sehr gerne«, sagte ich überrascht.

Ich war zwar davon überzeugt gewesen, dass die Staatsanwältin nun die Obduktion von Regina Ehrlich anordnen würde. Trotzdem erstaunte mich ihre unerwartete Kooperationsbereitschaft.

»Wann findet die Obduktion von Martin Freese statt?«, fragte ich.

»In einer Stunde«, antwortete Frau Doktor Lenzen mit kurzem Blick auf ihre Armbanduhr. »Möchten Sie an der Obduktion teilnehmen?«

Obwohl Obduktionen eindeutig nicht zu meinen favorisierten Lieblingsbeschäftigungen gehören, nickte ich zustimmend.

»Dann informiere ich den diensthabenden Pathologen.« Die Staatsanwältin griff zum Telefonhörer und tippte mit einem elegant lackierten Fingernagel kurz auf eine Taste. Das Telefon wählte automatisch eine programmierte Rufnummer.

»Doktor Tillmann? Frau Doktor Lenzen hier.« Die Staatsanwältin kam gleich zur Sache, ohne ihren Gesprächspartner zu begrüßen.

Mit dem Telefonhörer am Ohr lehnte sie sich gegen ihren Schreibtisch. Automatisch glitt mein Blick an den langen Beinen der Staatsanwältin entlang. Ihre Beine waren schlank, durchtrainiert und sahen nach regelmäßigem Lauftraining aus.

»Ich rufe wegen der Obduktion von Martin Freese an. Ach so – sie sind schon fertig?« Die Staatsanwältin sah mich bedauernd an und hob entschuldigend die Schultern. Ich riss meinen Blick von ihren Beinen los und schnitt ein betont unschuldiges Gesicht.

»Bei der Toten aus dem Fischernetz gibt es neue Erkenntnisse. Demzufolge können wir nicht mehr davon ausgehen, dass es sich – wie bisher angenommen – um einen Segelunfall handelt. Führen Sie bitte bei der Toten ebenfalls eine Obduktion durch. Den Beschluss lege ich Ihnen gleich aufs Fax. Es wird später noch ein Anwalt der Angehörigen dazukommen. Der Mann heißt Jan de Fries und erhält von mir die Genehmigung, an der Obduktion teilzunehmen.«

Mit leicht geneigtem Kopf hörte sie ihrem Gesprächspartner einen Moment schweigend zu.

»Ja, die schriftliche Bestätigung lege ich Ihnen ebenfalls aufs Fax.«

Die Staatsanwältin verabschiedete sich von ihrem Gesprächspartner und legte den Hörer auf. Sie umrundete ihren Schreibtisch und nahm mir gegenüber Platz. Zu meinem Bedauern entzogen sich ihre Beine nun wieder meiner Sicht.

Frau Doktor Lenzen wirkte äußerlich zwar ruhig und professionell. An ihrer Körperhaltung erkannte ich aber, dass sie sich über den neuen Sachstand ziemlich ärgerte.

Ich beneidete Hahn und Mackensen nicht um das Gespräch, das auf die beiden Kripobeamten zukam. Insgeheim hoffte ich schadenfroh, dass die beiden richtig auf den Pott gesetzt würden.

»Eins noch«, sagte ich. »Ich habe den Wagen von Regina Ehrlich im Auftrag ihrer Schwester abgeholt. Er steht vor meinem Haus. Wird das Auto jetzt Gegenstand der anstehenden Ermittlungen?«

Die Staatsanwältin überlegte kurz und nickte dann. »Ja, ich werde den Wagen der Toten von unseren Kriminaltechnikern untersuchen lassen – obwohl wir davon ausgehen können, dass Sie aller Wahrscheinlichkeit nach bereits alle eventuellen Spuren zerstört haben. Trotzdem möchte ich Sie bitten, den Wagen nicht mehr anzufassen oder zu bewegen. Ich werde veranlassen, dass er heute Nachmittag bei Ihnen abgeholt und von der Spurensicherung untersucht wird.«

Wir erledigten noch gemeinsam ein paar Formalitäten und verabschiedeten uns dann förmlich voneinander. Ein Blick auf meine Armbanduhr sagte mir, dass es knapp würde, wenn ich an der Obduktion von Regina Ehrlich teilnehmen wollte. Deshalb hielt ich ungeachtet der knappen Zeit und dem Wissen, dass der Pathologe in der Gerichtsmedizin auf mich wartete, an einem Café an und trank in aller Ruhe einen Cappuccino.

16

In den Räumen der Gerichtsmedizin empfing mich der typische Geruch nach Reinigungs- und Desinfektionsmitteln. Obwohl sich die aseptischen Ausdünstungen bei meinem Eintreten schwer auf meine Atemwege legten, vermochten sie den dominierenden Geruch nach Tod lediglich zu kaschieren.

Meine aktive Zeit als Strafverteidiger machte oftmals einen Besuch in den Leichenhallen und Obduktionsräumen Berlins notwendig. Ich habe mich allerdings nie an die spezielle Mischung der Ausdünstungen mit dem typisch, schwach süßlichen Geruch nach Verwesung in den Sektionsräumen gewöhnen können. Wenn ich es irgendwie einrichten konnte, beschränkte ich mich bei meinen Fällen auf das Studium gerichtsmedizinischer Obduktionsberichte, Protokolle, Fotos und Videos.

Im Fall von Martin Freese und Regina Ehrlich fühlte ich mich allerdings persönlich verpflichtet, schnellstmöglich an Informationen aus erster Hand zu kommen. Aus diesem Grund stand ich nun in der Leichenhalle und wartete auf den diensthabenden Arzt, der gerade mit eiligen Schritten und wild flatternden Kittelschößen in Gestalt eines unglaublich dürren Mannes um die Ecke geschossen kam.

Mit zwei schnellen Schritten stellte ich mich dem locker über 1,90 Meter großen Arzt in den Weg, der vor dem unerwartet aufgetauchten Hindernis abrupt bremste. Irritiert sah mich mein Gegenüber an.

»Entschuldigen Sie bitte, Doktor Tillmann, mein Name ist Jan de Fries.«

»Kennen wir uns?«, unterbrach er mich ungeduldig.

»Nein.«

»Woher kennen Sie dann meinen Namen?« Doktor Tillmann sah mich fahrig an.

Ich tippte wortlos mit meinem Zeigefinger auf das Namensschild, das mein Gegenüber an seinem Kittel trug und das ihn als *Dr. Theodor Tillmann – Pathologe* auswies.

»Ach so, ja natürlich«, gluckste er und tippte sich an die Stirn, während sein übergroßer Adamsapfel freudig auf und ab hüpfte.

Der Pathologe war knapp vierzig Jahre alt und erinnerte mich an einen großen, dürren Vogel mit staksigem Gang und langem Hals. Sein schmales Gesicht, aus dem eine gewaltige Hakennase hervorragte, verschwand zum Großteil unter einer mächtigen Afro Look-Frisur, wie sie in den 1960er-Jahren modern gewesen und von Frauen und Männern gleichermaßen getragen worden war. Seine karottenfarbigen Haare waren freilich zu keiner Zeit modern gewesen, außer zur fünften Jahreszeit in den Hochburgen des rheinischen Karnevals.

Ob des Doktors Jeans tatsächlich so vergammelt waren, wie sie aussahen oder einen gerade angesagten Used-Look perfekter kopierten, als das Original war, konnte ich nicht entscheiden. Seine Hühnerbrust wurde von einem schwarzen T-Shirt mit dem bekannten Ghost Buster-Motiv aus dem gleichnamigen Film verhüllt. An den Füßen trug er ein Paar ausgelatschte ockerfarbige Dockers.

Ich konnte mir den Pathologen sehr gut vorstellen, wie er sich einen Joint dreht, während aus den Lautsprechern seines Retroplattenspielers Bob Marleys *What Goes Around Comes Around* dröhnt.

»Sorry, Doc«, sagte ich und unterdrückte mit Mühe ein Schmunzeln.

»Paul Breitner oder Bobby Farrell: woran haben Sie gerade gedacht?«, offenbar standen mir meine Gedanken sichtbar auf der Stirn geschrieben.

»Bob Marley«, gestand ich und konnte nicht verhindern, dass mein Grinsen noch breiter wurde.

»Na klar«, der Pathologe zuckte lakonisch mit den Schultern. »Der Klassiker! Aber immer noch besser, als wenn man mich für den Bruder von Ronald McDonald hält.« Doktor Tillmann streckte mir die Hand hin. Wir begrüßten einander per Handschlag. Ich fand den Doc auf Anhieb sympathisch.

»Sie müssen der Anwalt sein, der an der Obduktion der toten Frau aus dem Fischernetz teilnehmen wollte.«

Ich nickte und wurde wieder ernst.

»Sie kommen zu spät.« Doktor Tillmann schüttelte bedauernd seinen Kopf. »Ich bin gerade mit der Obduktion fertig geworden. Tut mir leid für Sie!«

»Och«, sagte ich lahm und atmete erleichtert aus.

Zum Glück hatte ich lange genug erfolgreich getrödelt, um zu spät zur Obduktion zu kommen. »Das macht nichts, mir reichen auch die Ergebnisse.« Ich wedelte abwehrend mit der Hand.

»Dann bin ich ja beruhigt. Ich hatte nämlich schon befürchtet, Sie seien vergnügungssüchtig«, entgegnete Tillmann mit durchdringendem Blick. Offenbar stand mir auch meine Erleichterung überdeutlich ins Gesicht geschrieben.

»Ich habe noch keine Laborergebnisse. Das Labor hier in Emden ist zwar sehr schnell, doch so schnell auch wieder nicht. Ich erwarte die Ergebnisse am frühen Nachmittag. Bis dahin müssen wir uns gedulden«, erklärte der Doc. »Aber kommen Sie trotzdem mal mit. Ich möchte Ihnen etwas Interessantes zeigen.« Der Pathologe deutete mit seiner Hakennase zu der Tür, die zum Obduktionssaal führte, und marschierte los.

Ich stöhnte lautlos in mich hinein, als ich seinen wehenden Kittelschößen in den Obduktionssaal folgte. Hinter mir pendelten die Schwingtüren aus Edelstahl noch ein paar Mal in ihren Angeln hin und her, bevor sie mit einem leisen Klicken zur Ruhe kamen.

Ich blieb wie angewurzelt stehen.

Direkt vor mir stand ein Obduktionstisch aus Edelstahl.

Auf dem kalten Metall lag nackt und schutzlos der wachsweiße leblose Körper von Regina Ehrlich.

Gnädigerweise war die Leiche von Doktor Tillmann bereits wieder verschlossen worden. Gleißendes Deckenlicht leuchtete den vor mir liegenden Leichnam unbarmherzig aus und ließ jedes Detail des geschundenen Körpers erkennen.

Von beiden Schlüsselbeinen aus verlief eine saubere Naht Richtung Brustbein. Kleine, akkurate Stiche verschlossen den bei Obduktionen üblichen Y- oder T-Schnitt. Durch diese Schnitttechnik kann der Gerichtsmediziner mit drei sauberen Schnitten den Oberkörper effektiv öffnen und die Oberhaut mit den darunterliegenden Fettschichten seitlich abklappen. Mit einer Rippenzange, die mich stets an eine Geflügelschere erinnert, durchtrennt der Pathologe dann die Rippen und kann so den Rippenbogen mit dazugehörigem Brustbein komplett abheben. Mit dieser Technik verschafft er sich bequemen Zugang zu den inneren Organen.

Nach der Obduktion werden die inneren Organe wieder in den Leichnam eingelegt und die knöchernen Anteile des Körpers an ihren angestammten Platz eingesetzt. Wenn der durchführende Pathologe handwerklich geschickt ist, sieht man, nachdem die Haut wieder zurechtgezogen ist, nur noch an den Nähten, dass an dem betreffenden Körper ein *einschneidender* Eingriff vorgenommen wurde.

Im Fall von Regina Ehrlich waren die Nähte sehr akkurat mit kleinen, ja fast schon zierlich anmutenden Stichen gesetzt. Die Nähte liefen bis zur Brustmitte und von dort aus abwärts bis zum Schambein. Trotzdem wirkten sie im Kontrast zur wachsbleichen Hautfarbe der Toten vollkommen deplatziert und beklemmend.

Die langen blonden Haare der Toten waren sorgfältig gewaschen und gekämmt worden. Als ich genauer hinsah, konnte ich eine weitere Naht erkennen, die hinter dem linken Ohr der Toten begann und im Haaransatz verschwand. Hinter dem rechten

Ohr tauchte die Naht wieder auf. Hierbei handelt es sich um einen halbrunden Schnitt, mit dem der Pathologe die Hautschwarte am Hinterkopf von einem Ohr zum anderen mit einem Skalpell durchtrennt. So kann er den oberen Teil der Kopfhaut wie eine Mütze nach vorne über das Gesicht des zu Obduzierenden ziehen.

Durch diese *Teilskalpierung* wird der hintere und obere Teil des Schädels freigelegt. Der Pathologe kann mit einer Knochensäge den Schädel öffnen und das Schädeldach wie die Schale von einem frisch geköpften Ei abheben und das Gehirn in einem Stück entnehmen.

»Die Tote lag noch nicht ewig im Wasser. Vermutlich nicht viel länger als 72 Stunden. Dafür sprechen die Hautaufschwemmungen an Händen und Füßen«, schilderte der Doc. Wie um seine Aussage zu bekräftigen, hob er die kalkweiße Hand von Regina Ehrlich leicht an. »Auch die inneren Organe sind noch nicht wesentlich vom Fischfraß befallen, lediglich ...«

»Entschuldigen Sie, Doc«, ich hob die Hände abwehrend über den Kopf, als würde er mit einer Schrotflinte auf mich zielen, »ich war dabei, als wir die Tote aus der Nordsee gefischt haben, und ich habe ständig das Bild vor Augen, wie der Toten ein Aal aus dem Mund glitt.«

»Ein Aal«, rief Doktor Tillmann begeistert. »Das ist etwas anderes. Aale nisten sich sehr gerne in Körperhöhlen ein. Haben Sie die Blechtrommel gesehen? Da haben die Leute in der Kriegszeit mit einem Pferdekopf gefischt ...«

»Doktor«, sagte ich gequält, »bitte nur die relevanten Fakten!«

»Ich wollte doch nur erklären ...«

»Die Fakten – nur die Fakten!« Meine Stimme wurde einen Ton schärfer.

Doktor Tillmann räusperte sich. Sein Adamsapfel hüpfte nervös auf und ab. »Ja, also wie gesagt – seit rund 72 Stunden – zwei, drei Stunden plus oder minus, befand sich die Tote im Wasser. Länger wahrscheinlich nicht. Ich habe Wasser in der

Lunge gefunden, folglich ist die Frau ertrunken. Das werde ich auch als offizielle Todesursache dokumentieren. Es gibt massive Haut- und Gewebeabschürfungen an den Füßen und Knien. Wahrscheinlich deshalb, weil die Tote mit dem Fischernetz über den Meeresboden gezogen wurde.« Tillmann zeigte auf die Beine der Toten, wo die offen liegenden Kniescheiben zu sehen waren.

Ich nickte zustimmend und begann, die Kacheln an der gegenüberliegenden Wand zu zählen, um nicht weiter auf die Tote schauen zu müssen.

»Ja, und dann sind da natürlich noch die üblichen Laborwerte, die ich abgenommen hatte, als die Tote eingeliefert wurde. Alles im Normbereich, nur der Alkoholspiegel ...«, Tillmann machte eine Kunstpause und wiegte den Kopf auf seinem langen Hals hin und her. »Die Dame hatte ganz schön getankt – 3,6 Promille!«

»Oder wurde betankt«, sagte ich aus einer plötzlichen Eingebung heraus.

Ich musste bei dem Begriff *betankt* an den Tankwart denken, der mir bei meinem letzten Besuch an meiner Stammtankstelle begeistert erzählt hatte, wie gern seine Kunden den neuen Tankservice nutzen, um ihren Wagen betanken zu lassen: ganz so wie früher, als es noch keine Selbstbedienung an den Tankstellen gab.

»Vermuten Sie ...?« Tillmann sah mich skeptisch an.

»Möglicherweise«, sagte ich verhalten. »Im Moment ist es nur eine Idee. Es gibt keine Beweise, und es gibt auch keine Verdächtigen. Es gibt Zeugen, die die Tote in Begleitung ihres Freundes von einer Konferenz haben kommen sehen – und zwar nüchtern.«

Ich wies mit dem Kopf zum benachbarten Obduktionstisch, der mit einem hellblauen Tuch abgedeckt war. Unter dem Tuch konnte ich die Umrisse eines menschlichen Körpers erkennen und vermutete, dass es sich um Martin Freese handelte. »Die beiden hatten etwas Geschäftliches auf Juist zu erledigen. Ich bin sicher, dass sie kein Kampftrinken veranstaltet haben!«

»Hm«, erwiderte Tillmann, während er nach einem hellblauen Tuch griff. Mit geschickten Fingern faltete er das Tuch auseinander. Ich half ihm dabei, das Leichentuch über die tote Frau zu legen.

»Wo Sie gerade von Herrn Freese sprechen«, sagte er und ging zum anderen Obduktionstisch hinüber. Er zog nicht, wie ich befürchtet hatte, das Tuch von dem Leichnam, sondern trat an einen kleinen Beistelltisch aus Chrom.

»Ihre Argumentation hat etwas für sich. Denn bei Martin Freese lag der Blutalkoholspiegel bei 0,00 Promille: kein Kampftrinken also. Und wenn die beiden ein Paar waren, wird er ja wohl nicht zugesehen haben, wie seine Partnerin sich ganz alleine die Lichter ausschießt.«

»Da stimme ich Ihnen voll und ganz zu«, antwortete ich. »Obwohl man natürlich erst einmal an Alkohol denkt, wenn jemand voll bekleidet im Hafenbecken ertrinkt.«

»Martin Freese ist nicht ertrunken.«

»Wie? Er ist nicht ertrunken?« Ich sah den Pathologen überrascht an. »Er trieb doch im Hafenbecken.«

»Nein«, wiederholte er nachdrücklich, »Martin Freese ist nicht ertrunken.«

Tillmann machte eine dramaturgische Pause.

»Er ist – erstickt!«

»Erstickt?«, echote ich. »Wie kann denn jemand ersticken und nicht ertrinken, wenn er unter Wasser ist?«

»Technisch ist das kein Problem. Allerdings handelt es sich in diesem Fall um eine sehr drastische Art und Weise.«

Doktor Tillmann vergrub die Hände tief in seinen Kitteltaschen und zog die Schultern fast bis zu den Ohren hoch.

»Jemand – ich sage jetzt bewusst nicht: ›sein Mörder‹, denn ich stelle als Gerichtsmediziner nur Fakten fest und bewerte diese nicht – hat dem armen Mann mit einer Eisenstange beide Hände zertrümmert, als er versuchte, über die Kaimauer an Land zu klettern.«

Ich sah den Gerichtsmediziner entsetzt an. In meiner beruflichen Laufbahn als Strafverteidiger war ich schon mit unglaublich brutalen Kapitalverbrechen konfrontiert gewesen. Eigentlich überraschte es mich nicht mehr, welche Brutalitäten und Abscheulichkeiten Menschen anderen Menschen antun können. Doch diese eiskalte und vorsätzliche Brutalität schockierte mich wieder aufs Neue.

»Martin Freese war Asthmatiker. Es wurde ein Notfallausweis bei ihm gefunden«, fuhr Doktor Tillmann fort. »Starke Schmerzen in Verbindung mit einem Schock können in seinem Fall als Auslöser für einen akuten und lebensbedrohenden Asthmaanfall als gesichert angenommen werden. Mit seinen zertrümmerten Händen konnte Martin Freese kein Asthmaspray benutzen. Wahrscheinlich hatte er sowieso keins dabei. Wir haben weder Dosieraerosol noch Inhalator in den Taschen des Toten gefunden.«

Der Gerichtsmediziner versuchte, mit der Hand sein Haar glatt zu streichen, was ihn aussehen ließ, als habe er versehentlich in eine Steckdose gegriffen.

»Aber jemand anderes hatte ein Asthmaspray dabei. Ich gehe momentan davon aus, dass derjenige, der dem Toten die Hände zertrümmert hat, ihm auch den Inhalator mit dem Asthmaspray an die Lippen hielt.«

Tillmann hatte die Hände mittlerweile fast bis an die Ellbogen in seinen Kitteltaschen vergraben. Offensichtlich war der Gerichtsmediziner doch nicht ganz so hartgesotten, wie es zuerst den Anschein hatte.

»Ein Asthmatiker, der einen akuten Asthmaanfall erleidet, befindet sich in Panik – ja, in Todesangst, und kämpft um jeden Atemzug. Der arme Kerl hat dann in seiner Todesangst die Inhalationshübe eingeatmet, die ihm besagter Jemand verabreicht hat.«

»Aber wieso das denn?«, sagte ich nachdenklich, während ich meine Gedanken ordnete. »Wenn dieser Jemand Martin Freese hat umbringen wollen, wofür die brutale Attacke mit den zertrümmerten Händen spricht, weshalb zertrümmert er ihm erst beide Hände und rettet ihm anschließend das Leben? Der Unbekannte hätte ihn doch einfach ersticken lassen können«, sagte ich und schüttelte den Kopf. »Aber das tat er nicht. Er zerschlägt ihm erst die Hände und schiebt dem Verletzten dann einen Inhalator in den Mund und lässt ihn sein Notfallmedikament inhalieren? Dann hat er ihn ja gar nicht umbringen, sondern retten wollen. Aber wieso ist Martin Freese denn dann erstickt?« Irgendwie wurde ich aus dem Ganzen nicht schlau.

»Deshalb.« Der Pathologe hielt ein kleines verstöpseltes Plastikröhrchen gegen das Licht und schüttelte es.

Ich kniff die Augen zusammen und benötigte einen Moment, um zu realisieren, was Doktor Tillmann mir gerade vors Gesicht hielt. Die kleinen gelbschwarzen Körper waren zwar nass und verklebt, jedoch bei genauem Hinsehen ohne jeden Zweifel zu erkennen.

Es handelte sich um zwei tote Wespen.

»Diese beiden Wespen habe ich bei der Obduktion aus Martin Freeses Luftröhre geholt. Eine weitere Wespe hatte er vollkommen aspiriert. Ich fand sie in seiner Lunge«, fuhr Doktor Tillmann mit ausdrucksloser Stimme fort.

Er griff nach einem zweiten Reagenzglas und hob es hoch. Mein Blick wechselte zwischen den beiden Glasröhrchen hin und her. Gleichzeitig versuchte ich, das eben Gehörte zu verstehen.

»Ich habe zwar schon die unglaublichsten Dinge bei Obduktionen erlebt. Jedoch von solch einer Todesart habe ich auch noch nie gehört, geschweige denn sie je selbst erlebt.« Doktor Tillmann stellte die Reagenzgläser zurück in einen Halter. »Am häufigsten kommt eine Bolusaspiration, also das Einatmen oder Ansaugen von Fremdkörpern, bei älteren Säuglingen oder Kleinkindern vor. In einem gewissen Alter stecken die lieben Kleinen ja alles in den Mund. Doch auch ältere Menschen *verschlucken* sich öfter mal und bekommen was *in den falschen Hals*. Meist können die Fremdkörper oder Flüssigkeiten aus eigener Kraft abgehustet werden. Gelingt das nicht, besteht die Gefahr, zu ersticken, entweder an dem betreffenden Fremdkörper selber oder am Erbrochenen. Man denke nur an Elvis Presley.« Tillmann schüttelte traurig den Kopf.

»Aber wieso hatte Martin Freese drei Wespen in Luftröhre und Lunge?«, fragte ich entgeistert. Ich kapierte nicht, wie die Wespen in die Luftröhre und Lunge des Toten hineingeraten waren.

»Offenbar hat der Unbekannte eine Situation herbeiführen wollen, in der er dem wehrlosen Martin Freese ein Asthmaspray verabreichen konnte. Ein Notfallmedikament – ein Asthmaspray, in dessen Inhalationsgehäuse drei wild gewordene Wespen eingesperrt waren.«

Tillmann fuhr sich mit den Händen durch seine Endzeitfrisur, als würden seine eigenen Worte die karottenfarbigen Haare zu Berge stehen lassen.

»Wenn ein Asthmatiker Luftnot oder noch schlimmer, einen akuten Asthmaanfall hat, greift er nach seinem lebensrettenden Inhalator. Er entfernt die Schutzkappe und sprüht sich das unter Druck stehende Notfallmedikament direkt in den Mund. Gleichzeitig nimmt er zwei oder drei tiefe Atemzüge. Im Fall von Martin Freese befanden sich allerdings in dem Inhalator drei auf engstem Raum eingesperrte Wespen, die durch das Schütteln noch aggressiver gemacht wurden, als sie ohnehin schon waren.«

Jetzt war bei mir endlich der Groschen gefallen.

»Die Inhalation mit dem Asthmaspray war für Martin Freese absolut tödlich«, sagte Tillmann. »Ich habe die Wespen untersucht, allen drei fehlte der Stachel. Das heißt, alle drei Wespen haben Martin Freese in Luftröhre und Lunge gestochen. Das konnte ich zweifelsfrei an den drei Einstichstellen feststellen, die ich gefunden habe. Da es sich in diesem Bereich um sehr empfindliches Gewebe handelt, ist die Luftröhre innerhalb von Sekunden so stark zugeschwollen, dass sie gewissermaßen luftdicht versiegelt worden ist. Deshalb ist Martin Freese erstickt und nicht ertrunken. Er konnte weder ein- noch ausatmen, folglich konnte auch kein Wasser in die Lunge gelangen. Hinzu kommt, dass er laut dem Notfallausweis unter einer hochgradigen Wespenallergie litt. Jeder Wespenstich – es hätte nicht unbedingt die Luftröhre sein müssen – war für ihn eine lebensbedrohliche Gefahr und hätte sofort notärztlich behandelt werden müssen. Mit ziemlicher Sicherheit wäre er sonst an einem allergischen Schock gestorben.«

Ich starrte den Gerichtsmediziner mit offenem Mund an. Eine solche Kaltblütigkeit und Raffinesse war mir in meinen gesamten Berufsjahren als Anwalt bisher nicht begegnet.

»Da ist *Jemand* wohl richtig auf Nummer sicher gegangen«, erkannte ich grimmig. »Und dieser *Jemand* muss Martin Freese sehr gut gekannt und offenbar auch gewusst haben, dass er Asthma hatte und welches Medikament er einnahm.«

»Nicht zwingend«, Tillmann schüttelte den Kopf. »Diese Asthmasprays sind im Grunde alle gleich. Sie haben fast alle den gleichen Wirkstoff. Im Fall eines akuten Asthmaanfalls greift der Betreffende in seiner Todesangst nach jedem Inhalator, den man ihm in diesem Moment hinhält.«

»Wenn dieser *jemand* auch noch wusste, dass Martin Freese eine Wespenallergie hatte, wird die Raffinesse dieses vorsätzlich geplanten Mordes nur noch durch die Grausamkeit seiner Durchführung übertroffen«, sagte ich leise.

Tillmann wollte etwas einwenden, aber ich ließ mich nicht unterbrechen und spann meinen Gedanken laut fort.

»Keine Frage, dass es sich hier um vorsätzlichen Mord handelt. Da versucht ein Mann, aus dem Hafenbecken zu klettern, nachdem er es überhaupt geschafft hat, Land zu erreichen. Und jemand zertrümmert diesem armen Schwein mit einer Metallstange beide Hände. Schmerz und Schock lösen bei dem Opfer einen akuten Asthmaanfall aus. Der Mörder hält seinem Opfer, das kurz vorm Ersticken ist, ein Asthmaspray hin. Voller Todesangst inhaliert das Opfer das Medikament und atmet damit drei wild gewordene Wespen ein, die ihm sofort in Luftröhre und Lunge stechen. Das sind zwei, nein, drei sichere Todesarten.« Ich hielt drei Finger in die Luft und starrte den Pathologen fassungslos an. Zynischer und kaltblütiger geplant kann man sich einen Mord kaum noch vorstellen.

Doktor Tillmann nickte bedächtig. »Einmal Tod durch Ersticken. Wenn das nicht geklappt hätte, wäre der arme Teufel aufgrund seiner Allergie an einem anaphylaktischen Schock gestorben. Und wenn das auch fehlgeschlagen wäre, hätte er es mit seinen zertrümmerten Händen nicht geschafft, auf die Mole zu klettern. Er wäre wieder ins Hafenbecken gestürzt und dort ertrunken!«

»Da hat jemand großen Hass gehabt – einen Mordshass.« Ich sah zu den beiden leblosen Körpern hinüber, die sich unter den Leichentüchern abzeichneten.

Junge Menschen, die mitten im Leben standen; die geatmet, gelacht und einander geliebt hatten. Jetzt lagen sie kalt und leblos nebeneinander in der Leichenhalle.

In diesem Moment flogen die Schwingtüren auf. Mit lautem Knall schlugen sie gegen die Wand. Der frischgebackene Hauptkommissar Mackensen betrat dicht gefolgt von Oberkommissar Hahn den Obduktionsraum.

Auch heute sah Mackensen wieder wie aus dem Ei gepellt aus in seinem marineblauen Klubblazer und den lässigen sandfarbenen Chinos. Seine Füße steckten in dunkelblauen Wildlederslippern – ohne Socken versteht sich. Auf der Nase saß die unvermeidliche Sonnenbrille. Diesmal eine übergroße Designerbrille mit schwarzem Horngestell.

Hahn konnte man ob so viel Schönheit glatt übersehen in seiner üblichen ausgebeulten Cordhose und der beigefarbenen Windjacke. Nur hatte er diesmal den dunkelbraunen Rollkragenpullover gegen einen hellbraunen ausgetauscht.

Mackensen schlenderte gelangweilt an den Obduktionstischen vorbei. Er warf einen flüchtigen und blasierten Blick auf die mit Leichentüchern bedeckten Toten.

»Guten Morgen, die Herren«, begrüßte Hahn uns.

»Moin«, erwiderten wir ohne große Begeisterung.

»Schau an, schau an.« Mackensen sah uns über den Rand seiner Sonnenbrille hinweg provozierend an. »Wen haben wir denn da? Ronald McDonald und den Rächer der ostfriesischen Wasserleichen?«

»Und wer kommt uns da besuchen?«, konterte ich mit zuckersüßer Stimme. »Puck, die Stubenfliege!«

Ich grinste mal wieder mein eigenes Spiegelbild an, das sich in den Gläsern seiner riesigen Sonnenbrille reflektierte. Mackensens Grinsen gefror ihm im Gesicht.

Hahn sah irritiert zwischen uns hin und her und sagte lieber nichts. Einen Moment lang war es peinlich still im Obduktionssaal.

»Sie möchten sich sicherlich über die Obduktionsergebnisse von Regina Ehrlich und Martin Freese informieren«, unterbrach Doktor Tillmann das eisige Schweigen.

»Ja, das wäre nett«, sagte Hahn schnell.

»Nein, natürlich nicht«, antwortete Mackensen ironisch. »Wir sind nur vorbeigekommen, um unserem Staranwalt zu seinen Fantastereien zu gratulieren. Unser Klugscheißer hat mit seinen Spinnereien sogar die Staatsanwältin eingewickelt.«

»Danke für die Blumen«, entgegnete ich spöttisch. »Aber für das Genre Fantasy sind doch eigentlich Sie zuständig. Mit Ihren fantasievollen Interpretationen von Todesursachen haben Sie Ihre Akten ja immer schnell vom Tisch. Dann haben Sie Zeit und können sich den wesentlichen Dingen des Lebens zuwenden – den aktuellen Modetrends und der brennenden Frage, was trägt der Herr im Frühling?«

»Vorsicht, Freund«, zischte Mackensen und stand mit zwei schnellen Schritten so dicht vor mir, dass kein Blatt Papier mehr zwischen uns gepasst hätte.

Mackensen hatte sich so dicht vor mir aufgebaut, dass ich seinen Mentholatem und sein Eau de Toilette riechen konnte – *Boss* natürlich, was sonst?

Ich wich keinen Millimeter zurück. Allerdings fand ich es mehr als ärgerlich, dass ich zu meinem Gegenüber um einen halben Kopf aufschauen musste, um ihm in die Augen zu blicken.

»Ich bin nicht Ihr Freund«, sagte ich mit rasiermesserscharfer Stimme. »Und ich bezweifle stark, dass wir jemals Brüderschaft trinken werden.«

Wir starrten einander schweigend an.

»Tja, was die Obduktionsberichte anbelangt, muss ich Sie auf heute Nachmittag vertrösten«, unterbrach Doktor Tillmann das feindselige Schweigen und versuchte, die Konfrontation in sachliche Bahnen zu lenken. »Ich kann Ihnen nur eine vorläufige Einschätzung geben.«

Mackensen stand mir noch immer so dicht gegenüber, dass ich seinen Atem im Gesicht spürte.

Er sah mich unbewegt an, als er zum Doktor sagte: »Und – was hat die Trulla gekippt, bevor sie über Bord gefallen ist?«

»Mensch, Folkert!« Hahn packte Mackensen am Oberarm und zog ihn von mir weg. »Lass jetzt gut sein!«

»Wieso denn?«, fauchte er. Mit einem Ruck schüttelte Mackensen die Hand seines Kollegen ab und baute sich wieder drohend vor mir auf.

»Wir wollen doch nur ganz genau wissen, was die Tante so alles getrunken hat, bevor sie mit 3,6 Umdrehungen in die Nordsee gefallen ist.«

»Entschuldigen Sie bitte«, versuchte Hahn einzulenken und warf mir einen hilflosen Blick zu.

»Hier braucht sich niemand zu entschuldigen.« Mackensen wurde jetzt laut. »Außer – ja, Perry Mason vielleicht? Ja genau«, er nickte heftig, während er mit dem Kopf auf mich deutete, »denn wenn ich es mir recht überlege, muss sich unser Staranwalt bei uns entschuldigen. Nämlich dafür, dass er uns mit seinen Fantastereien unsere kostbare Zeit stiehlt und wir einen bereits abgeschlossenen Fall wieder neu aufrollen müssen. Im Gegensatz zu unserem Rechtsverdreher hier haben wir nämlich keine Langeweile.«

Offenbar hatte sich Mackensen, der ansonsten eine betonte Lässigkeit pflegte, in Rage geredet. An dem Gespräch mit der Staatsanwältin hatte sein Ego wohl noch schwer zu kauen.

»Was machen Sie denn eigentlich sonst so den ganzen Tag, Herr Anwalt?« Mackensen ließ nicht locker und hatte es jetzt ganz offensichtlich darauf angelegt, mich zu provozieren. »Kleine

Abziehbildchen mit Totenköpfen und Engelchen pinseln? Oder tätowieren Sie lieber Matrosen bunte Anker und kleine Herzchen auf ihre faltigen Ärsche? Ist doch irgendwie der Karrieregau für einen Advocatus Maximus.« Höhnisch grinste er mich an.

»Nein, überhaupt nicht«, sagte ich vollkommen ruhig. »Es ist kein großer Unterschied, ob ich auf einen faltigen Arsch einen Anker tätowiere oder mich mit einem frustrierten Arsch im Gerichtssaal abgebe, der von seiner Staatsanwältin einen Einlauf wegen fachlicher Insuffizienz bekommen hat – Arsch bleibt Arsch!«

Ich sah Mackensen spöttisch an, der mit geballten Fäusten wie versteinert vor mir stand. Demonstrativ langsam drehte ich den beiden Kommissaren meinen Rücken zu. Die Stille im Obduktionssaal wurde nur durch das leise Brummen der Kühlaggregate unterbrochen.

Doktor Tillmann, der dem verbalen Schlagabtausch mit halb offenem Mund zugehört hatte, sah mich verdattert an.

»Ich muss jetzt los«, wandte ich mich an den Pathologen. »Wenn Ihnen die Laborberichte vorliegen, würde ich mich freuen, wenn Sie mich anrufen würden.« Ich reichte Tillmann meine Visitenkarte.

»Wird gemacht.« Er nickte mir mit verschwörerischem Blick zu.

Ich reichte dem Gerichtsmediziner zum Abschied die Hand, er erwiderte mit kräftigem Händedruck. Ohne die beiden Kripobeamten eines Blickes zu würdigen, verließ ich den Obduktionssaal.

17

Als ich daheim ankam, war es bereits später Nachmittag. Vor meiner Haustür stand Thyras Käfer. Auf der Türschwelle lag Motte in voller Pracht wie ein überdimensionaler Kältestopper. Als mein Hund mich bemerkte, wobei es mich verwunderte, dass er mich überhaupt bemerkte, setzte er sich verschlafen auf und wedelte müde mit dem Schwanz. Ich kraulte ihm den Kopf und schaute zu Thyras Käfer hinüber – meine Tochter war wieder da!

Ich merkte, wie ich nervös wurde, und nahm mir vor, diesmal nicht so blöd wie gestern zu sein und Thyra alberne Vorwürfe zu machen. Motte trottete hinter mir her, als ich ums Haus ging, wo ich meine Tochter vermutete.

Ich hatte richtig getippt. Thyra hatte es sich in meinem Strandkorb bequem gemacht und ließ gerade eine Zigarettenkippe in eine leere Coladose fallen, die sie offenbar als Aschenbecherersatz nutzte.

Als sie mich sah, stand sie wortlos auf und kam auf mich zu. Sie blieb dicht vor mir stehen und sah mich schweigend an. Dann legte sie ihre Arme um meinen Hals.

»Hallo, Papa!«

»Moin, Kleines«, erwiderte ich und zog sie ganz fest an mich.

Meine Tochter! Sie legte ihren Kopf an meine Schulter. Eine warme Welle väterlicher Gefühle durchströmte mich, und ich merkte, dass sich in meinem Hals schon wieder ein Kloß bildete. Verdammte Heulerei!

Eine ganze Weile standen wir einfach nur so da. Ich merkte, wie Thyras Schultern zu zucken begannen.

»Alles ist gut, jetzt ist alles gut.« Zärtlich strich ich meiner Tochter übers Haar.

»Ich wollte doch schon so lange zu dir kommen«, brach es aus ihr heraus. »Ich habe mich nur nicht getraut.«

Offenbar quälte Thyra sich mit Schuldgefühlen herum, weil sie jetzt erst den Kontakt zu mir gesucht hatte. Sie hatte aber doch wahrlich keinen Grund, sich ein schlechtes Gewissen einzureden. Eher hätte ich mich in meinen Bemühungen, mein Kind zu sehen, noch mehr anstrengen müssen. Ich hätte sie noch intensiver suchen müssen. Wenn ich gewusst hätte, dass Thyra in Irland lebt, hätte ich diese verdammte Insel zu Fuß abgesucht!

»Wieso denn nicht, um Gottes willen? Du hast nun wirklich keinen Grund, ein schlechtes Gewissen zu haben.«

»Ich wusste doch die ganze Zeit über, dass ich einen richtigen Vater habe. Mama hat mich nie angelogen und hat auch nie schlecht über dich gesprochen. Ich habe mir immer ausgemalt, wie es wäre, wenn du bei mir wärst«, sagte Thyra mit tränenerstickter Stimme und zog geräuschvoll die Nase hoch. »Aber wir lebten doch in Irland, und du warst so weit weg. Und irgendwie hatte ich immer Angst ... ich meine ... ich habe immer gedacht, du bist auf Mama böse, weil sie dich damals verlassen hatte. Und ich dachte, dass du deshalb auch böse auf mich bist und mich gar nicht sehen willst.« Meine Tochter hob den Kopf und sah mich aus tränennassen Augen an. »Ich habe mich die ganze Zeit nicht getraut!«

Thyras Worte trafen mich wie ein Stich ins Herz. Sie hatte also wirklich von meiner Existenz gewusst, so wie Susanne es mir damals versprochen hatte.

Und sie hatte mich nicht vergessen, wie ich die ganzen Jahre angenommen hatte!

Ich selber bin ein Scheidungskind. Mein Vater hat meine Mutter verlassen, als ich fünf Jahre alt war. Mein Leben lang bin ich meinem Vater hinterhergerannt, habe seine Nähe und seine Liebe gesucht.

Aber da war nichts, keine Nähe, keine Liebe, kein Interesse.

Mein Vater interessierte sich für seine Autos und seine Nutten, die er regelmäßig in der *Mon Cherie Bar* in Duisburg Hochfeld aufsuchte.

Ich war meinem Vater einfach nur scheißegal.

Ich glaube, es ist für einen kleinen Jungen leichter zu ertragen, gehasst zu werden, als bei dem Menschen, dem er seine Liebe entgegenbringt und von dem er geliebt werden will, auf pure Gleichgültigkeit und Interesselosigkeit zu stoßen. Neunundzwanzig Jahre lang hatte ich deshalb in dem Glauben gelebt, dass ich meiner Tochter ebenfalls gleichgültig bin.

Mein Unterbewusstsein hatte die Gefühle, die mein Vater für mich nicht hatte, und den Hass und die Enttäuschung, die ich gegenüber meinen Vater verspürte, auf die Beziehung zwischen Thyra und mich projiziert.

Und jetzt hielt ich meine Tochter in den Armen. Ich hörte und spürte, dass sie ihr Leben lang die gleiche Sehnsucht gehabt hatte wie ich. Ich hatte das Gefühl, an dem Kloß, der sich in meinem Hals gebildet hatte, zu ersticken.

»Ich bin dir nicht böse, Kleines – ich war dir nie böse«, brachte ich mühsam hervor. »Deiner Mutter war ich auch nicht böse. Deine Mutter hat sich halt einfach in einen anderen Mann verliebt. Und dafür, dass sie den Mann, den sie liebt, auch geheiratet hat, kann ihr niemand einen Vorwurf machen. Es war nur nicht gut, dass dein Stiefvater den Kontakt zwischen uns verboten hat.« Ich sah meine Tochter liebevoll an.

»Ja, ich weiß.« Sie zog wieder geräuschvoll die Nase hoch. »Als ich älter wurde, hatte ich noch immer Angst, dass du böse auf mich bist. Trotzdem habe ich meinen Stiefvater gebeten, dir schreiben zu dürfen. Heimlich konnte ich es nicht, weil ich als Kind deine Adresse nicht hatte. Aber er hat es mir immer verboten, und Mama hat nie etwas dazu gesagt. Und als ich älter war, da hatte ich Freunde, und dann habe ich Sean kennengelernt und ...«, sie verstummte.

»Und da haben sich die Prioritäten verschoben«, sagte ich verständnisvoll. »Du warst verliebt und hattest andere Dinge im

Kopf als deinen alten Herrn, den du noch nie gesehen hattest. Mach es dir nicht so schwer, das ist doch vollkommen normal.«

»Ich wollte mit Sean nach Deutschland kommen, aber dann ist das mit seinem Unfall passiert.« Ich konnte Thyra kaum noch verstehen, so leise sprach sie. »Ich habe lange gebraucht, bis ich überhaupt realisiert habe, dass er tot ist und nicht mehr zu mir zurückkommt.«

»Das mit Sean tut mir sehr leid. Ich hätte ihn gerne kennengelernt.«

»Ihr hättet euch bestimmt gut verstanden.«

»Ich wollte dir gestern auch keine Vorwürfe machen«, entschuldigte ich mich. »Du bist nur so überraschend aufgetaucht. Meine Gefühle haben sich einfach überschlagen. Deshalb habe ich dummes Zeugs geredet. Das war egoistisch und falsch von mir, entschuldige bitte.«

»Ist schon in Ordnung. Und so egoistisch war das doch gar nicht. Ich verstehe doch, dass du durcheinander bist, wenn ich so plötzlich vor dir stehe.« Thyra fuhr sich mit dem Jackenärmel über die Nase. Ich zog ein Taschentuch aus meiner Hosentasche und wischte meiner Tochter die Tränen ab. Eine väterliche Geste, wie sie Millionen Väter tagtäglich bei ihren Kindern machen – allerdings sind deren Kinder meist keine neunundzwanzig Jahre alt.

Thyra schniefte noch einmal geräuschvoll. »Sorry«, sagte sie und lachte unbeholfen. »Eigentlich wollte ich ja gar nicht heulen.«

»Ich auch nicht, klappt nur nicht immer«, grinste ich schief.

»Wir sind wohl beide ein paar ziemliche Sturköpfe.« Thyra lachte und gab mir einen Kuss auf die Wange und drückte ihre Wange an meine.

»Oh, Entschuldigung! Ich wollte nicht stören!«

Erschrocken fuhren Thyra und ich zusammen, als wir plötzlich eine Stimme hinter uns hörten. Wir drehten uns gleichzeitig um. Vor uns stand Eva Ehrlich und sah uns mit unbewegtem Gesichtsausdruck an.

Sie sah wieder atemberaubend aus in den engen, weißen Jeans. Ein ebenso eng anliegendes, weißes T-Shirt betonte beeindruckend ihre wohlgeformte Oberweite.

Einen marineblauen Pullover hatte sie sich locker um die Schultern gelegt und die Ärmel vor der Brust verknotet. Sie sah aus, als sei sie auf einem Sprung vorbeigekommen, um mich zu einem Segelausflug abzuholen.

Ihr honigfarbenes Haar trug sie nach hinten gesteckt, was sie etwas streng aussehen ließ. Das lag aber auch vielleicht an ihrem momentanen Gesichtsausdruck.

»Entschuldigen Sie bitte, dass ich einfach so, ohne mich anzumelden, hier hereinplatze. Ich wollte Sie wirklich nicht stören, aber ...«, Eva warf Thyra einen kurzen Blick zu und sah mich dann an, »... ich dachte, Sie seien allein.«

»Hallo«, sagte ich erfreut darüber, Eva so unverhofft zu sehen. »Sie stören überhaupt nicht, ganz im Gegenteil! Ich freue mich sehr, Sie zu sehen!«

Thyra löste sich aus meiner Umarmung und ging auf Eva Ehrlich zu.

»Hallo, ich bin Thyra.« Sie streckte Eva zur Begrüßung die Hand entgegen. Obwohl meine Tochter freundlich lächelte, sah ich in ihren grünen Augen einen Anflug von Feindseligkeit aufblitzen. Doch vielleicht täuschte ich mich ja auch. Ein besonderer Kenner der weiblichen Psyche bin ich ja nun wirklich nicht.

»Guten Tag. Eva Ehrlich«, stellte Eva sich knapp vor und drückte Thyra kurz die Hand. Beide Frauen taxierten einander mit einem Blick, den ich nicht recht deuten konnte. Mir drängte sich unwillkürlich das Bild zweier Kartäuserkatzen auf, die einander unerwartet gegenüberstehen und sich nun argwöhnisch und mit aristokratischer Arroganz inspizieren.

Mir fiel auf, dass die beiden einander ziemlich ähnlich sahen, wie sie da voreinander standen. Eva, eine elegante Schönheit, selbstbewusst, mit sportlicher Figur und hanseatischem Chic. Thyra, eine energiegeladene und rotzfreche junge Frau in Jeans und abgewetzter Lederjacke.

Fast konnte man meinen, es stünden sich zwei Schwestern gegenüber, die große und die kleine – vielleicht war dies auch der Grund für die Spannung zwischen den beiden Frauen, die ich fast körperlich spüren konnte.

»Ich habe mich schon gefragt, wann Sie anreisen würden«, unterbrach ich die Truppeninspektion und begrüßte Eva mit einem Händedruck.

Ihre schlanke Hand fühlte sich warm und trocken an. Allerdings fiel ihr Händedruck recht kurz aus.

Nachdem sie meinen Händedruck erwidert hatte, verschränkte sie die Arme vor ihrer Brust. »Eigentlich habe ich auf Ihren Anruf gewartet«, sagte sie unterkühlt. »Ich kam zu Hause in Hamburg überhaupt nicht zur Ruhe. Ständig kreisten meine Gedanken um das Warum und Wieso. Ich habe mich gefragt, ob und was Sie bereits herausgefunden haben könnten. Von Minute zu Minute wurde ich nervöser. Da habe ich schnell ein paar Sachen in meine Tasche gepackt und bin vorhin losgefahren.«

Ich nickte verständnisvoll. »Kann ich gut verstehen, ich habe tatsächlich wichtige Neuigkeiten für Sie. Ich hätte Sie heute noch angerufen.«

Sie rollte genervt mit den Augen: »Darauf konnte ich nicht mehr warten. Außerdem ...«, Eva warf einen kühlen Seitenblick auf Thyra, »... sind Sie sicherlich mit wichtigeren Dingen beschäftigt. Bei dieser Gelegenheit möchte ich Ihnen noch recht herzlich gratulieren.«

Obwohl mein Garten im warmen Sonnenschein lag, schienen Evas Worte einen spontanen Temperatursturz ausgelöst zu haben. Ich hätte mich nicht gewundert, wenn das Radio für den Nachmittag Blitzeis und Bodenfrost angesagt hätte.

»Gratulieren, wozu?« Fragend sah ich Eva an.

»Die Dame drüben im Rettungsschuppen sagte mir vorhin, Sie seien gerade Vater geworden.«

Offenbar hatte sich mein Vaterglück schon bis in den Greetsieler Rettungsschuppen herumgesprochen. Vermutlich hatte Greta einen ihrer trockenen Witze gerissen.

»Und Ihrer jungen Frau gratuliere ich natürlich auch recht herzlich«, fügte Eva spitz hinzu und nickte kurz zu Thyra hinüber.

Einen Augenblick lang war es vollkommen still.

Niemand sagte etwas, bis Thyra spontan den Kopf in den Nacken warf und in helles Lachen ausbrach. Jetzt konnte auch ich mir ein Grinsen nicht mehr verkneifen.

»Dass Sie mir eine so junge Frau zutrauen, werte ich als Kompliment. Aber es ist nicht so, wie Sie meinen.« Ich zeigte grinsend auf Thyra. »Diese reizende, junge Dame hier ist nicht die glückliche Mutter, sondern meine Tochter.«

»Die Tochter?« Eva sah mich an, als hätte ich den Verstand verloren. »Na, dann ist sie aber schnell gewachsen«, sagte sie spöttisch.

»Eine Art verspätete Familienzusammenführung«, versuchte Thyra das Missverständnis aufzuklären. »Ich habe meinen Vater gestern zum ersten Mal gesehen.«

Eva blickte irritiert zwischen uns hin und her. Ihre Augen blieben an Thyras Grübchen am Kinn hängen. Dann sah sie mich mit zusammengekniffenen Augen an. Ihr Blick wanderte zu meinem Grübchen und sie murmelte: »Verstehe.«

Da ich im Moment nicht auf die näheren Umstände eingehen wollte, die Thyra und mich ein halbes Leben lang getrennt hatten, wechselte ich rasch das Thema und wandte mich an meine Tochter.

»Die Schwester von Frau Ehrlich ist auf tragische Weise ums Leben gekommen. Frau Ehrlich hat mich gebeten, einige Erkundigungen einzuholen«.

»Was ist passiert?« Thyra sah mich fragend an.

»Genau das wissen wir ja nicht.« Eva gab sich immer noch zugeknöpft. Ihre Arme hielt sie weiterhin vor der Brust verschränkt.

»Sie müssen nichts sagen, wenn Sie nicht wollen. Es ist nur ... ich habe auch vor Kurzem einen Menschen verloren, den ich über alles liebte – ich kann Sie gut verstehen.« Thyras Stimme klang zerbrechlich, als sie das sagte.

»Das tut mir leid.« Evas Gesichtsausdruck entspannte sich leicht, und sie wirkte etwas weniger abweisend, als sie fragte: »Wen haben Sie denn verloren?«

»Den Mann, der mir unmittelbar vor seinem Tod einen traumhaften Heiratsantrag gemacht hat.«

Eva sah Thyra schweigend an. Auf ihrem Gesicht zeichnete sich Betroffenheit ab.

»Ich glaube, wir können jetzt alle eine gute Tasse Tee vertragen«, unterbrach ich das Schweigen. Ich wartete eine Antwort gar nicht erst ab, sondern machte mich auf den Weg in die Küche, um Teewasser aufzusetzen. Im Vorbeigehen strich ich meiner Tochter kurz über den Rücken und legte Eva ebenso kurz meine Hand auf die Schulter. Obwohl Thyra so offen und direkt über Seans Tod sprach, bedrückte mich ihr Verlust sehr. Ich hätte meinen Schwiegersohn gerne kennengelernt.

Während das Teewasser leise zu summen begann, schaute ich aus dem Fenster hinaus in den Garten. Thyra und Eva boten einander gerade gegenseitig Feuer an. Als ihre Zigaretten brannten und sie ein paar tiefe Züge inhaliert hatten, schienen die beiden Frauen sich zu entspannen.

Da ich den beiden ausreichend Gelegenheit geben wollte, in Ruhe miteinander über ihre persönlichen Verluste zu reden, bereitete ich den Tee nach altem friesischem Ritual zu.

Naturgemäß dauert die friesische Art, Tee zuzubereiten, länger, als nur heißes Wasser über einen Teebeutel laufen zu lassen. Der friesischen Auffassung nach hängen sich Teebeutel sowieso nur Touristen und Ignoranten in ihre Teekannen.

Bei uns in Ostfriesland nimmt man dagegen gerne lose friesische Teemischungen, deren Mischungsverhältnis ein gut gehütetes Geheimnis der Hersteller ist.

Als Erstes wird sprudelndes Wasser in eine Teekanne aus Porzellan eingefüllt und verbleibt dort einige Minuten. So wird das Porzellan angewärmt und der Tee bleibt länger warm.

In der Zwischenzeit wird die gewünschte Teemischung in eine sogenannte Aufgusskanne gegeben, die ebenfalls aus Porzellan besteht. Mit sprudelndem Wasser wird der Tee zuerst kurz an- und dann aufgebrüht. Die Ziehzeit ostfriesischer Blatt- oder Brokenmischungen beträgt in aller Regel fünf Minuten.

Der fertig gezogene Tee wird auf einem Stövchen warm gehalten.

Der dampfende, aromatische Inhalt der Teetasse wird als Tassenfarbe bezeichnet. Diese Farbe variiert je nach Teesorte und Mischungsverhältnis.

Ostfriesen bevorzugen eine dunkle, würzige Tassenfarbe.

Ein Stückchen Kluntje, womit wir in Ostfriesland große, weiße Kandisklumpen bezeichnen, wird in die Tasse gelegt. Wenn das Kluntje beim Einschenken leise knackt, ist die Welt in Ordnung.

Mithilfe eines kleinen, speziellen Sahnelöffels wird ungeschlagene Sahne in die Teetasse gegeben. Dazu wird der Sahnelöffel von innen an den Tassenrand gelegt, damit die Sahne langsam in den Tee einlaufen kann. Die Fließrichtung des frisch eingegossenen Tees zieht die Sahne mit sich. Während die Sahne eine Innenrunde in der Teetasse absolviert, bildet sie eine zarte und verführerische Sahnewolke.

Als weltoffenes Volk verzeihen die Ostfriesen einem so manches. Unverzeihbar für einen Friesen ist es jedoch, wenn jemand seinen Tee mit dem Löffel umrührt. Das käme einem Frevel gleich.

Das Geschmackserlebnis des ostfriesischen Tees liegt im Genuss der drei Schichten, die sich in der Tassenfarbe bilden. Als Erstes wird der Duft – die Blume – des Tees eingeatmet und das würzige und kräftige Teearoma in kleinen Schlucken genossen. Dann verwöhnt der zarte Sahnegeschmack die Geschmacksknospen. Mit den letzten Schlucken sorgt die Süße des Kluntjes für einen krönenden Abschluss, die antiproportional zunimmt, je mehr der Inhalt der Teetasse abnimmt.

Eine in dieser Form zubereitete *lecker Koppke* Tee streichelt die Sinne, beruhigt und entschleunigt die Seele: also genau das, was wir drei im Moment brauchten.

Ich legte noch ein paar selbst gebackene Vollkornkekse auf einen kleinen Teller, dann machte ich mich mit dem vollbepackten Tablett auf den Weg zurück in den Garten. Thyra und Eva sahen entspannt aus. Offensichtlich hatten die beiden Damen einen Burgfrieden geschlossen.

Nachdem ich uns allen Tee eingegossen hatte und die Kluntjes in unseren Tassen knisterten, begann ich, Eva von meinen Recherchen der letzten Tage zu berichten. Vorher hatte ich sie natürlich um Erlaubnis gefragt, ob ich im Beisein meiner Tochter offen und ausführlich sprechen durfte.

Thyra hatte von sich aus darauf hingewiesen, dass sie zwar beim Rundfunk als Moderatorin arbeitet, aber nicht beabsichtigte, das Gehörte beruflich zu verwenden. Eva war einverstanden, und ich berichtete ausführlich und in allen Details von den Fakten, die ich ermittelt hatte.

Als ich von der Konferenz im Kurhaus auf Juist berichtete, zog ich die Teilnehmerliste hervor, die ich von der Rezeptionistin erhalten hatte. Evas Blick fiel auf die Namensliste. Sie fuhr hoch und tippte energisch auf das Papier.

»Das ist doch Reginas Firma – das ist die BIO NOUN AG.«

Ich nickte zufrieden. Da hatte ich ganze Arbeit geleistet. Jetzt fehlte nur noch eine eventuell berufliche Verbindung zwischen Martin Freese und Evas Schwester.

Aber nun kam der schwierige Teil unseres Gesprächs. Ich wollte wissen, warum Eva mir gegenüber die private Verbindung zwischen den beiden nicht erwähnt hatte. Beiläufig bemerkte ich, dass es mittlerweile eine zweite Wasserleiche gab.

»Sein Name ist Martin Freese.« Während ich den Namen nannte, fixierte ich Eva. Ich glaubte, ein leichtes Zucken in ihrem Gesicht zu sehen. Doch es war nahezu unsichtbar und konnte auch reine Einbildung von mir gewesen sein.

Eva sah mich mit ihren blauen Augen so unverblümt an, dass ich mich wohl getäuscht hatte. »Martin Freese, wer soll das sein?«

»Ich dachte, das können Sie mir sagen«, entgegnete ich. »Laut der Angaben mehrerer Zeugen waren Ihre Schwester und Martin

Freese ein Liebespaar. Ein Zeuge hat ausgesagt, dass die beiden vorgehabt hatten, zu heiraten. Hat Ihre Schwester Ihnen denn nichts von diesem Mann erzählt?«, fragte ich eindringlich und sah sie dabei scharf an.

Evas Gesichtsfarbe nahm einen wächsernen Farbton an. Sie schluchzte auf und schüttelte vehement ihren Kopf. »Nein, davon hat sie mir nichts erzählt«, sagte sie dann mit leiser Stimme. »Das kann doch gar nicht sein! Und jetzt beide tot …«, ungläubig schaute sie mich an, knetete dabei wortlos ihre Hände.

Ich machte eine Pause, um ihr Gelegenheit zu geben, das Gehörte zu verarbeiten. Erst als ich das Gefühl hatte, dass Eva sich wieder so weit gefasst hatte und weitere Einzelheiten verkraften konnte, fuhr ich fort. Ich erläuterte gewissenhaft die Todesumstände von Martin Freese. Eva und Thyra waren von der Brutalität und Kaltblütigkeit vollkommen schockiert, mit der die oder der Täter bei Martin Freese vorgegangen war oder waren. Anschließend erläuterte ich sorgfältig meine Schlussfolgerungen aus den neuen Erkenntnissen.

»Wie war das Gespräch mit der Staatsanwaltschaft?«, fragte Eva gespannt.

»Ich konnte die Staatsanwältin von einer Wiederaufnahme der Ermittlungen überzeugen«, antwortete ich und fasste mein Gespräch mit Frau Doktor Lenzen kurz zusammen. Zum Schluss meiner Ausführungen berichtete ich von meinem Zusammenstoß mit Hauptkommissar Mackensen.

»Was für ein Arsch!«, entfuhr es Thyra spontan.

Ich nickte beipflichtend und goss mir noch eine Tasse Tee ein. Dann lehnte ich mich in meinem Gartenstuhl zurück und streckte meine Beine weit von mir. Eine ganze Weile hingen wir schweigend unseren Gedanken nach.

»Es ist schrecklich und kaum auszuhalten, diese brutalen und schockierenden Details zu hören«, sagte Eva leise. »Aber das Schlimmste ist für mich die Erkenntnis, dass meine Schwester offenbar eine ernsthafte Beziehung zu einem Mann gehabt hatte und mir nichts davon gesagt hat. Das verstehe ich einfach nicht.

Wir standen uns doch so nah. Wir hatten doch nur uns und haben einander doch immer alles erzählt. Es fällt mir sehr schwer, zu akzeptieren, dass Regina Geheimnisse vor mir gehabt haben soll – das ist das Schmerzlichste, was ich heute gehört habe. Das muss ich erst einmal verdauen. Trotzdem möchte ich Ihnen von ganzem Herzen danken, dass Sie in so kurzer Zeit so viel in Erfahrung gebracht haben. Es gibt mir Kraft, dass die Polizei ihre Ermittlungen wieder aufnehmen muss.« Evas Augen starrten ins Leere, während sie sprach.

Das Klingeln meines Handys enthob mich einer Antwort und bewahrte mich vor peinlichen Verlegenheitsfloskeln.

»De Fries«, meldete ich mich.

»Doktor Tillmann hier. Sie erinnern sich?«

»Na klar, Doc!«

»Die Laborergebnisse liegen vor!«

»Moment bitte«, ich deckte das Handy mit der Hand ab. »Das ist der Gerichtsmediziner. Die Laborergebnisse sind eingetroffen.«

Eva und Thyra sahen mich gespannt an.

»Ich höre.«

»Tja, also ... wie ich schon sagte – der Blutalkoholspiegel bei Regina Ehrlich war mit 3,6 Promille ziemlich hoch. Die sonstigen Werte sind eher unauffällig. Allerdings – die Abstriche ...«, der Pathologe ließ seinen Satz unausgesprochen in der Luft hängen.

»Welche Abstriche?«

»Die üblichen Abstriche, die routinemäßig vorgenommen werden, um zu überprüfen, ob es prämortal oder postmortal zu sexuellen Aktivitäten gekommen ist.«

Ich verstand. Das übliche Prozedere.

»Und, ist es?«

»Ja.«

»Das heißt aber nichts«, gab ich zu bedenken.

Manfred Bendix, der Inselpilot, hatte mir erzählt, dass Regina Ehrlich und Martin Freese sehr verliebt miteinander umgegangen waren. Da lagen sexuelle Aktivitäten selbstverständlich nahe.

»Grundsätzlich nicht«, stimmte mir der Pathologe zu. »Aber – und jetzt kommt das große Aber: Ich habe Spermien von drei verschiedenen Männern gefunden!«, der Pathologe machte eine dramatische Pause, bevor er die Pointe raushaute. »Und das Sperma von Martin Freese war nicht dabei!«

»Wie bitte?« Ich fuhr senkrecht von meinem Stuhl hoch. »Sagen Sie das noch mal!«

»Die Tote hatte kurz vor ihrem Tod sexuellen Kontakt mit drei verschiedenen Männern. Ob gleichzeitig oder nacheinander, kann ich nicht sagen. Aber ich habe an allen drei Abstrichstellen Spermaspuren nachweisen können.« Doktor Tillmann hüstelte verlegen. »Oral, vaginal und rektal.«

Ich war wie vor den Kopf geschlagen. Das konnte doch nicht möglich sein. Mir hatten zwei glaubwürdige Zeugen unabhängig voneinander berichtet, dass Regina Ehrlich und Martin Freese vollkommen verliebt miteinander umgegangen waren und nur Augen für einander gehabt hatten.

Na gut, manche Paare führen offene Beziehungen und besuchen gemeinsam Swingerklubs. Ich konnte mir allerdings beim besten Willen nicht vorstellen, dass Regina Ehrlich und Martin Freese in einem Swingerklub waren, nachdem sie das Kurhotel verlassen hatten, oder an einer Gang Bang Party teilgenommen hatten.

Zum einen waren die beiden auf Juist. Dort gibt es definitiv keinen Swingerklub. Und zum anderen sind Gang Bang Partys eher in den Großstädten anzutreffen und nicht hier bei uns in der Krummhörn.

Tillmann unterbrach meine Gedanken. »Und da wären noch die anderen Untersuchungsergebnisse. Hochinteressant!«

»Kann ich gleich zu Ihnen rüberkommen?«, unterbrach ich ihn.

Mir schwirrte der Kopf. Noch mehr Neuigkeiten von dieser Sorte konnte ich im Moment nicht verdauen. Außerdem machte es mich nervös, wie neugierig Thyra und Eva mich anstarrten. Ich hatte im Moment auch noch keine Ahnung, wie ich Eva diese Neuigkeiten schonend beibringen konnte. Außerdem war es mir sowieso peinlich, im Beisein meiner Tochter über Sexualpraktiken zu plaudern.

»Kein Problem. Es wartet zwar noch Kundschaft auf mich, aber meine Kunden haben es nicht sonderlich eilig«, sagte Tillmann vergnügt. Schwarzer Humor scheint als Grundvoraussetzung zum Berufsbild eines Pathologen dazuzugehören.

»Danke, Doc«, sagte ich. »Bis später.«

Die Fragezeichen in Evas Gesicht waren nicht zu übersehen, als ich die Verbindung unterbrach.

»Was hat er gesagt?«, wollte sie wissen.

»Die Laborergebnisse sind da und ...«, ich zögerte einen Moment und fuhr dann fort: »... na ja, im Grunde genau das, was zu erwarten war. Ein hoher Blutalkoholspiegel, aber das wussten wir ja bereits. Ansonsten nichts Ungewöhnliches.«

»Was war mit den Abstrichen? Und was für Abstriche überhaupt?« Eva sah mich irritiert an. Ich überlegte krampfhaft, was ich sagen sollte.

Natürlich konnte ich es mir jetzt einfach machen und Eva ins Gesicht sagen, was der Pathologe mir gerade am Telefon berichtet hatte. Doch mein Selbstverständnis als Anwalt schließt eine Fürsorgepflicht gegenüber meiner Mandantin automatisch mit ein. Und diese Fürsorgepflicht verbot es mir in diesem Moment, die schockierenden Ergebnisse unreflektiert und ungeprüft im Originalton an Eva Ehrlich durchzureichen. Es reichte, dass ich ihr gerade hatte erzählen müssen, dass ihre Schwester heiraten wollte. Da konnte ich nicht die nächste Bombe zünden.

Meine allererste Advokatenpflicht gebot mir, zunächst in die Gerichtsmedizin zu fahren und mit Doktor Tillmann die Laborergebnisse durchzusprechen. Ich wollte mir die Laborwerte als Zahlen, Daten und Fakten schwarz auf weiß anschauen. Vielleicht ließen sich die Ergebnisse auf andere Weise erklären.

Ich wusste zwar im Moment auch nicht, wie sich Sperma von drei verschiedenen Männern bei einer toten Frau erklären lassen konnte, die sich mit ihrem Partner auf Geschäftsreise befunden hat. Oder hatte die Tote tatsächlich Sex mit drei Männern gehabt? Und Martin Freese soll zugeschaut haben?

Ich schüttelte ungläubig den Kopf. Hatten sich die beiden getrennt? Und wenn ja, wann und warum?

»Was ist nun mit den Abstrichen?« Eva trommelte ungeduldig mit den Fingerspitzen auf ihrem Oberschenkel.

Ich räusperte mich kurz und bemühte mich um einen betont neutralen Ton. »Bei unklaren Todesursachen führt die Gerichtsmedizin standardmäßig Untersuchungen durch und prüft, ob ein Sexualdelikt vorliegt. Bei Ihrer Schwester sind die Abstriche positiv ausgefallen. Ich möchte aber mit dem Doktor die Laborergebnisse noch im Detail besprechen, damit wir keine falschen Schlüsse ziehen ...«

»Was ist mit meiner Schwester?«, fiel Eva mir ins Wort. »Wurde sie vergewaltigt?«

»Das habe ich Doktor Tillmann noch nicht gefragt«, interpretierte ich das Telefonat mit dem Pathologen großzügig. »Das kann man so auch nicht sagen, ohne Näheres zu wissen. Schließlich war Ihre Schwester in Begleitung ihres Freundes unterwegs, und da liegt es ja durchaus im Bereich des Möglichen ...«, ich ließ den Satz unvollendet im Raum stehen.

Eva nickte knapp. »Ich verstehe.« Offensichtlich war ihr das Thema ebenso unangenehm wie mir.

Schnell erhob ich mich und trank den letzten Schluck Tee im Stehen. Motte öffnete ein Auge und beobachtete, wie ich den Schlüssel von Regina Ehrlichs kleinem Audi aus der Tasche zog.

»Ach übrigens ... die Kripo holt den Wagen nachher ab«, sagte ich gedankenversunken, denn in diesem Moment fiel mir das Notebook ein. Ich hatte es ganz vergessen und auch der Staatsanwältin gegenüber nicht erwähnt. Ich bat Thyra, mich zum Wagen zu begleiten.

»Bis später dann. Ich bin nicht lange weg«, verabschiedete ich mich von Eva. Sie sah nur kurz hoch und nickte mir zu.

Motte begleitete mich ausnahmsweise bis zur Tür, und ich verabschiedete mich mit einem Klaps aufs Hinterteil von ihm. Ich ging zum Audi, schloss ihn auf, zog das Notebook unter dem Sitz hervor und gab es Thyra.

»Reginas Notebook. Nimm es erst mal an dich. Ich schaue es mir später an.« Ich übergab ihr Notebook und Autoschlüssel.

»Alles klar, Paps!« Thyra gab mir zum Abschied einen Kuss auf die Wange und machte sich auf den Weg ins Haus.

Ich ging zu meinem Käfer und ließ mich auf den Fahrersitz fallen. Als ich den Motor starten wollte, stand Thyra neben der Fahrertür.

»Ach, noch was, Paps. Was ist denn eigentlich mit den Abstrichen?«

Ich sah zu ihr hoch. Thyra machte den Eindruck, als würde sie sich jetzt gerade nicht mit Phrasen abspeisen lassen.

»Der Gerichtsmediziner hat festgestellt, dass die Tote offenbar sexuellen Kontakt hatte, bevor sie starb.«

»Sie hatte einen Freund!«

»Eben. Trotzdem hat das Labor Sperma von drei verschiedenen Männern in ihr gefunden.«

»Krass!« Thyra sah mich an, während sie überlegte. »Lass mich raten ... oral, vaginal und anal?«

»Thyra!«

»Wieso Thyra?«

»Du bist meine Tochter!«, rief ich empört.

»Papa, ich bin 28 Jahre alt und schlafe nicht auf dem Baum!«, meine Tochter sah mich spöttisch an. »Du wirst es vielleicht nicht glauben, doch auch ich hatte schon Sex!«

»Das hatte ich befürchtet«, entgegnete ich ironisch. Thyra schnaubte durch die Nase, sagte aber erstaunlicherweise nichts.

Wir Väter, zu denen ich mich seit knapp 24 Stunden auch zählte, tun uns wohl sehr schwer damit, die eigene Tochter als erwachsene Frau zu sehen.

In dieser Sache kann ich natürlich nur für mich persönlich sprechen. Eigentlich kann ich ja gar nicht mitreden. Aber offenbar sind einige Dinge in unseren männlichen Genen verankert und lassen einen Mann instinktiv reagieren. Vielleicht ist das einer der Gründe, weshalb ich mich ziemlich unbeholfen dabei anstellte, mich mit meiner Tochter über das Sperma fremder Männer zu unterhalten.

»Jetzt lass uns mal beim Thema bleiben«, sagte ich.

»Oral, vaginal und anal?« Thyra blieb hartnäckig.

»Ja«, sagte ich entnervt.

»Was ja?«

»Ja! Der Doc hat Spermaspuren in allen drei Körperöffnungen gefunden. Zumindest ist es das, was mir der Pathologe vorhin am Telefon gesagt hat. Er wird mir gleich die näheren Details mitteilen, dann weiß ich mehr.«

»Krass!«, wiederholte Thyra sich.

»Das sagtest du bereits.«

»Entgegen der pubertären Fantasien triebgesteuerter Männer, die durch einschlägige Pornografie befeuert werden, hat der überwiegende Teil der Frauen nämlich überhaupt keinen Spaß daran, sich von drei Männern gleichzeitig durchnudeln zu lassen.«

»Na, da bin ich aber beruhigt und danke dir dafür, dass du mir den Glauben an die Frauen wiedergegeben hast«, erwiderte ich ironisch.

»Für mich sieht das eher danach aus, dass sich wer an der armen Frau *abgearbeitet* hat!« In Thyras seegrünen Augen lag ein harter Ausdruck, als sie das sagte.

»Ja«, stimmte ich ihr zu. »Das war auch mein erster Gedanke. Denn die beiden Toten waren zu Lebzeiten ein Liebespaar. Ich kann mir beim besten Willen nicht vorstellen, dass die beiden Lust und Zeit auf einen Abstecher in einen Swingerklub oder zu einer Gang Bang Party hatten.«

»Papa!«

»Ich schlafe auch nicht auf dem Baum, um bei deinem Vergleich zu bleiben.« Jetzt war es an mir, zu grinsen.

»Wie hoch war der Alkoholspiegel bei der Toten?«, fragte Thyra, ohne auf meine Retourkutsche einzugehen.

»3,6 Promille«, antwortete ich.

»GHB.«

Ich sah meine Tochter ratlos an. »Was meinst du?«

»GHB.«

Nachdenklich schob sie ihre Hände in die Hosentaschen und kräuselte die Stirn. »Frag den Pathologen, ob er eine GHB-Bestimmung gemacht hat. Ich gehe davon aus, dass er das nicht gemacht hat.«

»Du sprichst in Rätseln! Wer oder was ist GHB?«

»GHB, oder auch Liquid Ecstasy, ist seit Anfang der Neunzigerjahre in der Raver-Szene ein Begriff«, erklärte Thyra. »dort auch als Pearl, Soap oder G-Juice bekannt. Ein französischer Chemiker namens Henri-Marie Laborit hat dieses Zeug als Antidepressivum und Narkosemittel erfunden. Es wurde vor allem gegen Schlaflosigkeit und Muskelverspannungen angewandt. Der chemische Begriff heißt Gamma Hydroxybutrat, kurz GHB eben. Nimmt ein Mensch zwischen 0,5 und 1,5 Gramm davon ein, wird zuerst sein zentrales Nervensystem betäubt. Man fühlt sich wohl und ...«

»Hast du ... ich meine, kennst du ...«, fiel ich ihr unbeholfen ins Wort.

»Du meinst, ob ich diese Droge schon genommen habe?«, meine Tochter winkte ab. »Meine stärkste Droge ist mein Morgenkaffee. Natürlich nicht! Ich habe vor ein paar Jahren für den Sender einen Beitrag zum Thema Designerdrogen gemacht und eine Zeit lang in der Szene recherchiert.«

Ich atmete erleichtert aus und hörte meiner Tochter weiter aufmerksam bei ihrem Vortrag zu.

»Man fühlt sich wohl. Ängste und Hemmschwellen sind mit einem Mal vollkommen verschwunden«, erklärte sie. »Nach ungefähr einer Viertelstunde setzt ein zusätzlicher Effekt ein. Man wird sehr redselig und dann wird *Mann* geil wie eine Laborratte – Frau übrigens auch.« Thyra verzog unbehaglich die Mundwinkel.

»Thyra!« Ich verdrehte die Augen und war mit einem Mal sehr froh, dass meine Tochter ihre Pubertät schon lange hinter sich hatte. Meine Tochter rollte ebenfalls mit den Augen. Allerdings eher belustigt als peinlich berührt, so wie ich.

Sie steckte sich eine Zigarette an. Nachdem sie ein paar schnelle Züge genommen hatte, blies sie einen blauen Kringel in die Luft und fuhr in ihrem Vortrag fort: »Mit dem allseits bekannten Ecstasy hat das Zeug nur den Namen gemeinsam. Zum klassischen Ecstasy kann man durchaus ohne große Gefahr ein Bier trinken. In Verbindung mit Alkohol wird aber das Liquid Ecstasy zum potenziellen Killer. Es wurde vor ein paar Jahren als genauso gefährlich wie Kokain oder Heroin eingestuft. Die Partyszene weiß von der hochgefährlichen Wirkung der Droge, man geht aber das Risiko trotzdem ein. Denn GHB wirkt außerordentlich euphorisierend und steigert die sexuelle Erregung so sehr, dass einem vor Geilheit fast die Schädeldecke wegfliegt. Deshalb geriet GHB Anfang 2000 auch als sogenannte Date-Rape-Droge in die Schlagzeilen. GHB ist farb- und geruchlos und geschmacksneutral, kann also gut in jeden Drink gemischt werden. Dann geht's ab auf die Party und man sucht sich ein Mädel aus; am besten eins, das einen aufgrund der eigenen fehlenden Attraktivität unter normalen Umständen nicht eines Blickes würdigen würde. Einen passenden Moment abwarten und der Frau die farblose und geschmacksneutrale Flüssigkeit in den Drink kippen. Dann ein paar Minuten geduldig warten, bis sie reif ist. Auch der ekeligste Typ kann auf diesem Weg die attraktivsten Frauen haben. Kurz nachdem die Frau ihren Drink intus hat, wird sie so notgeil, dass sich jeder Typ an ihr auf dem Damenklo oder am Küchenausgang hinter der Mülltonne vergehen kann.«

»Krass!«, sagte diesmal ich.

»An das Zeug ranzukommen, ist kein Problem. Die Droge kann sich jeder zu Hause an seinem Küchentisch zusammenmixen. Jeder Hansel kann sich übers Internet das Rezept von GHB runterladen und die dazugehörigen Zutaten bestellen.«

Ich wusste jetzt nicht, was ich schockierender fand: das von Thyra beschriebene Szenario oder die kaltschnäuzige Art ihrer Schilderung.

Thyra drückte ihre Kippe an ihrem Absatz aus. »Das Problem ist nur: in den Drinks ist in der Regel Alkohol. Und GHB in Verbindung mit Alkohol führt mit allergrößter Wahrscheinlichkeit zur Bewusstlosigkeit. Wenn die betäubten Frauen sich übergeben und mit einem Mal die Augen verdrehen, merken die meisten Typen das gar nicht und arbeiten sich an der betreffenden Frau weiter ab. Wenn sie dann fertig sind, lassen sie die Frau wie ein weggeworfenes Spielzeug hinter der Mülltonne oder in den Büschen liegen und gehen zurück auf die Party. Die Frau liegt dann oftmals schon im Koma und erstickt an ihrem eigenen Erbrochenen.«

Obwohl mir als langjährigem Strafverteidiger die menschlichen Abgründe bekannt waren, wurde mir bei Thyras Schilderungen speiübel.

»Du bringst die Dinge schnörkellos auf den Punkt.« Leicht widerwillig, jedoch anerkennend, lobte ich Thyras Ausführungen. »Du könntest Recht haben. Diese Droge könnte eine Erklärung für die sexuellen Aktivitäten der Toten sein. Da drängen sich natürlich die klassischen Fragen auf: wer, warum, wann und wie? Trotzdem danke für deinen Tipp! Ich werde den Doc darauf ansprechen. Mal schauen, was er dazu meint.« Ich startete den Motor, nickte Thyra noch einmal anerkennend zu und lenkte den Käfer erneut Richtung Emden.

Die Ausführungen meiner Tochter hatten sich ziemlich emotionslos angehört. Aber andererseits hörte ich mich sicherlich auch nicht empathischer an, wenn ich vor Gericht ein Plädoyer hielt. Ich fand es schon sehr beeindruckend und war stolz auf Thyras brillante Schlussfolgerung und ihren schonungslos präzisen Vortrag.

18

Als ich wenig später das Gebäude der Gerichtsmedizin betrat, kam Doktor Tillmann mir gerade entgegen. Nach kurzem, herzlichem Handschlag zur Begrüßung kam ich sofort zur Sache.

»Wurde Regina Ehrlich vergewaltigt?«

Der Pathologe hob die Augenbrauen, bevor er zögerlich antwortete. »Im Fall von Regina Ehrlich ist das eine schwierige Frage. Sie haben ja gesehen, dass die Tote schwerwiegende Verletzungen, Hautabschürfungen und Gewebeverluste durch Fischfraß aufwies. Da können Kratzspuren, Druckstellen, Prellungen, Hämatome oder sonstige Zeichen äußerer Gewaltanwendung einfach *zerschreddert* werden, wenn die Tote im Fischernetz über einen mit Muscheln übersäten Meeresboden geschleift wird.«

Tillmann zeichnete mit beiden Zeigefingern imaginäre Gänsefüßchen in die Luft.

»Was ist mit Spuren von Gewaltanwendungen im Vaginal- und Analbereich?«, fragte ich.

Er wiegte zustimmend den Kopf. »Da sieht es schon eindeutiger aus ...«

»Inwiefern eindeutiger?«, so langsam machte mich Tillmanns bedächtige Art nervös.

»Eindeutiger insoweit, als es keine sichtbaren Spuren einer gewaltsamen Penetration gibt.«

»Heißt das ...?«, ich brach mitten im Satz ab und sah mein Gegenüber mit großen Augen an.

Tillmann nickte wortlos.

»Offenbar hatte die Tote kurz vor ihrem Tod einvernehmlichen Geschlechtsverkehr mit drei verschiedenen Männern gehabt. Deren Spermaspuren habe ich in Vagina, Rektum und Magen gefunden. Es war zugegebenermaßen nicht ganz einfach, die Körperflüssigkeiten nachzuweisen, geschweige denn, eine DNA-Extraktion vorzunehmen. Aber unsere Forensiker sind Spezialisten und wir verfügen in der Kreisstadt über eine technische Laborausstattung, die man bei uns in Ostfriesland nicht vermuten würde.«

Tillmann war offensichtlich sehr stolz auf die Arbeit des Labors und wohl auch auf seine eigene als zuständiger Pathologe.

Und er hatte ja Recht!

Es war schon eine Meisterleistung, nach einer Zeitspanne von mehreren Tagen, in der die Leiche im Wasser gelegen hatte, überhaupt noch Körperflüssigkeiten festzustellen.

Trotzdem lobte ich den Doktor und seine Arbeit nicht, sondern bohrte weiter nach. »Kann Ihr Hightech-Labor auch Gamma Hydroxybutrat, oder kurz genannt GHB, feststellen?«

»GHB?«

»Ja, GHB! Oder auch Pearl, Soap oder G-Juice genannt.«

»Aha!«, Tillmann nickte anerkennend. »Sie sind ein Kenner der Raver-Szene?«

»Kann Ihr Labor die Droge feststellen?«, überhörte ich seine Frage.

»Eine unserer leichtesten Übungen«, schnaubte der Pathologe verächtlich. »Das bekommt ja sogar unser Praktikant hin! Aber – warum sollten wir das tun?«

»Ihnen ist schon klar, dass ich die Schwester der Verstorbenen als Anwalt vertrete und ich mich jetzt auf dünnes Eis begebe, wenn ich mit Ihnen hier ein Schwätzchen halte?«, sagte ich geradeheraus.

»Und Ihnen ist klar, dass ich als Gerichtsmediziner der Staatsanwaltschaft gegenüber verpflichtet bin und eigentlich nur mit Ihnen sprechen darf, wenn Sie mich im Zeugenstand befragen. Oder aber die Staatsanwaltschaft Ihnen Akteneinsicht in mein pathologisches Gutachten genehmigt?«

Ich grinste anerkennend. »Der Punkt geht an Sie, Doc!«

»Dann ist's ja gut.« Tillmann grinste jetzt ebenfalls. »Hat mir gefallen, wie Sie dem Hauptkommissar die Stirn geboten haben.« Ich setzte eine unschuldige Miene auf und zuckte mit den Schultern.

»Also: überzeugen Sie mich!« Tillmann sah mich herausfordernd an. »Wieso sollte ich einen GHB-Test machen wollen?«

»Meine Tochter gab mir den Tipp ...«

»Ihre Tochter?«, überrascht zog Tillmann die Augenbrauen hoch, während sein hervorstehender Adamsapfel einen Satz machte.

»Ja, meine Tochter. Sie hat vor einiger Zeit eine Reportage über Szenedrogen gemacht. Und da die beiden Toten nach Zeugenaussagen schwer verliebt waren, gab sie mir den Tipp mit dem GHB, was eine Erklärung für das ansonsten nicht erklärbare Verhalten der Frau sein könnte.«

Ich vertraute auf meine gesunde Menschenkenntnis und meinen Bauch, der mir sagte, dass ich dem Pathologen mit der Ronald McDonald Frisur vertrauen konnte. Also erzählte ich ihm alles, was ich über die beiden Toten in Erfahrung gebracht hatte. Wenn er mich in die Pfanne hauen wollte, hatte ich ihm gerade die passende Munition dazu geliefert.

Als ich mit meinem Bericht fertig war, dachte Tillmann mit krauser Stirn und mit tief in die Kitteltaschen vergrabenen Händen nach.

»Ich denke, dass ich als zuständiger Gerichtsmediziner aufgrund des bei der Toten festgestellten Alkoholspiegels, der sich bedenklich nah an einer letalen Dosis befindet, andere substituierende Fremdsubstanzen ausschließen muss. Eine solche Ausschlussdiagnostik kann nur mit einem breit angelegten Drogenscreening erfolgen. Da der prämortale Geschlechtsverkehr mit mehreren Geschlechtspartnern mir aufgrund Ihrer Schilderungen nicht mehr plausibel erscheint, kann ein Fremdverschulden durch Dritte nicht ausgeschlossen werden. Deshalb führe ich ein umfassendes Drogenscreening bei beiden Leichen durch!« Der

Gerichtsmediziner reckte entschlossen sein kantiges Kinn nach vorn.

»Das hätte ich jetzt auch nicht besser sagen können«, sagte ich mit breitem Grinsen.

Wir verabschiedeten uns voneinander.

Schon halb auf dem Parkplatz drehte ich mich noch einmal zu Tillmann herum, der in der halb offenen Stahltür stand und ein paar Züge aus seiner zwischendurch selbst gedrehten Zigarette nahm.

»Sie machen einen richtig guten Job«, rief ich ihm zu und reckte den Daumen in die Luft.

Als Antwort stieß er eine blaue Rauchwolke durch die Nase.

19

Als ich daheim ankam, neigte sich der Tag bereits seinem Ende zu. Ich hoffte, Thyra und Eva noch miteinander schwatzend vorzufinden. Vielleicht war die Stimmung ja so gut, dass wir gemeinsam zu Abend essen konnten.

Meinen Grauen parkte ich neben Thyras Käfer.

Ich stieg aus und schloss mit geübten Handgriffen das Stoffverdeck meines Cabrios. Langsam ging ich um das Haus herum. Die Terrasse war verwaist. Offenbar war es Thyra und Eva draußen zu kalt geworden und sie hatten sich ins Haus zurückgezogen.

Ich öffnete die Terrassentür, die nur angelehnt war. Mein Wohnzimmer lag im Halbdunkeln. Nur das Feuer im Kamin warf einen warmen Lichtschein auf Thyra, die in meinem Ohrensessel lag und leise vor sich hin schnarchte. Auf dem Beistelltisch bemerkte ich eine meiner Cognacflaschen.

Vorsichtig, um meine Tochter nicht zu wecken, trat ich näher an den Tisch heran. Ich griff nach der mattierten Flasche und hielt sie gegen den Lichtschein des Feuers. Leer. Mein Blick fiel auf die beiden bauchigen Cognacschwenker, die auf dem Tisch standen. Ebenfalls leer.

An den Glasrändern waren gut sichtbar die Reste von zwei verschiedenfarbigen Lippenstiften zu erkennen. Anscheinend hatte Thyra gemeinsam mit Eva die ganze Flasche Cognac geleert. Ich musste grinsen, während ich das Gesicht meiner Tochter im warmen Schein des Kaminfeuers betrachtete.

»Kleine Saufziege!«, sagte ich leise. Wahrscheinlich hatte sie auf mich gewartet, war dann aber selig eingeschlummert.

Gestern hatte ich noch nicht einmal gewusst, wie meine Tochter aussah. Und nun lag sie schnarchend und volltrunken in meinem Sessel. Wie sehr hatte ich mich in all den Jahren nach meiner Tochter gesehnt: zu wissen, wie sie aussieht, ihre Stimme zu hören, für sie da zu sein. Während ich meine schlafende Tochter betrachtete, spürte ich, dass ich bei mir angekommen und endlich mit mir selber im Reinen war.

Ich stellte die leere Flasche auf den Tisch und blickte mich im Zimmer um. Jetzt musste ich nur noch Eva finden. Vorsichtig, um Thyra nicht zu wecken, schlich ich auf Zehenspitzen durchs Wohnzimmer. Ich warf einen Blick ins Arbeitszimmer. Niemand da.

Leise schlich ich die Holztreppe hinauf. Im Gästezimmer wurde ich fündig. Eva lag halb auf der Seite im schmiedeeisernen Gästebett. Ein paar blonde Strähnen fielen ihr ins Gesicht. Sie atmete leise mit offenem Mund und hatte ebenfalls eine Cognacfahne, die ihrer Schönheit jedoch keinen Abbruch tat. Ich musste mich gewaltsam von ihrem Anblick losreißen, aber es wäre unhöflich gewesen, wenn ich sie heimlich im Schlaf beobachtet hätte.

Langsam stieg ich die Treppe wieder runter ins Wohnzimmer. Thyra schnarchte noch immer. Sie hatte die Lautstärke leicht erhöht.

Motte, der zu Thyras Füßen lag und solidarisch mitgeschnarcht hatte, setzte sich auf. Er schaute mich mit gespitzten Ohren an, als wollte er sagen: »… was ist das denn hier für eine Frauenwirtschaft?«

Ich zwinkerte ihm verschwörerisch zu. Dann beugte ich mich vorsichtig zu Thyra hinunter und stupste sie leicht an.

Keine Reaktion.

Ich versuchte es noch einmal. Diesmal etwas kräftiger.

Ihr Schnarchen verstummte, und sie versuchte, sich auf die Seite zu drehen. Etwas ratlos blickte ich auf meine volltrunkene Tochter hinab. Ich konnte ihr zwar eine Decke überlegen, doch aus leidvoller Erfahrung wusste ich, dass sie morgen früh trotzdem ihre Knochen zählen konnte, wenn sie im Sessel übernachten würde.

Deshalb startete ich einen neuen Versuch und rüttelte sie diesmal leicht an der Schulter.

Wieder erfolglos.

Also schob ich behutsam meinen rechten Arm unter ihre Oberschenkel und die linke Hand unter ihren Rücken. Während ich sie vorsichtig hochhob, hoffte ich inständig, dass mir meine Bandscheiben nicht reihenweise rausspringen würden.

Thyra öffnete halb ihr rechtes Auge und versuchte, den Grund für die Störung herauszufinden. »Hallo, Babba«, nuschelte sie, als sie mich erkannte. Sie schlang beide Arme um meinen Hals.

»Hallo, Schnapsdrossel«, begrüßte ich sie freundlich.

»Nicht böse sein, war doch nur Konak …«

»Kaum lässt man die Kinder alleine zu Hause, saufen sie einem die Hausbar leer«, sagte ich gespielt vorwurfsvoll, während ich die Treppe ansteuerte. Aber Thyra hörte mich schon nicht mehr. Sie stimmte bereits wieder ihr Schnarchkonzert an.

Obwohl sie schätzungsweise nur knapp über fünfzig Kilo wog, hatte ich das Gefühl, dass meine Arme immer länger wurden. Endlich hatte ich mein Schlafzimmer erreicht und legte meine Tochter vorsichtig aufs Bett. Ich schob ihr ein weiches Kissen unter den Kopf und zog ihr die Schuhe aus. Dann deckte ich sie mit einer warmen Wolldecke zu, wofür sie sich mit einem leichten Grunzen bedankte.

An der Tür drehte ich mich noch einmal um und ließ das Bild meiner schlafenden Tochter für einen Moment auf mich wirken. Leise schloss ich die Tür und stieg die Treppe hinunter.

Am Fuß der Treppe saß Motte und beobachtete meine väterliche Pflichterfüllung stoisch. Wahrscheinlich grübelte er über mein ungewöhnliches Verhalten nach.

In der Küche goss ich mir einen trockenen Bordeaux ein und begab mich mit Weinglas und Flasche bewaffnet ins Arbeitszimmer. Nachdem ich mich an meinem Schreibtisch niedergelassen hatte, nahm ich einen großen Schluck Wein und schlug meinen

Zeichenblock auf. Allerdings beschäftigte ich mich nicht mit Tattoos, sondern machte mir zu den Vorgängen der letzten Tage ausführliche Notizen.

Ich begann beim Auffischen von Regina Ehrlichs Leiche und hielt handschriftlich alles Wesentliche fest, was seither geschehen war. Mein Block füllte sich schnell.

Als ich alle relevanten Fakten notiert hatte, betrachtete ich das vollgeschriebene Blatt. Nach kurzem Nachdenken befand ich mein Geschreibsel als zu unübersichtlich.

Mit einer kurzen Handbewegung riss ich die Seite vom Block ab, zerknüllte sie, schmiss sie in den Papierkorb und machte mich erneut ans Werk. Diesmal fasste ich jeweils die Fakten, die zu einem Punkt gehörten, stichwortartig in einem quadratischen Kästchen zusammen. Die Kästchen, die in einem offensichtlichen Zusammenhang standen, verband ich mit einer dünnen Linie. Zusammenhänge, die ich nur vermuten, jedoch nicht beweisen konnte, stellte ich mit einer gestrichelten Linie dar.

Auf diese Art und Weise entstand eine übersichtliche und schematische Darstellung der Ereignisse in chronologischer Abfolge – zumindest die, die mir als logisch erschien.

Zufrieden mit meinem Organigramm, das mir die Zusammenhänge deutlich vor Augen führte, schaltete ich mein Internetradio ein und legte mich aufs Sofa vor den Kamin. Während ich mich vom *16bit.FM-Café*, einem russischen Chill-out-Sender, berieseln ließ, genehmigte ich mir ein weiteres Glas vom Roten. Bei *Two Dots* von Lusine fielen mir die Augen zu.

20

Am nächsten Morgen kitzelte mich die Sonne wach. Ich öffnete die Augen und brauchte einen Moment, um mich zu orientieren. Langsam fiel mir wieder ein, weshalb ich auf dem Sofa und nicht in meinem Bett lag.

Ächzend setzte ich mich auf und streckte meine steifen Gelenke; sie knackten leise.

»Oh, mein Gott!«, stöhnte ich. Eine Nacht auf dem Sofa und ich spürte jeden Knochen einzeln. »Mensch Junge, du wirst langsam alt«, sagte ich zu mir selber.

Motte lag mit ausgestreckten Vieren vor dem Sofa. Er zuckte heftig mit den Hinterbeinen. Wahrscheinlich jagte er gerade im Traum eine aufsässige Möwenbande quer durch das Watt.

»Moin, du alter Bettvorleger«, begrüßte ich ihn und kraulte ihn mit meinen nackten Zehen am Bauch.

Motte beschränkte sich weiterhin darauf, wie ein ausgestopfter Braunbär auszusehen, und machte keine Anstalten, die Augen zu öffnen. Ich ließ das Fellbündel weiter schnarchen und schlappte ins Badezimmer, wo ich mir eine Handvoll kaltes Wasser ins Gesicht klatschte. Dabei grübelte ich darüber nach, wer eigentlich die Mär von *Morgenstund' hat Gold im Mund* in die Welt gesetzt hatte.

Ich für meinen Teil habe morgens eine extrem lange Anlaufzeit. Man könnte mich auch mit einem alten Dieselmotor vergleichen, der bei eisigen Minusgraden eine frostige Nacht auf freiem Feld verbracht hat und extrem lange vorglühen muss, bevor er wieder zum Leben erwacht.

Ich warf einen prüfenden Blick in den Spiegel. Mit der Hand fuhr ich mir kritisch übers Kinn. Da ich mir Bart und die mir noch verbliebenen Haare wie immer kurz getrimmt hatte, sah noch alles ganz passabel aus.

Ich beendete meine Morgentoilette, indem ich in meine Laufklamotten stieg, und drückte die Badezimmertür hinter mir ins Schloss. Anscheinend hatte Motte doch etwas von meiner morgendlichen Runderneuerung mitbekommen, denn er wartete bereits vor der Terrassentür auf mich. Er hat seinen eigenen Kopf und entscheidet spontan, wann er mitlaufen möchte. An jenem Morgen wollte er. Ich stülpte mir die Kapuze meines Sweatshirts über den Kopf, öffnete die Tür und lief langsam los. Motte folgte mir Richtung Deich.

Immer zwei Stufen auf einmal nehmend lief ich die steinernen Stufen zum Deich hinauf. Vor mir breitete sich die Ebene des Vordeiches aus, auf der im Herbst unzählige Zugvögel eine letzte Rast einlegen, bevor sie in wärmere Gefilde aufbrechen. Es waren nur vereinzelte Möwen zu sehen, die durch das Gras staksten.

Ich lief in gemächlichem Tempo den Deichweg entlang Richtung Pilsum. Am gelb-rot gestreiften Pilsumer Leuchtturm machte ich kehrt.

Es war auflaufendes Wasser und ein leichter Westwind kräuselte die Wasseroberfläche. Ich blieb einen Moment stehen und atmete in vollen Zügen die klare Morgenluft ein, während ich auf Motte wartete, der laut hechelnd angelaufen kam. Mittlerweile war mein Kreislauf in Gang gekommen, und mein Hirn fühlte sich gut durchlüftet an.

Daheim blieb ich in der Tür stehen und horchte nach einem Lebenszeichen der beiden Damen. Da sich noch immer nichts regte, sprang ich kurz unter die kalte Dusche. Anschließend machte ich mich in der Küche an die Zubereitung des Frühstücks.

Zunächst brühte ich starken Kaffee für die beiden Schlafmützen und eine Kanne Schietwettertee für mich auf. Während die Eier von Bauer Hoffmanns freilaufenden Hühnern wachsweich kochten, belegte ich einen großen Teller mit Wurst und Käse. Ich garnierte die Aufschnittplatte mit Cherrytomaten, Radieschen und frischen halbierten Erdbeeren. Dann schnippelte ich aus dem, was der Obstkorb hergab, einen kleinen Obstsalat und ließ zwei Grapefruits durch den Entsafter laufen.

Ich begutachtete den Frühstückstisch und ging hinüber ins Arbeitszimmer, wo ich auf meinem MP3-Player *Shaman* von Carlos Santana auswählte. Mit dem Zeigefinger schob ich den Lautstärkeregler so weit hoch, dass Santanas Elektrogitarre mit Sicherheit auch noch in den oberen Räumen die Gläser zum Klirren brachte.

Ich verließ das Haus und klappte schwungvoll das Verdeck meines Käfers zurück. Der Vierzylinder sprang knatternd an, und ich machte mich auf den Weg nach Greetsiel für frische Brötchen.

Als ich nach knapp zwanzig Minuten, beladen mit einer Riesentüte ofenwarmer Brötchen zurückkehrte, hatte Santana seine Aufgabe als Muntermacher erwartungsgemäß erfüllt. Thyra und Eva sahen zwar noch leicht zerknittert aus, wie sie beide so verkatert am Frühstückstisch saßen. Sie hatten aber immerhin schon geduscht, wie an ihren nassen Haaren unschwer zu erkennen war.

Eva hatte offenbar eine gut sortierte Reisetasche dabei. In hautengen schwarzen Stretchjeans und dem passenden Top sah sie wieder zum Anbeißen aus. Sie hatte ihr feuchtes Haar streng nach hinten gekämmt, was ihr ausgesprochen gut stand.

Thyra hingegen war noch nicht angezogen. Sie hatte sich in meinen weißen Bademantel eingekuschelt, der ihr mindestens drei Nummern zu groß war. Die Ärmel des Bademantels waren so weit hochgerollt, dass sie aussah wie die weibliche Version des Michelin-Männchens. Auch sie ließ ihr Haar lufttrocknen. Ungeschminkt und in dem viel zu weiten Bademantel versinkend wirkte meine Tochter sehr jung und verletzlich.

»Moin, die Damen! Die Brötchen sind da«, verkündete ich gut gelaunt. Ich wedelte mit der Papiertüte, aus der es verführerisch duftete.

»Guten Morgen, Paps«, sagte Thyra und reckte mir ihre Wange entgegen. Ich beugte mich zu ihr hinunter und begrüßte sie mit einem Kuss.

Ich liebe es, Vater zu sein!

»Guten Morgen, Jan.« Eva lächelte verlegen. »Wir haben uns wohl gestern etwas danebenbenommen. Und dann habe ich mich obendrein einfach bei dir einquartiert.«

»Ich auch.« Thyra klimperte betont unschuldig mit ihren Wimpern.

Ich war angenehm überrascht, dass Eva zum zwanglosen Du übergewechselt war.

»Es gibt keinen Grund, sich zu entschuldigen. Familie und Freunde sind jederzeit eingeladen, in meinem Haus zu essen, zu schlafen und ...«, ich grinste beide an, »... sich zu betrinken. Irgendwo findet sich immer ein Bett. Also kein schlechtes Gewissen oder so'n Quatsch!«

»Dann waschen wir aber zumindest ab«, bot Eva als Gegenleistung an.

»Das nehme ich gerne an«, antwortete ich. »Außerdem ist noch Unkraut zu jäten, der Rasen müsste dringend gemäht werden und mein Käfer hätte mal wieder eine neue Politur nötig.«

Den kleinen Seitenhieb in Richtung Thyra konnte ich mir nicht verkneifen.

»Na, toll! Mein Vater entpuppt sich als chauvinistischer Sklaventreiber«, rief meine Tochter mit gespielter Empörung. Zielsicher warf sie ein Radieschen in meine Teetasse. Gut gelaunt alberten wir beim Frühstück herum.

Ich vermied es, den gestrigen Besuch bei der Gerichtsmedizin zu erwähnen. Gemeinsam räumten wir nach dem Frühstück den Tisch ab.

Während Thyra sich oben anzog, zeigte ich Eva das Haus und den Garten. Nach dem Kurzrundgang ließen wir uns auf der Terrasse nieder und ich erzählte betont Belangloses über das friesische Flachland.

»Und … wie ist es bei der Staatsanwaltschaft gelaufen?«, fragte sie unvermittelt und ohne auf meinen Smalltalk einzugehen. Ich verstummte mitten im Satz und sah sie ernst an. Sie wirkte angespannt, machte jedoch einen gefassten Eindruck.

Doktor Tillmann hatte mir seine Ergebnisse dargelegt und bestätigt. Folglich gab es für mich heute Morgen keinen Grund mehr, mit den Fakten hinter dem Berg zu halten. Allerdings wählte ich meine Worte mit Bedacht aus und berichtete Eva behutsam, aber trotzdem sachlich die aktuellen Erkenntnisse der Gerichtsmedizin.

Eva hörte mir mit unbewegtem Gesichtsausdruck zu. Sie wurde immer blasser, sagte dabei aber kein Wort.

Als ich mit meinem Bericht zu Ende war, sah sie mich eine Ewigkeit lang schweigend an. »Was du mir gestern erzählt hast, war schon schockierend genug«, sagte sie dann mit vor Entsetzen erstickter Stimme. »Am schlimmsten ist das Wissen, dass Regina Geheimnisse vor mir hatte. Sie hat mir offensichtlich verschwiegen, dass es da einen Mann – diesen Martin Freese – gab. Was du mir heute erzählst, ist nicht minder schockierend, aber …«, sie atmete hörbar aus, »… der erste Schock hat sich etwas gesetzt.«

Eva machte eine Pause, als müsse sie selber erst über das Gesagte nachdenken. Sie senkte den Blick und schaute dabei auf ihre Schuhspitze, die nervös wippte.

Aus den Augenwinkeln sah ich, dass Thyra aufgetaucht war und im Türrahmen stand. Sie hörte uns aufmerksam zu.

Ich ließ Eva Zeit, nachzudenken. Schließlich hatte ich sie ja mit ziemlich drastischen Fakten konfrontiert.

»Auch wenn es mir schwerfällt bis unmöglich erscheint, es mir selber einzugestehen … aber um ehrlich zu sein – dass Regina mit drei Männern gleichzeitig Sex gehabt haben soll …«, Eva hob den Kopf und sah mir direkt in die Augen, »… überrascht mich nicht!«

Eva Ehrlich hätte genauso gut sagen können, dass sie Peter Pan heißt und in Nimmerland wohnt – verblüffter wäre ich in dem Moment auch nicht gewesen.

Thyra fasste sich schneller als ich. »Hast du Eva schon erzählt, dass es möglich sein könnte, dass irgendjemand ihrer Schwester eine Designerdroge oder so etwas in der Art verpasst hat?«, fragte sie mich.

»Nein, noch nicht im Detail.« Ich schüttelte verneinend den Kopf.

»Hast du den Pathologen nach einem GHB-Test gefragt?«

»Ja, Doktor Tillmann hält es für eine mögliche Erklärung für das, was der Toten ...« Ich ließ den Satz unbeendet in der Luft hängen.

Thyra nickte und sah Eva an. »Dieses GHB ist eine geruchs- und geschmacklose Designerdroge und kann einem schnell und unproblematisch ins Glas gekippt werden. In der Regel sind Frauen die Opfer. Binnen kürzester Zeit wird die betreffende Frau ...«

Ich sah meine Tochter scharf an.

Offenbar bemerkte Thyra meinen Blick. Denn sie wählte ihre Worte weniger drastisch aus als in dem Vortrag an mich.

»... sexuell enthemmt. Die betreffende Frau lässt sexuelle Dinge mit sich machen, von denen sie vorher noch nicht einmal gewusst hat, dass es sie gibt.« Thyras Worte standen im Raum und schrien quasi nach weiteren Erläuterungen.

Eva ging jedoch auf das soeben Gehörte nicht im Geringsten ein. »Es ist nett, was Jan zusammengetragen hat und dass er nach einer für die Angehörigen leicht zu akzeptierenden Erklärung sucht«, sagte Eva und lächelte ein bitteres Lächeln. »Aber Regina lebte ihre sexuellen Fantasien und Träume aus – und davon hatte sie eine ganze Menge! Wir sollten es dabei belassen und nicht weiter in ihrem Leben rumstochern.« Thyra sah erst mich, dann Eva ungläubig an.

»Nett?« Thyra verzog spöttisch ihre Mundwinkel. »Nett ist der Hund vom Nachbarn!«

Eva sah sie irritiert an.

Es war unschwer zu erkennen, dass Thyra gerade ziemlich wütend wurde. »Du engagierst meinen Vater, weil du nicht an einen Unfall deiner Schwester glaubst. Paps findet heraus, dass deine Schwester eine Beziehung zu einem Mann hatte, der ebenfalls tot im Wasser dümpelte. Es gibt Zeugen, die deine Schwester und Martin Freese knutschend und händchenhaltend zusammen gesehen haben. Es gibt den Verdacht, dass jemand deine Schwester unter Drogen gesetzt hat. Und es gibt Zeugen, die das Paar kurz vor ihrem Tod in einem Hotel auf Juist gesehen haben. Ganz abgesehen davon, dass der Tote ein paar Wespen inhaliert hatte und deine Schwester hackendicht von mehreren Männern durchgenommen wurde, drängt sich ein Zusammenhang zwischen dem Doppelmord und dem geschäftlichen Besuch auf Juist doch geradezu auf!« Thyra stemmte die Hände in die Hüften und begann mit der Fußspitze zu wippen. »Und du?« Thyras Stimme war gefährlich leise geworden. »Was soll der ganze Aufriss? Damit du jetzt sagst, du findest das – nett, was Paps ermittelt hat?«

Als ich meine Tochter argumentieren hörte, kam ich mir so dämlich wie ein gutmütiges Deichschaf vor.

»Ach, und wenn wir gerade schon beim *nett* finden sind ...«, fuhr Thyra fort, »... dann könntest du auch gleich so nett sein und uns mal erklären, wieso du meinem Vater nichts davon erzählt hast, dass sich deine Schwester zum Zeitpunkt ihres Todes mit 3,6 Promille Blutalkohol an der Grenze zur Alkoholvergiftung befand! Und wieso dir ausgerechnet jetzt mit einem Mal das wilde Sexleben deiner Schwester einfällt!« Thyras Augen sprühten Blitze.

Ich weiß nicht, wie lange niemand etwas sagte. Es kam mir wie eine Ewigkeit vor.

Unvermittelt erhob Eva sich langsam von ihrem Stuhl. Sie blieb einen Moment reglos stehen und ich befürchtete schon, dass sie wortlos gehen würde. Dann aber hob sie ihren Kopf und sah mich mit traurigen Augen an. Thyra ignorierte sie.

»Entschuldige, Jan«, sagte sie leise. »Wenn man einen Menschen liebt und von einem auf den anderen Moment damit klarkommen muss, dass dieser Mensch nicht mehr lebt und nie wieder zu einem zurückkehrt ...«, sie stockte kurz, um dann mit leiser Stimme fortzufahren, »... dann verdrängt man Dinge und sucht nach Erklärungen, die einen die Tragödie leichter ertragen lassen.«

Ich starrte Eva schweigend an, als sie uns erklärte, dass sie sich darauf fixiert habe, die Verantwortung für Reginas Tod bei Dritten zu suchen und nicht bei ihrer Schwester. Da aber der hohe Blutalkoholspiegel auf eigenes Verschulden hindeutete, habe sie mir bewusst diese Information vorenthalten. Sie sei davon ausgegangen, ich wäre nicht tätig geworden, wenn ich von den 3,6 Promille gewusst hätte.

»Sei mir bitte nicht böse, Jan.« Das schlechte Gewissen stand Eva ins Gesicht geschrieben. »Ich habe es mir so sehr gewünscht, dass ich es fast schon selber geglaubt habe, dass jemand anders die Verantwortung für Reginas Tod trägt. Aber als du mir vorhin davon erzählt hast, dass Regina vor ihrem Tod einvernehmliche, sexuelle Kontakte mit drei verschiedenen Männern hatte ...«, an dieser Stelle machte sie eine kurze Pause und holte tief Luft, bevor sie behauptete, »... war mir sofort klar, was gelaufen ist.«

»Was soll denn gelaufen sein?«, fragte ich argwöhnisch.

Eva verzog angewidert das Gesicht. »Regina hat mir vor einiger Zeit erzählt, dass sie mit einem Freund oder Bekannten ein paar Mal Swingerklubs wie die *Grotte* oder das *Dirty* in Hamburg besucht hat. Sie hat mir sehr drastisch erzählt, dass sie endlich ihre Sexualität ausleben wolle und ...«, Eva schien sich sehr unbehaglich bei ihren Schilderungen zu fühlen, »... am liebsten Sex mit mehreren Männern gleichzeitig haben würde.«

Dieses unverhoffte Outing von Regina Ehrlichs angeblichen sexuellen Ausschweifungen machte mich sprachlos. Ich wusste nicht, was ich von diesen Enthüllungen halten sollte. Das war verdammt starker Tobak, was sie mir da erzählte.

»Ihre sexuelle Ausrichtung ist das eine. Doch wie erklärst du dir ihre Anwesenheit auf Juist, und was ist mit der Beziehung zu Martin Freese?«, fragte ich konsterniert.

»Es wird schon so sein, wie du es recherchiert hast. Regina hatte wohl tatsächlich beruflich auf Juist zu tun. Schließlich arbeitete sie für die BIO NOUN AG. Vielleicht war sie ja zu der Konferenz nicht eingeladen worden, möglicherweise aber doch. Vielleicht gab es ja einen triftigen Grund, von dem wir nichts wissen, weshalb sie doch an der Besprechung teilnahm.« Eva zuckte ratlos mit den Schultern. »Und ihr Begleiter – vielleicht war es ihr Freund, vielleicht ihr Liebhaber? Oder doch nur ein Kollege? Aber im Grunde ist das auch egal. Dieses Rumgebumse mit den drei Männern lassen die Todesumstände in einem völlig anderen Licht erscheinen. Ich gehe davon aus, dass Regina keine Liebesbeziehung mit diesem Martin Freese gehabt hat – sie hätte es mir mit absoluter Sicherheit erzählt. Wir hatten keine Geheimnisse voreinander.«

Ich fasste es nicht. Eva machte mit ihren Argumenten eine absolute Kehrtwendung weg von ihrer ursprünglichen Sichtweise. Dass ihre Erklärungen im völligen Widerspruch zu den Beobachtungen und Aussagen standen, von denen ich ihr berichtet hatte, schien sie nicht im Geringsten zu interessieren. Ich konnte Evas Sinneswandel nicht verstehen und sah meine Tochter ratlos an. In Thyras Augen las ich die gleiche Skepsis, die ich selber empfand.

»Weißt du was, Jan?« Eva seufzte, als sie mich ansah. »Am besten belassen wir es bei der Todesursache, die die Kripo ermittelt hat. Ganz egal, ob die Untersuchungen von dir oder von der Kripo vorgenommen werden – ich befürchte, dass weitere Recherchen noch unangenehmere Dinge hochspülen, als es bislang der Fall war.«

»Soll das heißen, dass du mir mein Mandat entziehst?«, fragte ich ungläubig.

»Ja, das soll es heißen. Ich denke, Sie sollten Ihre Ermittlungen einstellen.«

Evas Stimme klang vom einen auf den anderen Moment nicht nur kalt wie Eis – sie war auch zum förmlichen Sie zurückgekehrt. Ich konnte mir weder Evas Sinneswandel noch den

Grund für die frostige Atmosphäre erklären, die mit einem Mal zwischen uns herrschte.

»Es ist momentan vollkommen egal, ob Sie mir mein Mandat entziehen oder nicht«, erklärte ich und sprach sie ebenfalls wieder mit dem förmlichen Sie an. Gleichzeitig versuchte ich, meine Enttäuschung zu verbergen, und fuhr im sachlichen Ton fort: »Aber es gibt eine nachweisbare Verbindung zwischen den beiden Todesfällen. Das ist Grund genug für die Staatsanwaltschaft, die Ermittlungen wieder aufzunehmen.«

»Das mag durchaus richtig sein und es ist ein respektables Ergebnis Ihrer Bemühungen, dass die Staatsanwaltschaft die Ermittlungen wieder aufnehmen muss.« Ein leichtes Lächeln umspielte mit einem Mal Evas Lippen. »Wenn Sie allerdings keinen weiteren Druck machen, werden die Ermittlungen sicherlich auch schnell wieder eingestellt werden.«

Ich befürchtete, dass Eva in diesem Punkt Recht hatte. Die Bemühungen seitens der Kripo, die Ermittlungen weiterzuführen, würden sicherlich nicht sehr groß sein.

»Wollen Sie das wirklich – die Ermittlungen einstellen lassen?« Ich konnte Evas Sinneswandel noch immer nicht verstehen.

»Ja, das möchte ich.« Eva nickte zur Bestätigung. »Wie ich schon sagte – Regina hatte eine gewisse Affinität zu ... unkonventionellen, sexuellen Kontakten. Und sie hatte nach Ihren eigenen Recherchen, Herr de Fries, kurz vor ihrem Tod harten Sex.«

Es war nichts mehr von der Wärme und Zuneigung zu spüren, mit der Eva mir im Hohen Haus von der engen Beziehung zwischen ihr und ihrer Schwester erzählt hatte.

»Wie es zu ihrem hohen Alkoholspiegel kam, will ich gar nicht mehr wissen«, fuhr Eva fort. »Ich will auch nicht wissen, mit wem sie was getan hat und wie sie an die Männer gekommen ist! Was weiß denn ich – vielleicht Handwerker von der Insel? Es wird sich nicht alles im Detail klären lassen, aber das will ich auch gar nicht mehr! Es spricht ja alles eine deutliche Sprache.«

Ich wusste noch immer nicht, was ich erwidern sollte.

Ein Ruck, als hätte sie eine schwerwiegende Entscheidung getroffen, ging durch Eva Ehrlich. Ihre blauen Augen sahen mich an.

»Es tut mir leid. Vielen Dank.« Mit diesen Worten beugte sie sich zu mir herunter und küsste mich zart auf die Wange. Ich war zu verdutzt, um den Kuss richtig zu realisieren. »Ich fahre jetzt besser. Meine Adresse haben Sie, schicken Sie mir bitte die Rechnung für Ihre Bemühungen, und nochmals vielen Dank für alles!«

Eva wandte sich Thyra zu. »Ich habe mich sehr gefreut, dich kennenzulernen, und wenn du mal in Hamburg bist, melde dich ruhig.«

Eva machte Anstalten, Thyra zu umarmen. Als sie jedoch sah, wie stocksteif und regungslos meine Tochter im Türrahmen stand, ließ sie die Arme sinken. Eva nickte mir noch einmal kurz zu und verschwand im Haus, um ihre Reisetasche zu holen. Thyra und ich sahen uns wortlos an.

Evas Schritte waren auf der Treppe zu hören. Leichtfüßig lief sie die Stufen hinauf, um ihren Koffer zu holen. Sekunden später hörten wir, wie sie die Treppe wieder hinunterkam. Am Fuß der Treppe hielt sie kurz inne. Dann fiel die Tür ins Schloss. Wir hörten, wie Eva ihren Wagen startete, und horchten dem Motorengebrumm hinterher, bis es verschwand.

»Was sollte dieser Auftritt eigentlich?« Thyra ließ ihr Feuerzeug aufflammen, die Zigarettenspitze knisterte leise und glühte rot auf, als sich die Glut durch das Papier fraß. Sie nahm einen tiefen Zug und blies den Rauch genervt knapp über meinen Kopf hinweg. Ich sah sie schweigend an und zuckte ratlos mit den Schultern.

»Ja, ich meine – lässt du dir das gefallen?«

»Wie, gefallen?«, fragte ich begriffsstutzig.

»Dass sie dir so einfach das Mandat entzieht.« Thyra trommelte mit ihren Fingerspitzen einen wütenden Flamenco gegen den Türrahmen.

»Was soll ich denn tun?«

»Wie, was soll ich denn tun?« Thyra sah mich aufgebracht an. »Natürlich weitermachen. Diese Frau hat sie doch nicht mehr alle. Erst spannt sie dich vor ihren Karren. Du schaffst die Beweise heran, dass es sich bei dem Tod der Schwester nicht um einen Unfall gehandelt haben kann. Dann gibt es einen zweiten Toten, und was macht Madame?«, meine Tochter tippte sich an die Stirn. »Madame hat auf einmal keinen Bock mehr, weil ihre Schwester angeblich darauf steht, hobbymäßig in der Gegend herumzuficken? Die spinnt doch!«

»Thyra!«

»Nix, Thyra!« Wütend warf sie ihre Kippe auf den Boden und trat mit ihren Sneakers die Glut aus.

»Die Frau verarscht dich doch!«

»Geht's vielleicht etwas weniger drastisch?«, fragte ich zunehmend gereizt. Allerdings war ich mehr sauer auf mich selber und auf Evas Kehrtwendung als auf die Ausdrucksweise meiner Tochter.

»Also?« Thyra stemmte streitlustig beide Fäuste in die Hüften.

»Ich verstehe ja, dass du dich aufregst«, gab ich zu. »Ja, ich gebe dir auch Recht! Evas Sinneswandel verstehe ich ebenso wenig wie du. Aber was soll ich denn machen?«, ich schüttelte mit dem Kopf. »Wenn sie mir das Mandat entzieht, bin ich als ihr Anwalt raus aus der Nummer.«

»Ach, und damit gibst du dich zufrieden?« Thyra verzog spöttisch den Mund.

»Ich frage dich auch gerne noch ein drittes Mal«, entgegnete ich ironisch. »Was soll ich denn tun?«

»Wenn du das nicht selber weißt, tust du mir leid!« Thyra verknotete die Arme vor ihrer Brust und reckte trotzig das Kinn nach vorn.

Man brauchte kein Fachmann für Körpersprache zu sein, um zu erkennen, dass Thyra auf Konfrontation aus war, denn ihr wuchsen gerade Zickenhörner.

Ich vermutete zwar, dass Thyra in erster Linie stinksauer auf Eva war. Allerdings hatte sie klar zum Ausdruck gebracht, dass sie von mir Alleingänge erwartete.

»Bei zwei Toten, die nachweislich in Beziehung zueinander standen und bei deren Todesursachen man eindeutig nicht mehr von natürlichen sprechen kann, sowie einer Angehörigen, die aus heiterem Himmel mit an den Haaren herbeigezogenen Argumenten deine Recherchen abwürgt ...«, sagte Thyra mit betont ruhiger Stimme, »... da wüsste ich, was ich zu tun habe.«

Im Moment erschien es mir am klügsten, einfach zu schweigen. Für mich stand fest, dass Evas Mandatsentzug mich aus dem Rennen warf. Aber Thyra hatte zweifelsfrei Recht – da waren die beiden Leichen, deren Tod eindeutig nicht natürliche Ursachen hatte.

Und dann war da natürlich noch Eva Ehrlich, die mich – ja, ich gebe es zu – als Frau sehr interessierte. Vielleicht sogar mehr, als mir lieb und bewusst war. Außerdem wollte ich unbedingt den Grund für ihre Kehrtwendung wissen – und sie wiedersehen!

»... du hast nur Augen für diese Frau«, hörte ich Thyra wettern und schreckte aus meinen Gedanken hoch.

»Wie meinst du das?«, stellte ich mich dumm. Ich ahnte bereits, worauf die Kampfzicke hinauswollte.

»Vielleicht hörst du mir mal zu!«, schnappte sie wütend. »Dass du scharf auf Eva bist, meine ich natürlich, was denn sonst! Dir fallen doch fast die Augen aus dem Kopf, wenn du diese Frau ansiehst.«

Ich fand, dass meine Tochter übertrieb.

»Dir ist wohl nicht klar, dass du deine Recherche auf den Müll und dich Evas Wünschen zu Füßen wirfst!«

»Jetzt ist aber mal gut, Thyra«, fuhr ich auf. »Du übertreibst maßlos – und dann auch noch unerträglich theatralisch. Auch wenn ich Eva nett finde, würde ich nicht gegen meine berufliche Überzeugung handeln. Ich habe lediglich gesagt, dass ich nicht weiß, was ich nach dem Mandatsentzug tun soll.«

»Nett ist der Hund vom Nachbarn. Habe ich vorhin doch schon mal gesagt.« Meine Tochter lächelte süffisant. »Du stehst auf sie. Du stehst so sehr auf sie, dass sie deinen professionellen Blick vernebelt hat.«

»Herrgott, nochmal.« Ich verdrehte gequält die Augen. »Dann stehe ich eben auf Eva – ja und?« Ich hob den Zeigefinger, um meinen Argumenten Nachdruck zu verleihen. »Aber trotzdem handele ich professionell!«

»Und was tust du Professionelles?«

»Weiß ich jetzt auch noch nicht.«

»Sag ich doch.«

»Was sagst du?«

»Du wirfst dich Evas Wünschen zu Füßen.«

»Tu ich nicht!«

»Tust du doch!«

Unsere fruchtlose Diskussion hätte in dieser Form noch endlos weitergehen können. Offenbar steckte selbst in mir das Zicken-Gen. Vielleicht war ich auch nur ein sturer Bock. Jedenfalls kam Nachgeben für keinen von uns infrage.

Ich hielt mich zwar nicht für den Klügeren, der bekanntermaßen nachgeben soll, aber auf jeden Fall für den Älteren, was mir ein gewisses Einlenken abforderte. Ich versuchte es deshalb mit sachlichen Argumenten.

»Ist dir eigentlich klar, dass ich mir die größten Schwierigkeiten einhandeln kann, wenn ich mich eigenmächtig und ohne Mandat in die Ermittlungen der Staatsanwaltschaft einmische? Und genau das tue ich, wenn ich mit meinen Nachforschungen weitermache. Die Leute, die sich unser Rechtssystem und unsere Gesetzgebung ausgedacht haben, könnten sich entgegen aller Gewohnheiten etwas dabei gedacht haben, dass sie Staatsanwälte mit der Ermittlung und Anklageerhebung von Kapitalverbrechen betraut haben«, sagte ich ironisch.

»Mein Gott! Spar dir deine Vorträge für deine Vorlesungen!« Thyra funkelte mich zornig an. »Ach nein, entschuldige, ich vergaß, du bist ja im Ruhestand.«

»Jetzt sei nicht so zickig«, schimpfte ich. »Was erwartest du denn von mir? Soll ich als ostfriesischer Perry Mason losziehen und mal eben im Handumdrehen zwei dubiose Todesfälle aufklären? Oder soll ich mir einen Trenchcoat überziehen und als Watt-Columbo die Leute nerven?«

Meine Tochter sah mich kühl an.

»Sehr witzig. Wenn dir sachlich nichts mehr einfällt, versteckst du dich hinter albernen Witzen. Ich hatte eigentlich erwartet, dass du deine Ermittlungen trotz Mandatsentzug weiterführst. Ich bin auch davon ausgegangen, dass es dich interessiert, wer Martin Freese umgebracht hat. Du bist schließlich Anwalt und hast dich irgendwann der Gerechtigkeit verpflichtet. Es ist deine Pflicht ...«

»Thyra, bitte«, gröber als beabsichtigt unterbrach ich meine Tochter.

Ich konnte Thyras Enttäuschung sehr gut verstehen, war aber noch nicht so weit, um mich mit fliegenden Fahnen in die weiterführende Ermittlung zweier ungeklärter Todesfälle zu stürzen. Ich war nicht auf den Ärger und nachhaltigen Stress erpicht, den meine Einmischung zwangsläufig nach sich ziehen würde.

Doch vor allem mochte ich es nicht, zu etwas gedrängt zu werden, indem man an nebulöse Pflichten appellierte, die ich nach Ansicht anderer zu erfüllen habe – auch dann nicht, wenn es sich dabei um meine Tochter handelt.

»Werde jetzt bitte nicht pathetisch«, sagte ich lauter als gewollt. »Ja, ich war Anwalt. Jetzt bin ich im Ruhestand und habe keine Pflichten mehr zu erfüllen. Gott sei Dank! Außerdem verwechselst du Gesetze mit Gerechtigkeit. Das Gesetzwesen und die viel beschworene Gerechtigkeit haben nicht zwangsläufig etwas miteinander zu tun!«

Thyras Blick stand dem frostigen Blick Evas in nichts nach. Na toll! Jetzt saß ich gewissermaßen zwischen zwei Stühlen.

Eva wollte, dass ich meine Tätigkeiten einstellte.

Thyra wollte genau das Gegenteil.

Dabei hatte ich vergessen, mich mitzuzählen. Denn ich selber fühlte mich zwischen dem Wunsch nach Aufklärung und den Formalismen meines Mandats hin und her gerissen.

»Dann werde eben ich weiterrecherchieren«, verkündete meine Tochter mit einem Mal entschieden.

»Was willst du?« Ich sah Thyra mit großen Augen an.

»Ich werde den Fall aufgreifen und daraus eine Reportage für meinen Sender machen. Vielleicht ist diese Sache für mich eine berufliche Neuorientierung. Ich wollte sowieso mal etwas anderes machen, quasi so als Anwalt der Toten, oder so.« Thyra wedelte mit den Händen in der Luft herum.

Ich brauchte einen Moment, um das Gesagte zu verdauen, dann polterte ich los. »Du spinnst ja wohl!«, entrüstete ich mich. »Du kannst doch nicht den Tod von zwei Menschen als Karrieremöglichkeit nutzen und dich als Anwalt der Toten aufspielen. Woher hast du denn eigentlich diesen Quatsch?« Ich schnaubte empört. »Anwalt der Toten, dass ich nicht lache! Das hört sich nach diesem Serienquark im Fernseher oder dem Klappentext eines Kay Scarpetta-Krimis an!«

Thyras Augenbrauen zogen sich zu einem steilen V zusammen, was ich als höchste Gefahrenstufe interpretierte.

»Hast du nicht jahrelang dein Geld als Anwalt mit dem Tod anderer Menschen verdient?«

»Das kann man damit nicht vergleichen.«

»Ach ...«, Thyra verzog spöttisch die Mundwinkel. »Wenn der Herr Anwalt sein Geld damit verdient, dass er die Interessen von Opfern oder, schlimmer noch, die Interessen von Tätern vertritt und damit ein Vermögen verdient, ist es natürlich etwas anderes. Wenn jedoch eine Reporterin die ungeklärte Todesursache zweier Menschen recherchiert, damit zur Wahrheitsfindung beiträgt und diese Reportage vielleicht eine berufliche Weiterentwicklung bedeutet, ist das unmoralisch, oder was?!«

Irgendwie hatten wir beide mittlerweile den Boden der sachlichen Diskussion wieder verlassen. Natürlich hatte sie Recht. Alle, die mit dem Tod anderer Menschen zu tun haben – Anwälte, Polizisten, Gerichte, Medien, Reporter, Krimiautoren, Ärzte, Gerichtsmediziner, Laboratorien –, sie alle verdienten ihren Lebensunterhalt sozusagen mit dem Tod anderer Menschen.

Es war absolut nichts daran auszusetzen, dass Thyra auf eigene Faust weiterrecherchierte. Doch wie gesagt – wir hatten beide unseren Sturkopp!

»Wenn du ein Problem damit hast, dass ich weiterrecherchiere, dann wahrscheinlich nur deshalb, weil du nicht willst, dass ein schlechtes Licht auf Eva fällt.«

»Jetzt ist aber gut«, fuhr ich Thyra an. »Du unterstellst mir indirekt, dass ich mich von persönlichen Gründen leiten lasse und einfach mal so gegen meine beruflichen Werte handle!«

»Ich kenne deine beruflichen Werte nicht«, entgegnete Thyra schnippisch. Unvermittelt drehte sie sich auf dem Absatz herum und rauschte von dannen. Jetzt stand ich ganz allein auf der Terrasse.

Ich atmete betont tief ein und wieder aus, während ich mir einredete, dass wir nur Zeit brauchten, um einander zu verstehen. Erschrocken fuhr ich zusammen, als die Haustür mit lautem Knall zuschlug.

Thyras Käfer sprang knatternd an, und ich durfte auch diesem Motorengeräusch hinterherhorchen, bis es in der Ferne verklang.

21

In demonstrativer Ihr-könnt-mich-alle-mal-Haltung lag ich am Montagmorgen ausgestreckt in meinem weiß-blau gestreiften Strandkorb in der hintersten Ecke meines wild wuchernden Gartens.

Meine sich ständig um Thyra, Eva, Regina, Martin drehenden Gedanken hatte ich erfolgreich auf Standby gestellt, indem ich mir meine Kopfhörer über die Ohren gestülpt und den Lautstärkeregler einem Härtetest unterzogen hatte. Momentan gönnte ich meinen Ohren eine Dosis Heavy Metal vom Feinsten und ließ mich von *Apocalyptica* zudröhnen – selbstredend in einer Lautstärke, die für eine Anzeige beim Bundesgesundheitsministerium ausgereicht hätte.

Natürlich hätte ich am Wochenende auch den Telefonhörer abheben und Thyra einfach anrufen können. Doch Nachgeben war nicht unbedingt eine meiner Stärken. Wahrscheinlich brauchte ich noch ein zwei Tage, bis mir das Einlenken leichter fiel.

Erst als es mir in der Mittagssonne zu warm wurde, gewöhnte ich meine Ohren mit einer homöopathischen Dosis *Nils Landgren* wieder an eine normale Lautstärke. Bezeichnenderweise sang das Jazzgenie gerade *Please don't tell me how the story ends*.

Ich setzte mich auf, blinzelte in die Sonne und schaltete mein Gehirn wieder ein. Nach einem kurzen Backup stellte ich fest, dass meine Musiktherapie überraschend erfolgreich war. Die Entscheidung, ob und wie ich mit dem Mandatsentzug von Eva Ehrlich umgehen sollte, hatte sich von ganz von alleine ergeben.

Offenbar war mein Bauch aus den Verhandlungen mit seinem alten Kontrahenten Hirn als Sieger hervorgegangen. Es war nun klar, was ich tun musste! Ich würde im Fall Regina Ehrlich und Martin Freese weiterrecherchieren! Unabhängig davon, ob ich nun ein Mandat hatte oder nicht!

Und ob nun mein Bauch diese Entscheidung aufgrund meines Interesses an der Schwester der Toten getroffen hatte oder nicht, war mir im Augenblick vollkommen egal! Auch ob meine Tochter diese Entscheidung gutheißen, verurteilen oder sich über mich lustig machen würde, war mir in diesem Fall ebenfalls ziemlich einerlei!

Wie zur Bestätigung meiner Entscheidung klingelte mein Handy:

»De Fries«, meldete ich mich.

»Hallo Herr de Fries, Doktor Tillmann hier«, krächzte es aus meinem Handy.

»Hallo Doc, gibt's Neuigkeiten?«, kam ich direkt zur Sache.

Auch der Gerichtsmediziner hielt sich nicht lange mit Vorreden auf. Ein wirklich sympathischer Zeitgenosse.

»Sie hatten Recht!«

»Recht, womit?«

»Das Laborergebnis zur GHB-Untersuchung war positiv!«

Ich nickte stumm. Thyra hatte mit ihrer Vermutung voll ins Schwarze getroffen!

»Haben Sie verstanden?«, hörte ich Doktor Tillmann ungeduldig fragen.

»Entschuldigung, ich war in Gedanken.« Ich konnte den dürren Gerichtsmediziner förmlich vor mir sehen, wie er zappelig mit den Hufen scharrte.

»Sie haben eine clevere Tochter!«

»Yep«, sagte ich knapp.

»Eigentlich müsste ich mich bei Ihrer Tochter bedanken.«

»Wieso?«, fragte ich.

»Na, ohne diesen Tipp hätte ich die Laboruntersuchung nicht veranlasst – zu selten, zu exotisch und damit zu teuer.«

»Ich werde es ihr ausrichten.«

»Ich meine es ernst«, eine leichte Enttäuschung meinte ich aus seinem Ton herauszuhören. »Ohne Ihre Tochter hätte es keine GHB-Untersuchung gegeben. Das Labor hat mir bestätigt, dass die Nachweisbarkeit der Droge noch so gerade eben im Zeitfenster der Laborparameter lag. Etwas später, und die Droge wäre nicht mehr nachweisbar gewesen.«

»Ich habe es auch ernst gemeint, Doc«, antwortete ich. »Ich werde es meiner Tochter ausrichten. Sie ist gerade nicht da, sonst könnten Sie es ihr selber sagen.«

»Das würde ich wirklich gern. Wenn Sie vielleicht ihre Nummer ...«

»Ich habe zwar eine Handynummer, doch meine Tochter hat gerade einen beruflichen Termin und möchte nicht gestört werden«, wimmelte ich Tillmann ab, der mir etwas zu aufdringlich wurde. Das fehlte mir gerade noch, dass der Doc sich plötzlich für meine Tochter zu interessieren begann. Er kannte sie ja noch nicht einmal!

»Verstehe«, diesmal klang Tillmann eindeutig enttäuscht.

Fast schon tat er mir ja leid – aber nur fast.

»Sorry, Doc! Ja, sie ist auf Recherche unterwegs ...«, würgte ich ihn trotzdem ab. »Vielen Dank für die Informationen, aber ich muss jetzt auch los!«

»Recherche?«

»Yep – Recherche«, antwortete ich und vermisste schmerzlich einen Telefonhörer, den ich auf die Gabel knallen konnte. Ich verabschiedete mich kurz angebunden von Tillmann und drückte das Gespräch weg.

Mein Entschluss, weiter zu ermitteln, hatte zwar schon vor dem Anruf des Gerichtsmediziners festgestanden. Doch jetzt war ich richtig versessen darauf, dem Arbeitsumfeld von Regina Ehrlich, der BIO NOUN AG in Hamburg, einen persönlichen Besuch abzustatten!

Ich stellte meine Teetasse ins Spülbecken und griff wieder zum Handy. Wenn ich Besorgungen zu machen oder etwas zu erledigen hatte, kümmerten Uz oder Claudia sich um Motte. Uz meldete sich wie gewohnt nach dem ersten Freizeichen. Ich informierte ihn über meinen geplanten Ausflug nach Hamburg und bat ihn, am Nachmittag nach Motte zu sehen und ihn mit Wasser und Futter zu versorgen. Ich wollte mich gerade von Uz verabschieden, da fiel mir ein, dass ich Claudia um einen Gefallen bitten könnte.

»Du sag mal, ist Claudia zu sprechen?«, fragte ich.

»Ja«, antwortete Uz. »Sie sitzt am Computer und erzählt einem japanischen Börsenmakler den neuesten Klönschnack aus Greetsiel.«

Claudia ist ein Kind der neuen Medien und nutzt das World Wide Web mit einer Selbstverständlichkeit, die ihrem Vater und auch mir gänzlich abgeht. Wir staunen immer, wenn Claudia von ihren Chatfreunden aus Aserbaidschan, New York oder Essen-Kupferdreh berichtet.

»Gib sie mir doch mal kurz«, bat ich Uz und verabschiedete mich dann gleich von ihm.

Ebenso gleich hatte ich Claudia an der Strippe. »Hallo, Jan.«

»Hallo, Claudi«, begrüßte ich Uz' Tochter. »Was gibt's Neues in der großen, weiten Welt?«

»Mai Ling ist schwanger und ihre Familie ist außer sich.«

»Außer sich vor Freude oder vor Ärger?«

Aus Erzählungen kannte ich Claudias Chatfreundin aus Hongkong mittlerweile so gut, als wäre ich mit ihr gemeinsam zur Schule gegangen.

»Vor Ärger natürlich«, antwortete Claudia. »Schließlich sind Mai Ling und Goung-Kyu nicht verheiratet. Sie arbeiten gemeinsam in derselben Fabrik, wie ihre Väter. Die beiden Männer verlieren ihr Gesicht.«

»Hm«, machte ich.

»Aber die werden sich auch wieder beruhigen. Du weißt doch selber, wie Väter sind«, Claudias Spitzfindigkeit fand immer ihren Weg.

»Ich würde ja gerne noch weiter mit dir plaudern. Aber ich bin gerade auf dem Sprung nach Hamburg, um mich ein bisschen im Arbeitsumfeld von Regina Ehrlich umzuschauen«, entgegnete ich. »Könntest du mir einen Gefallen tun und im Internet ein bisschen was für mich recherchieren?«

»Na klar, mach ich doch gerne.«

Claudia wusste, dass ich dem neuen Medium – abgesehen von der Möglichkeit, Musik herunterzuladen – nicht sehr viel abgewinnen konnte. Obwohl ich die Suche nach Informationen im Netz eher für Zeitverschwendung und nicht für einen technischen Fortschritt der Neuzeit halte, bitte ich inkonsequenterweise Claudia gelegentlich um Hilfe bei meinen Recherchen.

»Ich interessiere mich für die Konferenz, die Regina Ehrlich und Martin Freese vor ihrem Tod im Strandhotel auf Juist besucht haben. Genauer gesagt, interessiere ich mich für die Teilnehmer der Besprechung und die Firmen. Interessant wären auch Informationen, Hintergründe und Presseberichte der Firma, für die Regina Ehrlich gearbeitet hat. Geschäftsberichte und Bilanzen dürften eigentlich kein Problem sein. Ich gehe davon aus, dass die Firma regelmäßig ihre Geschäftsberichte veröffentlicht, denn es ist ja eine Aktiengesellschaft«, zählte ich meine Wünsche auf.

Mit der freien Hand wühlte ich in den Papieren auf meinem Schreibtisch herum, bis ich den Zettel fand, den mir die freundliche Rezeptionistin im Kurhaus auf Juist gegeben hatte.

»Ich habe hier einen Zettel mit ein paar Namen«, sagte ich. »Vorlesen oder faxen?«

»Leg mir die Namen einfach aufs Fax, ich kümmere mich dann darum.«

»Du bist ein Schatz.«

»Wenn du es nur endlich mal einsiehst«, flachste sie.

Ich legte die Liste aufs Faxgerät und drückte die Kurzwahltaste, unter der ich die Nummer von Uz gespeichert hatte. Mit leisem Summen setzte sich das Gerät in Bewegung.

»Na, das ist aber 'ne Menge Kram«, rief Claudia, als die Liste mit den Namen der Konferenzteilnehmer des Strandhotels aus ihrem Faxgerät lief. »Hast ja Glück, dass meine Praxis heute

Nachmittag geschlossen ist. Da habe ich Zeit für so was.« Ich hörte Papier rascheln.

»BIO NOUN AG. Davon hattest du erzählt. Das ist die Firma, bei der die tote Frau gearbeitet hat«, rekapitulierte Claudia.

»Stimmt.«

»Was ist mit den anderen Namen: Stolzenberg, Winter, Pudel und so weiter?«, las Claudia laut vor. »Ach, und was ist mit diesem Nicolai Poloch von der Nicolai's Healths Care & Catering GmbH?«

»Na, es wäre schon toll, wenn du ein paar Fakten und Hintergrundinformationen über alle Teilnehmer und die Firmen herausfinden könntest«, sagte ich.

Claudia antwortete nicht sofort. Da ich sie auf der Tastatur ihres Computers herumhämmern hörte, nahm ich an, dass sie schon bei der Arbeit war.

»In Ordnung, ich schaue mal, was ich so finden kann«, hörte ich sie gedankenversunken sagen.

»Tausend Dank. Du hast was gut bei mir.«

»Ich nehme dich beim Wort. Wie wäre es heute Abend bei dir und du machst was Leckeres zum Essen?«

»Abgemacht, heute vielleicht noch nicht. Ich weiß nicht genau, wann ich aus Hamburg wieder zurück bin. Doch ihr könnt schon mal einen Grauburgunder kalt stellen«, sagte ich.

»Wird gemacht«, sagte Claudia. Wir verabschiedeten uns voneinander, und Claudia versprach mir, mich unterwegs auf meinem Handy anzurufen, sobald sie die gewünschten Hintergrundinformationen zusammengetragen hatte.

Ich packte ein paar Sachen in meine Aktentasche und stieg in meinen dunkelblauen Anzug. Die dunkelblaue Seidenkrawatte mit weißen Punkten erschien mir geschäftsmäßig zum weißen Hemd.

Motte versorgte ich aufgrund meines schlechten Gewissens, ihn schon wieder alleine lassen zu müssen, mit einer doppelten Portion Futter. Da ich für gewöhnlich die Terrassentür nur anlehne, konnte Motte jederzeit in den Garten, wenn er dem Ruf der Natur folgen wollte. Ansonsten sah Uz nach ihm.

Ich zog gerade die Haustür hinter mir zu, als Onno mit seinem alten Hollandrad die Auffahrt herauf geradelt kam. Er hatte seine zottelige Flokatimütze tief in die Stirn gezogen und schnaufte vor lauter Anstrengung.

»Moin, Onno«, begrüßte ich ihn.

»Moin, Moin.« Onno stieg breitbeinig vom Rad ab und griff sich von oben in die Hose, um seine Einzelteile zu sortieren. Der Einfachheit halber machte Onno sich nicht erst die Mühe, sein Rad auf den Ständer aufzubocken, sondern ließ es gleich auf den Weg fallen.

»Was gibt's denn, Onno?«

Statt einer Antwort zog er ein Päckchen Tabak aus den unergründlichen Tiefen seiner sackartigen Hose. In aller Ruhe begann er, sich eine Zigarette zu drehen.

»Ich bin auf dem Weg nach Hamburg und ziemlich in Eile«, sagte ich fatalerweise. Denn wie aufs Stichwort stimmte Onno prompt Udo Lindenbergs *Reeperbahn* an,

»... du geile Meile, Reeperbahn! Ich kam an, du alte Gangsterbraut ...«, krähte Onno mit seiner Fistelstimme, bis ich ihn mit einem derben Schlag auf die Schulter abstellte.

»Entweder du sagst mir jetzt, was du von mir willst«, drohte ich, »oder du singst alleine weiter und ich fahr los.«

Onno verzog weinerlich das Gesicht.

Als er meinem Gesichtsausdruck ansah, dass ich es ernst meinte, hörte er mit den Faxen auf. »Ich habe gehört, du bist wieder als Anwalt unterwegs. Und da wollte ich dich fragen ...«

Während Onno vor sich hin druckste, trat ich ungeduldig von einem Bein aufs andere. Erneut stellte ich fest, dass sich Neuigkeiten bei uns in Ostfriesland wie die sprichwörtlichen Buschfeuer herumsprechen.

»Ich hab 'nen Kumpel, den Max: Max Bornemann. Dem haben sie so richtig was aufs Maul gehauen. Der weiß nicht genau, wer das war ... aber er will nicht, dass die damit durchkommen.«

Es tat mir zwar leid, Onno enttäuschen zu müssen. Doch wenn ich mich wieder auf eine anwaltliche Tätigkeit einließe, würde ich mir demnächst Büroräume anmieten und mich hinter einem Schreibtisch wiederfinden.

»Es ist richtig, Onno«, sagte ich betont langsam, damit meine Worte bei Onno auch wirklich ankamen. »Ich habe meinen Ruhestand kurz unterbrochen – verstehst du, Onno? Ruh-he-stand!« Zur Bekräftigung betonte ich den Begriff Ruhestand mit zwei dicken Ausrufezeichen, die ich in die Luft malte. »Ich helfe ausnahmsweise der Schwester der toten Frau, die wir aus der Nordsee gefischt haben. Das heißt allerdings nicht, dass ich wieder als Anwalt arbeite.«

Onno sah mich mit treuherzigem Blick an.

Ich vermutete, dass er über das Gehörte nachdachte. So genau wusste man das bei ihm immer nicht. Doch das Schlitzohr überraschte mich mit einem entwaffnenden Argument, auf das ich nicht gefasst war. Offenbar hatte Onno bereits mit einer ablehnenden Reaktion gerechnet. Mit einer fixen Handbewegung zog er sein Handy aus der Tasche und hielt es mir unter die Nase. Er hatte ein Foto hochgeladen.

Ich vermutete, dass es sein Kumpel Max war, den ich auf diesem Foto sah. Richtig erkennen konnte man das nicht. Beide Augen waren zu schmalen Sehschlitzen zugeschwollen und von einem riesigen, purpurfarbenen Brillenhämatom umrahmt. Das großflächige Hämatom zog sich über Nase und Augenpartie bis zu den Schläfen. Der Unterkiefer war mit einem Metallgestell aus Edelstahl fixiert.

Ich starrte auf die dünnen Metallfäden, die, von einem Fixateur kommend in kleine Löcher direkt in der Haut verschwanden. Die Drahtfäden stellten dort die notwendige Statik wieder her, damit der offenbar mehrfach zertrümmerte Kiefer nicht zerbröselte.

»Dreifacher Kieferbruch, zweifacher Jochbeinbruch, vier Schneidezähne ausgeschlagen und ein einfacher Nasenbeinbruch«, rapportierte Onno wie ein Assistenzarzt bei der Chefvisite. »Tja, und dann wären dann noch die gebrochenen Arme und die zertretenen Kniescheiben.«

»Was ist passiert?«, fragte ich automatisch.

»Da lag ein Schiff am Pier im Gewerbehof. Da wo Max arbeitet. Direkt unter dem Schild *Anlegen verboten*. Und der Max ist lediglich zu dem Schiff hin und hat den Leuten gesagt, dass sie da nicht anlegen dürfen.«

»Mehr nicht?«

»Mehr nicht!«

Ich atmete scharf durch die Nase ein.

»In Ordnung. Sag deinem Kumpel, ich werde versuchen, ihm zu helfen«, mit dem Kopf zeigte ich in Richtung Käfer. »Aber erst, wenn ich aus Hamburg wieder zurück bin.«

»Alles klar, Jan«, Onno nickte mir zu. »Vielen Dank, auch im Namen von Max.«

»Lass gut sein«, winkte ich ab. »Dein Kumpel hat ja wohl die Polizei informiert?«

»Hat er«, Onno nickte eifrig. »Aber die Flitzpiepen haben nur die Anzeige aufgenommen und gesagt, dass sie auch nix machen können. Deshalb braucht er doch 'nen Anwalt und bittet dich um Hilfe.«

»Und was soll ich bitteschön tun, wenn die Polizei nichts ausrichten kann?«

Es ist immer wieder erstaunlich, zu welchen Heldentaten die Leute einen Anwalt für fähig halten. Da ich mich aber jetzt nicht mit Onno auf Grundsatzdiskussionen einlassen wollte, klopfte ich ihm zum Abschied auf die Schulter.

»Richte Max die besten Genesungswünsche aus. Ich melde mich, wenn ich wieder zurück bin.«

Onno hob sein Rad vom Fußweg auf, richtete seine Hose und radelte munter pfeifend die Auffahrt runter. Ich stieg in meinen Käfer und machte mich ebenfalls auf den Weg.

22

Kurz vor Hamburg stand ich im Stau und musste eine Viertelstunde lang den lautstarken Streit eines jungen Paares mit anhören, das mit ebenfalls offenem Verdeck im Auto neben mir saß.

Ein Blick auf die Uhr sagte mir, dass ich für die Strecke nach Hamburg etwas über drei Stunden benötigt hatte. Das war für meinen Käfer rekordverdächtig!

Ich lag gut in der Zeit. Für Gespräche, bei denen ich nach Informationen fischen wollte, war es ein taktisch guter Zeitpunkt. Um diese Zeit ließ die Konzentration von Büromenschen nach, weil sie nach dem Mittagessen meist mit dem berüchtigten Mittagstief kämpften.

Während der arme Kerl im Wagen neben mir weiterhin die Eifersuchtsattacke seiner Begleiterin über sich ergehen lassen musste, bei der es sich um eine kurzberockte Nachbarin drehte, nutzte ich den Stau, um mir einen Gesprächstermin zu besorgen.

Eigentlich hätte ich am liebsten mit dem Vorstandsvorsitzenden der BIO NOUN AG, Klaus Sornau, persönlich sprechen wollen. Dessen Chefsekretärin zeigte sich allerdings meinen Argumenten gegenüber außerordentlich resistent. Freundlich, aber bestimmt bügelte sie mich ab; was eindeutig für die Kompetenz der Chefsekretärin sprach.

Den Gesprächstermin beim Geschäftsführer Dietmar Protzek erhielt ich wahrscheinlich auch nur, weil ich mich als Anwalt ausgab, der im Klientenauftrag eine renditestarke Investitionsmöglichkeit suchte. Ich fabulierte, meine Klienten spielten mit dem Gedanken, im größeren Umfang zu investieren, und seien auf der Suche nach lukrativen Anlagemöglichkeiten. Das war zwar nicht die feine englische Art. Doch manchmal muss man halt mit der Mettwurst nach dem Schinken werfen.

Nachdem ich auf diese Weise zumindest zu einem Termin gekommen war, rief ich nochmals in der Zentrale an. Ich meldete mich unter einem anderen Namen und brachte in Erfahrung, dass sich die Büros der Abteilung für Öffentlichkeitsarbeit in der dritten Etage befanden. Das ersparte mir das Fragen vor Ort.

Mein Käfer schnurrte über die Lombardsbrücke, die in die Esplanade überging. Ich lag zwar gut im Zeitplan, wurde allerdings etwas kribbelig, als ich feststellte, dass die Dammtorbrücke bis Ende Mai gesperrt war. Ich quälte mich durch die Umleitung und bog auf die Rothenbaumchaussee ab.

Die BIO NOUN AG, für die Regina Ehrlich zu Lebzeiten gearbeitet hatte, residierte in einem glasverkleideten, repräsentativen Bürohaus.

Vom Auto aus sah ich neben dem Haupteingang ein Firmenschild aus Edelstahl, das von dem Firmenlogo, einem Kometenschweif, dominiert wurde. Der Anzahl der Firmen nach, die unter dem Logo aufgeführt waren, hatte die BIO NOUN AG das Bürogebäude mit seinen schätzungsweise zehn Etagen völlig belegt.

Ich parkte meinen Käfer auf dem firmeneigenen Parkplatz und warf einen prüfenden Blick zum Himmel. Da ich nicht beabsichtigte, mich stundenlang in dem Bürogebäude herumzutreiben, und am Himmel nur ein paar Schäfchenwolken zu sehen waren, ließ ich das Verdeck offen. Ich prüfte kurz im Innenspiegel den Sitz meiner Krawatte und setzte mein seriösestes Lächeln auf. Da die Kollegen von Regina Ehrlich nicht notwendigerweise mit mir reden mussten, würde ich mich auf meinen Charme und mein Lächeln verlassen müssen.

Die drei Behindertenparkplätze gleich beim Eingang wurden von einem einzigen, aber monströsen metallic-schwarzen Van vollgeparkt, denn das fünf Meter lange Schlachtschiff von einem Chrysler Grand Voyager stand quer zur Parkrichtung. Mit vor der Brust verschränkten Armen flätzte sich der Fahrer an den Mittelpfosten. Seine Parkgewohnheit, seine Haltung mit seinem extrem gut durchtrainierten, muskelbepackten Körper und dem glattrasierten Schädel wollte überhaupt nicht zu dem eleganten, sicherlich maßgeschneiderten dunklen Anzug passen, trotz perfektem Sitz.

Unwillkürlich zog ich den Bauch ein, als ich an dem Muskelberg Typ Iron Man vorbeikam. Und schon wieder musterte mich eine Sonnenbrille.

Den Erzählungen von Eva zufolge wurde bei BIO NOUN viel Geld bewegt und verdient. Da war es schon naheliegend, dass Topmanager oder Vorstandsvorsitzende Wert auf Personenschutz legen. Allerdings konnte ich mir auch vorstellen, dass es ab einer gewissen Gehaltsklasse zum guten Ton gehört oder als Statussymbol gilt, sich von Bodyguards eskortieren zu lassen.

Eine getönte, gläserne Drehtür beförderte mich ins Foyer des Bürohochhauses. Die Empfangshalle der BIO NOUN AG war beeindruckend. Größe und Ausstattung des Foyers gaben einen ersten Hinweis auf die Finanzkraft des Unternehmens, wenn man die Quadratmeterpreise für Gewerbeimmobilien in den renommierten Stadtteilen Hamburgs zugrunde legte. Die Rothenbaumchaussee gehört zweifelsfrei dazu.

Die elegante Empfangshalle war rundum verglast und der Fußboden mit mattglänzenden hellgrauen Steinfliesen ausgelegt. In unregelmäßigen Abständen hatten die Innenarchitekten tabakfarbige Ledersessel im Art-déco-Stil locker zu gemütlichen Sitzgruppen und diskreten Besprechungszonen gruppiert.

Einige der Ledersessel waren von Besuchern belegt, die darauf warteten, dass sich jemand um sie kümmerte oder sie abholte. Aktenköfferchen und Produktmappen ließen vermuten, dass es sich bei den meisten der Besucher um Außendienstmitarbeiter von Firmen handelte, die versuchten, mit der BIO NOUN AG ins Geschäft zu kommen.

Was verständlich war, denn nach den Umsatzzahlen, die Eva mir genannt hatte, würde wahrscheinlich jeder gerne mit dem Unternehmen Geschäfte machen wollen.

In einer Sitzgruppe entdeckte ich zwei Klone des draußen wartenden Iron Man. Sie schienen ebenfalls auf etwas zu warten, denn sie lümmelten sich in den tiefen Ledersesseln und spielten mit ihren Smartphones herum.

Aus versteckt angebrachten Lautsprechern rieselte dezenter Lounge Jazz auf die Wartenden herab und vertrieb ihnen die Zeit. Mannshohe Grünpflanzen und exotische Palmen in riesigen Terrakottakübeln belebten die Eingangshalle. Gemeinsam mit den schweren Ledermöbeln und ausgesuchten Accessoires schufen sie eine Atmosphäre, die an die Kolonialzeit erinnerte. Ich hätte mich nicht gewundert, wenn eine Herde Zebras meinen Weg zum Empfangstresen gekreuzt hätte.

Hinter dem ganz in Edelholzfurnier gehaltenen und mit mattierten Messingapplikationen verzierten Tresen empfing mich eine junge Empfangsdame, die einen unscheinbaren, jedoch sehr freundlichen Eindruck machte.

Saskia Schneider konnte ich auf dem Namensschild lesen, das ihre beachtliche Oberweite schmückte.

Ich setzte ein verbindliches Lächeln auf.

»Guten Tag, mein Name ist de Fries und ich hätte gerne Herrn Protzek gesprochen.«

»Haben Sie einen Termin?«, fragte Saskia Schneider und lächelte mich freundlich an.

»Ja, in fünf Minuten«, antwortete ich und erwiderte ihr Lächeln.

»Moment bitte, ich melde Sie an.« Die Empfangsdame griff zum Telefonhörer und tippte eine dreistellige Nummer ein.

»Ja hallo, hier spricht Saskia Schneider vom Empfang. Ich möchte einen Herrn de Fries als Besucher für Herrn Protzek anmelden.«

Offenbar war mit meiner Terminvereinbarung alles glattgegangen. Die Empfangsdame legte den Hörer mit einem gefälligen *Adieu* ab und wandte sich wieder mir zu.

»Nehmen Sie bitte den Fahrstuhl und fahren in die siebte Etage. Sie werden dort abgeholt.« Ein manikürter Fingernagel wies mir den Weg. Ich bedankte mich artig und machte mich auf den Weg zum Fahrstuhl.

Die rundum verglaste Kabine setzte sich so sanft in Bewegung, dass ich das Gefühl hatte, mich überhaupt nicht vom Fleck zu bewegen. Nur die an mir vorübergleitenden Ebenen wiesen darauf hin, dass es nach oben ging. Während die Empfangshalle unter mir immer kleiner wurde, konnte ich einen Blick auf das Treiben in den einzelnen Etagen erhaschen, die an mir vorüberglitten.

Der Bodenbelag der siebten Etage schob sich langsam in mein Blickfeld. In Augenhöhe tauchten unvermittelt zwei schwarze Pumps auf. Den schlanken Fesseln, die in den eleganten Schuhen steckten, folgten ein paar wohlgeformte Beine, die unter einem schwarzen, knielangen Rock verschwanden.

Der Aufzug kam zum Stillstand und ich sah mich einer attraktiven jungen Frau gegenüber, die mich freundlich durch die Glasscheibe hindurch anlächelte. Offenbar wurde in diesem Unternehmen viel gelächelt. Geräuschlos öffneten sich die gläsernen Aufzugstüren.

»Guten Morgen, Herr de Fries, mein Name ist Ute Schneider«, wurde ich freundlich begrüßt. Sie streckte mir eine schmale Hand entgegen. »Herr Protzek erwartet Sie bereits.«

Ich erwiderte den Gruß ebenso freundlich und überlegte, ob es sich bei der jungen Dame um die Schwester der Empfangsdame oder nur eine Namensgleichheit handelte. Nachdem sie mir kurz die Hand geschüttelt hatte, drehte sich meine Empfangsdame grazil auf ihren Pumps um und lief mit schnellen, kurzen Schritten vor mir her den Gang entlang. Zu beiden Seiten lagen mehrere Büros, deren Türen überwiegend offen standen. Dort saßen, soweit ich es sehen konnte, vor allem junge Frauen, schauten konzentriert in ihre Flachbildschirme und schienen sehr beschäftigt.

Meine Begleiterin bog mit mir im Schlepptau rechts in ein Büro ab. Sie durchquerte den Raum, bei dem es sich offensichtlich um ihren eigenen Arbeitsbereich handelte. Das Büro diente offenbar zugleich als Vorzimmer des Geschäftsführers der BIO NOUN AG. Die Einrichtung bestand aus modernen und freundlichen Büromöbeln im Eisbirkendesign, wie sie oftmals in Büros mittelständischer Unternehmen zu finden sind.

Ute Schneider klopfte sacht an die Tür hinter ihrem Schreibtisch und wartete, bis ein gedämpftes Murmeln zu hören war, das sie offensichtlich als Aufforderung zum Eintreten identifizierte, denn sie öffnete die Tür.

»Herr de Fries ist da«, flötete sie so fröhlich in den Raum hinein, als sei ich der beste Freund ihres Chefs. Sie hielt mir – natürlich lächelnd – die Tür auf.

Als ich das Büro des Geschäftsführers der BIO NOUN AG betrat, blickte ein hagerer Mann mit schütterem Haar von seiner Postmappe auf. Wässerige Augen taxierten mich kurz. Dennoch behände erhob er sich aus seinem ledernen Chefsessel. Mit ausgestreckter Hand umrundete er seinen Schreibtisch und knipste ein breites Lächeln an, das wahrscheinlich für potenzielle Investoren vorgesehen war.

»Ich freue mich, Sie kennenzulernen, Herr de Fries«, schleimte er und ergriff meine Hand, die er begeistert schüttelte.

Ich gönnte meiner Gesichtsmuskulatur eine Lächelpause. Von Freudenkundgebungen über unser Kennenlernen sah ich ab. Man konnte geschäftsmäßige Freundlichkeit auch übertreiben, zumal ich auf den ersten Blick sah, dass wir keine Freunde werden würden.

Protzek ließ nur widerwillig meine Hand los und deutete auf eine Sitzgruppe neben seinem Schreibtisch. »Nehmen Sie doch bitte Platz.«

Ich wischte mir unauffällig die Hand an meiner Hose ab.

Wir setzten uns gegenüber. Ich stellte meine Aktentasche neben meinen Schuhspitzen ab.

Da man sich einen Anwalt ohne Aktenköfferchen schlecht vorstellen kann, schleppte ich meine alte Aktentasche mit mir herum. Die alte Tasche sah noch immer repräsentativ genug aus, um meinem Auftritt eine zusätzliche formelle Note zu verleihen.

Eine Taschenkontrolle hätte allerdings nicht mehr als ein paar Schokoriegel – mein Laster – und eine Flasche Malzbier zutage befördert.

Protzek war schätzungsweise Mitte vierzig und hager, fast schon dürr, und wirkte trotz seines dreiteiligen Geschäftsanzugs irgendwie magersüchtig. Er trug einen dunkelgrauen Anzug mit Weste, weißes Hemd und eine dröge aussehende Krawatte. Sein graubraunes Haar war ziemlich dünn und die Geheimratsecken reichten schon fast bis hinter die Ohren. Protzeks ungesund gelbliche Hautfarbe deutete auf einen starken Kettenraucher hin. Ein Blick auf seine Hände bestätigte meine Vermutung. Die Innenseiten von Zeige- und Mittelfinger wiesen die typischen, gelbbraunen Verfärbungen eines Kettenrauchers auf. Seine Fingernägel waren für einen Mann ungewöhnlich lang. Dafür hatten sie aber Trauerränder, die man sonst in aller Regel eher bei Gartenarbeitern während der Pflanzzeit sieht.

Ohnehin machte der Geschäftsführer der BIO NOUN AG einen recht ungepflegten Eindruck. Seine gelben Zähne, die durch sein breites Dauergrinsen entblößt wurden, unterstrichen diesen Eindruck noch zusätzlich. Ich fragte mich, wie man sich als Geschäftsführer eines börsennotierten Unternehmens ein derart ungepflegtes Aussehen leisten konnte. Vielleicht war Protzek auf seinem Gebiet eine absolute Spitzenkraft. Oder aber es galten für männliche Angestellte bei der BIO NOUN AG andere Kriterien als für weibliche.

»Darf ich Ihnen etwas anbieten, Kaffee, Tee oder lieber ein Wasser?«, fragte Frau Schneider.

»Danke, ein Wasser wäre schön«, erwiderte ich.

»Für mich einen Kaffee«, rief Protzek der Sekretärin hinterher.

Professionell lächelnd servierte Frau Schneider umgehend die Getränke und verließ den Raum.

Ich ließ meinen Blick durch das Büro des Geschäftsführers schweifen. Der weiß gestrichene und zweckmäßig eingerichtete Raum wirkte nicht sehr gemütlich. Die Nüchternheit des Büros wurde durch den penibel aufgeräumten Schreibtisch und zwei Aktencontainer aus Eisbirkenfurnier noch verstärkt. Daran konnte auch das wertvoll aussehende Gemälde an der Stirnwand des Raumes nichts ändern.

Der Schreibtisch wirkte aseptisch. Ich vermisste die auf einem Schreibtisch üblicherweise platzierten persönlichen Gegenstände, wie Fotos der Ehefrau oder der Kinder. Auf dem Schreibtisch eines Klienten hatte ich mal das Porträtfoto seines Rottweilers stehen sehen. Aber hier stand rein gar nichts Persönliches herum.

»Sie können auch gerne rauchen, wenn Sie möchten«, sagte Protzek und schob mir einen schweren, gläsernen und bereits ausgiebig frequentierten Aschenbecher zu.

»Danke nein«, lehnte ich höflich ab.

»Es macht Ihnen sicherlich nichts aus, wenn ich rauche?«

»Nein, natürlich nicht.«

Protzek griff in die Innentasche seiner Jacke und förderte ein Päckchen Tabak heraus. Mit geübten Fingern drehte er sich in bemerkenswerter Geschwindigkeit eine Zigarette. Er zündete das Papierröhrchen mit einem billigen roten Plastikfeuerzeug an. Mit der Routine des nikotinsüchtigen Kettenrauchers inhalierte er den Rauch so tief, dass mit Sicherheit auch noch die letzten Lungenbläschen geteert wurden. Als er ausatmete, war der Rauch fast farblos.

»Zunächst einmal möchte ich mich bedanken, dass Sie sich so kurzfristig Zeit für mich genommen haben«, eröffnete ich das Gespräch.

»Aber das ist doch selbstverständlich«, log er mit schiefem Grinsen, das wie eingemeißelt in seinen Mundwinkeln klebte.

»Da ich mir vorstellen kann, dass Ihre Zeit sehr beschränkt sein dürfte, möchte ich gleich zum Kern meines Besuches kommen«, sagte ich und setzte einen freundlichen Gesichtsausdruck auf.

»Das mag ich«, rief Protzek. Sein Grinsen wurde so breit, dass man es ohne weiteres hinter seinen Ohren hätte verknoten können. »Männer, die gleich zur Sache kommen und sich nicht erst lange mit Vorreden aufhalten«, ergänzte Protzek und schickte einen weiteren Zug seiner Selbstgedrehten pfeifend in die Tiefen seiner Lunge.

Ich nickte ihm zu und rang mir ein Lächeln ab.

Zwar hatte ich mich als Repräsentant einer finanzstarken Investorengruppe ausgegeben. Trotzdem war ich auch nicht mehr als ein Vertreter, der mit BIO NOUN ins Geschäft kommen wollte, genauso wie die armen Tröpfe, die unten in der Eingangshalle auf eine Audienz warteten.

Das wusste Protzek. Das hatte ich zu wissen.

Zeit für das Verkaufsgespräch!

»Ich vertrete eine überregionale Investorengruppe, die sich für eine langfristige und renditestarke Anlagemöglichkeit interessiert«, köderte ich seine Aufmerksamkeit.

»Verstehe.« Während sich Rauch aus seiner Nase kräuselte wie bei einem Räuchermännchen aus dem Erzgebirge, musterte er mich eingehend.

»Wie sind Sie da auf unsere Unternehmensgruppe gekommen?« So leicht ließ er sich anscheinend nicht ködern.

»Jeder, der sich in der Bio-Branche auskennt und das Interesse des Verbrauchers an gesunder Ernährung richtig interpretiert, kennt die führenden Unternehmen.« Ich trank einen Schluck Wasser und fuhr fort. »Meine Investoren haben sich über die aktuelle Marktsituation informiert und kamen selbstverständlich nicht an der BIO NOUN AG vorbei. Schließlich ist Ihr Unternehmen eines der Größten. Insbesondere, wenn es um Investitionen für die Zukunft geht, ist Ihr Unternehmen richtungweisend.« In Gedanken dankte ich Eva für ihren Vortrag.

Protzeks Grinsen, das ihm noch immer im Gesicht klebte, bekam einen süffisanten Ausdruck. »Nicht eines der Größten, Herr de Fries – wir sind das größte Unternehmen der Branche. Wir sind Marktführer in der Bundesrepublik.« Er lehnte sich selbstgefällig zurück.

Schweigend sah ich ihm zu, wie er den klebrigen Stummel, der von seiner selbstgedrehten Zigarette übrig geblieben war, im

Aschenbecher ausdrückte. Mit einer Handbewegung klopfte er sich ein paar heruntergefallene Tabakkrümel von der Hose.

»Sie haben absolut Recht, wenn Sie den Markt der biologisch erzeugten Lebensmittel als zukunftsweisend bezeichnen«, fuhr er fort. »Allerdings gilt das nur für diejenigen Unternehmen, die nicht ausschließlich Gewinnschöpfung betreiben, sondern die sich auch dem Menschen verpflichtet fühlen. Die Erzeugung gesunder Lebensmittel nach ökologischen und biologischen Grundsätzen verstehen wir als sozialen Auftrag an unsere Gesellschaft.«

Wahrscheinlich war das der Standardvortrag für Investoren. Nach wie vor wollen Investoren ihr Geld sicher und renditestark anlegen. Und sicher heißt im günstigsten Fall, mit der notwendigen gesellschaftlichen Akzeptanz bei zielführender Gewinnoptimierung. Da hängt man sich beim Geldverdienen eben das soziale Mäntelchen um, solange es notwendig ist. Will der Verbraucher öko, bekommt der Verbraucher öko – zumindest steht es auf der Packung.

»Schauen Sie mal«, fuhr Protzek mit seiner Investorenshow fort. »Wie leicht kann man doch mit gesunden Lebensmitteln Geld verdienen. An jeder Ecke schießen Bioläden und Biobauernhöfe wie Pilze aus dem Boden. Es spricht ja nichts dagegen, wenn man Geld verdienen will. Aber doch bitte nur, wenn man für das Geld, das man annimmt, auch eine adäquate Leistung erbringt.«

Selbstgefällig schlug Protzek die Beine übereinander und kurbelte sich erneut eine Nikotinbombe. Kein Wunder, dass seine Gesichtsfarbe der eines Leberkranken glich, wenn er sich alle paar Minuten einen Nikotinschock verpasste.

»Die BIO NOUN AG hat es sich auf ihre Fahnen geschrieben, die Versorgung aller Bürger mit gesunden Lebensmitteln zu einem bezahlbaren Preis sicherzustellen!« Blauer Dunst stieg von Protzeks Lungentorpedo auf und kräuselte sich Richtung Decke.

»Alle unsere Lebensmittel haben einen nachweisbaren Lebenslauf. Wir können Ihnen von jeder Kartoffel, jeder Karotte und jedem Schweineschnitzel nachweisen, wann gepflanzt, wo und von wem geerntet. Beim Schnitzel können wir Ihnen natürlich auch den Namen und Stammbaum des Schweins sagen, wenn Sie mit Ihrem Essen sprechen möchten.« Protzek klatschte lachend in die Hände.

Graue Zigarettenasche sprenkelte sein Hemd und die Krawatte grau. Er pustete nachlässig die Asche vom Schlips und zog so stark an seiner Zigarette, dass die Spitze hellrot aufglühte.

»Die Qualität unserer Produkte, die unsere über 8.500 Erzeuger und Mitarbeiter in ihren Betrieben und an ihren Arbeitsplätzen Tag für Tag erbringen, sind Garant für unseren wirtschaftlichen Erfolg. Schließlich sind wir nicht zufällig Branchenführer geworden.«

Dieses Gespräch war ein typisches Männergespräch. Es ging im Grunde nur um eins: wer hat die dickeren Eier? Da ich vor seinem Schreibtisch saß, war es an mir, ein beeindrucktes Gesicht zu machen.

»Und ich rede im Moment nur von der Versorgung mit bezahlbaren und gesunden Lebensmitteln, bezogen auf die Bundesrepublik.« Protzek ließ seinen Satz in der Luft hängen.

Da ich ja nun von Eva wusste, welche Expansionspläne BIO NOUN brütete, war mir klar, dass Protzek von globaler Expansion sprach. Seine Andeutungen waren darauf angelegt, die Fantasien potenzieller Investoren anzuheizen.

Das Spiel konnte ich auch.

»Genau das ist der Grund, weshalb meinen Auftraggebern daran gelegen ist, bei der BIO NOUN AG zu investieren«, behauptete ich. »Wir haben mit allergrößtem Interesse nicht nur ihre Geschäftsbilanzen studiert. Ihre Wachstumszahlen sind exorbitant gut. Aber ebenso beeindruckt sind unsere Investoren von der Unternehmensphilosophie, mit der Sie zum Ausdruck bringen, wie sehr Ihnen das Wohl unserer Gesellschaft und insbesondere das unserer Kinder am Herzen liegt«, spielte ich auf die diversen Kinderhilfsprojekte an, die von der Unternehmensgruppe unterstützt und finanziert wurden.

Einen Moment lang befürchtete ich, zu dick aufgetragen zu haben. Jedoch Protzeks selbstgefälliges Grinsen zeugte davon, dass er genau das zu hören bekam, was er hören wollte.

»Meine Auftraggeber sind sehr interessiert, ein nicht unerhebliches Investment bei der BIO NOUN AG einzubringen«, log ich, ohne mit der Wimper zu zucken.

»Das freut mich sehr, dass unser soziales Engagement auch außerhalb unserer Branche gewürdigt wird«, schleimte Protzek weiter. »Ein anderer Aspekt unserer Unternehmensphilosophie ist natürlich die nachhaltige Sicherung von Arbeitsplätzen. Jedes Mal, wenn ich einen unserer Bauernhöfe besuche, nehme ich mir die Zeit und spreche mit unseren Arbeitern. Wenn ich dann die Dankbarkeit in den Augen der Menschen sehe, ist dies meine eigentliche Motivation, noch härter und länger zu arbeiten, um diesen Menschen sichere Arbeitsplätze zu geben.«

Bevor Protzek noch weiter den mildtätigen Samariter geben konnte und mir so übel wurde, dass ich mich über seinen Schreibtisch erbrechen musste, unterbrach ich seinen Sermon.

»Wie gesagt, genau diese Einstellung schätzen meine Investoren an Ihrem Unternehmen. Soziales Engagement muss ja eine starke Rendite nicht ausschließen. Ich finde Ihre Ausführungen außerordentlich professionell und engagiert«, kleisterte ich ihm eine Extraportion Honig um den Bart.

Sichtlich geschmeichelt und zufrieden mit sich, dem Vertreter einer finanzkräftigen Kapitalgruppe das Unternehmen von seiner besten Seite präsentiert zu haben, zündete sich Protzek bereits seinen nächsten Sargnagel an. Mit halb geschlossenen Augen blies er den Rauch Richtung Decke.

»Die Professionalität und das Engagement Ihrer Unternehmensgruppe werden auch durch die Form Ihrer exzellenten Öffentlichkeitsarbeit deutlich. Wir haben bereits seit Längerem mit großem Interesse die Tätigkeit Ihrer Marketingabteilung beobachtet.«

Allmählich wurde es Zeit, das Gespräch auf den eigentlichen Grund meines Besuches zu lenken.

»Insbesondere Ihre Pressesprecherin ist uns positiv aufgefallen. Eine intelligente und attraktive Frau. Ihr Auftreten in den Medien und auf Aktionärsversammlungen ist immer sehr professionell. Ich würde sie gerne persönlich kennenlernen. Ist Frau Ehrlich heute im Haus?«, fragte ich scheinbar arglos.

Bislang hatten die Zeitungen noch nicht darüber berichtet, dass die Pressesprecherin der BIO NOUN AG ums Leben gekommen war. Ich war auf Protzeks Reaktion gespannt.

»Frau Ehrlich?« Mein Gegenüber wechselte schlagartig die Gesichtsfarbe. »Ja, also ...«, stotterte er. Meine unerwartete Frage hatte Protzek vollkommen aus dem Konzept gebracht.

Und genau das hatte ich gewollt.

Es funktionierte doch immer wieder, wenn man etwas Vertrauliches wissen wollte. Den Gesprächspartner in Stimmung reden lassen und in Sicherheit wiegen. Ihm dann unerwartet eine Frage stellen, auf die er nicht vorbereitet ist und die ihn kalt erwischt.

Offensichtlich war es Protzek bewusst geworden, dass sein geschäftsmäßiges Grinsen nicht mehr opportun war. Mit einem Mal war es wie weggewischt. Trotzdem dauerte es eine Weile, bis seine Synapsen den Gesichtsmuskeln mitgeteilt hatten, ein angemessen betroffenes Gesicht zu machen.

»Ja, also ...«, wiederholte er sich und saugte sich an seiner Zigarette fest. »Frau Ehrlich ... also –, sie ... wir sind alle entsetzt!«

»Wieso, was ist denn mit Frau Ehrlich?«, fragte ich unschuldig.

»Ja, sie ist ...«, wieder brach er irritiert ab, »Frau Ehrlich hatte einen bedauerlichen Unfall.«

»Etwas Ernstes? Ein Autounfall?«, ich beugte mich gespannt vor.

»Nein. Sie hatte einen Segelunfall. Frau Ehrlich ist bei einem Segelunfall ertrunken.« Protzek drückte die Zigarette in dem gläsernen Aschenbecher aus und seufzte schwer.

»Oh«, sagte ich nur und sah ihn schweigend an.

Es mochte vielleicht hinterlistig von mir sein, den Geschäftsführer der BIO NOUN AG so hinters Licht zu führen. Doch ich rechnete mir einfach die besseren Chancen auf Informationen aus, wenn ich mich unwissend stellte.

Außerdem konnte ich Protzek nicht leiden.

»Ja, wir waren alle entsetzt, als wir von dem Unfall hörten. Frau Ehrlich war so eine liebenswürdige Frau, und als Pressesprecherin ist sie für uns unersetzlich.« Protzek seufzte abermals.

»Weiß man denn Näheres?«

»Nein«, sagte er und griff nach seinem Tabak. »Es war nur die Polizei da und hat uns über den Unfall informiert. Man hat uns nur mitgeteilt, dass sie bei einem Segelunfall in der Nordsee ertrunken ist. Schreckliche Geschichte!«

Auch wenn ich ihn nicht leiden konnte, kam ich doch nicht umhin, ihm zu glauben, dass ihm der Tod von Regina Ehrlich nicht vollkommen egal war.

»Hat die Polizei Fragen gestellt oder mit den Kollegen von Frau Ehrlich gesprochen?«

»Nein, nein. Es war doch ein Unfall.« Plötzlich sah ich in Protzeks Augen Misstrauen aufglimmen. »Wieso fragen Sie eigentlich?«

»Kein besonderer Grund«, entgegnete ich mit unschuldigem Augenaufschlag. »Reine Neugier. Ich dachte nur, dass die Polizei bei Unfällen immer Nachforschungen anstellt.«

»Ja, aber doch wohl nur, wenn die Todesumstände unklar sind. Und bei dem Unfall von Frau Ehrlich ist ja wohl alles klar.«

Ich nickte brav, um meine Zustimmung zu signalisieren.

»Weiß man schon, wann die Beerdigung stattfindet?«, lenkte ich ab.

»Nein, ein Termin steht noch nicht fest.« Er blies eine weitere farblose Rauchwolke an die Zimmerdecke. »Ich denke, darüber werden wir noch informiert werden.«

Vorläufig beließ ich es bei meinen Fragen und bohrte nicht weiter nach. Es würde sich sicher eine andere Gelegenheit ergeben, um Protzek auf den Zahn zu fühlen. Am liebsten wäre mir eine offizielle Befragung gewesen. Dann könnte ich ihm ein paar tiefergehende Fragen zum Tod seiner Pressesprecherin stellen:

Welchen Hintergrund hatte die Konferenz im Strandhotel gehabt? Wieso und weshalb war Regina Ehrlich nicht eingeladen gewesen? Hatte ihr unangemeldetes Auftauchen während der Konferenz zu Auseinandersetzungen geführt? Wieso waren sie und ihr Begleiter so schnell wieder verschwunden?

Doch bis ich diese Fragen offiziell stellen konnte, musste ich weiter den Investorenrepräsentanten spielen. Momentan konnte ich nur so an Informationen kommen, die den beruflichen Hintergrund von Regina Ehrlich ausleuchteten.

Ich hatte zwar weder vage noch konkrete Hinweise darauf, dass der Grund für den Tod von Regina Ehrlich in irgendeiner Form mit ihrem beruflichen Umfeld zu tun hatte. Doch mein Bauch sagte mir, dass die Richtung stimmte!

Von einer beruflichen Verbindung zu Martin Freese war mir zwar im Moment noch nichts bekannt. Doch war ich mir absolut sicher, dass eine solche Verbindung bestand und es nur eine Frage der Zeit war, bis sie sichtbar wurde. Mit Sicherheit würde Claudia eine Unmenge an Informationen aus dem Internet zusammentragen, die viele offene Fragen beantworten. Unbewusst griff ich an meine Brusttasche, in der ich mein Handy verstaut hatte, das auf lautlos gestellt war.

Ich riss mich zusammen und wandte meine Aufmerksamkeit wieder dem Geschwafel von Protzek zu, der sich immer noch über den tragischen Tod seiner Pressesprecherin grämte.

»Das gesamte Unternehmen bedauert den tragischen Verlust von Frau Ehrlich unendlich«, Protzek machte ein betrübtes Gesicht. »Aber das Leben muss ja weitergehen.«

»Haben sie schon eine Nachfolgerin?«, fragte ich.

»Wir stehen in Verhandlungen«, antwortete er knapp. Bei BIO NOUN verlor man anscheinend keine Zeit.

»Aber momentan ist es noch zu früh, Genaueres über eine Nachfolge zu sagen. Kommen wir aber doch zurück zum Geschäftlichen.« Protzek griff zu einer Hochglanzmappe, die auf dem Tisch lag. »Ich habe Ihnen hier die wichtigsten Unterlagen, die Ihre Investoren interessieren dürften, zusammengestellt.«

Mit einer Handbewegung schlug er die Informationsmappe auf und begann, in den bunten Seiten zu blättern.

»Da haben wir zunächst einmal eine Darstellung der Entwicklung des Unternehmens seit Gründung sowie die Expansionsplanung der kommenden drei Jahre.« Er hob einen gebundenen Einband hoch. »Hier ist der aktuelle Geschäftsbericht inklusive der Jahresabschlüsse der letzten zwei Jahre.« Protzek schob mir die Unterlagen über den Tisch.

»Ich habe Ihnen auch noch zwei Prospekte beigelegt, in denen zwei unserer Musterbauernhöfe vorgestellt werden.«

»Haben Sie vielen Dank«, sagte ich brav und verstaute die Unterlagen zu den Schokoriegeln in meinen Aktenkoffer.

»Unser heutiges Gespräch diente ja zunächst nur einer ersten Kontaktaufnahme. Ich kann Ihnen allerdings bereits jetzt sagen, dass ich ein sehr gutes Gefühl habe, was die Bereitschaft meiner Investoren betrifft, in Ihr Unternehmen zu investieren. Wie bereits gesagt, hatte ich mich ja schon im Vorfeld unseres Gespräches eingehend über Ihr Unternehmen informiert«, fantasierte ich die Mär meiner finanzkräftigen Auftraggeber weiter. »Heute konnte ich mich von der Seriosität und Professionalität der BIO NOUN AG und ihrer Geschäftsleitung persönlich überzeugen.«

Sichtlich zufrieden mit meinen Worten lehnte sich Protzek zurück und knipste sein Investorenlächeln wieder an.

Wir tauschten noch ein paar weitere Höflichkeitsfloskeln aus, um uns dann voneinander zu verabschieden. Ich kam nicht umhin, Protzeks schlaffe, feuchte Hand erneut zu schütteln und eine Visitenkarte einstecken zu müssen.

Beim Verlassen von Protzeks Büro wurde ich erneut von der freundlich lächelnden Ute Schneider in Empfang genommen. Mit kleinen, flinken Schritten eskortierte sie mich zurück zum Fahrstuhl und wünschte mir zum Abschied einen schönen Tag und eine gute Heimreise.

Ich nickte ihr freundlich zu und verkniff mir, ihr unter den Rock zu linsen, während sich der Fahrstuhl mit mir Richtung

Erdgeschoss in Bewegung setzte und sich ihre Beine meinem Blickfeld gleichsam aufdrängten.

Ich schaute stur geradeaus.

Kaum war Protzeks Sekretärin aus meinem Blickfeld verschwunden, drückte ich auf den Fahrstuhlknopf für die dritte Etage, in der die Abteilung Öffentlichkeitsarbeit untergebracht war. Ich schob mich durch die gläsernen Fahrstuhltüren hindurch, noch bevor sie sich ganz geöffnet hatten.

In Anbetracht meiner professionellen Eskortierung durch Ute Schneider musste ich damit rechnen, dass sich Protzeks Sekretärin nach einer angemessenen Zeit an der Rezeption vergewissern würde, dass ich das Haus verlassen hatte.

Ich warf einen schnellen Blick in die Runde und stellte fest, dass diese Etage identisch mit der oberen war. Zwei baugleiche Gänge erstreckten sich zu beiden Seiten. Ich entschied mich für den rechten, da sich auf dieser Seite im Erdgeschoss die Rezeption befand und ich mich im Bedarfsfall herausreden konnte, dass ich den Ausgang suchte.

Mit betont gemächlichen Schritten schlenderte ich den mit senffarbenem Teppichboden ausgelegten Gang entlang. Auch auf dieser Etage befand sich zu beiden Seiten des Ganges eine Vielzahl von Türen. Im Vorbeigehen las ich die Namensschilder, die neben jeder Tür angebracht waren. Ich konnte sehen, dass in allen Büros fleißig gearbeitet wurde.

Bei meinem Streifzug fiel mir auf, dass es sich bei den Mitarbeitern von BIO NOUN AG fast ausschließlich um junge und gut aussehende Frauen handelte. Mir war nicht klar, ob es sich um einen für männliche Besucher erfreulichen Zufall handelte oder der zuständige Personalchef bei der Personalrekrutierung seine Prioritäten auf optische Präsenz der weiblichen Belegschaft legte.

Meine Entscheidung für den rechten Gang war zufälligerweise die richtige gewesen. Vor einem Büro mit der Aufschrift *Referat für Öffentlichkeitsarbeit* blieb ich stehen. Der Rahmen des Türschildes, in dem der Namen des betreffenden Büroinhabers zu lesen ist, war leer. Wenn es sich um das Büro von Regina Ehrlich handelte, war man wirklich flott im Hause BIO NOUN.

Die Tür stand offen und ich schaute in ein Büro, das genauso geschnitten und eingerichtet war wie das Büro von Protzeks Sekretärin. Auch hier befand sich eine Tür direkt neben dem Schreibtisch, an dem allerdings niemand saß. Diese Tür zum angrenzenden Büro stand ebenfalls offen.

Ich verzichtete aufs Anklopfen. Mit schnellen Schritten durchquerte ich das verwaiste Vorzimmer und steckte meinen Kopf in das dahinterliegende Büro. Das Zimmer war ebenso in Eisbirke eingerichtet wie jenes, das ich wenige Minuten vorher ein paar Etagen über mir verlassen hatte.

Vor dem Schreibtisch stand – wie konnte es auch anders sein – eine weitere attraktive junge Frau, sie wandte mir den Rücken zu. Sie war sportlicher gekleidet als die Mitarbeiterinnen, denen ich bislang in diesem Haus begegnet war. Schwarze Sneakers, enge Röhrenjeans und ein ärmelloser, schwarzer Pullover mit Lochstickereien.

Ich klopfte vorsichtig an den Türrahmen. Die junge Frau schrak zusammen und fuhr zu mir herum. Ich schätzte sie auf Ende zwanzig. Ihre dunklen Augen sahen mich erschrocken aus einem schmalen, hübschen Gesicht mit hohen Wangenknochen an. Offenbar hatte sie geweint. Ihr schwarzer Lidschatten war verlaufen, ihre Augen verschmiert, was sie ein bisschen wie Marylin Manson aussehen ließ. Das dicke, schwarze Haar hatte sie mit einer messingfarbigen Spange zu einem Pferdeschwanz gebunden. Ein Namensschild wies sie als Rosita Gonzales, Assistentin des Pressereferates, aus.

Vor ihr auf dem Schreibtisch stand ein Pappkarton. Anscheinend hatte ich sie gerade beim Ausräumen des Schreibtisches gestört. Ein Blick auf die Utensilien, die noch aufs Einpacken warteten, verriet mir, dass es sich um den Schreibtisch von Regina Ehrlich handelte.

»Verzeihen Sie bitte, Sie haben mein Klopfen vermutlich nicht gehört«, schwindelte ich.

»Kann gut sein, ich war ganz in Gedanken«, erwiderte sie mit tränenerstickter Stimme und legte einen Stapel Fotos, den sie gerade in der Hand hielt, in den Karton.

»Mein Name ist Jan de Fries«, sagte ich und streckte ihr meine Hand entgegen.

Rosita Gonzales nahm meine Hand und bemühte sich um ein Lächeln, was ihr aber nicht so recht gelang. In ihrer rechten Hand hielt sie ein zusammengeknülltes Papiertaschentuch, mit dem sie versuchte, ihre Augen trocken zu tupfen.

»Eigentlich wollte ich heute einen Gesprächstermin mit Frau Ehrlich ausmachen, aber ich habe gerade von Herrn Protzek erfahren, dass Frau Ehrlich einen tragischen Unfall hatte«, erklärte ich mich und schnitt ein betroffenes Gesicht.

»Ja, Regina …, ich meine Frau Ehrlich ist …« Die Presseassistentin brach mit einem Schluchzen ab und schlug die Hände vors Gesicht. Ihre schmalen Schultern bebten, als sie anfing zu weinen.

Ich griff nach einem der Besucherstühle und stellte ihn neben die junge Frau. Behutsam nahm ich sie bei den Schultern und führte sie zum Stuhl.

»Verzeihen Sie«, brachte sie mühsam hervor.

Noch immer hatte sie die Hände vors Gesicht geschlagen. Ihre Schultern zitterten, während sie versuchte, ihre Fassung wiederzuerlangen.

Ich griff mir ebenfalls einen Stuhl und setzte mich zu der schluchzenden Frau, die offensichtlich schwer vom Tod ihrer Chefin erschüttert war.

Schweigend saß ich neben Rosita Gonzales. Während ich ihr Zeit gab, ihre Fassung wiederzufinden, ließ ich meinen Blick durch das Büro von Regina Ehrlich schweifen. Zwar war dasselbe Grundinventar vorhanden wie in dem des Geschäftsführers der BIO NOUN AG. In diesen Räumen hatte jedoch unverkennbar eine Frau gearbeitet.

Ein Strauß dunkelroter Landrosen stand auf dem Schreibtisch. Eine kleine Sammlung von Steinen in unterschiedlichen

Farben und Größen war auf einem halbhohen Aktenschrank aufgereiht. Zwei kleine Geier aus Porzellan mit heraushängenden Zungen saßen neben dem Computer.

Es hingen mehrere großformatige Schwarzweiß-Fotos an den Wänden, allesamt Schnappschüsse von Bauern und Landarbeitern bei der Arbeit. Da gab es Fotos von asiatischen Reisbauern, mexikanischen Feldarbeitern und Motive, als noch Ochsen den Pflug hinter sich her zogen.

Ein großformatiges Foto zeigte eine alte Frau mit geschlossenen Augen. In ihren Händen hielt sie ein nur wenige Tage altes Küken. Die vom Alter gezeichneten, abgearbeiteten Hände schlossen sich schützend um den kleinen Vogel, der sich anscheinend wohlbehütet fühlte, denn auch er hatte die Augen geschlossen. Das Foto hatte eine ganz besonders intensive Ausstrahlung und erinnerte mich in gewisser Weise an die betenden Hände von Albrecht Dürer. Ich fragte mich, ob Regina Ehrlich diese Fotos selber aufgenommen hatte.

»Entschuldigung«, riss mich Rosita Gonzales aus meinen Betrachtungen. »Ich wollte Ihnen nicht die Ohren vollheulen. Es ist nur ...«

»Sie brauchen sich doch nicht zu entschuldigen«, winkte ich ab. »Es ist doch normal, dass Sie erschüttert sind. Hatten Sie ein sehr gutes Verhältnis zu Frau Ehrlich?«

»Ja, wir arbeiten schon eine ganze Weile zusammen«, sagte sie. »Eigentlich von Anfang an. Regina und ich haben das Referat zusammen aufgebaut. Ich meine, es gab vorher ja auch schon jemanden, den man für die Öffentlichkeitsarbeit abgestellt hatte und der sich nebenher um die Prospekte und Flyer gekümmert hat. Regina dagegen war Profi. Sie hat das ganze Referat umgekrempelt und die gesamte Marketingstrategie konzeptionell neu ausgerichtet.« Die junge Frau nestelte an ihrem Papiertaschentuch herum. Ich hielt den Mund und hörte Rosita Gonzales nur zu.

»Aber es war ja nicht nur, dass Regina in ihrem Job gut war. Ihr waren die Leute wichtig, die Biobauern, die Erzeuger, die Menschen, die voller Vertrauen unsere Produkte kaufen.«

Die Pressereferentin schnäuzte sich dezent die Nase.

»Regina lebte den grünen Gedanken. Sie war ökologisches Urgestein. Sie fühlte sich den Menschen verpflichtet. Regina hat nicht nur ihren PR-Job gemacht, sie war auch vor Ort in den Erzeugerbetrieben unterwegs. Wenn die Qualität auf den Höfen nicht dem entsprach, was wir hier durch unsere Öffentlichkeitsarbeit den Verbrauchern verkaufen, konnte sie richtig fuchtig werden.«

»Da hat sie sich wahrscheinlich nicht nur Freunde gemacht, oder?«, fragte ich vorsichtig.

»Nein, ganz sicher nicht«, die Assistentin nickte leicht mit dem Kopf. »Es waren am Anfang nicht alle davon begeistert, dass eine Frau als Pressesprecherin den Konzern repräsentierte. Einige Kollegen haben ihr auch Steine in den Weg gelegt.«

»Inwiefern?«

»Na, so das Übliche halt. Hier ein paar Informationen vorenthalten, da ein paar boshafte Sticheleien. Einige Kollegen haben ziemlich unverfroren darüber gelästert, dass eine Frau diesen Job nicht machen könne.«

Ich selber kannte den Büroalltag zur Genüge. Offenbar war es überall das Gleiche. Der eine gönnt dem anderen die Karriere nicht. Da wird gelästert und die Kleinkriege werden mehr oder minder im Verborgenen ausgetragen.

Wie sagt Stromberg noch immer? *Büro ist wie Krieg!*

»Hat denn irgendein Kollege seinen Job verloren? Oder hatte Frau Ehrlich Mitbewerber, die enttäuscht waren, dass sie die Stelle als Pressesprecherin bekommen hatte?«, bohrte ich.

Mir kam es zwar ziemlich abgedroschen und weit hergeholt vor, als Motiv für den Tod von Regina Ehrlich einen verbitterten Kollegen zu vermuten. Doch der Vollständigkeit halber fragte ich lieber nach.

»Nein, nein«, Rosita Gonzales schüttelte energisch ihren Kopf, sodass ihr Pferdeschwanz heftig hin und her tanzte. »Bevor Regina die Leitung übernahm, war dies keine Presseabteilung, sondern ein Chaoshaufen. Es gab niemanden, der sich für irgendwas verantwortlich fühlte. Jeder, der sich wichtigmachen wollte, konnte eine Pressemitteilung herausgeben. Im Keller hockte ein Grafiker, der für Werbebroschüren und Informationsmappen zuständig war. Dem hatte man noch die Pressearbeit zusätzlich aufgedrückt. Als Regina dann loslegte, waren alle froh, dass sich endlich jemand professionell um die Pressearbeit kümmerte – zumal die Presse es ja nicht immer gut mit uns gemeint hat.« Rosita Gonzales brach mitten im Satz ab und schaute mich stirnrunzelnd an. »Ich sitze hier, heule Ihnen was vor und plappere einfach drauflos! Weshalb erzähle ich Ihnen das eigentlich alles? Und – wer sind Sie eigentlich? Sie fragen mich hier aus und stellen Fragen wie so ein Kommissar aus einem Fernsehkrimi.«

Ich lachte und schnitt ein betont harmloses Gesicht. »Ja, tut mir leid. Ich bin Anwalt, und da stelle ich ganz automatisch Fragen – eine schlechte Angewohnheit von mir. Die Fragerei ist mir schon in Fleisch und Blut übergegangen.«

»Anwalt?«, argwöhnisch sah mich die Presseassistentin an. »Was denn für ein Anwalt? Und zu wem möchten Sie eigentlich?«

Ich hielt mich an meine Legende und erzählte Rosita Gonzales die Geschichte von den britischen Investoren. Besonders betonte ich, dass meine Geldgeber und ich seit geraumer Zeit die sehr gute Arbeit der Pressestelle wohlwollend beobachteten. Rosita Gonzales entspannte sich und der Argwohn verschwand aus ihren Augen.

»Kann ich denn irgendetwas für Sie tun?«, fragte sie mich zuvorkommend und stand auf. »Vielleicht darf ich Ihnen für Ihre Investoren eine Pressemappe mitgeben?«

»Oh ja, gerne«, ich machte ein begeistertes Gesicht.

Rosita Gonzales ging zu einem halbhohen Schrank, auf dem übereinandergestapelt mehrere Ablagefächer standen. Zielsicher griff sie in ein Fach, holte eine Hochglanzmappe hervor und reichte sie mir. Ich nahm die Mappe dankend entgegen und klappte sie auf. Sie enthielt das gleiche Prospektmaterial, das Protzek mir vorhin in die Hand gedrückt hatte.

»Hält die BIO NOUN AG eigentlich öfters Besprechungen auf Juist ab?«, schoss ich unvermittelt eine Frage ab.

»Juist? Nicht dass ich wüsste. Wie kommen Sie denn da drauf?« Die Assistentin sah mich irritiert an.

»Weil mir Herr Protzek gesagt hat, Frau Ehrlich sei dort bei einem Segelunfall ertrunken.«

»Ja«, sie senkte die Stimme. »Das hat die Polizei heute unserer Personalabteilung mitgeteilt.«

»Wissen Sie denn von der Konferenz, die vor Kurzem auf Juist stattgefunden hat?«

Jetzt sah Rosita Gonzales mich mit einem Mal sehr aufmerksam an.

»Nein. Eine Konferenz auf Juist? Davon ist mir nichts bekannt.«

Das plötzliche Auftauchen von Ute Schneider beendete unser Gespräch.

»Herr de Fries!« Protzeks Sekretärin stand mit empörtem Gesichtsausdruck in der Tür. »Wir vermissen Sie schon an der Rezeption!«

»Mir ist auf dem Weg nach unten eingefallen, dass ich in ihrer Presseabteilung noch mal kurz nachfragen könnte, ob zufällig ein alter Geschäftsbericht vom letzten Jahr übrig geblieben ist«, sagte ich fröhlich und mit unbefangenem Gesichtsausdruck.

»Die Geschäftsberichte der letzten zwei Jahre befinden sich doch in der Informationsmappe, die Herr Protzek Ihnen mitgegeben hat. Außerdem hätten Sie auch an der Rezeption nachfragen können«, sagte sie mit scharfem Ton.

Meine Ausrede hätte klüger ausfallen müssen. Trotzdem signalisierte mein Gesichtsausdruck, dass ich in diesem Ton nicht mit mir sprechen ließ.

Ich erhob mich bedächtig.

»Ja, Frau Schneider – das hätte ich tun können«, erwiderte ich mit kühler Stimme. »Habe ich aber nicht. Ich sehe mich durchaus in der Lage, selbstständige Entscheidungen zu treffen. Und ich denke nicht, dass ich mich hier bei der BIO NOUN AG in einem Hochsicherheitstrakt befinde.«

Es war Ute Schneider wohl im gleichen Moment, als sie mich anraunzte, klar geworden, dass sie sich im Tonfall vergriffen hatte. Automatisch wie eine Sprechpuppe knipste sie ihr Lächeln wieder an.

»Sie müssen verstehen«, sagte sie mit aufgesetzter Freundlichkeit und versuchte, die Situation zu retten. »Wir nehmen es in unserem Haus sehr genau mit unserem Besuchermanagement. Es wird nicht gerne gesehen, wenn Besucher ohne Begleitung durch unsere Abteilungen spazieren.«

»Ich muss gar nichts verstehen, Frau Schneider«, erwiderte ich kühl. Auf gespielte Freundlichkeiten war mir jegliche Lust vergangen. »Ich wollte mich sowieso gerade verabschieden«, sagte ich und wandte mich Rosita Gonzales zu. »Auf Wiedersehen. Ich wünsche Ihnen alles Gute.«

Vorsichtshalber sagte ich kein Wort zu viel. Ich wollte schließlich nicht, dass die junge Frau meinetwegen Ärger bekam.

Um sicherzugehen, dass ich tatsächlich das Gebäude verließ und nicht wieder selbstständig durch die Büros lustwandelte, eskortierte Ute Schneider mich höchstpersönlich zum Ausgang.

Ich verabschiedete mich mit einem kurzen Gruß und verließ die Hauptverwaltung der BIO NOUN AG. Bei allem Verständnis für Datenschutz, Betriebssicherheit und die Geheimniskrämerei hinsichtlich neuer Projekte stieß mir die Kontrolle und Eskortierung von Besuchern ziemlich sauer auf. Wenn Mitarbeiter an vertraulichen Projekten arbeiteten, konnten sie doch einfach die Tür zumachen und gut war's!

Ich stiefelte zu meinem Käfer. Argwöhnisch runzelte ich die Stirn, als ich den Mann sah, der sich lässig gegen meinen Käfer lehnte. Es war der Iron Man, der bei meiner Ankunft neben dem dunklen Van gelehnt hatte.

»Man lehnt sich nicht ungefragt an fremder Leute Autos«, fuhr ich ihn unfreundlich an. »Gehen Sie bitte von meinem Wagen weg!«

Ich kramte meinen Autoschlüssel aus der Tasche.

Der Angesprochene rührte sich nicht vom Fleck.

Mit dem Wagenschlüssel in der Hand sah ich den Klon an, der weder eine Miene verzog, noch Anstalten machte, meiner Aufforderung nachzukommen.

»Haben Sie mich verstanden?«, fragte ich. »Ich möchte, dass Sie von meinem Wagen weggehen!«

Ich merkte, wie mein Blutdruck langsam stieg und meine Ohren zum Klingeln brachte.

Der Iron Man-Klon sah mich aus kieselgrauen Augen ausdruckslos an.

Ich starrte ebenso regungslos zurück.

Wahrscheinlich würden wir noch heute auf dem Parkplatz stehen und einander anstarren, wenn nicht plötzlich eine Stimme die Stille wie mit einem Peitschenschlag zerschnitten hätte.

»Franjo!«

Ich bemerkte erst jetzt, dass ich vor lauter Starren vergessen hatte, Luft zu holen, und nahm augenblicklich einige hastige und tiefe Atemzüge.

Der scharfe Ruf hatte auf den mir gegenüberstehenden Klon eine verblüffende Wirkung. Es war fast so, als hätte die Stimme einen verborgenen Schalter umgelegt und dadurch Energie in die Aggregate geschickt.

Mit einem Mal kam Leben in Franjo. Auch er atmete ein: allerdings so flach, dass ich es kaum wahrnehmen konnte.

Dann machte er sogar ein paar Wimpernschläge.

Obwohl er sich kaum wahrnehmbar bewegte, straffte sich sein Körper, als hätte man eine Stahlfeder in seinem Innern um ein paar Umdrehungen stärker angezogen. Seine lässige Haltung verwandelte sich in eine stramme, pseudomilitärische Haltung.

Ich hörte harte Schritte rasch näher kommen. Automatisch drehte ich meinen Kopf in die Richtung, aus der ich den Split knirschen hörte, der den Parkplatz bedeckte. Mit hartem Blick steuerte der Iron Man auf uns zu, der bei meiner Ankunft an dem dunklen Chrysler gelehnt hatte.

Offenbar war das Original ein Vorgesetzter des vor mir stehenden Klons. Er gab einen kurzen Befehl in irgendeiner osteuropäischen

Sprache, die ich weder verstand, noch einer Nationalität zuordnen konnte. Der Klon mir gegenüber senkte den Kopf und setzte sich geschmeidig wie eine Raubkatze in Bewegung.

»Verzeihen Sie, bitte!«, sagte Iron Man mit hartem Akzent. Seine Lippen zogen sich in die Breite – so, als hätte ein Therapeut einem Emotionslegastheniker beigebracht, dass diese Mimik ein freundliches Lächeln bedeuten sollte. Seine Augen mit den fast farblosen Pupillen waren allerdings wohl erst in der nächsten Therapiesitzung dran. Im Moment sahen sie mich so emotionslos an wie die Augen der toten Fische, die wir vor einigen Tagen von Uz' Krabbenkutter geschaufelt hatten.

Ich erwiderte nichts, sondern sah mein Gegenüber schweigend an.

»Mein Mitarbeiter hat noch nie so einen ...«, Iron Man machte eine kurze Pause, als suche er in seinem Wörterbuch nach einem Begriff, mit dem er meinen Käfer klassifizieren konnte, ohne mich zu beleidigen.

»Ungewöhnlich kleinen Wagen?«, half ich ihm höflich aus, damit er nicht in die Verlegenheit kam, etwas Beleidigendes zu formulieren.

Er zog die Lippen noch weiter auseinander, sodass es aussah, als würde er mit den Zähnen fletschen.

»Jaa«, sagte er gedehnt und nickte langsam mit seinem rasierten Schädel. »Ungewöhnlich klein – genau! Ein ungewöhnlich kleines Auto für einen großen Mann.«

»Ja«, ich nickte bestätigend. »Ein kleines Auto für einen Mann. Und Sie fahren ein ziemlich großes Auto«, mit dem Kopf deutete ich auf das Schlachtschiff, das sich noch immer auf den Behindertenparkplätzen breitmachte.

Er stieß ein gutturales Lachen aus, dass mich an einen röchelnden Wolfshund denken ließ.

»Ja, ich fahre ein großes Auto!«

»Dann kann ich Ihren Mitarbeiter verstehen, wenn er so ein kleines Auto nicht kennt«, ironisch wies ich mit dem Kopf auf meinen Käfer.

Da wir sowieso gerade hier herumstanden, konnte ich ihm ja auch gleich mal ein paar Fragen stellen. »Ihr Chrysler ist ja wohl ein Dienstwagen, oder?«

Er sah mich schweigend an.

»Was machen Sie eigentlich bei BIO NOUN, dass sie so ein großes Auto brauchen?«, bohrte ich nach.

Iron Man betrachtete ausgiebig seine blank geputzten Schuhspitzen. Dann befand er unsere Unterhaltung als beendet. Er drehte sich ebenso wortlos und geschmeidig um wie sein Klon vor ihm und ging mit leise auf dem Split knirschenden Schritten davon.

»Danke fürs Gespräch«, rief ich ihm hinterher.

Ich steckte den Autoschlüssel ins Schloss und öffnete die Fahrertür. Meine Aktentasche deponierte ich auf dem Beifahrersitz. Da es angenehm warm war, zog ich mein Jackett aus und warf es auf die Rückbank. Mein Handy hatte ich vorher aus der Brusttasche gefischt.

Wenn diese beiden Vögel tatsächlich auch – und davon ging ich aus – für die BIO NOUN AG tätig waren, konnte es mit dem in der Hochglanzbroschüre beschriebenen Unternehmensleitbild nicht weit her sein. Denn dort war von einem dem Menschen zugewandten Unternehmensleitbild, Empathie und menschlicher Wärme die Rede. Allesamt trafen diese Attribute auf meine heutigen Gesprächspartner nicht zu – abgesehen von Rosita Gonzales, die offenbar vom Tod Regina Ehrlichs sehr betroffen war.

Ich startete den Motor, löste die Handbremse und fuhr langsam los. Die beiden Bodyguards lehnten einträchtig an ihrem schwarzen Van und starrten regungslos zu mir herüber. In diesem Moment glitt die Tür des monströsen Achtsitzers zur Seite. Eine dritte Glatze sprang federnd aus dem Wagen und gesellte sich zu ihren beiden Abziehbildern.

So wie die drei Bodyguards einträchtig nebeneinander in ihren schwarzen Anzügen, dunklen Sonnenbrillen und mit ausdruckslosen Gesichtern dastanden, sahen sie so aus, als seien sie in einem gemeinsamen Reagenzglas für den nächsten Teil des Hollywoodstreifens *Men in Black* geklont worden.

Mir schoss unvermittelt Regina Ehrlich durch den Kopf, die nach Angaben des Gerichtsmediziners kurz vor ihrem Tod gleichzeitig Sex mit drei verschiedenen Männern gehabt hatte!

Konnte die Lösung tatsächlich so frappierend einfach sein?

Ein paar Gespräche und schon stolpert man rein zufällig über die Täter?

Andererseits ist hinlänglich bekannt, dass schätzungsweise 95 Prozent aller Tötungsdelikte Beziehungstaten sind. Opfer und Täter kannten einander zumeist vorher schon, oder standen zumindest in irgendeiner Beziehung zueinander.

Aus diesem Grund beginnt die Kripo meist damit, im privaten und beruflichen Umfeld des Opfers zu ermitteln. Von derlei Aktivitäten der Kripo konnte ich in diesem Fall allerdings nicht ausgehen. Auch wenn ich die Ermittlungen der Staatsanwaltschaft zwar wieder in Gang gebracht hatte, konnte ich mir schwerlich vorstellen, dass Hahn und Mackensen hier bei der BIO NOUN AG auftauchten.

Wenn es sich bei den drei Iron-Men-Klonen tatsächlich um die Mörder von Regina Ehrlich und Martin Freese handelte, hätte ich einfach nur Glück gehabt, ihnen über den Weg gelaufen zu sein.

Andererseits macht die Tatsache alleine, dass man im Trio auftritt, niemanden automatisch zum Doppelmörder.

Den Spitzenplatz auf der Liste der Tatverdächtigen sichert es einem jedoch allemal.

Vor allem dann, wenn sonst niemand anderes auf der Liste steht.

23

Während ich an den Bodyguards vorbeirollte, hob ich zum Abschied lässig meine Hand. Was sie nicht sehen konnten, war mein Handy, das ich in der hohlen Hand verborgen hielt.

Im Vorbeifahren machte ich von den drei Männern ein Video.

Während der Fahrt ist schwerlich ein scharfes Einzelfoto hinzubekommen. Doch mit der Videofunktion hatte ich gute Chancen, die Typen aufzunehmen.

Ich rollte langsam vom Parkplatz, bog nach rechts ab und fuhr die Rothenbaumchaussee entlang. Bei dem Hamburgerimbiss, der mir auf der Hinfahrt bereits aufgefallen war, bog ich auf den relativ leeren Parkplatz ab und stellte den Motor etwas abseits von den anderen Autos ab.

Das Video hatte zwar leichte Unschärfen und ein paar Wackler, war jedoch insgesamt recht gut gelungen. Man konnte die Gesichter der drei Bodyguards gut erkennen.

Da ich wusste, was Claudia mit ihrem Computer alles so hinbekam, war ich guter Dinge, recht bald zu erfahren, mit wem ich das Vergnügen gehabt hatte. Ich tippte schnell ein paar erklärende Worte ein und schickte mein Video an Claudia. Als wäre es Gedankenübertragung gewesen, vibrierte mein Telefon in diesem Augenblick, während ich es in der Hand hielt. Im Display erschien Claudias Foto.

»Hallo, Claudi!«, begrüßte ich sie.

»Gut dass ich dich erreiche, Jan«, kam Claudia ohne Umschweife zur Sache. »Ich wollte dir nicht so kommentarlos das Material schicken. Es ist doch eine ganze Menge geworden, was ich herausgefunden habe. Ich habe dir das Wesentliche in eine Worddatei gepackt, die ich dir gleich per Mail aufs Handy schicke.«

»Ich weiß ja, wie schnell du bist, doch diesmal übertriffst du dich mal wieder selber«, sagte ich anerkennend.

Claudia überhörte mein Lob wie üblich und ich nahm mir deshalb vor, sobald ich wieder daheim war, sie mit ihrem Lieblingsessen zu überraschen – Lammkarree in Kräuterkruste mit Thymiankartoffeln.

»Ich komme gerade von der BIO NOUN AG«, sagte ich.

»Und – Erfolg gehabt?«

»Teilweise«, berichtete ich. »Bei Sornau hat die Sekretärin mich abblitzen lassen. Den Geschäftsführer habe ich sprechen können.«

»Dietmar Protzek, 48 Jahre alt. Seit zwei Jahren Geschäftsführer bei der BIO NOUN AG. Vorher Inhaber und Geschäftsführer seiner eigenen Mietwagenfirma«, ratterte Claudia los. »Kommt gebürtig aus Brandenburg und hat sich nach der Wende im November '89 mit Wohnmobilen selbstständig gemacht. Keine Ahnung vom Geschäft, zu hohe Kredite aufgenommen und schlecht gewirtschaftet. Außerdem hat er sich zugunsten niedriger Versicherungsbeiträge auf zu hohe Selbstbeteiligungen eingelassen. Obendrein hat er noch eine Menge Pech gehabt. Ein paar Wohnmobile wurden von Kunden zu Schrott gefahren – einer der Unfallfahrer hatte noch nicht einmal einen Führerschein. War natürlich Protzeks Blödheit, sich nicht von allen Kunden die Fahrerlaubnis vorlegen zu lassen, zumal das jede Versicherung fordert. Weil die Versicherung den Schaden nicht ersetzte, hat ihm diese Geschichte wirtschaftlich das Genick gebrochen. Nach knapp einem Jahr ist er mit seiner Firma den Bach runter. Ein Jahr später ist er bei der BIO NOUN AG als Geschäftsführer eingestiegen. Frag mich bitte nicht wie, aber er hat es hingekriegt, dass das Insolvenzverfahren seiner Firma über seine Frau abgewickelt wurde.« Claudias brillantes und rasantes Recherchetalent verblüffte mich wieder mal aufs Neue.

Es war unglaublich, mit welcher Präzision sie thematische Hintergründe aus frei zugänglichen Quellen über Personen und Sachverhalte zusammentragen konnte.

Claudia war zwar keine geniale Hackerin wie Lisbeth Salander, die berühmte Romanfigur des begnadeten und leider viel zu früh verstorbenen Thrillerautors Stieg Larsson. Jedoch war Claudia eine blitzgescheite und kreative Arbeitsbiene mit einem Wahnsinnstempo. Maulwurfgleich wühlte sie sich durchs Internet. Sie fand und erkannte Querverbindungen, auf die kein normaler Mensch gekommen wäre.

»Dafür, dass er ein solcher Loser ist, sitzt er verdammt weit oben«, entgegnete ich. »War ein sehr aufschlussreiches Gespräch mit Protzek. Er ist ein ziemlich selbstgefälliger Schwätzer. Anschließend habe ich noch einen Abstecher ins Pressereferat gemacht. Dort habe ich mich noch mit einer jungen Frau unterhalten«, berichtete ich weiter.

»Eine Deutsch-Spanierin?«, fragte Claudia.

»Jetzt wirst du mir unheimlich!«

»Rosita Gonzales!«

Claudia deutete mein verblüfftes Schweigen als Zustimmung und legte los: »28 Jahre alt, Vater Spanier und Mutter Deutsche. Sie ist in Deutschland aufgewachsen, Schule, Abitur und hat dann Marketing studiert. Seit knapp einem Jahr bei BIO NOUN, kurz nachdem Regina Ehrlich Pressesprecherin wurde.«

»Mensch, woher weißt du das alles?«, entfuhr es mir.

»*Facebook*, *Wer kennt wen*, *Stay Friends* und so weiter. Natürlich nicht zu vergessen diverse Karrierenetzwerke wie *Xing*, *StudiVZ* und Konsorten.« Claudia lachte spöttisch. »Da haben wir uns jahrelang über Datenschutz und den gläsernen Bürger aufgeregt und gegen jeden Scheiß demonstriert. Und die Facebook-Generation stellt sich heutzutage freiwillig und unbekümmert mit Sauf- und Kaufgewohnheiten, sexuellen Präferenzen und schlechtem Musikgeschmack ins Social Net. Du brauchst die Informationen nur noch einzusammeln.«

»Kannst du auch Menschen identifizieren, deren Namen man nicht kennt?«, fragte ich.

»Menno ...«, stöhnte Claudia. »Du deckst mich ja ganz schön mit Arbeit ein!«

»Wenn ich nicht wüsste, dass du mir gerne hilfst und dir die Recherchen Spaß machen, würde ich fast ein schlechtes Gewissen bekommen«, grinste ich ins Telefon.

»Wen soll ich denn für dich identifizieren? Hast du eine scharfe Blondine gesehen oder was?«

»Ganz im Gegenteil.«

Mit kurzen Worten berichtete ich ihr von meiner Begegnung mit den Iron Men.

»Als ich vom Parkplatz runter bin, habe ich die drei Typen mit dem Handy gefilmt. Das Video habe ich dir gerade geschickt. Vielleicht kannst du ja etwas mit den Gesichtern anfangen?«

Claudia hörte schon gar nicht mehr hin. Offenbar sah sie sich bereits das Video an.

»Ich habe letztens im Doku-Kanal eine Reportage von der französischen Fremdenlegion gesehen«, hörte ich sie murmeln. »Diese drei sehen vom Typ her genauso aus. Das scheinen ganz schön harte Jungs zu sein!«

»Meinst du, du schaffst es, die drei zu identifizieren?«, fragte ich gespannt.

»Ich möchte dir nichts versprechen, was ich nicht halten kann. Aber ich denke schon. Ich habe ein neues Programm, das Gesichter erkennen kann – cooles Teil! Das Programm vermisst automatisch die biometrischen Gesichtsdaten der betreffenden Person und sucht dann im Internet anhand der Daten nach Gesichtern, die mit diesen biometrischen Daten übereinstimmen.«

»Und das funktioniert?« Ich schüttelte ungläubig den Kopf.

So langsam wunderte ich mich über gar nichts mehr.

»Na ja, bedingt«, schränkte sie ein. »Momentan ist es noch mehr eine technische Spielerei. Mittlerweile verfügen immer mehr Digitalkameras über biometrische Gesichtserkennungen. Die technische Entwicklung hat mehr Speed als ein läufiger

Kater. Bei dem biometrischem Programm, das ich mir besorgt habe, kommt es aber noch oft vor, dass es keine korrekte Übereinstimmung findet. Das Programm erkennt eine Zeichnung von Mickey Maus oder Homer Simpson als optimal übereinstimmend mit dem vorliegenden Foto. Aber ansonsten findet das Programm im Internet schon ganz erfolgreich komplette Fotogalerien des Betreffenden – meist Prominente, die per Fotostrecken im Internet vertreten sind. Manche Personalchefs nutzen ja bereits Daten und Fotos von Facebook, um Bewerber abzuchecken«, fuhr Claudia fort. »Das Gesichtserkennungsprogramm unterstützt diese Suche. Scannst du zum Beispiel das Passbild einer Bewerbung ein, findet das Programm in Sekundenschnelle alle Fotos des Bewerbers, die irgendwann einmal ins Netz eingestellt wurden. Das können auch uralte Fotos von irgendwelchen Veranstaltungen oder aus der Schulzeit sein. Peinlich ist natürlich, wenn das Programm Fotos rausfiltert, die den Bewerber bei wilden Partys oder beim Komasaufen zeigen.«

»Das heißt, wenn du ein Foto von mir in dein Programm einscannst, findet das Programm Fotos von mir im Internet?«, fragte ich ungläubig.

»Wenn du aussiehst wie Homer Simpson, ja«, lachte Claudia. »Oder wenn du Bewerbungsfotos öffentlich ins Netz gestellt hast. Ansonsten braucht es etwas Glück, vorausgesetzt natürlich, dass du mal irgendwann und irgendwo fotografiert wurdest und deine Fotos im Netz eingestellt sind. Sonst funktioniert das schlauste Programm natürlich nicht!«

Angesichts der schier grenzenlosen Anwendungsmöglichkeiten moderner Kommunikationstechniken kann man euphorisch und begeistert sein – man kann aber auch Angst bekommen. Was Claudia mir gerade am Telefon erzählte, gab dem Begriff des transparenten Bürgers eine neue und beängstigende Bedeutung.

»Aber, okay«, hörte ich Claudia sagen. »Ich schau mal, was ich machen kann, und melde mich dann wieder bei dir.«

Wir verabschiedeten uns voneinander.

Ich versorgte mich in der Hamburgerbude mit Cheeseburgern und frischem Kaffee. Während ich dann im Auto saß und meine Burger aß, studierte ich Claudias Datensammlung.

Sie hatte die komplette Namensliste, die ich ihr gefaxt hatte, abgearbeitet und sogar neben jeden Namen ein Foto der betreffenden Person eingescannt. Zusätzlich zu den gesammelten Informationen hatte sie akribisch ihre Quellen aufgelistet.

Beim Vorstandsvorsitzenden der BIO NOUN AG, Klaus Sornau, handelte es sich demzufolge um einen umtriebigen Geschäftsmann. Mehr schlecht als recht hatte er sich als Immobilienmakler durchgeschlagen. Erst Ende der 1980er-Jahre fing er an, richtiges Geld zu verdienen.

Denn als 1987 das Dekret zur Ausreisegenehmigung sowjetischer Bürger in Kraft trat, nutzten Tausende deutschstämmiger Russlanddeutscher ihre Chance. Binnen kürzester Zeit war die Kapazität bundesdeutscher Notaufnahmelager erschöpft. Kommunale Behörden suchten händeringend nach Unterbringungsmöglichkeiten für mittel- und osteuropäische Aussiedler.

Sornau nutzte die Gunst der Stunde und vermietete Wohncontainer für gutes Geld an bundesdeutsche Behörden. Innerhalb weniger Monate verdiente Sornau sich eine goldene Nase und investierte in den nächsten Wachstumsmarkt: Geschäftsimmobilien und Hotels in Berlin. Sornau spekulierte frühzeitig darauf, dass Berlin nach dem Mauerfall Hauptstadt würde. Er kaufte heruntergekommene Liegenschaftsimmobilien der Treuhand auf und baute sie zu Luxuswohnungen und Hotels um. Während er die Wohnungen für astronomische Summen verkaufte, begründete er mit den Hotels seine eigene Kette: die Sornau Residenzhotels. Offenbar war er zum richtigen Zeitpunkt am richtigen Ort gewesen und hatte mit seinem goldenen Riecher in die richtigen Geschäfte investiert. Anfang der 1990er-Jahre stieg Sornau dann in den Handel mit Bio-Produkten ein.

Das zu den Informationen zugehörige Foto zeigte einen segelgebräunten, schlanken Mann Anfang sechzig. Mit seinem vollen, grauen Haar, seinem smarten Lächeln sowie den wachsamen

Augen sah er aus wie der Prototyp eines Selfmade-Millionärs. Beeindruckt von Sornaus Geschäftssinn scrollte ich weiter durch den Text.

Protzeks Daten überflog ich nur kurz, denn die hatte Claudia mir ja schon am Telefon berichtet.

Mein Blick fiel auf das Foto einer ausgesprochen gut aussehenden Brünetten, die ich auf Mitte dreißig schätzte: Tatjana Heller, Immobilienmaklerin aus Königswinter. Claudias Recherche zufolge hatte es die karriereorientierte Frau innerhalb kürzester Zeit geschafft, sich im innersten Kreis der BIO NOUN AG einen Platz zu sichern. Sie war Geschäftsführerin der Immobilien BIO NOUN GmbH, einem zweiten Geschäftszweig des BIO NOUN Konzerns. Sie sah so gut aus, dass ich mir dazu meine eigenen Gedanken machte. Vielleicht tat ich ihr ja Unrecht, aber Tatjana Heller ordnete ich eher der Rubrik zu, in der man nicht durch Kompetenz, sondern dank anderer Talente die Karriereleiter hochfällt.

Ich nahm einen Schluck Kaffee und öffnete den nächsten Dateianhang, der Nicolai Poloch, den Geschäftsführer der *Nicolai's Healths Care & Catering GmbH* betraf. Bei Poloch handelte es sich um einen asketisch aussehenden Mann mit blonden Haaren und grauen Augen, der eine verblüffende Ähnlichkeit mit dem '87 verstorbenen Pop Art Künstler Andy Warhol hatte. Poloch hatte in den 1970er-Jahren eine Kochausbildung gemacht und eine Erfolg versprechende Karriere begonnen. Er war außerordentlich talentiert und hatte sein Handwerk bei zwei Sterneköchen erlernt.

Dann musste etwas schiefgelaufen sein. Poloch ging nach Frankfurt und nahm einen Job in der Großkantine eines Autoteilezulieferers an.

In Frankfurt bekam er Kontakte zur *Szene*. Plötzlich hatte er eine Menge Geld zur Verfügung und gründete seine eigene Firma. Polochs Firma übernahm das Catering für einen Veranstalter, der Wrestlingkämpfe organisierte und wegen manipulierter Boxkämpfe ins Visier der Frankfurter Kripo geriet.

Vor knapp drei Jahren startete auch Nicolai Poloch bei der BIO NOUN AG durch. Er übernahm die Geschäftsführung der Restaurants von Sornaus Residenzhotels, die sich mittlerweile zu einer Kette von 35 Luxus- und Tagungshotels entwickelt hatte. Wenn BIO NOUN ihre Expansionspläne realisierte und tatsächlich mit Öko-Fast-Food-Restaurants an den bundesdeutschen Markt ging, schien mir Poloch der Mann der Stunde zu sein, um den Markt aufzurollen.

Nachdenklich schloss ich die Dateien. Die Informationen der übrigen Teilnehmer der Juister Konferenz las ich erst einmal nicht. Mir schwirrte schon der Kopf vor lauter Namen und Daten. Ich musste das Gehörte und Gelesene erst einmal gedanklich sortieren und einordnen.

Ich trank den letzten Schluck Kaffee aus dem Pappbecher. Claudias Recherche war sehr beeindruckend. Die Werdegänge der heutigen Entscheidungsträger der BIO NOUN Unternehmensgruppe hatten offenbar eins gemeinsam: die heute so Erfolgreichen dümpelten lange Zeit mehr oder weniger erfolgsresistent in Bereichen der Geschäftswelt, von denen etwas Fragwürdiges ausging, es jedoch eine Menge Geld zu verdienen gab.

Dann erkannten sie ihre Chance und nutzten sie.

Alle drei Männer – Sornau, Protzek und Poloch – verfügten über einen untrüglichen Riecher, einen Markt zu wittern, den Biss, eine sich bietende Gelegenheit zu ergreifen, und die notwendigen Ellbogen, um sich nach oben durchzuboxen.

Ich steckte das Handy ein, stieg aus und vertrat mir ein paar Minuten lang die Beine. Dann holte ich mir einen zweiten Kaffee aus der Burgerbude. Nachdem ich mir an dem ersten Schluck die Lippen verbrannt hatte, stellte ich den Pappbecher vorsichtig auf den Beifahrersitz.

Ich öffnete Claudias Textdatei erneut. Diesmal studierte ich die Informationssammlung über die Leute der Stolzenberg GmbH.

Es wunderte mich nicht, zu lesen, dass Paul Stolzenberg in einer Branche tätig war, die Sornaus Expansionsplänen sehr entgegenkam. Die Stolzenberg GmbH betrieb eine Kette von Bio-Restaurants.

Obwohl diese GmbH knapp 45 Restaurants betrieb, schien es sich um einen Familienbetrieb mit einem hohen Qualitätsanspruch zu handeln. Die Stolzenberg Restaurants wurden von Restaurantkritikern aufs Wärmste empfohlen. Es kamen nur die allerbesten Bio-Lebensmittel zum Einsatz. Die Küchen der Stolzenberg Restaurants genossen einen exzellenten Ruf. Allerdings stand die Stolzenberg GmbH kurz vor dem Konkurs. Die Bilanzen der letzten Jahre, die Claudia mir gesendet hatte, sahen alles andere als gut aus.

Ich sah von meinem Handy auf und nickte meinem Spiegelbild im Rückspiegel meines Käfers zu.

Sornau hat Geld. Stolzenberg steht vor der Firmeninsolvenz.

Sornau will in den Bio-Fast-Food-Markt einsteigen. Stolzenberg betreibt Bio-Restaurants mit exzellentem Ruf.

Vertreter beider Firmen treffen sich an einem Wochenende in einem Hotel zu inoffiziellen Gesprächen.

Zwei plus zwei macht noch immer vier.

Der Grund für das Treffen auf Juist lag für mich nun auf der Hand. Sornau wollte die Stolzenberg Restaurants übernehmen. Verhandlungen in dieser Größenordnung finden stets zuerst in aller Stille statt. Börsenkurse reagieren empfindlich auf jedwede Gerüchte.

Ich scrollte weiter durch den umfangreichen Text und zog überrascht meine Augenbrauen hoch. Seit einigen Wochen war der Kurs der BIO NOUN Aktien dramatisch gefallen.

Börsen reagieren besonders empfindlich auf schlechte Unternehmensnachrichten. Und von denen hatte Claudia einige über die BIO NOUN AG zusammengetragen. Offenbar hatten sich über den marktführenden Produzenten und Lieferanten von Bio-Produkten schwarze Wolken zusammengebraut.

In einigen Presseberichten war die Rede davon, dass die BIO NOUN AG Mais und anderes Getreide kaufte, das in hohem Maße pestizidbelastet war. Außerdem fanden sich Hinweise darauf, dass der Konzern im großen Stil Geflügel aus Geflügelmastbetrieben kaufte, die aufgrund massivster Verstöße gegen die Grundsätze artgerechter Haltung in die Schlagzeilen geraten waren.

Auch das Aushängeschild des Unternehmens, der Fair Trade Handel mit Kaffee, schien mehr auf Schein als Sein zu basieren. Den Berichten zufolge fungierte eine Plantage als Aushängeschild und Musterbetrieb, um sich das Markenzeichen für fairen Handel anheften zu können. Der Löwenanteil der importierten Kaffeebohnen kam dagegen von Plantagen, die Tagelöhner und Kinder zu Hungerlöhnen ausbeuteten.

Und zu guter Letzt gab es noch großen Ärger mit den Gewerkschaften. Die BIO NOUN AG war in die Schlagzeilen gekommen, weil sie ihren Mitarbeitern in ihren Verarbeitungsbetrieben noch nicht einmal die gesetzlich vorgeschriebenen Mindestlöhne zahlte.

»Sieh an, sieh an«, dachte ich bei mir. »Da hat der sogenannte Marktführer aber 'ne Menge Ärger am Hals.«

Wenn sich dieser Ärger in sinkenden Aktienwerten niederschlug, hatte der Konzern ein Riesenproblem bei der Realisierung neuer Projekte. Somit war das Interesse an dem Stolzenberg-Familienbetrieb leicht erklärbar. Mit der Restaurantkette kaufte BIO NOUN gleichzeitig den guten Ruf und die ausgezeichnete Qualität eines alteingesessenen Familienbetriebs mit ein. Dieser Imagegewinn ließ sich im Marketing vortrefflich ausschlachten. Gleichzeitig war ein solcher Quantensprung bei der Qualität pures Beruhigungselixier für Börsen und Aktionäre, was sich wiederum positiv auf den Aktienkurs auswirken und den Weg für das geplante Bio-Fast-Food-Projekt ebnen würde. Ich nahm noch einen Schluck Kaffee und wandte mich den Daten der Stolzenberg Führungsriege zu.

Bei Georg Pudel handelte es sich um den Prokuristen des Familienbetriebes. Er war bereits seit drei Jahrzehnten bei dem Unternehmen tätig. Das etwas unscharfe Foto zeigte ihn gut gelaunt mit einem Champagnerglas in der Hand. Alle Zähne gleichzeitig zeigend, grinste er an der Seite von Gisela Winter, der Geschäftsführerin der Stolzenberg GmbH, in die Kamera. Das Foto war offenbar auf einer Firmenveranstaltung aufgenommen worden. Im Hintergrund waren einige Köche mit hohen Kochmützen zu erkennen, die sich hinter einem Büffet aufgereiht hatten.

Die schwarzhaarige Managerin, die ich auf Ende dreißig schätzte, war schlank und überragte Pudel um einen halben Kopf. Sie trug ihr glattes Haar lang und offen. Ihr Gesichtsausdruck wirkte gelangweilt, woran auch ihr angedeutetes Lächeln nicht viel änderte.

Ich schloss die Datei und steckte mein Handy ein. Der restliche Kaffee im Pappbecher war mittlerweile kalt geworden. Mit geschlossenen Augen ließ ich Claudias Informationen Revue passieren. Das Image der BIO NOUN AG erschien in einem neuen Licht – und das war nicht mehr halb so strahlend, wie man mir weismachen wollte.

Insoweit hatte sich der Ausflug nach Hamburg bereits gelohnt. Allerdings hatte ich mir bisher nur von einem der Hauptakteure des Unternehmens einen persönlichen Eindruck machen können – Dietmar Protzek.

An Sornau kam ich nicht heran. Doch vielleicht konnte ich Nicolai Poloch noch auf den Zahn fühlen. Dann hätte ich mir parallel zu Claudias Informationen den bestmöglichen Eindruck der Führungsriege des Unternehmens verschafft, bei dem die Tote eine wichtige Funktion innehatte.

Es war ja sicherlich kein leichter Job für Regina Ehrlich gewesen, die Firma öffentlichkeitswirksam zu präsentieren, während eine Vielzahl negativer Presseberichte auf das Unternehmen einprasselte – insbesondere deshalb nicht, weil die Firma sich gerade neue Pfründe erschließen wollte.

Ich goss den kalten Kaffee auf den Parkplatz, zielte mit dem Pappbecher nach dem Mülleimer, verfehlte ihn nur knapp. Nachdem ich ausgestiegen war und den Pappbecher in die Mülltonne befördert hatte, zog ich mein Handy aus der Tasche. Erneut wählte ich die Nummer des BIO NOUN Konzerns. Nach dreimaligem Freizeichen meldete sich eine weibliche Stimme.

Ich ging davon aus, dass Protzeks Sekretärin den Empfangsdamen eingeschärft hatte, darauf zu achten, ob ich wieder auftauchen würde. Deshalb nuschelte ich meinen Namen unverständlich, als ich darum bat, mit dem Sekretariat von Nicolai's Healths Care & Catering GmbH verbunden zu werden.

Wieder wartete ich nur wenige Sekunden, in denen ich den Klängen der *Kleinen Wassermusik* lauschte, die den am Telefon Wartenden die Zeit vertreiben sollte. Polochs Sekretärin meldete sich. »Guten Tag, mein Name ist Katja la Fleur, was darf ich für Sie tun?«

Erneut erzählte ich die Geschichte von der Investorengruppe und dass ich in zwei Stunden Hamburg verlassen müsse. Da ich mit meiner Geschichte authentisch und nachprüfbar sein wollte, erwähnte ich, dass ich bereits mit Protzek gesprochen hatte. Gleichzeitig unterstrich ich, dass meine Investoren auch etwas über die engsten Kooperationspartner von BIO NOUN wissen wollten. Mit dieser Begründung bat ich um einen kurzfristigen Termin für ein persönliches Sondierungsgespräch mit dem Geschäftsführer der Nicolai's Healths Care.

Die Sekretärin legte mich in eine Warteschleife. Diesmal durfte ich dem Weltklassepianisten Lang Lang bei einem Konzert zuhören. Das Musikstück konnte ich zwar nicht genau erkennen, tippte aber auf Rachmaninow. Mit geschlossenen Augen lauschte ich den zarten Klängen und zuckte unwillig zusammen, als ich die Stimme von Polochs Sekretärin vernahm.

»Herr Poloch freut sich darauf, Sie kennenzulernen, und würde Sie gerne in einer halben Stunde empfangen. Ist das in Ordnung für Sie?«

Ich grinste.

Die Investorennummer zog immer. Auch die fettesten Karpfen schnappen gerne nach den Fliegen, wenn man sie ihnen vor die Nase hält.

»Ja, fein. Bis gleich«, sagte ich und beendete zufrieden das Gespräch.

24

Zehn Minuten später startete ich meinen Käfer, um mich erneut auf den Weg zur BIO NOUN AG Hauptverwaltung zu machen. Unauffällig suchten meine Augen den Parkplatz ab, auf dem vorhin noch der Chrysler der Iron-Men-Gruppe gestanden hatte. Ich konnte weder Fahrzeug noch Insassen ausmachen.

An der Rezeption versah erfreulicherweise nun eine andere junge Frau ihren Dienst und ich meldete mich mit neutralem Gesichtsausdruck an. Ich durchlief das gleiche Anmeldeverfahren wie beim ersten Mal. Unauffällig wartete ich in einem der tiefen Sessel, bis Katja la Fleur dem Fahrstuhl entstieg, um mich in Empfang zu nehmen.

Wir stiegen in den Aufzug, der sich wieder samtweich in Bewegung setzte. Die Türen öffneten sich und Polochs Sekretärin lief mit wiegenden Hüften vor mir her und brachte mich auf direktem Wege zu ihrem Chef.

Als Nicolai Poloch sich bei meinem Eintreten hinter seinem Schreibtisch aus Glas und schwarzem Granit erhob, stellte ich fest, dass die Ähnlichkeit des Geschäftsführers mit Andy Warhol noch verblüffender war, als mir auf dem Foto aufgefallen war. Poloch war schlank, mittelgroß und hatte hagere, markante Gesichtszüge. Zu einer schwarzen Anzughose trug er ein blütenweißes Hemd mit Umschlagmanschetten und granitfarbenen Manschettenknöpfen, die perfekt zu seinem Schreibtisch passten. Sein Jackett baumelte über der Rückenlehne seines schwarzledern Chefsessels. Noch exzentrischer als sein strohgelber Blondschopf, den er im Popper-Stil der 1980er-Jahre trug, wirkten die überbreiten schwarzen Hosenträger, die mit kleinen, weißen Dollarzeichen bestickt waren.

Poloch kam hinter seinem Schreibtisch hervor und begrüßte mich mit einem kräftigen und verbindlichen Händedruck. Er strahlte mich an, als seien wir langjährige Freunde.

»Herr de Fries!«, rief er begeistert. »Ich freue mich, Sie kennenzulernen!«

»Die Freude ist ganz auf meiner Seite«, behauptete ich.

»Ich habe gehört, Sie möchten mehr von uns erfahren, weil Sie eine britische Investmentgruppe vertreten?«

Ich bejahte seine Frage.

Erneut musste meine Backgroundgeschichte der britischen Investoren herhalten. Damit mir beim Erzählen nicht langweilig wurde, erfand ich zusätzlich eine kleine, finanzstarke Gruppe chinesischer Gesellschafter, die in den europäischen Markt investieren wollten. Da seit dem Boom der chinesischen Wirtschaft Geschäftskontakte mit dem Land der aufgehenden Sonne außerordentlich begehrt, da lukrativ sind, hörte Poloch offenbar schon die Geldbündel rascheln.

Gebannt hing Poloch an meinen Lippen. Offenbar hatte ich den Geschäftsführer der Nicolai's Healths Care & Catering GmbH richtig eingeschätzt. Denn er zeigte sich sichtlich angetan von meinen transatlantischen Geschäftsbeziehungen und warf sich nach Beendigung meiner Investorenshow in die Brust, um mir zu beweisen, dass er ein erfolgreicher Geschäftsmann ist.

Voller Stolz und selbstverliebt erzählte Poloch mir seine Erfolgsstory, wobei er seine Lehrjahre bei den Sterneköchen mehrfach betonte. Offenbar verwies er gerne darauf, dass er seinen Job von der Pike auf gelernt hatte. Seine geschäftlichen Anfänge im Frankfurter Rotlichtmilieu erwähnte er selbstredend nicht.

Während seines Vortrags schaute ich mich unauffällig in seinem Büro um. Mein Blick blieb an einer Fotogalerie neben seinem Schreibtisch hängen. In unterschiedlich großen Bilderrahmen aus gebürstetem Aluminium hingen ausschließlich Aufnahmen von Events, Empfängen oder sonstigen publicityträchtigen

Veranstaltungen. Zwischen Fotos einer gut gelaunten Golftruppe und einem Schnappschuss vom Hochseeangeln, auf dem Poloch einen riesengroßen Marlin als Trophäe im Arm hielt, hing das Foto einer Gruppe von Köchen mit hohen roten Kochmützen auf dem Kopf. Die Kochmützen trugen den Schriftzug eines renommierten Sylter Gourmetrestaurants. Poloch stand auf dem Foto gut gelaunt und strahlend in der ersten Reihe. Er trug ebenfalls Kochkluft und eine rote Kochmütze.

Poloch war meinem Blick gefolgt. »Auf dem Foto dort ist eine Auswahl norddeutscher Spitzenköche versammelt«, brüstete er sich. »Drei von ihnen haben je einen Stern!«

»Respekt«, sagte ich ohne große Begeisterung, was meinem Gegenüber jedoch nicht auffiel.

»Ja, die Eröffnung unseres neuen Fünf-Sterne-Residenzhotels auf Sylt war schon etwas Besonderes. Es ist nämlich die nördlichste Dependance unserer Hotellinie«, erklärte er, als er meinen fragenden Blick sah. Ich nickte zustimmend und bemühte mich, ein begeistertes Gesicht zu machen.

»Wie schwierig ist es eigentlich, in den Hotelrestaurants durchgängig das gleiche hohe Niveau zu halten, was Ihre Residenzhotels so auszeichnet?«, lenkte ich das Gespräch auf Polochs Kerngeschäft, der Bewirtschaftung von Sornaus Hotelrestaurants.

Mit dieser Frage schaltete ich den Verkäufer Poloch ein. Routiniert spulte er, ebenso wie Protzek vor ihm, eine Verkaufspräsentation ab, deren Zielgruppe finanzstarke Investoren waren. Er sprach von ausgesuchten und hochwertigen Bio-Lebensmitteln, hoch qualifizierten Köchen, Kühlketten und so hohen Frischegraden, als würde das Schwein fürs Schnitzel erst in der Küche geschlachtet.

»Lebensmittel, die keinen Lebenslauf haben, sind bei uns verpönt!«, eiferte er sich. »Sie werden in keiner unserer Küchen auch nur den Hauch eines Convenience-Produktes finden!«

Während seines Vortrags merkte ich, dass Poloch mich genau im Auge behielt und meine Reaktionen unentwegt beobachtete. Offenbar analysierte er, ob mich seine Argumentationskette überzeugte und er mich an den Haken bekam. Nachdem ich Polochs Philosophie gebührend gelobt hatte, fühlte ich ihm hinsichtlich Regina Ehrlich vorsichtig auf den Zahn.

»Die Restaurants präsentieren sich in den Medien überaus ansprechend und professionell«, lobte ich. »Steuern Sie die Öffentlichkeitsarbeit von Ihrer Zentrale aus, hier in Hamburg?«

Da ich versäumt hatte, mich über die Hotelschiene schlauzumachen, improvisierte ich einfach. Offenbar hatte ich die richtige Frage gestellt. Poloch antwortete wie aufs Stichwort: »Ja, das machen wir alles zentral von Hamburg aus. Unser Referat für Öffentlichkeitsarbeit macht da einen super Job! Unsere Aktionäre erwarten von unserem Unternehmen zu Recht eine professionelle Medienpräsenz.«

»Was machen Sie eigentlich jetzt – wo Ihre Pressesprecherin tot ist?«, schoss ich meine Frage ohne Vorwarnung ab.

Poloch ließ sich von dieser Frage nicht aus dem Konzept bringen. Ohne den geringsten Anschein von Betroffenheit erklärte er seelenruhig, es handle sich bei dem Tod der Pressesprecherin um einen bedauerlichen Unfall und die Personalabteilung kümmere sich bereits um eine Nachfolge. Die laufende Pressearbeit werde von der Vertreterin der Verstorbenen erledigt, bis die Stelle neu besetzt sei.

Da ich von Poloch nicht mehr als stereotype Antworten zu erwarten hatte und den gewünschten persönlichen Eindruck hatte gewinnen können, schaute ich demonstrativ auf meine Armbanduhr.

»Tja, so gerne ich weiter mit Ihnen plaudern würde ...«, ich zuckte bedauernd mit den Schultern. »Mein Flieger wartet leider nicht auf mich.«

Ich erhob mich und bedankte mich bei dem Geschäftsführer für das Gespräch. Wir schüttelten uns die Hände, wünschten uns gegenseitig gute Geschäfte und verabschiedeten uns voneinander. Polochs Sekretärin brachte mich zu dem bekannten Aufzug.

Als sich die Tür öffnete, verließ Ute Schneider den Fahrstuhl. Protzeks Sekretärin riss vor Überraschung die Augen weit auf. Schnell schlüpfte ich an ihr vorbei in die Kabine. Ich nickte beiden Frauen freundlich zu, als sich die gläsernen Türen schlossen und sich der Fahrstuhl in Bewegung setzte. Mit halb geöffnetem Mund starrte Ute Schneider mir nach, während ich nach unten schwebte.

Im Erdgeschoss verließ ich bereits den Aufzug, als die Türen noch halb geschlossen waren. Auf dem Weg zum Ausgang kam ich an den ledernen Sitzgruppen vorbei. Mein Blick fiel auf eine schmale Gestalt, die halb in die wuchtige Ledercouch eingesunken war und mir sehr vertraut vorkam.

Mit einem Rundumblick überzeugte ich mich davon, dass Ute Schneider die Security noch nicht über den aufdringlichen Anwalt informiert hatte, und war dann mit einigen schnellen Schritten bei dem Ledersofa. Ein seegrünes Augenpaar sah überrascht zu mir auf.

»Was machst du denn hier?«, fragte ich schroffer als beabsichtigt und sah meine Tochter ungläubig an.

»Hi, Dad«, grinste Thyra mich an. Sie schlug die Illustrierte zusammen, in der sie gerade geblättert hatte, und deutete auf das Sofa. »Setz dich doch.«

Überrumpelt setzte ich mich automatisch hin. Augenblicklich sank ich in die weichen Polster ein. Auch wenn Thyra mich im ersten Moment überrascht angesehen hatte, wirkte sie bereits wieder vollkommen gelassen.

»Du siehst gut aus«, sagte ich und blickte sie prüfend an.

Ihren weißblonden Strubbelkopf hatte sie mit Gel in eine brave Bürofrisur verwandelt. Mit ihrer weißen Bluse und der schwarzen Hose, die Thyras lange Beine vorteilhaft zur Geltung brachten, sah meine Tochter sportlich, elegant und sehr geschäftlich aus. Ihre Füße steckten in schwarzen, flachen Slippern. Neben ihr auf dem Sofa lag die schwarze Jacke, die zu ihrem Hosenanzug gehörte.

Thyra hatte die Beine übereinandergeschlagen. An ihrem Oberschenkel lehnte eine schmale, schwarze Aktentasche mit einem matt glänzenden Edelstahlverschluss.

»Danke. Du siehst aber auch gut aus«, Thyra musterte mich. »Die Krawatte ist vielleicht ein bisschen langweilig.«

Offenbar war meine Tochter eine Frohnatur, auf keinen Fall aber nachtragend. Unsere letzte Auseinandersetzung hatte sie bereits wieder vergessen. Ein Charakterzug, den sie nicht unbedingt von mir hatte. Sie sah mich mit einem so herzlich offenen und entwaffnenden Lächeln an, dass sich meine Erinnerung an ihren Wutausbruch augenblicklich verflüchtigte. Ich lächelte ebenfalls.

»Und, was machst du hier?«, wiederholte ich meine Frage.

»Recherchieren.«

»Recherchieren?« Ich befürchtete, richtig gehört zu haben.

»Ich hatte dir doch gesagt, dass ich den Fall Regina Ehrlich und Martin Freese recherchieren und vielleicht eine Story daraus machen werde.«

Vergesslich war Thyra dann doch nicht, wie ihre Worte bewiesen. Sie wechselte die Sitzposition und zupfte ihre Hosenbeine glatt.

»Das war, als ich dir gesagt hatte, dass diese Eva Ehrlich dich verarscht und dir deine Augen aus dem Kopf ...«

»Ich erinnere mich«, unterbrach ich sie pikiert.

Offensichtlich trug meine Tochter doch mehr Gene von mir in sich, als ich gedacht hatte. Meine Einschätzung, dass sie nicht nachtragend war, revidierte ich nach diesem Spruch.

»Oder hast du mir nicht geglaubt?«, fragte sie mit unschuldigem Augenaufschlag.

Ich zog es vor, auf diese Frage nicht zu antworten.

»Aber ich sehe, dass du dich offenbar doch nicht von der Lady hast vor den Karren spannen lassen. Sonst wärst du nicht hier.« Herausfordernd sah sie mich an. »Das Ganze kommt dir mittlerweile doch alles ziemlich merkwürdig vor, oder?«

»Der GHB-Test bei Regina Ehrlich war positiv«, beantwortete ich ihre Frage, ohne auf meine Befindlichkeiten gegenüber Eva einzugehen. »Grund genug, weiterzumachen.«

»Ohne Mandat?«

»Ohne Mandat!«

Thyras Lippen kräuselten sich amüsiert. Sie verkniff sich aber jede Bemerkung.

»Tillmann hat dich und deine Idee, die Tote auf GHB austesten zu lassen, ausdrücklich gelobt«, wechselte ich das Thema.

»Mit wem hast du hier gesprochen?«

»Mit Protzek und Poloch.«

»Und – was ist dabei herausgekommen?«

Ich ließ meinen Blick prüfend durch die weitläufige Halle schweifen, ob wir schon irgendwelche Aufmerksamkeiten auf uns zogen. Das war im Moment nicht der Fall.

»Das kann ich dir später in Ruhe erzählen.«

»Gute Idee, Paps.« Thyra nickte zustimmend. »Wir sollten uns mal updaten. Ich habe auch schon einiges herausbekommen ...« Ich warf ihr einen skeptischen Blick zu. »Ich habe die berufliche Beziehung zwischen Regina Ehrlich und Martin Freese herausgefunden«, sagte sie stolz.

Ich zog eine Grimasse, als hätte ich in etwas Saures gebissen.

Thyra zwinkerte mir zu. »Was aber keine wirkliche Herausforderung war. Ich habe einfach Freeses Namen gegoogelt, ein paar Links abgeklappert und schon hatte ich fast seinen kompletten Lebenslauf.«

»Du weißt aber nicht zufällig, wie seine Klassenlehrerin mit Vornamen hieß?«, sagte ich ironisch.

»Welche meinst du, die von der Gesamtschule oder die vom Gymnasium?«

Ich winkte ab und gab mich geschlagen. Tagelange Recherchearbeit, Gespräche führen und Leuten Informationen aus den Rippen leiern gehörte heutzutage wohl der Vergangenheit an. Thyra und Claudia googelten einfach ihren Informationsbedarf, während ich plattfüßig durch die Gegend tappte und den Leuten auf die Nerven ging. Doch offenbar ließ sich auch nicht alles übers Internet herausfinden, denn sonst säße meine Tochter ja nicht hier, beruhigte ich mich.

»Martin Freese war Küchendirektor bei der Stolzenberg GmbH. Ihm unterstanden die Maîtres de Cuisine der Restaurantkette.«

»Küchendirektor?« Ich wusste gar nicht, dass es diese Berufsbezeichnung gab.

»Küchendirektoren werden die Führungskräfte genannt, denen die Leitung mehrerer Küchen obliegt«, erkläre Thyra. »Maître de ...«

»Ich weiß, was ein Maître ist!«, sagte ich.

» ... Cuisine ist der Küchenchef, dem die Küche eines Betriebes untersteht«, fuhr meine Tochter unbeeindruckt fort. »Freese arbeitete schon lange bei der Firma, über zehn Jahre. Er hat für Stolzenberg insgesamt fünfzehn Restaurants eröffnet und die jeweiligen Küchenchefs handverlesen eingearbeitet. Um den Kontakt zur Basis nicht zu verlieren, hat er stets sein Stammhaus im Prenzlauer Berg in Berlin behalten.«

»Hast du irgendetwas von Verkaufsabsichten gelesen?«, fragte ich.

Thyra grinste. »Schau an, mein alter Herr«, sie nickte. »Ja. Es geht seit einiger Zeit das Gerücht um, dass die Stolzenberg GmbH nicht gut läuft. Die Restaurants haben zwar einen hervorragenden Ruf, was ihre Küchen anbelangt. Allerdings schreiben sie seit geraumer Zeit rote Zahlen. Freese schien wohl ein Kochgenie zu sein – doch irgendwie lief es in letzter Zeit nicht gut.«

»Du hast ausgezeichnet recherchiert«, lobte ich Thyra. »Da muss sich dein alter Herr ziemlich anstrengen, um mithalten zu können.«

Thyra hatte wirklich ihre Hausaufgaben gemacht. Sie hatte schnell und präzise die wesentlichen Informationen zusammengetragen. Jetzt kreuzten sich unsere Ermittlungswege. Es wäre vergeudete Zeit und Energie, wenn wir weiterhin jeder für sich allein und doch parallel die gleichen Sachverhalte recherchieren würden. Zeit, dass Vater und Tochter ein gemeinsames Team bildeten!

»Was hast du denn zu den Verkaufsgerüchten Genaues herausgefunden?«, hakte ich nach.

»BIO NOUN will anscheinend die Stolzenberg GmbH ...«

»Herr de Fries!«, rief eine schon vertraute Stimme vorwurfsvoll.

Ute Schneider!

Ich hob den Kopf und sah Protzeks Sekretärin schnurstracks auf uns zusteuern. In ihrem Schlepptau folgte der Iron Man, dessen Lachen sich wie das Röcheln eines Wolfshundes anhörte.

Ich zerquetschte einen Fluch zwischen den Zähnen. Jetzt hatte ich genau die Aufmerksamkeit auf mich gezogen, die ich tunlichst hatte vermeiden wollen. Außerdem würde man jetzt Thyra mit mir in Verbindung bringen. Auch meine Geschichte als Vertreter einer britischen Investorengruppe konnte ich von nun an vergessen – verdammt und zugenäht!

Ich versuchte mich an einem Lächeln, was aber wohl mehr gequält als freundlich aussah.

»Ach, Frau Schneider«, sagte ich betont locker und stand auf. »Ich hatte doch tatsächlich etwas vergessen und bin noch mal umgedreht.«

Während Ute Schneider mich mit wütendem Blick fixierte, starrten die leblosen Fischaugen des Iron Man mich lediglich an.

»Na dann«, sagte ich mit gespielter Fröhlichkeit und nickte Thyra zu. »Schade, dass Sie keine Zeit haben, mit mir essen zu gehen«, bedauernd zog ich die Schultern hoch.

Ich hoffte stark, dass Thyra auf mein Spiel einging, mochte es auch noch so fadenscheinig sein. Es lag wohl auf der Hand, dass man Thyra mit mir in Verbindung bringen würde. Aber vielleicht konnten wir uns mit diesem Bluff etwas zusätzliche Zeit verschaffen und noch etwas länger nach Informationen schürfen.

Meine Tochter stutzte einen Wimpernschlag lang und schenkte mir dann ein strahlendes Lächeln. »Ja, schade – aber wie gesagt ...«, kokett strich sie sich eine blonde Strähne aus dem Gesicht. »Ich habe leider schon einen Termin. Vielleicht ein anderes Mal.« Ich atmete erleichtert auf. Kluges Kind!

»Na, dann will ich mal los.« Ich nickte den Anwesenden freundlich zu und setzte mich Richtung Ausgang in Bewegung. Während ich das Foyer durchquerte, spürte ich die Blicke des Bodyguards in meinem Rücken.

Ich öffnete schwungvoll die Glastür und musste dem schwarzen Chrysler Grand Voyager ausweichen, der direkt vor den Eingang stand. Da schien jemand aus der Chefetage noch eine Ausfahrt machen zu wollen.

Während ich den Chrysler umrundete, fiel mir ein charakteristischer, silberner Aufkleber am Heck auf, der direkt unter der Typbezeichnung klebte. Es handelte sich um die Silhouette der Insel der Reichen und scheinbar Schönen – Sylt!

»*Was für ein Zufall*«, dachte ich ironisch.

Vor ein paar Minuten erst hatte ich ein Foto von Poloch gesehen, wie er mit roter Kochmütze auf dem Kopf inmitten von Sterneköchen posierte. Seinen Worten nach war das Foto anlässlich einer Hoteleröffnung auf Sylt aufgenommen worden.

Demzufolge war Poloch öfters mal an der Nordsee!

Sylt und Juist waren zwar keine unmittelbaren Nachbarinseln. Auch zwischen dem Aufenthalt von Poloch auf Sylt, der Konferenz der Führungsriegen beider Firmen, bei der die Toten beschäftigt gewesen waren, und dem Auffinden der Leichen gab es keine unmittelbare zeitliche Verbindung. Aber sollten die Schauplätze, an denen die Beteiligten agiert, sich getroffen hatten oder tot aufgefunden worden waren, lediglich reiner Zufall sein?

Ich glaube nicht an Zufälle dieser Art!

Im Vorbeigehen warf ich einen zweiten Blick auf den Sylt-Aufkleber und mir fiel es wie Schuppen von den Augen. Die drei Iron Men waren auch auf Sylt gewesen.

Jetzt war mir auch klar, zu wem die Bodyguards gehörten – Poloch!

Ich setzte den Geschäftsführer der Nicolai's Healths Care & Catering GmbH gemeinsam mit dem Bodyguard-Trio ganz oben auf meine Liste der Tatverdächtigen. Jetzt würde ich mich auch nicht wundern, wenn sich herausstellen würde, dass Poloch obendrein stolzer Bootsbesitzer wäre.

Ich eilte zu meinem Käfer, startete den Motor und rauschte vom Parkplatz. Bei der Burgerbude fuhr ich wieder rechts ran und stellte den Motor ab. Ich griff nach meinem Handy. Nervös wählte ich Thyra an. Ihr Handy war ausgeschaltet.

Ich wartete, bis Thyras Mailbox ansprang und warnte meine Tochter in kurzen, aber eindringlichen Worten davor, jemandem mit ihren Fragen zu sehr auf die Füße zu treten. Gleichzeitig informierte ich sie vorsichtshalber in Stichworten über Polochs Frankfurter Rotlichtkontakte und seine Verbindung zu den Iron Men. Zu guter Letzt bat ich sie, direkt nach ihrem Gespräch zu mir nach Greetsiel zu kommen und dort auf mich zu warten. Ich erklärte ihr, wo sie den Haustürschlüssel finden würde.

Mit etwas Glück würde Thyra ihre Mailbox noch vor ihrem Termin abhören. Aber auch wenn sie ihre Fragen unverblümt stellen und schlimmstenfalls ihre Gesprächspartner brüskieren sollte, sah ich momentan keine akute Gefahr. Sie würde sich ja als Journalistin ausgeben.

Nachdem ich meine Nachricht an Thyra aufgesprochen hatte, sah ich auf meine Uhr. Ich lag noch gut in der Zeit.

Ich dachte kurz nach.

Die Informationen und Erkenntnisse aus den heutigen Gesprächen ergaben schon ein recht gutes Bild über die beruflichen Hintergründe, vor denen sich die beiden Toten bewegt hatten. Allerdings hatte ich noch immer keinen blassen Schimmer, weshalb man die beiden umgebracht hatte.

Mir fehlten auch noch Aspekte zu Martin Freese. Was ich von ihm wusste, war mir ein bisschen zu dünn. Vielleicht stieß ich ja bei meinen nächsten Gesprächen auf ein mögliches Motiv für den brutalen Doppelmord.

25

Der Airbus setzte sanft in Tegel auf. Vorsichtig begann ich wieder zu atmen.

Der Flug von Hamburg nach Berlin dauerte keine Stunde. Vom wolkenlosen Himmel hatte ich einen wunderschönen Blick auf die unter uns vorbeiziehende Landschaft und war in jedem Augenblick glücklich über den ruhigen Flug. Trotzdem hatte ich mich den ganzen Flug über krampfhaft in meine Armlehnen verkrallt.

Die Stewardess kannte ihre Pappenheimer. Beim Verlassen des Flugzeugs warf sie mir einen skeptischen Blick zu, als ob sie sich fragte, ob ich es mir nicht doch noch überlegen und ohnmächtig werden wolle.

Da ich außer meiner Aktentasche kein Gepäck dabei hatte, verließ ich auf direktem Wege die Ankunftshalle des Flughafens. Ich freute mich, nach langer Zeit wieder auf Berliner Boden zu stehen. An einem Kiosk kaufte ich mir die Berliner Morgenpost und eine Berliner Zeitung. Beide Zeitungen klemmte ich mir unter den Arm und machte mich auf den Weg zum Taxistand. Hier herrschte noch immer dasselbe gewohnte Durcheinander.

Ich stieg in ein freies Taxi und nannte dem Fahrer die Adresse der Stolzenberg Niederlassung in Wilmersdorf. Wir fuhren Richtung Norden und wechselten dann von der A111 auf den Stadtring A100. Ich genoss es, mich durch den gerade beginnenden Feierabendverkehr kutschieren zu lassen. Das Taxi trieb in der um diese Zeit üblichen Blechlawine.

Nach etwa zwanzig Minuten hielt das Taxi in zweiter Reihe vor der angegebenen Adresse, was den nachfolgenden Verkehr zum Stocken und die genervten Autofahrer zum Hupen brachte.

Ich gab dem Fahrer ein angemessenes Trinkgeld und stieg aus. Das Bürogebäude, das sich vor mir mehrstöckig auftürmte, erschien mir eher zweckmäßig als repräsentativ – anders als der Palast der BIO NOUN.

Auf meine Investorengeschichte verzichtete ich an der Rezeption und kam gleich zur Sache. Zum einen war mir die Lust an verdeckten Recherchen vergangen, und zum anderen konnte ich nicht ausschließen, dass irgendein Cleverle der BIO NOUN zum Telefonhörer gegriffen hatte.

Wenn etwas an den Übernahmegerüchten dran war, waren die beteiligten Unternehmen stark daran interessiert, keine Details an die Öffentlichkeit dringen zu lassen. Sie würden sich gegenüber Dritten hermetisch abschotten.

Allerdings war es auch nicht unüblich, Fusionsgerüchte gezielt zu streuen, um die Aktienkurse angeschlagener Unternehmen nach oben zu treiben und Investoren zu beruhigen. Im Fall der BIO NOUN vermutete ich jedoch, dass es noch nicht so weit war. Denn sonst wären Poloch und Protzek offensiver mit dem Thema umgegangen.

»Guten Tag, mein Name ist de Fries. Ich bin Anwalt und ermittle im Todesfall eines Ihrer Mitarbeiter, Martin Freese. Ich hätte gerne den Vorgesetzten des Toten gesprochen«, stellte ich mich und mein Anliegen kurz und knapp am Empfang vor.

Neben der architektonischen Pracht von BIO NOUN fehlten bei Stolzenberg auch die lächelnden, attraktiven Frauen an der Rezeption. Hier residierte ein grauhaariger Herr, der auch gut ins bekannte Berliner *Café Keese* gepasst hätte. Wenn ich Otto Küpper, wie das Namensschild den Grauhaarigen auswies, erschreckt hatte, ließ er es sich nicht anmerken.

»Unsere Geschäftsführerin ist Frau Ursula Winter. Ich frage mal nach, ob sie Zeit für Sie hat« Er hielt inne und sah mich fragend an. »Einen Termin haben Sie aber wohl nicht?«

Ich verneinte und wies nochmals nachdrücklich darauf hin, dass ich in einem Todesfall ermittle.

Wieder musste ich warten, bis ich von einer Sekretärin abgeholt und zum Chefbüro begleitet wurde. Einen Stuhl bot man mir nicht an.

Durch die halb offen stehende Tür konnte ich einen Blick auf Frau Winter werfen. Die Geschäftsführerin stand an ihrem Schreibtisch und hatte eine Hand lässig in die Hüfte gestemmt. In lautstarkem, hektischem Italienisch versuchte sie, ihren Gesprächspartner von irgendetwas zu überzeugen – anscheinend erfolglos, denn sie knallte schließlich den Hörer wütend auf den Apparat. Heftig warf sie ihr Kinn auf und schleuderte ihre lange, dunkle Haarpracht in den Nacken.

Ihre Sekretärin huschte mäuschengleich ins Zimmer und flüsterte ihrer Chefin leise ein paar Worte zu. Frau Winter warf einen kurzen, argwöhnischen Blick über die Schulter in meine Richtung und nickte unwillig. Ohne Aufforderung betrat ich das Zimmer und blieb neben dem Schreibtisch stehen. Die Sekretärin wieselte unauffällig davon.

Frau Winter machte keine Anstalten, mir einen Stuhl anzubieten. Sie streckte mir eine schmale, kühle Hand entgegen.

»Was kann ich für Sie tun?«, kam sie ohne Umschweife zur Sache.

Ihre Direktheit war mir sehr recht. Ich hatte keine Lust mehr auf Spielchen.

»Ihr Küchendirektor Martin Freese ist tot!«

Ursula Winter sah mich kühl an. »Ich weiß.«

»Man hat seine Leiche im Hafen von Norddeich gefunden.«

»Ich weiß!«

»Er ist bei einem Asthmaanfall erstickt. Vorher hat ihm jemand mit einer Eisenstange beide Hände zertrümmert«, legte ich nach.

Ursula Winter ließ sich durch die schockierenden Einzelheiten zu keinerlei unbedachten Äußerungen hinreißen. Dafür war sie zu kaltschnäuzig. Sie stemmte demonstrativ beide Hände in die Hüften. »Und warum erzählen Sie mir das alles?«

»Weil es Ihr Mitarbeiter gewesen war.«

»Ja, er war unser Mitarbeiter«, sagte sie langsam. »Und ich bin froh, dass die Betonung auf *war* liegt!«

Dass die Geschäftsführerin kein Ausbund an Empathie war, lag auf der Hand. Diese eisige Aussage überraschte mich dann aber doch.

»Ein Loser! Martin Freese war ein Loser!«, sagte sie in ätzendem Tonfall. Ihre Augen funkelten mich dunkel an. Ob sie noch wegen des Telefonats oder wegen meines Auftauchens so wütend schaute, konnte ich nicht sagen. Vielleicht waren die Blitze in ihren Augen auch nur ihr normaler Betriebsmodus.

»Was meinen Sie damit?«

»Was kann ich denn damit schon meinen?«, fuhr sie mich an. »Ein Versager! Freese war ein Versager. Er hatte einfach keinen Biss, er war kein Alphatier!«

»Und trotzdem war er Küchendirektor und für alle Küchen des Unternehmens verantwortlich?«

Sie wischte wie eine gereizte Katze mit ihren farblos lackierten Fingernägeln durch die Luft. »Eine bedauerliche, personelle Fehlentscheidung meines Vorgängers. Bei mir stand Freese jedenfalls auf der Abschussliste.«

»Die Mühe können Sie sich ja jetzt sparen«, entgegnete ich sarkastisch.

»Genau.« Ursula Winter verzog ihre Lippen zu einem spöttischen Lächeln. »Praktisch, der Unfall von Freese – wir sparen uns einen Prozess vor dem Arbeitsgericht und eine Abfindung müssen wir auch nicht zahlen.«

Ich grinste ebenfalls spöttisch. »Ja, wirklich praktisch für Ihre Firma. Schließlich stehen Sie ja kurz vor der Insolvenz und könnten sich derartige Ausgaben auch nicht mehr leisten.«

Der Blick von Ursula Winter wechselte wieder von wütend auf eisig. »Ich glaube, Sie müssen jetzt gehen!«

»In diesem Punkt stimme ich Ihnen zu, Frau Winter«, erwiderte ich vielsagend. »Ihre Ausführungen haben mir sehr geholfen. Sie waren sehr authentisch ...«

Ich drehte mich auf dem Absatz um und ging zur Tür. Im Türrahmen blieb ich stehen und drehte mich noch einmal betont langsam zu Ursula Winter um.

»Ich frage mich gerade, ob der Tod von Martin Freese etwas mit dem anstehenden Bankrott der Stolzenberg GmbH zu tun hat.«

Wie eine Furie schoss die Geschäftsführerin hinter ihrem Schreibtisch hervor. Mit wenigen Schritten stand sie direkt vor mir und hielt mir ihren ausgestreckten Zeigefinger unter die Nase. Ihre Nasenflügel bebten vor unterdrückter Wut. Ich befürchtete, dass sie mir gleich ihre Hände um meine Gurgel legen und zudrücken würde.

»Die Stolzenberg GmbH steht nicht vor der Insolvenz«, zischte sie. »Wir bereiten gerade eine Fusion mit einem Partnerunternehmen vor. In Kürze werden wir auf dem deutschen Markt die Führung übernehmen.«

Amüsiert sah ich sie an. »Und Sie werden dann vermutlich die Gesamtgeschäftsführung übernehmen?«

Es war wirklich leicht, bei Ursula Winter auf die richtigen Knöpfe zu drücken. Entweder floss südländisches Blut in ihren Adern oder sie war Cholerikerin. Vielleicht beides zugleich.

»Wenn Sie irgendwo, irgendwem gegenüber etwas von einer angeblichen Insolvenz der Stolzenberg GmbH verlauten lassen – mache ich Sie fertig! Das verspreche ich Ihnen!«

Wir standen unmittelbar voreinander und starrten einander schweigend an. Die Spitze ihres Zeigefingers, den sie mir noch immer unter die Nase hielt, zitterte leicht.

»So fertig, wie man Martin Freese fertiggemacht hat?«, fragte ich im gedämpften Ton und zwinkerte ihr konspirativ zu.

Ursula Winter ließ langsam ihren erhobenen Arm sinken und sah mir mit hasserfülltem Blick nach, während ich mich umdrehte und ihr Büro verließ.

26

Ich lief langsam die Uhlandstraße Richtung Kurfürstendamm entlang und ließ meine Begegnung mit Ursula Winter auf mich wirken.

Mein spontaner Berlin-Besuch hatte sich für mich bereits gelohnt. Nicht nur die Erkenntnis, dass die Geschicke der Stolzenberg GmbH von einer attraktiven, aber eiskalten Karrierefrau geleitet wurden, war wichtig und trug zum Gesamtbild bei. Auch die von Thyra angesprochenen Gerüchte einer Unternehmensfusion der angeschlagenen Stolzenberg GmbH mit BIO NOUN hatten sich mit dem Wutausbruch der Geschäftsführerin bestätigt.

Besonders interessant jedoch fand ich Frau Winters Haltung gegenüber ihrem Mitarbeiter Martin Freese. Das Bild, das Ursula Winter von dem Toten zeichnete, beruhte offenbar auf einer tiefen Abneigung gegen den Küchendirektor. Und das musste einen guten Grund haben. Zeit, sich mal ein bisschen im Arbeitsumfeld von Martin Freese umzuschauen.

Ich schaute auf die Uhr. Perfekt! Da mir mittlerweile der Magen knurrte, konnte ich eine Kleinigkeit essen und gleichzeitig eine weitere Meinung zu Martin Freese einholen.

Ich winkte ein Taxi heran und ließ mich zum Prenzlauer Berg fahren.

Dort am angesagten Kollwitzplatz betrieb Martin Freese sein Restaurant *Bouillabaisse*.

Zu DDR-Zeiten war dies ein vernachlässigter Bezirk gewesen, wie alles in der DDR, was nicht sozialistische Platte war. Nach dem Mauerfall avancierte der Kiez im Zuge der Stadtteilsanierung zu einem der angesagtesten und auch teuren Wohngebiete Berlins. Für junge, gut verdienende Familien aus Westdeutschland, die es aus beruflichen und Karrieregründen nach Berlin verschlagen hat, ist der Prenzlauer Berg bei der Wohnungssuche die erste Adresse. Gemütliche Kneipen und Straßenlokale, junge Kreative mit Notebooks, die in Cafés an Projekten arbeiten, belebte Kinderspielplätze und miteinander plaudernde, junge Mütter, die lässig mit Latte Macchiato im Pappbecher shoppen, prägen das Bild.

Schon von außen wirkte das *Bouillabaisse* sehr anheimelnd. Das Restaurant befand sich im Erdgeschoss eines alten Gründerzeithauses und sah aus wie aus der Marseiller Altstadt in den Prenzlauer Berg gebeamt.

Die Holzfront des Restaurants war in einem verwaschenen Hellblau gestrichen. Eine Markise mit hell- und dunkelblauen Streifen überspannte den breiten Gehweg auf der ganzen Länge des Lokals. Über der Tür prangte auf einem blassblauen Holzschild der Name des Restaurants: *Bouillabaisse*.

An den Teakholztischen unter der Markise saßen nur ein paar wenige Mittagsgäste. Ich setzte mich an einen Tisch gleich neben dem Eingang.

Kaum hatte ich Platz genommen, stand bereits ein hünenhafter Kellner mit langer, weißer Kellnerschürze an meinem Tisch und fragte mich nach meinen Wünschen. Da die Namensgeberin des Restaurants in großen Kreidebuchstaben auf der Schiefertafel neben der Eingangstür empfohlen wurde, bestellte ich mir die *Bouillabaisse Marseillaise*.

»Sehr gute Wahl. Unsere Bouillabaisse besteht nicht nur aus den typischen sieben Sorten Fisch. Wir haben unserer Fischsuppe, die nach einem Originalrezept einer Marseiller Hafenkneipe gekocht wird, eine Auswahl erlesenster Meeresfrüchte beigefügt«, bewarb der Kellner die Tagesempfehlung und zählte souverän die Zutaten der Bouillabaisse auf. »Seeteufel, Meeresaal, Brauner Drachenkopf, Großer Roter, Knurrhahn, Petersfisch und Wolfsbarsch. Als Meeresfrüchte finden Sie Kaisergranat, Hummer und Miesmuscheln aus dem Mittelmeer.«

Bei der Beschreibung des Kellners bereits lief mir das Wasser im Mund zusammen. Zu der provenzalischen Fischsuppe bestellte ich mir ein Glas Grauburgunder.

Am ehemaligen Arbeitsplatz des Toten wollte ich mit offenen Karten spielen. Deshalb sprach ich den Kellner ohne Umschweife an, als er den Wein servierte. »Ich habe eine Frage. Es geht um Ihren Chef.«

Das Gesicht des Kellners verfinsterte sich schlagartig. Er sah mich argwöhnisch an.

»Ich bin Anwalt ...« Mein Gegenüber verdrehte gequält die Augen.

Nun gut. Nicht alle Leute sind Anwälten gegenüber wohlgesonnen, was ich auch gut verstehen kann. Wir Anwälte arbeiten grundsätzlich für jeden, der uns unser Honorar zahlt. Und dann wäre da noch die Sache mit dem Rechtsgefühl und der Rechtsprechung. Bekanntlich entspricht die deutsche Rechtsprechung oftmals nicht dem Rechtsempfinden des Bürgers – insbesondere dann nicht, wenn der gegnerische Anwalt einem vor Gericht die Hosen runtergezogen hat. Ich konnte die Reaktion des Kellners also gut verstehen.

»Sie wissen, was mit Ihrem Chef passiert ist?«, fragte ich schnell, bevor er auf dem Absatz kehrtmachen konnte. Mein Gegenüber nickte kurz angebunden. Misstrauen stand ihm in leuchtenden Großbuchstaben mitten auf der Stirn geschrieben.

»Ihr Chef, Martin Freese, wurde tot im Hafenbecken von Norddeich aufgefunden«, versuchte ich, ihn in ein Gespräch zu verwickeln.

»Nordwas?«

»Norddeich!«, grinste ich.

Nicht jeder kennt Ostfriesland.

»Norddeich ist ein kleines Hafenstädtchen direkt an der Nordsee und liegt im schönen Ostfriesland. Von Norddeich aus gehen die Fähren zu den Ostfriesischen Inseln«, gab ich geografischen Nachhilfeunterricht.

»Ich kenne nur die Ostsee«, gab der Kellner zu.

»Ostsee ist Badewanne! Flache, lange Strände, gemäßigtes Klima und keine Tide«, bedauerte ich ihn. »Nordsee ist rau und windig, stets eine steife Brise, hohe Wellen und ehrliches Wetter.«

»Tide? Was ist das denn?«

Jetzt war es an mir, gequält die Augen zu verdrehen.

»So nennt man Ebbe und Flut«, erklärte ich und lenkte das Gespräch wieder zum ursprünglichen Thema zurück. »Ihr Chef ist nicht alleine in Ostfriesland gewesen. Er war in Begleitung einer Frau, und diese Frau ist ebenfalls tot.«

»Was?«, der Kellner riss entsetzt die Augen auf. »Sagen Sie bloß, die Regina ist auch tot?«

Jetzt war die Überraschung auf meiner Seite. »Sie kennen Regina Ehrlich?«, fragte ich erstaunt und freute mich gleichzeitig, mit meiner Frage gleich einen Treffer gelandet zu haben.

»Entschuldigen Sie ...« Der Kellner drehte sich auf dem Absatz herum und eilte mit großen Schritten zurück ins Lokal.

Wenn Leute eine schockierende Nachricht erfahren, sind sie meist sehr viel redseliger, als wenn sich der erste Schrecken gelegt hat. Deshalb ließ ich den Wein unangetastet auf dem Tisch stehen und folgte dem Kellner.

Da das Wetter dazu einlud, draußen zu sitzen, war das Innere des Lokals menschenleer, so menschenleer, dass ich nicht einmal jemanden vom Personal erspähen konnte. Seitlich des Tresens stand eine Seitentür einen Spalt offen. Ich ging hin und drückte sie vorsichtig auf.

Leise quietschend gab die Tür die Sicht auf einen kleinen Hinterhof frei. Der Kellner stand mit einer glimmenden Zigarette in der Hand an einer unverputzten Hofwand und lehnte den Kopf in den Nacken. Seine Augen waren geschlossen, und er blies eine Nikotinwolke aus. Als er die Tür quietschen hörte, blinzelte er mich kurz an um sofort wieder die Augen zu schließen: er sah kreideweiß aus. Mit geschlossenen Augen nahm er einen weiteren tiefen Zug, den er in die tiefsten Alveolen seiner Lunge schickte.

»Mensch, Mensch, Mensch ...«, stöhnte er und stieß blauen Dunst aus.

»Normalerweise rauch ich die ganze Schicht nicht«, er schüttelte den Kopf. »Aber das hat mich jetzt total umgehauen! Als ich hörte, dass der Chef tot ist, habe ich gleich gesagt, dass da was nicht stimmt. Und jetzt soll auch noch die Regina tot sein?« Er öffnete die Augen und stierte auf die gegenüberliegende Wand.

Entweder war dieser Bär von Mann ungewöhnlich sensibel, oder er hatte eine besondere Beziehung zu seinem Chef und dessen Freundin gehabt.

»Sie kannten Regina Ehrlich persönlich?«

»Ja, klar. Wir hatten doch erst vor Kurzem unser Restaurantjubiläum. Der Chef hat eine eigene kleine Fotoausstellung als Rahmenprogramm organisiert. Zu dieser Veranstaltung kam natürlich auch seine Frau.«

»Seine Frau?«, fragte ich irritiert.

»Na, die Regina meine ich«, sagte er erklärend. »Frau sage ich immer, weil ich es komisch finde, wenn man Freund oder Freundin sagt und schon über vierzig ist.«

Ich zuckte mit den Schultern. Erstaunlich, über welche Dinge manche Menschen sich einen Kopf machen.

»Die Regina war vor ein paar Monaten schon auf unserer Weihnachtsfeier dabei gewesen. Das war am 23. November. Wir machen die Weihnachtsfeiern immer, bevor die ganze Hektik mit den Betriebsweihnachtsfeiern losgeht und wir hier richtig Trubel haben. Ich weiß noch genau, dass es der 23. war: der Chef hat nämlich erzählt, dass er seine Frau auch an einem 23., bei diesem Musical mit den Nonnen kennengelernt hat. Also in der Pause, meine ich. Nicht auf der Bühne«, erzählte er ein wenig aufgedreht.

»Nonnen?«, fragte ich verständnislos.

»Na, von der Whoopi Goldberg.«

»Ach, so«, jetzt kapierte ich, was er meinte. »Sie meinen Sister Act?«

Er nickte zustimmend. Ich nutzte seine Redseligkeit aus und hakte nach. »Wieso denn Weihnachtsfeier? Sie hat doch hier nicht gearbeitet?«

»Nee, natürlich nicht«, der Kellner schüttelte den Kopf. »Der Chef hat immer die Frauen und Männer von allen Mitarbeitern zu unserer Weihnachtsfeier eingeladen.«

»Das ist aber ungewöhnlich.«

»Ja, unser Chef war ja auch ungewöhnlich!«

»Inwiefern?«

»Er war ein Mensch. Einfach nur ein Mensch.«

Betroffen sah ich, dass dem Kellner langsam eine Träne aus den Augenwinkeln lief. Er kramte in seiner Hosentasche herum und zog eine verknüllte Papierserviette hervor.

»Sie mochten Ihren Chef wohl sehr?«

»Wir mochten unseren Chef alle sehr. So einen Chef finden Sie auch nicht alle Tage. Er war immer für uns da. Klar, manchmal war er auch ziemlich stinkig, aber er hatte immer ein offenes Ohr für uns. Gerade jetzt in den schweren Zeiten.«

»Seitdem es mit der Firma den Bach runtergeht?«, mutmaßte ich.

In diesem Moment schob sich ein glatzköpfiger Mann mittleren Alters durch die Tür. Aufgrund seiner Berufskleidung konnte ich ihn unschwer als Koch erkennen. Er trug eine schwarze Hose mit weißen Nadelstreifen und eine schwarze Kochjacke mit roten Knöpfen. Auf seiner linken Brustseite war unter seinem Namen Carsten Neuer der rote Schriftzug *Teufelskoch* eingestickt. Er sah mich ebenso misstrauisch an wie der Kellner neben ihm noch vor wenigen Minuten.

»Was geht denn hier ab?«, fragte er argwöhnisch und warf dem Kellner einen fragenden Blick zu. »Alles klar bei dir, Marco?«

Auch er fummelte sich eine Zigarette aus der Packung, die er aus der Hosentasche hervorgekramt hatte.

»Nee, nix ist klar«, antwortete der Kellner. »Die Frau vom Chef ist auch tot. Kannste dir das vorstellen?«

Auch der Koch wechselte schlagartig die Farbe. »Ja, aber ..., aber wieso ...«, stammelte er fassungslos. »... und wer ist der da?«

»Ich bin Anwalt«, setzte ich zur Erklärung an.

Der Kellner namens Marco unterbrach mich plötzlich mit grimmigem Gesichtsausdruck. »Was haben Sie eigentlich als Anwalt damit zu tun? Ich meine, wenn der Chef tot ist, wer bezahlt Sie denn eigentlich?«

In knappen Sätzen erzählte ich, wie es dazu gekommen war, dass ich Ermittlungen zu den beiden Toten anstellte. Aus Respekt vor den Verstorbenen ging ich nicht näher auf Zustand und Todesumstände der Leichen ein.

»Die Schwester von Regina Ehrlich war der Meinung, dass es sich bei ihrem Tod nicht um einen Unfall handelte«, erklärte ich. »An dieser Stelle komme ich dann ins Spiel. Die Schwester hat mich engagiert, um die näheren Todesumstände zu untersuchen. Und sie hatte Recht! Wie es momentan aussieht, wurden Martin Freese und seine Freundin vorsätzlich umgebracht.«

Mit der rechten Faust schlug der Kellner in die offene Handfläche. »Diese Schweine!«, fluchte Carsten Neuer laut.

»Wen meinen Sie damit?« Aufmerksam sah ich den Koch an. Neuer wechselte kurz mit dem Kellner einen Blick, sagte allerdings nichts.

Ich ließ meine unbeantwortete Frage im Raum stehen und setzte die beiden über meinen Besuch in ihrer Hauptverwaltung ins Bild. Auch hier verzichtete ich auf nähere Einzelheiten.

»Ich wollte mir einen persönlichen Eindruck vom Umfeld des Toten machen. Ich hatte gehofft, mehr über ihn zu erfahren«, kam ich zum Ende meiner Geschichte.

»Warum?« Der Koch sah mich kühl an.

»Weil ich die Mörder überführen will!«, entgegnete ich schroff.

Die beiden nuckelten an ihren Zigaretten. Niemand sagte etwas, bis der Koch mit geübter Handbewegung seine Kippe in eine große mit Wasser gefüllte Konservendose warf, in der dem Aufkleber nach ehemals Spreewaldgurken gewesen waren.

»Na, dann wünsch ich Ihnen viel Glück«, sagte er lakonisch und wandte sich ab.

Mir kam der leblose Körper von Martin Freese in den Sinn und wie die Wasserschutzpolizei den Toten ins Schlauchboot gehievt hatte. Als ich an das Glasröhrchen mit den toten Wespen dachte, das Tillmann mir gezeigt hatte, platzte mir der Kragen.

»Vielen Dank für die Glückwünsche«, blaffte ich Carsten Neuer an. »Glück kann ich nämlich gut gebrauchen. Wenn nämlich jeder vor lauter Angst um seinen Arbeitsplatz die Schnauze hält, werden die Mörder weiterhin frei herumlaufen. Die Polizei hatte den Fall auch schon als Unfall zu den Akten gelegt.«

Langsam kam ich in Fahrt.

»Hoffentlich habe ich mehr Glück als Ihr Chef. Der hatte nämlich überhaupt kein Glück – die arme Sau. Erst ist er fast ertrunken, und als er es schaffte, aus dem Hafenbecken zu kriechen, hat man ihm mit einer Eisenstange die Hände zertrümmert und ihn anschließend umgebracht.« Der Koch blieb wie versteinert in der Tür stehen und starrte mich an.

Ich senkte die Stimme und sah beide eindringlich an. »Ihr Chef ist nicht einfach gestorben, er wurde brutal ermordet.«

Die beiden stierten mich wortlos an, bis Carsten Neuer sich einen Ruck gab. »Der Chef war ein cooler Typ. War immer für uns da und hat sich um alles gekümmert. Ganz anders als die Krawattenträger von der Teppichetage.«

»Sie sprachen vorhin von schlechten Zeiten«, wandte ich mich an den Kellner.

Er blinzelte und sah kurz zu seinem Kollegen hinüber. »Ja, genau: schlechte Zeiten. Die Zahlen sind schlecht. Wir geben hier im Restaurant Vollgas und kommen auf keinen grünen Zweig.«

Jetzt hielt sich auch der Koch nicht mehr zurück. »Wir schuften uns hier ab, und der Laden wirft trotzdem keinen Gewinn ab!«

»Wieso?« Fragend sah ich den Koch an.

»Der Chef war ja für alle Restaurants zuständig, und er hat uns erzählt, dass es in fast allen Lokalen so aussieht.«

»In der Zentrale haben sie ihm unterstellt, er könne nicht rechnen. Seit diese Neue da ist, musste er andauernd zum Rapport. Der war vielleicht sauer, sag ich Ihnen«, warf der Kellner ein.

»Genau«, antwortet Neuer. »Aber der Chef war einer von uns. Er konnte kochen und sehr gut rechnen dazu. Aber ...«, verstohlen sah er sich um, obwohl wir alleine in dem kahlen Hinterhof waren. »Die großen Chefs haben sich mit den Mieten und den Immobilien verzockt«, sagte er und man konnte die Wut und Verbitterung deutlich aus seinen Worten heraushören.

Der Kellner nickte zustimmend. »Wollten das große Geld machen. Doch das war dann wohl eine Nummer zu groß«, er warf einen raschen Blick auf seine Armbanduhr und zündete sich schnell noch eine neue Zigarette an.

Sein Kollege nickte zustimmend. »Dann wurde vor einem Jahr das Geld knapp. Die Zentralbuchhaltung zahlte die Lieferantenrechnungen viel zu spät. Manche auch gar nicht. Unsere Gehälter kamen immer später. Neue Kollegen bekamen nur noch Verträge auf 400-Euro-Basis und der Rest wurde ihnen unter der Hand bezahlt, um Abgaben zu sparen. Wir haben uns natürlich auch so unsere Gedanken gemacht. Schließlich hat man ja Familie und die Miete muss auch bezahlt werden. Wenn es mal für einen Kollegen wegen 'ner Kreditrate oder 'ner Unterhaltszahlung ganz eng wurde, hat der Chef auch schon mal was aus eigener Tasche vorgestreckt.«

Es war sehr deprimierend, Carsten Neuer über die finanziellen Probleme der Belegschaft reden zu hören.

»An allem ist diese italienisch sprechende Schnepfe schuld«, fluchte der Kellner. »Der Chef hat wie wild gerackert und sich für uns eingesetzt. Hat sich quasi rund um die Uhr um alle Restaurants gekümmert. Doch gegen diese Schnepfe konnte er nix ausrichten«, schimpfte er weiter.

Es erstaunte mich nicht, dass die beiden Mitarbeiter ein ganz anderes Bild von Martin Freese malten, als es die Geschäftsführerin getan hatte. Offenbar hatte Martin Freese bei der Geschäftsleitung nachhaltig um pünktliche Gehaltszahlungen für seine Mitarbeiter und Geld zur Zahlung der Rechnungen gedrängt. Mit diesen Forderungen war er wohl den Verantwortlichen mächtig auf den Nerv gegangen. Kein Wunder, dass Freese sich bei seiner Chefin unbeliebt gemacht hatte.

»Hatten Sie ein besonders freundschaftliches Verhältnis zu Ihrem Chef?«, fragte ich.

Carsten Neuer schüttelte mit dem Kopf. »Nö, eigentlich nicht. Wir gehen hier alle recht locker miteinander um.«

Der Kellner nahm einen letzten, tiefen Zug von seiner Zigarette und meinte dann: »Ich kannte den Chef schon ziemlich lange. Wir haben schon früher zusammengearbeitet, bei einer Firma, die dann Konkurs gemacht hat.«

»Wussten Sie, dass Ihr Chef zu einer Konferenz nach Juist wollte?«, fragte ich ins Blaue.

»Wohin?«, der Koch sah mich fragend an.

»Das ist doch bestimmt auch in Ostfriesland, oder?«, kombinierte der Kellner scharfsinnig.

Ich nickte. »Stimmt genau.«

»Wo?« Offenbar war auch der Koch ein Geografiemuffel.

»Na, da oben an der Küste. Da, wo die Ostfriesenwitze herkommen«, der Kellner war ganz erpicht darauf, sein neu erworbenes Wissen an den Mann zu bringen.

»Ach so«, meinte der Koch achselzuckend.

Das Summen meines Telefons verhinderte, dass ich einen Lachanfall bekam. Ich zog das Handy aus der Tasche und sah, dass ich eine SMS und drei MMS erhalten hatte.

»GEFAHR«, schrie mich Claudias SMS in Großbuchstaben an.

Ich zuckte erschrocken zusammen. Sofort öffnete ich die erste der drei MMS, die Claudia mir noch geschickt hatte.

Der Iron Man mit den toten Fischaugen sah mich an.

Auf dem Bild sah er etwas jünger aus. Er trug auch keinen Maßanzug, sondern einen schlammfarbigen Kampfanzug. Obwohl sein Gesicht auf dem Foto von Tarnfarbe verschmiert war, die seine Gesichtskontur verwischte, zeigte das Foto eindeutig den Mann mit den ausdruckslosen Augen.

Die beiden anderen Fotos zeigten ebenfalls bekannte Gesichter – den ersten Klon, der stumm an meinem Wagen gelehnt hatte, und den dritten Klon, den ich beim Vorbeifahren aus dem Van hatte springen sehen.

Abermals vibrierte das Handy. Claudia! Ich nahm das Gespräch an und wandte mich entschuldigend an meine beiden Gesprächspartner, die mich aufmerksam beobachteten.

»Sorry, aber es ist wirklich wichtig! Bin gleich wieder da.« Mit dem Handy am Ohr lief ich zurück ins Restaurant und nahm das Gespräch an.

»Das ist jetzt kein Spaß mehr, Jan!«, Claudias Stimme klang schrill.

»Wie hast du die drei so schnell finden können?«, fragte ich, ohne auf ihre Bemerkung einzugehen.

»Na, zaubern kann das Programm auch nicht. Ich habe einfach die Namen von deiner Liste gegoogelt und eine Menge Material gefunden. Auch die Fotos der Werbebroschüren und Presseartikel waren sehr ergiebig. Außerdem habe ich die drei auf einem Foto einer großen Veranstaltung von BIO NOUN gefunden. Sie standen im Hintergrund eines Empfangs einträchtig nebeneinander.«

»Wer sind die Typen?«, unterbrach ich Claudia.

»Die gute Nachricht: es sind keine Fremdenlegionäre. Die schlechte Nachricht: alle drei gehörten zur Jugoslawischen Volksarmee JNA und waren maßgeblich an den Massakern von Vukovar und Srebrenica beteiligt«, berichtete sie.

Mir kamen Bilder aus den Medien in den Kopf, Bilder, wie sie einem täglich in der Zeitung oder in den Nachrichten präsentiert werden: Bilder von Massengräbern, toten Frauen und Kindern, Bilder, auf denen Leichen als Beweis für die Gräueltaten der jeweils anderen Kriegspartei herhalten müssen.

Natürlich hatte ich seinerzeit von den Kriegsverbrechen während des Krieges in Jugoslawien gelesen und die Berichte in den Medien verfolgt. Wenn man dann jedoch völlig ahnungslos mit Leuten zu tun hat, von denen man kurz darauf erfährt, dass es sich um Massenmörder handelt, ist das ein Schock – und macht eine Scheißangst!

»Jan, das sind Killer!« Claudias Stimme, die um eine Oktave höher geklettert war, riss mich aus meinen Gedanken.

Gebannt hörte ich ihr bei der Zusammenfassung ihrer Internetrecherche zu: »Bei dem Massaker von Vukovar hat die Jugoslawische Volksarmee vierhundert Patienten aus dem Krankenhaus von Vukovar gefangen genommen. Dreihundert der Patienten haben die Soldaten auf das Gelände einer Schweinefarm bei Ovcara gebracht. Zweihundert dieser Patienten wurden auf dem Gelände der Schweinefarm umgebracht und in Massengräbern verscharrt. Zoran Kravic war einer der maßgeblichen Offiziere, der für das Massaker verantwortlich war. Zu seinen Unteroffizieren gehörten Franjo Zoe und Rados Vukovic. Kravic verstümmelte unzählige Menschen mit einer rostigen Machete und schlug seinen Opfern die Gliedmaßen ab. Er begann am kleinsten Gelenk und hackte sie der Reihe nach bis zum größten Gelenk ab – bis nur noch der blutende Rumpf seines Opfers auf dem Boden lag und sich in seinem eigenen Blut wälzte. Kravic pflegte erst dann die Köpfe der Opfer abzuschlagen, wenn der Torso komplett ausgeblutet war.«

Ich konnte kaum glauben, was Claudia mir da gerade am Telefon erzählte.

Dass diese Iron Men keine Chorknaben waren, hatte ich vermutet. Aber dass es sich um Kriegsverbrecher und Massenmörder handeln sollte, erschien mir so unglaublich und erschreckend, dass ich die Information kaum glauben, geschweige denn realisieren konnte.

»Franjo Zoe war ebenfalls ein Schlächter«, fuhr Claudia mit ihrer Horrorschilderung fort. »Er weidete seine Opfer aus und liebte es, jungen Frauen bei lebendigem Leib die Bäuche aufzuschneiden. Zoe riss ihnen die Eingeweide mit bloßen Händen heraus und legte sie den Opfern aufs Gesicht, um sie damit zu ersticken.«

Ich merkte, wie mein Magen zu rebellieren begann. Die Bilder, die Claudias Rapport in meinem Kopf auslösten, würden mich wohl bis in meine Träume verfolgen. Mir tat Claudia leid, die ich um diese Recherchen gebeten hatte. Sie musste sich jetzt ebenfalls mit diesen Horrorbildern herumquälen. Ich wusste, dass Claudia trotz ihres resoluten Auftretens sehr sensibel ist. Aber nun war es zu spät, sich darüber Gedanken zu machen. Wir mussten da jetzt durch. Später konnten wir uns in Ruhe zusammensetzen und die Rechercheergebnisse aufarbeiten.

Ich konzentrierte mich wieder auf Claudias Stimme: »Der dritte im Bunde heißt Vukovic. Er ist ein stiller und verschlossener Mann, der seine Opfer schweigend und auf klassische Weise umbringt. Vukovic erdrosselte seine Opfer mit einer Klaviersaite. Er sah den armen Seelen während ihres Todeskampfes so lange in die Augen, bis sie brachen.«

Heiße Magensäure stieg in mir auf.

»Alles klar bei dir, Jan?«, tönte Claudias Stimme aus dem Handy.

»Ja«, ächzte ich matt.

Während Claudias Bericht hatte ich das Restaurant verlassen und stand neben dem Eingang auf dem Bürgersteig. Ich lehnte mich an die Hauswand neben mir.

»Alles klar.«

»Mir ist auch schlecht geworden, als ich das alles gelesen habe. Ist normal«, beruhigte sie mich. »Aber es geht noch weiter!«

Ich umklammerte das Handy so fest, dass meine Knöchel weiß hervortraten.

»Das Massaker von Srebrenica fand ein paar Monate später statt. Es dauerte mehrere Tage und wurde in Anwesenheit der NATO-Blauhelmsoldaten verübt. Dabei wurden ungefähr achttausend Bosniaken unmenschlich abgeschlachtet.

Vor allem Jungs und Männer im Alter zwischen zwölf und 77 Jahren. Ein wahres Schlachtfest für Kravic, Zoe und Vukovic!«

»Warte mal, warte mal!«, presste ich heraus. »Warum wurden sie nicht vor ein Kriegsgericht gestellt? Warum hat man sie nicht nach Den Haag gebracht?«

»Hat man«, erwiderte Claudia. »Allerdings gab es nur drei Zeugen, die bereit waren, gegen die drei Schlächter auszusagen. Diese Zeugen sind vor der Gerichtsverhandlung nacheinander unter mysteriösen Umständen ums Leben gekommen. Ein Zeuge hat sich drei Tage vor seiner geplanten Hochzeit in einem Den Haager Hinterhof aufgehängt. Der zweite Zeuge hat sich auf dem Weg zum Kindergarten, wo er seinen Sohn abholen wollte, vor einen Getränkelieferwagen geworfen. Und der dritte Zeuge lag morgens tot in seinem Hotelbett – ohne Anzeichen äußerer Gewalteinwirkung. Eine Obduktion ist nicht durchgeführt worden, weil der Leichnam noch am gleichen Tag spurlos aus der Gerichtsmedizin verschwand.«

»Verdammt noch mal!«, fluchte ich. »Den Haag ist doch keine Bananenrepublik, das ist Europa!«

»Da hast du Recht, Jan«, stimmte Claudia mir zu. »Doch die Bruderschaften, die im Krieg und während der Massaker entstanden sind, sind weit verzweigt. Die beteiligten Veteranen bilden eine fest verschworene Gemeinschaft.« Claudia machte eine Pause und sagte dann mit beschwörender Stimme: »Sieh zu, dass du da wegkommst! Leg dich nicht mit diesen Leuten an!«, warnte sie mich eindringlich.

Ich blies lautlos die Backen auf.

»Mach dir keine Sorgen«, beruhigte ich sie. »Ich habe nicht vor, mich mit jemandem anzulegen. Ich recherchiere lediglich ein paar Sachen und führe ein paar Gespräche. Wenn jetzt plötzlich ein paar jugoslawische Kriegsverbrecher auf der Bildfläche erscheinen, ist das natürlich schockierend und erschreckend. Aber wir befinden uns mitten in Deutschland. Hier kann man nicht einfach mal so Leute umbringen, die einem nicht in den Kram passen. Warum sollten sie das auch tun? Die drei haben doch überhaupt keinen Grund, mir ans Leder zu wollen.«

Während ich Claudia beruhigte, dachte ich an die Brutalität des Doppelmordes. Die Vermutung, dass Regina Ehrlich durch Drogen gefügig und von drei Männern vergewaltigt worden war, ging mir ebenfalls durch den Kopf.

Als hätte Claudia meine Gedanken gelesen, hörte ich sie eindringlich sagen: »Was den beiden Toten widerfahren ist, war außerordentlich brutal. Wenn ich lese, mit welchen Verbrechen diese drei Kriegsverbrecher in Verbindung gebracht werden … Muss ich noch mehr sagen?«

»Daran habe ich auch gerade gedacht«, antwortete ich. »Auch wenn die drei als Täter in Betracht kommen, bin ich nicht in Sorge, unliebsam aufgefallen zu sein. Ich mach mich jetzt erst mal nicht verrückt!«

Dass ich mit Thyra gemeinsam bei BIO NOUN AG gesehen worden war und man uns aller Wahrscheinlichkeit nach in Verbindung bringen würde, verdrängte ich vorerst und redete mir die Fakten schön.

»Ach, und wieso stand dieser Franjo Zoe bei dir am Auto und rührte sich nicht von der Stelle? Kannst du mir das bitte mal erklären?«

»Das wird ein Zufall gewesen sein. Er hat sich wahrscheinlich wirklich nur den Käfer anschauen wollen«, ich klang überzeugter, als ich es war.

»Kann sein, muss aber nicht.« Ich sah Claudias erhobenen Zeigefinger praktisch vor mir.

»Ich bin vorsichtig«, versicherte ich ihr.

»Da kannst du so vorsichtig sein, wie du willst. Wenn du solche Leute mit deinen Fragen nervst oder für Unruhe sorgst, werden sie ganz schnell auf dich aufmerksam.«

»Tu ich schon nicht«, beruhigte ich sie. »Es war das ganz normale Sondierungsgespräch eines Repräsentanten einer Investorengruppe. Ich kann mir nicht vorstellen, dass irgendwer einen Zusammenhang zwischen meinem heutigen Besuch und meinem Mandat herstellen könnte.«

»Deinem beendeten Mandat«, korrigierte Claudia mich.

»Zu wem gehören die drei denn eigentlich?«, wechselte ich das Thema und fragte, obwohl ich die Antwort bereits wusste. »Sind das Angestellte von BIO NOUN?«

»Falsch! Die gehören zu Nicolai Poloch. Es sind seine Bodyguards.«

»Bingo!«, sagte ich zufrieden und kickte einen Stein in die Büsche. »Frankfurter Rotlichtmilieu!«

»Genau!«, bestätigte Claudia. »Poloch hat gute Kontakte zur Frankfurter Szene.«

»Nachtigall, ick hör dir trapsen.« Ich merkte, dass der Schock, den Claudias Neuigkeiten ausgelöst hatte, langsam nachließ.

»Tritt den Leuten nicht auf die Füße!«, warnte Claudia mich nochmals eindringlich. »Bei dieser Firma geht es um viel Geld. Pass auf!«

»Keine Sorge, ich passe auf!«

Wir verabschiedeten uns voneinander und ich versprach Claudia hoch und heilig, sofort nach meiner Rückkehr bei ihr vorbeizuschauen.

Ich ging zurück ins Restaurant. Der Kellner stand am Tresen und sortierte Speisekarten.

»Tut mir leid, die Bouillabaisse muss ich stornieren. Ein wichtiger Anruf. Ich muss zum Flughafen«, entschuldigte ich mich.

»Geschenkt, geht aufs Haus«, antworte er. »Dafür steigen Sie mal den richtigen Leuten aufs Dach!«

Ich hob die Hand zum Abschied und verließ das Restaurant. Dann machte ich mich auf dem Weg zum Taxistand, den ich nicht weit vom Restaurant entfernt gesehen hatte.

Auch wenn ich es mir nicht eingestehen wollte, angesichts der erschreckenden Hintergrundinformationen von Claudia machte ich mir große Sorgen um Thyra. Ich glaubte zwar nicht, dass sie sich in unmittelbarer Gefahr befand. Doch alleine die

Tatsache, dass sie ihre Recherchen im Dunstkreis dieser kaltblütigen Mörder betrieb, bereitete mir ein mulmiges Gefühl.

Eigentlich hatte ich vorgehabt, über Nacht in Berlin zu bleiben. Angesichts der Neuigkeiten jedoch und der Tatsache, dass Thyra die Nacht alleine in meinem Haus verbringen würde, hoffte ich auf einen Platz in der Abendmaschine nach Hamburg.

Auf dem Weg zum Taxistand wählte ich Thyras Handynummer, hörte jedoch nur, dass der Teilnehmer im Moment nicht erreichbar war. Ich hinterließ ihr eine Nachricht auf dem Anrufbeantworter. Eindringlich warnte ich sie vor Polochs hochgradig gefährlichen Bodyguards. Ich riet ihr das Gleiche, was Claudia mir geraten hatte, nämlich einen großen Bogen um die Typen zu machen. Die Personenbeschreibung, die ich ihr ebenfalls hinterließ, war kurz. Schließlich sah der eine Klon wie der Klon des anderen aus.

Wir hielten vor dem Haupteingang des Abflugterminals und ich zog einen Schein aus der Geldbörse. Ich verzichtete aufs Wechselgeld und ergriff die Flucht. Auf direktem Wege eilte ich in die Abflughalle.

Ich hatte Glück und ergatterte einen der letzten Plätze in der Abendmaschine nach Hamburg.

Nachdem ich eingecheckt und die Sicherheitskontrolle passiert hatte, hockte ich mich auf einen Stuhl im Café und bestellte mir einen Cappuccino. Während ich noch auf meine Bestellung wartete, summte mein Handy, und ich sah erleichtert, dass Thyra mir eine SMS geschickt hatte.

Die Erleichterung verschwand schlagartig in dem Moment, als ich Thyras Text las.

»*Hi, Paps! So, bin fertig. Habe mit Protzek sprechen können. Auch mit diesem Poloch habe ich gesprochen. Ein Widerling! Deine Warnung kam zu spät – einer der Typen stand schon an meinem Käfer und wollte nicht verschwinden. Dachte schon, der sei ausgestopft. Hab ihm aber Beine gemacht. Mache mich jetzt auf den Weg zu dir. Hoffe, du hast was Gescheites im Kühlschrank. Dein hungriges Kind ;-)*«

Ich fluchte so laut, dass meine Sitznachbarin erschrocken von ihrem Tagesspiegel aufsah und mich argwöhnisch von der Seite musterte. Beim Lesen der SMS war mein Adrenalinspiegel schlagartig gestiegen. Was zum Teufel hatte Thyra bei Poloch zu suchen??? Erneut fluchte ich, diesmal über mich selber, denn an ihren Käfer hatte ich überhaupt nicht gedacht.

Ich wählte ihre Rufnummer.

Verdammt! Schon wieder diese dämliche Mailbox!

Mit leiser, jedoch eindringlicher Stimme warnte ich sie davor, im Dunkeln einen Rastplatz anzufahren. Ich beschwor sie, in einem Rutsch durchzufahren und zu Hause das Haus zu verrammeln und die Jalousien komplett runterzulassen.

Vielleicht sah ich ja schon Gespenster und reagierte hysterisch. Doch nachdem ich die Nachricht aufgesprochen hatte, hielt ich mein Handy weiter fest umklammert. Mühsam bemühte ich mich, ruhig zu bleiben. Es war ja bislang nichts passiert!

Thyra saß bestimmt schon in ihrem Wagen und war auf dem Weg zu mir nach Hause. Bloß weil sich derselbe Typ wie bei mir auch an ihren Wagen gelehnt hatte, gab es noch keinen Grund, anzunehmen, dass sie sich in Gefahr befand.

Schließlich war es der Job von Bodyguards, aufmerksam zu sein und Auffälligkeiten zu beachten. Wenn dieser Franjo meinen Käfer schon bemerkenswert fand, wie musste er es dann erst finden, wenn fast zeitgleich ein zweiter Käfer auf dem Parkplatz auftauchte?

Schlimmstenfalls so interessant oder bemerkenswert, dass er sich unsere Kennzeichen notiert hatte. Eine Verbindung zwischen Thyra und mir würden sie wahrscheinlich nicht sofort herstellen können, da wir unterschiedliche Nachnamen und Wohnorte hatten. Trotzdem war es eine alarmierende Entwicklung, dass die drei Schlächter auf uns aufmerksam geworden waren.

Ich würde versuchen, Thyra davon zu überzeugen, dass es in Anbetracht der Entwicklung das Beste sei, bei mir zu wohnen. Und wir sollten unsere weiteren Nachforschungen gemeinsam planen und koordinieren. Im Moment war es mir vollkommen egal, ob Thyra ihre Recherchen zu beruflichen Zwecken nutzte oder nicht. Ich musste nach meinem ersten Ärger eingestehen, dass sie mit ihren Argumenten Recht hatte. Ich hatte wohl tatsächlich etwas überzogen reagiert und mich vielleicht doch wie Evas Beschützer aufgespielt.

Die Zeit bis zum Abflug zog sich wie Kaugummi. Es dauerte noch über eine Stunde, bis mein Flug endlich aufgerufen wurde. Meine Sorge um Thyra verdrängte ich damit, dass ich mich auf meine Flugangst konzentrierte.

Endlich erlöste mich die Lautsprecherdurchsage. Folgsam kam ich der Aufforderung der Durchsage nach und ging an Bord.

27

In dem Moment, als die Räder der Boeing wieder Hamburger Boden unter die Räder bekam, ertönten alle möglichen Variationen von Klingeltönen und Melodien aus den Sitzreihen.

Die Erde harte uns Handybesitzer wieder.

Ich tat es den Geschäftsleuten gleich, mit denen vor allem der Flieger besetzt war, und schaltete ebenfalls mein Handy ein. Als Netz und Handy einander gefunden hatten, summte es mir den Erhalt einer neuen Nachricht auf meiner Mobilbox zu.

Noch während die Boeing ihre Landeposition ansteuerte, standen bereits die ersten Passagiere im Gang und warteten darauf, dass sie den Flieger verlassen konnten. Ich blieb sitzen und freute mich gespannt auf die Sprachnachricht von Thyra.

»Paps, ich bin es«, hörte ich Thyra aufgeregt sagen. »Ich bin jetzt bei dir zu Hause und habe einen Riesenschreck bekommen. Es ist so dunkel bei dir hier am Haus. Ich bin über Motte gestolpert und hab mich lang hingelegt. Der arme Kerl liegt hier mitten auf dem Weg und rührt sich nicht. Ich hab schon an ihm herumgerüttelt. Er reagiert gar nicht. Pennt der Hund öfters hier vorm Haus oder ...«, unvermittelt brach Thyra ab. Wie gebannt drückte ich voller Sorge das Handy ans Ohr.

Einen Moment lang hörte ich nur Rauschen aus dem Handy. Dann hörte ich meine Tochter plötzlich rufen. »He! Was soll der Scheiß?«

Es folgten ein lautes Scheppern und eine Reihe undefinierbarer Geräusche. Dann war nur noch das sphärische Rauschen der Funkverbindung zu hören.

Wie elektrisiert sprang ich von meinem Sitz hoch. Ich drängelte mich rücksichtslos an meinem Sitznachbarn vorbei, ignorierte dessen verärgerten Blick und drängelte und knuffte mich rücksichtslos zum Ausgang durch, eskortiert von wüsten Beschimpfungen aller Getroffenen.

Glücklicherweise hatten die Stewardessen bereits die Ausstiegstür geöffnet, und ich schob mich mit den ersten Passagieren aus der Maschine. Im Eilschritt überholte ich meine Mitreisenden und stürmte dem Ausgang entgegen. Das vorbeischlendernde Sicherheitspersonal musterte mich aufmerksam.

»Notfall!«, keuchte ich und hastete an zwei Bundespolizisten vorbei. Das hätte mir gerade noch gefehlt, wenn die Polizei mich angehalten und einer eingehenden Sicherheitskontrolle unterzogen hätte. Im Spurt überquerte ich die Straße vor dem Flughafengebäude und hetzte zum Parkhaus. Glücklicherweise hatte ich ausreichend Kleingeld dabei, so dass ich den Parkautomaten füttern konnte.

Während der Fahrt rief ich Uz an. Auf meinen Freund war Verlass, er meldete sich mit dem ersten Klingelzeichen.

»Frag jetzt nichts und hör mir bitte genau zu!« stieß ich hervor. »Thyra und ich sind in Hamburg auf drei brandgefährliche Typen gestoßen. Diese Typen sind vermutlich bei mir zu Hause und haben ihr aufgelauert. Motte liegt bewegungslos vorm Haus. Ob er noch lebt, weiß ich nicht. Thyra ist in Gefahr! Ruf bitte die Polizei – lass deine Kontakte spielen, damit die Polizei die Situation ernst nimmt und sofort eine Streife zu mir nach Hause schickt. Sag ihnen unbedingt, dass die Typen äußerst gefährlich sind und ...«, ich musste einem Lkw ausweichen und fluchte wie ein Bierkutscher.

Einhändig kurbelte ich am Lenkrad, was ohne Servolenkung einen gewissen Kraftaufwand erfordert. Als ich wieder auf meiner Fahrbahnseite fuhr, gab ich Uz weitere Instruktionen.

»Spiel nicht den Helden, Uz!«, warnte ich ihn eindringlich. »Die Typen sind Killer! Sieh bitte nach Thyra und Motte. Aber fahr auf keinen Fall alleine zum Haus. Warte, bis die Polizei da ist.«

Da ich wusste, dass Uz in Krisensituationen die Ruhe in Person ist und kein überflüssiges Wort verliert, wunderte ich mich nicht, als er nur knapp sagte: »Mach ich!«

Uz legte auf und rief wahrscheinlich bereits seine Kontakte bei der örtlichen Polizei an. Ich steckte mein Handy in die Brusttasche.

Mit beiden Händen umklammerte ich das Lenkrad. Meine Knöchel traten weiß hervor. Zum ersten Mal verfluchte ich meinen Grauen, weil er nicht schneller fuhr.

In meinem Kopf spielten sich Horrorszenarien ab. Die Rückfahrt erschien mir unendlich lange. Als ich die A 31 an der Autobahnausfahrt Emden Mitte verließ und auf die B 210 Richtung Aurich – Norddeich fuhr, klingelte mein Handy.

»Die Polizei ist da. Thyra ist verschwunden. Motte lebt, hat aber an zwei Stellen versengte Löcher im Fell, wahrscheinlich von einem Elektroschocker.« Uz informierte mich kurz, knapp und schonungslos. Die entsetzlichen Befürchtungen, die mir schon seit Stunden durch den Kopf schwirrten, bewahrheiteten sich aufs Schlimmste.

»Ist sie vielleicht ...«

»Nein, ist sie nicht«, unterbrach Uz mich sofort. »Die Polizei hat gerade dein Haus von oben nach unten durchsucht – Fehlanzeige. Jetzt suchen sie das Gelände rund ums Haus und hoch bis zum Deich mit Suchscheinwerfern ab.«

Mir war klar, dass ich ruhig bleiben musste. Wenn ich jetzt vor lauter Sorge durchdrehen würde, wäre niemandem geholfen. Im Moment hieß es erst einmal abwarten, bis die Polizei das gesamte Gelände abgesucht hatte.

»Was ist mit Motte?«, erkundigte ich mich deshalb.

»Er sitzt neben mir und versteht die Welt nicht mehr. Ihm geht's aber ganz gut. Er muss wohl heldenhaft auf den ungebetenen Besuch losgegangen sein. Er hatte noch Stoffreste zwischen den Zähnen, als ich ihn fand. Die Kerle haben ihm wohl mit einer Elektroschockpistole eine volle Ladung verpasst. Zwei Stellen im Fell sind ordentlich verkokelt. Man kann die Strommarken deutlich sehen. Ich habe dem armen Kerl eine Spritze zur Stärkung gegeben und lasse gerade eine kleine Infusion mit Elektrolyten bei ihm einlaufen.«

»Ich danke dir, Uz!«

»Kein Problem, Jan. Alles gut!«, brummelte Uz. »Und deine Tochter wird sich auch wohlbehalten einfinden.«

Ich wollte den Worten meines Freundes nur zu gerne glauben. Während ich den Käfer mit lautstark knatterndem Motor durch die Nacht jagte breitete sich in mir ein lähmendes Gefühl der Angst aus.

28

Die Scheinwerfer meines Käfers erfassten ein bedrückendes Szenario, als ich den Weg zu meinem Haus hochfuhr. Taschenlampen irrlichterten rund ums Haus und auf dem Deich herum. Das gespenstische Licht ließ mich nur schemenhafte Gestalten erkennen.

Der Kies knirschte, als ich scharf bremste. Ich sprang aus dem Wagen. Die Wagentür ließ ich offen stehen. Aus dem Dämmerlicht heraus trat Uz auf mich zu, dicht gefolgt von Motte, der langsam hinter meinem Freund her trottete.

Uz und ich klopften uns gegenseitig unbeholfen auf die Schultern. Dann kniete ich mich zu Motte hinunter und vergrub mein Gesicht in seinem dichten Fell.

»Du blöder, dicker Hund«, flüsterte ich ihm leise ins Ohr. »Den ganzen Tag pennst du und dann lässt du dir bei der ersten Gelegenheit das Fell versengen.«

Ich nahm seinen großen Kopf in beide Hände und lobte ihn eindringlich für sein heldenhaftes Verhalten und dafür, dass er Thyra beigestanden hatte. Ich war froh, dass Motte nur mit einem Elektroschocker aus dem Verkehr gezogen worden war und die Kerle ihn nicht gleich getötet hatten. Denn dass es sich bei den ungebetenen Besuchern um die Iron Men gehandelt hatte, stand für mich außer Frage. Allerdings konnte ich überhaupt nicht verstehen, warum mein Besuch oder der von Thyra eine solch überzogene Reaktion ausgelöst haben sollte. Ich strich Motte noch einmal durchs Fell und kam dann aus der Hocke wieder hoch.

»Irgendetwas Neues?«, fragte ich Uz, während ich angestrengt zu den blitzenden Taschenlampen hinüber sah.

Uz schüttelte den Kopf. »Es sind noch zwei Streifenwagen zur Verstärkung aufgetaucht, und jetzt suchen alle den Deich ab. Hier rund ums Haus haben sie keine Spuren oder einen Hinweis auf Thyra gefunden.«

In diesem Moment tauchte ein dunkler BMW auf und hielt dicht neben meinem Käfer.

»Was wollen die denn hier?«, knurrte Uz.

Mackensen und Hahn stiegen aus und schauten zuerst zu den Lichtern der Taschenlampen rüber und dann zu uns. Sie wechselten ein paar Worte miteinander und steuerten dann direkt auf uns zu.

»Moin, zusammen«, begrüßte uns Oberkommissar Hahn freudlos.

»So sieht man sich wieder.« Mackensen hielt sich erst gar nicht mit einer Begrüßung auf. Er fixierte mich mit einem feindseligen Blick, jedoch diszipliniert genug, um keinen Streit vom Zaun zu brechen.

»Die Wache hat uns informiert: hier soll ein Überfall stattgefunden haben?«

»Ja, meine Tochter wurde überfallen.«

»Sie haben eine Tochter?« Mackensen sah mich interessiert an.

»Ja, wieso denn nicht?«, fuhr ich auf. Uz legte mir beruhigend die Hand auf den Oberarm.

Mackensens Handy gab eine Fanfare von sich. Er presste es ans Ohr und machte ein paar Schritte ins Dunkle. In diesem Moment kehrten die Streifenpolizisten von ihrer ergebnislosen Suche zurück. Hahn ging den Beamten entgegen. Ich beobachtete, wie er mit dem Streifenführer ein paar Worte wechselte, der mehrmals verneinend mit dem Kopf schüttelte. Hahn nickte und kehrte zu uns zurück.

»Wie geht's jetzt weiter?«, fragte ich ungeduldig.

Hahn sah mich mit müden Augen an und zuckte mit den Schultern. »Die Streifenbeamten nehmen jetzt das Protokoll auf.

Wir lesen es zum gegebenen Zeitpunkt und werden dann das Notwendige veranlassen.«

Obwohl mir klar war, dass meine Argumente für beide Kripobeamten ein rotes Tuch sein mussten, spulte ich in Schnellfassung Thyras und meine Stippvisite in Hamburg ab und nannte die Personen, mit denen wir gesprochen hatten.

Während ich noch erklärte, was es mit den drei Bodyguards auf sich hatte, gesellten sich Mackensen und zwei der angerückten Polizisten zu uns. Die beiden Beamten, ein älterer und erfahren aussehender, hochgewachsener Mann Mitte vierzig und eine kleine, pummelige Blondine, deren Uniform eine Nummer zu klein zu sein schien, hörten mir aufmerksam zu.

»Wenn ich richtig verstehe, haben wir es hier mit einer Verschwörung ehemaliger jugoslawischer Kriegsverbrecher zu tun, die Hunde betäuben und Mädchen entführen. Endlich mal was los hier, bei uns in Ostfriesland«, höhnte Mackensen, als ich mit meinem Bericht fertig war. Grinsend zeigte er zwei Reihen schneeweißer Zähne.

»Ach, verstehen Sie doch, was Sie wollen«, winkte ich resigniert ab und wandte mich zum Gehen. Ich verspürte nicht die geringste Lust, mich von diesem Idioten provozieren zu lassen.

»Nun mal langsam, Herr Doktor de Fries!«, sagte Mackensen scharf und betonte provokant meinen akademischen Titel. »Noch bestimmen wir, wann Sie gehen können.«

Ich blieb stehen und drehte mich langsam zu ihm um. Ich sah Mackensen mit eisigem Blick an. »Überspannen Sie den Bogen nicht!«, sagte ich gefährlich ruhig.

»Also ...«, griff der hochgewachsene Beamte mit Bedacht ein, »... wir müssen jetzt das Protokoll aufnehmen. Herr de Fries, begleiten Sie uns bitte zu unserem Fahrzeug!«

Während Mackensen mich mit Blicken zu durchbohren versuchte, folgte ich den Streifenbeamten mit schleppenden Schritten. Ich hatte im Moment nicht die Kraft, mich über Mackensens anmaßende Art aufzuregen. Viel zu tief saß der Schock, dass Thyra spurlos verschwunden war.

Im Streifenwagen gab ich den Beamten zunächst eine Personenbeschreibung meiner Tochter. Anschließend erklärte ich nochmals den Grund für unseren Besuch bei der BIO NOUN AG. Ich beschrieb ausführlich die ungewollte Bekanntschaft mit den Iron Men und gab mein letztes Telefonat mit Thyra zu Protokoll. Während die Augen der Streifenpolizistin bei meinen Schilderungen immer größer wurden, kam ihr Kollege kaum noch mit dem Schreiben hinterher.

Sichtlich froh darüber, dass ich zum Ende meiner Geschichte kam, schob er sich die Mütze in den Nacken. Er notierte mir auf dem Protokoll die Nummer, unter der mein Vorgang dokumentiert wurde.

»Und wie geht's jetzt weiter?«, fragte ich ungeduldig. Die Sorge um Thyra ließ mich wie auf heißen Kohlen auf der Sitzbank herumrutschen.

»Wir geben jetzt eine Fahndung an alle Dienststellen in Niedersachsen heraus und warten ab, ob sich etwas tut.«

Ich sah den Polizisten entgeistert an. »Und was machen Sie, wenn sich nichts tut?«

»Dann geben wir den Fall an die Kripo weiter.«

»Und die wartet dann weiter, ob sich was tut«, fragte ich spöttisch.

»Nein, natürlich nicht, Herr de Fries«, entgegnete die blonde Polizistin spitz. »Wir werden selbstverständlich parallel die Umkreissuche erweitern, die Wohnung der vermissten Person durchsuchen und allen eingehenden Hinweisen nachgehen. Dann telefonieren wir alle umliegenden Krankenhäuser ab, überprüfen Geldautomaten und Handyverbindungen der vermissten Person«, zählte die Beamtin auf. Ob sie mich damit beruhigen wollte oder sich in ihrer Berufsehre gekränkt fühlte, konnte ich nicht unterscheiden.

Ich für meinen Teil wollte die Diskussion nicht weiter vertiefen und fragte, ob ich gehen könne. Das endlose Gequatsche ging mir auf die Nerven. Ich brannte darauf, selber noch einmal das Haus und die Umgebung rund ums Haus abzusuchen. Als ich aus dem Polizeiwagen stieg, sah ich den BMW der beiden Kommissare hinter der Straßenbiegung verschwinden.

Uz und Motte warteten am Haus auf mich. Ich ging schweigend an den beiden vorbei und drückte die angelehnte Haustür vorsichtig auf. Es herrschte bedrückende Stille und Dunkelheit. Mit der rechten Hand tastete ich nach dem Lichtschalter. Meine Beklemmung verflog erst, als die Deckenbeleuchtung das Erdgeschoss in warmes Licht tauchte.

Während Uz in der Küche den eisgekühlten Aquavit und zwei Gläser aus dem Eisfach holte und uns eine Stärkung einschenkte, lief ich durch alle Räume und warf einen kurzen Blick hinein.

In erster Linie suchte ich nach Thyra. Gleichzeitig wollte ich sichergehen, dass sich keine ungebetenen Gäste im Haus aufhielten. Vielleicht brauchte ich im Moment aber auch nur das Gefühl, überhaupt etwas zu tun.

Wieder in der Küche angekommen, schob Uz mir ein geeistes Glas über den Küchentisch. Ich kippte den Schnaps in einem Zug hinunter und stellte das leere Glas hart auf die Tischplatte. Uz schenkte ungefragt nach. Ich dankte ihm mit einem wortlosen Nicken.

Trotz der zwei Schnäpse wurde ich nicht ruhiger, eher das Gegenteil war der Fall. In meinem Kopf kreisten unablässig die Gedanken, ob ich mit meiner Vermutung richtig lag und die Iron Men tatsächlich für das Verschwinden meiner Tochter verantwortlich waren.

Ich zermarterte mir den Kopf, warum Thyra verschwunden war. War sie bei ihren Gesprächen doch jemandem zu sehr auf die Füße getreten? Hatte sie mit ihren Fragen bei irgendjemandem einen neuralgischen Punkt getroffen? Oder war das einfach eine hypochondrische Überreaktion von Leuten, die es gewohnt waren, ihre Angelegenheiten mit Gewalt zu regeln?

»Glaubst du, die Typen, von denen du mir erzählt hast, haben sich Thyra geschnappt?« Uz hielt sich an seinem leeren Aquavitglas fest und sah mich sorgenvoll an, als er mich mit seiner Frage aus meinen Gedanken riss.

Ich zuckte ratlos mit den Schultern. »Ich kann mir sonst keine anderen Menschen vorstellen, die in Betracht kommen könnten. Diese Burschen sind gefährlich und ich traue ihnen einiges zu.«

Uz schwenkte fragend die Flasche Aquavit. Ich schüttelte wortlos den Kopf. Jetzt bloß keinen Schnaps zu viel. Ich musste hellwach bleiben.

Mir machte die Ungewissheit Angst, was diejenigen, die Thyra in ihre Gewalt gebracht hatten, mit ihr vorhatten.

»Wenn es diese Typen sind, wovon ich im Moment ausgehe, frage ich mich, was sie von Thyra wollen. Und wo sind sie mit ihr hin?« Ich trommelte nervös mit den Fingern auf dem Tisch herum.

»Wenn es wirklich diese Kerle waren, glaube ich nicht, dass sie Thyra ernsthaft etwas antun werden.« Uz hatte sich vorgebeugt und sprach mit beschwörender Stimme. »Dafür gibt es doch überhaupt keinen Grund. Auch wenn die Burschen etwas mit den beiden Toten zu tun haben sollten ...«, Uz stockte und suchte nach den richtigen Worten.

»... hätten sie keinen triftigen Grund, Thyra ebenfalls umzubringen«, vollendete ich den Satz mit ausdrucksloser Stimme.

»Ja, ich meine ... die bringen doch nicht gleich jemanden um, nur weil er ein paar Fragen stellt.« Uz schüttelte energisch mit dem Kopf. »Du sagst, diese drei Bodyguards arbeiten für diesen Poloch. Auch wenn der Typ Kontakte zum Frankfurter Rotlichtmilieu hatte oder vielleicht noch immer hat, steht er doch als Geschäftsführer in der Öffentlichkeit. Da kann er sich solche Aktionen doch überhaupt nicht erlauben.«

Ich ging nicht näher auf Uz Argument ein, denn ich befürchtete, dass mich sonst die Angst um meine Tochter in Panik versetzen würde. Bereits jetzt hatte ich Mühe, einen kühlen Kopf zu bewahren.

»Wo sind die Typen mit Thyra hin? Was haben sie mit ihr vor?«

Während mir im Kopf die vordergründigen Fragen herumwirbelten, arbeitete mein Unterbewusstsein offenbar bereits eifrig an den Eindrücken des Tages. Unvermittelt rückte mir ein wesentliches Detail ins Bewusstsein, wie eine dreifache Krone im Sichtfenster eines Spielautomaten. In diesem Fall waren es aber keine drei blinkenden Siebenen oder goldene Kronen – es war Polochs rote Kochmütze.

Das Foto mit der roten Kochmütze, das ich in seinem Büro gesehen hatte. Die rote Kochmütze, die er bei einem Event auf Sylt getragen hatte.

Mir schoss ein Gedanke durch den Kopf.

Ich klatschte so heftig mit der flachen Hand auf den Küchentisch, dass Uz zusammenfuhr.

»Kannst du herausfinden, ob Nicolai Poloch einen Liegeplatz für ein Boot auf Sylt hat?«

Ohne zu fragen, warum ich das wissen wollte, schaute Uz auf seine Armbanduhr. Offenbar hielt er die Uhrzeit noch für human genug, um Leute anzurufen. Er griff in die Innentasche seiner Jacke und zog sein Handy heraus. Er inspizierte kurz sein Adressbuch und fand auch gleich den gesuchten Eintrag. Er ließ die Nummer anwählen und gleich darauf meldete sich sein Gesprächspartner. Von dem folgenden Gespräch verstand ich trotz Lautstärke nur ein paar Namen und Fragmente, denn ich verstand Plattdeutsch nicht gut genug. So klebte ich nervös an Uz Lippen.

Plötzlich streckte er seinen Daumen in die Luft und nickte mir bestätigend zu. Ich sprang von meinem Stuhl hoch und lief aufgeregt in der Küche auf und ab. Dass Poloch ein Boot haben könnte, war mir ganz spontan eingefallen. Der Gedanke erwies sich unverhofft als Volltreffer.

Was bedeutete dies?

Möglicherweise hatten wir hier die Erklärung, auf welchem Wege Regina Ehrlich in der Nordsee gelandet war. Denn wenn Poloch ein Boot auf Sylt liegen hatte, wie sich jetzt herausstellte, konnte ich davon ausgehen, dass er mit diesem Boot auch zu der Konferenz nach Juist gefahren war.

Wenn Poloch gemeinsam mit seinen Bodyguards auf seiner Yacht nach Juist gefahren war, hatten wir nicht nur den Tatort gefunden, an dem Regina Ehrlich unter Drogen gesetzt und vergewaltigt worden war. Wir hatten auch ihre Mörder und die von Martin Freese gefunden!

Ich merkte, wie mir eine Panikattacke auf die Schulter klopfte und ich blass wurde, als ich daran dachte, dass Thyra in diesem Moment von den skrupellosen Killern festgehalten wurde.

Uz sah mich scharf an und deckte mit der flachen Hand sein Handy ab. »Alles klar mit dir?«

Ich zwang mich gewaltsam dazu, ruhig zu atmen, und nickte langsam. Uz behielt mich aufmerksam im Auge, als er in die Innentasche seiner Jacke griff und einen Kugelschreiber herauszog.

Hastig schob ich ihm die Tageszeitung über den Tisch und trat von einem Bein auf das andere, als er etwas am oberen Rand der Zeitung notierte. Er verabschiedete sich von seinem Gesprächspartner und beendete das Gespräch.

»Kompliment für deinen Riecher«, sagte Uz und legte sein Handy auf den Küchentisch. »Poloch hat einen 14-Meter-Kajütsegler im Sportboothafen List an seinem Dauerliegeplatz liegen. Das Boot heißt *Gekko*!«

Sofort fiel mir Gordon Gekko ein. Poloch benannte sein Boot bestimmt nicht nach einer kleinen Echse aus der Familie der Geckos. Gordon Gekko hieß der millionenschwere Broker der New Yorker Wall Street in einem Kinofilm der 1980er-Jahre; er war gespielt worden von dem brillanten Michael Douglas.

Uz schob mir die Zeitung, auf der er sich Notizen gemacht hatte, über den Tisch. »Und das ist Polochs Adresse auf Sylt!«

Ich starrte Uz an, als warte ich darauf, dass er zum krönenden Abschluss noch ein weißes Kaninchen aus dem Hut zaubern würde.

»Das war kein Hexenwerk, Jan.« Uz deutete ein Lächeln an. »Das war Martin, der Hafenmeister von List. Der kennt seine Schäfchen im Schlaf. Und wer einen Liegeplatz gemietet hat, dessen Adresse ist natürlich auch hinterlegt. Poloch hat ein Boot, drei üble Typen arbeiten für ihn, es fand eine Konferenz auf Juist statt, und wir fischen eine Wasserleiche aus der Nordsee ...«, zählte Uz auf und streckte für jedes Argument einen Finger in die Luft. Offenbar hatte er die gleichen Überlegungen angestellt wie ich.

»Wir haben zwar nicht den Funken eines Beweises, aber alles passt und ergibt Sinn! Ich glaube nämlich auch nicht, dass die drei auf eigene Rechnung arbeiten. Ich bin mir sicher, dass es einen Hintermann gibt – und bei diesem Hintermann tippe ich ganz stark auf Poloch!« Nervös lief ich in der Küche auf und ab, aufmerksam von Uz und Motte beobachtet.

»Vermutlich ist Thyra bei ihren Gesprächen bei jemandem angeeckt. Und dieser Jemand hat ihr die drei Ex-Jugoslawen hinterhergeschickt, um herauszufinden, was und wie viel sie weiß. Allerdings habe ich keinen Schimmer, wie viel oder wie wenig es braucht, um bei diesen Typen anzuecken. Offenbar gibt es sensible Bereiche oder Punkte bei den BIO NOUN-Leuten. Wenn Poloch tatsächlich hinter all dem steckt, muss es sich um einen verdammt hohen Einsatz handeln. Und in der Regel handelt es sich bei derlei Einsätzen um Geld, um viel Geld!« Während ich laut überlegte, erschienen mir die Zusammenhänge und Schlussfolgerungen immer stichhaltiger.

Mir war aber auch klar, dass ich es mir sparen konnte, Hahn und Mackensen über unsere neuen Erkenntnisse zu informieren. Mackensen würde sich wahrscheinlich wieder darüber freuen, dass endlich mal was bei uns in der Krummhörn los ist.

»Wie lange brauchen wir mit der *Sirius* nach Sylt?«, fragte ich deshalb.

»Schätze mal ...«, Uz wiegte nachdenklich mit dem Kopf. »Von Greetsiel nach Sylt sind es annähernd zwischen 170 und 180 Kilometer Luftlinie. Da wären wir über elf Stunden unterwegs, je nach Wind und Wetter entsprechend schneller oder langsamer.«

»So viel Zeit haben wir nicht!«

»Was willst du überhaupt auf Sylt?«

»Das weiß ich selber noch nicht«, antwortete ich nervös. »Es ist nur ein Gefühl. Die Iron Men haben sich Thyra geholt! Das haben sie nicht in Eigeninitiative durchgezogen.«

»Du meinst, sie bringen Thyra nach Sylt, weil Poloch dort wohnt?«, fragte Uz zweifelnd.

»Keine Ahnung. Wir wissen nur, dass die Kerle hinter Thyra hergefahren sind und sie hier am Haus verschwunden ist«, ich wurde zunehmend ungehaltener.

»Dann wissen die Typen auch, wer du bist.«

Ich zuckte mit den Schultern. Im Moment war mir das völlig egal.

»Es muss ja nicht Sylt sein. Sie können mit Thyra auch zurück nach Hamburg gefahren sein.« Ich trat genervt gegen den Stuhl. Sie konnten überall sein. Doch irgendwo mussten wir ja mit der Suche anfangen. Irgendetwas mussten wir unternehmen!

Wir hatten dank Uz' Kumpel die Adresse von Polochs Haus auf Sylt, jedoch nicht seine Adresse in Hamburg. Abgesehen von Polochs Wohnsitz in Hamburg hatte ich mir aus unerfindlichen Gründen in den Kopf gesetzt, dass Thyra nach Sylt gebracht wurde.

»Ich vermute, dass sich die Iron Men in ihrem Chrysler mit Thyra auf dem Wege nach Sylt befinden«, sagte ich und gab dem Stuhl einen weiteren Tritt. »Und ich tippe darauf, dass Poloch sich entweder schon auf der Insel befindet oder gerade auf dem Wege dorthin ist.«

Mein Freund nickte. »Von Hamburg gehen Direktflüge nach Sylt. Es ist kein Problem, innerhalb kürzester Zeit auf die Insel zu kommen.«

»Und wenn die Unterredung mit Poloch beendet ist, bringen sie Thyra aufs Boot und lassen sie irgendwo auf offener See über Bord gehen«, spann ich den Faden weiter.

Ich sah auf meine Armbanduhr.

»Sie haben jetzt rund vier Stunden Vorsprung.«

Während ich laut nachdachte, griff Uz nach seinem Handy und tippte Zahlen ein.

»Es sind über 500 Kilometer nach List. Nach dem Routenplaner wären sie fast sechs Stunden unterwegs. Nicht zu vergessen, dass sie auch noch mit dem Autoreisezug fahren müssten.« Uz schüttelte den Kopf. »Das haut nicht hin. Ich glaub eher, dass sie zurück nach Hamburg fahren.«

»Kann gut sein«, räumte ich ein. »Wenn wir aber vom Schlimmsten ausgehen und sie Thyra tatsächlich über Bord gehen lassen wollen, brauchen sie Polochs Boot – und das liegt nun mal in List!«

Was wir hier gerade durchdiskutierten, war graue Theorie. Die Kerle konnten an jedem Rastplatz anhalten, sich Thyra vornehmen und sie an jeder dunklen Stelle aus dem Auto werfen. Aber daran glaubte ich nicht – wollte ich nicht glauben.

»Sie können jetzt schon zwischen Kiel und Neumünster sein. Es ist spät und die Autobahn wird frei sein. Wie sollen wir sie einholen?«, fragte Uz.

»Ich hab da eine Idee«, sagte ich und ging nach nebenan ins Arbeitszimmer. Gleich obenan auf dem Papierstapel, den ich an den rechten Rand meines Schreibtisches geschoben hatte, lag eine weiße Visitenkarte mit blauen Schwingen.

»Bendix!«, sagte ich grimmig und griff zum Handy.

29

Erfreut stellte ich fest, dass ich noch immer lebte. Bendix hatte Brittas Nase schräg nach vorne abgesenkt und die Maschine in steilen Landeanflug gebracht. Im Sinkflug hatte das kleine Flugzeug auf die schmale Landebahn aufgesetzt.

Langsam rollte die Maschine aus. Bendix brachte die zweimotorige Propellermaschine sanft vorm Flughafengebäude zum Stehen.

Der Flug nach Sylt hatte keine Stunde gedauert. Wir würden mit Sicherheit vor den Iron Men an Polochs Haus ankommen. Bendix hatte über Funk zwei Taxen zum Flughafen bestellt. Um diese Uhrzeit wartete dort kein reguläres Taxi mehr auf Fluggäste.

Ich hatte Bendix unter seiner Handynummer angerufen, die er mir auf seiner Visitenkarte notiert hatte, und hatte gleich zweimal Glück. Ich erreichte ihn sofort. Als ich dem gutmütigen Piloten erklärte, dass meine Tochter verschleppt worden war, brauchte ich Bendix überhaupt nicht um Hilfe zu bitten. Er bot mir spontan an, mich auf der Stelle nach Sylt zu fliegen. Er war zwar gerade auf dem Nachhauseweg, aber machte sofort kehrt.

Als Uz und ich am Flughafen Norddeich eintrafen, hatte Bendix seine Britta bereits startklar gemacht. Er begrüßte uns mit entschlossenem Gesichtsausdruck und festem Männerhändedruck.

»Ich weiß gar nicht, wie ich das wiedergutmachen kann ...«, setzte ich an, wurde aber sofort von Bendix unterbrochen. »Lass mal gut sein!«, winkte er ab. »Man sieht sich immer zweimal im

Leben. Beim nächsten Mal habe ich was gut bei euch. Außerdem betrachte ich es als Kompliment, dass du schon wieder in meiner Maschine sitzt, wo du doch solchen Schiss vorm Fliegen hast!« Bendix lachte sein typisches kehliges Lachen.

»Ich staune auch Bauklötze. Hatte nämlich schon befürchtet, dass ich unseren Schisser auf der Flughafentoilette sedieren muss«, frotzelte Uz.

Wir kletterten aus der kleinen Maschine und zogen die Köpfe ein, als wir unter der Tragfläche hindurchgingen.

»Wie lange bleiben wir auf Sylt?«, wollte Bendix wissen.

»Kann ich noch nicht sagen. Kommt drauf an, ob jemand zu Hause ist und wie lange wir warten müssen, bis die Typen eintreffen.«

Uz und ich wollten aus Zeitgründen getrennt vorgehen. Während ich mich auf den Weg zu Polochs Adresse machte, würde Uz sich von dem zweiten Taxi zum Yachthafen List fahren lassen. Er würde überprüfen, ob wir mit unserer Vermutung richtig lagen und die Yacht im Hafen lag.

Bendix deutete Richtung Osten – oder dorthin, wo ich Osten vermutete. »Es gibt schlechtes Wetter!«

Uz beugte sich aufmerksam vor. »Wie schlecht?«

»Sehr schlecht!«

»Wie viel Zeit haben wir?«

»Kann man nie so genau sagen, kommt auf den Wind an. Ich schätze mal, in zwei bis drei Stunden wird's ungemütlich.«

Auch wenn mir die Wetterprognose eine Heidenangst machte, beruhigte mich die Aussicht teilweise. Denn wenn das Wetter zu schlecht zum Fliegen war, war es auch zu schlecht zum Boot fahren! Dadurch stiegen die Chancen, dass niemand versuchen konnte, mit Thyra aufs Meer zu fahren und sie irgendwo über Bord zu werfen.

Wir verabredeten, dass wir uns nach spätestens zwei Stunden wieder am Flughafen treffen würden. Uz und ich verabschiedeten uns von Bendix, der bis zu unserer Rückkehr bei der Maschine warten würde. Bendix hatten wir es zu verdanken, dass der

Diensthabende im Tower, der ein Kumpel von Bendix war, bis weit nach Mitternacht auf uns warten würde. Normalerweise war der Flughafen schon längst geschlossen.

Wir bestiegen die Taxen, die vorm Flughafengebäude bereitstanden. Ich nannte dem Fahrer Polochs Adresse und ließ mich in den Sitz sinken. Der Wagen war erst ein paar Meter unterwegs, als mir schon die Augen zufielen.

Ich schrak zusammen, als mich der Fahrer weckte. Wir standen vor Polochs Haus. Verschlafen wies ich den Fahrer an, noch ein Stück weiter zu fahren und dort auf mich zu warten. Zuerst sah mich der Fahrer überrascht an. Als ich ihm allerdings zwei Fünfziger auf die Fahrerlehne legte, entspannte er sich. »Dafür warte ich auch noch ein Stündchen länger«, grinste er mich an.

Wir fuhren die Straße noch ungefähr hundert Meter hoch. An einer Buschrosenhecke parkte der Fahrer den Wagen und löschte die Lichter. Ich stieg aus und drückte die Wagentür leise ins Schloss.

Polochs Haus war ein typisches, weiß gestrichenes Sylter Reetdachhaus. Die hellblauen Fensterläden standen offen und hinter den Sprossenfenstern schimmerte gedämpftes Licht. Ich stand im Halbdunkeln vor dem Haus und wusste nicht so recht weiter.

Einen Plan hatte ich nicht.

Mich hatte die reine Vorahnung und Angst um meine Tochter hierher getrieben. Da ich davon ausging, dass die Iron Men noch nicht eingetroffen waren, konnte ich das Terrain ausgiebig sondieren. Dann würde ich weitersehen.

Kurz entschlossen setzte ich mich in Bewegung. Leise öffnete ich die Gartenpforte des weißen Holzzaunes, der das Anwesen umgab. Ich widerstand dem Gefühl, mich möglichst klein zu machen und gebückt anzuschleichen. Denn damit hätte ich bei jedem zufällig vorbeischlendernden Spaziergänger Argwohn und einen Anruf bei der Polizei ausgelöst. Also ging ich aufrecht und mit nicht allzu schnellem Tempo auf die Eingangstür zu.

Mein Herz schlug mir bis zum Hals.

Mit einem schnellen Rundumblick vergewisserte ich mich, dass ich unbeobachtet war. Ich drückte mich eng an die Hauswand und schlich mich zum ersten Fenster. Ich erspähte einen großen, weißen Einbauschrank und messingfarbige Bettpfosten, womit die Bestimmung dieses Raumes klar war.

Durch das zweite Fenster sah ich Poloch.

Volltreffer!

Also war er mit dem Flieger von Hamburg aus direkt hierhergekommen. Damit hatten sich fünfzig Prozent meiner Vermutung bestätigt!

Poloch stand an einer Anrichte, auf der eine Batterie diverser Flaschen mit teuer aussehenden Etiketten und Gläsern aufgebaut war. In der einen Hand hielt er einen Telefonhörer und in der anderen ein dickes Kristallglas mit einer bernsteinfarbenen Flüssigkeit. Ich tippte auf einen erlesenen Whisky.

Ihm gegenüber lümmelte sich auf einem weißen Ledersofa ein schwarzhaariger junger Mann südländischen Aussehens. Seine langen Beine, mit denen er ohne Probleme mit einem Stelzenläufer hätte konkurrieren können, hatte er lässig übereinandergeschlagen. Gelangweilt blätterte der Mann mit dem markanten Profil eines Männermodels in einem Hochglanzjournal. Fast im Sekundentakt warf er Poloch genervte Blicke zu. Offenbar hatte er heute Abend etwas anderes vorgehabt, als Poloch beim Telefonieren zuzuschauen.

Ich schob mich vorsichtig näher an die Fensterscheibe heran und konnte leise Gesprächsfetzen verstehen. Als ich sah, dass das Nachbarfenster einen Spalt offen stand, bückte ich mich und huschte ein Fenster weiter.

Millimeterweise schob ich mein Ohr an den Spalt. Plötzlich hörte ich Poloch schimpfen. »Das ist eure Sache!«, schnauzte er ins Telefon. »Damit will ich nichts zu tun haben.«

Poloch machte einen angespannten und wütenden Eindruck. Offenbar teilte ihm sein Gesprächspartner gerade schlechte Neuigkeiten mit.

Der junge Mann hatte offensichtlich genug von Polochs Telefonat und erhob sich schwungvoll. Er trat von hinten an Poloch heran und umschlang ihn mit seinen Armen. Zielsicher ließ er seine schmale Hand in Polochs Hosenbund verschwinden. Poloch hatte im Moment offensichtlich andere Sorgen, denn er reagierte nicht auf die Hand in seiner Hose.

»Nein!« Polochs Stimme hatte einen harten Klang angenommen.

Das Model zuckte im ersten Moment zusammen, beließ jedoch seine Hand in Polochs Hose, als er merkte, dass nicht er gemeint war.

»Worüber sollte sie denn quatschen? Sie kann euch nur belasten!« Sein Gesprächspartner erwiderte etwas, denn Poloch hörte angespannt zu und brauste plötzlich auf. »Ich habe auch mit der anderen Sache nichts zu tun! Ihr hattet keinen Auftrag – erledigt das selbst!«

Mir brach der Schweiß aus. Wenn Poloch gerade mit Zoran Kravic sprach, ließ er das Wasser ein, in dem er seine Hände in Unschuld waschen würde. Nach dem, was ich gerade gehört hatte, schob er zielbewusst Kravic Anstiftung und Verantwortung für Thyras Verschleppung und den Doppelmord an Regina Ehrlich und Martin Freese in die Schuhe.

Wenn Poloch nichts mit der Entführung zu tun haben wollte, würde Kravic die Sache alleine zu Ende bringen und sich Thyras schnellstmöglich entledigen.

»Was soll das denn heißen?« Ich sah, dass eine Vene an Polochs Schläfe zu zucken begann. »Mir scheißegal! Ich glaube, es ist besser, wenn wir unsere Zusammenarbeit beenden.«

Während Poloch ins Telefon wetterte, hatte das Männermodel Polochs Hose geöffnet. Er kniete sich vor Poloch hin und nahm dessen schlaffes Glied in den Mund. Sein Blick schweifte zum Fenster, während er begann, Polochs Penis zu bearbeiten.

Der Südländer gab ein urkomisches Bild ab, als er mit Polochs Schwanz im Mund die Augen weit aufriss und mich direkt ansah. Er gurgelte laut vor Schreck.

Poloch gab ihm genervt mit der flachen Hand einen klatschenden Schlag auf den Kopf, weil er sich beim Telefonieren gestört fühlte.

Man hatte mich entdeckt.

Jetzt war mir alles egal!

Schlimmer konnte es jetzt eh nicht mehr kommen.

Ich sprang aus der Hocke hoch und stieß das angelehnte Fenster auf. Mit lautem Knall schlug das Fenster gegen die Wand.

Mit einem Satz schwang ich mich über das niedrige Fensterbrett. Jetzt riss auch Poloch die Augen erschrocken auf, als er den Kopf in Richtung Fenster drehte und mich ins Zimmer schwingen sah.

Ich war mir vollkommen im Klaren darüber, was ich gerade tat und dass mein Handeln zwangsläufig eine Anzeige wegen Hausfriedensbruch nach sich ziehen würde. Da kam es auf eine Anzeige wegen vorsätzlicher Körperverletzung auch nicht mehr an.

Mit zwei schnellen Schritten war ich bei Poloch. Kurz und trocken schlug ich mit der rechten Faust zu. Poloch sank abrupt auf den Boden. Seine Lippe platzte durch den Schlag auf. Das Blut spritze auf sein blütenweißes Hemd.

»Auf den Bauch!«, fuhr ich den Südländer scharf an, während ich Poloch den Telefonhörer aus der Hand wand. »Leg dich auf den Bauch und keinen Mucks, sonst knallt's!«

Der junge Mann warf sich sofort auf den Boden. Voller Angst vergrub er das Gesicht in den knöcheltiefen, weißen Teppich. Poloch stöhnte vor Schmerz und versuchte, mit einem Taschentuch, das er aus der Hosentasche gezogen hatte, die Blutung zu stillen.

»Wo bist du, Kravic?«, fuhr ich Polochs unsichtbaren Gesprächspartner an und presste den Hörer ans Ohr.

Stille.

Ich hörte nur mein eigenes Blut in den Ohren rauschen.

Poloch drückte das blutbefleckte, weiße Tuch gegen seine Lippe und rief laut: »Kein Wort!«

Diesmal schlug ich mit dem Telefonhörer direkt aus dem Handgelenk zu.

Ob jetzt aus der Körperverletzung eine vorsätzliche Körperverletzung wurde, war mir scheißegal! Schließlich hatten die Kerle bereits zwei Morde auf ihrem Konto und meine Tochter in ihrer Gewalt. Außerdem hatte ich vor, Poloch wegen Anstiftung und Beihilfe zum Doppelmord, Menschenraub und Freiheitsberaubung dranzukriegen – das rechtfertigte vor dem Gesetz zwar nicht mein Tun, betäubte aber mein eigenes Unrechtsbewusstsein.

Ich hatte während meiner Zeit als Strafverteidiger mit einigen schweren Jungs zu tun gehabt. Aus eigener Erfahrung wusste ich, dass man bei solchen Typen nur mit dem Überraschungsmoment eine Chance hatte.

Zuschlagen, bevor sie es taten – das erhöhte die Überlebenschance enorm.

Berufsverbrecher oder Kriegsverbrecher zeichnen sich durch Skrupellosigkeit und das Fehlen von Hemmschwellen aus. Deshalb hat man keine reelle Chance gegen sie. Während der Normalsterbliche im Ernstfall erst seine moralische Hemmschwelle überwinden muss und noch überlegt, ob er handgreiflich werden darf, liegt er bereits lang ausgestreckt am Boden: im günstigsten Fall mit eingeschlagenem Nasenbein, im schlechtesten Fall mit eingeschlagenem Schädel.

Aufgrund von Polochs Nähe zur Frankfurter Szene und der Auswahl seines Personals unterstellte ich ihm genau diese Skrupellosigkeit. Es war sicherlich ebenso brutal und rücksichtslos von mir, als ich Poloch mit meinem Schlag die Nase brach. Doch ich hatte die Situation im Griff – und nur das zählte im Moment für mich.

Poloch lag stöhnend am Boden und versuchte, den hellroten Strahl, der aus seiner Nase schoss und seinen weißen Teppich versaute, mit dem blutigen Taschentuch zu stoppen.

Ich presste den Hörer ans Ohr und wartete fieberhaft auf eine Reaktion. Außer einer bedrohlichen Stille war nichts zu hören.

Meine Knöchel traten weiß hervor, als ich den Hörer noch krampfhafter umklammerte und noch fester ans Ohr presste. Am liebsten wäre ich in den Hörer hineingekrochen.

Auf einmal flüsterte eine raue Stimme leise. »Wer will das wissen?«

Ich presste das Telefon ans Ohr und sagte betont ruhig und mit harter Stimme. »Der Anwalt will das wissen, Kravic! Der Anwalt, der dich lebenslang in die Zelle bringt, wenn du der Frau etwas antust!«

Stille.

Dann hörte ich ein leises, kaum wahrnehmbares Lachen, das mich frösteln ließ. Das Lachen hörte sich deshalb nicht menschlich an, weil es frei von jeglicher Emotion war.

Plötzlich war die Verbindung unterbrochen.

Frustriert ließ ich den Telefonhörer sinken und hob den Kopf.

Ich sah direkt in das wutverzerrte Gesicht des südländischen Männermodels.

Unbemerkt hatte sich der Schönling vom Boden erhoben und schwang mit beiden Händen eine Tischlampe mit einem massiven Fuß aus Plexiglas über den Kopf. Instinktiv drehte ich den Kopf zur Seite. Die schwere Tischlampe streifte mich nur an der Schläfe. Trotzdem war die Wucht des Schlages so stark, dass ich augenblicklich Sterne sah und mir das Blut aus einer Platzwunde an der Schläfe schoss. Der Teppich war jetzt definitiv ruiniert.

Die Wucht des Schlages riss den Südländer nach vorn. Ich verpasste ihm aus der Drehung heraus einen Tritt in die Kniekehle, die ihn bäuchlings zu Boden gehen ließ. Mit einem Schritt stand ich über ihm und stellte ihm meinen Stiefel in den Nacken. Ich angelte nach dem verchromten Flaschenöffner, der auf der Anrichte bei den Flaschen lag. Dessen Universalmesser erschien mir scharf genug, um ihn Polochs Muse zwischen dem ersten und dem zweiten Halswirbel tief ins Genick zu drücken.

»Noch so eine Aktion und ich bohre dir dieses Teil ohne Ansage ins Hirn!«, fuhr ich den am Boden Liegenden an. Mir war klar, dass ich gerade in den Warenkorb meines Strafregisters die Position Nötigung ganz obenauf gelegt hatte.

»Was zum Teufel wollen Sie?«, ließ sich Poloch hinter seinem mittlerweile vom Blut durchnässten Taschentuch vernehmen.

Ich hob den Kopf und sah ihn schweigend an.

Nach einer Weile entgegnete ich langsam. »Ich will wissen, wo Kravic, Zoe und Vukovic die junge Frau hingebracht haben, die Sie heute Vormittag interviewt hat.«

Poloch war der Schrecken darüber anzusehen, dass ich die Namen seiner Bodyguards kannte und auch wusste, dass er heute Besuch von einer freiberuflichen Redakteurin gehabt hatte.

»Ja ...«, sagte er gedehnt, während er sich ächzend aufrichtete. »... heute wollte in der Tat eine junge Frau etwas von mir. Aber ich hatte einen anderen wichtigen Termin und konnte sie nicht empfangen. Deshalb habe ich gar nicht mit ihr sprechen können«, log er. »Was die anderen Namen anbelangt, die Sie da gerade aufgezählt haben – keine Ahnung, wen Sie da meinen. Nie gehört.«

»Schon klar, dass Sie die Namen nicht kennen«, sagte ich mit angewidertem Gesichtsausdruck. »Denn täten Sie das, wüssten Sie auch, dass es sich um drei der übelsten Kriegsverbrecher handelt, die an den Massakern des jugoslawischen Bürgerkriegs beteiligt waren. Und so jemanden würden Sie ja nie für sich arbeiten lassen ...«, ich sah ihn voller Abscheu an. »Sicherlich heißen Ihre Bodyguards Meier, Müller und Schulze.«

Er verzog sein Gesicht, was ich als verächtliches Grinsen interpretierte. »Exakt, Herr Anwalt! Verbrecher stelle ich nicht ein. Und meine Bodyguards heißen Schneider, Krause und ja – ein Meyer ist tatsächlich auch dabei. Allerdings mit y geschrieben.«

Ohne Vorwarnung gab ich ihm eine schallende Ohrfeige, die ihn zur Seite kippen und wieder auf dem Boden landen ließ.

»Wo sind die drei?«, sagte ich scharf. »Sind sie mit Ihrer *Gekko* unterwegs?«

Poloch rappelte sich auf und stützte sich auf einen Ellbogen. Sein Blick war hasserfüllt, als er zischte. »Hauen Sie ab, Mann! Meine Anwälte werden Sie fertigmachen!«

Da mir weitere Diskussionen nutzlos schienen, nahm ich den Fuß aus dem Nacken des Männermodels, das dankbar röchelte.

»Ich krieg Sie dran, Poloch«, drohte ich ihm, obwohl ich mir nicht sicher war, ob mir das tatsächlich gelingen würde. »Anstiftung zum Doppelmord, Menschenraub und Freiheitsberaubung. Schlechte Voraussetzungen für ihre geplante Fusion.« Ich beugte mich ganz dicht zu ihm hinunter, dass er meinen Atem in seinem Gesicht spüren konnte, und flüsterte ihm spöttisch ins Ohr »Gibt nämlich eine verdammt schlechte Presse.«

Ich stand auf und ging zur Diele.

Im Vorbeigehen rempelte ich eine sündhaft teure chinesische Vase an, die als Insignie des Erfolgs auf einem beleuchteten Sockel stand. Mit lautem Scheppern zerbarst die Vase in tausend Teile, die sich quer im Raum verteilten. Nun kam auch noch Sachbeschädigung auf die Liste hinzu – der Abend hatte sich gelohnt.

Ich ließ die Eingangstür hinter mir offen stehen. Mit schnellen Schritten eilte ich die Straße zum Taxi hinauf, das noch immer im Schatten der Buschrosenhecke stand und auf mich wartete.

Der Fahrer sah mich kommen und startete den Motor. Die Scheinwerfer flammten auf. Er streckte den Kopf aus dem Fenster und sah mir entgegen. Was er sah, ließ ihn aus dem Wagen springen.

»Mein Gott, wie sehen Sie denn aus? Ist was passiert?«

»Kann man so sagen«, erwiderte ich und wischte mir mit dem Ärmel Blut aus dem Gesicht, das mir gerade ins Auge lief.

»Setzen Sie sich hin, ich hole den Verbandskasten«, befahl er und drehte sich um.

Ich faselte etwas von *Nicht so schlimm* und *Keine Zeit*, während ich mich an den Kotflügel anlehnte. In meinem Kopf machte sich ein glühender Schmerz bemerkbar.

»Hören Sie auf, so einen Blödsinn zu reden!« Der Fahrer kam mit einem Druckverband in der Hand auf mich zu. »Sie sehen aus wie abgestochen. Wenn Sie nicht wollen, dass ich Sie ins

Krankenhaus bringe, ist das Ihre Sache. Aber mir ist es nicht egal, wenn Sie mir das Auto einsauen«, erwiderte er pragmatisch.

Mit einem spektakulären Kopfverband versehen, der auch mein rechtes Ohr komplett bedeckte, machten wir uns auf den Weg zurück zum Flughafen.

Als das Taxi vor dem Flughafengebäude hielt, drückte ich dem Fahrer noch einen zusätzlichen Schein in die Hand und bedankte mich für seine Erstversorgung. Uz zog missbilligend die Augenbrauen hoch, als er mich sah.

Bendix pfiff durch die Zähne. »Ihr Gesprächspartner war offenbar daheim?«, fragte er und deutete auf meinen Kopfverband, der an einer Stelle bereits durchgeblutet war.

»Das muss genäht werden!«, sagte Uz. »Sehe ich durch den Verband durch!«

»Aber nicht hier und nicht jetzt!« Bendix zeigte zum Himmel. »Da kommt gewaltig was auf uns zu. Wir müssen uns beeilen, wenn wir vor dem Unwetter wieder in Norddeich sein wollen.«

Ich sah ebenfalls zum Himmel hoch, konnte aber nichts erkennen. Mir fiel nur auf, dass es besonders dunkel war. Auch der Wind hatte deutlich zugenommen, und es war empfindlich kalt geworden.

Während Britta sich auf Flughöhe hinaufschraubte, nahm Uz vorsichtig meinen Kopfverband ab und inspizierte die Platzwunde. »Der Riss ist nicht besonders tief, aber knapp zehn Zentimeter lang«, diagnostizierte er. »Muss ich zu Hause nähen. Jetzt verpflastere ich dich erst einmal, damit es nicht mehr blutet.«

Nachdem Uz mich mit einem Pflaster aus dem Notfallkoffer des Flugzeuges verarztet hatte, berichtete er mir von seinem Besuch im Lister Yachthafen. Er hatte lediglich in Erfahrung bringen können, dass Polochs Yacht nicht an ihrem Liegeplatz im Hafen lag. Wo das Boot sich zurzeit aufhalten könnte, konnte ihm auch sein Kumpel nicht sagen.

Ich selber berichtete nur kurz, dass ich Poloch getroffen hatte. Trotz meiner Schmerzen musste ich über die Doppeldeutigkeit meiner Worte schmunzeln.

Mir schwirrte der Kopf, und ich lehnte mich in den Sitz zurück. Obwohl in mir heiß die Sorge um Thyra brannte und Britta sich gegen den aufkommenden Sturm mächtig ins Zeug legen musste, fielen mir auf dem Rückflug wieder vor Müdigkeit die Augen zu. Uz musste mich wachrütteln, als wir in völliger Finsternis auf dem Norddeicher Flughafen standen.

Wir verabschiedeten uns von Bendix mit gegenseitigem Schulterklopfen und stiegen in meinen Grauen. Uz fuhr, da meine Sehfähigkeit durch den Verband eingeschränkt war.

Wir besprachen uns kurz und beschlossen, gemeinsam zu Uz nach Hause zu fahren. Während er mir die Platzwunde versorgte, könnte ich versuchen, den staatsanwaltschaftlichen Notdienst davon zu überzeugen, eine groß angelegte Suchaktion nach meiner Tochter und der *Gekko* zu starten.

In Anbetracht des aufkommenden Unwetters – der Wetterbericht sprach von Windstärke 10 und mehr, was schweren Sturm bedeutete – konnten wir uns nicht vorstellen, dass die Iron Men mit Polochs Kajütsegler draußen waren: Ein Umstand, der einen Aufschub für Thyra bedeuten könnte – hoffte ich jedenfalls inständig.

30

Als Uz die Haustür zu seinem Haus aufschloss, wurden wir von Motte begrüßt. Mein Hund beschnüffelte uns ausgiebig und legte sich dann zu meinen Füßen, während Uz mir ein Anästhetikum unter die Haut spritzte, um die Kopfwunde nähen zu können.

Uz hatte gerade den letzten Stich gesetzt, als die Tür aufging und Claudia im Morgenmantel in die Küche gerollt kam. Ihre Haare waren noch vom Schlaf verwuschelt, doch ihre Augen blitzten uns wach und aufmerksam an.

»Hab ich ja doch richtig gehört, ihr Rumtreiber!«, begrüßte sie uns. Ohne überflüssige Worte zu verlieren, setzte sie Teewasser auf und stellte Tassen auf den Tisch.

»Ärger gehabt?« Claudia deutete auf meinen Schädel.

Ich versuchte, zu nicken, was ich aber sofort unterließ, da Uz noch den Faden in der Hand hielt. Er machte einen letzten Knoten und schnitt den Faden mit einer kleinen Schere ab. Zu guter Letzt klebte er mir noch ein dekoratives Pflaster auf die Kopfwunde und beendete seine Ordination mit einem Klaps auf meine Schulter.

Während wir Claudia von den Ereignissen der Nacht ins Bild setzten, wurde ihr Gesicht immer sorgenvoller. Als wir geendet hatten, goss Uz uns frisch gebrühten Tee ein. Gedankenverloren schaute ich meinem Kluntje zu, wie es sich auflöste.

»Bevor ich es vergesse – Onno war da und hat eine Nachricht für dich dagelassen«, unterbrach Claudia unser nachdenkliches Schweigen.

Im heutigen Handyzeitalter war es ein liebenswerter Anachronismus, wenn Onno seine Nachrichten auf handgeschriebenen Zetteln hinterließ. Ich nahm das zusammengefaltete Blatt Papier entgegen und faltete es auseinander.

In erstaunlich winzigen und exakten Buchstaben, die fast so sauber wie von einer Schreibmaschine getippt aussahen, informierte Onno mich darüber, dass er mich unbedingt sprechen müsse. Sein zusammengeschlagener Kumpel Max könne sich wieder an Details erinnern. Er läge im Emder Klinikum und ich hätte ja versprochen, mich nach meinem Hamburg-Trip um Max zu kümmern. Onno merkte zum Abschluss noch an, dass er in seinem möblierten Zimmer in der Mühlenstraße auf mich wartete – es könne auch ruhig spät werden.

Ich faltete den Zettel wieder zusammen und steckte ihn in die Brusttasche. Für Onnos Kumpel tat es mir zwar leid, aber seine Sache musste so lange warten, bis Thyra wieder wohlbehalten aufgetaucht war!

Während Uz Tee nachschenkte, wählte ich die Bereitschaftsnummer der Emder Staatsanwaltschaft. Obwohl es zu nachtschlafender Zeit war, meldete sich die diensthabende Staatsanwältin nach dem zweiten Klingeln mit müder Stimme.

»Lenzen, Staatsanwaltschaftlicher Bereitschaftsdienst.«

»Guten Morgen, Frau Doktor Lenzen«, begrüßte ich sie. »Hier spricht Jan de Fries.«

»Können Sie nicht schlafen, oder haben Sie Sehnsucht?«, fragte sie mich erstaunlich locker, was vielleicht an der Uhrzeit lag.

»Im Moment am ehesten Probleme«, erwiderte ich.

Bei dem Stichwort Schlafen fiel mir ein, wie todmüde ich war. Schlafen wäre in der Tat keine schlechte Idee, dachte ich bei mir.

»Geht es mal wieder um Leben und Tod?«, fragte sie mit ironischem Unterton.

»Genau – es geht um das Leben meiner Tochter.«

Ich informierte Frau Doktor Lenzen knapp und sachlich über die bekannten Fakten. Mit unbewiesenen Vermutungen hielt ich mich wohlweislich zurück. Ich wollte schließlich keine Grundsatzdiskussion lostreten, sondern eine Großfahndung.

Die Auseinandersetzung mit Poloch erwähnte ich nur am Rande. Wenn Thyra wieder wohlbehalten aufgetaucht war, hatte ich immer noch Zeit genug für eine Selbstanzeige.

»Sie wissen aber schon, dass Sie der Staatsanwaltschaft Informationen vorenthalten haben, Herr Anwalt?«, ließ Frau Doktor Lenzen sich vernehmen.

»Ich will mich jetzt nicht herausreden, aber ja – Sie haben Recht«, gab ich zu. »Die Dinge haben sich sehr viel schneller entwickelt, als ich reagieren konnte.«

So ganz wohl war mir nicht. Schließlich verschwieg ich sowohl mein Eindringen bei als auch meine Attacke auf Poloch und seinem Toy Boy.

Ich wollte momentan alles ausblenden, was für die Fahndung nach Thyra überflüssig war. Im Stillen gelobte ich, eine vollständige Aussage und eine Selbstanzeige wegen Hausfriedensbruch und Körperverletzung unverzüglich nachzuholen, sobald Thyra gefunden worden war.

Ohne dass ich weitere Überzeugungsarbeit leisten musste, schätzte die Staatsanwältin die Dringlichkeit der Situation richtig ein. Sie versprach mir, sich umgehend bei mir zu melden, sobald sie noch ein paar Voraussetzungen zur Auslösung einer Großfahndung geprüft hätte. Etwas beruhigter beendete ich das Gespräch.

Uz hatte sich unterdessen auf seinem Sofa lang gemacht und ruhte sich ein wenig aus. Claudia hatte sich zurückgezogen und duschte, wie ich am leisen Wasserrauschen hören konnte.

Ich stand mit der Teetasse in der Hand am Küchenfenster. Sorgenvoll schaute ich durch die Glasscheibe hinaus in die sturmgepeitschte Nacht. Motte lag zu meinen Füßen. Als ich mich vorbeugte, um meinen tapferen Hund hinter seinen Ohren zu kraulen, knisterte es in meiner Brusttasche. Onnos Zettel fiel mir wieder ein. Was hatte er noch mal erzählt, was seinem Kumpel widerfahren war?

Bloß weil er eine Bootsbesatzung darauf aufmerksam gemacht hatte, dass das Boot nicht dort ankern durfte, wo es gerade angelegt hatte, war er krankenhausreif geschlagen worden? Konnte es sein?

Schlagartig war ich wieder hellwach! Ich rief mir Onnos Bericht über die Verletzungen seines Kumpels ins Gedächtnis. Dem armen Jungen hatte man übel mitgespielt. Mehrfacher Kiefer- und Jochbeinbruch, zwei gebrochene Arme und zertretene Kniescheiben sowie mehrere ausgeschlagene Schneidezähne und eine gebrochene Nase.

Wer macht so etwas?

Welche Unmenschen richten einen Hafenarbeiter derartig zu, bloß weil er auf ein Anlegeverbotsschild aufmerksam gemacht hat?

Zu dieser extremen Brutalität waren nur Menschen fähig, die völlig entmenschlicht und frei von Hemmschwellen und Skrupeln waren! Das war die Handschrift von Kampfmaschinen, denen menschliche Regungen abhandengekommen waren und die einen Menschen so schnell und präzise zum Krüppel schlugen, wie es dauerte, sich einen Kaffee im Fast-Food-Restaurant zu bestellen.

Ich stellte die Kaffeetasse auf den Tisch. Liebevoll tätschelte ich Motte noch einmal den Kopf und ging, ohne meinen Freund zu wecken, in die Diele. Dort lieh ich mir eine Regenjacke von Uz aus, zog sie mir über und schlich geräuschlos zur Haustür hinaus. Ebenso geräuschlos zog ich die Eingangstür hinter mir zu. Die Kapuze tief in die Stirn gezogen, machte ich mich im strömenden Regen auf den Weg zu Onno.

Wenn sich sein Kumpel Max wieder an Details erinnerte, konnte er sicherlich auch eine Täterbeschreibung abgeben. Wenn die Beschreibung auf die Iron Men zutraf und er mir noch sagen würde, an welcher Anlegestelle er zusammengeschlagen worden war – hätte ich möglicherweise den Ausweichliegeplatz der *Gekko* gefunden! Da Polochs Boot nicht in seinem Heimathafen auf Sylt lag, befanden sich die Typen möglicherweise mit Thyra am besagten Liegeplatz, an dem Ankern verboten war.

Der eiskalte Regen kam von vorn und peitschte mir waagerecht ins Gesicht. Vornübergebeugt stemmte ich mich gegen den Wind. Ich ging am alten Deich entlang und kam an der *Sirius* vorbei, deren hölzerne Aufbauten lautstark im Wind knarrten. Als ich den Bug des Kutters passierte, bemerkte ich aus den Augenwinkeln einen Schatten.

Noch bevor ich reagieren konnte, blieb mir schlagartig die Luft weg. Reflexartig griff ich nach der Nylonschnur, die sich eng um meinen Hals schlang und Luftzufuhr und Blutversorgung gnadenlos abschnitt.

Ich versuchte, mich aus dem tödlichen Würgegriff zu befreien und zur Seite zu werfen. Der Unbekannte war mir jedoch körperlich eindeutig überlegen. Mühelos hielt er mich im stählernen Griff. Zwar bekam ich seine Hände zu fassen, die die tödliche Garrotte hielten. Doch ich rutschte mit meinen Fingern an den glatten Lederhandschuhen des Unbekannten ab.

Ein Blitzschlag durchfuhr die Dunkelheit. Für einen Sekundenbruchteil wurde es taghell. Ich konnte den Umriss einer Gestalt erspähen.

»Vukovic«, schoss es mir durch den Kopf. Bei dem Angreifer musste es sich um den schweigsamen Killer handeln, der seine Opfer mit einer Klaviersaite strangulierte und ihnen so gerne beim Sterben in die Augen sah.

Leider half mir das gerade aber in keiner Weise weiter.

Panik stieg in mir auf!

Voller Verzweiflung hämmerte ich auf seine Hände ein. Genauso gut hätte ich auf den Betonboden einprügeln können.

Voller Todesangst begann ich, ziellos um mich zu schlagen, in der Hoffnung, dass ein Schlag von mir meinen Angreifer traf und mir etwas Luft verschaffte.

Leider erfüllte sich diese Hoffnung nicht. Meine Schläge gingen alle ins Leere.

Vor meinen Augen zogen schwarze Schleier auf. Ich merkte, wie mein Bewusstsein mir langsam entglitt. Ich spürte, wie mir vor Todesangst und Wut Tränen aus den Augen liefen.

Todesangst, weil ich gerade hier im Greetsieler Hafen vollkommen sinnlos krepierte. Wut darüber, dass niemand verhindern konnte, wenn Thyra das gleiche Schicksal bevorstand.

Die schwarzen Schleier schoben sich seitlich immer weiter in mein Blickfeld. In meinen Ohren rauschte das Blut und mein Kopf war kurz vorm Zerplatzen.

Vor meinen Augen wurde es schwarz.

Urplötzlich spürte ich in meinem Rücken einen gewaltigen Schlag. Mein Angreifer prallte gegen meinen Rücken, als habe ihn ein Pferd getreten. Wir gingen beide zu Boden.

Die Schnur lockerte sich um meinen Hals.

Instinktiv schob ich meine Finger unter die Nylonschnur, um mir Luft zu verschaffen. Verzweifelt versuchte ich, Sauerstoff in meine Lungen zu pumpen. Das gelang mir allerdings erst, als mein Angreifer, der halb auf mir lag, plötzlich wie eine Stoffpuppe durchgeschüttelt wurde.

Mit einem Mal war die Schnur von meinem Hals verschwunden.

Ich konnte wieder atmen.

Laut pfeifend und röchelnd sog ich gierig die herrliche Luft ein. Gleichzeitig wurde ich von einem Hustenkrampf geschüttelt. Nach ein paar Atemzügen ließ der Hustenreiz nach und wurde von einem Brechreiz abgelöst. Dann kotzte ich mir die Seele aus dem Leib.

Während sich die schwarzen Schleier vor meinen Augen langsam auflösten, nahm ich wieder Außengeräusche wahr.

Mein Angreifer lag noch immer halb auf mir und wurde durchgeschüttelt. Ich robbte mühsam unter ihm weg und drehte mich auf die Seite, um zu sehen, wer mir in den letzten Sekunden vor meinem Erstickungstod zur Hilfe gekommen war.

Mir bot sich ein gespenstisches Bild. Wie der Höllenhund *Cerberus* aus der griechischen Mythologie schlug mein dicker, fauler Hund seine gefletschten Zähne in die Unterarme meines Angreifers. Verzweifelt riss der Vermummte die Arme hoch und versuchte, sein Gesicht zu schützen.

Was die Szene so gespenstisch machte, war die Lautlosigkeit, in der Motte den Angreifer attackierte – und die Lautlosigkeit, mit der die Gestalt sich wehrte. Es war weder ein Knurren oder Bellen von meinem Hund, noch Schreie oder Stöhnen des am Boden Liegenden zu hören. Nur das Heulen des Unwetters, der prasselnde Regen, das Reißen von Stoff und das schmatzende Geräusch, als Mottes Zähne in das Fleisch des Angreifers schlugen, waren zu hören.

Ich krächzte Motte an, von dem Mann abzulassen. Mein Hund stellte zwar die Ohren auf, als er mein Krächzen vernahm, machte jedoch keinerlei Anstalten, meinem Kommando nachzukommen.

Erneut rief ich meinen Hund an. Diesmal mit mehr Stimme und schärferem Ton. Motte sah unwillig hoch, beließ aber seine Zähne in der Hüfte des Unbekannten, in die er sie mittlerweile vergraben hatte.

»Aus, Motte! Aus!«, befahl ich und quälte mich auf die Knie.

Widerstrebend öffnete Motte das Maul und ließ von dem Mann ab. Er setzte sich hin, behielt sein Opfer jedoch scharf im Auge.

Auf Knien rutschte ich zu meinem Hund und vergrub vor Erleichterung und Freude, noch am Leben zu sein, mein Gesicht in seinem nassen Fell.

Da mir die Gefährlichkeit meines Angreifers bewusst war, mobilisierte ich meine Lebensgeister. Ich wandte mich dem am Boden Liegenden zu, der mich strangulieren wollte. Die Kleidung hing dem Mann in Fetzen vom Oberkörper. Unterarme und Hüfte waren blutüberströmt. Da ich keine Arterienverletzung erkennen konnte, verspürte ich wenig Ambition, mich als Samariter zu betätigen. Ich schlug dem Mann die Arme zur Seite und griff nach dem Nylonseil, das neben seinem Kopf lag.

»Umdrehen«, krächzte ich.

Weil der Mann keine Anstalten machte, meiner Aufforderung zu folgen, wälzte ich ihn gewaltsam auf den Bauch.

»Bei der kleinsten Bewegung, lass ich den Hund auf dich los!«

Motte unterstrich meine Drohung, indem er dem Mann seinen heißen Atem ins Gesicht hechelte.

Ich drückte dem Vermummten ein Knie ins Kreuz und band ihm beide Hände auf dem Rücken zusammen. Dann wälzte ich ihn wieder zurück. Die Prozedur musste ihm ziemliche Schmerzen bereiten, das war mir aber völlig egal.

Ich griff nach seiner schwarzen Sturmhaube, die er sich über den Kopf gezogen hatte. Mit einem Ruck riss ich ihm die Vermummung herunter.

Obwohl das Gesicht des Mannes blutverschmiert war, erkannte ich Vukovic sofort. Ich hatte also mit meiner Vermutung Recht gehabt – die Iron Men steckten hinter Thyras Verschwinden. Vorsichtig tastete ich Vukovic ab und zog ihm eine Pistole aus der Jackentasche.

Während meiner Zeit als Strafverteidiger hatte ich mich zwangsläufig auch mit Waffenkunde befassen müssen, daher erkannte ich die Waffe als eine halbautomatische tschechische Selbstladepistole CZ 75, Kaliber 9 mm. Die Waffe wurde seit 1976 für Militär und Polizei hergestellt und verfügt über ein Stangenmagazin mit 16 Patronen – eine zuverlässige und robuste Gebrauchswaffe.

Die weitere Tascheninspektion brachte Vukovic' Ausweis, einen Schlüsselbund, einen Schlagring, eine kleine Dose aus 925er Sterlingsilber mit einem weißen Pulver sowie ein Mobiltelefon hervor.

Die Silberdose und den Schlagring warf ich in hohem Bogen am Bug der *Sirius* vorbei ins Hafenbecken. Die anderen Sachen steckte ich in die Innentaschen meiner Regenjacke.

Ich hielt die Pistole in der Hand und sah Vukovic an.

»Wo ist die Frau?«, fragte ich eher rhetorisch. Eine Antwort erwartete ich nicht. Ich wusste, dass ich nicht auf ihn schießen würde, und er wusste das auch.

Vukovic sah mich mit ausdruckslosem Blick an. Unvermittelt spuckte er mir verächtlich ins Gesicht. Der Speichel lief mir die Wange hinunter. Mühsam stand ich auf und wischte ihn mir beiläufig mit dem Jackenärmel aus dem Gesicht.

Ich ersparte mir weitere Versuche, Vukovic davon zu überzeugen, dass es besser für ihn wäre, mir zu sagen, wo sie Thyra hingebracht hatten. Mit beiden Händen packte ich ihn am Kragen und schleifte ihn quer über den Asphalt zur *Sirius* hinüber. An der Kaimauer legte ich ihn ab.

Motte war mir hinterher getrottet. Als ich den Iron Man wie einen nassen Sack auf den Boden fallen ließ, legte Motte sich mit seinem vollen Gewicht von 120 Pfund quer über seine Brust und presste ihm die Luft aus den Lungen.

Ich stieg über die Reling der *Sirius* und griff in einen Spalt oberhalb des Kajütenfensters. Dort bewahrte Uz für gewöhnlich seinen Zweitschlüssel auf. Mit einem kurzen Blick in die Runde vergewisserte ich mich, dass wir ungestört waren. Der Hafen war in dieser Sturmnacht vollkommen ausgestorben. Das Unwetter peitschte Regen und Wasser aus dem Hafenbecken quer über die Mole. Ein paar Laternen spendeten spärliches Licht.

Ich steckte den Zündschlüssel in das Armaturenbrett und schaltete die Zündung ein. Rote Lämpchen erwachten zum Leben. Mich interessierte im Moment nur der Drehschalter, mit dem sich die Ausleger der *Sirius* steuern ließen, an denen die Fangnetze befestigt waren.

Da ich Uz auf seinen Fahrten schon oft begleitet und ihm geholfen hatte, war ich mit der Technik der *Sirius* gut vertraut. Ich nahm die Ausleger in Betrieb und sie setzten sich mit leisem Summen in Bewegung. Als sich der rechte Ausleger über der Mole befand, stoppte ich den Elektromotor. Das Netz schwang im stürmischen Wind wild hin und her.

Ich kletterte zurück auf die Mole und löste die Gurte, die das Fischernetz zusammenhielten. Dann packte ich Vukovic mit beiden Händen am Kragen. Er schien zu ahnen, was ich vorhatte, und begann, wild mit den Beinen zu strampeln. Ich hatte ihn jedoch fest im Griff.

Hastig hangelte ich nach einem der Gurte, die normalerweise das Fischernetz zusammenhalten. Schnell band ich ihm zusätzlich die Füße zusammen, wobei mir der Spannverschluss des Gurtes gute Dienste leistete. Mit aller Kraft packte ich Vukovic an den verschnürten Füßen und schleifte ihn von der Kaimauer über den asphaltierten Boden direkt bis zum Kutter. Dass er dabei mit dem Kopf auf den Betonboden aufschlug, nahm ich billigend in Kauf. Halb ziehend, halb rollend bugsierte ich ihn auf das Netz. Mit schnellen Schritten ging ich zurück zum Steuerhaus.

Ich drehte den Zündschlüssel herum. Die Ausleger setzten sich erneut in Bewegung. Das Summen des Elektromotors wurde vom Pfeifen der Sturmböen verschluckt. Der Ausleger hob sich langsam und mit ihm das Fischernetz mit dem darin gefangenen Killer.

Gespenstisch langsam schwang der Ausleger nach außen. Erst als er sich über dem Hafenbecken befand, hielt ich ihn an. Wie ein nasser Sack baumelte Vukovic im Fischernetz über dem schwarzen Wasser des Hafenbeckens. Seine Augen waren weit aufgerissen. Er wusste, was ihm bevorstand.

Die Hand am Regler trat ich halb aus der Kajütentür.

»Wo habt ihr die Frau hingebracht?«, schrie ich ihn über den Sturm hinweg an.

Mit zusammengepressten Lippen sah Vukovic mich an und machte keine Anstalten, etwas zu sagen.

Ich zuckte mit keiner Wimper, als das Netz im Hafenbecken versank – und Vukovic mit ihm. Als er komplett unter Wasser hing, stoppte ich den Ausleger.

Langsam zählte ich bis 20.

Vukovic strampelte wild um sich, als sich das Netz wieder aus dem Hafenbecken hob und das Wasser von ihm ablief.

»Wo habt ihr die Frau hingebracht?«, schrie ich erneut.

Anstatt mir eine Antwort zu geben, atmete Vukovic wie ein Apnoetaucher schnell ein und aus, um sich mit Sauerstoff zu versorgen.

Diese Mühe sollte er sich nicht umsonst gemacht haben! Diesmal zählte ich bis 40, bevor ich ihn wieder hochholte.

»Was machst du da?«, hörte ich mit einem Mal Uz rufen. Einem Ölgötzen gleich stand mein Freund im peitschenden Regen auf der Mole. Bestürzt starrte er mich an.

»Ich frage ihn, wo Thyra ist!«, schrie ich gegen den Sturm an.

»Du fragst nicht – du folterst ihn!«

»Ich frage ihn!«

»Du folterst ihn!«

Mit steinernem Gesicht sah Uz mich an. »Hol ihn hoch!«

Ich blieb einen Moment wie versteinert stehen und sah Uz mit ausdrucksloser Miene an. Dann legte ich den Regler langsam um und holte den Ausleger ein. Ich stoppte ihn genau über der Stelle, an der vor ein paar Tagen auch Regina Ehrlich gehangen hatte. Auch diesmal lief das Wasser in breiten Bächen aus dem Netz ab.

Vukovic rang mühsam nach Atem. Die Augen fielen ihm vor lauter Anstrengung fast aus den Höhlen.

Uz legte mir eine Hand auf die Schulter, während ich auf das schaukelnde Netz starrte. Meine Hand krallte sich verzweifelt am Türrahmen des Steuerhauses fest.

»Ich versteh dich«, sagte er behutsam. »Aber begib dich nicht auf die gleiche Ebene wie diese Typen. Werde nicht zum Täter.«

Uz Hand rutschte von meiner Schulter, als ich herumfuhr. »Wieso nicht? Warum soll ich nicht aus ihm herausprügeln, wo Thyra ist?«, mir liefen Tränen übers Gesicht, als ich Uz anschrie. »Diesen Unmenschen ist es scheißegal, wenn sie jemanden umbringen. Gefühle kennen die nicht!«

Ich verspürte einen brennenden Hass auf diese Schlächter, die keinen Funken Gefühl im Leib hatten. Diese Mörder, die sich um ein Menschenleben einen Scheißdreck scherten.

Wir standen einander schweigend gegenüber, während Orkanböen uns Regen ins Gesicht peitschten. Vukovic baumelte im Fischernetz und rang nach Atem.

Es war ein dramatisches Szenario, das von den im Sturm schaukelnden Hafenlampen wie mit stroboskopartigen Blitzen beleuchtet wurde.

Völlig unerwartet kletterte Onno an Bord und sah uns entgeistert an. Sein Blick huschte zwischen dem im Sturm schaukelnden Vukovic und uns hin und her.

»Voll krass!«, rief er.

Onnos plötzliches und unerwartetes Auftauchen holte mich mit einem Schlag zurück in die Wirklichkeit. Die lodernde Wut in mir ebbte ab, als wenn ein mit kochendem Wasser gefüllter Topf von der glühenden Herdplatte gezogen wurde. Ich kochte zwar nicht mehr, trotzdem war die Temperatur heiß genug, um sich zu verbrühen.

»Onno, dein Kumpel ...«, sagte ich mit bebender Stimme.

»Du meinst Max?«

»Ja, genau«, sagte ich ungeduldig. »Weißt du, wo die Typen ihn zusammengeschlagen haben?«

»Klar«, Onno nickte mit dem Kopf. »Im Gewerbehof.«

»Ja, und in welchem Gewerbehof?« Ich musste mich zusammenreißen, um Onno nicht ungeduldig durchzuschütteln.

»Auf Juist.«

Onno sah mich an, als sei es selbstverständlich, dass ich das wüsste.

»Auf Juist?«, fragten Uz und ich wie aus einem Mund.

Onno sah von einem zum anderen.

»Ja klar, Max arbeitet als Lagerarbeiter auf Juist.«

»Und die Auseinandersetzung mit diesen Typen fand auf Juist statt?«

Selbstverständlich kannte ich den Juister Hafen. Schräg gegenüber vom Fähranleger lag der Gewerbehof. Dort legte die Versorgungsfähre an. Die gesamte Anlieferung von Lebensmitteln, Baumaterial und sonstigen Versorgungsgütern wie auch die Müllentsorgung wurde über den Gewerbehof abgewickelt.

Da die Liegezeiten der Fähre aufgrund der Tide immer recht kurz sind, wird die Versorgungsfähre binnen kürzester Zeit mithilfe von Elektrogabelstaplern oder Elektrokarren entladen.

Ich selber hatte schon oft die Betriebsamkeit im Juister Hafen beobachtet, wenn ich Uz auf der *Sirius* begleitete. Wenn wir nah genug vor Juist kreuzten und die Sicht gut war, konnte man mit dem Fernglas die Gesichter der Arbeiter erkennen. Ich hatte auch schon die Verbotsschilder gesehen, die verhindern sollen, dass Freizeitkapitäne an der Kaimauer des Gewerbehofs anlegen, was öfter geschieht.

Jetzt machte alles einen Sinn!

»Ja, das war auf Juist«, bestätigte Onno. »Die haben ihren Kahn direkt am Kai festgemacht. Da, wo die Fähren versorgt werden. Max ist hin und hat denen gesagt, dass man dort nicht anlegen darf. Die haben ihn dann ohne ein Wort auseinandergenommen und hinter einen Müllcontainer geworfen.«

»Passt!«, sagte ich grimmig und sah Uz an.

»Was ist denn eigentlich hier los?«, Onno zeigte fragend mit dem ausgestreckten Zeigefinger auf Vukovic.

»Das ist einer der Typen, die deinen Kumpel zusammengeschlagen haben. Die haben auch die Frau aus dem Fischernetz und den Mann aus dem Hafenbecken umgebracht«, brachte Uz die Fakten kurz und prägnant auf den Punkt. »Und Jans Tochter haben die auch verschleppt!«

Es war nicht erkennbar, welcher der aufgezählten Punkte letztendlich Onnos Kinnlade zum Herunterklappen brachte. Doch offenbar beeindruckte ihn am meisten die Neuigkeit, dass ich eine Tochter hatte.

»Jans Tochter?«, staunte er mit offenem Mund.

»Onno, jetzt ist nicht der richtige Zeitpunkt für einen Kaffeeklatsch!«, sagte ich zu Onno, ohne ihn anzuschauen.

Ich sah Uz direkt in die Augen.

»Nein, Jan!«, sagte mein Freund, ohne meine Frage abzuwarten.

»Wir müssen raus, Uz!«, meine Stimme war vor lauter Anspannung kaum zu hören.

»Jan, wir haben im Moment Windstärke 9 bis 10 auf der Beaufortskala – die Tendenzvorhersage geht in Richtung 12!« Uz schüttelte energisch den Kopf. »Keine Chance, Jan – zu gefährlich! Und außerdem – wenn wir nicht raus können, können die auch nicht raus!«

»Mir egal!«, ich schüttelte ebenfalls den Kopf. »Und wenn es einen Orkan gibt – ich muss raus!«

»Windstärke 12 ist ein Orkan!«, sagte Uz entschieden.

»Ist mir egal«, beharrte ich. »Und wenn es tote Dackel regnet – wir ...«, ich korrigierte mich, »... ich muss raus!«

»Vielleicht sind sie auch gar nicht auf Juist und warten den Sturm in Norddeich ab«, gab Uz zu bedenken.

»Wenn ihr die meint, die ich meine ...«, mischte Onno sich ein. »... die sind vor einer knappen Stunde von Norddeich aus ausgelaufen.«

»Woher weißt du das?«

»Twitter!«, grinste Onno. »Der neue Friesenfunk. Die Kumpels haben untereinander Wetten abgeschlossen, wie lange es dauert und der Segler, der vorhin raus ist, um Hilfe schreit. Scheinen echte Vollidioten zu sein.«

»Wissen deine Kumpel auch, wie das Boot heißt?«, fragte ich ungläubig. Manchmal klären sich Dinge innerhalb von Sekunden, an denen man sich sonst stundenlang die Zähne ausbeißt.

»Moment!« Onno drehte sich in die dem Wind abgewandte Ecke des Steuerhauses und hantierte eifrig an seinem Handy herum.

Ich schaute zu Vukovic hinüber, der vor Kälte zu zittern angefangen hatte.

Er tat mir nicht leid.

Wenn Uz Recht hatte, wovon ich aufgrund seiner Erfahrung ausging, war es tatsächlich ein Selbstmordkommando, bei diesem Sturm rauszufahren.

Ich hatte selbst noch keinen richtigen Orkan an der Nordseeküste erlebt. Doch ich konnte mich noch sehr gut an die Sturmflut vom Oktober 2009 erinnern. Das von Schottland kommende Sturmtief *Sören* hatte so gewaltig an die Küste gedrückt, dass der Wasserstand innerhalb kürzester Zeit auf über einen Meter über Normalnull angestiegen war. Das hatte mir als persönliche Erfahrung bereits ausgereicht. Nicht auszudenken, wenn sich der jetzige Sturm tatsächlich entwickelte, wie von Uz vorhergesagt.

»Gekko«, schrie Onno und hielt triumphierend sein Handy in die Höhe. »Der Pott mit den Irren heißt *Gekko*!«

Ich schlug mit der Faust heftig gegen den Türrahmen. Mein Albtraum war wahr geworden. Die Iron Men waren mit Thyra irgendwo dort draußen in der brodelnden See.

Bevor ich etwas sagen konnte, übernahm Uz das Kommando. Er legte den Drehschalter des Auslegers um. Das Netz schwenkte Richtung Mole und senkte sich langsam ab.

Kaum hatte Vukovic festen Boden unterm Hintern, fing er an zu strampeln und versuchte, sich aus dem Netz zu befreien.

»Kommt!«, befahl Uz und sprang an Land.

Mit wenigen Schritten war er bei dem zappelnden Netzbündel.

»Onno, Seil!«, kommandierte er, während er Vukovic aus dem Netz wickelte.

Ich war Uz gefolgt und drückte dem Killer ein Knie ins Kreuz, damit er liegen blieb. Motte setzte sich neben ihn und beäugte den am Boden Liegenden misstrauisch. Onno kam mit dem geforderten Seil.

Uz befahl uns, Vukovic zum nächsten Hafenpoller ein paar Meter von uns an die Molenkante zu schleppen. Halb trugen und halb schleiften wir den sich wild wehrenden, aber immer noch eisern schweigenden Killer zum Poller. Der Einfachheit halber legten wir den zappelnden Vukovic bäuchlings hin und verschnürten ihn mit einem langen Tampen wie ein Postpaket auf dem Hafenpoller.

Besonders bequem sah seine Stellung nicht aus.

Wenn der Sturm zunahm und die Orkanböen das Wasser noch stärker über die Mole peitschten, bekäme Vukovic ernsthafte Probleme. Doch in der momentanen Situation gab es keine bessere Lösung, den Killer sicher aufzubewahren, als ihn am Hafenpoller festzubinden.

Uz baute sich vor mir auf. »Was machst du, wenn ich nicht rausfahre?«

»Ich klaue ein Boot und fahre alleine raus!«, sagte ich, ohne mit der Wimper zu zucken.

»Warum bin ich jetzt nicht erstaunt«, sagte Uz, drehte sich um und ging Richtung *Sirius*. »Kommt jetzt endlich, ihr Leichtmatrosen!«, rief er uns über die Schulter zu.

Ich atmete auf.

Schnell zog ich Motte in den Windschatten des Backsteingebäudes, auf dessen Terrasse sonst die Touristen ihren Kaffee tranken. Hier war er halbwegs vor dem peitschenden Regen geschützt.

Ich befahl ihm eindringlich, im Windschutz liegen zu bleiben und auf mich zu warten. Da ich wusste, wie schrecklich seekrank Motte werden konnte, kam es nicht infrage, ihn mitzunehmen. Er hatte schon einmal die *Sirius* mit halb verdautem Trockenfutter vollgekotzt. Außerdem – wenn wir nicht zurückkehrten, blieb wenigstens der Dicke verschont.

Auf der *Sirius* drängten wir uns in die Steuerkabine.

Uz sah uns mit ernstem Blick an. »Es ist davon auszugehen, dass sich auf der *Gekko*, die vor einer Stunde von Norddeich aus ausgelaufen ist, Jans Tochter befindet. Bei den Typen auf dem Boot handelt es sich um ehemalige Soldaten, die im Bürgerkrieg in Jugoslawien unzählige Menschen abgeschlachtet haben.« Uz deutete mit dem Kopf zur Mole rüber. »Der da gehört auch dazu.«

Onno und ich schauten wie ferngesteuert gleichzeitig zur Regenwand hinüber. Wir konnten Vukovic durch den waagerecht an die Scheibe peitschenden Regen allerdings nur als dunklen Umriss auf der Molenkante ausmachen.

»Wir befürchten, dass die Kerle rüber nach Juist sind und Jans Tochter irgendwo über Bord werfen. Genau wie die Wasserleiche, die wir aufgefischt haben.«

Uz zeigte mit dem ausgestreckten Arm nach draußen. »Wir haben mindestens Windstärke 9. Die Tendenz geht heute Nacht auf jeden Fall noch Richtung 11 bis 12. Onno, du weißt, was das bedeutet!«

Onno nickte blass.

»Wir fahren jetzt da raus! Und ich will, dass ihr genau das macht, was ich euch sage!«

Onno und ich nickten gleichzeitig.

»Onno«, Uz sah seinen Matrosen mit festem Blick an, »ich frage dich jetzt nur ein Mal. Kommst du mit raus?«

Onno grinste schräg, als er antwortete: »Klar, no risk, no fun!«

»Deine Entscheidung!«, sagte Uz knapp.

Mein Blick fiel auf die graue Regenwand, die der Sturm in den Hafen peitschte. Mir sackte das Herz in die Hose. Ich hatte ein erdrückend schlechtes Gewissen, dass sich meine beiden Freunde verpflichtet fühlten, mich auf diesem Selbstmordkommando zu begleiten.

Doch was sollte ich tun? Meine Tochter war dort draußen. Ich sah Uz und Onno an und sagte nur: »Danke, Jungs!«

31

Die *Sirius* kämpfte mit voller Kraft gegen den Orkan, der mit unglaublicher Gewalt tobte. Wir trugen fluoreszierende, orangefarbene Latzhosen, die bis unter die Achseln reichten. Die Regenjacke, die ich mir von Uz ausgeliehen hatte, tauschte ich gegen eine hüftlange Arbeitsjacke aus PVC – die übliche Berufskleidung von Berufsfischern. Zudem hatte Uz darauf bestanden, dass wir über unseren Arbeitsjacken selbstaufblasende Rettungswesten trugen, wie sie auch von Arbeitern auf Bohrinseln oder der Seenotrettung getragen werden.

Wir hatten uns zu dritt im Steuerhaus aufgehalten, um vor dem Orkan geschützt zu sein. Vorher hatten wir die Metallfenster vor den Scheiben des Steuerhauses angebracht, die vermeiden sollten, dass das Glas zu Bruch ging. Uz konnte nur noch durch eine Art Schießscharte nach draußen schauen. Allerdings hätte er sowieso nichts erkennen können.

Onno und ich hatten die Ausleger und Netze zusätzlich mit starken Gurten in ihren Positionen gesichert. Sie sollten verhindern, dass das Unwetter sie losriss, die Sirius steuerungsunfähig machte und im schlimmsten Fall zum Kentern brachte.

Der Sturm war schon in der Fahrrinne entlang des Speicherbeckens Leyhörn heftig zu spüren. Als wir jedoch die Schleuse zum Norder Tief im Nordwesten der Leybucht passierten, brach das Unwetter mit aller Gewalt über uns herein.

Während sich die Sirius ihren Weg zur Schleuse bahnte, die den Greetsieler Hafen von Ebbe und Flut unabhängig machte, funkte Uz den Schleusenwärter an.

»Dass Torben uns die Schleuse öffnet, haben wir nur dem Umstand zu verdanken, dass ich seine Tochter in genau einem solchen Sturm auf einer Landstraße mit einer Notoperation zur Welt gebracht habe. Damals fuhr bei dem Wetter noch nicht mal mehr der Rettungswagen raus«, erklärte er mit einem Schmunzeln.

An mir nagte die Ungeduld, während der Kutter durch das Unwetter stampfte. Endlich erlöste mich Uz, als er sagte, dass wir uns in der Juister Fahrrinne befanden.

Onno und ich zogen los zu unseren verabredeten Positionen. Wir stemmten uns gegen den peitschenden Wind und hangelten uns nach vorn zum Bug der *Sirius*.

Onno nahm seinen Platz auf der Steuerbordseite und ich backbords am Bug des Fischkutters ein. Mit Karabinerhaken hakten wir die Sicherungsleinen am Geschirr unserer Rettungswesten ein. Jeder richtete auf seiner Seite den Suchscheinwerfer nach vorne in die Regenwand. Die Dunkelheit verschluckte den Halogenstrahl mühelos.

Egal, wohin ich schaute, überall war Wasser. Ich konnte allerdings nicht mehr unterscheiden, ob um mich herum Regenwasser oder Seewasser schäumte und brodelte. Obwohl Onno nicht mehr als drei Meter von mir entfernt stand, konnte ich selbst ihn nicht mehr sehen.

Als ich mit einem Mal Musik hörte, dachte ich, ich sei jetzt vollkommen übergeschnappt. Aber dann kapierte ich, dass Uz wie immer auf unseren Fahrten Musik laufen ließ. Der heulende Sturm ließ mich nur Musikfetzen hören, doch ich erkannte unzweifelhaft *Highway to Hell* von AC/DC. Ich verzog mein von der Kälte taubes Gesicht zu einem schiefen Grinsen – Uz' Humor war so knochentrocken, wie es hier draußen nass war.

Die *Sirius* stampfte mit ihren 245 PS durch die Wellentäler, von deren Kämmen die Gischt sprühte. Uz schnitt die sich vor dem Kutter auftürmenden Wellen quer an, um die Druckbelastung des Bugs so gering wie möglich zu halten. Er konnte allerdings trotzdem nicht verhindern, dass der Kutter immer wieder von Brechern gestreift wurde und wild auf dem Wasser hin und her tanzte.

Ich hielt mich an meinem Suchscheinwerfer fest und richtete ihn dorthin, wo ich die Wasseroberfläche vermutete. Mit zusammengekniffenen Augen, die ich im Sekundentakt aus Schutz vor der schäumenden Gischt schließen musste, versuchte ich etwas zu erkennen.

Und tatsächlich!

Plötzlich erschien im Halogenlicht des Suchscheinwerfers eine rote Spierentonne, die wild auf den Wellen herumtanzte. Ebenso unvermittelt, wie sie aufgetaucht war, verschwand sie auch wieder aus dem Scheinwerferkegel.

Ich verlor jegliches Zeitgefühl und spürte weder Hände noch Gesicht. Um mich herum tobte das Unwetter.

In mir drin tobte Angst und Panik um Thyra.

In diesem Moment tauchte wie aus dem Nichts der Bug einer weißen Segeljacht auf, die offenbar versuchte, sich Richtung Greetsiel durchzukämpfen. Der Schiffsname *Gekko* sprang mich wie eine Leuchtreklame an, als sich der Segler längsseits der *Sirius* vorbeischob. Durch die Regenwand hindurch versuchte ich zu erkennen, wer sich an Bord der knapp vier Meter entfernten Yacht befand.

Es war kein Zufall, dass die *Gekko* plötzlich so nah vor uns auftauchte. Dem Steuermann war es trotz des Unwetters gelungen, innerhalb des Wattfahrwassers zu bleiben, was bei schwerem Wetter lebensnotwendig ist. Das Seegebiet rund um Juist ist sehr flach, weil es stark von Sandbänken durchzogen ist. Um sicheren Schiffsverkehr zu gewährleisten, wird das Fahrwasser durch sogenannte Pricken gekennzeichnet, die beidseits in den Meeresboden gerammt werden. Außerhalb der Fahrwassermarkierung kann das Wasser an manchen Stellen nur etwas knapp über einen Meter tief sein – zu flach für Yachten und Fähren. So mancher Freizeitkapitän hat sein Boot schon auf einer solchen Sandbank aufgesetzt, weil er sich nicht an die Fahrwassermarkierung gehalten hat.

Bei einem Orkan, wie er im Moment wütete, können besonders schwere Orkanböen das Wasser so massiv zur Seite drücken, dass man trockenen Fußes über Sandbänke spazieren könnte. Und genau das geschah in diesem Augenblick!

Es krachte mörderisch wie wenn Holz in tausend kleine Splitter zerbirst und die *Gekko* saß auf einer Sandbank. Der Segler war ohnehin schon stark angeschlagen, wie ich trotz der schlechten Sicht erkennen konnte. Von dem Mast ragte nur noch ein zersplitterter Rest aus der Mitte des Bootes. Der Aufbau war zur Hälfte zerschmettert, wahrscheinlich in Folge des Mastbruches. Es war überhaupt ein Wunder, dass die Yacht noch nicht gekentert war. Das sollte sich in diesem Moment ändern: Durch die Wucht des Aufpralls auf die Sandbank legte sich der Segler auf die Seite wie ein gestrandeter Wal und der Rumpf riss der Länge nach auf. Einen Augenblick lang konnte ich eine Gestalt in orangefarbener Segeljacke erkennen, die sich verzweifelt an die Reling klammerte. Offenbar hatte die Gestalt mich ebenfalls entdeckt, denn sie ließ die Reling los und winkte hektisch mit beiden Armen.

Ein Brecher schlug in diesem Moment mit mörderischer Urgewalt über die *Gekko* zusammen.

Auch die *Sirius* bekam ihren Teil ab, ich stand plötzlich bis zur Hüfte im Wasser. Um mich herum kochte und brodelte die See. Der Fischkutter wurde zwar gewaltig durchgeschüttelt, blieb ansonsten jedoch unversehrt – soweit ich es mitbekam. Als ich wieder halbwegs sehen konnte, war die Yacht mitsamt der Gestalt verschwunden.

Das Ganze geschah in Bruchteilen von Sekunden und noch bevor ich Uz oder Onno alarmieren konnte, hatte der Brecher Boot und Besatzung verschlungen. Für den Segler kam jede Hilfe zu spät.

Ich wehrte mich gegen den Gedanken, Thyra könnte mit der *Gekko* untergegangen sein. Ja, ich weigerte mich, diese Möglichkeit überhaupt in Betracht zu ziehen! Während ich die Angst um meine Tochter niederkämpfte, erfasste mein Scheinwerfer bereits wieder eine rote Tonne, deren Spiere mir in dem tobenden Unwetter zuzuwinken schien.

Ich kniff die Augen zusammen und machte eine metallene Leiter aus. Folglich handelte es sich nicht um eine Markierungstonne, sondern um das stationäre Leuchtfeuer der Juister Hafeneinfahrt, das vor mir aufragte. Ich hatte das Seezeichen schon viele Male gesehen, wenn ich mit Uz unterwegs war, allerdings bislang nur unter freundlicheren Wetterbedingungen. Mit seinem rot strahlenden Scheinwerfer am oberen Ende des Mastes zeigt das Leuchtfeuer 800 Meter vor Einfahrt in den Juister Hafen dem Schiffsverkehr den letzten Kurswechsel an.

Das Leuchtfeuer wurde bis zur Hälfte von der tobenden See überspült. Die untersten Sprossen der Leiter, die sich für gewöhnlich fast zwei Meter über der Wasseroberfläche befand, verschwanden in der aufgewühlten See.

Ich stand am Bug der *Sirius* wie Käpt'n Ahab am Bug des Walfängers Pequod und starrte aufs Meer. Statt einer Harpune umklammerte ich mit beiden Händen krampfhaft den Suchscheinwerfer.

Mein Scheinwerfer erfasste in diesem Moment ein dunkles Bündel, das an der metallenen Leiter zu kleben schien. In diesem Augenblick wurde die *Sirius* von einem schweren Brecher getroffen. Der Kutter legte sich schwer in die See. Ich verlor Bündel und Leiter aus den Augen.

Wie wild kurbelte ich an dem Scheinwerfer. Als der Kutter sich wieder aufgerichtet hatte und auf Kurs war, schwenkte ich den Scheinwerfer erneut in die Richtung, in der ich das Leuchtfeuer vermutete. Das Halogenlicht zerschnitt die Dunkelheit und ich riss das Fernglas an die Augen.

Durch den peitschenden Regen und die schäumende Gischt erkannte ich schemenhaft eine menschliche Gestalt, deren Kopf immer wieder von den Wellen überflutet wurde. Ob es sich bei der Gestalt um Thyra handelte und ob die Gestalt noch lebte oder bereits tot war, konnte ich nicht erkennen.

Ich griff nach der Notpfeife, die an meiner Rettungsweste hing und blies kräftig hinein. Ein schrilles Pfeifen ertönte. Ich hoffte, dass Uz und Onno das Alarmsignal durch den heulenden Orkan hören konnten.

Eine Hand tauchte auf und krallte sich an mir fest. Onnos nasses und vor Kälte verzerrtes Gesicht wurde neben mir sichtbar. Die Kapuze flatterte wild auf seinem Rücken, und das Haar klebte ihm klatschnass am Kopf.

»Da!«, schrie ich gegen den Wind. Mit ausgestrecktem Arm zeigte ich Richtung Leuchtfeuer.

»Ist sie das?«, schrie Onno zurück.

»Kann ich nicht erkennen.«

»Ich sag dem Käpt'n Bescheid.« Ich nickte Onno zu, und er verschwand in der Regenwand.

Das Fernglas an die Augen gepresst, versuchte ich, nähere Einzelheiten zu erkennen. Wenn die Gischt für einen Moment nachließ, konnte ich einen Kopf erkennen, der aber immer wieder unter Wasser verschwand.

Wie aus dem Nichts tauchte Onno aus der Wasserwand wieder vor mir auf.

»Der Käpt'n weiß Bescheid! Er fährt in den Hafen ein, da sind wir geschützter«, schrie Onno mit schriller Stimme. »Er informiert gerade die Seenotrettung. Die liegen mit der *Woltera* im Hafen.«

Mir war klar, dass Uz mit der *Sirius* nicht näher an das Leuchtfeuer herankam. Mir war auch klar, dass die *Woltera* eine gewisse Zeit brauchte, bis sie vor Ort war.

Zeit, die wir nicht hatten!

Der Kopf des hilflosen Bündels, das an der Leiter des Leuchtfeuers zu kleben schien, war schon wieder unter Wasser. Ich sah Onno an. Wortlos klinkte ich meine Sicherheitsleine aus.

Um meine Rettungsweste brauchte ich mir keine Gedanken zu machen. Die würde sich beim Aufprall auf die Wasseroberfläche in Sekundenbruchteilen automatisch aufblasen.

Wir verloren kein Wort. Onno verstand mich auch so. Er nickte mir zum Abschied kurz zu.

Mit zwei Schritten war ich an der Reling. Ich holte tief Luft und sprang kopfüber in die kochende See. Die Wellen schlugen tosend über mir zusammen.

Die Wassertemperatur lag bei 8 Grad, und das kalte Wasser traf mich wie ein Schock. Im ersten Moment hatte ich das Gefühl, mein Herz würde aufhören zu schlagen. Dann erst nahm ich wahr, dass mich Wasser von allen Seiten umgab.

Ich war orientierungslos und wusste nicht, ob mein Kopf unter Wasser war oder ob mich der Regen anpeitschte. Doch das war jetzt egal. Atmen konnte ich sowieso nicht.

In diesem Moment riss mich die Rettungsweste, die sich automatisch aufgeblasen hatte, zurück an die Wasseroberfläche. Wieder mal schnappte ich in dieser Nacht nach Luft. Wie wild begann ich mit Schwimmbewegungen.

Obwohl ich kein besonders guter Schwimmer bin, näherte ich mich dem Leuchtfeuer erstaunlicherweise in kürzester Zeit. Eine besonders hohe Welle kürzte für mich die letzten Meter ab und warf mich mit einer solchen Kraft gegen das Leuchtfeuer, dass mir die Luft aus den Lungen gepresst wurde. Vor meinen Augen tanzten Sterne.

Verbissen klammerte ich mich ans Gestänge des Leuchtfeuers und sah, dass ich Glück gehabt hatte. Ich war nur wenige Meter neben der Leiter gelandet. Mit einem Satz warf ich mich zurück ins Wasser und machte ein paar hastige Schwimmzüge. Dann streckte ich meine Hand nach der Leiter aus und zog mich mit aller Kraft hoch.

Die wasserdichte Latzhose hatte zwar den Vorteil, dass sie kein Wasser an den Körper ließ. Aber auch den Nachteil, dass kein Wasser ablief, wenn sie vollgelaufen war. So musste ich allerlei Verrenkungen anstellen, um das Wasser aus meiner Hose abzulassen, sonst hätte mich das Gewicht zurück in die tobende See gerissen.

Ich kletterte ein paar Sprossen hoch und näherte mich auf Armeslänge der zusammengesunkenen Gestalt, deren Kopf gerade wieder von einer Welle unter Wasser gedrückt wurde.

Blind tastete ich unter der Wasseroberfläche herum. Plötzlich hielt ich den Kopf in der Hand und hob ihn vorsichtig aus dem Wasser. Eine eisige Klammer legte sich um mein Herz, als ich im roten Lichtschein des Leuchtfeuers erkannte, dass es tatsächlich Thyra war, deren Kopf ich in den Händen hielt. Im gleichen Moment als ich meiner Tochter ins Gesicht blickte, durchfuhr mich blankes Entsetzen.

Ich sah, was die Iron Men ihr angetan hatten!

Mit groben Stichen hatten die Killer Thyras Mund im Zickzackstich mit schwarzem Zwirn zusammengenäht!

Thyra war wie Regina Ehrlich über Bord geworfen worden.

Nur diesmal waren diese Unmenschen noch grausamer gewesen und hatten meiner Tochter vorher den Mund zugenäht. Doch offenbar befanden sich die Mörder diesmal näher an Juist, als es bei Regina Ehrlich der Fall gewesen war. Ein glucklicher Umstand, der wahrscheinlich dem Unwetter zuzuschreiben war. Thyra musste das Leuchtfeuer gesehen haben. Sie hatte es geschafft, zu dem Seezeichen zu schwimmen und sich die Leiter ein paar Stufen hinauf zu hangeln. Dann hatte sie sich mit ihrem Gürtel an einer Leitersprosse festgebunden, bevor sie das Bewusstsein verlor.

Ich schob mich näher an meine Tochter heran und tastete nach ihrem Puls. Kaum merklich spürte ich ihre Halsschlagader pochen.

In diesem Moment spürte ich, wie ihr Puls zu flattern begann und ihre Atmung aussetzte. Vorsichtig überstreckte ich ihren Kopf und strich ihren Zungengrund aus. Dann umschloss ich mit meinem Mund ihre Nase und blies vorsichtig Luft in ihre Lunge.

Ich spürte, wie sich ihr Brustkorb hob, und beatmete mein Kind weiter, während mir Tränen übers Gesicht liefen.

Wie lange ich Thyra auf diese Weise beatmete, während wir ständig von Wellen überrollt wurden, wusste ich nicht. Erst als mich der starke Suchscheinwerfer der *Woltera* ins Visier nahm und blendete, nahm ich meine Umgebung wieder wahr.

Die freiwilligen Helfer in ihrer orangefarbenen Schutzkleidung polterten die Metallleiter hoch. Behutsam nahmen sie mir Thyra ab. Mit beiden Armen umklammerte ich die Sprossen der Leiter und wartete, bis mich die Seenotretter ebenfalls abholten. Aus eigener Kraft hätte ich den Abstieg nicht mehr geschafft.

Noch an Bord der *Woltera* durchtrennte der Notarzt den schwarzen Zwirn, mit dem Thyras Mund zusammengenäht worden war.

»Wer macht denn so was?« Der Notarzt schüttelte angewidert den Kopf.

Thyra und ich wurden schnell mit trockenen Kleidern versorgt, in silberne Alufolien gewickelt, um unsere restliche Körperwärme zu bewahren, und dann auf zwei Tragen gelegt. Tastend streckte ich den Arm nach meiner Tochter aus und bekam ihre Hand zu fassen, die sich eiskalt anfühlte. Ich spürte, wie sich Thyras Finger bewegten, und hörte ein leises Flüstern.

»Papa?«

Ich hielt ihre Hand, während sie in einen tiefen Schlaf fiel.

Der Vormann, wie der Kapitän auf einem Seenotrettungsschiff genannt wird, trat zu mir an die Trage. In der Hand hielt er einen Becher mit heißem Tee und reichte ihn mir. Dankbar nahm ich den Becher entgegen.

»Eigentlich wollten wir Sie nach Norddeich bringen. Doch als wir der Seenotrettungsstelle gemeldet haben, dass wir Sie an Bord genommen haben, wurden wir nach Greetsiel beordert«, informierte er mich mit ruhiger Stimme.

Die Frage nach dem Warum stand mir offenbar in Großbuchstaben ins Gesicht geschrieben, denn er fuhr gleich fort. »Warum, weiß ich nicht, ist aber auch egal. Unserem Kreuzer macht das nix aus. Dem ist das eine so recht, wie das andere.«

»Was ist mit der *Sirius*?«, wollte ich wissen.

»Wohlbehalten im Juister Hafen vor Anker gegangen.«

Erleichtert nahm ich einen Schluck von dem heißen Tee. Als ich den Becher zur Hälfte geleert hatte, wurden meine Lider immer schwerer, und ich tat es Thyra nach und schloss die Augen.

Ich schlief im gleichen Moment ein, als mein Kopf die Trage berührte.

Behutsam wurde ich wachgerüttelt. Mühsam schlug ich die Augen auf.

»Na, Seemann«, fragte mich der Vormann lächelnd. »Alles klar mit Ihnen?«

Ich nickte schwach.

»Gut«, sagte er. »Wir bringen Sie beide jetzt an Land. Dann müssen wir wieder los. Es wird noch eine Segelyacht vermisst, die müssen wir suchen.«

»Die *Gekko*?«, fragte ich mit schwerer Zunge, während ich mich langsam aufrichtete. Mir tat jeder Knochen einzeln weh.

Der Vormann sah mich überrascht an. »Woher wissen Sie das?«

»Ich habe gesehen, wie sie auf eine Sandbank aufgelaufen ist. Sie hat sich auf die Seite gelegt. Dann kam ein Brecher und – wusch«, ich wischte mit der flachen Hand durch die Luft, »weg war sie.«

»Wo war das?«

»Kurz vor dem Leuchtfeuer, an dem Sie uns aufgelesen haben«, antwortete ich.

»Vielen Dank für den Tipp! Bei dem Unwetter haben Schiffbrüchige im Grunde keine Überlebenschance. Aber jetzt wissen wir wenigstens ungefähr, wo wir suchen müssen.« Er stand auf.

In diesem Moment schlug Thyra die Augen auf und sah sich verwirrt um.

»Alles ist gut, Kleines«, sagte ich liebevoll und griff wieder nach ihrer Hand, die mir im Schlaf entglitten war.

»Auf die junge Dame wartet draußen der Rettungswagen, der sie nach Emden ins Krankenhaus bringt.« Der Vormann sah mich mit zusammengekniffenen Augen an. »Und auf Sie wartet ein anderes Empfangskomitee.«

Der Wind war zwar immer noch stürmisch, aber das Unwetter hatte deutlich nachgelassen. Nur der Regen fiel wie ein Wasservorhang vom Himmel.

Hahn und Mackensen machten keine freundlichen Gesichter, als sie mir im strömenden Regen Handschellen anlegten, während Thyra mit dem Rettungswagen in die Klinik gebracht wurde.

»Sie glauben gar nicht, was Sie mir am frühen Morgen für eine Freude machen«, sagte Mackensen. Gehässig ließ er die Handfesseln enger als notwendig einrasten.

»Haben Sie einen Haftbefehl und wenn ja, weshalb?«, fragte ich.

»Einen Haftbefehl brauche ich nicht – Fluchtgefahr!«, grinste er hämisch. »Und Gründe gibt es genug!«

Die beiden Beamten packten mich rechts und links und bugsierten mich in die Richtung, wo wir Vukovic an den Hafenpoller festgebunden und zurückgelassen hatten. Nach knapp fünfzig Metern erkannte ich die makabre Szene, die von den Blaulichtern der Bereitschaftspolizei und Rettungswagen beleuchtet wurde.

Vukovic lag noch immer bäuchlings auf dem Hafenpoller. Allerdings war er allem Anschein nach tot, denn dort, wo wir ihn zurückgelassen hatten lag ein Klumpen verbrannter Masse, die nur entfernte Ähnlichkeit mit einem Menschen hatte. Um einen Menschen in einen solchen Zustand zu versetzen, muss man ihn verbrennen. Ich vermutete, dass irgendwer ihn nach unserer Abfahrt mit Benzin übergossen und angezündet hatte. Vukovic war bei lebendigem Leib verbrannt.

Durch die Hitze war das Nylonseil mit seinem Körper verschmolzen. Der geschmolzene Kunststoff hatte sich dann in Hand- und Fußgelenke eingebrannt. Die mörderische Hitze hatte seinen Körper bis zur Unkenntlichkeit verformt und fast um die Hälfte schrumpfen lassen.

Vukovic sah aus wie ein bizarr entstelltes Kunstobjekt und erinnerte nur noch entfernt an ein menschliches Wesen. Der Kopf war zu einem unförmigen Klumpen verkohlt und aus der offen stehenden Mundöffnung ragten ein paar verkohlte Zahnstummel. Arme und Beine schienen mit zusätzlichen Gelenken versehen worden zu sein – so unnatürlich und grotesk standen die verkohlten Gliedmaßen vom Körper ab. Trotz Sturm und

Regen dünstete der Körper einen ekelerregenden Geruch nach verbranntem Fett und verkohlten Haaren aus.

»Ist ja wohl klar, wer für das Barbecue hier verantwortlich ist«, ätzte Mackensen. Er gab mir einen Stoß in den Rücken, sodass ich nach vorne stolperte.

Ein Beamter, den ich vom Sehen kannte, kam auf uns zu und sah mich fragend an. »Der Berner Sennenhund gehört doch Ihnen, oder?«

»Wo ist er?«, fragte ich besorgt.

»Mit dem Hund ist alles in Ordnung«, beruhigte mich der Beamte. »Er will sich nur keinen Millimeter von der Stelle bewegen.«

Ich musste grinsen. Wenn Motte nicht wollte, bekam ihn auch die Bereitschaftspolizei nicht vom Fleck.

Nachdem Mackensen widerwillig seine Einwilligung gegeben und die Handschellen gelöst hatte, führte mich der Beamte zu meinem Hund. Offenbar war Motte ebenso froh, mich wohlbehalten wiederzusehen, wie ich ihn. Mit einem zufriedenen Knurren drückte er mir seine feuchte Nase ins Gesicht, als ich mich neben ihn kniete. Während ich den Dicken hinter den Ohren kraulte, entband ich ihn von dem Befehl, den ich ihm vor meiner Abfahrt gegeben hatte – sich nicht von der Stelle zu rühren.

Der Beamte erklärte sich bereit, Motte zu Claudia zu bringen. Er wollte ihr sowieso die gute Nachricht überbringen, dass ihr Vater wohlbehalten den Juister Hafen hatte ansteuern können. Ich bat ihn, Claudia auch gleich darüber zu informieren, dass ich auf dem Weg ins Untersuchungsgefängnis war.

Nachdem ich dem Beamten Claudias Adresse genannt hatte, verabschiedete ich mich von Motte. Als ich Hahn und Mackensen wieder mit auf dem Rücken gefesselten Händen gegenüberstand, sah ich die beiden Kommissare müde an.

»Und?«, fragte ich. »Was haben Sie für Gründe, mich in Ketten zu legen?« Demonstrativ schüttelte ich meine Handschellen, die schmerzhaft meine Handgelenke umschlossen.

Mackensen zu bitten, mir die Handschellen lockerer zu machen, wäre mir nicht im Traum eingefallen. Der Hauptkommissar sah mich von oben herab an und schürzte arrogant die Lippen. »Da kommt so einiges zusammen«, sagte er überheblich. »Hausfriedensbruch, mehrfache vorsätzliche Körperverletzung, Sachbeschädigung ...«

»War die echt?«, fiel ich ihm ins Wort.

»Wer?«

»Die chinesische Vase.«

»Und ob, mein Freund«, Mackensen grinste höhnisch. »Der Typ, dem sie die Nase gebrochen haben und der Anzeige erstattet hat, war stinksauer. Da werden sie wohl einen Kredit aufnehmen müssen, um den Schaden zu bezahlen.«

»Ich bin nicht Ihr Freund! Das habe ich Ihnen schon mal gesagt«, entgegnete ich provozierend. Ich hatte für diese Nacht einfach die Schnauze voll!

»Und was den Schadenersatz für die Vase anbelangt, machen Sie sich keine Sorgen«, feixte ich. »Tattoos von Arschgesichtern verkaufen sich immer gut.«

Bevor er mir an den Kragen gehen konnte, mischte sich Hahn ein. »Also – mein Kollege hat Ihnen ja schon ein paar Gründe für Ihre Inhaftnahme genannt – Körperverletzung und Sachbeschädigung, Hausfriedensbruch«, zählte er auf. Mit dem Kopf Richtung Vukovic deutend meinte er: »Und wir haben Grund zur Annahme, dass Sie für den Mord an dem armen Teufel dort ebenfalls verantwortlich sind.«

Ich war durchfroren und todmüde. Deshalb verweigerte ich die Aussage und bestand darauf, sofort in meine Zelle gebracht zu werden. Dort war es wenigstens warm und trocken.

Im Streifenwagen fielen mir wieder sofort die Augen zu.

32

Ich verbrachte eine gemütliche Nacht im Emder Untersuchungsgefängnis, denn ich schlief wie ein Toter, was nach den Ereignissen der letzten 24 Stunden kein Wunder war.

Um sechs Uhr morgens schaltete sich das Deckenlicht automatisch ein. Ich schlief trotzdem so lange weiter, bis mich ein Wärter eine halbe Stunde später unsanft weckte. Der Beamte sah mindestens so verschlafen aus, wie ich mich fühlte. Trotzdem erzählte er mir ungefragt den Wetterbericht.

Seinem Bericht zufolge hatte sich der Sturm mittlerweile gelegt. Draußen war es bedeckt, und es ging nur noch ein leichter Wind. Keine Spur mehr davon, dass in der vergangenen Nacht ein orkanartiger Sturm mit Windgeschwindigkeiten bis zu 115 km/h über die gesamte Nordseeküste hinweggefegt war. Glücklicherweise war die erwartete Sturmflut ausgeblieben. Der Tidenhöchststand hatte die Marke von einem Meter nicht überschritten.

Das Unwetter hatte sich an Bord der *Sirius* und auf dem Leuchtfeuer dramatischer abgespielt, als es sich hier in der trockenen Zelle aus dem Mund des verschlafenen Wärters anhörte.

Er gab mir Rasierer, Kamm und eine Zahnbürste mit bereits vorportionierter Zahnpasta. Eingeschweißtes Einwegmaterial. Ich benutzte nur die Zahnbürste. Statt Kamm und Rasierer reichte er mir ein Frotteehandtuch. Das Duschen ließ ich ausfallen. Ich hatte keine Lust auf eine Gemeinschaftsdusche im Knast.

Das Frühstück bestand aus einem Becher erstaunlich starken und wohlschmeckenden Kaffees, zwei Scheiben Graubrot, je einer Portion Margarine, Schmierkäse und Erdbeermarmelade.

Kauend saß ich auf meiner Pritsche und schaute durch die Gitterstäbe hinauf zum graublauen Himmel, der immer mehr aufklarte. Vom gestrigen Unwetter war keine Spur mehr zu sehen.

Ich hatte gerade mein opulentes Frühstück beendet, als sich die Zellentür öffnete. Hahn und Mackensen bauten sich im Türrahmen auf.

»Sieh mal einer an, der Herr Anwalt«, höhnte Mackensen, die Hände lässig in den Hosentaschen.

Hahn stand wie ein begossener Pudel neben ihm.

»Bei dem Anblick lohnt sich glatt das frühe Aufstehen.«

Mackensen sah wieder aus wie einer Werbebroschüre für Herrenkleidung entstiegen. Anthrazitfarbener Anzug, weißes Hemd mit Umschlagmanschetten und dezenten Manschettenknöpfen ließen ihn blendend aussehen. Ein schwarzer Gürtel mit Krokodillederprägung und elegante, schwarze Captoe Oxford machten seinen Auftritt perfekt. Obwohl die Sonne nicht schien und wir uns im geschlossenen Raum aufhielten, trug er seine unvermeidliche Top-Gun-Brille.

Hahn trug wie immer Windjacke und Cordhosen.

Als Mackensen unter sein Jackett griff, seine Handschellen hervorholte und mir damit zuwinkte, blitzte eine teuer aussehende Uhr unter seiner Manschette hervor.

Ich ignorierte sein wortloses Winken, was ihn dazu veranlasste, zwei Schritte auf mich zuzumachen und sich breitbeinig vor mir aufzubauen. »Gib mir einen Grund«, zischte er mich an.

Ich ignorierte ihn weiter und blieb sitzen.

Hahn setzte auf Deeskalation. Mit erstaunlich flinken Schritten stand er an meiner Pritsche und legte mir Handschellen an.

»Machen Sie keinen Ärger und kommen Sie mit«, sagte er ruhig. »Wir führen jetzt ein Verhör durch und nehmen ein Protokoll auf. Dann warten wir auf einen Termin bei der Staatsanwaltschaft. Die möchten auch noch mit Ihnen reden. Und dann wird ein Haftrichter darüber entscheiden, ob Sie in Untersuchungshaft bleiben oder nicht«, erklärte er.

»Na klar bleibt der Grillmeister im Bau!«, ließ sich Mackensen vernehmen. »Der hat doch die arme Sau abgefackelt.«

»Wenn Sie einen Anwalt benötigen, dann müssen Sie uns das jetzt sagen«, Hahn sah mich fragend an.

Ich schüttelte den Kopf. »Nicht nötig, ich vertrete meine Interessen selber.«

Hahn legte mir die Hand an den Oberarm und führte mich aus der Zelle. Wir gingen den mit grauem Linoleum ausgelegten Gang entlang. Der Oberkommissar öffnete die vorletzte graue Tür am Ende des Ganges, hinter der ein kleiner, fensterloser Verhörraum lag. Eine verspiegelte Wand, wie man sie aus einschlägigen Krimis kennt, gab es nicht.

In dem schmucklosen Raum stand ein Stahlrohrtisch mit grauer Tischplatte, drumherum drei graulackierte Stahlrohrstühle. Der Tisch war am Boden fest verankert, damit kein Häftling ihn als Waffe oder Ausbruchsinstrument zweckentfremden konnte.

Hahn schob mir einen Stuhl hin. Wortlos setzte ich mich. Ich legte meine gefesselten Hände auf den Tisch. Sofort stand Mackensen neben mir und schloss meine Handschellen an einen in den Tisch eingelassenen Metallring an. Er schloss die Handschellen so kurz an, dass ich mit ausgestreckten Armen sitzen musste und mich kaum bewegen konnte.

»Ist SM Ihr heimliches Hobby?«, grinste ich provozierend.

»Sie stinken, de Fries.« Mackensen rümpfte die Nase. »Sie müssen mal duschen!«

»Gern«, sagte ich. »Kommen Sie mit? Sie dürfen auch die Seife fallen lassen.«

Er trat mir ohne Vorwarnung den Stuhl unterm Hintern weg. Ich knallte mit dem Kinn auf die Tischplatte. Durch den Aufprall biss ich mir auf die Lippe, die aufplatzte und sofort zu bluten begann.

Mit gefesselten Händen kniete ich vor ihm und blutete Tisch und Boden voll.

»Sie sollten sich um einen Job in Guantánamo bewerben. Die stehen auf böse Jungs wie Sie«, nuschelte ich undeutlich und spuckte ihm eine Ladung Blut so heftig vor die Füße, dass seine glänzenden Schuhe ein paar schöne Spritzer abbekamen.

In diesem Moment ging die Tür. Staatsanwältin Traute Lenzen betrat den Raum. Sie erfasste die Szene im Bruchteil einer Sekunde.

»Nehmen Sie Herrn de Fries sofort die Handfesseln ab und bieten sie ihm einen Stuhl an!«, befahl sie eisig.

Ohne Rücksicht auf den blutverschmierten Fußboden kniete sie sich neben mich. Mit besorgtem Blick sah sie mich an und legte mir die Hand auf den Oberarm. »Können Sie allein aufstehen, Herr de Fries?«

Obwohl ich es konnte, ließ ich mir gerne von der attraktiven Staatsanwältin beim Aufstehen helfen. Während sie mir auf die Beine half, stieg mir der Duft ihres Haars in die Nase. Sie roch ausgesprochen gut, was man von mir sicherlich nicht behaupten konnte.

Ohne ihre Kommissare anzusehen, befahl sie weiter: »Herr Hahn, verständigen Sie den Amtsarzt. Er soll sofort hierherkommen!«

Hahn war schon halb aus der Tür, als sie ihm hinterherrief, er solle sich auch um Kaffee und Wasser kümmern.

Mackensen schickte sie mit einem knappen: »Warten Sie draußen!« vor die Tür.

Traute Lenzen setzte sich mir gegenüber und sah mich besorgt an. »Alles in Ordnung mit Ihnen?«

Ich nickte. Die Staatsanwältin erstaunte mich aufs Neue. Diese fürsorgliche Seite einem Anwalt gegenüber hätte ich bei ihr nicht vermutet. Wir warteten schweigend, bis Hahn mit einem Tablett auftauchte, auf dem er Kaffee, Wasser und Geschirr balancierte. Im gleichen Moment tauchte der Amtsarzt auf – Tillmann.

»Sind Ihnen die Leichen ausgegangen?«, begrüßte ich den Pathologen mit der Afrofrisur erstaunt.

»Was auf die Lippe bekommen?«, konterte er schlagfertig und reichte mir grinsend die Hand.

Während er mich routiniert und schnell untersuchte, wartete die Staatsanwältin mit ihren beiden Kommissaren vor der Tür.

»Gibt's was Neues in Sachen Wasserleichen?«, fragte Tillmann mit leisem Flüstern verschwörerisch, während er mit der Blutdruckmanschette herumhantierte.

Mit knappen Sätzen informierte ich ihn über die aktuellen Geschehnisse.

Er pfiff leise durch die Zähne. »Da hat Ihre Tochter ja den richtigen Riecher gehabt.«

Als ich mit meinem Kurzbericht fertig war, sah er mich mit ernstem Gesichtsausdruck über den Rand seiner Brille an.

»Ich wollte gerade mit der Obduktion des Brandopfers von letzter Nacht anfangen, als ich hierher gerufen wurde. Haben Sie etwas damit zu tun?«

»Klar habe ich das!«, nickte ich. »Ich habe den Typen an den Poller gefesselt, damit er nicht abhauen kann. Dann bin ich mit Uz Jansen auf dessen Boot raus ins Unwetter gefahren, um meine Tochter zu suchen. Wir haben sie auch gefunden. Die Kumpels von diesem Typen am Poller, der übrigens Vukovic heißt, haben sie über Bord geworfen – nachdem sie ihr den Mund zugenäht haben. Während wir unterwegs waren, hatte Vukovic offenbar Besuch von seinem Kollegen.«

»Ach du Scheiße!« Tillmann starrte mich mit offenem Mund und hüpfendem Adamsapfel an. »Den Mund zugenäht – wie krank ist das denn? Wie geht's ihr?«

»Sie hat überlebt! Und das ist erst mal das Wichtigste! Sie liegt im Klinikum in Emden. Näheres erfahre ich, wenn ich hier raus bin.«

»Bestellen Sie ihr schöne Grüße von Unbekannt!«, bat er mich und sah aus wie ein Konfirmand vor seinem ersten Rendezvous.

Ich knurrte etwas Unverständliches.

»Vukovic, sagten Sie?«, wechselte Tillmann das Thema.

»Ja, so heißt der Tote.«

Tillmann packte seine Arztutensilien in seine Tasche und verschloss sie mit einem lauten Klicken.

»Ich bin nicht ernsthaft davon ausgegangen, dass das stimmt, was Hauptkommissar Mackensen lautstark durch die Gänge tönt: dass Sie den Mann verbrannt haben. Es sah für mich auf den ersten Blick nach einer Abrechnung unter Gleichgesinnten aus.«

Ich hatte große Lust, Mackensen noch einmal auf die Schuhe zu spucken.

»Vukovic hat versucht, mich zu erdrosseln«, erklärte ich. »Mein Hund hat mich gerettet, als ich mein Leben schon im Zeitraffer an mir vorbeilaufen sah. Die Art und Weise, wie man ihn umgebracht hat, spricht für einen extrem grausamen ›Ehrenkodex‹, der bei Nichterfüllen eines Auftrags angewandt wird – ich habe nämlich überlebt. Eine Bestrafung fürs Verpfeifen kann es nicht gewesen sein. Der Typ hat nämlich die ganze Zeit keinen Mucks von sich gegeben.«

Noch während ich das sagte, fiel mir ein, dass Vukovic alleine dadurch Informationen weitergegeben hatte, dass er sich hatte überwältigen lassen. Zwar hatte er kein Wort gesprochen, aber er hatte sich von mir Papiere und Handy abnehmen lassen. Offenbar war dieses Versagen bereits Grund genug für diese unmenschliche Hinrichtung.

Die Sicherstellung des Handys eines Tatverdächtigen ist aus kriminaltechnischer Sicht ein Glückstreffer. Speicherte es doch in der Regel alle Kommunikationsbewegungen wie Telefonate, Mailverkehr und Internet.

»Ich glaube, Sie haben Recht«, pflichtete Tillmann mir bei. »Sieht stark nach einer Bestrafung oder Zeugenbeseitigung aus.« Er drückte mir zum Abschied die Hand. »Wir halten uns weiter auf dem Laufenden?«

»Klar, Doc!«, nickte ich.

Tillmann ging und Traute Lenzen kam wieder herein. Ihre beiden Kommissare hatte sie draußen gelassen. Wortlos goss sie uns beiden Kaffee ein. Ich bedankte mich. Wegen meiner dicken Lippe nippte ich nur sehr vorsichtig an der dampfenden Tasse.

Die Staatsanwältin schlug ihre langen, wohlgeformten Beine übereinander und sah mich an. »Es tut mir leid, was passiert ist.«

»Da konnten Sie ja nichts dafür«, entgegnete ich.

»Schon richtig«, stimmte sie mir zu. »Es ist allerdings meine Abteilung, und ich bin für das verantwortlich, was dort passiert!«

Traute Lenzen wurde mir immer sympathischer – und das lag nicht nur an ihren tollen Beinen.

»Ich habe, während der Doc mit Ihnen beschäftigt war, die Zeit genutzt und mir das Protokoll der Seenotrettung durchgelesen. Kam gerade per Fax rein.« Sie beäugte mich so aufmerksam wie der Stabsarzt einen Rekruten bei der Musterung. »Ich wusste nicht, dass Sie eine solche Horrornacht hinter sich haben. Von Ihrem Auftritt auf Sylt mal ganz abgesehen.«

Ich stierte konzentriert in meine Kaffeetasse und räusperte mich nur kurz.

»Ich werde jetzt die offizielle Vernehmung durchführen, die üblicherweise von unseren Kripobeamten durchgeführt wird. In Anbetracht des Vorfalls von vorhin jedoch halte ich es momentan für sinnvoll, wenn ich Ihre Vernehmung persönlich durchführe.«

Die Staatsanwältin stand auf und ging kurz zur Tür. Sie gab ein Zeichen in den Gang hinaus. Während sie sich wieder setzte und begann, in ihrer übergroßen Handtasche zu kramen, betrat eine junge Polizistin in Uniform den Raum. Sie setzte sich auf den dritten, freien Stuhl.

»Das ist Polizeimeisteranwärterin Kleinschmidt«, stellte die Staatsanwältin die Beamtin vor. »Sie wird der Vernehmung als Zeugin beiwohnen.«

Traute Lenzen zog ein kleines Diktiergerät aus ihrer Tasche hervor und schaltete es ein. Sie hielt sich das Diktiergerät vor den Mund und sprach Datum, Uhrzeit, Namen und Funktion der

Anwesenden sowie den Anlass der Vernehmung in das winzige Mikrofon.

»Dann schießen Sie mal los, Herr Anwalt«, forderte sie mich auf und legte das Gerät vor mich auf den Tisch.

Da es keinen Grund für taktisch juristische Manöver gab, redete ich Klartext. Ich begann meinen Bericht bei meinem ersten Gespräch mit Eva Ehrlich und der Übernahme meines Mandats. Ausführlich berichtete ich über meine Recherchen und gab die Gespräche der von mir befragten Zeugen zu Protokoll.

Als ich von meinem Besuch in Hamburg berichtete und die Gespräche mit Protzek und Poloch wiedergab, beugte sich die Staatsanwältin interessiert vor.

»Sie haben diese Leute ohne gültiges Mandat befragt?«

»Ja.« Ich nickte mit dem Kopf. »Ich hatte ein berechtigtes Interesse. Ich habe mich zwar als Anwalt vorgestellt, allerdings nie behauptet, dass ich ein Mandat habe. Auch als normaler Bürger kann ich ein durchaus berechtigtes Interesse an der Aufklärung zweier unklarer Todesfälle haben«, argumentierte ich. »Und wenn man freiwillig mit mir spricht ...«

»Geschenkt!«, Traute Lenzen winkte ab. »Ersparen Sie uns diese Grundsatzdiskussion und fahren Sie fort!«

Ich zuckte mit den Schultern und berichtete weiter. Als ich von meiner Begegnung mit Kravic, Zoe und Vukovic erzählte, stellte sie ein paar kurze Zwischenfragen, die ich mit dem Hinweis auf Claudias Hintergrundrecherche beantwortete. Ich berichtete von meiner Warnung vor diesen Typen an Thyra und ihrer Nachricht auf meiner Mailbox, die so jäh unterbrochen wurde.

Auch wenn ich offen über die Vorkommnisse sprach, sah ich keinen Grund zu erwähnen, dass ich Vukovic im Hafen kurzzeitig zu den Fischen geschickt hatte. Das besondere Interesse der Staatsanwältin galt ohnehin meiner Schilderung, wie Onno und ich den Killer an den Hafenpoller gebunden hatten.

»Der Mann lebte demnach noch, als Sie mit Ihren Freunden losfuhren, um ihre Tochter zu suchen?«, fragte sie mich, während ihre Augen mich wie ein Laserpointer fixierten.

»Ich schwöre!«, sagte ich mit ernstem Gesicht, verzichtete jedoch auf die entsprechende Geste. »Das können Ihnen meine beiden Begleiter bestätigen!«

»Das werden sie auch tun müssen«, entgegnete sie trocken und hakte mit einer weiteren Frage nach. »Wieso hat das spätere Opfer Sie im Hafen überfallen?«

»Ganz offensichtlich haben die drei herausgefunden, dass Thyra meine Tochter ist. Sie hatten offenbar den Auftrag, herauszufinden, wieso Thyra und ich Ermittlungen anstellen und wie viel wir bereits wissen. Vielleicht wollten sie mich auch nur in die Mangel nehmen, vielleicht auch gleich mundtot machen – nach dem Motto: erst schießen, dann Fragen stellen. Ich gehe davon aus, dass sich die drei Bodyguards aufgeteilt haben, nachdem sie meine Tochter verschleppt hatten. Einer der drei hat hier in meinem Haus nach mir gesucht. Vukovic hat an der *Sirius* Position bezogen, für den Fall, dass ich am Haus nicht auftauche. Ein anderer hat das Boot klargemacht und ist mit Thyra rausgefahren, um sie genau wie Regina Ehrlich und Martin Freese über Bord zu werfen. Sie werden sich gedacht haben, dass ich über kurz oder lang auftauchen würde, um Thyra zu suchen. Als Vukovic mich dann im Hafen sah, wollte er mich umbringen. Nachdem die Dinge im Hafen für Vukovic anders gelaufen sind, hat ihn einer der Typen mit Benzin übergossen und angezündet. Ich tippe dabei auf den Anführer der drei, diesen Kravic.«

»Wieso?«, hakte die Staatsanwältin ein.

»Entweder weil Vukovic versagt hatte – oder weil er beobachtet hatte, dass wir mit dem Kutter rausgefahren sind, und deshalb annahm, dass Vukovic mir gegenüber ausgepackt hat, dass sich meine Tochter auf der *Gekko* befindet. Dass wir aus reiner Verzweiflung raus sind, um nach Thyra zu suchen, konnte er ja nicht wissen.«

Die Staatsanwältin sah mich nachdenklich an. Offenbar konnte ich sie mit meinen Informationen überzeugen, denn sie fragte nicht weiter nach.

»Fahren Sie fort.«

Ich berichtete von unserer Suche nach Thyra, dem Auftauchen und Verschwinden der *Gekko* und wie ich meine Tochter auf dem Leuchtfeuer gefunden hatte.

»Die haben Ihrer Tochter den Mund zugenäht?« Traute Lenzen sah mich ungläubig an.

Ich nickte. Einen Moment lang war es still im Raum. Auch Polizeimeisteranwärterin Kleinschmidt sah schockiert aus.

Meine Vernehmung endete mit der Schilderung, wie ich in Greetsiel festgenommen worden war und die Nacht in Untersuchungshaft verbracht hatte.

Nachdem ich mit meinem Bericht zu Ende war, streckte die Staatsanwältin die Hand aus und drückte die Stopptaste ihres Aufnahmegeräts.

»Wollen Sie wegen der heutigen Vorkommnisse Anzeige erstatten?«, fragte sie knapp.

»Geschenkt.« Ich schüttelte den Kopf.

»Auch wenn der Amtsarzt Ihren Zustand für unbedenklich hält, lasse ich Sie jetzt trotzdem von einer Streife nach Hause fahren.«.

Die Staatsanwältin erhob sich von ihrem Stuhl und steckte das Aufnahmegerät in ihre Handtasche.

»Ich halte Sie nicht für fluchtgefährdet und hebe mit sofortiger Wirkung die Untersuchungshaft auf!«

Erleichtert stand ich ebenfalls auf. »Ein Vorschlag, den ich liebend gerne annehme. Wenn der Streifenwagen einen kurzen Halt im Klinikum machen könnte, wäre ich sehr dankbar. Ich möchte kurz nach meiner Tochter sehen! Ich verspreche auch, nicht nach Costa Rica zu verschwinden«, flachste ich.

»Würde Ihnen auch nichts nützen«, erwiderte sie trocken. »Costa Rica gehört neben weiteren 189 Staaten *INTERPOL* an und liefert Sie an Deutschland aus, sobald wir eine Fahndung ausschreiben.«

Ich sah sie wortlos an. Sie erwiderte meinen Blick, ohne eine Miene zu verziehen. Entweder hatte sie einen besonders trockenen Humor oder sie war ein Klugscheißer.

Während der Streifenwagen mich ins Klinikum chauffierte, bat ich den Beamten auf dem Beifahrersitz, mir sein Handy zu leihen, damit ich Claudia in der Praxis anrufen konnte.

Claudia meldete sich genauso schnell wie sonst Uz. Sie berichtete mir, dass bei ihr alles in Ordnung war. Die Polizei hatte Motte bei ihr abgeliefert. Sie erzählte lachend, dass er sich freiwillig keinen Zentimeter bewegte, außer wenn er zwingend dem Ruf der Natur folgen musste. Wahrscheinlich hatten die Ereignisse Mottes Akkus vollkommen geleert und er würde die nächsten Wochen im Stand-by-Modus verbringen.

Auch Onno und Uz ging es gut. Sie lagen noch immer mit der *Sirius* im Hafen von Juist. Das Unwetter hatte Seewasser in den Motorenraum gedrückt und einige Kontakte außer Betrieb gesetzt. Uz wollte den Schaden vor Ort reparieren und würde erst in ein, zwei Tagen die Rückfahrt antreten.

Mittlerweile waren wir in Emden angekommen. Wenig später hielt der Streifenwagen vor dem Eingang des Emder Klinikums. Ich stiefelte zur Pforte.

Die beiden Beamten, die mich herkutschiert hatten, begleiteten mich in die Halle des Klinikums. Nachdem sie sich einen Kaffee aus dem Automaten gezogen hatten, verkrümelten sie sich zum Rauchen vor die Tür.

Ich fragte nach Thyras Zimmernummer und ließ mir bei der Gelegenheit auch gleich das Zimmer von Onnos Kumpel Max nennen. Etwas ratlos stand ich vor dem Lageplan. Es ist nicht so einfach, sich im Emder Klinikum zu orientieren.

Thyras Zimmer lag in der ersten Etage, das von Max ein paar Etagen höher in der chirurgischen Abteilung.

Vorsichtig drückte ich die Tür zu Thyras Krankenzimmer einen Spalt auf und streckte den Kopf hinein. Meine Tochter lag in einem Krankenhausbett, direkt neben der Tür. In ihrem weißen Flatterhemd sah sie sehr winzig und verletzlich aus. Ich griff mir einen Besucherstuhl und setzte mich an die Bettkante. Vorsichtig nahm ich ihre Hand.

Thyra öffnete die Augen und blinzelte mich verschlafen an.

»Guck mich nicht so besorgt an«, nuschelte sie, als sie mich erkannte.

Ich musste mich zwingen, nicht auf die kleinen roten Löcher an ihrer Ober- und Unterlippe zu schauen, die von dem Zwirnfaden stammten, mit denen die Killer ihr den Mund zugenäht hatten. Einige dieser kleinen Stichwunden sahen stark entzündet aus und waren mit einer glänzenden Salbe dick eingecremt.

»Das geht alles wieder weg«, sagte Thyra ohne Umschweife. »Die Ärzte sagen, dass die Narben nur minimal zu sehen sein werden. Wenn alles abgeheilt ist, gehen sie mit einem Laser drüber, und ich bin wieder wie neu – dann sind auch gleich die Falten glattgebügelt.«

Ich war erleichtert: es ging ihr schon wieder so gut, dass sie Witze reißen konnte. Die Frage, die mir auf der Seele lag, seit ich wusste, dass sie sich in der Gewalt der Killer befand, stand mir offenbar im Gesicht geschrieben.

»Nein, sie haben mich nicht angefasst – alles ist gut, Papa.« Thyra drückte leicht meine Hand. Mir fiel ein Stein vom Herzen. »Sie haben sich darauf beschränkt, mir Ohrfeigen zu verpassen, als ich ihnen nicht sagen wollte, wie ich auf die Idee gekommen sei, mit Poloch sprechen zu wollen«, sagte sie sarkastisch. »Und weil ich ihnen nichts gesagt habe, meinten sie, dass ich auch zukünftig die Klappe halten solle. Dann nähten sie mir den Mund zu und haben mich gefesselt. Wenn es mir einfallen würde, etwas über Poloch zu veröffentlichen, würden sie mich umbringen, haben sie gedroht. Einer der Typen ist mit mir rausgefahren. Ich hatte eine Wahnsinnsangst, bei diesem Sturm – das war ja wie ein Weltuntergang!« Thyra streckte ihre Beine aus und brachte sich in eine bequemere Lage. »Auf dem Boot war dann nur ein Mann bei mir. Die anderen haben ihn Franjo genannt.«

Franjo war der Typ, der auf dem Parkplatz der BIO NOUN AG wie ausgestopft an meinem Käfer gelehnt hatte. Claudias Recherchen hatten ihn als *Schlächter* identifiziert, wie er aufgrund seiner monströsen Kriegsverbrechen genannt wurde. So gesehen hatte meine Tochter unglaubliches Glück gehabt. Sie hatte die Konfrontation mit dem *Schlächter* überlebt!

»Der Typ hat mir die Fesseln abgenommen und mich ohne ein Wort über Bord geschmissen.« Thyra war kaum zu verstehen, als sie das sagte. Ihre Augen blickten ins Leere, und sie begann zu zittern. Ich beugte mich vor und nahm meine Tochter in den Arm. Ihre Schultern fingen an zu beben, und ich spürte ihre lautlosen Tränen an meiner Schulter.

Es dauerte eine ganze Weile, bis sie sich langsam wieder beruhigte und ihr Zittern nachließ. Ich ließ Thyra vorsichtig los. Sie wischte sich schniefend mit dem Zipfel der Bettdecke die Augen trocken. Auch wenn Thyra einiges einstecken konnte, sah man ihr an, dass die Geschichte ihr ziemlich zugesetzt hatte.

»Der Spuk ist vorbei«, sagte ich leise, aber bestimmt. »Einer der drei, Vukovic hieß er, wurde bei lebendigem Leib verbrannt. Diesen Franjo habe ich auf der Yacht gesehen, nachdem er dich über Bord geworfen hatte. Im gleichen Moment, als ich die Yacht sah, schlug sie leck. Sekunden später wurde sie von einem Brecher überrollt – das kann niemand überlebt haben. Von Kravic, das ist der Chef des Trios, weiß man nichts. Wahrscheinlich hat er sich abgesetzt. Ich habe ein Gespräch zwischen Poloch und Kravic mitgehört, in dem Poloch sich von den Aktivitäten des Trios distanzierte. Kravic ahnte wohl, dass es für ihn eng werden würde. Er wird sich vorsorglich abgesetzt haben.«

Thyra starrte die gegenüberliegende Wand an und knetete die Bettdecke zwischen ihren Händen, während sie mir zuhörte. Es vergingen ein paar schweigsame Minuten, bis sie mir den Kopf zudrehte und mich ansah.

»Die Ärzte haben mir erzählt, dass du bei diesem Höllensturm über Bord gesprungen bist, um mich zu retten.«

»Yep!«, sagte ich mit schiefem Grinsen. »Ich konnte dich ja wohl schlecht auf dem Leuchtfeuer hocken lassen.«

Thyra schlang ihre Arme um mich und küsste mich auf die Wange. »Danke, Papa«, flüsterte sie mir ins Ohr.

Ich war glücklich.

So nah war ich meiner Tochter in den ganzen Jahren noch nie gewesen. Auch wenn der Anlass und die Umstände grausam und brutal waren, hatten uns die Ereignisse einander sehr nahe gebracht.

Ich genoss die Nähe zu meiner Tochter, die sich unter normalen Umständen nicht so schnell entwickelt hätte.

Thyra erzählte mir, dass die Ärzte sie noch ein, zwei Tage zur Kontrolle dabehalten wollten. Sie sei durch ihren Aufenthalt in dem kalten Wasser der Nordsee stark ausgekühlt und solle erst wieder richtig zu Kräften kommen, bevor sie entlassen werden könne. Wir plauderten noch ein paar Minuten miteinander, bis ich mich mit einem Kuss auf ihre Stirn von ihr verabschiedete. Ich versprach, sie abzuholen, sobald sie entlassen würde.

Um zu sehen, ob die Polizisten nicht schon ungeduldig wurden, ging ich vorsichtshalber hinunter zur Pforte und warf einen prüfenden Blick nach draußen. Meine Sorge war unbegründet. Beide Beamte hatten es sich in ihrem Streifenwagen bequem gemacht und lümmelten entspannt auf ihren Sitzen herum.

Mit dem Fahrstuhl fuhr ich in die fünfte Etage. Das Zimmer von Max lag in der Mitte des Ganges. Im Vorbeigehen grüßte ich eine asiatisch aussehende Krankenschwester, die an einem Infusionsständer herumhantierte.

Ich klopfte leise an die Zimmertür und betrat das Krankenzimmer ebenso vorsichtig, wie ich es vorhin bei Thyra getan hatte. Max war wach und sah mich an, als ich eintrat.

Ich hatte meinen neuesten Klienten zwar noch nie zuvor gesehen, nahm jedoch an, dass es sich bei der bandagierten Gestalt, deren Arme und Beine in dicken Gipsverbänden steckten, um den bedauernswerten Max Bornemann handelte.

»Mein Gott! Sie sehen ja schrecklich aus«, rutschte es mir heraus. Im gleichen Moment tat es mir auch schon leid, so direkt gewesen zu sein.

Seine Augen waren zu schmalen Sehschlitzen zugeschwollen und von einem farbenprächtigen Brillenhämatom eingerahmt.

Der Unterkiefer schillerte purpurviolett und wurde von einem matt schimmernden Alurahmen zusammengehalten, an dem Metalldrähte fixiert waren, die in seinem Kiefer verschwanden. Max versuchte, etwas zu sagen, was ich allerdings auch mit viel Fantasie nicht verstand.

»Jan de Fries«, stellte ich mich vor. »Ich bin Ihr Anwalt.«

Er nickte matt, als Zeichen, dass er mich verstanden hatte.

»Es tut mir leid, Herr Bornemann, dass ich jetzt erst komme. Es ging leider nicht eher.«

Ich erzählte ihm, dass Onno mich gebeten hatte, sein Mandat zu übernehmen, als ich mich gerade auf dem Weg nach Hamburg machte.

»Ich habe drei unangenehme Zeitgenossen kennengelernt, von denen ich sehr stark annehme, dass die Sie derart zugerichtet haben.« Ich machte eine kurze Pause und musterte ihn. Ein bisschen hatte ich Sorge, dass ihn meine Neuigkeiten zu sehr aufregen würden. Ich wollte ja schließlich nicht, dass sich sein Gesundheitszustand verschlechterte.

Da er einen ruhigen und gefassten Eindruck auf mich machte, fuhr ich fort. »Wenn ich mit meiner Vermutung Recht habe, können Sie ab sofort zweimal im Jahr Geburtstag feiern! Eine Begegnung mit diesen Typen überlebt nicht jeder.«

Er sah mich an und atmete tief aus.

Schon auf der Fahrt zum Krankenhaus war mir durch den Kopf gegangen, ob Max überhaupt in der Lage sein würde, mir eine Personenbeschreibung zu geben. Seines fixierten Unterkiefers wegen, würde er keinen Satz herausbekommen. Glücklicherweise war mir aber das Handyvideo eingefallen, das ich bei BIO NOUN auf dem Parkplatz gemacht hatte und mit dessen Hilfe Claudia die drei Iron Men als ehemalige Kriegsverbrecher hatte identifizieren können. Mein Handy steckte allerdings in der Regenjacke an Bord der *Sirius*.

Aber auch Max hatte ein Handy, das im Nachttisch lag und das er mir auf Nachfrage zur Verfügung stellte. Glücklicherweise handelte es sich um ein modernes Smartphone. Ich rief Claudia erneut in ihrer Praxis an und bat sie, mir den Film von den drei Iron Men auf das Handy von Max zu schicken.

Kurz darauf signalisierte mir ein Klingelton in Form einer wild tanzenden und dabei das mexikanische Revolutionslied *La Cucaracha* grölenden Kakerlake, dass Claudias Nachricht eingetroffen war.

Als ich Max das Handy in Augenhöhe hinhielt und den Film startete, nahm sein Gesicht den Farbton einer alten Raufasertapete an. Unruhig begann er, sich in seinem Bett hin und her zu winden, als er seine Peiniger erkannte.

Er gab ein zischendes Geräusch von sich, das man als ein: »Das sind sie!« interpretieren konnte.

»Alles in Ordnung«, beruhigte ich ihn. »Sie brauchen sich keine Sorgen zu machen! Zwei der Typen sind tot und nach dem dritten geht in Kürze eine Großfahndung raus.«

Ich erklärte Max, was es mit Zoran Kravic, Franjo Zoe und Rados Vukovic auf sich hatte, ersparte ihm jedoch die Schreckensvita des Trios. Als ich meine Schilderung der wesentlichen Hintergründe beendete, hatte Max wieder eine halbwegs normale Gesichtsfarbe. Er identifizierte anhand des Videos Kravic, Zoe und Vukovic zweifelsfrei als die drei Männer, die ihn fast zum Krüppel geprügelt hatten.

Somit hatten wir zwei unabhängige, wasserdichte Zeugenaussagen! Die Aussagen von Thyra und Max belasteten die drei Killer schwer.

Da ich die beiden Polizisten nicht mehr länger warten lassen konnte, verabschiedete ich mich von Max Bornemann und wünschte ihm, er möge schnell wieder auf die Beine kommen.

33

Daheim angekommen, schaffte ich es nicht mehr bis ins Schlafzimmer. Vollkommen erschöpft ließ ich mich aufs Sofa fallen und schlief sofort ein.

Ich muss die ganze Nacht komagleich durchgeschlafen haben. Als ich vom Klingeln des Telefons aus meinem Schlaf gerissen wurde, stand die Morgensonne schon ziemlich hoch am blauen Himmel.

Thyra hörte sich erstaunlich munter an, als sie mir am Telefon mitteilte, sie könne jederzeit die Klinik verlassen, wenn ich sie abholte. Wir plauderten noch ein paar Minuten miteinander. Ich war erstaunt, dass ihr die schrecklichen Ereignisse kaum noch anzumerken waren. Allerdings befürchtete ich, dass ihre Psyche mit der Verarbeitung ihres Überlebenskampfes noch lange nicht fertig war. Die eigentliche Verarbeitung des Erlebten stand ihr noch bevor.

Ich hatte ihr gerade versprochen, mich auf den Weg zu machen, und aufgelegt, als das Telefon erneut klingelte und Claudia sich meldete. »Moin, Jan!«, rief sie gut gelaunt.

Nachdem ich Claudia ebenfalls begrüßt hatte, erkundigte ich mich im gleichen Atemzug nach dem Befinden meiner Freunde und dem von Motte.

»Alles bestens«, lachte sie. »Motte hört nur mit dem Schnarchen auf, wenn ich ihm was zu futtern hinstelle. Papa und Onno haben lange genug auf der faulen Haut gelegen. Paps lässt dir ausrichten, dass er in circa einer halben Stunde mit Onno in Greetsiel eintrifft.«

Ich war beruhigt, zu hören, dass alle Beteiligten die Ereignisse der Sturmnacht gut überstanden hatten – abgesehen natürlich von den zwei Iron Men, die diese Nacht nicht überlebt hatten. Allerdings hätte ich gelogen, wenn ich behauptet hätte, dass ich ihren Tod bedauerte. Ich empfand es eher als einen beruhigenden Gedanken, den einen auf dem Grund der Nordsee und den anderen im Leichenschauhaus von Tillmann zu wissen.

»Wie geht es deiner Tochter?« Offenbar hatte Uz Claudia über die Geschehnisse der Sturmnacht bereits informiert.

Ich erzählte ihr, Thyra habe die ganze Geschichte gut überstanden und ich wolle mich gerade auf den Weg machen, um sie von der Klinik abzuholen.

»Das trifft sich gut«, sagte Claudia. »Wenn du Thyra abgeholt hast, kommt doch beide zum Essen vorbei. Ich koche uns was Gutes, und wir können dann gemeinsam noch über alles quatschen und dann diese ganze Geschichte zu den Akten legen.«

Claudias Vorschlag hörte sich ausgesprochen gut an. Es gab noch einige offene Fragen, deren Antworten uns sicher alle interessierten. Die dramatischen Ereignisse zu einem gemeinsamen Abschluss zu bringen, hielt ich ebenfalls für eine gute Idee.

Dass die Ermittlungen der Staatsanwaltschaft wahrscheinlich noch Wochen, wenn nicht Monate dauerten, bis alle Hintergründe komplett aufgeklärt wären, war nicht mehr mein Thema.

Nach einer kurzen Dusche machte ich mich auf den Weg zum Klinikum, um Thyra abzuholen. Meinen Kaffee trank ich im Auto.

Meine Tochter wartete bereits auf einem Plastikstuhl im Foyer auf mich. Wir umarmten uns und ich musterte unauffällig die Einstichstellen rund um ihren Mund. Die Rötung war bereits zurückgegangen, und die kleinen Löcher waren mit dunklen Schorfpunkten bedeckt. Wenn die Wunden abgeheilt waren und sie sich der empfohlenen Laserbehandlung unterzogen hatte, würden die Narben nicht mehr zu sehen sein.

Thyra erzählte mir, dass am Morgen zwei junge Kriminalbeamtinnen bei ihr gewesen seien und sie ihre Aussage zu den

Geschehnissen bereits gemacht habe. Wohlwollend registrierte ich die Sensibilität der Staatsanwältin Lenzen, die auf den Einsatz von Mackensen und Hahn verzichtet hatte.

Thyra waren vom Klinikum ein paar Kleidungsstücke zur Verfügung gestellt worden. Sie versank fast in einem übergroßen rosafarbenen Jogginganzug.

»Rosa steht dir gut«, ich hatte mir einfach nicht verkneifen können, sie mit ihrem karnevalsreifen Kostüm aufzuziehen. Ihre Antwort in Gestalt eines kräftigen Knuffs steckte ich willig ein.

Auf der Fahrt zurück nach Greetsiel sprachen wir nicht viel. Jeder hing seinen Gedanken nach. Ich fuhr die Bundesstraße 233 lang und bog in die Kleinbahnstraße ab, die in die Hauener Hooge überging. Von dort war es nur noch ein Katzensprung zum Alten Deich, wo Uz gemeinsam mit Claudia wohnte.

Uz hatte uns durchs Küchenfenster kommen sehen. Er strahlte übers ganze Gesicht, als er uns die Tür öffnete. Als Uz Thyra begrüßte, verschwand sie in seinen Armen fast so, als wäre sie von einem Grizzly umarmt worden.

»Mensch, freu ich mich, euch zu sehen«, brummte er.

Auch Motte war zur Begrüßung an die Haustür gekommen. Er saß auf der obersten Stufe und grunzte zufrieden.

Nachdem Claudia Thyra mit ein paar Kleidern aus ihrem eigenen Kleiderschrank versorgt hatte und das rosa Joggingmonster in eine Plastiktüte verstaut worden war, versammelten wir uns um den Küchentisch. Uns erwartete bereits eine wunderbar duftende Lasagne a la Bolognese, die Claudia für uns vorbereitet hatte. Der Käse zog lange Fäden, als sie mit einem großen Löffel üppige Portionen auf unsere Teller verteilte.

Claudia hatte die geschichteten Nudelplatten großzügig mit Hackfleisch gefüllt und als Besonderheit Ricotta aus Schafmilch dazugegeben. Das Ganze hatte sie mit einer würzigen Bechamelsauce übergossen und reichhaltig mit Parmesankäse bedeckt. Der Backofen hatte der Lasagne eine goldbraune Kruste verpasst. Unsere Mahlzeit verlief weitestgehend schweigend, da wir alle genussvoll mit vollem Mund kauten.

Nacheinander ließen wir uns satt und zufrieden auf unseren Küchenstühlen zurücksinken. Onno gab ein zufriedenes Rülpsen von sich.

Während wir den Tisch abräumten und das schmutzige Geschirr gegen frische Teetassen austauschten, machte Onno sich daran, mit seinem Löffel die Reste der Auflaufform auszukratzen.

Als der Tee in den Tassen dampfte, suchte ich nach den richtigen Worten, um mich bei Onno und Uz dafür zu bedanken, dass sie mich bei der verzweifelten Suche nach Thyra nicht im Stich gelassen hatten. Es war der totale Irrsinn gewesen, bei diesem Orkan rauszufahren, und wir hätten alle umkommen können. Wie erwartet winkten beide ab, als sei es das Natürlichste der Welt, bei Windstärke 11 einen Ausflug mit dem Kutter zu machen.

Thyra stand von ihrem Stuhl auf und gab erst Uz und dann Onno zum Dank einen Kuss auf die Wange. Onno bekam vor Verlegenheit rote Ohren.

»Und du, mein verrückter Papa«, Thyra legte die Arme um meinen Hals. »Wenn du nicht wie ein Verrückter ins Wasser gesprungen wärst und mich auf diesem Ding da draußen wiederbelebt hättest, würde ich jetzt nicht bei euch sitzen.«

»Und wenn Motte nicht wie ein leibhaftiger Höllenhund über Vukovic hergefallen wäre, würde ich heute auch nicht hier sitzen …«, leitete ich den Dank ebenso verlegen wie Onno weiter an Motte, der halb unter dem Tisch lag.

»Wie ist Motte denn eigentlich zum Hafen gekommen?«

Uz lachte. »Er ist plötzlich wie vom wilden Affen gebissen gegen die Eingangstür gesprungen und hat das ganze Haus zusammengebellt. Ich hätte fast vor lauter Schreck auf meinem Sofa einen Herzkasper bekommen. Er war nicht zu beruhigen gewesen. Da hab ich ihm die Tür geöffnet, und er ist wie eine Rakete Richtung Hafen abgezischt. Dann erst habe ich gemerkt, dass du auch nicht mehr da warst, und bin hinterher. Da konnte ja irgendwas nicht stimmen.«

Ich erzählte, wie Vukovic mir im Hafen von hinten die Garrotte um den Hals gelegt und mir mein dicker Hund das Leben gerettet hatte, als ich bereits drauf und dran gewesen war, mich von dieser Welt zu verabschieden. Onno bekam vor lauter Staunen den Mund nicht mehr zu und sah ungläubig Motte an, der zu schnarchen angefangen hatte.

Uz verzichtete dankenswerterweise darauf, die Hafenszene im Detail zu beschreiben, wie ich Vukovic mit dem Fischernetz kopfüber in das eisige Hafenbecken getaucht hatte. Dann berichtete er von unserem Höllenritt durch den Orkan.

»Und du bist sicher, dass du eine Gestalt auf der Yacht gesehen hast, bevor sie havarierte?«, fragte Uz.

»Ja«, ich nickte. »Ich konnte zwar nicht erkennen, wer es war, dafür ging es zu schnell. Außerdem konnte man ja die Hand nicht vor Augen sehen. Aber ja, da war noch jemand. Thyra meint, es kann nur dieser Franjo gewesen sein. Sonst war keiner mit ihr an Bord.«

»Das kann er nicht überlebt haben«, warf Onno ein. »Nicht bei dem Sauwetter!«

»Stimmt genau«, bestätigte Uz.

Eine ganze Weile sagte niemand etwas. Nur Mottes leises Schnarchen war zu hören.

»Ich hab da noch etwas.« Mit vielsagendem Gesichtsausdruck griff Uz in seine Tasche und legte zwei Handys auf den Küchentisch.

Bei dem einen Handy handelte es sich um mein eigenes. Das zweite Handy gehörte Vukovic. Ich hatte es ihm abgenommen und eingesteckt, bevor ich ihn im Hafenbecken untertauchte. Als wir mit der *Sirius* in die Sturmnacht ausliefen, hatte ich die Regenjacke von Uz ins Steuerhaus gehängt und mir die Wetterjacke aus PVC angezogen.

»Als wir auf unsere Ersatzteile warten mussten, habe ich mir das Handy von diesem Typen mal genauer angeschaut. Dabei bin ich auf das da gestoßen.«

Uz gab zwei Befehle ein und legte das Handy mit dem Display nach oben auf den Tisch. Wie auf ein unsichtbares Kommando beugten wir uns vor. Gebannt starrten wir auf den kleinen Bildschirm.

Es war genauso, wie wir es vermutet hatten! Einer der Killer, Franjo Zoe, umklammerte mit seinen Pranken Regina Ehrlichs Kopf. Der fischäugige Kravic flößte ihr gewaltsam aus einer kleinen Flasche eine klare Flüssigkeit ein. Dann zwangen sie Regina Ehrlich auf die Knie und warteten, bis die verabreichte Substanz erste Wirkungen zeigte.

Während die drei Killer in aller Ruhe rauchten und derb über ihre eigenen Witze lachten, war im Hintergrund Martin Freese zu erkennen. Er kämpfte verzweifelt gegen seine Fesseln an. Seine Hände waren mit einem Tampen an einem Messingring am Heck der Yacht festgebunden. Hinter dem verzweifelten Mann war eine Kaimauer zu erkennen, bei der es sich offenbar um die Anlegestelle im Juister Gewerbegebiet handelte. Ich konnte im Hintergrund aneinandergereihte Rollcontainer erkennen, die auf ihren Transport warteten.

Das Handy wurde geschwenkt.

Wir sahen, wie Kravic sich vor der apathisch auf dem Boden knienden Regina Ehrlich aufbaute. Er packte sie an den Haaren und riss ihren Kopf zu sich heran. Mit der anderen Hand öffnete er seine Hose.

Ich streckte die Hand aus und stoppte angewidert das Video.

Wir saßen regungslos auf unseren Stühlen und starrten auf den dunklen Bildschirm. In mir loderte die kalte Wut. Es war gut, dass mich in diesem Moment niemand zu meinem Rechtsgefühl befragte.

Mir ging es gerade wie Max.

Ich bedauerte es nicht, dass Vukovic verbrannt und der zweite Killer ertrunken oder an Unterkühlung gestorben war – sollten sie doch auf dem Meeresgrund verrotten oder in der Hölle schmoren!

Die brutalen Bilder des apathisch am Boden knienden Opfers und die Verzweiflung in den Augen von Martin Freese brannten sich unauslöschlich in mein Bewusstsein ein.

Ich gab mir einen Ruck und fuhr mit spröder Stimme in meinem Bericht fort. Sachlich schilderte ich meinen Aufenthalt im

Untersuchungsgefängnis und meine morgendliche Begegnung mit Mackensen.

»Anzeigen müsste man den Arsch«, ließ Onno sich vernehmen.

Ich ging nicht weiter auf Onnos Bemerkung ein. Es gab anerkennendes Nicken innerhalb der Runde, als ich vom fairen Verhalten der Staatsanwältin erzählte. Als ich meinen Bericht beendet hatte, herrschte nachdenkliche Stille am Tisch.

»Und das war alles? Dieses Pärchen ist gestorben, weil sie aus dem Nähkästchen hätten plaudern können?«, fragte Onno ungläubig.

»Ich denke, ja. Die Erklärung für den Tod von Martin Freese und Regina Ehrlich ist tatsächlich relativ simpel.« Ich nickte bedächtig. »Regina Ehrlich war Pressesprecherin. Sie repräsentierte ein Unternehmen, das mehr Qualität versprach, als es tatsächlich bot, und dessen Aktienkurse sich im Sinkflug befanden. Die Firma hat große Ziele und Ambitionen in Richtung Marktführung und Global Player. Sie wollen mit einer neuen Geschäftsidee den Fast-Food-Markt aufmischen. Mit dem Zukauf der Stolzenberg Restaurants wollen sie sich ihren guten Ruf kaufen. Martin Freese war ein überzeugter und idealistischer Profi. Er bürgte mit seinem Namen für eine Topqualität. Diese Qualität war allerdings in dieser Form von seinen alten und zukünftigen Chefs nicht mehr gewünscht – viel zu teuer! Ich glaube, dass die beiden auf der Konferenz ihren Bossen mitgeteilt haben, dass sie sich mit ihren Namen nicht mehr vor den Karren der Firma spannen lassen wollten. Wahrscheinlich wollten beide ihre Jobs kündigen.«

Thyra hatte unterdessen einen Block auf den Tisch gelegt. Die Seiten hatte sie mit handschriftlichen Notizen eng beschrieben.

»Paps hat Recht«, sagte sie. »Es geht hier um großes Geld, um richtig großes Geld. Ein Aktienkurs im Absturz hätte die Zukunftspläne gefährden können. Die Börse reagiert sehr empfindlich auf schlechte Unternehmensnachrichten, wenn Expansionsgerüchte kursieren. Wenn zwei exponierte Mitarbeiter der

Firmen, die eine Elefantenhochzeit feiern wollen, negative Fakten auf den Tisch legen und beweisen, dass die hochgepriesenen Qualitätsaussagen lediglich Lippenbekenntnisse sind – dann gute Nacht für den Aktienkurs.«

»Wie gefährlich wäre das für BIO NOUN geworden?«, fragte Claudia.

»Nicht existenziell«, antwortete Thyra. »Die Börse lebt von Einschätzungen, Bewertungen, Prognosen und Gerüchten. Die Existenz von börsennotierten Unternehmen hängt von ihrer Reputation und den zu erwartenden wirtschaftlichen Erfolgen ab. Aktionäre sind in solchen Dingen empfindlich, besonders wenn es um ihr eigenes Geld geht. Allerdings bei schlechten Nachrichten, die den Aktienkurs gefährden, hätten sich Investoren mit Sicherheit zurückgezogen. BIO NOUN hätte ihre neue Bio-Fast-Food-Kette auf einen Schlag vergessen können.«

»Was denn für 'ne Kette?«, fragte Onno interessiert.

»So was wie Burger-Buden, nur Öko«, klärte Thyra ihn auf.

»Igitt! So 'n Müslikram und Yogaburger?« Onno verzog das Gesicht. »Vielleicht auch noch lauwarmen Kräutertee und Räucherstäbchen?«

»Pappburger hast du jetzt doch schon«, warf ich ein und kam zurück zum Thema. »Ein wesentlicher Verlierer eines Skandals wäre Poloch. Er steht mit seiner Firma bereits in den Startlöchern. Er ist der Mann der Stunde. Denn für Poloch ist vorgesehen, die Fast-Food-Restaurants zu bewirtschaften. Seine Nicolai's Healths Care & Catering GmbH wird bei einer Realisierung der Pläne einen Senkrechtstart am Markt hinlegen. Die GmbH wird vor Expansion aus den Nähten platzen. Poloch wird bestimmt sehr schnell sehr reich werden.«

Thyra klappte ihren Block zu. »Ich bin mir sicher, dass man Regina Ehrlich und Martin Freese klarmachen wollte, dass es ungesund für sie wäre, wenn sie ihr Wissen und ihre Standpunkte öffentlich machen und dadurch das neue Projekt gefährden würden.«

Da ich das Telefonat zwischen Poloch und Kravic belauscht hatte, bevor ich ihm die Nase gebrochen hatte, konnte ich diese Vermutung nur bestätigen. »Poloch weiß aus einschlägiger Milieuerfahrung, wie man mit widerspenstigen Leuten umgeht. Er hatte auch gleich die passende Lösung parat – er schickt seine Bodyguards los, um den beiden Störenfrieden unmissverständlich klarzumachen, dass sie besser den Mund zu halten haben.

»Die Lektion lief allerdings gewaltig aus dem Ruder. Regina Ehrlich stirbt bei der Vergewaltigungsorgie, und Martin Freese wurde als Belastungszeuge regelrecht hingerichtet. Dann taucht ein neugieriger Anwalt auf und gibt die Türklinke einer ebenso neugierigen Hörfunkredakteurin in die Hand.« Ich warf Thyra einen bedeutsamen Blick zu.

Meine Tochter nahm den Ball auf. »Ein paar Telefonate, ein paar Klicks im Internet und Poloch ist im Bilde, mit wem er es zu tun hat. Er schickt seine Bodyguards zur nächsten Lektion los. Doch auch diese Aktion geht mächtig in die Hose. Am Schluss sind zwei seiner drei Bodyguards tot und der letzte untergetaucht.«

Uz stand auf und goss Tee nach.

»Hoffen wir, dass bei der Fahndung was herauskommt«, sagte er. »Diesen Franjo Zoe werden sie nicht finden. Der liegt auf dem Grund der Nordsee. Aber dieser Zoran Kravic ist ein ziemlich übler Bursche. Solange der noch frei herumläuft ...« Uz ließ den Satz offen in der Luft hängen.

»Das also ist das Ende der Geschichte?« Claudia stand die Enttäuschung ins Gesicht geschrieben. »Okay, zwei der drei Täter sind tot. Und weiter?«

Claudia hatte Recht. Die Geschichte hatte zwar mit dem Tod von zwei der drei Killer ein spektakuläres Ende genommen, ließ aber wesentliche Fragen unbeantwortet.

Poloch konnte man nichts nachweisen. Er würde weitermachen wie bisher und mit der Expansion seiner Geschäfte das große Geld machen.

»Und wer, bitte schön, hat Freese die Hände zertrümmert und mit einem Asthmaspray umgebracht?«, stellte Claudia eine der Fragen, deren Antwort wir zwar vermuten, aber letztendlich nicht beantworten konnten.

»Ich vermute, dass die Killer Freese irgendwann über Bord geworfen haben. Wahrscheinlich ist er ausgerastet, als er mit ansehen musste, wie sich die drei Typen seine Frau vornahmen. Er wird sie mit seinem Geschrei gestört haben. Da haben sie ihn einfach über Bord geworfen.«

Ich war mir sicher, dass überhaupt kein Doppelmord geplant war. Die Iron Men hatten das Paar lediglich einschüchtern und ihnen einen Denkzettel verpassen sollen.

»Die ganze Aktion ist aus dem Ruder gelaufen«, fuhr ich fort. »Auch wenn sie die Frau zuerst gar nicht umbringen wollten, hatten sie plötzlich einen Mord, zumindest aber einen Totschlag am Hals. Bei ihrer Rückkehr in den Hafen wird das Trio dann zufällig auf Martin Freese gestoßen sein, der es wider Erwarten geschafft hat, an Land zu schwimmen.«

Uz stimmte mir zu. »Ja, das macht Sinn. Ein guter Schwimmer kann es von der Fahrrinne aus tatsächlich an Land schaffen. Die See war ruhig und die Wassertemperatur zu dem Zeitpunkt fast schon frühlingshaft.«

»Die Killer haben dann den einzigen Zeugen, der sie anzeigen und identifizieren konnte, zum Schweigen gebracht«, sagte ich.

Mir war klar, dass meine Argumentationskette einige Schwachstellen hatte. Aber da bis auf Kravic alle Beteiligten des Verbrechens tot waren, würden wir uns mit dieser Erklärung zufriedengeben müssen.

»Und wieso diese grausame Nummer mit den Wespen?«, bohrte Claudia nach.

»Keine Ahnung«, ich sah sie ratlos an. »Vielleicht sind Wespen eine neue Foltermethode, was weiß ich?«

»Kommt, lasst uns aufhören!« Uz setzte seine Teetasse energisch auf den Tisch. »Zugegeben – nicht alle Fragen sind beantwortet. Aber sehen wir es doch einfach positiv. Der Doppelmord ist aufgeklärt. Zwei Täter sind tot, einer ist abgehauen. Thyra kann Poloch als Drahtzieher oder zumindest als Anstifter der Morde mit einer guten Reportage kräftig ins Strauchelen bringen.«

»Gut gesprochen, Käpt'n!«, rief Onno. »Das Wichtigste haste aber vergessen. Wir leben alle noch – die nicht!« Onno hatte es auf den Punkt gebracht – wir hatten zwar einige Blessuren davongetragen, doch wir lebten!

Onno fing bereits an, mit offenem Mund zu gähnen. Da wir alle leicht angeschlagen waren, beendeten wir den gemeinsamen Abend und brachen langsam auf. Thyra und ich fuhren gemeinsam heim zu mir.

Zu Hause angekommen, ließ sie sich auf das Sofa am Kamin fallen. Ich machte es mir ebenfalls bequem. Motte lag zu Thyras Füßen und ließ sich von ihr kraulen. Mit geschlossenen Augen genoss er seine Streicheleinheiten.

»Bist du sicher, dass du weitermachen willst?«, fragte ich sorgenvoll, während ich vorsichtig die Beine auf den Tisch legte. Mir tat jeder Knochen weh.

Thyra nickte. »Ja, Paps. Ich will diese Sache schnellstmöglich zu einer Reportage verarbeiten und sie dem Sender anbieten.«

»Das wird mit Sicherheit eine Bombenstory«, sagte ich. »Pass bitte auf, dass deine Redakteure dir juristisch den Rücken freihalten. Wenn deine Geschichte über den Sender geht, wird Sornaus geplante Expansion wackeln. Investigativen Journalisten steht meist eine Armee von Anwälten gegenüber, die sie mit einem Hagel von Klagen bombardieren.«

»Keine Sorge, ich passe auf«, Thyra lächelte spitzbübisch. »Ich kenne ja einen guten Anwalt ...«

34

Nachdem Thyra nach oben ins Gästezimmer verschwunden war, um sich hinzulegen, setzte ich mich an meinen Schreibtisch und fühlte mich mit einem Mal völlig ausgelaugt. Gedankenverloren griff ich nach einem Bleistift und begann, darauf herum zu kauen.

Ich saß da und starrte meinen Zeichenblock an. Obwohl ich todmüde war, konnte ich nicht schlafen. Meine innere Unruhe hielt mich wach. Sobald ich die Augen schloss, begann mein Kopfkino zu rattern.

Mit dem Bleistift begann ich, Skizzen aufs Zeichenpapier zu kritzeln – eine bleiche Hand im Fischernetz, eine Wasserleiche, die mit ausgebreiteten Armen im Hafenbecken trieb, gelbschwarze Körper toter Wespen, Kravic' Fischaugen, Mottes gefletschte Zähne, die sich in einen Oberschenkel bohrten, aufsteigende Luftblasen, als ich Vukovic im Hafenbecken fast ertränkte, die gezackte Naht von Thyras zugenähtem Mund, der emporgereckte Arm, als die *Gekko* von einer Wasserwand verschlungen wurde ...

Ich warf den Stift aufs Papier, schob den Stuhl zurück und ging zum Fenster. Draußen schien die Sonne, es war ein herrlicher Tag.

Meinen Kopf konnte ich nicht abstellen. Irgendetwas passte nicht, irgendetwas stimmte nicht – meine innere Unruhe nahm zu. Ich setzte mich wieder an meinen Schreibtisch. Genervt zog ich so heftig Striche durch meine Skizzen, dass das Zeichenpapier in der Mitte zerriss. Ich knallte den Bleistift auf den Tisch.

Der Fall war abgeschlossen! Morgen früh würde ich nach Emden fahren und der Staatsanwaltschaft Vukovics Handy übergeben. Das Belastungsmaterial der Videoaufnahmen überführte die drei Kriegsverbrecher Kravic, Zoe und Vukovic posthum als Mörder von Regina Ehrlich und Martin Freese. Dann würde ich nur einen zusammenfassenden, detaillierten Bericht schreiben. Damit war der Fall abgeschlossen!

Eva Ehrlich würde ich keine Rechnung schicken, sondern sie zum Essen einladen. Zugegeben – ich verstehe Frauen und ihre subtilen Signale oftmals nicht. Aber ich hatte das Gefühl, dass Eva eine gewisse Sympathie für mich empfand. Natürlich war es im Moment nicht der geeignete Zeitpunkt, sich Eva zu nähern. Sie brauchte Zeit für ihre Trauerarbeit. Ich wollte im Moment einfach nur für Eva da sein. Alles Weitere würde die Zeit mit sich bringen.

Ich griff nach ihrer Visitenkarte, die ich an die Schreibtischlampe gelehnt hatte. Gedankenverloren spielte ich mit der Karte herum.

Naturkundemuseum
Universität der Freien Hansestadt Hamburg
Eva Ehrlich
Leitende Kuratorin

Mein Blick wanderte zwischen dem champagnerfarbenen Leinenkarton und meinem zerrissenen Zeichenpapier hin und her. Auf einem der Fetzen waren die grob auf das Papier skizzierten Wespen zu erkennen.

Mein Gehirn clusterte automatisch Worte zu einem Thema zusammen. Begriffe, die für sich alleine standen, ergaben plötzlich einen Zusammenhang:

Naturkunde – Bienen – Wespen – Kuratorin

Adrenalin schoss in meine Adern.

Wie von einer Wespe gestochen, fuhr ich von meinem Stuhl hoch. Die Visitenkarte ließ ich achtlos auf dem Schreibtisch liegen. Ich stürmte in die Diele und riss meine Lederjacke vom Haken.

Während ich das Gaspedal bis zum Bodenblech durchdrückte und mein Käfer die Auffahrt entlangschoss, programmierte ich gleichzeitig das Navi.

Nachdem ich eine unvermeidliche halbe Stunde im Stau vor dem Elbtunnel verloren hatte, parkte ich nach drei Stunden Fahrt endlich unter einer Straßenlaterne vor Eva Ehrlichs Haus. Sie bewohnte unweit der Universität Hamburg in unmittelbarer Nähe der Alster eine zweigeschossige Stadtvilla im begehrten Stadtteil Rotherbaum.

Die Gartentür zeigte sich unverschlossen, als ich die Klinke herunterdrückte. Langsam ging ich den Fußweg zur Eingangstür entlang.

Die Rasenfläche links und rechts des Plattenwegs sah frisch gemäht und gesprengt aus. Die Rhododendren standen schon in Blüte und wirkten ebenso frisch und gepflegt wie die in Gruppen stehenden Thuja und Kugelkirschen. Offenbar war Gärtnern ein Hobby von Eva Ehrlich, was ja auch kein Wunder bei einer Naturkundlerin gewesen wäre.

Ich drückte den Türsummer, ein kurzes, vornehmes Glockenspiel antwortete einladend auf den Klingelknopf.

Die Tür öffnete sich. Eva Ehrlich sah mich erstaunt an. »Jan?«

»Guten Tag, Frau Ehrlich.«

Ich beließ es bei der förmlichen Anrede, zu der wir zurückgekehrt waren, als sie mir das Mandat entzogen hatte – eine Entscheidung, die ich jetzt verstand.

»Komm rein.« Sie öffnete die Tür und trat zur Seite, sodass ich eintreten konnte.

Eva war barfuß. Sie hatte zierliche Füße mit rot lackierten Zehennägeln. Offenbar hatte sie um diese Zeit keinen Besuch mehr erwartet, denn sie trug nur eine legere, enge Leggings und ein ebenso eng anliegendes malvenfarbenes Shirt. Ihr Haar hatte sie nach hinten gesteckt, was ihr außerordentlich gut stand.

»Möchtest du einen Kaffee?«, fragte sie mich und machte eine einladende Handbewegung Richtung Wohnzimmer.

»Ja, danke«, antwortete ich.

Ich fühlte mich befangen und unwohl in meiner Haut. Auf das Wiedersehen mit der attraktiven Eva Ehrlich hatte ich mich sehr gefreut – allerdings unter anderen Vorzeichen. Außerdem verstand ich ihren erneuten Wechsel zum vertraulichen Du nicht.

Mein Blick wanderte durch das moderne und ganz in Weiß gehaltene Wohnzimmer. In einem Erker stand ein kleines weißes Schränkchen im Landhausstil, auf dem zwei große Digitalbilderrahmen standen.

Der rechte war ausgeschaltet.

Auf dem linken Bildschirm lief eine Slide-Show, die Eva mit ihrer Schwester Regina zeigte.

Die Bilder wechselten effektvoll alle zehn Sekunden. Einige der Bilder kannte ich schon. Eva hatte mir seinerzeit im Rettungsschuppen Fotos von sich und ihrer Schwester gezeigt.

Ich trat näher an das Schränkchen heran und beugte mich zu den Digitalrahmen hinunter, um besser sehen zu können. Auf einem Foto trugen beide Frauen Dirndl, unter denen ihre weiblichen Rundungen gut zur Geltung kamen. Es war nicht ersichtlich, ob die beiden sich im Urlaub in Bayern befanden oder sich für ein Oktoberfest chic gemacht hatten, wie sie sich auch in Hamburg ständig wachsender Beliebtheit erfreuen.

Die Ähnlichkeit zwischen den beiden Schwestern war so groß, dass ich die zwei Frauen im ersten Moment nicht auseinanderhalten konnte. Erst beim genaueren Hinschauen konnte ich sie voneinander unterscheiden.

Meine Neugier ließ mich die Hand ausstrecken. Am oberen Rand des dunklen Fotorahmens ertastete ich einen Knopf und drückte ihn. Der Bilderrahmen erwachte mit leuchtenden Farben zum Leben.

Auf dem ersten Foto strahlten mich Regina Ehrlich und Martin Freese verliebt an.

Regina Ehrlich und Martin Freese?

Ich sah genauer hin.

Nein!

Bei der Frau neben Martin Freese handelte es sich nicht um die tote Frau aus dem Fischernetz.

Das Bild zeigte Eva Ehrlich und Martin Freese!

Ich starrte auf das Bild.

Obwohl mich die Suche nach genau dieser Bestätigung nach Hamburg getrieben hatte, war ich geschockt. In der Sekunde, als mein Gehirn die Zusammenhänge zwischen Evas Visitenkarte und den toten Wespen herstellte, die Tillmann mir unter die Nase gehalten hatte, hatte mich die Erkenntnis wie ein Blitzschlag getroffen!

Während der dreistündigen Fahrt nach Hamburg hatte ich ausreichend Gelegenheit gehabt, die neuen Erkenntnisse zu verarbeiten. Bereits auf der Autobahn wusste ich, dass Eva Ehrlich ihren ehemaligen Geliebten Martin Freese im Hafen von Norddeich auf grausamste Weise umgebracht hatte!

In diesem Moment verspürte ich hinter mir eine Bewegung und fuhr herum.

Eva Ehrlich stand mit traurigem Gesicht vor mir. In ihrer Hand hielt sie einen Elektroschocker. Mit einer blitzschnellen Bewegung presste sie die kalten Metallelektroden gegen meinen Hals.

Ein wahnsinniger Schmerz durchfuhr mich.

Die Lichter gingen aus.

35

Hustend erwachte ich und röchelte nach Luft. Aus meinem Mundwinkel lief Speichel. Ich versuchte, die Hand zu heben. Vergeblich.

Mühsam versuchte ich, meine verklebten Augenlider zu öffnen, was mir erst nach mehreren Versuchen gelang. Erkennen konnte ich nichts.

Ich sah nur eine weiße Flache. Es dauerte eine geraume Weile, bis mein Gehirn meine Umgebung erkennen konnte. Als mir dämmerte, wo ich mich befand, traf mich die Erinnerung an Eva Ehrlich und weshalb ich zu ihr gefahren war wie ein Keulenschlag.

Ich japste nach Luft und versuchte, mich aufzusetzen. Einfach ist das nicht, wenn man an Händen und Füßen gefesselt wie ein Maikäfer auf dem Rücken in einer Badewanne liegt.

Offenbar hatte mein Gehirn seine Betriebstemperatur erreicht, denn auch meine Ohren nahmen langsam ihren Dienst wieder auf. Ich hörte Musik.

> *»Du kannst gar nichts dagegen tun.*
> *Weil du die Liebe meines Lebens bist.*
> *Alles, was ich tue, hat nur einen Sinn,*
> *dass ich am Ende meines Lebens bei dir bin.*
> *Weil du die Liebe meines Lebens bist.*
> *Weil du die Liebe meines Lebens bist ...«*

Ich erkannte die Gitarrenriffs und den Song von Philipp Poisel. Gleichzeitig nahm ich Eva wahr, die mit zärtlicher Stimme das Lied mitsang. Ihre Stimme kam näher.

Evas lächelndes Gesicht schob sich in mein Blickfeld, als sie sich über die Badewanne beugte. Sie sah mich zärtlich an und begann mein Gesicht zu streicheln. In Zeitlupe beugte sie sich tief zu mir hinunter. Ihre warmen Lippen pressten sich liebevoll auf meinen Mund. Ich spürte, wie sich ihre feuchte Zungenspitze zwischen meine Lippen schob und meine Zunge fand.

Obwohl ich wusste, dass Eva ihren Geliebten heimtückisch und grausam umgebracht hatte und ich ihr hilflos ausgeliefert war, genoss ich ihren Kuss und ja, ich erwiderte ihren Kuss ebenso leidenschaftlich, wie sie mich küsste.

Mein Gehirn schaltete sich erst wieder schlagartig ein, als ich sie zärtlich flüstern hörte: »Wo warst du denn so lange, mein Liebster?«

Ihre Lippen lagen noch immer auf meinen. Ich spürte die feuchte Wärme ihrer Zunge, mit der sie mich kitzelte. »Ich habe dich so sehr vermisst – Martin« hauchte sie.

Ein eisiger Schauer durchfuhr mich.

Ich lag gefesselt in der Badewanne einer offensichtlich nicht zurechnungsfähigen Mörderin, die mich für ihren Geliebten hielt, den sie vor ein paar Tagen eigenhändig umgebracht hatte. Noch während sich meine Gedanken überschlugen, lösten sich Evas Lippen von meinem Mund.

Sie hob den Kopf. Ihr zärtlicher Gesichtsausdruck veränderte sich langsam wie in einer Slow-Motion-Einstellung und nahm einen missbilligenden Ausdruck an.

»Du warst nicht lieb zu mir, Martin«, auch ihr Tonfall hatte sich verändert. Ihre Stimme klang jetzt verärgert und verletzt. »Du hast mich verlassen!« Evas Stimme nahm einen aggressiven Ton an. Ihr Oberkörper richtete sich drohend vor mir auf. »Du Scheißkerl!«

»Eva ...«, sagte ich vorsichtig.

»Schnauze, du Scheißkerl!«, auch im Rotherbaum wurde also geflucht.

»Frau Ehrlich ...«, versuchte ich erneut, zu ihr durchzudringen.

»Ich gehöre meinem Geliebten und mein Geliebter gehört mir«, zitierte sie mit flüsternder Stimme aus dem Hohelied Salomos.

Sie sah mich zwar an, jedoch ihr Blick ging durch mich hindurch, als sie die biblischen Verse wisperte: »Ich bin meines Geliebten und nach mir ist sein Verlangen.«

Ich sah die Bewegung nicht kommen. Doch als sich das kalte Metall des Elektroschockers schmerzhaft gegen meine Halsschlagader presste, war mir plötzlich klar, dass nicht die Iron Men Motte außer Gefecht gesetzt hatten, sondern dass Mottes Brandmarken auf Evas Konto gingen. Vielleicht hatte sie mitbekommen, dass ich das Notebook ihrer Schwester bei mir zu Hause aufbewahrte. Oder sie hatte Angst, dass meine Recherchen der Wahrheit immer näher kamen, wer Martin Freese tatsächlich umgebracht hatte.

Die Metallstifte drückten sich mir so tief in meinen Hals, dass sie fast auf der anderen Seite der Halswirbelsäule wieder herauskamen.

»Ich habe dich geliebt. Und du?«, zischte sie. »Du hattest nichts Besseres zu tun, als meine Schwester zu vögeln? Du Scheißkerl! Dafür wirst du büßen!«

Evas Gesicht hatte sich in eine hasserfüllte Maske verwandelt. Während sie mich mit vor Wut zitternder Stimme beschimpfte, sprühte sie mir Speicheltropfen ins Gesicht. Ihr Gesicht verschwand aus meinem Blickfeld. Ich bäumte mich verzweifelt auf, um irgendwie aus dieser verdammten Wanne herauszukommen.

Plötzlich war sie wieder da und beugte sich zärtlich lächelnd über mich. Ich spürte ihren heißen Atem, als sie ihre Zunge wieder zwischen meine Lippen schob. Diesmal blieb mein Verstand eingeschaltet. Ich drehte den Kopf zur Seite. Nicht, weil mir ihr Kuss unangenehm war, sondern weil ich in diesem Moment Todesangst verspürte. Denn dass sie etwas vorhatte, stand ihr trotz ihres Lächelns ins Gesicht geschrieben.

»Ach, du magst mich nicht küssen?«, sagte sie mit gespielter Enttäuschung und sah mich spöttisch an. »Musst du ja auch nicht. Wenn du magst, können wir uns auch einfach nur unterhalten.« Sie setzte sich auf den Rand der Badewanne. Ihre linke Hand lag auf meiner Brust und streichelte mich. »Ich kann dir ein bisschen was erzählen, während du ein schönes Bad nimmst.«

Voller Entsetzen sah ich, wie sie nach der Mischbatterie griff und den Warmwasserhahn aufdrehte. Sie legte einen verchromten Drehknopf um, der den Badewannenstöpsel betätigte. Ich merkte, wie das Wasser meine Knöchel umspülte und langsam höher stieg. Da mein Kopf unterhalb des Badewannenüberlaufs lag, würde ich ertrinken, wenn die Wanne volllief.

»Ach, Geliebter«, seufzte sie. »Ich hatte in den letzten Tagen viel zu tun. Du erinnerst dich doch sicherlich noch an die Imkereiausstellung?«

Ich starrte sie schweigend an, während ich panisch überlegte, wie ich aus der Badewanne herauskommen könnte.

»Die Ausstellung haben wir jetzt abgebaut. Die Bienenstöcke, die uns der Imkerverband freundlicherweise aufgestellt hat, haben wir zurückgeschickt. Das Wespennest, das der Naturschutzbund als Ergänzung der Ausstellung aufgebaut hatte, haben sie auch schon wieder abgeholt«, schwatzte Eva munter drauf los.

Mein Unterbewusstsein hatte zwar eine Verwandtschaft zwischen den Wespen, an deren Stichen Martin Freese gestorben war, und dem Arbeitsplatz von Eva Ehrlich registriert. Doch ich hatte die Verbindung zu spät erkannt und meine Schlussfolgerungen zu spät gezogen. Wären mir die Zusammenhänge eher klar geworden, läge ich jetzt nicht in dieser verdammten Badewanne!

»Heute kamen schon die ersten Exponate der neuen Insektenausstellung aus Florida. Ich freue mich schon so auf die Ausstellung. Ich bin sicher, wir werden diesmal sehr viele Besucher haben!«

Eva strahlte mich an, als sie im Plauderton fortfuhr. »Es wollen bestimmt viele den Star der Ausstellung sehen – die *Schwarze Witwe* ...«

Ich erstarrte zur Salzsäule!

Grundsätzlich sind mir alle Lebewesen suspekt, die mehr als vier Beine haben. Ich habe zwar keine Arachnophobie, bekomme aber trotzdem Schweißausbrüche, wenn ich auf Spinnen treffe. Insbesondere gegen Exemplare mit einer Körpergröße von mehr als einem halben Zentimeter, hege ich eine tiefe Abneigung. Im Fall der *Schwarzen Witwe* beruhigte es mich trotzdem nicht, als Eva mir erklärte, dass diese Spinnenart sehr klein sei.

»Ist es nicht erstaunlich, dass die *Schwarze Witwe* nur acht bis 15 Millimeter groß wird? Die sind auch gar nicht so giftig, wie man immer meint. Wir haben einige von ihnen heute ins Terrarium eingesetzt.«

Mittlerweile umspülte das Wasser in der Badewanne meine Brust. Ich wusste im Moment nicht, was mich mehr beunruhigen sollte – das stetig ansteigende Badewasser oder Evas Geplapper über Giftspinnen.

»Die *Schwarze Witwe* sieht ganz friedlich aus. Da sind die *Phoneutria* aber ganz anders drauf. Schau mal, das sind sie: brasilianische Wanderspinnen.« Eva strahlte und hielt mir eine offene Pappschachtel unter die Nase. »Sie sind auch unter dem Namen Bananenspinnen oder *Armadeira* bekannt. Sie gilt neben der australischen Trichterspinne als giftigste Spinne der Welt.«

Starr vor Schreck und unfähig zu atmen, starrte ich auf die fast fünf Zentimeter großen, erdbraunen Spinnen. Hektisch wuselten die Tiere auf ihren behaarten Beinen in dem weißen Pappkarton herum, den Eva mir noch immer unter die Nase hielt. In dem Karton krabbelten auch eine Menge kleiner schwarzer Spinnen herum. Das mussten die *Schwarzen Witwen* sein.

»Wusstest du eigentlich, dass *Phoneutria* aus dem Griechischen stammt und Mörderin heißt?«

Eva sah reichlich verwirrt aus, als sie unvermittelt und schrill auflachte. Ihre Augen funkelten, als sie mich ansah. »Die *Phoneutria* gilt als sehr aggressiv und beißt ohne jede Vorwarnung. Sie spritzen zwar nicht immer mit ihrem Biss ihr tödliches Gift in die Wunde. Doch dafür beißen sie oft auch schon im Sprung.«

Eva schüttelte die Pappschachtel vor meinem Gesicht hin und her und machte die ohnehin schon aggressiv umherrennenden Spinnen noch wilder.

Vor lauter Todesangst merkte ich gar nicht mehr, dass mir das Wasser bereits bis zum Hals stand – in des Wortes doppelter Bedeutung.

»Dann wünsche ich euch jetzt viel Spaß miteinander«, flüsterte sie leise. Vorsichtig, ja fast schon zärtlich kippte sie den Inhalt des Pappkartons ins Badewasser.

Offenbar hatten die Spinnen ebenso große Todesangst wie ich. Mit ihren acht Beinen rannten sie blitzschnell über die Wasseroberfläche. Einige andere schnellten mit großen Sprüngen übers Wasser. Die Oberflächenspannung des Wassers trug das Gewicht der Spinnen problemlos.

Egal, wie die sich auch fortbewegten, sie hatten ein gemeinsames Ziel – meinen Kopf, der als noch einzig trockene Insel aus dem Badewasser hervorragte.

Eine Armee der giftigsten und aggressivsten Spinnenart der Erde krabbelte mir mit ihren unzähligen Beinen übers Gesicht und schwärmte aufgeregt auf meiner Glatze umher.

Ich wusste nicht, ob es Angst oder Ekel war, was mich veranlasste, mich zu ertränken.

Das Letzte, was ich sah, bevor ich mit weit geöffnetem Mund untertauchte, damit der Tod schneller kam, waren Eva Ehrlichs blaue Augen, die mich zärtlich ansahen.

Die Augen meiner *Phoneutria* – meiner Mörderin, die so wunderbar küsste.

EPILOG

Fasziniert beobachtete ich, wie der hochhackige bordeauxfarbene Wildlederpumps an den Zehenspitzen des schlanken Fußes langsam hin und her pendelte.

Lautlos fiel der Pumps ins Gras.

Durch die verstärkte Spitze des dünnen Nylonstrumpfes schimmerten rot lackierte Zehennägel.

Die Fußspitze strich langsam an meiner Wade entlang.

»Geht es dir gut?«, ein Paar haselnussbraune Augen sahen mich fragend an.

»Ich fühle mich wunderbar«, antwortete ich lächelnd und faltete die Zeitung zusammen. Es ging mir wirklich gut. Ich brauchte keinen Rollstuhl mehr! Mithilfe meines Gehstocks konnte ich mich schon ziemlich selbstständig fortbewegen.

Es war ein warmer Oktobertag.

Noch kein halbes Jahr zuvor hatte die *Sirius* die tote Regina Ehrlich aus der Nordsee gefischt. Und gerade mal fünf Monate zuvor wäre ich in der Badewanne ihrer geistig verwirrten Schwester Eva um ein Haar ertrunken und am Nervengift diverser Giftspinnen qualvoll gestorben.

Ein SEK der Hamburger Polizei hatte in den letzten Sekunden meines Lebens die Tür von Eva Ehrlichs Stadtvilla mit einem Rammbock aufgebrochen und mich aus der Badewanne gezogen.

Die Zeitungen waren wochenlang voll von der Geschichte, denn der gesamte Stadtteil musste über einen längeren Zeitraum evakuiert und abgesperrt werden. Die geistig verwirrte

Eva Ehrlich, bei der später in der Forensischen Psychiatrie eine schizoaffektive Psychose und Borderline-Persönlichkeitsstörung diagnostiziert wurde, hatte eine Armee von Giftspinnen auf mich losgelassen: je ein Dutzend Exemplare der berüchtigten *Schwarzen Witwe* und der hochgiftigen *Phoneutria*, der brasilianischen Wanderspinne. Eine Heerschar von Kammerjägern und Zoologen hatte tagelang Jagd auf die hochgiftigen Arachniden gemacht und damit in den Medien für orkanartigen Wellengang gesorgt.

Die *Schwarze Witwe* hat zwar einen legendären mörderischen Ruf. Als giftigste Spinne der Welt hingegen gilt die *Phoneutria*. Sie ist für ihre Aggressivität und Schnelligkeit berüchtigt, mit der sie auf ihre Opfer zu rennt oder springt und ohne jegliche Vorwarnung zubeißt.

Meine Begegnung mit den Giftspinnen war die Folge meines Besuchs bei Eva Ehrlich. Die blonde Schönheit betäubte mich mit einem Elektroschocker und beförderte mich wie ein Postpaket verschnürt in ihre Badewanne.

In ihrer wahnhaften Psychose hielt sie mich für ihren ehemaligen Geliebten Martin Freese, den sie ein paar Tage zuvor eigenhändig umgebracht hatte. Martin Freese hatte Evas Schwester bei einer gemeinsamen Veranstaltung kennengelernt und Eva verlassen. Die Trennung von ihrem Geliebten hatte bei der ohnehin psychisch labilen Eva Ehrlich einen traumatischen Schock verursacht. Jahre zuvor hatte sie sich bereits mehrfach wegen paranoider Episoden in psychiatrischer Behandlung befunden.

Verzweifelt, eifersüchtig und vom Trennungsschmerz traumatisiert, hatte sie ihrer Schwester und ihrem Ex-Geliebten monatelang hinterherspioniert. Ihre Eifersucht war zusätzlich durch den Umstand befeuert worden, dass ihre Schwester und Martin Freese beruflich in derselben Branche tätig waren.

Eva Ehrlich führte ein exaktes Tagebuch über die Treffen des Liebespaars. Sie tauchte an den unglaublichsten Orten und in den unmöglichsten Situationen auf. Sie wusste auch, dass ihre

Schwester und Martin Freese beabsichtigten, einer wichtigen Konferenz auf der Nordseeinsel Juist einen Besuch abzustatten.

Eva Ehrlich erwartete die beiden bereits in Norddeich und folgte ihnen wie ein Schatten. Da das Paar jedoch die Fähre verpasst hatte und mit dem Inselflieger nach Juist fliegen musste, wartete sie stundenlang im Hafen von Norddeich. Sie ging davon aus, dass die beiden mit der Fähre zurückkehren würden.

Als ihre Schwester und Martin Freese sich nicht an Bord der letzten Fähre befanden, steigerte sie sich weiter in ihre Psychose hinein. Sie legte sich im dunklen Hafen wie die von ihr zitierte *Phoneutria* in ihrem Netz auf die Lauer und wartete auf ihre Beute.

Sowohl die staatsanwaltschaftlichen Ermittlungen als auch die Auswertungen eines vorliegenden Handyvideos bewiesen, dass Regina Ehrlich von drei Kriegsverbrechern aus dem ehemaligen Jugoslawien zuerst unter Drogen gesetzt und dann auf einem Boot vergewaltigt wurde. Im Verlauf dieser Gewaltorgie erstickte sie an ihrem eigenen Erbrochenen. Der gefesselte und wehrlose Martin Freese war gezwungen, sich die Misshandlungen seiner Partnerin anzusehen.

Die drei Killer warfen das Paar nacheinander über Bord in die nächtliche Nordsee. Dabei gingen sie davon aus, dass auch Martin Freese nicht überleben würde. Entgegen dieser Annahme schaffte er es aber doch, sich schwimmend auf einen Ausläufer der Norddeicher Mole zu retten. Patschnass und vollkommen erschöpft schleppte er sich die Mole lang, die die Fahrrinne des Norddeicher Hafens begrenzt, und kletterte auf den Hafenkai.

Dort wartete allerdings Eva Ehrlich auf ihn. Sie hatte ihn auf der Mole entlangtaumeln sehen und sich am Fähranleger auf die Lauer gelegt.

Gerade dem Tod von der Schippe gesprungen und noch unter Schock stehend, weil er die Misshandlungen und den Todeskampf seiner geliebten Regina hatte mit ansehen müssen, beschimpfte Freese Eva wütend.

Eva befand sich mittlerweile im Zustand einer akuten Psychose und war in ihrem Wahnzustand ohnehin sehr affektlabil – die Zündschnur brannte. Martin Freeses Beschimpfungen ließen die wandelnde Zeitbombe Eva Ehrlich hochgehen. Mit einer Eisenstange, die sie sich von einer Baustelle auf dem Hafengelände besorgt und die halbe Nacht hinter sich her geschleift hatte, trieb sie Martin Freese an die Hafenkante. Er verlor das Gleichgewicht, stürzte und hielt sich mit letzter Kraft an einem Poller fest.

Eva Ehrlich zertrümmerte ihm beide Hände, mit denen er sich auf dem Beton aufstützte. Schmerz und Todesangst lösten bei dem Asthmatiker einen akuten Anfall aus. Die Biologin setzte ihm ein Asthmaspray an die Lippen, das sie tags zuvor mit Wespen aus ihrer naturkundlichen Ausstellung präpariert hatte.

Martin Freese inhaliert voller Todesangst das Spray und damit auch die Wespen, die ihn in Zunge und Luftröhre stachen. Vor Schmerz bäumte sich Freese auf und stürzte rücklings ins Hafenbecken. Während er in dem tintenschwarzen Wasser panisch um sein Leben kämpfte, ließ ihn seine anschwellende Luftröhre qualvoll ersticken.

Eva Ehrlichs Wahnentwicklung dokumentierte sich in erster Linie am E-Mail-Verkehr mit ihrem ehemaligen Geliebten und ihrer Schwester. Meine Tochter stieß auf die E-Mails, als sie sich mit dem Notebook der toten Regina Ehrlich beschäftigte, das ich ihr tags zuvor zur Aufbewahrung gegeben hatte. Am Abend nach dem gemeinsamen Abendessen mit unseren Freunden dachte ich, dass meine Tochter bereits schlafen würde, während ich noch am Schreibtisch saß und auf meinem Zeichenblock herumkritzelte.

Doch anstatt zu schlafen, hatte Thyra kreativ verschiedene Passwörter an Regina Ehrlichs Notebook durchprobiert. Mit der Kombination »Hamburg2010« knackte sie dann das Passwort.

Bei unserem gemeinsamen Abendessen hatte ich von meinem Gespräch mit dem Kellner und dem Teufelskoch des Restaurants *Bouillabaisse* erzählt. Von den beiden hatte ich erfahren, dass Regina Ehrlich und Martin Freese sich bei dem Musical »Sister Act« in Hamburg kennengelernt hatten, und zwar an einem 20. Oktober.

Entsetzt las Thyra, dass Eva Ehrlich endlos Mails an ihre tote Schwester und Martin Freese verschickt hatte. Als sie zu mir ins Arbeitszimmer gestürzt kam, um mir von der Neuigkeit zu erzählen, stellte sie voller Schrecken fest, dass ich ohne ein Wort zu sagen, das Haus verlassen hatte. Glücklicherweise hatte ich Eva Ehrlichs Visitenkarte neben den zerrissenen Skizzen auf meinem Schreibtisch liegen lassen. Auch Thyra erkannte in diesem Moment den Zusammenhang zwischen den Wespen, die ich gezeichnet hatte, und der Visitenkarte, die Eva Ehrlich als Kuratorin des naturkundewissenschaftlichen Museums Hamburg auswies.

Meine Tochter wusste sofort, dass ich mich auf dem Weg nach Hamburg befand. Anders als mir war es ihr sofort klar, dass ich mich gerade in höchste Lebensgefahr begab. Sie versuchte, mich zu warnen, und rief mich auf meinem Handy an – leider vergeblich. Mein Handy befand sich noch immer im Flugmodus, den ich eingestellt hatte, als ich mit Bendix und Uz nach Sylt geflogen war.

Meine Tochter informierte sofort die Staatsanwältin Traute Lenzen über den Inhalt der Mails, die sie auf dem Notebook gefunden hatte. Als Thyra der Staatsanwältin erzählte, dass ich mich auf dem Weg zu Eva befand und sie mich telefonisch nicht erreichen konnte, fackelte diese nicht lange. Traute Lenzen alarmierte sofort die Staatsanwaltschaft in Hamburg, die ihrerseits unverzüglich ein SEK zu Eva Ehrlich nach Rotherbaum in Marsch setzte.

Ich lag sechs Wochen im Koma.

Die Ärzte im Hamburger Tropenkrankenhaus hatten insgesamt sieben Spinnenbisse in meinem Gesicht festgestellt. Ich hatte großes Glück gehabt. Fünf der Spinnenbisse stammten von *Schwarzen Witwen*.

Glücklicherweise reicht das Nervengift einer *Schwarzen Wit-*

we in der Regel nicht aus, um einen ausgewachsenen Mann zu töten.

Nur der Biss des Weibchens ist gefährlich, wogegen der des Männchens recht harmlos ist. Da die Ärzte mich noch innerhalb der Inkubationszeit, bis das Gift zu wirken begann, mit Antiserum vollgepumpt hatten, standen meine Überlebenschancen nicht schlecht.

Anders sah es bei den zwei Bissen der brasilianischen *Phoneutria* aus! Da diese Spinnenart hochgiftig und aggressiv ist, war ich mit zwei Bissen noch gut davongekommen.

Die *Phoneutria* beißt zwar sofort zu, spritzt aber nicht immer Gift in die Wunde. Ich hatte enormes Glück gehabt, da nur eine der beiden Damen ihr hochgiftiges Protein Delta-Atracotoxin in mich hineingespritzt hatte. Das hochtoxische Nervengift in Verbindung mit der Lungenentzündung, die ich mir durch Aspiration einer kräftigen Portion Badewassers zugezogen hatte, warf mich ins Koma.

Da die Spinnenbisse außerordentlich schmerzhafte Komplikationen und Muskellähmungen mit sich brachten und ich gerade noch an einem Schlaganfall vorbeigeschrammt war, versetzten mich die Ärzte freundlicherweise für sechs Wochen in ein künstliches Koma.

Die Muskellähmungen machten mir in den Wochen danach mächtig zu schaffen. Ich war heilfroh, als ich im Spätsommer den Rollstuhl vom Sanitätshaus wieder abholen lassen konnte.

In den letzten Monaten hatte ich viel Zeit, in den Medien die Berichte über die BIO NOUN AG und die Stolzenberg GmbH zu verfolgen. Außerdem wurde ich von der Staatsanwaltschaft über die Ermittlungsergebnisse auf dem Laufenden gehalten. Aber eigentlich gab es keine sensationellen Entwicklungen.

Poloch wurde wegen Anstiftung zur Körperverletzung, Vergewaltigung sowie versuchten Totschlags angeklagt. Er schwieg sich aus. Meine Hoffnung, dass die anderen Bosse ihn belasten würden, erfüllte sich leider nicht. Meine Zeugenaussage fiel nicht wesentlich ins Gewicht. Folglich wurde das Verfahren gegen ihn eingestellt.

Die Stolzenberg GmbH ging mit ihren 45 Restaurants in die Insolvenz. Das Unternehmen bestand nur noch aus der Konkursmasse, die noch immer abgewickelt wird.

Im Sommer wurde die Leiche eines Mannes an der englischen Küste angespült. DNA-Untersuchungen ergaben, dass es sich bei dem Toten um Franjo Zoe handelte.

Von Zoran Kravic fehlte jede Spur. Der Kriegsverbrecher war zur Fahndung durch Interpol ausgeschrieben. Die Fahnder waren sich sicher, dass es nur eine Frage der Zeit war, bis er ihnen irgendwo ins Netz ging.

Der karottenköpfige Tillmann hatte wochenlang meinen komatösen Zustand begleitet und überwacht. Die Frage, ob er das tat, weil er ein guter Mensch ist oder weil er gerne in Thyras Nahe war, die fast die ganze Zeit an meinem Bett gewacht hatte, lasse ich mal zu seinen Gunsten offen. Jedenfalls waren die beiden ein paar Mal zusammen essen gewesen. Meine Tochter ist erwachsen und muss wissen, was sie tut – hoffe ich zumindest.

Thyra befand sich noch in Therapie, weil sie posttraumatische Probleme bekam, was nach ihrem Todeskampf in der Orkannacht zu erwarten gewesen war.

Claudia, Uz, Onno und Greta besuchten mich reihum. Auch Max kam humpelnd vorbei und ließ es sich nicht nehmen, sich aus erster Hand vom Untergang der *Gekko* berichten zu lassen. Ich kam mir vor wie beim Veteranentreffen von Kriegsversehrten. Am Tag meiner Entlassung aus dem Tropenkrankenhaus veranstalteten meine Freunde ein ausgiebiges Festessen.

Eva Ehrlich wurde wegen Totschlags im Affekt angeklagt. Aufgrund ihrer schweren psychischen Erkrankung wurde sie nicht verurteilt, sondern auf unbestimmte Zeit in die geschlossene forensische Psychiatrie eingewiesen.

Während ich noch über Hahn und Mackensen und ihr Talent, sich unbeliebt zu machen, nachdachte, spürte ich, wie der nylonbestrumpfte Fuß an der Innenseite meines Oberschenkels hinaufglitt.

Ich sah von meiner zusammengefalteten Zeitung hoch, die ich angestarrt hatte, und blickte in die haselnussbraunen Augen von Traute Lenzen, die mich verführerisch ansahen.

»Denkst du, dass du dich so gut fühlst, dass du mich beraten könntest, wo ein kleines Tattoo am besten aussehen würde?«, fragte sie mit kokettem Augenaufschlag.

Langsam knöpfte Traute ihre Bluse auf und gewährte mir einen tiefen Einblick in ihr verführerisches Dekolleté.

»Ich dachte an ein kleines Teufelchen.«

Printed in Poland
by Amazon Fulfillment
Poland Sp. z o.o., Wrocław